겐지 모노가타리 3

源氏物語

지은이

무라사키시키부 紫式部, 970? ~ 1014?

지방관 출신의 중류 귀족인 후지와라 다메토키(藤原爲時)의 딸로 태어났다. 이름과 출생, 사망 연도가 명확하지 않지만 970년 이후에는 출생한 것으로 보인다. 『겐지 모노가타리』의 작자로 이름을 얻으면서 여자 주인공인 무라사키노우에(紫の上)의 이름을 따 무라사키시키부(紫式部)로 불리게 되었다. 아버지 다메토키는 당대의 대표적인 문인으로서 집안에 와카(和歌)로 이름난 사람들도 많아, 그녀는 와카와 한시에 조예가 깊은 집안에서 자라났다고 할 수 있다. 어렸을 때부터 남자 동기간인 노부노리(惟規)가 아버지에게 한문 서적을 배울 때 어깨너머로 함께 공부하였으며, 이때 쌓은 교양이 『겐지 모노가타리』 집필의 기반이 된 것으로 보인다.

20대 후반이던 998년 지방관을 역임한 후지와라 노부타카(藤原宣孝)와 결혼하였다. 노부타카는 결혼 당시 40대 중반의 나이로 선처(先妻)와의 사이에 이미 몇 명의 자식을 둔 상태였다. 그러나 두 사람의 결혼 생활은 겐시(賢子)라는 딸 하나를 둔 채 3년도 지나지 않은 1001년 4월 노부타카가 역병으로 갑작스레 세상을 뜨면서 끝이 났다. 남편의 죽음을 계기로 무라사키시키부는 『겐지 모노가타리』의 초기 형태를 집필한 것으로 보인다.

무라사키시키부는 1005년(또는 1006년) 12월, 이치조 천황(一條天皇)의 중궁인 쇼시(彰子)에게 출사하였다. 그녀의 출사는 섭관정치체제의 최고 권력자인 쇼시의 부친인 후지와라 미치나가(藤原道長)의 요청에 따른 것으로 알려져 있다. 남편과의 사별 후 4, 5년 동안 집필하던 『겐지 모노가타리』로 그녀의 문재가 널리 알려졌기 때문으로 보인다. 이것이 무라사키시키부의 첫 사회 진출이며, 이러한 궁중 나인으로서의 공적 경험이 궁정 내 정치와 문화를 구체적으로 묘사하고 있는 『겐지 모노가타리』의 성립(1008년경)에 영향을 준 것으로 보인다. 무라사키시키부는 1013년 가을까지 황태후가 된 쇼시의 측근에서 나인 생활을 하였으며, 1014년 봄쯤 사망한 것으로 보인다. 향년 42세 또는 45세라는 설이 있다.

주해

이미숙 李美淑, Lee Mi-suk

이화여자대학교 국어국문학과를 졸업하였다. 한국외국어대학교 대학원 일본어과에서 『가게로 일기(蜻蛉日記)』에 대한 연구로 석사 학위를 받았고, 일본 도호쿠대학(東北大學) 문학연구과에서 『겐지 모노가타리(源氏物語)』에 대한 연구로 석사·박사 학위를 받았다. 10~11세기 일본 헤이안(平安)시대의 여성문학을 주로 연구하고 있다. 한국외국어대학교와 이화여자대학교, 숭실대학교, 건국대학교, 명지대학교 등에서 강의하였고, 서울대학교 인문학연구원과 아시아연구소에서 HK연구교수로 재직하였다. 현재 서울대학교 인문학연구원 객원연구원이다.

지은 책으로 『源氏物語研究－女物語の方法と主題』(新典社, 2009, 일본), 『나는 뭐란 말인가－『가게로 일기』의 세계』(서울대 출판문화원, 2016)가 있으며, 옮긴 책으로 『가게로 일기』(한길사, 2011), 『겐지 모노가타리 』 1(서울대 출판문화원, 2014), 『겐지 모노가타리 』 2(서울대 출판문화원, 2017)가 있다. 그 밖에 전근대 일본문학과 문화에 대한 논문 및 함께 지은 책이 다수 있다. 2011년 제5회 해석학회상(일본)을 수상하였다.

겐지 모노가타리 3

초판인쇄 2024년 6월 10일 **초판발행** 2024년 6월 24일
지은이 무라사키시키부 **주해** 이미숙
펴낸이 박성모 **펴낸곳** 소명출판 **출판등록** 제1998-000017호
주소 서울시 서초구 사임당로14길 15 서광빌딩 2층
전화 02-585-7840 **팩스** 02-585-7848 **전자우편** somyungbooks@daum.net
값 42,000원
ISBN 979-11-5905-933-9 94830
ISBN 979-11-5905-932-2 (전2권)

이 저서는 2019년 대한민국 교육부와 한국연구재단의 지원을 받아 수행된 연구임(NRF-2019S1A5A7068362)

표지 그림 : 14세기 초 가마쿠라시대(鎌倉時代) 말기의 『겐지 모노가타리』 「후지노우라바(藤裏葉)」 권 단간(斷簡).
레이제이 다메스케(冷泉爲相)의 글씨로 전해진다. 도호쿠대학(東北大學) 니헤이 미치아키(仁平道明) 명예교수 소장.

한국연구재단
학술명저번역총서

겐지 모노가타리 3

源氏物語

Genjimonogatari

무라사키시키부 지음
이미숙 주해

일러두기

1. 본『겐지 모노가타리(源氏物語)』3은 이른바 오시마본(大島本)을 저본으로 하여 교정한 아베 아키오(阿部秋生)·아키야마 겐(秋山虔)·이마이 겐에(今井源衛)·스즈키 히데오(鈴木日出男) 교주·역,『겐지 모노가타리』③(新編日本古典文學全集 22, 小學館, 1996)을 저본으로 하여「오토메」권에서「후지노우라바」권까지 13개 권을 번역·주해한 것이다.
   그 밖에 다음과 같은 주석서도 참조하였다.
   * 山岸德平 校注,『源氏物語』二·三, 日本古典文學大系 15·16, 岩波書店, 1959·1961.
   * 玉上琢彌,『源氏物語評釋』第四·五·六卷, 角川書店, 1965·1966.
   * 阿部秋生·秋山虔·今井源衛 校注·譯,『源氏物語』三, 日本古典文學全集 14, 小學館, 1972.
   * 石田穰二·淸水好子 校注,『源氏物語』三·四, 新潮日本古典集成, 新潮社, 1978·1979.
   * 柳井滋 外 校注,『源氏物語』二·三, 新日本古典文學大系 20·21, 岩波書店, 1994·1995.
   * 鈴木一雄 監修,『源氏物語の鑑賞と基礎知識』㉗⑫⑱㉑㉚㊲㉛, 至文堂, 2000~2004.
2. 번역은 원칙적으로 저본의 원문에 입각하였다. 그러나 주어와 표현이 생략된 부분이 많은 고전 산문의 특성상, 독자의 이해를 돕기 위해 주어와 술어, 기타 표현을 보충하거나 단락과 문장을 세분하고, 어순을 변경한 부분이 있다. 예를 들어,『겐지 모노가타리』는 지문과 와카(和歌)가 이어져 있는 경우가 많은데, 와카 앞에서 문장을 끊고 와카를 독립시켰다. 또한, 히카루겐지가 주어인 문장은 거의 주어가 생략되어 있지만, '겐지 님'이라는 주어를 보충하였다.
3. 인명과 호칭, 경어, 시제, 지시사 등은『겐지 모노가타리』표현의 독자성으로 판단하여 가능한 한 원문 그대로 살리는 것을 원칙으로 하였다.
4. 인명이나 지명 등 고유명사의 표기는 일본어 발음을 따르는 것을 원칙으로 하여 국립국어원 외래어표기법에 따랐고, 원칙적으로 권별로 처음 나올 때만 한자를 병기하였다. 하지만 히카루겐지나 무라사키노우에 등 주요 인물에 관한 호칭은 원문에 나올 때마다 원문 그대로 한자를 병기하였다. 서명의 경우 중국 서적은 한자음 그대로 표기하였고, 일본 서적명은 무리하게 통일을 꾀하지 않고 일본어 발음과 한자음, 번역어 표기를 병용하였다. 일본어에 쓰인 한자를 포함한 모든 한자는 번체자를 원칙으로 하였다.
5. 제도나 관청, 관직명, 궁중의 전각(殿閣)명, 한문 서적 서명, 아악(雅樂)명 등은 한자음 그대로 표기하였다. 관직명과 전각명이 인명으로 사용되는 경우에도 한자음 그대로 표기하였다. 실제 그 관직에 있지 않으면서 가족의 관직명 등을 사용해 불리고 있는 시녀나 나인 등의 이름도 한자음 그대로 표기하였다. 예를 들어, 우근위 중장이던 유기리는 실제 관직명이기에 '중장(中將)'으로 당연히 한자음 그대로 표기하였고, 히카루겐지의 시첩인 '중장님(中將の君)'은 실제로 중장의 관직에 있지는 않아도 이 또한 한자음 그대로 표기하였다.
6. 와카는 본래의 음수율을 살리기 위해 윗구와 아랫구로 나누고, 5·7·5·7·7조에 맞추어 번역하였다. 와카 첫 구에는 읊은 이를 표시하였다.
7. 본문 구성은 저본에 따라 권으로 나누어 번역하고 단락마다 번호와 중간제목을 붙였다. 중간제목은 텍스트를 참조하여 주해자가 붙였다. 각 권이 끝날 때마다 작품 이해를 돕기 위해 해설을 붙였다. 권명은 일본어 발음 그대로 표기하고, 각 권 해설에서 권명의 유래와 한국어 의미를 밝혀 두었다.
8. 주해는 독자들의 이해를 돕기 위한 용어 해설, 전후 문맥의 설명, 인용의 전거(典據) 등 작품 내적 이해를 돕는 내용뿐만 아니라 문명의 텍스트로서 헤이안시대 일본문화를 이해하는 데 도움이 된다고 판단되는 사회제도 및 생활문화와 관련된 사항도 기술하였다. 주해자의 본문 해석 및 작품 이해도 반영하였다. 그리고 권이 바뀔 때마다 주 번호는 새로 붙였다.
9. 헤이안시대 귀족들의 이름에는 성과 이름 사이에 보통 '노(の)'를 넣어 읽었지만, 본서의 해설과 번역에서는 생략하였다.
10. 『겐지 모노가타리』전체의 작품 해제는 기출간된『겐지 모노가타리』1(서울대 출판문화원, 2014)에 상세하므로 따로 붙이지 않았다. 대신 '옮긴이의 말'에서『겐지 모노가타리』3에 관해 간단히 해제를 붙였다.

히카루겐지 인생의 가을,『겐지 모노가타리』3

『겐지 모노가타리』3의 구성

『겐지 모노가타리』 3은 「오토메少女」 권에서 「후지노우라바藤裏葉」 권까지 13개 권을 번역하고 주해한 것이다. 4대에 걸친 천황의 시대를 다루고 있는 대하소설인 『겐지 모노가타리』는 정편 41권또는첩, 속편 13권, 총 54권으로 구성된 작품이다. 처음부터 마지막까지의 이야기 흐름, 즉 이야기의 전개를 통합해 나가는 인물을 주인공이라고 한다면 정편의 주인공은 히카루겐지光源氏, 속편의 주인공은 가오루薫로 볼 수 있다. 이미숙 주해 『겐지 모노가타리』 한국어 역은 총 54개 권첩을 정편 네 권, 속편 두 권, 총 여섯 권으로 출간할 계획이며, 이 책은 그중 세 번째 권이다.

『겐지 모노가타리』 3의 세계

『겐지 모노가타리』 3은 히카루겐지 33세 때인 「오토메」 권에서부터 시작하여 39세 때인 「후지노우라바」 권까지 7년간의 세월을 시간적인 배경으로 한다. 20대 후반에 스마須磨 · 아카시明石를 떠돌며 시련을 겪다가 귀족 사회로 복귀하여 정치적 기반을 닦은 히카루겐지가 공사에 걸쳐 흔들림 없는 기반을 구축하여 영화의 정점에 달하게 되는 과정을 다룬다. 이와 더불어 히카루겐지의 옛 연인인 유가오夕顔의 딸인 다미카즈라玉鬘의 유랑 생활과 귀경, 그리고 그녀를 둘러싼 구혼담이 이야기의 중심을 이룬다. 즉 『겐지 모노가타리』 3은 정치적으로 독보적인 입지를 구축해 가는 히카루겐지를 둘러싼 주류의 이야기라는 틀 속에 다마카즈라를 둘러싼 방계의 이야기가 삽입되어 진행되다가 주류에 편입되는 구조라고 할 수 있다.

『겐지 모노가타리』 3에서 히카루겐지의 영화로운 삶과 최고조에 달한 그의 사회적인 입지는 사계절 저택인 로쿠조노인六條院의 조영과 그 속에 배치된 여성들, 그리고 태상천황太上天皇에 준하는 지위로서 드러난다.

헤이안시대의 미의식과 문화를 하나의 공간으로 통합한 로쿠조노인은 아키코노무 중궁秋好中宮의 모친인 로쿠조미야스도코로六條御息所의 저택 터를 포함한 주변 땅을 4정四町 점유하여, 사계절의 풍치가 각각 잘 드러나도록 지은 사계절 저택이다. 로쿠조노인은 이 세상에서 좀체 볼 수 없는 실제적인 영화의 모습일 뿐만 아니라, 금상의 친부라는 잠재적인 왕권의 상징으로서 영화를 구축해 온 히카루겐지의 인생을 총괄한 모습이라고 할 수 있다. 히카루겐지는 그러한 로쿠조노인의 주재자로서 네 명의 여성에게 제각각 중요한 역할을 맡기면서 각 저택에 배치하였다. 남서 구역 아키코노무 중궁의 저택은 가을, 동남 구역 무라사키노우에紫の上의 저택은 봄, 북동 구역 하나치루사토花散里의 저택은 여름, 서북 구역 아카시노키미明石の君의 저택은 겨울의 정취를 구현하도록 정원이 만들어졌다. 로쿠조노인의 구상은 사계절의 구도에 의한 자연과 사람의 배합이라는 계절의 이념화라고 할 수 있으며, 로쿠조노인의 자연은 인위적으로 조성된 것인 만큼 당대의 미학에 걸맞도록 헤이안시대 지식인이 지니고 있던 일종의 우주론을 모노가타리적으로 표현하였다고 할 수 있다.

그런데 사방 사계절 저택으로 구성된 로쿠조노인은 동남쪽을 봄의 저택, 북동쪽을 여름 저택, 남서쪽을 가을 저택, 서북쪽을 겨울 저택으로 꾸미며, 동쪽은 봄이며 남쪽은 여름이며 서쪽은 가을이며 북쪽은 겨울이라는 오행설과 꼭 들어맞지는 않는다. 이와 관련해서는 일본의 민간 신앙에 의해 계절의 순환과 대응시키지 않고 45도로 기울게 하여 배치하였다는 설을 비롯하여, 로쿠조노인 배치의 불균형으로 파악함으로써 향후 로쿠조노인 해체와 연결시키는 해석 등 다양한 견해가 제시되어 있다.

히카루겐지가 태상천황에 준하는 지위에 오른 것은 친부를 신하로 둘 수 없는 레이제이 천황冷泉天皇의 배려에 의한 것이지만, 모노가타리 내적으로는 첫째 권인 「기리쓰보桐壺」 권에서 고려발해 관상가가 "나라의 부모가 되어 더 이상 위가 없는 제왕의 지위에 오를 만한 상을 지니신 분이지만, 그런 쪽으로 보자면 나라가 혼란스럽고 백성이 도탄에 빠질지도 모릅니다. 조정의 기둥이 되어 천하를 보필하는 쪽으로 보자면, 그 상이 또한 다를 듯합니다"12절라고 예언한 히카루겐지의 운명이 이루어진 것을 뜻한다. 태상천황에 준하는 지위는 칭호에 그치는 것이 아니라 봉호封戶와 연관年官, 연작年爵이 더해진 상황급의 실질적인 대우를 받았다. 히카루겐지는 이리하여 섭관攝政·關白가에는 없는 권위와 천황에게는 없는 권세를 겸비한 절대자로서 군림하게 되었다. 영화의 정점에 다다른 히카루겐지의 인생은 「후지노우라바」 권에서 장년기라는 한 단원을 마무리 짓게 되지만, 이후 자연의 순환과 마찬가지로 삶의 무상함을 절감하는 노년의 단계로 접어든다.

「다마카즈라」 권에서 「마키바시라眞木柱」 권에 걸친 '다마카즈라 10첩'은 히카루겐지와 무라사키노우에가 엮어 나가는 주류의 모노가타리와 맞물리며 전개되어 간다. 유가오가 남긴 여식인 다마카즈라가 유랑하며 살아온 과정과 그녀가 갖은 고난을 겪으면서 히카루겐지의 양녀가 되어 로쿠조노인으로 오게 되는 경위, 그리고 그녀를 둘러싼 구혼담이 기술되어 있다. 다마카즈라 이야기는 사계절에 걸쳐 계절에 따라 변화하는 자연 속에서 영위되는 풍아한 생활을 그려 내면서 로쿠조노인의 영화를 구체화하는 역할을 지니고 있다고 할 수 있다.

『겐지 모노가타리』 3에 수록된 「오토메」 권에서 「후지노우라바」 권까지 13개 권은 히카루겐지가 신하의 몸으로서 이 세상에서 얻게 되는 권력과 영화의 정점을 보여 주면서, 다가올 인생의 만년에서 맛볼 유한한 존재로서의 허무함을 극대화시키는 권들이다. 보이지 않는 곳에 그늘이 생기면서도 마지막 찬란한 빛을 발하는 석양과 같은 권들이라고 할 수 있다. 히카루겐지의 일생을 그린 『겐지 모노가타리』 정편을 사계절에 비유해 본다면, 『겐지 모노가타리』 3은 히카루겐지 인생의 '가을'이라고 할 수 있다.

이미숙 주해 『겐지 모노가타리』 한국어 역 1권과 2권은 한국연구재단 인문한국HK지원사업의 성과로서 2014년과 2017년 서울대 출판문화원에서 간행되었다. 이번 3권과 4권은 한국연구재단 명저번역지원사업의 성과로서 출판사를 달리하여 소명출판에서 출간한다. 5권과 6권 또한 현재 명저번역지원사업의 지원을 받아 번역 중으로 이제 『겐지 모노가타리』 한국어 역 완간은 구체성을 띠게 되었다. 한국연구재단에 진심으로 감사드린다. 마지막 6권이 간행되는 날까지 몸과 마음의 건강을 유지하며 마무리할 수 있기를 염원한다.

『겐지 모노가타리』 3・4권 표지는 1・2권 표지와 마찬가지로 일본 도호쿠대학東北大學 명예교수이신 니헤이 미치아키仁平道明 선생님께서 골라주셨다. 진심으로 감사드린다.

2024년 6월

이미숙

차례

제22권. 「다마카즈라玉鬘」 권

히카루겐지 35세

제23권. 「하쓰네初音」 권

히카루겐지 36세 정월

제24권. 「고초胡蝶」 권

히카루겐지 36세 늦봄~초여름

제29권. 「미유키行幸」 권

히카루겐지 36세 12월~37세 2월

제30권. 「후지바카마藤袴」 권

히카루겐지 37세 8~9월

제31권. 「마키바시라眞木柱」 권

히카루겐지 37세 겨울~38세 겨울

제32권. 「우메가에梅枝」 권

히카루겐지 39세 봄

제33권. 「후지노우라바藤裏葉」 권

히카루겐지 39세 3~10월

부록

제21권

「오토메少女」 권

히카루겐지 33~35세

소매 흔들며 춤추던 처녀 이제 지긋하겠네
옛 친구 나이 또한 흘러 쌓여 왔으니
をとめごも神さびぬらし天つ袖
ふるき世の友よはひ經ぬれば

1. 히카루겐지와 아사가오 아가씨가 와카를 주고받다

해가 바뀌어 중궁의 일주기[1]도 지나가니, 세상 분위기도 새로워지고 옷 갈아입는 계절[2] 등도 눈이 부신다. 하물며 마쓰리祭[3] 무렵은 대체로 하늘 풍경이 기분 좋게 여겨지건만, 전 재원齋院[4]은 무료하게 수심에 잠겨 계신다. 앞뜰 계수나무 아래로 불어오는 바람이 정다운데도 젊은 사람들은 이런저런 일들이 떠오른다. 대신大殿[5]께서 "마쓰리 전 목욕재계 날[6]은 얼마나 편안히 여겨지시겠는지요"라며 문안을 여쭈신다.

"오늘은,

히카루겐지

예상 못 했네 강여울의 물결이 돌아왔건만

재계 아닌 탈상을 당신이 하실 줄은"

---

1 후지쓰보 중궁(藤壺中宮)의 일주기. 전해 3월에 세상을 떠났다.

2 음력 4월 1일에 여름옷으로 갈아입는다. 탈상으로 상복을 벗은 데다 계절이 바뀌어 다채로운 색상의 새 옷을 입을 수 있어 세상 분위기 또한 화사하게 바뀌었다.

3 음력 4월 유일(酉日)에 열리는 교토(京都)의 가모 마쓰리(賀茂祭)를 가리킨다. 아오이 마쓰리(葵祭)라고도 한다.

4 아사가오 아가씨. 전해 여름에 부친인 식부경 친왕이 세상을 뜨면서 재원 자리에서 물러났다. 재원은 가모 신사(賀茂神社)의 제사를 주관하는 미혼의 황녀나 여왕으로 새로운 천황이 즉위하면서 복정된다. 여왕은 보통 친왕의 여식을 말한다.

5 히카루겐지(光源氏).

6 재원이 가모 마쓰리가 열리기 사흘 전에 가모강 변(賀茂河原)에 나와 목욕재계하는 날. 그 뒤 교토 북쪽에 있는 무라사키노(紫野)에 있는 재원(齋院)으로 들어간다.

보라색 종이에 적어 세로로 길게 접어 겉을 싼 종이 위아래를 비튼 형태의 서찰[7]을 등꽃에 매다셨다. 가슴 저미는 때인지라 답신을 보내신다.

아사가오 아가씨

"쥐빛 상복을 입은 날 엊그제만 같기만 한데

오늘 벌써 재계할 여울로 바뀐 세월[8]

허망하군요."

이렇게만 쓰여 있는데, 겐지 님께서는 여느 때처럼 유심히 바라다보신다. 탈상하실 때[9] 등에도 선지宣旨[10] 앞으로 둘 데 없으리만큼 마음을 쓰셔서 물품들을 보내시니, 재원은 민망한 일로 생각하셔서 말씀하신다. 은근슬쩍 마음을 드러내는 듯한 서찰 등이나마 있다면 어찌어찌 돌려보내기라도 하련만, 이제껏 오랜 세월 동안 공적인 일이 있을 때마다 안부 등은 줄곧 여쭈어 오신 데다 내용도 참으로 진지한지라, 선지는 어찌 얼버무려 넘길 수 있을꼬 하며 처치 곤란해하는 듯하다.

겐지 님께서는 온나고노미야女五の宮[11] 처소에도 이처럼 때를 거르지

---

7 이렇게 서찰을 접는 양식을 '다테부미(立文)'라고 하며 사무적인 서찰에 쓰인다. 상대에게 연애편지로 보이지 않기 위함이다.

8 '이 세상 무엇 무상하지 않을까 아스카강은 어제의 깊은 못이 오늘은 여울 되네(世の中はなにか常なるあすか河昨日の淵ぞ今日は瀬になる)'(『古今和歌集』 雜下, 讀人しらず)에 의한다. 깊은 못을 뜻하는 '후치(淵)'는 상복 색상인 '후지(藤)'를 연상시키며 여울은 재원이 재계하는 강여울을 가리킨다.

9 아사가오 아가씨의 부친인 모모조노 식부경 친왕(桃園式部卿宮)은 그 전해 여름에 세상을 떠났다.

10 아사가오 아가씨의 시녀로 아가씨를 대신하여 히카루겐지와 자주 연락을 주고받는다.

않고 문안을 여쭈시니, 참으로 감동하여 이리 칭찬하시는 것을 듣고 젊은 사람들은 웃음 짓는다.

"이 서방님この君께서 어제오늘까지 아이로 생각되었건만 이리 어른스러워져서 문안하러 오시다니……. 참으로 용모가 끼끗한 데 더하여 심성까지 보통 사람과는 달리 태어나셨군요."

이쪽[12]에서 대면하실 때에도 참으로 예스럽게 이와 같이 아뢰신다.

"이 대신この大臣께서 이리 참으로 곡진히 문안을 여쭈시는 듯한데, 그런데 그게 근래 시작된 의향도 아니십니다. 돌아가신 친왕[13]께서도 겐지님께서 다른 집안과 연을 맺으셔서[14] 돌보아 드릴 수 없게 되신 것을 한탄하시고는, 본인이 마음먹었던 것을 아가씨가 고집스레 거절하셨던 일 등을 입 밖에 내시면서 때때로 아쉬워하셨지요. 하나, 돌아가신 대신 댁 아가씨[15]가 살아 계셨을 때는 셋째 황녀三の宮[16]께서 걱정하실 일이 마음에 안됐기에 이런저런 말을 보태 드리는 일도 없었던 거랍니다. 이제는 그 고귀하고 어찌해 볼 수 없는 위치에 계셨던 사람[17]도 세상을 떠나셨으니, 참으로 그리되신다고 하여도 그리 나쁠 게 뭐가 있을까 하고 여겨집니다. 하여, 옛날로 되돌아가 이리 정성을 다하여 안부를 여쭈어 주시는 것도 그럴 만한 인연이라도 있어서인가 하고 생각하고 있습니다."

전 재원은 탐탁지 않게 여기셔서 이리 아뢰신다.

---

11 히카루겐지와 아사가오 아가씨의 고모인 황녀. 아사가오 아가씨와 함께 산다.

12 아사가오 아가씨.

13 아사가오 아가씨의 부친인 식부경 친왕.

14 히카루겐지가 아오이노우에(葵の上)와 결혼하여 좌대신가의 사위가 된 일.

15 아오이노우에.

16 아오이노우에의 모친으로 기리쓰보인(桐壺院)의 여동생. 큰 황녀(大宮)로 불린다.

17 히카루겐지의 정처였던 아오이노우에.

"돌아가신 친왕께도 그와 같은 고집쟁이로 여겨진 채 이제껏 지내 왔거늘, 이제 와 새삼스레 남녀 관계로 기울어지는 것 또한 참으로 어울리지 않는 일이지요."

이쪽이 부끄러워질 듯한 기색이시기에 무리하게도 강권하지 못하신다. 친왕 댁 사람들도 위아래 모두 겐지 님 쪽으로 마음을 주고 있기에 아가씨는 세상사가 참으로 미덥지 않게만 여겨지신다. 하나, 그 당사자께서는 당신 마음을 다하여 진정성을 보여 드려 사람의 기색이 풀어질지도 모를 때가 오기를 줄곧 기다리고 계시면서, 그리 막무가내식으로 아가씨의 마음과 엇나가거나 하려는 생각은 없으신 듯하다.

2. 유기리의 성인식과 히카루겐지의 엄격한 교육 방침

대신의 여식 소생인 어린 도련님[18]의 성인식을 바삐 서두르신다. 니조노인二條院에서 치르려고 생각하셨지만 큰 황녀大宮[19]께서 참으로 보고 싶어 하시는 것도 지당한 일인 데다 마음이 쓰이기에, 역시 그대로 그 저택[20]에서 치러 드리신다. 우대장을 비롯하시어 백부이신 나으리들[21] 모두 공경에다 성총이 이를 데 없이 각별하기만 하시기에, 주인 쪽[22]에서

18 좌대신 딸인 아오이노우에 소생인 유기리(夕霧). 열두 살이다.

19 아오이노우에의 모친이자 유기리의 외조모. 기리쓰보인의 누이동생이라 황녀로 불린다.

20 큰 황녀와 유기리가 거처하는 산조(三條) 저택.

21 우대장은 옛 두중장을 이르며 우대장과 백부는 아오이노우에의 남자 형제들로 유기리의 외삼촌들이다.

22 히카루겐지 쪽에 대해 산조 저택 쪽을 가리킨다.

도 저마다 나서서 필요한 일들을 제각각 준비하신다. 세상 일반도 술렁거리고 야단스럽게 준비하시는 기색이다.

겐지 님께서는 도련님을 4위로 서위하려고 생각하시고 세상 사람들도 필시 그리될 것으로 생각[23]하였지만, 아직 약관이거늘 내 마음대로 할 수 있는 세상이라고 하여 그리 급하게 임명하는 것도 오히려 구태의연한 일이다 싶어 생각을 거두셨다. 도련님이 파르스름한 옥색 의복 차림[24]으로 승전昇殿하러 돌아가시는 것[25]을 큰 황녀께서는 아쉽고 기막힌 일이라고 생각하시니, 지당하고 안타까운 일이었다. 겐지 님을 만나셔서 이 일을 아뢰시니, 이렇게 말씀드리며 이해시켜 드린다.

"지금 바로 이리 무리하게 어린 나이에 어른으로 만들지 말 생각입니다만, 마음먹은 바가 있답니다. 대학 과정[26]에서 당분간 공부를 시키려는 뜻이 있는지라, 앞으로 이삼 년이라는 햇수를 없는 셈 치고 자연스레 조정에 도움이 될 만한 시점이 되면 곧 한 사람 몫을 하게 되겠지요. 저는 구중궁궐 안에서 태어나 세상사도 알지 못한 채 밤낮으로 어전에서 사후伺候하면서 대수롭잖은 한문 서적 등도 약간 배웠을 뿐입니다. 그저 황공하게도 직접 주상께 배움을 받자왔음에도 불구하고 무엇이든지 폭

---

23 친왕의 자제나 겐지(源氏) 성을 부여받은 황자는 성인식을 치른 뒤 종4위 하를 제수받는다. 유기리는 2세 겐지이지만 부친의 권세에 힘입어 친왕의 자제에 준하여 4위가 될 수 있다.

24 6위가 입는 옅은 녹색 '호(袍)'를 가리킨다.

25 유기리는 청량전(淸涼殿)에서 시중을 든 적이 있어 승전하러 돌아간다는 표현을 썼다. 귀족 자제인 소년들 가운데 용모가 뛰어난 아이를 골라 청량전 당상관 대기소에서 잔시중을 들며 잡다한 용무를 보게 하였다. '와라와텐조(童殿上)'라고 한다.

26 대학료(大學寮)의 과정. 식부성(式部省) 소관이다. 대학료에는 문장(文章)·명경(明經, 경서)·명법(明法, 법률)·산(算)의 네 과정이 있다. 문장은 기전(紀傳)을 말하며 가장 중시되었다. 입학 연령은 열셋에서 열여섯 살까지이다. 주로 5위 이상의 자제를 대상으로 하였다.

넓은 소양을 체득하지 못하던 동안에는 한학[27]을 배우는 데도, 현악기와 피리 가락을 배우는 데도 음색이 늘 모자란 구석이 많았답니다.

별 볼 일 없는 부모보다 자식이 똑똑하고 뛰어난 예는 무척 찾아보기 어려운지라, 하물며 대대로 내려오면서 차이가 벌어져 가는 앞날이 참으로 걱정스럽기에 마음을 먹은 것입니다. 신분이 높은 집안의 자식으로서 위계位階가 마음에 흡족하고 세상의 영화에 교만해져 버리면 학문 등을 하며 고생하려는 마음은 참으로 동떨어진 일로 여겨지게 될 것입니다. 놀기를 좋아하고 마음에 흡족한 관작官爵[28]에 오르게 되면 시류를 좇는 세상 사람들이 속으로는 코웃음을 치면서도 추종하고 기분을 살피면서 따를 때는 자연스레 의젓한 사람으로 여겨져 대단해 보이지만, 시절이 바뀌어 보살펴 주던 사람들이 먼저 세상을 떠나고 쇠운에 접어드는 말년이 되면 사람들에게 무시당하고 멸시를 받아 어디 기댈 데 없는 신세가 되어 버린답니다. 그러니 역시 한학才을 기반으로 삼고 있어야만 야마토혼大和魂[29]이 세상에 쓰일 가능성도 크겠지요.[30] 당장은 마음이 조급하겠지만 장래 세상의 중추가 될 만한 마음가짐을 체득하게 된다면 제가 세상을 뜬 뒤에도 안심이 될 듯하기에……. 그저 지금은 만족스럽지 않다고 하여도 이렇게 제가 키우고 있으니, 궁핍한 대학료 학생이라고 조롱하며 무시하는 사람도 설마 없으리라고 생각합니다."

이에 큰 황녀께서 탄식하시며 이리 아뢰신다.

---

27 원문은 문재(文の才).

28 관직과 작위. 당시는 관위 상당(官位相當)이라고 하여 관직이 높을수록 위계도 높다.

29 일본 실정에 맞도록 응용하는 실생활상의 지혜·재능.

30 한학에서 얻은 유교적인 원리를 국정에 어떻게 실제적으로 응용하는가가 율령제 관인의 목표이다.

"실로 이리도 두루두루 고려하셔야 하는 일이었건만……. 이 대장[31] 등도 너무 일반적이지 않은 일이라고 고개를 갸웃거리는 듯하고, 이 도련님 어린 마음에도 참으로 섭섭한 데다 대장이나 좌위문 독의 자식[32] 등을 나보다는 아랫사람이라고 얕잡아 보았거늘, 모두 제각각 위계가 올라 어른이 되어 가는데 파르스름한 옥색 의복을 참으로 괴롭게 여기는 것[33]이 마음에 안됐답니다."

그러자 겐지 님께서는 웃으시면서 "아주 어른이나 된 듯이 원망하는군요. 참으로 철이 없군요. 나이도 있긴 하지만요"라고 하시며 참으로 어여삐 여기신다. 그러고는 "학문 등을 하여 좀 더 세상 물정을 알게 되면 그 원망은 자연스레 사라지겠지요"라고 아뢰신다.

3. 니조히가시노인에서 유기리의 자 붙이기 의식을 치르다

자 붙이기 의식[34]은 히가시노인東の院[35]에서 치르신다. 동쪽 채를 꾸며 두셨다. 공경, 당상관은 좀체 드문 데다 의아스러운 일[36]이라고 여겨 너

---

31 유기리의 외삼촌인 옛 두중장.

32 좌위문 독은 대장의 동생으로 추정된다. 대장은 종3위에 상당하며 좌위문 독은 종4위하에 상당한다. 이들의 자식은 유기리의 사촌 형제들이다.

33 사촌들은 성인식을 치른 뒤 5위가 되고 이어서 승진하는 데 반해, 자신은 6위에 불과한 것을 괴롭게 여기는 마음이다.

34 '자(字)'란 실명 이외의 이름이다. 대학료 문장 과정으로 입학할 때 중국풍으로 두 글자를 붙이는 의식이다. 성의 한 글자를 위에 둔다. 참고로 일본 헤이안시대(平安時代) 대표적인 문장가인 스가와라 미치자네(管原道眞)의 자는 간산(管三)이다.

35 니조히가시노인(二條東院). 성인식은 유기리의 외가인 큰 황녀 저택에서 열고 자를 붙이는 의식은 친가인 겐지 쪽에서 연 셈이다.

도나도 몰려드셨다. 박사들[37]도 오히려 주눅이 들 듯하다. 겐지 님께서 “주저함이 없이 전례에 따라 사정을 보지 말고 엄하게 행하거라” 하고 말씀하시니, 박사들은 애써 아무렇지 않은 척하며 집이 아닌 바깥에서 구한 옷들이 몸에 맞지 않아 모습이 어색한 것 등도 부끄러워하지 않고 표정과 목소리를 그럴듯하게 꾸미면서, 자리에 나란히 앉는 예의범절을 비롯하여 본 적도 없는 모습들이다. 젊은 도련님들은 참지 못하고 웃음을 짓는다. 그렇기는 하여도 웃음보를 터트리거나 하지 않을 듯한 나이 지긋한 점잖은 사람만을 골라내어 술병 등도 들게 하셨는데, 별난 의식이기에 우대장, 민부경民部卿[38] 등이 진지하게 술잔을 드시는데도 박사들은 박정하게 트집을 잡아 야단을 친다.

“정말로 주빈의 상대역인 분이 몹시 무례하시구려. 이렇게나 저명한 나를 알지 못한 채 조정에 출사하시겠는지요. 심히 어리석은 일이군요.”

이리 말하니 사람들이 모두 참지 못하고 웃음을 터트린다. 그러자 다시 “웃음소리가 크오. 그만 멈추세요. 심히 상식이 없소. 자리를 뜨겠소”라는 등 고압적으로 말하는 것도 참으로 우습다. 눈에 익지 않으신 분들은 간만에 흥미 있는 일이다 싶고, 이 대학료 과정을 거쳐 관직에 진출하신 공경 등은 뿌듯한 얼굴로 웃음을 띠거나 하며, 겐지 님께서 이 같은 학문 쪽을 좋게 생각하셔서 도련님을 공부시키고자 마음먹으신 것이 잘된 일이라며 더욱더 한없이 칭송하신다. 약간 입만 떼도 제지하고 실례라면서 꾸짖거나 시끄럽게 닦아세우던 얼굴들도 밤이 되면서는 오히려

---

36 당시는 한문학이 쇠퇴한 시대여서 이러한 행사를 좀체 볼 기회가 없었다.

37 문장 박사와 그 밖의 유학자들. 문장 박사는 정원은 한 명이며 종5위 하에 상당한다. 유기리는 대학료 문장 과정에 입학한다.

38 민부성(民部省) 장관으로 정4위 하에 상당한다. 누구인지는 확실치 않다.

약간 더 환한 불빛 탓에 사루가쿠猿樂[39]처럼 익살스럽고 초라한 데다 보기에 민망하거나 하여, 여러모로 참으로 아주 평범치 않고 이질적인 모습이었다.

대신大臣께서는 "나는 너무 칠칠치 못하고 융통성이 없는 사람이라, 나가면 호되게 야단맞고 어찌할 바 모르게 되겠구나"라고 말씀하시고 발 안에 숨어 구경하셨다. 자릿수가 정해진 좌석에 다 앉지 못하고 되돌아가는 대학료 사람들이 있다고 들으시고 쓰리도노釣殿[40] 쪽으로 불러 놓고 따로 물품 등을 내리셨다.

4. 자 붙이기 의식 뒤 작문 모임을 갖다

의식이 다 끝난 뒤 물러나는 박사와 문재가 있는 사람들을 불러들이셔서, 겐지 님께서는 문장文[41]을 재차 짓게 하신다. 공경과 당상관도 그럴 만한 사람 모두를 붙잡아 두고 참여토록 하신다. 박사 쪽 사람들은 사운四韻,[42] 보통 사람은 대신을 비롯하시어 절구絶句[43]를 지으신다. 제題로 쓸 흥취 있는 문자를 골라 문장 박사가 바친다. 밤이 짧은 무렵이기에 날이

---

39 '사루가쿠'는 우스꽝스러운 흉내 내기를 주로 하는 예능이다. 히카루겐지가 주최한 행사에서 초라한 행색으로 잘난 체하는 유학자들의 태도를 비유한 것이다. 학문이 쇠퇴한 양상을 희극적으로 묘사하였다.

40 몸채 앞 정원의 연못 쪽으로 세워진 건물이다. 더위를 피하는 장소이다.

41 한시.

42 오언 율시. 제2, 4, 6, 8구에 운을 단다. 율시는 8구로 이루어진 한시이다.

43 오언 또는 칠언의 기승전결의 4구로 이루어진 한시이다. 율시에 비해 평이하므로 보통 사람들이 짓는다.

다 밝아서 낭독한다. 좌중변左中弁[44]이 강사 소임을 맡으신다. 용모가 무척 끼끗한 사람이 어투도 엄숙하고 고풍스럽게 읽는 모습이 참으로 흥취 있다. 세상의 신망도 각별한 박사였다. 이처럼 고귀한 가문에 태어나셔서 세상 영화만을 구가하며 지내실 만한 신분이신데도, 창밖 반딧불이와 가까이 지내시고 나뭇가지에 쌓인 눈과 친숙해지시는 의지가 뛰어나다는 취지를 여러 고사[45]에 비유하며 제각각 지은 것을 모았다. 시구詩句마다 풍취가 있어 중국 땅에도 들고 건너가 전하고 싶어지는 뛰어난 문장들이라고 그즈음 세상에서 떠들썩하게 호평을 받았다. 대신大臣께서 지으신 작품은 말할 나위 없고 부모다운 따스한 느낌까지 빼어나기에 눈물을 떨구며 읊느라 야단이었다. 하나, 여자가 잘 알지 못하는 일을 입에 담는 것은 보기 민망한 일로 여겨져 마음이 내키지 않기에 줄였다.[46]

5. 유기리가 니조히가시노인에서 면학에 열중하다

겐지 님께서는 이어서 입학入學[47]이라는 것을 시키시고, 그길로 이 저택[48] 안에 도련님 방을 만들어 학식이 높은 스승에게 맡기셔서 제대로

---

44 태정관 좌변관국(左弁官局)의 차관으로 정5위 상에 상당한다. 문서를 다루는 변관(弁官) 다음가는 자리로 행정 실무를 담당하기 때문에 한학에 대한 소양이 필요하여 문장이 뛰어난 학자가 취임한다.

45 이른바 형설지공의 고사를 이른다. 『진서(晋書)』나 『몽구(蒙求)』에 나오는 차윤(車胤)의 고사와 『손씨세록(孫氏世錄)』에 나오는 손강(孫康)의 고사에 가난 탓에 기름이 없어 눈과 반딧불이 빛에 비추어 책을 읽었다는 이야기가 나온다.

46 여성이 한시문에 대해 언급하는 것은 적절하지 않다는 작중 화자의 언설이다.

47 입학 예(入學の禮)를 말한다. '속수의 예(束脩の禮)'라고도 하며 입학할 때 스승에게 물품을 보내는 것이다. 포(布) 한 필에 술과 음식을 곁들인다.

학문을 하도록 해 드리셨다. 도련님은 큰 황녀 처소에도 좀체 찾아뵙지 않으신다. 밤낮으로 귀여워하고 여전히 어린아이처럼만 대우하시기에, 그쪽에서는 공부하실 수 없다는 이유로 조용한 곳에 틀어박히신 것이었다. 한 달에 세 번쯤 찾아뵙도록 겐지 님께서는 허락하셨다.

도련님은 꼼짝 않고 틀어박혀 계시면서 답답한 마음으로 나으리殿를, 박정하기도 하시지, 이렇게 고생하지 않아도 높은 지위에 올라 세상에 쓰이는 사람이 없는 것도 아닌데 하고 생각하시지만, 대체로 품성이 진지하고 부박한 구석이 없으시기에 아주 잘 참는다. 어찌하면 읽어야만 하는 서적들[49]을 빨리 다 읽은 뒤 관직에 나아가 출세할까 하고 생각하여 그저 네다섯 달 만에 『사기史記』[50] 등과 같은 서적은 다 읽으셨다.

6. 유기리가 대학료 시험을 준비하다

이제는 요시寮試[51]를 치르게 할 작정으로 우선 안전에서 시험을 쳐 보게 하신다. 지난번처럼 대장,[52] 좌대변左大弁,[53] 식부 대보式部大輔,[54] 좌중

---

48 자 붙이기 의식부터 입학 예까지 여러 행사가 치러진 니조히가시노인. 하나치루사토(花散里)가 꾸려 나가는 저택으로 유기리는 그녀의 감독을 받게 되었다.

49 대학료 시험에 나오는 『사기(史記)』, 『한서(漢書)』, 『후한서(後漢書)』 등을 이른다.

50 한의 사마천이 지은 기전체 사서. 본기, 세가, 열전, 연표, 서로 나뉘어 130권으로 구성되었다. 헤이안시대 관인들에게 특히 중요시되었다.

51 대학료 시험. 합격한 자는 의문장생(擬文章生)이 된다. 사서에서 다섯 조항을 출제하여 세 개 이상을 맞추면 합격이다(『延喜式』).

52 유기리의 외삼촌인 우대장. 옛 두중장.

53 좌변관국의 장관으로 종4위 상에 상당한다.

54 식부성의 차관으로 정5위 하에 상당한다. 유학자로서 천황이나 동궁에게 한학을 가르

변 등과 같은 사람[55]만 부르고 스승이신 대내기大內記[56]를 불러들이셔서, 『사기』의 어려운 권들에서 대학료 시험을 치를 때 박사가 연거푸 질문할 법한 대목들을 골라내어 한 차례 읽도록 시키신다. 도련님은 막히는 구석도 없이 이런저런 대목과 관련지으며 읽어 내시어 미심쩍은 구석에 손톱으로 표시를 해 둔 곳도 남아 있지 않다. 놀라울 정도로 좀체 볼 수 없는 모습이기에, 역시 그리 타고나셨구나 하고 모두 다 눈물을 떨어뜨리신다. 하물며 대장은 "돌아가신 대신[57]이 살아 계셨다면……" 하고 아뢰며 우신다. 나으리殿께서도 마음을 강하게 잡수지 못하시고, 이리 말씀하시면서 눈물을 닦으신다.

"다른 사람의 일일 때는 보기 민망하다고 보고 들어 왔거늘, 자식이 어른이 되어 가는데 거꾸로 부모가 어리석어져 가는 것은 얼마 되지 않는 나이인데도 이것이 세상 이치인 듯하군요."

이를 보는 스승의 심정은 기쁘고 뿌듯하다. 대장이 술잔을 채우시니, 대내기는 몹시 취해서 몽롱한 얼굴이 참으로 여위었다. 몹시 편벽한 자로서 학재學才에 비해서는 세상에 쓰이지 못한 채 사람들과 잘 어울리지 못하고 어렵게 살고 있었는데, 겐지 님께서 쓸 만하다 여기신 구석이 있어 이렇게 특별히 청하여 불러들이신 것이었다. 분에 넘칠 정도로 은혜를 입고 이 도련님 덕분에 갑작스레 신세가 바뀌었다고 생각하니, 하물

친 사람이 임명된다. 대학료를 관할하고 졸업생의 시험을 관장하는 것도 식부성의 업무 중 하나이다.

55 좌대변, 식부 대보, 좌중변은 문장도 출신인 자들이다.

56 대내기는 중무성(中務省)에 속하며 정6위 상에 상당한다. 조칙(詔勅)과 선명(宣命) 등을 작성하고 위기(位記)를 쓰는 직으로 문장에 능한 유학자를 임명한다.

57 유기리의 외조부인 섭정 태정대신. 옛 좌대신.

며 앞으로는 어깨를 견줄 자 없는 세상의 신망을 얻을 듯하다.

7. 유기리가 대학료 시험에 합격하다

대학으로 응시차 들어가시는 날은 대학료[58] 정문 앞에 공경이 타신 수레들[59]이 셀 수 없을 정도로 모여 있다. 대체로 여기 오지 않고 남아 있는 사람은 없을 듯 여겨진다. 다시없이 귀하게 보살핌을 받으며 옷차림을 반듯하게 바로잡으며 들어오시는, 관을 쓴 도련님冠者の君[60]의 모습은 참으로 이 같은 집단의 교제에는 어울리지 않고 기품 있고 귀염성 있어 보인다. 여느 때처럼 초라한 자들이 무리 속에 섞이어 앉아 있는 좌석 끝에 자리 잡는 것을 괴롭게 여기시는 것도 너무 지당한 일이다.[61] 여기서도 또 시끄럽게 내려 누르는 자들이 있어 불쾌하였어도 전혀 주눅 들지 않고 끝까지 읽어 내셨다.

옛날을 떠올릴 만큼 대학이 번성하는 즈음[62]인지라 상중하 사람들이 너나 할 것 없이 이 길을 마음에 두고 모이기에, 점점 더 세상에 문재가 있고 능력 있는 사람이 많아졌다. 도련님은 문인文人 · 의생擬生[63] 등이라

---

58 대학료는 니조(二條) 남쪽 스자쿠 대로(朱雀大路) 동쪽 스자쿠몬(朱雀門) 밖 신센엔(神泉苑) 서쪽에 인접해 있다.

59 보통 대학료 시험에 공경들이 모일 일은 없지만, 유기리의 외삼촌 등이 모인 것이다.

60 막 성인식을 치른 유기리.

61 장유유서에 따라 열두 살인 유기리는 자 붙이기 의식 때와 같이 초라한 유학자들보다 말석에 앉는다.

62 헤이안시대 초기에는 대학료에 전답 백 정(町)을 지급하는 등 존중을 받았다. 그때처럼 히카루겐지가 유기리를 대학료에 입학시키기로 하면서, 쇠퇴해 가던 대학료에 입학 희망자가 늘어 다시 번창하게 되었다.

고 하는 시험들로부터 시작하여 순조롭게 마치셨기에, 오로지 마음을 다하여 스승도 제자도 한층 더 학문을 닦으신다. 댁[64]에서도 빈번히 한시 모임이 열려 박사와 학재가 있는 사람들은 득의양양하다. 대저 무슨 일이든지 간에 각 방면에 걸친 인재의 재능이 드러나는 세상[65]이 되었다.

8. 우메쓰보 여어가 중궁 자리에 오르다

이러면서 입후立后 의식[66]을 치르실 만한 때가 되니, 대신大臣 또한 "재궁 여어齋宮女御[67]를, 모후[68]께서도 주상을 돌보실 후견인으로 부탁해 두셨기에……"라는 이유를 들어 천거하신다. 겐지源氏[69]가 잇따라 황후 자리에 오르시는 것은 세상 사람들이 납득하지 못할 터이고 홍휘전 여어弘徽殿女御[70]가 누구보다 먼저 입궐하셨건만 어떠할까 등등 이쪽저쪽[71]으로 마음이 기울어져 있는 사람들은 내심 걱정스러워한다.

병부경 친왕兵部卿宮이셨던 분은 지금은 식부경式部卿[72]으로 이번 천황의

---

63 문인은 문장도 학생이 진급하는 과정 중 하나의 자격이다. 의생은 대학료 시험에 합격한 의문장생을 가리킨다. '문인의생'을 한 단어로 보아 문장도의 의문장생으로 보는 견해도 있다.

64 히카루겐지의 저택인 니조노인.

65 학예가 번성하는 것은 성대(聖代)의 증표이다. 히카루겐지가 성대를 창출한 셈이다.

66 금상인 레이제이 천황(冷泉天皇)의 황후를 입후하는 의식.

67 로쿠조미야스도코로(六條御息所)의 여식인 우메쓰보 여어이다.

68 레이제이 천황의 모후인 후지쓰보 중궁.

69 후지와라(藤原) 씨에 대해 황족 출신을 이른다. 미나모토(源) 성을 받은 황족만이 아니라 현재의 황족까지 포함한 것이다. 후지쓰보 중궁도 '겐지'에 해당된다.

70 옛 두중장인 우대장의 여식으로 우메쓰보 여어보다 2년 먼저 입궐하였다.

71 우메쓰보 여어 쪽과 홍휘전 여어 쪽. 히카루겐지 쪽과 우대장 쪽이라고 할 수 있다.

치세에는 더욱더 성총을 두텁게 받고 계신데, 따님이 뜻이 있어 입궐하셨다. 식부경 친왕의 생각에는 재궁 여어와 마찬가지로 왕 여어王女御[73]로서 주상을 모시고 계시기에, 이왕이면 주상의 모후 쪽이시니 이쪽[74]이 주상 가까이 계시는 게 마땅하고 모후의 빈자리를 대신하실 후견인으로 삼는 데도 어울릴 터인데 하며, 제각각 다른 생각을 하며 경쟁을 하신다. 하나, 역시 우메쓰보梅壺[75]가 황후가 되셨다. 이렇게 여어의 행운이 모친과는 달리 뛰어나셨구나 하며 세상 사람들은 놀랍게 여긴다.

9. 태정대신으로 승진한 히카루겐지와 내대신이 된 두중장

대신大臣께서 태정대신太政大臣으로 승차[76]하시고 대장[77]은 내대신內大臣[78]이 되셨다. 세상일들을 내대신이 맡아 다스릴 수 있도록 겐지 님께서 물려주신다. 내대신은 인품이 참으로 강직한 데다 반듯하고 마음가짐 등도 대단하시다. 학문을 각별하게 닦으셨기에 운韻 찾기[79] 겨루기에는 지

---

72 후지쓰보 중궁의 오라버니이자 무라사키노우에(紫の上)의 부친. 레이제이 천황의 외삼촌이다.

73 친왕의 딸인 '여왕(女王)' 출신 여어.

74 식부경 친왕의 여식으로 입궐한 나카노키미(中の君)는 후지쓰보 중궁의 조카이자 레이제이 천황의 사촌으로 가장 가까운 혈연이다.

75 재궁 여어.

76 히카루겐지는 전해 가을 관직 인사이동 때 태정대신으로 정하여졌지만 고사하였다(『겐지 모노가타리』 2 「우스구모」 권 18절). 그때의 인사 결정이 실현되었다.

77 옛 두중장.

78 내대신은 좌대신과 우대신 다음가는 영외(令外) 관직의 하나로서 천황을 보좌한다.

셨어도 공사에는 밝으시다. 여러 부인 소생의 자제분들이 십여 명인데 성인이 되어 가심에 따라 잇따라 출사하면서 겐지 님께 뒤처지지 않고 번성한 집안이시다.

여식으로는 여어[80]와 또 한 분[81]이 더 계셨다. 황족 출신 모친의 소생으로서 고귀한 신분은 여어에 뒤지지 않지만, 아가씨 모친[82]이 안찰 대납언의 정실부인이 되어 지금 남편 사이에 자식들을 많이 두었다. 하여 내대신은 여식을 그 자식들 틈에 자라도록 계부에게 맡기는 것을 무척 민망하게 여겨 친모에게서 데리고 나와 큰 황녀[83]께 맡겨 키우도록 하셨다. 여어에 비해서는 훨씬 가볍게 여겨지고 계시지만, 품성이나 용모 등은 무척 아름다운 분이셨다.

10. 어릴 때부터 서로 연정을 느끼는 유기리와 내대신의 딸 구모이노카리

관을 쓴 도련님[84]은 한집에서 태어나 자라셨지만, 제각각 열 살이 넘

79 엄운(掩韻). 옛사람이 지은 시의 운자(韻字)를 숨겨 두고 시의 내용을 살펴보고 맞춘다. 관인에게 필수인 시문의 교양에 바탕을 둔 유희이다. 『겐지 모노가타리』 2 「사카키」 권 32절 참조.

80 홍휘전 여어.

81 훗날 구모이노카리(雲居雁)로 불리는 아가씨.

82 구모이노카리의 모친은 황족의 후예이다. 현재는 내대신과 이혼하고 대납언이면서 안찰사를 겸한 안찰 대납언과 재혼하였다. 안찰사는 지방의 민정을 사찰하는 임무이지만 당시에는 이름만 있을 뿐 실제로는 부임하지 않았다.

83 옛 좌대신의 정실부인으로서 내대신의 모친. 기리쓰보인의 여동생이다.

84 히카루겐지의 아들 유기리.

어선 뒤[85]에는 처소를 달리하였다. 부친인 대신[86]이 "가까운 사람일지라도 남자하고는 무람없어서는 아니 된다"고 말씀하셔서 거리를 두고 생활하였다. 도련님은 어린 마음에 생각하는 바가 없는 것도 아니기에, 대수롭잖은 꽃과 단풍이든[87] 인형 놀이 상대로든 열과 성을 다하여 주위를 맴돌며 마음을 보여 드리신다. 하여, 서로 깊이 마음을 주고받으면서 지금도 표나게는 부끄러워하지 않으신다. 후견인들[88]도 "무슨 일 있겠는지요. 서로 어린 마음에 오랜 시간 익숙하게 지내 오신 사이이시거늘, 갑작스레 어찌 떼어 놓아 민망하게 만들어 드릴 수 있겠는지요"라며 지켜본다.

아가씨女君 쪽은 무심히 순진하게 계시지만, 남자男는 그다지도 철없는 나이로 보아 왔건만 가당찮게도 어떠한 사이이시기라도 하였던 것인가, 거처를 따로따로 쓰고부터는 이 일을 초조하게 여기는 듯하다.[89] 아직은 어설퍼도 훗날 멋들어질 것으로 기대되는 필체로 서로 써서 주고받는 편지들이, 어려서 조심성이 없기에 어쩌다 떨어져 흐트러져 있을 때가 있다. 이를 본 아가씨 처소의 시녀들은 어슴푸레 짐작되는 바도 있지만, 어찌 이러이러하다고 누구에게 아뢸 것인가, 못 본 척하면서 지내는 듯하다.

---

85 유기리 12세, 구모이노카리 14세.

86 내대신. 옛 두중장.

87 사계절의 풍물에 와카(和歌)를 읊은 종이를 묶어 보낸다.

88 유모와 시녀들.

89 두 사람의 연정을 드러내기 위해 아직 어린 나이이지만 '남자(男)'와 '아가씨(女君)'라는 표현을 쓰고 있다.

11. 내대신이 모친인 큰 황녀와 현악기를 타며 담소하다

두 대신이 따로따로 개최한 축하 큰잔치들[90]도 끝나서 공식적인 행사 준비도 없어 한가로워졌을 즈음, 늦가을 비[91]가 흩뿌려 물억새 위로 부는 바람[92]도 평소와 다른 저녁 무렵에 큰 황녀 처소로 내대신이 뵈러 오셨다. 아가씨[93]를 건너오도록 하셔서 현악기 등을 타도록 하신다. 황녀께서는 갖가지 악기를 능숙하게 다루시기에 무엇이든 다 아가씨에게 전수해 드리신다.

"비파琵琶야말로 여자가 뜯고 있으면 미워 보이지만,[94] 음색은 낭랑한 악기입니다. 요즘 세상에 제대로 전해 주는 사람은 거의 없어졌습니다. 모 친왕, 아무개 겐지源氏[95]……."

내대신이 이와 같이 헤아리신 뒤 다음과 같이 말씀하시며 황녀를 부추기신다.

"여자 중에서는 태정대신太政大臣께서 산골 마을에 안돈해 두신 분[96]이야말로 참으로 능숙하다고 들었습니다. 악기 명인의 후예[97]라고는 하지

---

90 히카루겐지가 태정대신, 우대장(옛 두중장)이 내대신에 임명된 뒤 열린 축하연.

91 늦가을에서 초겨울 사이에 오는 비로 '시구레(時雨)'라고 한다. 모노가타리에서 계절을 나타내는 전형적인 풍물이다.

92 '가을은 역시 어스름 저물녘도 예사롭잖네 물억새 위 바람과 싸리나무 이슬도(秋はなほ夕まぐれこそただならね荻の上風萩の下露)'(『藤原義孝集』)에 의한다.

93 내대신의 여식인 구모이노카리.

94 여자가 비파를 안고 타는 모습을 아름답지 않게 보는 인식은 『우쓰호 모노가타리(宇津保物語)』「하쓰아키(初秋)」 권에 보인다. 비파는 4현금이다.

95 여기서 겐지(源氏)란 황족이었다가 미나모토(源) 성을 하사받은 사람을 이른다. 친왕과 겐지 모두 황족이다.

96 히카루겐지가 오이(大堰) 산골에 안돈시켜 둔 아카시노키미(明石の君).

97 아카시노키미는 다이고 천황(醍醐天皇)의 비파 타는 수법을 이어받은 아카시 입도(明石入道)의 딸이다.

만 후대에 와서 산사람으로서 세월을 보낸 사람이 어찌 그리도 뛰어나게 탈 수 있었을까요. 그 대신大臣께서 참으로 각별하게 여겨 때때로 말씀하십니다. 다른 일보다는 악기 연주 쪽 재능은 역시 폭넓게 합주하고 이런 저런 음악과 맞추어 연주해 보아야 빼어나게 됩니다. 홀로 배워 잘 타게 된다는 것은 좀체 없는 일입니다."

이에 황녀께서는 "비파 발[98]을 누르는 것도 어색하네요"라고 말씀하시면서도 정취 있게 연주하신다. 그러면서 이렇게 말씀을 아뢰신다.

"행운[99]에 더하여 역시 별스럽게 인품이 빼어난 사람이로군요. 겐지님께서 늘그막까지 얻지 못하신 따님을 낳아 드리신 데다 본인 곁에 두어 초라한 환경에 두지 않고 고귀한 분에게 맡긴 그 마음 씀씀이[100]는 책잡을 것도 없는 사람이라고 들었습니다."

내대신은 "여자는 그저 마음씨에 따라 세상의 평판을 얻는 법이로군요" 하면서 인물에 대해 평하기 시작하시며, 이렇게 탄식하신다.

"저는 여어[101]를 볼품없지는 않도록, 어떠한 면에서든 다른 사람[102]에게 뒤떨어지지는 않도록 양육하였다고 생각해 왔습니다만, 예기치 않은 사람[103]에게 밀리는 숙명에 맞닥뜨리니 세상이란 생각대로 되지 않는 법이라고 생각하게 되었습니다. 이 아이[104]만이라도 어찌하여서든 생각

---

98 비파 몸통 위에 세워 현을 지탱하는 도구이다. 눌러서 현의 완급을 조절한다.
99 히카루겐지의 여식을 낳은 아카시노키미의 행운.
100 무라사키노우에에게 자기 딸을 양녀로 보내 키우게 하여 아카시 아가씨의 장래에 문제가 없도록 배려한 아카시노키미의 성숙한 마음씨.
101 내대신의 여식인 홍휘전 여어.
102 넌지시 우메쓰보 여어(재궁 여어)를 가리킨다.
103 여식인 홍휘전 여어가 먼저 입궐하였는데도 히카루겐지의 양녀 자격으로 우메쓰보 여어가 입궐한 것을 '예기치 않은' 일로 인식하고 있다.
104 구모이노카리. 내대신은 홍휘전 여어를 황후로 세우지 못하였기에, 이번에는 다른 여식

한 바대로 되게 하고 싶습니다. 동궁의 성인식[105]이 머지않아 열리게 되었거늘, 하며 남몰래 마음먹고 그럴 심산으로 있는데, 이렇게 운 좋은 사람의 소생인 황후감[106]이 또다시 뒤따라왔습니다. 입궐하신다면 더욱더 맞설 사람이 없을 것입니다."

이에 큰 황녀께서는 이렇게 말씀하시며, 이 일에 관해서는 태정대신太政大臣까지 원망스레 여기신다.

"무에 그리되겠소. 이 집안에 그런 방면의 사람[107]이 끝내 나오지 않으실 일은 없을 것이라며, 돌아가신 대신께서 숙고하셔서 여어의 입궐에 관하신 일[108]도 열심히 준비하셨건만, 살아 계셨다면 이리 말이 되지 않는 일도 없었을 터인데……."

아가씨의 용모가 참으로 여리고 아리땁다. 쟁금[109]을 타고 계시는데, 어깨 언저리에 내려온 머리카락 끝자락 등이 기품이 있고 우아하다. 대신이 줄곧 지켜보고 계시자니, 부끄러워하며 살짝 옆으로 고개를 돌리시는 옆모습은 볼이 귀염성 있고 현을 누르는 왼쪽 손놀림이 공들여 만든 물건 같은 느낌이 든다. 황녀께서도 한없이 사랑스럽게 여기신다. 아가씨는 장단을 맞추기 위한 짧은 곡 등을 살짝 타신 뒤 쟁금을 밀어내신다.

대신이 화금[110]을 끌어당기셔서 율律 가락[111]을 오히려 화려하게 타시

인 구모이노카리를 동궁의 비로 만들고 싶어 한다.

105 스자쿠인(朱雀院)의 황자인 동궁은 현재 9세이다.

106 아카시노키미 소생인 아카시 아가씨.

107 황후가 될 만한 사람.

108 큰 황녀의 남편이자 내대신의 부친인 태정대신(옛 좌대신)은 손녀인 홍휘전 여어를 양녀로까지 삼아 황후로 세우려고 애썼다.

109 13현금.

110 6현금.

111 여조(呂調)에 비해 단조(短調)적인 경쾌한 당세풍 선율. 중국에서 '여'는 정악이며 '율'

니, 이 정도로 능숙한 연주자가 자유자재로 뜯으며 타시는 모습은 참으로 정취가 있다. 앞뜰 나뭇가지의 나뭇잎이 줄줄이 남김없이 떨어지고, 늙은 시녀들 등은 이곳저곳의 칸막이 뒤에 머리를 맞대고 모여 앉아 있다. 대신이 "바람의 힘은 아마 약할 듯"[112]이라고 읊조리시고, "칠현금의 감흥은 아니지만,[113] 이상하게 왠지 절절한 저녁이로구나. 더 연주하지 않겠는가"라며 〈추풍악秋風樂〉[114]에 맞춰 뜯으며 노래를 부르시는 목소리가 참으로 정취가 있다. 큰 황녀께서는 한 명 한 명 모두, 대신까지도 참으로 사랑스럽게 여기시는 참에 거기에 흥취를 더욱더 더하시려는지 관을 쓴 도련님[115]이 뵈러 오셨다.

12. 찾아온 유기리에 대한 내대신의 태도

"이쪽으로"라고 하면서, 내대신이 칸막이를 세워 아가씨와 가로막은 뒤 도련님을 들이셨다.

"좀체 만나 뵙지도 못하는군요. 어찌 이리 이 학문에만 몰두하시는지요. 학식이 신분보다 넘치는 것 또한 부질없는 짓이라고 대신大臣[116]께서

은 속악이다. 일본에서 가요는 율조이며 가을의 가락이다.

112 '落葉俟微風以隕 而風之力蓋寡'(『文選』 卷四十六 「豪士賦序」)에 의한다. 낙엽은 계절 탓이지 바람 때문이 아니라는 뜻으로, 칠현금이 정취 있게 들리는 것은 타는 솜씨가 뛰어나서가 아니라는 의미이다.

113 '孟嘗遭雍門而泣 琴之感以末'(『文選』 卷四十六 「豪士賦序」)에 의한다. 앞의 각주에 이어진 구절이다. 칠현금이 아니라 6현금인 화금이 감흥 있다는 의미이다.

114 일본풍으로 개작된 당악으로서 단조적이며 반섭조(盤涉調)이다.

115 유기리.

116 유기리의 부친인 히카루겐지.

도 알고 계신 일이거늘, 이리 일러두시는 데는 까닭이 있을 거라고는 생각하고 있습니다. 그러면서도 이리 칩거해 계신 것이 딱하게 여겨지는군요."

이리 말씀하신 뒤, "가끔은 다른 일도 하시게나. 피리 소리에도 옛 가르침은 전해지는 법이지요"라면서 피리를 올리신다.

참으로 신선하고 아름다운 음색으로 불어 무척 흥취가 있기에, 타시던 현악기들을 잠시 멈추고 대신이 박자拍子[117]를 야단스럽지 않게 치시면서 "싸리꽃 물들인 옷"[118] 등을 노래 부르신다.

"대신大殿께서도 이 같은 취미에 마음을 두시고 바쁜 정사들을 벗어났답니다. 참으로 부질없는 이 세상에서 마음 가는 일을 하면서 지내고 싶군요."

내대신은 이리 말씀하시며 잔을 드신다. 어두워졌기에 등불을 켜고 더운물에 만 밥과 과일 등을 다들 드신다. 아가씨는 저쪽으로 건너가셨다.

대신은 무리하여 두 사람을 떨어뜨려 놓으시고 현악기 타는 소리조차도 들려드리지 않으시겠다며, 지금은[119] 더없이 사이를 갈라놓으신다. 이에 아가씨를 가까이에서 모시는 큰 황녀 처소의 나이 든 시녀들은 "딱

117 악기 명. 홀박자(笏拍子)가 정식 명칭이다. 벼슬아치가 손에 쥐던 패인 홀을 반으로 자른 모양의 나무판자를 맞부딪쳐 박자를 맞춘다. 이 자리는 허물없는 자리이므로 부채로 왼손바닥을 치는 것으로 보인다.

118 '옷 갈아입세 사키무다치야 내 비단옷은 들판 대나무 벌판 싸리꽃 물들인 옷 사키무다치야(更衣せむや さきむだちや 我が絹は 野原篠原 萩の花摺りや さきむだちや)'(催馬楽, 〈更衣〉). '사키무다치야'는 장단을 맞추기 위해 넣는 말이다. '옷 갈아입세'를 부른 이유는 비슷한 신분의 자제들보다 낮은 6위의 옷을 입은 유기리가 빨리 승진하여 다른 색상의 옷으로 갈아입기를 바라는 뜻이 담겨 있다는 설도 있다.

119 두 사람 다 열 살이 지난 데다 구모이노카리를 동궁에게 입궐시키겠다는 마음을 먹고 있는 지금.

한 일이 생길 듯한 두 사람 사이로구나" 하고 속살거렸다.

13. 내대신이 유기리와 구모이노카리 사이를 알게 되다

대신은 집을 나서신 듯 꾸미며, 남몰래 사람과 만나 이야기나 나누려고 일어나셨다. 살짝 몸을 구부리고 나가시려는 길에 이 같은 속살대는 소리가 들린다. 이상하게 여기셔서 귀를 기울여 들으시자니, 자신에 관한 이야기이다.

"다 헤아리시는 척하지만 부모는 부모. 어쩌면 어처구니없는 일이 일어날 듯하네요. 자식을 아는 건 부모라고 하지만 거짓말인 듯하네요."

이러며 서로 쑥덕댄다. 기가 막히기도 하구나, 그랬구나, 생각지 못한 일은 아니지만 나이가 어리기에 방심한 탓에……. 세상은 괴롭기도 하구나, 하며 상황을 소상히 파악하셨지만 기척도 내지 않고 나가셨다.

시녀들은 벽제 소리가 드높기에, "나으리는 지금 나가셨군요. 어느 구석에 계셨던 걸까요. 아직도 이런 들뜬 마음을 지니고 계시다니" 하며 서로 이야기한다. 속살댔던 시녀들은 "참으로 상큼한 향내가 옷깃 스치는 소리와 함께 났던 터라 관을 쓴 도련님이 계셨던 게로구나 하고 생각하였건만……. 아 어쩜 좋을꼬. 뒤에서 험담하는 걸 얼핏 들으신 건 아닐까. 까탈스러운 성품이신데"라며 다들 풀이 죽었다.

나으리殿는 길을 가며 생각하시자니, 참으로 한심하고 나쁜 일은 아니지만 색다를 게 없는 관계[120]라고 세상 사람들도 생각하고 입에 올릴 일이다, 대신大臣[121]께서 무리하여 여어를 별 볼 일 없게 만드신 것도 원망스럽기에 혹여 다른 사람보다 나은 일도 있지 않을까 생각하였건만 분하기도 하구나, 하고 생각하신다. 겐지 님과 나으리 사이가 일반적으로는 옛날도 지금도 아주 잘 지내시면서도 이러한 방면[122]으로는 경쟁하셨던 응어리도 떠오르셔서 우울하기에, 자는 둥 마는 둥 밤을 밝히신다.

'큰 황녀께서도 두 사람의 그런 분위기는 눈치채셨을 터인데 세상에 다시없이 사랑하시는 손주이신지라 마음대로 하게 두고 보신 거겠지.'

대신은 이러면서 시녀들이 말하던 분위기를 못마땅하고 분하게 생각하신다. 이에 마음이 흔들리시어, 다소 기승스럽고 정확한 성격에는 억누르기 어려우시다.

14. 내대신이 딸을 풀어 키운 큰 황녀를 원망하다

이틀쯤 지나 큰 황녀를 찾아뵈러 가신다. 빈번하게 찾아뵈실 때는 큰 황녀께서도 무척 뿌듯해하시고 기쁜 일로 생각하신다. 어깨 길이로 자른 비구니 머리 모양의 머리카락을 양쪽 빰 언저리로 늘어뜨린 채 고운 고우치키小袿[123] 등을 덧입으시고, 자식이지만 이쪽이 남부끄러울 정도로 멋진 풍모이시기에 정면에서 마주하지 않고 대면하신다.

---

120 두 사람의 결혼은 자연스럽고 어울리기에 그리 나쁜 일도 아니며 오히려 평범하기조차 하다. 내대신은 홍휘전 여어를 입궐시키며 꿈꾸었던 희망이 히카루겐지의 양녀인 재궁 여어 탓에 무산된 데 대한 보상으로 구모이노카리를 동궁에게 입궐시키고자 하였건만 이 또한 무산되는 데 대한 아쉬움을 느끼고 있다.

121 히카루겐지.

122 권력 다툼.

123 부인의 약식 예복이다. 아래에 다듬이질로 광택을 낸 우치기누(打衣)를 받쳐 입었다. 우치키(袿)보다는 길이가 짧다.

대신은 불쾌한 기색을 띠시며, 이리 말하며 눈물을 훔치신다.

"이리로 찾아뵙는 것도 거북살스럽고 사람들이 어찌 볼는지 마음에 걸립니다. 대단한 처지는 아니어도 세상에 머무는 한 늘 찾아뵙고 격조하여 모르는 일은 없어야겠다고 생각해 왔습니다. 그런데 괘씸한 아이[124] 일 탓에 원망스럽게 여길 만한 일이 생겨 버렸기에……. 이렇게까지 생각하지 말자고 한편으로는 생각하면서도 역시 억누르기 어렵게 여겨집니다."

그러자 황녀께서는 화장하신 안색이 바뀌시며 눈도 커지셨다.

"무엇 때문에 새삼스레 이리 나이를 먹은 뒤에 자네에게 걱정을 들어야만 하는고."

이리 아뢰시는 것 또한 역시 애처롭기에, 대신은 이리 아뢰신다.

"미더운 슬하에 어린아이를 맡겨 두고 그 아이를 어릴 때부터 좀체 보살피지도 못한 채, 우선 가까이 있는 여식의 궁중 생활[125] 등이 생각대로 되지 않는 것을 지켜보며 탄식만 해 왔습니다. 그러면서도 제 몫을 할 사람으로 키워 주실 거라고 믿으며 지내 왔습니다. 그런데 생각지 못한 일이 있기에 참으로 분합니다. 그 도련님은 정말로 천하에 견줄 만한 사람이 없는 학식을 지니고는 계시겠지만 가까운 사이[126]에 이러는 것은 세상 사람들이 소문으로 듣고 생각하기에도 경박하게 여겨질 겁니다. 대수롭잖은 신분도 아닌 관계에서조차 그러한데 그 사람[127] 입장에서도 참

---

124 딸인 구모이노카리.
125 정처 소생 딸인 홍휘전 여어의 궁중 생활. 홍휘전 여어는 먼저 입궐하였음에도 불구하고 로쿠조미야스도코로의 딸인 우메쓰보 여어에게 중궁 입후에서 밀렸다.
126 유기리와 구모이노카리는 사촌지간이다.
127 유기리.

으로 민망한 일입니다. 친인척이 아닌 호화롭고 좀체 볼 수 없는 근방에서 화려하게 대우받는 것이야말로 바람직합니다. 혈연으로서 가까워져 결혼하는 것은 비상식적인 상태로서 대신大臣[128]께서도 듣고 생각하시는 바가 있을 것입니다. 연을 맺어 준다고 하여도 이러이러한 일이 있다고 알려 주셔서 제대로 절차를 진행하여 세상에서 약간은 흥미로울 만한 일[129]을 섞었다면 좋았을 터이지요. 어린 사람들 마음대로 하도록 방임하시다니, 박정하게 여겨집니다."

큰 황녀께서는 꿈에도 모르시는 일이기에, 참담하게 여기셔서 이리 말씀하신다.

"과연 그리 말씀하시는 것도 당연하지만, 이 사람들의 속마음은 결코 알지 못하였답니다. 정말로 몹시 안타까운 것은 이쪽이야말로 더더욱 한탄할 만하지요. 그런데 저들과 함께 단죄하시는 것은 원망스러운 일입니다. 처음 아가씨를 뵈었을 때부터 각별히 마음을 써서 대신의 생각이 미치지 못하시는 부분까지도 빼어난 모습으로 키우겠다고 남몰래 생각하고 있습니다. 철이 없는 나이이거늘 내 마음속 어둠[130]에 허우적대며 서둘러 맺어 주려고는 생각도 못 한 일입니다. 그건 그렇고 누가 이런 일을 아뢰었을까요. 쓸데없는 세상 풍문을 믿고 앞뒤 돌아보지 않고 강경하게 생각하시고 말씀하시는 것도 부질없고, 뜬소문 탓에 여식의 평판이 떨어지겠어요."

---

128 히카루겐지.

129 내대신이 세상 평판에 극도로 신경을 쓰고 있다는 것을 알 수 있다.

130 '마음속 어둠(心の闇)'은 어린 손주들을 생각하는 조모의 마음을 의미한다. '부모의 마음 어둡지 않다 해도 오직 자식을 생각하는 길에는 허우적댈 뿐이네(人の親の心は闇にあらねども子を思ふ道にまどひぬるかな)'(『後撰和歌集』 雜一, 藤原兼輔)를 인용하였다.

그러자 대신은 이리 말씀하시며 일어나신다.

"어찌 근거가 없는 일이겠는지요. 곁에서 모시는 듯한 사람들 또한 한편으로는 모두 흉을 보며 비웃고 있는 듯한데, 참으로 분하고 마음 편치 않게 생각되는군요."

속사정을 알고 있는 사람들[131]은 몹시 안타깝게 여긴다. 전날 밤 험담하였던 사람들은 하물며 정신도 혼미해져, 어찌 이런 내밀한 이야기를 하였던고 하며 서로 탄식하였다.

15. 구모이노카리를 본집으로 데려가려는 데 대한 큰 황녀의 심중

아가씨는 무심하게도 계시는데, 대신이 들여다보시니 참으로 아리따운 모습이시기에 절절한 마음으로 뵙는다.

"나어린 사람이라고는 하지만 사려 분별 없이 지내셨다는 걸 모른 채, 참으로 이리 남들만큼은 되어야 한다고 생각하였던 나야말로 가장 한심하였구나."

대신이 이러면서 유모들을 꾸짖으시니, 아뢸 말이 없다.

"이와 같은 일은 고귀하기 이를 데 없는 천황의 소중한 황녀라도 어쩌다 잘못을 범하는 예가 옛이야기에도 있는 듯한데, 속사정을 알아 이어주는 사람이 그럴 만한 틈을 이용하기 때문일 터이지요. 이번 일은 밤낮

131 뒤에서 수군거렸던 시녀들.

으로 함께 지내시며 오랜 시간을 보내셨어도, 어린 연치이시기에 무얼 그리 황녀의 양육 방식을 벗어나면서까지 떨어뜨려 놓을 필요가 있을까 하고 마음 편히 지내 왔답니다. 재작년쯤부터는 눈에 띄게 두 사람에 대한 처우를 신경 쓰시는 듯하였고, 젊은 사람 중에서도 남들 눈을 피하여 어찌 된 일인지 남녀 간 일에 얽히는 사람도 있기는 하지만, 도련님은 결코 흐트러진 구석을 지니지 않으신 듯하기에 전혀 짐작하지 못하였던 일입니다."

유모들은 이러며 서로 탄식한다.

"알았네, 당분간 이 같은 일은 새나지 않도록 하게. 감출 수 없는 일이지만 신경 써서 그런 일 없다고 우기기라도 하게나. 조만간 아가씨를 저쪽 집[132]으로 옮겨 드리려 하네. 황녀의 의중이 원망스럽구나. 자네들은 아무리 그렇다 하여도 참으로 이렇게 되면 좋겠다고는 생각하지 않았겠지."

대신이 이리 말씀하시기에, 유모는 아가씨를 안됐게 여기는 와중에도 고마운 말씀을 하신다고 생각하여 이리 아뢴다.

"아아 참으로……. 대납언님[133]이 들으실 것까지 생각하고 있기에, 상대가 멋지다고 하여도 보통 신하 집안이어서 괜찮다고는 어찌 생각이나 하겠는지요."

아가씨는 몹시 어려 보이는 자태이신지라 이런저런 말씀을 해 드려도 소용이 있을 법하지도 않다. 이에 대신은 눈물을 흘리시고, 어찌하여서든 아가씨의 신세가 허망해지시지 않을 방도는 없을까 하며 드러나지 않게 그럴 만한 사람들[134]과 의논하시며 큰 황녀만 원망하신다.

---

132 니조에 있는 내대신의 저택.
133 구모이노카리의 계부인 안찰 대납언. 9절 참조.

황녀께서는 참으로 안됐다고 생각하시는 중에서도 도련님이 유별나게 사랑스러우신 탓인지 이러한 마음을 지닌 것 또한 귀엽게 여겨지신다. 대신이 매정하게 대단한 일인 양 생각하시고 말씀하신 걸, 뭐 그리도 심한 일일까, 원래 대단히 아가씨를 생각하신 적이 없고 이렇게까지 귀히 키우려고도 생각지 않으셨던 것을. 내가 이렇게 돌보기 시작하였기에 동궁께 입궐시키겠다는 마음도 먹으셨을 터인데 입궐 기회를 놓치고 보통 신하와 맺어지는 숙명이라면 이 도련님 말고 더 나은 사람이 있겠는가, 용모와 몸가짐을 비롯하여 비슷한 사람이 있겠는가, 이 아이는 견주지 못할 훨씬 나은 신분[135]과 맺어진다고 하여도 괜찮다고 생각하거늘, 하며 본인 마음이 도련님에게 더 가 있기 때문인지 대신을 원망스럽게 생각하신다. 황녀의 심중을 대신에게 보여 드리셨다면 더더욱 얼마나 원망하셨을꼬.

16. 큰 황녀가 구모이노카리의 일로 유기리를 타이르다

이렇게 시끄러워진 줄도 모른 채 관을 쓴 도련님이 황녀를 뵈러 왔다. 지난밤에도 사람들 눈이 많아 아가씨에게 생각하는 바를 아뢰지 못하였기에, 평상시보다도 절절하게 여기셨다. 하여, 저녁 무렵에 찾아오신 듯하다. 황녀께서는 여느 때라면 무심히 웃음을 띠며 방문을 반기시는데,

---

134 유모와 시녀들.

135 황녀나 고귀한 집안의 아가씨. 큰 황녀는 유기리가 구모이노카리보다 더 괜찮다고 생각하고 있다.

정색하며 이야기 등을 아뢰시는 김에 이리 아뢰신다.

“자네와 관련된 일로 내대신이 원망하고 계시기에 참으로 곤란하군요. 색다르게 보이지도 않는 일[136]에 관심을 가지기 시작하셔서 사람을 걱정시키시니 괴롭군요. 이리 아뢰지도 말아야겠다고 생각하지만, 그러한 대신의 마음도 모르신 채 계시는 것도 어떨까 싶기에…….”

도련님은 마음에 걸려 있는 방면의 일이기에 바로 짐작이 되었다.

“무슨 일인지요. 한적한 곳[137]에 틀어박혀 지내게 된 뒤로 사람과 어울릴 이런저런 기회가 없기에, 대신이 원망스러워하실 일은 없을 거라 생각됩니다만…….”

얼굴이 빨개진 채 이리 말하며 참으로 부끄럽게 여기는 기색인지라, 큰 황녀께서는 마음이 절절하고 안됐기에 “그런가요, 지금부터라도 조심하도록 하시지요” 정도로 끝내고, 다른 일인 듯이 말을 돌리셨다.

17. 유기리와 구모이노카리가 이별을 탄식하다

앞으로 더한층 서찰 등도 주고받는 일이 어려워질 듯하다고 생각하자니, 도련님은 참으로 한탄스럽다. 큰 황녀께서 식사 등을 권하시지만 전혀 드시지 못하고 잠든 척하고 계셔도 마음도 들뜬 상태이다. 사람들이 잠들어 조용해진 즈음에 방과 방 사이에 있는 맹장지문을 당겨 보지만 보통 때는 딱히 엄중히 잠그거나 하지도 않건만 꽉 잠긴 채 사람 기척도

136 사촌 간 결혼은 세상 사람들 생각에 그리 매력적이지 않은 일이다.
137 니조히가시노인에 있는 학당.

나지 않는다. 참으로 허전하게 여겨져 맹장지문에 기대어 앉아 계신다. 아가씨女君[138]도 잠에서 깨어나 있는데, 대나무의 마중을 받아 살랑대는 바람 소리에다[139] 기러기가 울며 날아가는 소리가 어슴푸레 들린다. 어린 마음에도 이런저런 시름으로 마음이 혼란스러우신지 "하늘 위 기러기도 내 맘과 같이"[140]라며 홀로 읊조리시는 기척이 젊고 가련하다.

도련님은 무척이나 애가 타기에, "이 문을 열어 주시게. 소시종小侍從[141]은 없는가"라고 말씀하셔도 기척도 없다. 소시종은 유모의 자식이었다. 아가씨는 혼잣말을 들으신 것도 부끄럽기에 왠지 모르게 얼굴을 이불 속으로 넣으시는데, 절절함[142]은 모르는 바도 아니니 얄밉기만 하다. 유모들 등이 가까이에 누워서 기척을 내는 것도 괴롭기에, 서로 소리도 내지 못한다.

유기리

깊은 밤중에 친구 부르며 나는 기러기 울음

억새 위 바람 부니 스산함 더하누나[143]

---

138 구모이노카리. 아가씨(女君)와 여자(女), 도련님(男君)과 남자(男)라는 표현을 통해 유기리와 구모이노카리 두 사람이 본격적으로 남녀 관계에 접어들었음을 알 수 있다.

139 '風竹生夜窓間臥 月松照時台上行'(『白氏文集』 卷十九 「贈駕部吳郎中七兄」; 『和漢朗詠集』 卷上)에 의한다. 바람과 대나무를 의인화하는 데서 유기리를 기다리는 구모이노카리의 심정을 추측할 수 있다.

140 『겐지 모노가타리』 주석서인 『오쿠이리(奧入)』에 따르면, '안개 자욱한 하늘 위 기러기도 내 맘과 같이 활짝 개이지 않고 슬퍼하는 듯하네(霧深き雲居の雁もわがごとや晴れせず物の悲しかるらむ)'(출전 미상)에 의한다고 한다. 아가씨의 심정이 하늘 위 기러기, 즉 '구모이노카리(雲居の雁)'를 통해 표현됨으로써, 내대신의 여식은 구모이노카리로 불리게 되었다.

141 유기리와 구모이노카리의 사이를 이어 주는 역할을 하는 인물이다.

142 연심.

143 구모이노카리가 읊조린 데 대한 답가 형식으로 두 사람의 사랑이 순조롭지 못한 것을

몸에도 바람이 스며드는구나[144]라고 줄곧 생각한다. 황녀께서 계신 처소로 돌아가 한탄만 하고 있으면서도 깨어나셔서 들으실까 싶어 조심스럽기에, 몸을 뒤척이며 누워 계신다.

도련님은 아침에 이유도 없이 왠지 쑥스러워 서둘러 본인 처소로 돌아가 서찰을 쓰시지만, 소시종과도 만날 수 없으시고 그쪽 처소에도 갈 수 없어 가슴이 미어지는 듯 여겨지신다. 여자女 역시 소동을 일으키신 것만 부끄럽기에, 내 신세가 어떻게 될 것인지 사람들이 어찌 생각할 것인지도 깊이 숙고하지 못하신 채 아리땁고 사랑스러운 모습으로, 주위에서 화제로 삼는 모습 등인데도 싫다고도 마음을 접지 않으셨다. 그리고 이리 시끄러워질 만한 일이라고도 생각지 못하셨건만 후견인들도 몹시 나무라기에 연락도 주고받지 못하신다. 어른스러운 사람이야 그럴 만한 기회라도 만들어 내련만 도련님男君 또한 다소 듬직하지 못한 연배인지라, 그저 참으로 안타깝다고만 생각한다.

18. 내대신이 딸을 데려가겠다고 큰 황녀에게 알리다

대신은 그길로 뵈러 오지 않으시고 황녀를 참으로 박정하다고 생각하고 계신다. 정실부인[145]에게는 이러한 일 같은 것은 내색도 하지 않으신다. 그저 일반적인 일에 몹시 못마땅한 기색을 띠시며 이리 말씀하신다.

한탄하고 있다.

144 '가을바람이 불어오면 몸에도 스며드는 걸 아무런 색이 없다 여기고 있었구나(吹きくれば身にもしみける秋風を色なきものと思ひけるかな)'(『古今和歌六帖』一, 紀友則)에 의한다.

145 홍휘전 여어의 생모.

"중궁[146]이 각별히 위엄을 갖춰 입궐하셨는지라 여어가 남녀 사이를 골똘히 생각하고 계시니, 괴롭고 가슴 아프오. 퇴궐하시게 하여 마음 편히 쉬시도록 해 드립시다. 그렇다고는 하여도 주상께서 곁에서 늘 모시도록 하시고 밤낮으로 처소로 방문[147]하시는 듯하니, 곁에 있는 사람들[148]도 긴장을 풀지 못하고 괴롭기만 하여 힘들어하는 듯하니……."

그러고는 갑자기 홍휘전 여어를 퇴궐시키신다. 천황께 말미를 얻는 것도 쉽지 않기에 대신은 불만스러운 태도를 보이시고, 주상上[149]께서는 마음 내키지 않아 하시건만 굳이 사가로 맞아들이신다.

"무료하실 터이니 아가씨[150]를 이리로 들게 하여 함께 놀거나 하시지요. 황녀께 맡겨 드려 안심이지만 참으로 주제넘게 나서는 조숙한 사람[151]이 출입하며 자연스럽게 가까워지는 것도 보기 민망한 나이가 되었고요."

이리 아뢰시고는, 급작스럽게 아가씨를 옮기도록 하신다.

황녀께서는 참으로 낙담하셔서 이리 아뢰신다.

"외동이셨던 여식[152]이 세상을 뜨신 뒤 참으로 쓸쓸하고 불안하였는데, 기쁘게도 이 아가씨를 맡게 되어 살아 있는 한 소중하게 돌보아야 할 존재로 여기면서 밤낮으로 늙어 느끼는 괴로움도 어루만지려고 생각하였건만……. 예상 밖으로 거리를 두시는 마음 또한 괴롭군요."

---

146 히카루겐지의 양녀이자 로쿠조미야스도코로의 여식인 우메쓰보 중궁. 어머니와 사별한 가을을 좋아한다.
147 입후하지는 못하였어도 주상의 총애는 여전하다.
148 여어 처소의 나인들.
149 레이제이 천황.
150 구모이노카리.
151 유기리.
152 히카루겐지의 정처이자 유기리의 모친인 아오이노우에.

내대신은 송구스러워하며 이리 말씀하신다.

“마음에 차지 않게 생각되는 것은 그리 생각된다고 말씀드린 것뿐입니다. 어찌 심히 거리를 두고 생각하거나 하겠는지요. 입궐하여 주상을 모시는 여어가 세상사를 원망하는 듯한 모습으로 최근 퇴궐하였는데, 참으로 무료하게 생각하여 우울해하기에 뵙기에 괴로웠습니다. 하여, 함께 놀이[153]라도 하며 위안으로 삼기를 바라는 마음으로 잠시 옮겨 지내도록 하고자 합니다.”

그러면서 “키워 주시고 한 사람 몫을 하도록 만들어 주신 것을 결코 소홀하게는 여기고 있지 않습니다”라고 아뢰신다.

이렇게 마음을 잡수시면 말리신다고 하여도 되돌릴 수 있는 마음이 아니시기에, 황녀께서는 참으로 성에 차지 않고 서럽게 여겨지셔서 이렇게 흐느끼시며 말씀하신다.

“사람 마음만큼 원망스러운 것은 없군요. 어린 마음들을 보아도 이리저리 나에게 거리를 두니 정나미가 떨어지는군요. 그래도 아이들은 그렇다고 할 수 있다손 치더라도, 대신이 사리 분별을 아는 마음을 깊이 지니고 계시면서도 나를 원망하고 이렇게 아가씨를 데리고 건너가려고 하시다니요. 그쪽에서 지내는 것이 여기보다 마음 편치도 않을 터인데…….”

153 음악이나 바둑 등의 유희.

19. 큰 황녀 저택으로 찾아온 유기리와 내대신의 속내

때마침 관을 쓴 도련님이 뵈러 오셨다. 혹여 잠시나마 틈이 있을까 하고 요즈음은 뻔질나게 흘끗 모습을 비추셨다. 내대신의 수레가 있기에 양심의 가책인지 거북살스럽기에 살짝 몸을 숨기고 본인 처소로 들어가 계신다.

내대신 댁 자제들인 좌소장左少將, 소납언少納言, 병위 좌兵衛佐, 시종侍從, 대부大夫[154]라거나 하는 사람들도 모두 여기로는 뵈러 모여들어도 발 안으로 들어가는 것[155]은 허락지 않으신다. 좌위문 독左衛門督이나 권중납언權中納言[156] 등도 내대신의 이복형제이시지만 돌아가신 대신[157]의 가르치심에 따라 지금도 곡진하게 찾아뵈시기에 그 자제들도 제각각 찾아뵙지만, 이 도련님[158]과 비슷한 아름다움은 없어 보인다. 큰 황녀의 마음 또한 도련님을 비할 바 없다고 여기시지만, 그저 이 아가씨를 가깝고 사랑스러운 존재로 귀히 여기시며 곁에서 떨어지지 않게 하시며 귀여운 존재로 여기셨다. 그런데 이렇게 내대신 저택으로 옮겨 가시는 것이 참으로 쓸쓸하게 생각되신다.

대신은 "지금 궁중에 입궐하여 저물녘에 데리러 오겠습니다"라며 댁을 나서셨다. 소용없는 일이니 무난하게 둘러대어 그렇게라도 해 보면

154 좌소장은 좌근위부 소장으로 정5위 하, 소납언은 종5위 하, 병위 좌는 종5위 상, 시종은 종5위 하이며, 대부는 5위에 임명된 자를 칭한다.
155 큰 황녀의 처소 안으로는 외손자인 유기리만 들어갈 수 있고 친손자들은 들어가지 못한다.
156 좌위문 독은 종4위 하, 권중납언은 종3위에 상당한다.
157 고 태정대신으로 아오이노우에의 부친인 옛 좌대신이다.
158 유기리. 큰 황녀의 손자 중에서 용모를 비롯하여 가장 뛰어난 존재이다.

어떨까 싶은 생각[159]이 드시지만, 그래도 여전히 몹시 못마땅하다. 하여, 사람의 신분이 좀 더 무게감이 더하여지면 부족함이 없다는 걸 인정한 뒤 그때의 마음이 깊고 낮은 쪽 어디로 향하고 있는지를 살펴 확인하고 나서, 허락한다고 하여도 정식으로 절차를 밟도록 하자, 말리고 야단친다고 하여도 한곳에 있어서는 어린 마음이 가는 대로 보기 민망한 일이 생길지도 모르겠다, 황녀께서도 결코 막무가내로 말리지는 않으실 것이다, 하고 생각하신다. 여어의 무료함을 핑계 삼아 여기에도 저기에도 무난하게 둘러대고 아가씨를 맡는 것으로 하셨다.

20. 큰 황녀가 구모이노카리와 헤어지다

황녀께서 아가씨에게 서찰을 보내, "대신은 나를 원망도 하실 터이지만, 아가씨는 그렇다고 하여도 내 마음이 어떠한지 알고 계시겠지요. 건너와 얼굴을 보여 주시게나"라고 아뢰시기에, 참으로 예쁘장하게 차려입고 건너오셨다. 열네 살이 되셨다. 미성숙하게 보이셔도 참으로 천진하고 차분하고 아리따운 모습이시다.

"곁에서 떼어 놓지 않고 밤낮으로 위안거리로 생각해 왔거늘, 참으로 쓸쓸하기 이를 데 없겠군요. 살날이 얼마 남지 않은 나이인지라 아가씨 자태를 끝까지 지켜보지 못할 것이라고 내 여명을 생각해 왔거늘……. 이제 와 새삼스레 날 내버려 두고 옮겨 가시니, 그곳이 어디인고라고 생

159 유기리와 구모이노카리를 결혼시키면 어떨까 하는 생각.

각하니 참으로 가슴이 저미는군요."

황녀께서 이러며 우신다. 아가씨는 남부끄러운 일[160] 탓이라고 생각하시니 얼굴도 들지 못하신 채 그저 울기만 하신다. 도련님男君의 유모 되시는 재상님이 나와서, 이와 같이 조용조용하게 아뢴다.

"도련님과 마찬가지로 주인으로 의지해 왔거늘 안타깝게도 이렇게 옮겨 가시다니요. 나으리는 다른 곳을 생각[161]하시는 일이 있다손 치시더라도 아가씨는 그리 마음이 기울어지지 않으시기를……."

이에 아가씨는 점점 더 남부끄럽게 여기셔서 말씀도 못 하신다.

"그러지 말게나, 복잡한 일은 말씀드리지 말게나. 사람이 타고난 제각각의 숙명은 참으로 단정하기 어려우니……."

황녀께서 이리 말씀하시니, 재상님은 뻗친 성질을 억누르지 못한 채 이렇게 말한다.

"아니오, 서방님이 보잘것없다고 얕잡아보시기에 그러시는 것이겠지요. 그렇다고 하여 정말로 우리 서방님이 다른 사람보다 뒤떨어지시는지 여쭈어보고 싶네요."

21. 유기리와 구모이노카리가 큰 황녀의 배려로 이별 전에 만나다

관을 쓴 도련님이 가재도구 뒤 그늘로 들어가 보고 계신다. 사람이 보

160 유기리와의 연애 문제.
161 구모이노카리를 유기리가 아닌 다른 사람과 혼인시키려는 내대신의 생각.

고 뭐라 비난한다고 하여도 평소 괜찮을 때야 민망한 일이겠지만, 참으로 불안해하며 눈물을 닦으며 계시는 모습을 유모가 보고 몹시 딱하게 여겨 황녀께 이래저래 잘 꾸며 말씀드려, 어스름 녘 북적대는 사람들에 섞여 아가씨와 만나게 해 드린다.

두 분 다 왠지 부끄럽고 가슴이 미어져 아무 말도 못 하고 우신다.

"대신의 마음이 참으로 박정하기에, 에라 그렇다면 단념해 버릴까 생각하여도 그리워 견디기 어려울 터이지요. 어찌하여 다소 기회가 있었던 즈음에 서먹하게 거리를 두었을까요."

도련님이 이리 말씀하시는 모습도 참으로 어리고 가슴 아프게 여겨지기에, 아가씨는 "저 또한 그렇지요"라고 말씀하신다. "그립다고는 생각하시는지요"라고 도련님이 물으시니, 살짝 끄덕이시는 모습도 어려 보인다.

등불을 켜고, 나으리가 퇴궐하시는 기척인 듯 시끄럽게 내쫓는 벽제 소리에 사람들이 "어머나" 하거나 하며 겁내며 허둥대기에, 아가씨는 참으로 무섭다고 생각하시고 덜덜 떠신다. 도련님은 정말로 소란이 일어나려면 일어나라며 한결같은 마음으로 아가씨를 보내 드리지 않으신다. 유모가 다가와 아가씨를 찾는데, 분위기를 보고 '이거 참 탐탁지 않구나. 과연 황녀께서 모르고 계시는 일은 아니었구나'라고 생각하니 참으로 원망스럽기에, 이렇게 중얼거리는 것도 얼핏 들린다.

"참 딱한 관계이시군요. 나으리가 생각하시고 말씀하시는 것은 더 아뢸 것도 없고 대납언 나으리[162] 또한 어찌 들으실까요. 멋있다 한들 혼인

162 구모이노카리의 계부인 안찰 대납언.

상대가 6위에 불과한 숙명이라니요."

바로 이 병풍 뒤로 찾으러 와서 한탄한 것이었다. 도련님男君은 위계가 별로라고 나를 욕보이는구나 하고 생각하시니 세상사가 원망스럽기에, 아가씨에 대한 절절함조차 약간 식는 느낌이 들어 못마땅하다.

"저걸 들어 보시길,

유기리
당신 그리워 붉은 눈물 흘러 밴 짙은 소매 색
연녹색[163]이라 하여 얕봐도 되는지요

민망하군요."

이렇게 말씀하시니,

구모이노카리
여러 일들로 내 신세 박복한 건 알고 있지만
어찌 물들었을꼬 우리 둘 가운데 옷[164]

이렇게 다 말씀이 끝나기도 전에 나으리가 저택 안으로 들어오시기에,

---

163 연녹색은 6위가 의관을 갖출 때 입는, 깃이 둥근 웃옷의 색깔이다.
164 가운데 옷(中の衣)은 두 사람 사이를 의미한다. 가운데(中)와 사이(仲)의 일본어 발음이 같다는 데 착안한 표현이다.

아가씨는 어찌할 도리가 없어 처소로 건너가셨다.

22. 구모이노카리가 내대신 저택으로 떠난 뒤 유기리가 탄식하다

도련님男君은 남겨진 듯한 마음 또한 참으로 남부끄럽고 가슴이 꽉 막히기에, 본인 처소로 가서 누우셨다. 수레 세 대[165] 정도로 눈에 띄지 않게 서둘러 나서시는 기척을 듣는데도 마음이 안정되지 않기에, 황녀 처소에서 "이리로 오거라"라고 전언이 있어도 자는 척하며 움직이지도 않으신다. 눈물만 멈추지 않고 흐르기에 탄식하며 밤을 지새우고 서리가 참으로 하얀 시각에 서둘러 댁을 나서신다. 부어 있는 눈자위를 다른 사람에게 보이는 게 부끄러운 데다, 황녀께서 다시 부르시면 곁에 붙어 있어야 할 듯하기에 마음 편한 곳[166]을 찾아서 서둘러 댁을 나서신 것이었다. 길을 가는 동안에 다른 사람을 탓할 것 없다고 불안한 마음으로 생각을 이어 가자니, 날씨도 몹시 흐려서 아직 어두웠다.

유기리

서리와 얼음 심하게 얼어붙은 새벽녘 하늘

더욱 어둡게 하는 흐르는 눈물인가

165 내대신, 구모이노카리와 유모, 시녀들이 탄 수레 세 대로 보인다.
166 니조히가시노인의 자기 처소.

23. 히카루겐지가 고레미쓰의 딸을 고세치 무희로 바치다

대신大殿[167]께서는 올해 고세치五節[168]를 바치신다. 대단한 준비는 아니시지만 동녀[169]의 의복 등을 기일이 촉박하다며 서두르도록 하신다. 히가시노인[170]에는 입궐하는 날 밤[171]에 시중드는 사람들이 입을 의복을 준비하도록 하신다. 나으리殿께서는 전반적인 일 등을 챙기시고 중궁[172]께서도 동녀와 아랫사람의 옷 등을 보통 이상으로 준비하여 바치셨다.

지난해에는 고세치 등이 중지[173]된 탓에 내심 아쉬웠던 마음도 더하여 당상관上人의 마음도 평소보다 더 환하다고 여길 법한 해이다. 하여, 곳곳[174]에서 경쟁하며 참으로 대단하게 만사에 걸쳐 최선을 다하신다는 소문이다. 안찰 대납언按察大納言과 좌위문 독左衛門督,[175] 그리고 당상관 몫의 고세치는 요시키요良清,[176] 즉 현재는 오미 지방 지방관近江守[177]이자

---

167 태정대신 히카루겐지.

168 고세치 무희를 가리킨다. 대상제(大嘗祭, 다이조사이)나 신상제(新嘗祭, 신조사이) 때 소녀악(少女樂)에 봉사한다. 11월 중순 축·인·묘·진일에 열린다. 축일(丑日)에 입궐하며 마지막 날인 진일(辰日)은 '도요노아카리 연회(豊明節會)'라고 하여 무희가 천녀를 가장하여 춤을 춘다. 새 천황이 즉위하는 대상제에는 5인의 무희를 바치며 신상제에는 공경이 2인, 당상관·수령이 2인, 총 4인의 무희를 바친다. 이번 해는 신상제이다.

169 무희를 시중든다. 묘일(卯日)에 청량전으로 불러들여 천황이 동녀를 보는 의식이 있다.

170 유기리와 함께 니조히가시노인에 거처하는 하나치루사토.

171 11월 두 번째 축일에 무희가 상녕전(常寧殿) 고세치 대기실에 입궐하는 밤을 가리킨다.

172 우메쓰보 중궁.

173 작년에는 후지쓰보 중궁의 상중이어서 고세치 의식은 중지되었다.

174 무희를 바치는 공경이나 당상관·수령의 집안들이 경쟁적으로 준비한다.

175 안찰 대납언은 구모이노카리의 의붓아버지이며 좌위문 독은 내대신의 이복동생이다. 이 두 집안에서 내는 고세치는 공경 몫이다.

176 히카루겐지가 스마(須磨)에 칩거하였을 때 따라간 사람이다. 수령 몫의 고세치에 해당하지만, 요시키요가 현재 정5위 상 좌중변으로 당상관이므로 '당상관 몫의 고세치(上の五節)'라고 하였다.

177 오미 지방은 오늘날 시가현(滋賀縣)에 해당하는 지역이다.

좌중변左中弁이 바치셨다. 모두를 남겨 두게 하시고 궁중 출사하도록 예년과 다른 어명이 내려진 해이기에, 여식을 저마다 바치신다.

나으리殿께서 바치실 무희[178]는 고레미쓰님惟光朝臣,[179] 즉 쓰 지방 지방관津の守[180]이자 좌경 대부左京大夫[181]를 겸하고 있는 사람의 딸로서 용모 등이 참으로 아리땁다는 평판이 있는 아가씨를 불러들이신다. 고레미쓰님은 심한 처사라고 생각하지만, "대납언이 측실 소생의 딸을 바친다고 하는데 당신이 애지중지하는 딸을 내놓는다고 하여 무슨 부끄러움이 있겠는가"라고 나무라기에, 고민한 끝에 이왕이면 그길로 출사를 시켜야겠다고 마음먹었다. 춤 연습 등은 사가에서 참으로 잘 준비하여 시중드는 사람 등 가까이에서 보살펴 줄 사람은 엄히 골라 갖추어 당일 저녁[182] 겐지 님을 찾아뵙게 하였다.

나으리殿께서도 마님들[183]을 모시는 동녀나 아랫사람들 중에서 빼어난 자를 뽑겠다고 견주어 보신다. 뽑힌 사람들의 마음은 각자의 신분에 따라 참으로 체면이 서는 듯하다. 어전으로 불러들이셔서 주상께서 보실 때[184]에 대비하여 당신 앞을 지나가게 해 보자고 결정하신다. 빼 버릴 만한 사람도 없고 다양한 동녀들의 자태와 용모를 보며 번민하시다가, "한

---

178 히카루겐지가 바치는 무희이다. 당상관·수령 몫으로 고레미쓰를 후원하는 것으로 추정된다.

179 요시키요와 마찬가지로 히카루겐지의 복심이다. 히카루겐지의 유모 아들이다.

180 쓰 지방은 셋쓰(攝津)라고도 한다. 오늘날 오사카부(大阪府)와 효고현(兵庫縣)에 걸쳐 있는 지역이다.

181 좌경 대부는 좌경(左京)의 호적, 조세, 소송을 담당하는 관청인 좌경직(左京職)의 장관으로서 종4위 하에 상당한다.

182 무희가 입궐하는 11월 두 번째 축일 당일.

183 무라사키노우에나 하나치루사토 등의 여성.

184 11월 두 번째 묘일에 청량전에서 천황이 동녀를 보는 행사.

명분 더 시중드는 사람의 의복을 이쪽에서 바쳤으면 하네"라거나 하시며 웃으신다. 그저 몸가짐과 마음 씀씀이에 따라 뽑은 것이었다.

24. 유기리가 고레미쓰의 딸을 보고 호감을 느끼다

대학에 다니는 도련님大學の君[185]은 가슴만 미어져서 음식 등도 눈에 들어오지 않고 몹시 의기소침하여 서적도 읽지 않고 시름에 잠겨 누워 계신다. 마음이나 어루만지고자 일어나 밖으로 나가 남들 눈에 띄지 않게 걸어 다니신다. 자태와 용모는 뛰어나게 멋진 데다 차분하고 우아하시기에, 젊은 시녀 등은 참으로 멋있다며 뵙는다. 마님 처소[186]에는 발 앞이라고 할지라도 근처에도 가지 못하도록 하시고, 겐지 님께서 당신 마음에 비추어 어찌 생각하시었는지 거리를 두기에 마님의 시녀분 등과도 거리감이 있다. 오늘은 술렁거리는 틈에 섞여 들어가신 듯하다. 무희[187]를 소중히 수레에서 내리고 쌍여닫이문 방[188]에 병풍 등을 세워서 임시로 꾸며 두었는데, 도련님이 살짝 다가가 엿보시니 무희는 피곤해 보이는 모습으로 기대어 누워 있다. 꼭 그 사람[189] 연배로 보이는데 조금 더 날씬하고 몸맵시 등이 눈에 띄어, 정취 있는 구석은 나아 보이기까지 한다. 어둡기에 소상히는 보이지 않아도 전체적인 느낌이 아주 정말로 아가씨

185 유기리. 막 성인식을 치르고 나서는 관을 쓴 도련님(冠者の君)으로 불렸다가, 새해가 되고 나서 호칭이 바뀌었다. 일문 가운데 달리 대학에 다니는 사람이 없기에 사용할 수 있다.
186 무라사키노우에의 처소. 니조노인의 서쪽 채에 거처한다.
187 히카루겐지가 바치는 무희인 고레미쓰의 딸.
188 몸채에 붙은 조붓한 방인 히사시(廂) 구석의 쌍여닫이문이 있는 기둥 한 칸 정도의 공간.
189 구모이노카리.

를 떠올리게 만드는 모습에, 마음이 흔들리지는 않지만 아무렇지 않은 것도 아니어서 자기 옷 소맷자락을 당겨 소리를 내신다.

무희가 무심히 이상하다고 생각하니, 도련님이 이리 말씀하신다. 갑작스럽긴 하다.

유기리

"하늘에 계신 도요오카 아가씨豊岡姬 모시는 궁인宮人
내 마음 따라 쳐 둔 금줄 잊지 마시길[190]

신사 울타리.[191]"

젊고 아름다운 목소리이지만 누구인지 전혀 짐작할 수 없어 왠지 꺼림칙해하고 있는데, 화장을 고친다면서 소란스럽던 후견인들이 가까이 다가와 사람들이 북적거리기에, 도련님은 참으로 안타까워하며 자리를 뜨셨다.

---

190 '쳐 둔 폐백은 내 것은 아니라네 하늘에 계신 도요오카 아가씨 궁궐에 쳐 둔 폐백(みてぐらは我がにはあらずあめにますとよをかひめの宮のみてぐら)'(『拾遺和歌集』 神樂歌)에 의한다. 『겐지 모노가타리』 주석서인 『가초요세이』(花鳥餘情, 1472)에서는 도요오카 아가씨를 아마테라스오미카미(天照大御神)로 해석하고 있다. 그 궁에서 모시는 궁인은 무희를 가리킨다. 그리고 금줄은 점유의 상징으로서 유기리가 무희를 자기 사람으로 정해 두었다는 의미를 나타낸다.

191 '소녀가 소매 흔드는 후루산(布留山)의 신사 울타리 그토록 예전부터 좋아하고 있었네(少女子が袖ふる山の瑞垣の久しき世より思ひそめてき)'(『拾遺和歌集』 雜戀, 柿本人麿)에 의한다. 후루산에는 이소노카미 신궁(石上神宮)이 있다.

25. 고세치 의식 당일, 히카루겐지가 고세치 무희를 생각하며 와카를 보내다

파르스름한 옥색 의복[192]이 못마땅하기에 입궐도 하지 않고 왠지 울적한데, 고세치를 구실[193] 삼아 노시直衣[194] 등은 다른 색상을 입어도 괜찮기에 입궐하신다. 어려도 기품 있는 모습으로 벌써 어른스럽게 신나서 돌아다니신다. 천황帝을 비롯하시어 보통 아니게 도련님을 생각하시고, 세상에서 보기 드문 신망을 얻고 계시다.

고세치 무희가 입궐하는 의식[195]은 어느 쪽이 어떻다 할 것도 없이 저마다 다시없이 준비하셨는데, 무희의 용모는 대신大殿과 대납언 나으리가 바친 아가씨[196]가 뛰어나다고 칭찬으로 떠들썩하다. 참으로 무척 예쁘장해 보이지만, 의젓하게 아름다워 보이는 면은 역시 대신大殿께서 바치신 무희의 용모에는 미칠 수가 없었다. 왠지 깔끔해 보이고 세련되어, 그러한 신분으로는 보이지 않게 꾸민 용모 등이 좀체 볼 수 없이 예쁘장하기에 이리 칭송받는 것으로 여겨진다. 예년의 무희들보다는 모두 약간 어른스럽고[197] 참으로 이채로운 해이다. 나으리殿[198]께서 입궐하셔서 보시자니, 옛적에 눈길이 머무르셨던 처녀少女[199]의 모습이 떠오르신다. 진일辰

192 6위가 입는 웃옷의 색상.

193 고세치 때의 입궐 시에는 위계와 상관없이 좋아하는 색상의 의복을 입을 수 있도록 허락되었다.

194 위계에 따라 색상이 달라지는 공식적인 자리에서 입는 속대(束帶)의 '호(袍)'와 달리, '노시'는 젊은 층이 밝은 색상, 노년층이 흰색 계통을 입는다.

195 11월 두 번째 축일 밤에 상녕전에서 열린다.

196 고레미쓰의 딸과 안찰 대납언의 측실 소생의 딸.

197 보통 열두세 살이다.

198 히카루겐지.

日[200] 저물녘에 서찰을 보내신다. 서찰 내용은 상상할 수 있을 것이다.

히카루겐지

소매 흔들며 춤추던 처녀[201] 이제 지긋하겠네

옛 친구 나이 또한 흘러 쌓여 왔으니

세월이 쌓인 것을 헤아려 보고 가슴 속에 담아 오셨던 절절함을 억누를 수 없으셔서 보냈을 뿐인 서찰인데, 이를 정취 있다고 여기는 것 또한 허망한지고.

쓰쿠시의 고세치

그날에 대해 말하자면 오늘 일 같기만 하네

그늘 밑의 서리가 소매에 녹았던 일[202]

무늬가 새겨진 푸른 종이[203]를 적절히 조화시켜 누가 쓴지 모르게 흘려 쓴 먹의 짙고 옅음, 소草[204]를 많이 섞어 쓰고 흩트려 쓴 것 또한 그 사람의 신분[205]에 비해서는 멋지다며 바라보신다.

---

199 쓰쿠시의 고세치(筑紫の五節). 대재 대이(大宰大貳)의 딸이었다. 『겐지 모노가타리』 2 「하나치루사토」 권 등 참조.

200 11월 두 번째 진일로서 고세치 의식의 마지막 날이다. 이날에 정식으로 고세치 춤을 바친다.

201 쓰쿠시의 고세치.

202 '그늘(日かげ)'은 무희가 쓰는 모자에 거는 장식물을 가리키는 '히카게노카즈라(日蔭のかづら)'의 의미도 함께 지닌다. 소매는 히카루겐지를 나타낸다.

203 진일에 무희가 춤출 때 입는 무늬 있는 푸른 가라기누에 맞춘 것이다.

204 소가나(草假名). 히라가나(平假名)보다는 덜 흘려 쓰는 초서체.

관을 쓴 도련님도 그 사람[206]이 눈에 띌 때마다 남몰래 마음 주며 서성거리지만, 주변 가까이에조차 오지 못하게 하며 몹시 딱딱하게 대하기에 괜히 부끄러워지는 연배의 마음인지라 한탄하기만 한다. 용모는 참으로 마음에 콕 박혀서 박정한 사람[207]을 대신할 위안으로라도 인연을 맺을 방도가 있었으면 하고 생각한다.

26. 유기리가 고레미쓰의 딸에게 소식을 전하다

그대로 무희들을 모두 머무르게 하셔서 궁중 출사시키려던 주상의 의향이 계셨지만, 이번에는 퇴궐시킨다. 오미 지방 지방관 무희[208]는 가라사키 불제辛崎の祓,[209] 쓰 지방 지방관 무희[210]는 나니와難波에서 불제를 한다며 경쟁적으로 퇴궐하였다. 대납언 또한 정식으로 입궐시키겠다는 의향을 주상奏上드린다. 좌위문 독은 그 자리에 어울리지 않는 사람을 바쳐 질책이 있었지만, 그 무희도 궁중에 머물게 하신다. 쓰 지방 지방관은 "전시典侍 자리[211]도 비었기에……"라고 아뢰어 왔기에, 대신大殿께서도 그리 배려해 줄까 생각하신다. 그 사람[212]은 이를 들으시고 무척 안타깝

205 대재 대이의 딸이라는 신분의 쓰쿠시의 고세치.
206 고레미쓰의 딸.
207 구모이노카리.
208 오미 지방 지방관인 요시키요의 딸.
209 가라사키는 오미 지방 비와호(琵琶湖) 서안의 곳이다. 나니와와 함께 불제의 명소이며 가라사키(唐崎)라고도 표기한다.
210 셋쓰 지방 지방관인 고레미쓰의 딸.
211 전시는 내시사(內侍司)의 이등관이다. 정원은 4인이다.
212 유기리.

게 생각한다. 내 나이와 위계 등이 이리 한심하지 않다면 요청해 볼 수도 있으련만, 원하는 마음이 있다는 것조차 알리지 못하고 끝나다니 하며, 집념을 불태운 일은 아니어도 아가씨 일에 더하여 눈물을 글썽일 때가 이따금 있다.

그 아가씨 남자 형제로 청량전 당상관 대기소에서 일하는 소년[213]이 있는데, 늘 이 도련님을 곁에서 모시고 있다.[214] 여느 때보다 정답게 말씀하시며, "고세치는 언제 궁중에 입궐하느냐"고 물으신다. "올해 안에는 입궐할 거라고 들었습니다"라고 아뢴다.

"인물이 참으로 좋았기에 어쩐지 그립구나. 네가 늘 만나리라는 것 또한 부러운데, 또 한 번 보게 해 주겠는가."

이리 말씀하시니, 소년이 이렇게 아뢴다.

"어찌 그럴 수 있겠는지요. 제 마음대로도 볼 수가 없습니다. 남자 형제라고 하여 가까이도 다가갈 수 없거늘, 하물며 어찌 도련님에게 만나게 해 드리겠는지요."

도련님은 "그렇다면 서찰이라도……"라면서 건네신다. 전부터 이런 일에 대해서는 부친이 당부해 왔거늘 하면서 난감하지만, 억지로 서찰을 주시니 애처로운 마음에 들고 간다. 나이에 비해서는 조숙한지 고세치는 멋지다며 서찰을 보았다. 잘 어울리는 녹색[215] 안피지를 포갠 데다가, 필적은 아직 어려도 장래성이 엿보이게 참으로 멋지게 쓰여 있다.

---

213 와라와텐조.
214 고레미쓰가 히카루겐지를 모신 것과 마찬가지로 그 아들은 유기리를 모시고 있다.
215 녹색(緑)은 푸른색 · 연둣빛 · 쪽빛 등의 총칭이다.

유기리

그늘에서도 뚜렷이 드러났네 처녀가 입은

날개옷의 소매에 걸었던 내 마음은[216]

두 사람이 보고 있을 때 부친이 불쑥 가까이 다가왔다. 몹시 질려서 숨길 수도 없다. "무슨 서찰이냐" 하며 손에 드니, 얼굴이 빨개져 앉아 있다. "쓸데없는 일을 하였구나" 하고 야단치니 남자 형제가 도망쳐 가는데, 불러들여 "누구냐" 하고 묻는다. "나으리殿 댁 관을 쓴 도련님이 이래저래 말씀하시며 주신 것입니다"라고 말하니, 노여움은 간데없이 웃음을 띠며 이렇게 말한다.

"얼마나 어여쁜 도련님의 희롱이냐. 너희들은 비슷한 나이인데도 하잘것없고 한심하구나."

이렇게 칭찬한 뒤 남매의 모친에게도 보인다.

"이 도련님이 약간 사람 축[217]에 끼워 주신다면 궁중 출사시키기보다는 바치고 싶소. 나으리殿의 마음 씀씀이를 보자니 한 번 연을 맺은 듯한 사람을 잊지 않으시려는 마음[218]이시기에, 참으로 미덥기만 하오. 아카시 입도明石の入道의 예[219]가 될 터인데……."

이리 말하지만, 모두 입궐 준비에 여념이 없었다.

---

216 고세치 춤은 천녀가 지상으로 내려와 춤추는 것을 본뜬 것이기 때문에, 고레미쓰의 딸인 고세치 무희를 천녀에 비겨 날개옷 소매라고 하였다.

217 부인의 한 명으로 여겨 주는 것을 말한다.

218 히카루겐지는 한번 인연을 맺은 여성들을 끝까지 경제적으로 돌보아 주는데, 이를 작품 내에서는 '고코로나가시(心長し)'로 표현한다.

219 지방관인 아카시 입도의 딸이 신분의 차이에도 불구하고 히카루겐지의 배려와 사랑을 받고 있는 것을 말한다.

27. 유기리가 자신을 보살펴 준 하나치루사토를 평하다

그 사람[220]은 서찰조차 보내지를 못하시고 훨씬 더 깊은 마음을 지닌 분[221]에 관한 일이 마음에 걸려, 날이 흘러감에 따라 왠지 모르게 그리운 모습을 또다시 볼 수 없는 것은 아닐까, 그것 말고 달리 생각하는 게 없다. 황녀 곁에도 떨떠름하고 마음이 내키지 않아 찾아뵙지 않으신다. 아가씨가 거처하셨던 곳, 오랜 기간 놀며 익숙해진 곳만 더욱더 많이 생각나기만 한다. 하여, 사가[222]조차 우울하게 여기시면서 또다시 칩거[223]하고 계신다. 나으리殿께서는 이 서쪽 채[224]에 말씀하셔서 도련님을 돌보도록 맡겨 두셨다.

"큰 황녀께서 살아 계실 날이 얼마 남지 않은 듯한데, 돌아가시고 난 뒤에도 이렇게 어릴 때부터 자주 보고 친숙해져서 신경 써 후견해 주시길……."

이리 아뢰시니, 그저 말씀하시는 대로 따르는 성정이시기에 정답게 어여삐 여기며 돌보아 드리신다.

도련님은 서쪽 채 분을 살짝 뵙거나[225] 하면서 용모가 단정하지도 않으시구나, 이런 사람도 저버리지 않으셨던 분ㅅ[226]이었구나 하거나 하면서, 내가 무턱대고 박정한 사람의 용모를 마음에 두고 그립다고 생각하

220 유기리.
221 고레미쓰의 딸보다 신분도 높고 유기리의 사랑 또한 더 깊은 구모이노카리.
222 자신이 자랐던 큰 황녀의 산조 저택.
223 다시 니조히가시노인에서 학문에 전념하는 모습이다.
224 니조히가시노인 서쪽 채에 거처하는 하나치루사토.
225 유기리도 성인식을 올렸기에 하나치루사토를 직접 만나지 못하고 칸막이나 병풍 틈으로나 살짝 볼 수 있다.
226 히카루겐지.

는 것도 부질없구나, 마음씨가 이처럼 보드라운 사람을 만나 사모하였으면 하고 생각한다. 그러면서도 마주 앉아 바라볼 보람이 없을 듯한 것도 딱해 보인다. 이렇게 세월을 보내셨지만, 나으리殿께서 그 같은 용모, 마음씨라는 것을 파악하시고 문주란 정도의 거리[227]를 두고 드러내지 않으면서 여러모로 대우하며 달래시는 듯한 것도 과연 그럴 만하였구나, 하고 생각하는 도련님의 심중은 이쪽이 부끄러울 만하였다.

큰 황녀의 용모가 이질적인 모습[228]이시라고 하여도 아직 무척 아리따우신 데다 여기를 보아도 저기를 보아도 사람은 용모가 깔끔한 법이라고만 당연하게 여기고 계셨거늘, 서쪽 채 분은 원래 빼어나지 않으신 용모인데 살짝 나이를 먹은 듯한 느낌이 들고 바짝 마른 데다가 머리숱도 줄어들거나 한 것이 이리 흠을 잡고 싶게 만든 것이다.

28. 연말에 유기리와 큰 황녀가 서로 한탄하다

한 해가 저물 즈음에는 정월에 소용되는 의복[229] 등을 황녀께서는 다른 데는 신경 쓰지 않고 그저 이 도련님 한 분에 관하신 것만을 준비하신다. 수벌의 의복을 참으로 깔끔하게 지으셨는데, 도련님은 이를 보는데

227 문주란은 '구마노 포구 문주란 잎 겹친 듯 쌓이고 쌓인 그리운 마음에도 직접 볼 수 없으리(み熊野の浦の浜木綿百重なる心は思へどただに逢はぬかも)'(『拾遺和歌集』 戀一, 柿本人麿)에서 볼 수 있듯이, 잎이 몇 겹인 식물이다. 즉 히카루겐지와 하나치루사토는 직접 대면하는 관계가 아니라 칸막이 등을 몇 겹으로 둔 채 거리를 두고 만나는 관계임을 나타내는 표현이다.

228 출가한 비구니 모습.

229 정월에는 속대(束帯)라고 하는 조복(朝服)을 입는다.

도 우울하게만 느껴진다.[230] 이에 이리 아뢴다.

"초하룻날[231] 같은 날에는 반드시 입궐하지 않아도 된다고 생각하고 있습니다만, 어찌 이리 준비에 여념이 없으신 건지요."

"어찌 그럴 수 있겠는지요. 다 늙어빠진 사람같이도 말씀하시는군요."

황녀께서 이리 말씀하시니, 도련님은 "늙지 않아도 개운치 않은 마음이 드네요"라며 혼잣말을 하며 눈물을 글썽이며 앉아 계신다. 그 일을 생각하는구나 싶어 참으로 마음이 아프기에, 황녀께서도 울적해지셨다. 하여, 이리 말씀하신다.

"남자란 한심한 신분인 사람조차 심지를 높이 지니는 법이랍니다. 지나치게 축 처져서 이렇게 처신하지 마시지요. 무얼 그리 수심에 잠겨 마음에 담아 두고 생각하실 필요가 있는지요. 불길하기도 하지……."

"그렇지 않습니다. 6위 따위라고 사람들이 업신여기기에, 잠시 동안의 일이라고는 생각하고 있지만 입궐하는 것도 마음이 무겁습니다. 돌아가신 대신[232]이 생존해 계셨다면 농으로라도 다른 사람에게 업신여김을 받을 일은 없었을 터인데요. 격의 없는 부모이시기는 하여도 몹시 서먹하게 거리를 두시기에, 거처하시는 근방에 편하게 찾아뵙는 것도 익숙하지 않습니다. 히가시노인[233]에서만 곁으로 가까이 갈 수 있습니다. 서쪽 채에 계시는 마님[234]이야말로 어여삐 여겨 주시는데, 양친 한 분[235]만

230 현재 유기리의 신분은 6위로 웃옷의 색상이 연녹색이다. 정장을 입을 때마다 유기리는 자신의 낮은 신분을 드러내는 웃옷 색상에 불만인 마음을 드러내고 있다.
231 정월 초하룻날에는 궁중에서 신년 하례와 설날 연회가 있다.
232 유기리의 외조부인 태정대신. 옛 좌대신.
233 니조히가시노인.
234 니조히가시노인 서쪽 채에 거처하는 하나치루사토.
235 아오이노우에.

살아 계신다면 무엇을 걱정하겠는지요."

도련님이 이러면서 떨어지는 눈물을 훔쳐 내며 감추시려는 기색이 몹시 가슴 아프기에, 황녀께서는 한층 더 주르르 눈물을 흘리며 우신다.

"어머니를 앞세우고 남겨진 사람은 신분이 높든 낮든 가엾기만 하여도, 각자의 숙명에 따라 한 사람 몫을 하게 되면 자연스레 소홀히 여기는 사람도 없게 되는 법이니 마음에 두지 말고 지내시게. 돌아가신 대신이 잠시나마 더 계셨으면 좋았을 터인데……. 더할 나위 없는 그늘[236]로서는 같은 마음으로 의지하지만, 생각한 바와 다른 일이 많네요. 내대신의 마음씨 또한 보통 사람과는 다르다고 세상 사람들도 칭송한다고들 하지만, 옛날과 다른 일만 많아져 가기에 목숨줄이 긴 것도 원망스럽습니다.[237] 살아갈 날이 많이 남은 사람[238]조차 이렇게 다소나마 세상을 비관하신다면 참으로 여러모로 원망스럽기만 한 세상이네요."

이러며 울고 계신다.

29. 천황이 스자쿠인으로 거둥하다

초하룻날[239]에도 대신大殿께서는 바깥출입을 하지 않으셔도 되기에 느긋하게 지내신다.[240] 요시후사良房 대신[241]이라고 하셨던 분의 예전 예에

---

236 자신들을 돌보아 주는 히카루겐지의 막강한 힘.
237 '壽則多辱'(『莊子』 外篇 「天地」)에 의한다.
238 유기리.
239 새해 초하루. 히카루겐지 34세.
240 히카루겐지는 태정대신으로서 설날 연회 등에 참가하지 않아도 된다.
241 후지와라 요시후사(藤原良房, 804~872). 신하 중 처음으로 태정대신과 섭정에 임명되

따라 백마를 끌어내고[242] 조정의 연회[243]가 열리는 날들에는 조정의 의식을 본떠 옛날의 예에다 다른 행사를 더 보태어 엄숙한 분위기이다.

이월 스무날 지나 스자쿠인朱雀院[244]으로 거둥[245]이 있다. 한창 꽃필 때는 아직 아니지만, 삼월은 돌아가신 중궁[246]께서 세상을 떠나신 달인 데다 일찍 꽃봉오리를 터뜨린 벚꽃 색깔도 참으로 정취가 있다. 이에, 상황院께서도 준비에 각별히 신경 쓰셔서 손을 보아 꾸미도록 하시고, 거둥에 수행하시는 공경, 친왕들을 비롯하여 마음을 쓰고 계신다. 사람들은 모두 푸른빛 웃옷[247]에 붉은색을 안에 댄 흰색 시타가사네下襲[248]를 입고 계신다. 천황께서는 적의赤衣를 착의하셨다. 부름이 있어 태정대신太政大臣께서 찾아뵈신다. 마찬가지로 적의[249]를 입고 계시기에 한층 더 똑 닮으신 모습으로 빛이 나서 구별이 어려운 용모이시다. 사람들의 옷차림, 마음가짐은 여느 때와 다르다. 상황께서도 참으로 기품 있고 아름답게 연

었다. 그러나 백마절에 관한 일은 사서에 기록되어 있지 않다.

242 백마절 연회(白馬節會)를 이른다. 정월 7일에 열리며 이날 좌우 마료(馬寮)에서 뜰로 끌어낸 백마 스물한 마리를 천황이 본 뒤 신하들에게 술과 음식을 내리는 행사이다. 원래는 백마가 아닌 푸르스름한 검은색이나 회색 털 말인 청마(靑馬)를 보면 한 해 내내 사기(邪氣)를 물리친다는 중국 고사에 따라 이루어졌다.

243 절일(節日)에 천황이 베푸는 조정의 연회를 '세치에(節會)'라고 한다. 새해 첫날, 단오절, 중양절 등.

244 스자쿠인이 거처하고 있는 상황 어소. 스자쿠인은 금상인 레이제이 천황의 이복형이다.

245 조근 행차(朝覲行幸).

246 레이제이 천황의 모친인 후지쓰보 중궁. 재작년 3월에 붕어하였다. 『겐지 모노가타리』 2 「우스구모」 권 참조.

247 녹색 계통의 색상이며 산새풀과 지치로 염색한다. 헤이안시대 중기 이후 천황의 일상복 색상이다. 천황 행차 등 좋은 날에는 모두 푸른색 웃옷을 입으며, 이때 천황과 최상위 공경은 빨간색 웃옷을 입는다.

248 정장할 때 웃옷 아래 받쳐 입는 옷. 겉이 희고 안이 붉은 시타가사네를 사쿠라가사네(櫻襲)라고 한다.

249 가장 높은 공경인 히카루겐지는 천황과 같은 적의를 입는다. 적색은 꼭두서니 등으로 염색한다.

치를 드셔서 용모와 마음가짐이 갈수록 우아해지셨다.

오늘은 전문적인 문인은 초대하지 않고 그저 그 분야의 재능이 빼어나다고 알려진 학생 열 명을 불러들이신다. 식부성式部省에서 치르는 시험[250]에 나오는 제題를 본떠서 시제를 내리신다. 대신大殿의 큰아드님[251]이 시험을 치르시기 때문인 듯하다. 겁이 많은 자들은 머릿속이 하얘진 채 묶어 두지 않은 배를 타고 연못으로 멀어져 나아가니[252] 참으로 방도가 없어 보인다. 날이 서서히 저물고 악선樂船[253]들이 배를 이리저리 저어 가며 박자를 맞추기 위한 곡들을 연주하는데 산바람 소리가 정취 있게 맞춰 불어 댄다. 관을 쓴 도련님은 이리 괴로운 길[254]이 아니라도 함께 교유交遊할 수 있는 것을, 이라고 하면서 세상사를 원망스럽게 여기셨다.

〈춘앵전春鶯囀〉[255]을 춤출 때 옛날 벚꽃 연회 때가 떠오르셔서 상황院の帝께서 "언제 다시 그리 멋진 연회를 볼 수 있겠는가" 하고 말씀하시는데도, 겐지 님께서는 그 당시의 일이 절절하게 꼬리에 꼬리를 물고

---

250 의문장생(擬文章生)에게 실시하는 시험으로 급제하면 진사(進士)인 문장생이 된다. 성시(省試)라고 한다.

251 유기리.

252 수험생을 한 명씩 다른 배에 태워 시제를 내린다. 961년 3월 5일 무라카미 천황(村上天皇)이 직접 조대(釣臺)로 나와 의문장생을 가운뎃섬으로 불러 칙제(勅題)로 시험을 치르게 한 예가 있다.

253 두 척이 한 쌍을 이룬다. 뱃머리에 용의 머리와 익조(鷁鳥)의 목을 조각하여 용두익수(龍頭鷁首)로 불리었다. 용머리 배에서는 당악을 연주하고 익조 목의 배에서는 고려악을 연주한 것으로 알려져 있다.

254 학문의 길.

255 무악(舞樂)의 곡명으로 당악(唐樂)이다. 일월조(壱越調)의 곡으로 〈천장보수악(天長寶壽樂)〉이라고도 한다. 꾀꼬리 소리를 듣고 감동한 당나라 고종이 백명달(白明達)에게 만들게 한 곡으로 전해진다. 옛날 벚꽃 연회 때 동궁이었던 스자쿠 상황이 〈춘앵전〉으로 흥이 나서 히카루겐지에게 춤추도록 하였다. 『겐지 모노가타리』 1 「하나노엔」 권 참조.

생각나신다.

춤을 다 추었을 즈음에 대신大臣께서 상황께 술잔을 올리신다.

히카루겐지

휘파람새가 우짖는 울음소리[256] 예와 같은데

어울렸던 꽃그늘 진정 달라졌구나[257]

그러자 상황께서는 이리 읊으신다.

스자쿠인

안개에 막혀 궁중과 가로막힌 이 거처에도

휘파람새 소리는 봄이라 전해 주네

소치노미야帥宮라고 하셨던 분[258]은 지금은 병부경兵部卿으로, 금상께 술잔을 올리신다.

호타루 병부경 친왕

옛날[259] 그대로 불어 전해 내려온 피리 음률에

가락 맞춰 우짖는 새소리 변함없네

---

256 〈춘앵전〉 곡.

257 기리쓰보 천황 때는 궁중의 남전(南殿)에서 열렸는데, 현재는 스자쿠 상황이 거처하는 센토 어소(仙洞御所)에서 연회가 열려 시절도 장소도 변하였다는 감회를 드러낸다.

258 히카루겐지의 남동생. 대재부 장관인 대재수(大宰帥)를 맡은 친왕을 이른다.

259 벚꽃 연회 때의 〈춘앵전〉.

지혜롭게 와카를 읊어 올리시는 친왕의 마음 씀씀이[260]는 각별하니 멋지다. 천황께서는 술잔을 드시고 이리 읊으신다.

천황

휘파람새가 옛날 그리워하며 우짖는 것은

넘나드는 가지의 꽃이 시든 탓인가[261]

그 모습 또한 더할 나위 없이 고상하시다. 와카가 이 정도인 것은 비공식적이고 내밀한 일이기에 술잔이 많이도 돌지 않은 탓인가, 아니면 빠트리고 쓰지 않은 것인가.

악소樂所[262]가 멀어 잘 들리지 않기에, 천황께서는 안전에 현악기들을 가져오게 하신다. 병부경 친왕은 비파琵琶, 내대신은 화금和琴, 쟁금箏琴은 상황의 안전으로 올리게 하고 칠현금은 여느 때처럼 태정대신太政大臣께서 맡으신다. 그 정도로 뛰어난 빼어난 솜씨의 연주자들이 힘을 다하여 연주하시는 음색은 어디 비할 바가 없다. 창가唱歌를 부르는 당상관이 곁에 많이 대기하고 있다. 〈아나토토安名尊〉를 즐기고 그다음에 〈사쿠라비토櫻人〉.[263] 달이 어렴풋하게 모습을 보이고 정취 있을 무렵에 가운뎃섬中島 근방 여기저기에 화톳불을 많이 피우고, 성대하게 열린 관현 연주는

---

260 히카루겐지나 스자쿠 천황의 와카는 전대를 그리워하는 감회와 적막함을 읊고 있는 데 반해, 병부경 친왕은 당대를 기리쓰보 천황 재위 시의 성대와 다름없다고 읊고 있다.

261 병부경 친왕의 와카를 이어받아 자신의 치세를 부황의 치세보다 겸허하게 낮추고 있다. 휘파람새는 옛날을 그리는 새이다.

262 음악을 연주하는 곳. 정원 위나 인공적으로 만든 가산(假山) 근방에 설치하였다.

263 〈아나토토〉와 〈사쿠라비토〉는 민요를 아악(雅樂) 형식으로 가곡화한 '사이바라(催馬樂)'이다.

파하였다.

30. 천황과 히카루겐지가 홍휘전 황태후를 찾아보다

밤이 깊었어도 이러한 계제에 황태후 마마皇太后宮[264]가 계시는 쪽을 피하여 문안을 여쭙지 않는 것도 민망하기에, 주상께서는 돌아가시는 길에 건너가신다. 대신大臣[265]께서도 함께 사후伺候하신다. 황태후는 기다렸던 터라 기뻐하며 대면하신다. 아주 심히 연치를 드신 기색[266]에도 겐지 님께서는 돌아가신 중궁[267]을 떠올리시면서, 이리 장수하시는 예도 계신 것을, 하면서 안타깝게 여기신다.

황태후는 이리 말씀하시면서 우신다.

"이젠 이리 쌓인 나이에 여러 일을 잊어버렸거늘, 참으로 황공하옵게도 이리 걸음을 해 주시니 더욱더 옛 치세[268]에 관한 일이 생각납니다."

그러자 주상께서는 이리 아뢰신다.

"의지할 만한 두 분 그늘[269]을 잃고 남겨진 뒤 봄이 왔는지 경계조차 분간하지 못하는 심정입니다만, 오늘 찾아뵙고 위로가 되었습니다. 자주 찾아뵙지요."

대신大臣께서도 그럴듯하게 아뢰며, "다시 날을 달리하여 찾아뵙겠습

---

264 옛 홍휘전 여어인 황태후. 스자쿠 상황의 모후.
265 히카루겐지.
266 황태후는 이때 57~58세쯤 되었다.
267 후지쓰보 중궁.
268 기리쓰보인이 살아 있던 시절.
269 기리쓰보인과 후지쓰보 중궁이라는 양친의 그늘.

니다"라고 아뢰신다. 시끌벅적하게 돌아가시는 행차 소리에도 황태후는 역시나 마음이 평안치 못하여, 어찌 떠올리고 계시려나,[270] 세상을 다스릴 만한 숙명은 없어지는 것은 아니었구나 하며, 옛날을 후회스럽게 생각하신다.

상시님尚侍の君[271] 또한 여유로운 마음으로[272] 떠올려 보시자니, 가슴 저미는 일이 많다. 지금도 그럴 만한 때에 겐지 님께서 바람결에 소식을 슬쩍 전하시는 일이 끊어지지 않는 듯하다. 황태후는 조정에 주상드릴 일이 있을 때마다 하사받은 연관年官, 연작年爵[273] 그리고 이런저런 일과 관련하여 원하시는 바대로 되지 않을 때는 목숨줄이 길어 이런 말세를 목도한다면서, 되돌리고 싶어 만사에 걸쳐 속을 끓이신다. 늙어 가시면서 심술궂음도 심하여지니, 상황께서도 속마음을 짐작하기 어려워 참고 견디기 어렵게 여기셨다.

31. 유기리가 진사에 급제하여 시종으로 임명되다

이러는 중에 대학에 다니는 도련님[274]은 그날 시문을 멋지게 지으셔서 진사가 되셨다. 공부한 햇수가 쌓인 뛰어난 자들을 뽑으셨는데, 급제

270 히카루겐지가 옛날에 자신을 박해하였던 나를 어찌 생각하고 있는가 하는 마음.
271 오보로즈키요(朧月夜). 홍휘전 황태후의 여동생.
272 오보로즈키요는 현재 스자쿠 상황 곁에서 한적한 나날을 보내고 있다.
273 '연관'이란 매년 관직을 임명할 때 명목상의 지방관이나 경관(京官)을 임명하고 그때 상납받은 권리금에 따른 소득을 황족 이하 전시(典侍), 공경, 변관(弁官)에게 그 봉록에 더하여 배분하는 것을 말한다. '연작'이란 명목상의 종5위 하의 작(爵)을 한 명에게 수여하여 그 위전(位田)의 소득을 하사하는 것을 이른다.
274 유기리.

자는 겨우 세 명이었다. 가을 인사이동[275] 때 서작敍爵[276]되어 시종侍從[277]이 되셨다.

그 사람[278]에 관한 일은 잊을 때가 없지만 대신[279]이 열성적으로 지키고 계신 것도 원망스럽기에, 도리에 맞지 않거나 하는 방식으로까지 대면하지 않으신다. 서찰만 그럴 만한 인편으로 아뢰시고, 서로 안타까운 사이이시다.

32. 로쿠조노인을 조영하고 무라사키노우에의 부친인 식부경 친왕의 쉰 살 축하연을 준비하다

대신大殿께서는 한적한 처소[280]를, 이왕이면 널찍하고 볼만하게 만들어 이곳저곳에 있어 좀체 만날 수 없는 산골 사람 등을 한군데 모아 살게 하고자 하는 의향으로, 로쿠조쿄고쿠六條京極[281] 근방에 있는 중궁[282]의 구 저택 주변 땅 사 정四町[283]을 점유하여 만드신다. 식부경 친왕式部卿宮[284]께

275 주로 중앙 관리를 임명하는 의식이다.

276 종5위 하를 수여받은 것으로, 귀족 사회에서 입신하기 위한 첫 관문이다.

277 중무성(中務省)에 소속되어 천황을 가까이에서 모시며 보좌한다. 종5위 하에 상당한다. 문장생은 종6위 상에 상당하는 식부 소승(式部少丞) 등에 임명되는 것이 보통이다.

278 구모이노카리.

279 내대신. 옛 두중장.

280 히카루겐지가 이른바 로쿠조노인이라는 '한적한' 사계절 저택을 신축하고자 하는 구상은 재궁 여어와 춘추 우열에 관해 논하던 때에 이미 드러나 있다. 『겐지 모노가타리』 2 「우스구모」 권 20절 참조.

281 교고쿠(京極)란 헤이안경(平安京)에서 동서 끝을 이른다. 로쿠조쿄고쿠는 로쿠조 거리(六条通)와 히가시쿄고쿠 대로(東京極大路)의 교차점으로서, 오늘날 교토부(京都府) 시모교구(下京區) 모토시오가마정(本塩竈町) 부근으로 알려져 있다.

282 우메쓰보 중궁. 로쿠조미야스도코로의 여식으로 가을을 좋아한다.

서 새해에 쉰이 되시는 연치이었기에 다이노우에對の上[285]가 축하연을 미리부터 생각하고 계신다. 대신大臣께서도 실로 그냥 지나치기 어려운 일들이로구나 하고 생각하셔서, 그러한 준비 또한 이왕이면 멋진 새 저택에서 하자 싶어서 서두르신다.

새해[286]가 되고 나서는 더욱더 이 준비에 관한 일, 법회 뒤의 축하연[287]에 관한 일, 악인樂人과 무인舞人 정하기 등을 정성을 다하여 챙기신다. 불경이나 불상의 배치, 불사가 열리는 날의 복장이나 여러 답례품 등의 일을 마님上은 준비하셨다. 히가시노인[288]에서도 분담하여 담당하시는 일들이 있다. 두 분 사이는 더더욱 아주 우아하게 연락을 주고받으시면서 지내고 계셨다.

세상이 떠들썩하니 술렁대며 준비하시기에 식부경 친왕께서도 들으신다. 오랫동안 세상 일반에는 두루두루 마음을 쓰시건만, 이 근방[289]을 고약하고 냉담하게 일이 있을 때마다 거북하게 만들고 궁 안 사람[290]에게도 배려가 없고 한탄스러운 일만 많았는데, 나를 박정하다고 내심 생각하고 계셔서 그러하였을 것이다, 하면서 겐지 님을 딱하다고도 매정하다고도 생각하셨다. 이리 인연을 맺고 계신 사람들이 많이 있는 중에도

---

283 정(町)이란 조방제(條坊制)에서 대로와 소로에 둘러싸인 한 구획을 이른다. 1정은 약 15,000제곱미터(4,537평)이다. 4정 중 1정이 로쿠조미야스도코로의 구 저택이 있던 곳이다.
284 무라사키노우에의 부친. 옛 병부경 친왕.
285 무라사키노우에. 니조노인의 몸채가 아닌 서쪽 채에 거처한 데서 유래한 호칭이다.
286 히카루겐지 35세.
287 축하연 당일에는 먼저 법회를 열어 장래의 복을 기원하고 정진이 끝났다는 잔치를 연다.
288 니조히가시노인 서쪽 채에 거처하는 하나치루사토.
289 자신과 일가.
290 식부경 친왕 댁에서 일하는 사람들.

겐지 님의 총애가 각별히 깊으셔서 정말로 고상하고 훌륭하다며 귀히 대우받는 아씨의 숙명을, 내 집까지는 그 은혜가 미치지 않아도 뿌듯하게 여기신다. 게다가 이리 이 세상에 널리 알려질 정도로 떠들썩하게 준비해 주시는 것은 예상치 못한 말년의 영화라고도 할 수 있겠구나 하며 기뻐하신다. 정실부인은 불만스럽고 불쾌하다고만 생각하고 계신다. 여어[291]가 궁중에서 생활하시거나 할 때도 대신大臣께서 마음 써 주시지 않은 모습이셨던 것을 더욱더 원망스럽게 마음 깊이 새기고 계신 탓일 것이다.

33. 완공된 로쿠조노인의 사계절 저택의 풍취

팔월[292]에 로쿠조노인六條院[293]이 다 만들어져 옮겨 가신다. 미신 구역未申の町[294]은 중궁의 옛 저택이시기에 그대로 거처하실 것이다. 진사辰巳[295]는 나으리殿께서 거처하셔야 할 구역町이다. 축인丑寅[296]은 히가시노

291 식부경 친왕과 정실부인의 둘째 여식인 왕 여어(王女御). 히카루겐지가 후견한 우메쓰보 여어와의 입후(立后) 경쟁에서 밀렸다.

292 한 해 전 가을 인사이동 무렵부터 짓기 시작하여 1년 만에 완성되었다.

293 로쿠조노인의 사계절 저택 구상에 대해서는 여러 설이 있다. 민속신앙의 계승, 고대문명의 공간 지배 사상의 반영, 『역경(易經)』의 방위관에 의거한 것, 정토교 특히 『관무량수경(觀無量壽經)』 사상에 의한 것이라는 등의 견해가 있다.

294 남서 구역 저택. 로쿠조노인은 4정을 점유하여 지은 저택이다. 그중 십이지(十二支)를 시계 방향으로 나누어 보면, 인묘진(寅卯辰)이 동쪽, 사오미(巳午未)가 남쪽, 신유술(申酉戌)이 서쪽, 해자축(亥子丑)이 북쪽을 나타낸다. 가운데 묘오유자(卯午酉子)가 정방향을 나타낸다.

295 동남 구역 저택.

296 북동 구역 저택.

인 서쪽 채에 살고 계시는 마님,[297] 술해 구역戌亥の町[298]은 아카시 마님明石の御方이라고 내심 정해 두시고 지으셨다. 원래 있던 연못과 산 또한 어울리지 않는 것은 무너뜨려 위치를 바꾸고, 물의 흐름과 산의 모양새를 새로 하여 제각각 마님들이 원하시는 정취[299]를 구현하여 만들도록 하셨다.

남동南の東[300]은 산을 높여 갖가지 봄꽃나무를 심고 연못 분위기도 정취 있고 빼어나다. 바로 앞뜰에는 오엽송五葉松, 홍매, 벚나무, 등나무, 황매화, 진달래 등과 같은 봄에 즐기는 초목을 티 나도록 심지는 않고, 가을 초목을 한 무더기씩 살짝 섞어 심었다.

중궁이 거처하시는 구역中宮の御町[301]은 원래 있던 산에 단풍 색깔이 진하게 들 만한 나무들을 심고, 샘물을 먼 데까지 깨끗하게 흐르게 하여 야리미즈遣水[302]의 물소리가 더욱더 맑아지도록 바위를 더 세워 폭포를 흐르게 하였다. 가을 들판을 널따랗게 만들어 두었는데, 마침 제철을 만나 한창 흐드러지게 피어 있다. 사가嵯峨의 오이大堰 근방 야산[303]을 볼품없게 눌러 버리는 가을이다.

---

297 하나치루사토.

298 서북 구역 저택.

299 남서 구역의 중궁의 저택은 가을, 동남 구역의 무라사키노우에의 저택은 봄, 북동 구역의 하나치루사토의 저택은 여름, 서북 구역의 아카시노키미의 저택은 겨울 정취를 구현하도록 정원이 만들어져, 사계절 저택이라고 한다.

300 동남 구역 저택은 히카루겐지와 무라사키노우에가 거처하는 저택이다. 무라사키노우에가 봄을 좋아한다는 것은 『겐지모노가타리』 2 「우스구모」 권에 기술된 바 있다.

301 남서 구역 저택은 로쿠조미야스도코로의 딸인 우메쓰보 중궁의 사가이다. 중궁이 가을을 좋아한다는 것 또한 「우스구모」 권에 기술된 바 있다. 이 때문에 아키코노무 중궁(秋好中宮)이라고도 불린다.

302 헤이안시대 귀족 주택의 건축 양식인 '신덴즈쿠리(寢殿造)'에서 집 안으로 물을 끌어들여 흐르게 한 '야리미즈'는 빼놓을 수 없는 중요한 요소였다.

303 가을 풍경이 빼어난 곳으로 알려진 곳이다.

북동北の東[304]은 시원해 보이는 샘이 있고 여름철 나무 그늘을 살렸다. 바로 앞뜰에는 담죽淡竹을 바람이 아래로 시원스레 불도록 심고 높이 자란 나무들이 숲처럼 무성하여 정취가 있다. 산골 마을인 듯 댕강목꽃 울타리를 일부러 둘러치고 옛날을 생각나게 하는 귤나무 꽃,[305] 패랭이꽃, 장미, 구타니くたに[306] 등과 같은 갖가지 꽃을 심고 봄가을 나무와 풀을 그 안에 섞어 두었다. 동쪽 면[307]에는 부지를 나누어 마장전馬場殿[308]을 만들고 목책을 세웠다. 오월에 놀이할 장소로서 물가에 창포를 무성하게 심어 두고 맞은편에 마구간을 만들어 세상에 없는 멋진 말들을 다 갖추어 세워 두셨다.

서쪽 구역西の町[309]은 북쪽 면[310]을 담장으로 나누어 창고를 세워 둔 구역이다. 경계로 삼는 울타리에 소나무를 무성하게 심어 눈雪을 즐기려는 의지처로 삼았다. 겨울 초입에 아침 서리가 맺힐 만한 국화 울타리, 득의만면한 졸참나무, 좀체 이름도 알려지지 않은 깊은 산의 울창한 나무들 같은 것을 옮겨 심었다.

---

304 북동 구역 저택은 하나치루사토의 저택으로 여름철 나무 그늘의 정취를 구현하였다.
305 '오월 바라는 귤나무 꽃향내를 맡아 봤더니 옛날 그 사람 소매 향내가 나는구나(五月まつ花橘の香をかげば昔の人の袖の香ぞする)'(『古今和歌集』 夏, 讀人しらず)에 의거한 표현이다.
306 용담(龍膽), 모란 등으로 견해가 갈린다.
307 북동 구역의 동쪽 면. 하나치루사토는 한 구역 전부를 차지할 정도의 신분은 아니다.
308 단오절 등에 말 타고 활쏘기나 경마 등을 구경하는 곳이다.
309 서북 구역 저택은 아카시노키미의 저택으로 겨울 정취를 구현하였다.
310 아카시노키미 또한 하나치루사토처럼 한 구역 전부를 점유할 만한 신분이 아니다.

34. 로쿠조노인으로 옮긴 뒤 무라사키노우에와 우메쓰보 중궁이 와카를 주고받다

피안彼岸[311] 무렵에 옮겨 가신다. 한꺼번에 다 옮기라고 정해 두셨지만, 소란스러울 듯하다고 하여 중궁은 약간 미루신다. 늘 의젓하고 젠체하지 않는 하나치루사토花散里만 그날 밤 함께[312] 옮겨 가신다.

봄의 저택의 꾸밈새는 지금 계절에 맞지 않지만 참으로 각별하다. 수레가 열다섯 대에 구종은 주로 4위와 5위이고, 6위 당상관 등은 착실한 사람들만을 고르셨다. 번잡할 정도로는 아니고 세상의 비방도 있지 않을까 싶어 간소하게 하셨기에, 만사에 걸쳐 요란스럽고 위압적인 일은 없다. 또 한 분[313]의 기색도 전혀 뒤떨어지지 않으시고 시종님[314]이 수행하여 그쪽은 소중히 모시기에, 참으로 이리도 될 만한 것이었구나 싶다. 시녀들 처소가 있는 구역들도 세심하게 신경 써서 나누니, 다른 일보다도 흡족하게 여겨졌다.

대엿새 지나서 중궁이 퇴궐하신다. 이 기색 또한 간소하다고 하지만 참으로 당당하다. 행운이 각별하셨던 것은 그렇다 치고, 인품이 고상하고 진중하게 처신하시기에 세상에서 각별하게 중한 존재로 인정받고 계셨다. 이 저택들 안의 경계에다가는 울타리들과 회랑 등을 이리저리 서로 오갈 수 있도록 이어서, 가깝고 바람직한 사이가 되도록 만드셨다.[315]

---

311 피안 법회(彼岸會)는 음력 2월과 8월의 춘분과 추분을 중심으로 7일간 열린다. 가을 피안으로 8월 10일경의 7일간이다.

312 무라사키노우에가 옮겨 갈 때 함께.

313 하나치루사토.

314 유기리. 하나치루사토는 유기리의 후견인이다.

315 로쿠조노인 내 사계절 저택은 담장 등으로 경계는 지었지만, 저택끼리 서로 교류할 수

구월이 되니 단풍이 무더기무더기 색이 들어, 중궁 처소 앞뜰은 뭐라 할 수 없을 정도로 정취가 있다. 바람이 살랑살랑 불어오는 저물녘에 상자 뚜껑에 여러 종류의 꽃과 단풍을 뒤섞어 이쪽[316]으로 올리셨다. 덩치가 큰 동녀가 진보라 아코메衵[317]에 안이 푸르고 겉이 연보라색의 무늬 있는 비단 겉옷을 덧입고 붉은색이 섞인 황색 얇은 비단 한삼汗衫을 걸치고, 아주 무척이나 익숙한 태도로 회랑, 건물을 이어 주는 복도[318]의 가운데가 높다란 다리[319]를 건너서 온다. 격식을 갖춘 의식이지만 동녀가 아리땁기에 중궁은 그냥 두지 못하고 보내셨다. 그런 데서 모시는 데 익숙하기에, 행동거지와 모습이 다른 사람과는 달리 탐탁하고 어여쁘다.

서찰은 이러하시다.

우메쓰보 중궁

바란 바대로 봄 맞는 정원에서 즐기시기를

내 처소 단풍잎을 바람결으로나마

젊은 사람들이 사자使者를 반가이 맞이하는 모습들도 정취 있다. 답신은 이 상자 뚜껑에 이끼를 깔고 바위 등의 풍치를 곁들여 오엽송 가지에 이리 묶어 보냈다.

있는 통로는 마련해 두었다.

316 무라사키노우에.

317 동녀용의 작은 우치키(袿)로 안에 받쳐 입는다.

318 회랑은 '로(廊)'라고 하며 지붕이 있는 복도식 통로이다. 건물을 이어 주는 복도는 '와타도노(渡殿)'라고 하며, 이 또한 회랑이라고 할 수 있다.

319 '소리하시(反橋)'라고 하며 연못 등에 걸쳐 둔 중앙이 활처럼 휜 다리이다.

무라사키노우에

바람에 지는 단풍은 가볍도다 봄의 빛깔을

바위 밑동 솔에다 걸어 보고자 하네[320]

이 바위 밑동 솔 또한 유심히 보니, 말할 수 없이 뛰어난 세공품들이었다. 이리 곧바로 착상着想하시는 고상한 취향 등을 중궁은 정취 있다며 바라보신다. 옆에 모시고 있는 사람들도 다들 칭송한다.

"이 단풍 서찰은 참으로 부아가 날 듯하군요. 답신은 봄철 꽃이 한창일 때 아뢰시지요. 요즈음에 단풍을 헐뜯는다는 것은 다쓰타 아가씨龍田姬[321]가 생각하시는 바도 있거늘, 뒤로 물러나 꽃그늘에 숨어들어야 센 답가는 나올 수 있겠네요."

대신大臣께서 이리 아뢰시는 모습 또한 참으로 젊고 생기 있고 더할 나위 없는 자태이시다. 구석구석 아주 볼만한데, 더욱더 생각한 바대로의 거처에서 아씨들은 서로 서찰을 주고받으며 교제하신다.

오이大堰에 계신 마님[322]은 이렇게 마님들의 이사가 마무리된 뒤 사람 축에도 못 끼는 사람은 언제든 슬쩍 옮겨 가자고 생각하시고, 시월이 되어 건너가셨다. 저택 안 꾸밈새나 이사 때의 격식은 다른 분에 뒤떨어지지 않게 하여 옮겨 드리신다. 아가씨에게 도움되는 바[323]를 생각하시니,

---

320 '봄의 빛깔'은 이끼나 오엽송 색깔이다. '바위 밑동'과 '솔'은 변하지 않는 것의 상징이다. 봄의 깊은 정취에 비해 가을 정취를 단풍처럼 가볍다고 응수하였다.

321 나라(奈良) 서쪽에 있는 다쓰타산(龍田山)은 단풍의 명소이다. 그 산의 여신인 다쓰타 아가씨는 가을의 신이자 염색의 신으로 알려져 있다.

322 아카시노키미.

323 앞으로 아카시 아가씨를 입궐시키려는 마음에, 신분이 낮은 생모라도 격식을 차려 대우하고 있다.

일반적인 예의범절도 동떨어지게 차별하지 않고 참으로 진중하게 대우하신다.

「오토메少女」 권은 성인식을 맞이한 히카루겐지의 아들 유기리가 장성해 가는 모습과 교육, 그리고 외사촌인 구모이노카리와의 평탄치 못한 사랑이 전반부에 기술되고 마지막 부분에 히카루겐지가 이전부터 조성하고 있던 로쿠조노인의 완성이 기술되어 있는 권이다. 권명인 '오토메'는 고세치 무희를 가리키는 와카 속 표현이다. 히카루겐지가 쓰쿠시의 고세치에게 보낸 와카인 '소매 흔들며 춤추던 처녀 이제 지긋하겠네 옛 친구 나이 또한 흘러 쌓여 왔으니'와 유기리가 고레미쓰의 딸인 고세치에게 보낸 와카인 '그늘에서도 뚜렷이 드러났네 처녀가 입은 날개옷의 소매에 걸었던 내 마음은'에 나오는 '처녀少女'라는 표현에서 유래하였다. 그리고 후지쓰보 중궁이 세상을 뜬 뒤 히카루겐지의 마음을 크게 뒤흔들고 무라사키노우에에게 상처를 준 히카루겐지와 아사가오 아가씨의 관계는 이 권에서 정리되면서 새로운 이야기로 전개되어 간다.

히카루겐지의 장남인 유기리는 세상 사람들의 예상과는 달리 대학에서 엄격한 교육을 받게 된다. 유기리의 성인식을 즈음하여 그를 4위로 바로 서위하는 것도 가능하였지만 6위에 머물게 하고 잠시 대학에서 공부하도록 한 것이다. 이는 히카루겐지가 자신과는 달리 신하일 수밖에 없는 유기리를 관계官界의 큰 그릇으로 키워 장래의 번영을 꾀하기 위한 방책이었다. 모노가타리 내에서 대학료의 쇠퇴가 기술되고 학자들의 희화화된 모습이 그려지고 있는데, 그런 만큼 학문에 바탕을 둔 정치를 목표로 하는 히카루겐지의 교육 방침은 세속 일반의 상식과는 다르다. 히카루겐지가 후원하는 재궁 여어가 중궁이 되자, 그와 젊을 적에 친구였던 옛 두중장인 내대신은 여식인 홍휘전 여어가 눌렸다고 생각하여 히카루겐지에 대해 강한 대항 의식을 지니게 된다. 그런데 또 다른 여식인 구모이노카리가 동궁에게 입궐할 수 있지 않을까 기대하였건만 그녀가 어릴 때부터 함께 자란 고종사촌 유기리와 사랑하는 사이임을 알게 되고, 내대신은 히카루겐지와 권세를 놓고 다투고 있는 만큼 두 사람 사이를 결코 허락하지 않겠다며 고집을 부린다. 이와 더불어 「오토메」 권에서는 「우스구모」 권에서 예고되었던 로쿠조노인의 구상이 구현되어 히카루겐지의 여성들이 모여 사계절 저택에 나뉘어 살게 된다. 히카루겐지를 정점으로 하는 이 세계에서는 이른바 히카루겐지와 방사상放射狀으로 이어진 여성들이 사계절의 운행에 대응하는 것처럼 조화롭게 관리되고 있다고 할 수 있다.

유기리가 성인식을 치른 뒤 그의 교육을 둘러싼 기술에서는 히카루겐지의 교육관을 엿볼 수 있다. 다른 귀족의 자제와는 달리 6위에 임명하여 대학료의 학생으로 학업을 닦게 하려는 히카루겐지의 선택은 유기리 본인은 물론이고 주위 사람들이 보기에도 쉽사리 용인하기 어려운 결정이었다. 히카루겐지는 황통과 혈연관계가 멀어지는 자손들이 번영을 계속 누리기 위해서는 학문이 필수적인 요소라고 생각한 것이다. "장래 세상의 중추가 될 만한 마음가짐을 체득"2절하도록 한다면 본인이 세상을 뜬 뒤에도 안심할 수 있다고 생각하였다. 유기리는 부친의 조치를 원망하면서도 학문에 힘써 괄목할 만한 재능을 키우고 대학료 시험을 어렵지 않게 통과한다. 유기리의 교육을 통해 학문을 경시하는 정치를 비판하고 대학료를 진흥시키고 한학에 대한 재능을 숭상하는 히카루겐지의 선택은 레이제이 천황 대를 성대聖代로 자리매김하려는 의도이기도 하였다.

그 뒤 히카루겐지는 정치적인 실무에 관여하지 않는 태정대신이 되어 로쿠조노인을 조영한다.

한편 어렸을 때부터 서로 첫사랑의 대상으로 사랑을 키워 온 유기리와 구모이노카리의 관계는 구모이노카리의 부친인 내대신에게 두 사람의 관계가 발각되면서 장애에 부닥치게 된다. 구모이노카리를 입궐시켜 향후 권력 기반을 구축하고 싶었던 내대신이었던 만큼 두 사람의 관계를 눈치챈 뒤의 그의 심리와 태도는 권력에 대한 집착 탓에 히카루겐지 쪽의 비할 바 없는 권세에 대항할 수조차 없는 초조함으로 가득하다. 내대신의 분노는 두 사람의 관계가 발각된 것을 계기로 기대를 걸었던 홍휘전 여어의 입후가 히카루겐지 탓에 무산되었다고 생각해 오던 원망스러운 마음에 의해 더욱더 커지게 된 것이다. 구모이노카리가 유기리와의 관계가 밝혀진 뒤 이제까지 생활하던 조모인 큰 황녀의 저택에서 내대신 저택으로 거처를 옮기게 된 뒤 두 사람의 사랑 이야기는 일단락된다. 그 후 「후지노우라바藤裏葉」 권에서 내대신이 두 사람의 결혼을 허락할 때까지 유기리는 7년에 걸쳐 구모이노카리를 기다렸다. 이와 같은 유기리의 모습에서 그는 모노가타리 내에서 '신실한 사람まめ人'으로 규정된다. 이후 모노가타리 세계는 히카루겐지가 영화를 누리는 이야기로 전환된다.

봄, 여름, 가을, 겨울 사계절의 풍치가 각각 드러나도록 지은 사계절 저택으로 이루어진 로쿠조노인은 헤이안시대 왕조의 미의식과 문화를 하나의 공간으로 통합하는 시도이다. "한적한 처소를, 이왕이면 널찍하고 볼만하게 만들어 이곳저곳에 있어 좀체 만날 수 없는 산골 사람 등을 한군데 모아 살게 하고자 하는 의향"32절으로, 로쿠조쿄고쿠 근방에 있는 아키코노무 중궁의 모친인 로쿠조미야스도코로의 구 저택 터를 포함한 주변 땅을 4정 점유하여 만든 대저택이다.

아오이노우에의 죽음 뒤 로쿠조미야스도코로는 히카루겐지가 자신을 꺼림칙하게 여기는 것을 알고 더욱더 고뇌에 빠지게 되고, 그를 단념하려고 이세 신궁伊勢神宮의 재궁齋宮으로 내려가는 외딸을 따라 교토를 떠나게 된다. 5년 후 천황이 바뀌면서 모녀는 함께 교토로 돌아왔지만 로쿠조미야스도코로는 급작스레 병을 얻어 형식적인 출가를 한 뒤 히카루겐지에게 딸의 후견을 부탁하고 서른여섯의 나이로 세상을 떠난다. 그 뒤 로쿠조미야스도코로의 딸은 히카루겐지의 후견을 받아 레이제이 천황의 비가 되었다. 그녀는 무라사키노우에와 봄과 가을 중 어느 계절을 좋아하는지 우열을 가리던 중 어머니인 로쿠조미야스도코로가 세상을 하직한 계절인 가을을 좋아한다고 하여 아키코노무 중궁秋好中宮으로 불리게 되었다. 이후 아키코노무 중궁은 히카루겐지의 영화를 뒷받침하는 한 축을 맡게 되었고, 어머니가 살던 로쿠조쿄고쿠에 있던 옛 저택과 그 근방 일대에 히카루겐지가 세운 사계절 저택인 로쿠조노인 내 가을 저택을 사가로 삼게 된 것이다. 즉 로쿠조노인은 로쿠조미야스도코로를 위무하고 진혼하기 위한 공간이기도 하였다.

스마와 아카시를 떠돌다가 귀족 사회로 복귀한 히카루겐지는 정치·사회적으로 그리고 개인 생활로도 흔들림 없는 기반을 구축하여 바야흐로 영화의 정점에 서려고 한다. 로쿠조노인 내의 풍아한 생활은 이사 후 바로 아키코노무 중궁이 무라사키노우에에게 가을의 아름다움을 과시하는 도발적인 서찰을 보냄으로써 가시화된다. 이에 대한 응수를 무라사키노우에는 그 다음해 봄에 하게 된다.「고초」권 이처럼 봄과 가을을 상징하는 두 여성 덕분에 봄과 가을의 정취를 둘러싼 경쟁이 벌어지게 되고, 로쿠조노인을 모노가타리의 무대로 설정함으로써 히카루겐지의 호화롭고 정취 있는 생활은 구체적인 모습으로 독자에게 인식된 것이다. 로쿠조노인은 이 세계에 존체 없는 영화의 실재적인 모습이자, 그 영화의 근저에 존재하는 금상의 친부라는 잠재적인 왕권의 상징으로서 영화를 구축해 온 히카루겐지의 인생을 총괄한 모습이라고 할 수 있다.

히카루겐지는 그러한 로쿠조노인의 주재자로서 네 명의 여성에게 제각각 중요한 역할을 맡기면서 각 저택에 배치한다. 사계절 저택에 배치된 여성들은 각각의 고유한 성격을 지닌 채 히카루겐지의 주변을 수놓게 된다. 아키코노무 중궁만이 히카루겐지의 부인이 아니라는 점이 특이하지만, 로쿠조미야스도코로가 남긴 여식으로서 그 성격을 계승하면서 레이제이 천황의 후궁 내 세력을 대리하고 있다. 그 밖의 세 명의 여성 또한 마찬가지이다. 히카루겐지는 아무 여성이나 자신의 저택에 들이지는 않는다. 니조히가시노인에 있는 우쓰세미와 스에쓰무하나는 히카루겐지의 그늘 아래 있는 것은 다름없지만 그의 '이로고노미色好み'의 이상을 형상화하는 구도에서는 제외되어 있다.

인간관계를 계절의 추이에 따라 원활하게 관리하려는 이러한 체제는 히카루겐지의 여성 관계의 귀결임과 동시에, 무라사키노우에와 아키코노무 중궁의 와카 응답에 상징되어 있듯이 로쿠조노인의 새로운 인간관계를 드러낸 것이기도 하였다. 로쿠조노인의 구상은 사계절의 구도에 의한 자연과 사람의 배합이라는 계절의 이념화이며, 사계절 이념을 인격화한 여성들을 히카루겐지가 총괄함으로써 사계절 운행이라는 자연을 지배하려고 하는 발상이기도 하다. 그리고 사계절 저택을 설명하면서 저택의 방위와 안주인, 식물을 연계시켜 설명하는 방식은 춘추 우월 논쟁으로도 표상화되어 있다. 히카루겐지의 영화를 상징하는 로쿠조노인이 완성된 다음 그와 함께 동남쪽 구역의 봄의 저택에 살게 되는 무라사키노우에는 '로쿠조노인의 안주인', 히카루겐지의 부인으로서 그 위치가 더욱더 탄탄해진다.

그런데 사방 사계절 저택으로 구성된 로쿠조노인은 동남쪽을 봄의 저택, 북동쪽을 여름 저택, 남서쪽을 가을 저택, 서북쪽을 겨울 저택으로 꾸며, 동쪽은 봄이며 남쪽은 여름이며 서쪽은 가을이며 북쪽은 겨울이라는 오행설과 꼭 들어맞지는 않는다. 이와 관련해서는 일본의 민간 신앙인 천중살天中殺이라는 술해戌亥·진사辰巳 신앙에 의해 계절의 순환과 대응시키지 않고 45도로 기울게 하여 배치하였다는 설이 있으며, 이를 로쿠조노인 배치의 불균형으로 파악함으로써 향후 로쿠조노인의 해체와 연결하는 견해 등도 있다.

로쿠조노인의 자연은 인위적으로 조성된 것인 만큼 당대의 미학에 걸맞은 미학적인 자연이라고도 할 수 있다. 헤이안시대 지식인이 지니고 있던 일종의 우주론을 모노가타리적으로 표현하였다고 할 수 있다. 당대의 우주관과 자연관을 실제로 형상화한 로쿠조노인의 정원은 모노가타리를 읽어 내는 하나의 단서가 될 수 있다.

제22권

「다마카즈라玉鬘」 권

히카루겐지 35세

그리워해 온 나는 그대로인데 다마카즈라
어떠한 연줄 따라 찾으러 온 것일까
戀ひわたる身はそれなれど玉かづら
いかなるすぢを尋ね來つらむ

1. 히카루겐지와 우근이 세상을 뜬 유가오를 추모하다

세월이 가로막혔지만[1] 애석하기만 하였던 유가오夕顔를 겐지 님께서는 조금도 잊지 않으시고, 성정이 각기 다른 사람들의 모습을 누차 보아 알게 되시면서도 살아 있었다면 하며 절절하고 안타깝게만 떠올리신다. 우근右近[2]은 무슨 사람 축에도 끼지 못하지만 겐지 님께서 여전히 그 추억거리形見로 보셔서 안쓰럽게 여기시기에, 오래된 시녀로 대우받으며 죽 옆에서 모셔 왔다. 겐지 님께서 스마須磨로 퇴거하실 때 다이노우에對の上[3] 처소에 사람들을 모두 부탁하셨을 때부터 그쪽에서 아씨를 모시고 있다.

마음씨 좋은 데다 나서지 않는 겸손한 사람으로 아씨女君도 생각하시지만, 우근은 마음속으로 돌아가신 아씨[4]가 살아 계신다면 아카시 마님明石の御方이 받는 정도의 총애[5]에는 뒤떨어지지 않으실 터인데, 겐지 님께서는 그다지도 마음이 깊지 않았던 사람조차 저버리지 않으시고 잘 배려해 주시는 오랫동안 변치 않으시는 마음을 지니고 계시기에, 고귀한 분들[6] 사이에 끼어들지는 못할망정 이번에 저택으로 옮기는 분들 축[7]에는 말할 것도 없이 들어가셨을 터인데 하고 생각하니, 언제까지나 슬프게만 생각되었다.

---

1 유가오가 사망한 것은 히카루겐지 17세 때인 해의 8월이다. 이후 17여 년의 세월이 흘렀다.
2 유가오의 유모 딸인 시녀. 유가오가 세상을 뜰 때 함께 있었으며 그 뒤 니조노인에서 시녀로 지냈다.
3 무라사키노우에.
4 유가오.
5 유가오의 부친은 3위 중장으로서 아카시노키미보다 집안은 더 좋다.
6 무라사키노우에, 아키코노무 중궁급의 여성. 두 사람은 황족의 핏줄이다.
7 하나치루사토나 아카시노키미급의 여성.

2. 다마카즈라가 유모를 따라 쓰쿠시로 내려가다

우근은 서경西の京에 남겨졌던 그 어린 아가씨[8]조차 행방도 모르는 데다 그저 그 사실[9]을 가슴속에 숨긴다. 또한 겐지 님께서 "지금에 와서 소용없는 일[10]로 내 이름 누설 말길[11]"이라고 함구령을 내리셨던 터라 삼가는 마음에 아가씨를 찾아내어 연락드리는 일도 하지 않았다. 그러는 동안에 그 유모[12]의 남편이 소이少貳[13]가 되어 부임하게 되어 임지로 내려갔다. 그 어린 아가씨가 네 살이 되는 해에 쓰쿠시筑紫[14]로 내려간 것이다.

유모는 아가씨 모친의 행방을 알아내고자 온갖 신불神佛에게 기도드리고 밤낮으로 울면서 그리워하며 그럴 만한 곳들을 찾으러 다녔지만, 결국 알아내지 못한다. 그렇다면 어찌할 도리가 없지, 아가씨만이라도 추억거리로 보살펴 드리도록 하자, 험한 길에 함께 모시고 떠나 머나먼 곳으로 가시는 것이 슬프기만 하구나, 역시 부친[15]에게 살짝 알릴까 하고

---

8 유가오와 옛 두중장 사이에 태어난 딸. 다마카즈라(玉鬘)라고 불린다. 서경에 살던 유가오의 유모 밑에서 자라던 중 모친이 고조(五條)에 있는 집에 몸을 숨길 때 동행하지 않았다.

9 유가오의 죽음.

10 유가오가 급사한 일.

11 '이누가미의 도코산을 흐르는 나토리강아 잘 모른다 말하고 내 이름 누설 말길(犬上の鳥籠の山なる名取川いさと答へよわが名洩らすな)'(『古今和歌集』 戀三・墨滅歌, 讀人しらず)에 의한다.

12 유가오의 유모.

13 대재부(大宰府) 차관. 대이(大貳) 다음간다. 종5위 하에 상당하며 정원은 2인이다. 대재부는 오늘날 후쿠오카현(福岡縣) 북서부 지역인 지쿠젠 지방(筑前國)에 설치된 관청으로, 규슈(九州)와 이키(壱岐), 쓰시마(對馬) 두 섬을 관할한다.

14 규슈 지방의 옛 호칭으로 후쿠오카현에 해당된다. 지쿠젠(筑前, 후쿠오카현 북서부)과 지쿠고(筑後, 후쿠오카현 남부)를 가리킨다.

15 현 내대신으로 당시는 두중장.

도 생각하였다. 하나, 그럴 만한 연고도 없는 중에 "모친이 어디 가셨는지도 모르고 부친이 캐물으신다면 어찌 아뢸까요", "아직 부친과 충분히 낯도 익지 않으시니 어린 사람을 맡아 주신다고 하셔도 걱정이 될 듯합니다", "알고 있으면서, 결코 데리고 내려가라고 허락하실 리도 없지요" 등과 같이 제각각 의견을 서로 이야기한다.

참으로 아리땁고 벌써부터 고상하고 기품 있게 아름다운 자태인데, 딱히 꾸민 구석도 없는 배에 태워 저어 나갈 때[16]는 참으로 가슴이 미어졌다. 어린 마음에 모친을 잊지 않고 때때로 "어머니 계신 데로 가나요"라고 물으실 때마다 유모는 눈물이 멈출 새가 없고 딸들[17]도 그리워하며 우는데, 뱃길에 불길하다고 한편으로는 야단을 쳤다.

경치가 좋은 곳[18]을 여기저기 바라보면서, 마음[19]이 젊으시기에 이러한 길 위의 풍경도 보여 드리고 싶었구나, 살아 계신다면 우리들은 내려갈 일이 없었을 터인데 하면서 교토京 쪽으로 생각이 자연스레 향한다. 돌아가는 파도[20]도 부럽고 마음이 불안한데, 수부水夫[21]들이 거친 목소리로 "구슬프게도 멀리 와 버렸구나"라고 노래 부르는 것을 들으면서 두 사람은 서로 마주 보며 눈물을 흘렸다.

---

16 후시미(伏見) 근방에서 배를 타고 요도강(淀川)을 내려가 가와지리(川尻)로부터 바닷길인 세토나이카이(瀬戸内海)를 지나간다.

17 유모의 딸들.

18 세토나이카이의 풍경.

19 유가오.

20 '더욱더 한층 지나가 버린 저쪽 그리운 탓에 부럽기만 하구나 돌아가는 파도여(いとどしく過ぎゆく方の戀しきにうらやましくもかへる浪かな)'(『伊勢物語』七段; 『後撰和歌集』羈旅, 在原業平)에 의한다. 도읍에서 유가오와 함께 지냈던 과거를 그리워하며 지금의 비운을 탄식하는 마음을 드러낸다.

21 배의 키잡이 밑에서 배를 젓는 사람.

유모의 딸

뱃사공 또한 누굴 그리워하나 오시마大島[22] 포구

왠지 구슬픈 듯한 노랫소리 들리네

유모의 딸

어디서 오고 갈 곳도 모른 채로 바다 나오니

구슬프네 어디서 그리운 당신 찾나

머나먼 시골로 떠나가는 이별[23]이기에 각자 기분을 풀고자 읊었다.

가네곶金の岬[24]을 지나고 "나는 잊지 않으리"[25]와 같은 늘 입에 달고 있는 말이 입버릇이 되었지만, 그쪽[26]에 도착하고 나서는 더욱더 머나먼 거리를 헤아리며 그리워 눈물지으며 이 아가씨[27]를 귀하디귀한 존재로 여기며 하루하루 날을 보낸다. 꿈결 등에 아주 잠깐 보이실 때 등도 있다. 전과 같은 모습의 여자[28] 등이 붙어 계신 듯 보이시기에 꿈에서 깨어난 뒤 불쾌한 여운이 남고 몸도 아프거나 하기에, 역시 아씨는 세상을 떠

---

22 현 후쿠오카현 무나카타군(宗像郡)에 있는 섬으로 추정된다.

23 '생각 못 했네 머나먼 시골에서 영락한 채로 어부 그물 만지며 물고기 잡을 줄은(思ひきや鄙の別れにおとろへて海人の縄たき漁りせむとは)'(『古今和歌集』 雜下, 小野篁)에 의한다.

24 후쿠오카현 무나카타군에 있는 가네자키(鐘崎)곶이다.

25 '거칠기만 한 가네자키 혹여나 지나친대도 나는 잊지 않으리 바다 신인 시카(志賀) 신(ちはやぶる金の岬を過ぎぬとも我は忘れじ志賀の皇神)'(『萬葉集』 卷七 1230番歌)에 의한다. 거친 바다를 무사히 지나쳤다고 하여도 해신을 잊지 않겠다는 취지를, 유가오의 일로 전환하였다.

26 대재부.

27 다마카즈라.

28 유가오가 죽었을 때 머리맡에 나타났던 모노노케(物の怪). 작중 화자의 시점이다.

나셨나 보다 하고 생각하게 되는데도 가슴이 미어진다.

3. 아름답게 자라난 다마카즈라에게 많은 사람들이 구애하다

소이는 임기[29]를 마치고 상경하려고 하던 차에, 갈 길도 머나먼 데다 딱히 힘도 없는 사람[30]이기에 망설이면서 과감히 출발하지도 못하던 중에 무거운 병에 걸렸다. 죽을 듯한 마음이 들면서도 열 살 남짓 되신 이 아가씨[31]의 모습이 불길할 정도로 아리따워 보이는 것을 뵈면서, 이리 말씀하시면서 불안해한다.

"나까지 아가씨를 저버린다면 어떠한 모습으로 영락하여 떠도실 것인가. 험한 곳에서 성장하시는 것도 송구스럽게 여겨지는데, 언제든 교토로 모시고 가서 그럴 만한 사람[32]에게도 알려 드리고, 숙명[33]에 맡겨 인연을 찾아 드리려 할 때도 도읍都은 드넓은 곳이기에 참으로 안심하여도 될 만하다고 여기며 준비하고 있던 터에, 이곳에 머무른 채로 목숨을 부지할 수 없게 되었다니……."

아들자식이 셋 있는데, "오직 이 아가씨를 교토로 모시고 가야만 한다는 것을 명심하거라. 나를 위해 효도[34]할 생각은 하지 않아도 된다"고 당부의 말을 남겼다.

---

29 임기는 5년이다.
30 재력이 없어 교토로 돌아갈 여비 마련에 어려움을 겪으며 바로 출발하지 못하였다.
31 다마카즈라.
32 다마카즈라의 부친인 내대신.
33 결혼 운.
34 사후에 올리는 추선 공양(追善供養)을 말한다.

아가씨가 어느 댁 자제인지는 저택 안 사람들에게도 알리지 않은 채 그저 손녀로서 애지중지할 만한 연고가 있다고만 그럴듯하게 둘러대 두었기에, 사람들에게 내보이지 않고 한없이 귀히 보살펴 드린다. 그러던 중에 소이가 갑자기 세상을 떠났기에, 가슴 절절하고 불안하여 그저 교토로 떠날 생각을 한다. 그런데 이 소이와 사이가 나빴던 그 지방 사람들이 많거나 하여 이런저런 일로 두려워하고 삼가거나 하면서 제정신 아닌 채로 세월을 보냈다. 이 아가씨는 나이가 들어 가며 생김새가 조화를 이루게 되심에 따라 모친보다도 더욱더 아름답고 부친인 대신의 핏줄까지 더하여져서인지 기품 있고 사랑스럽다. 품성도 느긋하여 더할 나위 없으시다.

소문이 전해지면서 풍류를 좋아하는 시골 사람들이 아주 많이 마음을 기울여 소식을 전하고 싶어 한다. 불길하고 못마땅하게 여겨지기에, 집안사람 누구도 상대하여 말을 들으려 하지 않는다.

"용모 등은 웬만큼 보아줄 만은 하겠지만 아주 부족한 구석이 있기에, 누구와도 결혼시키지 않고 비구니가 되게 하여 내가 세상에 있는 동안에는 곁에 두고자 합니다."

유모가 이리 말을 퍼뜨리니, "세상을 떠난 소이의 손녀는 불구라고 하던데……. 아깝기도 하지"라고 말들을 한다.

듣기에도 불길하기에, 유모는 이리 말하며 한탄한다.

"어찌하면 도읍으로 모시고 가서 부친인 대신에게 알려 드릴 수 있을까. 어렸을 때 몹시 사랑스럽게 여기셨기에, 어떠한 경우이든 소홀하게 저버리지는 않으시겠지."

이러는 중에도 불신佛神에게 발원하며 기도드렸다.[35]

4. 히고 지방 토호인 대부감이 다마카즈라에게 구혼하다

딸들도 아들들[36]도 그 지역에 있을 법한 인연들이 생겨 혼인하여 살게 되었다. 유모는 마음으로만은 서둘러야 한다고 생각하면서도 교토로 상경하는 일은 점점 관계없는 일인 듯 멀어져 간다. 아가씨는 철이 들어 가시면서 세상을 무척 괴로운 것으로 여기시며 한 해 석 달의 정진[37] 등을 하신다. 스무 살쯤 되실 즈음에는 나이가 들면서 용모가 피어나니 참으로 아깝고 훌륭하다. 이들이 사는 데는 히젠 지방肥前國[38]이라고 하는 곳이었다. 그 근방에도 어느 정도 풍류를 아는 사람은 우선 이 소이의 손녀딸[39]의 모습을 전해 듣고 역시나 끊임없이 찾아오니, 이 또한 참으로 몹시 귀가 시끄러울 정도이다.

대부감大夫監[40]이라고 하여 히고 지방肥後國[41]에 일족이 번다하고 그쪽 지방[42]에서는 세간의 평판이 좋은, 세력이 강성한 무사兵가 있었다. 거친 마음속에 약간 호색적인 마음이 뒤섞여 용모가 괜찮은 여자들을 모아서

---

35 신불에 기도드려 이루어지면 감사 참배를 드려야 한다. 훗날 하세데라(長谷寺) 참배의 복선이다.

36 유모는 딸 둘과 아들 셋을 두었다.

37 '넨조(年三)'라고 하며 한 해 중 정월, 오월, 구월의 전반부 보름간은 정진하며 내세를 기원한다. 이 세 달은 제석천(帝釋天)이 중생의 선악을 조사하기 때문에, 계행을 굳게 지키며 정진하며 염불하면 일체의 죄업이 소멸되고 재난은 일어나지 않으며 사후에 정토(淨土)에 태어난다고 하였다.

38 오늘날 사가현(佐賀縣)과 나가사키현(長崎縣). 유가오의 유모는 남편인 소이가 세상을 뜬 뒤 쓰쿠시 지방에서 이주한 듯하다.

39 다마카즈라.

40 감(監)은 대재부의 판관(判官)이다. 대감과 소감 각각 2인을 두었다. 대감은 정6위 하에 상당하며, 그중 종5위에 서위된 사람을 대부감이라고 한다.

41 오늘날 구마모토현(熊本縣).

42 도읍인 교토에서 보았을 때 규슈 지방 일대를 가리킨다.

결혼하고 싶다고 생각하였다. 이 아가씨에 대해 듣고, "몹시 흠이 있다고 하더라도 나는 못 본 척하고 옆에 두겠소"라며 무척 곡진하게 말을 건네 온다. 너무 기분 나쁘게 여겨져 "어찌……. 이런 이야기[43]를 듣지 않은 채 비구니가 되려고 하는데요" 하고 대답하게 하였기에, 대부감은 더욱 더 불안해져서 기어코 이 지방으로 넘어왔다.

대부감이 유모 아들들을 불러들여 말하기를, "원하는 바대로 된다면 한마음으로 힘을 주고받을 거요"라는 둥 이야기하니, 두 사람[44]은 솔깃해졌다.

"한동안은 어울리지 않기에 아가씨가 애처롭다고 생각[45]하였지만, 우리 각자의 신세를 맡길 의지처로는 참으로 미더운 사람입니다. 이자에게 앙갚음을 당하게 된다면 이 근방 지역에서는 무사히 지낼 수 있을까요. 고귀한 사람의 핏줄이라고 하더라도 부친에게 자식으로 인정받지도 못한 채 세상에 알려지지도 않아서는 무슨 의미가 있을까요. 이 사람이 이리 곡진하게 마음을 드러내 주시는 것이야말로 지금은 행운이십니다. 그럴 만한 인연이었기에 이 같은 지방으로도 오셨겠지요. 숨어 피하신다고 하여 무슨 뾰족한 수가 있겠는지요. 그 사람이 지지 않겠다는 마음에 성질을 낸다면, 하면 안 되는 여러 일도 할지 모릅니다."

이렇게 형을 말로 겁박하니, 유모는 참으로 큰일이라며 듣고 있다. 삼형제 중 큰형이 되는 분고 지방 차관豊後介[46]이 이리 말한다.

---

43 혼담.
44 둘째 아들과 셋째 아들.
45 다마카즈라와 대부감의 신분은 다르기 때문에 두 사람의 결혼은 어울리지 않는다.
46 오늘날 오이타현(大分縣)인 분고 지방(豊後國)의 차관이다. 종6위 상에 상당한다.

“역시 참으로 당치 않고 아까운 일이다. 돌아가신 소이가 남기신 말도 있다. 어떻게든 준비하여 교토로 모시고 올라가자.”

딸들도 울며 갈팡질팡하면서 이리 탄식한다.

“모친[47]이 부질없이 떠돌아다니시고 정처조차 모르는 탓에, 아가씨는 신분에 맞게 남들처럼 사시는 걸 꼭 뵈었으면 하거늘, 저런 자들[48] 속에 인연을 맺고 섞여 들어가신다니…….”

이를 모른 채 자신은 무척 신망이 높은 처지라고 생각하여 대부감이 서찰 등을 써서 보낸다. 필체 등은 지저분하지 않게 써서 두꺼운 중국 종이[49]에 향기로운 향 내음을 배게 하면서 자기 딴에는 훌륭하게 썼다고 생각하는데, 표현에는 사투리가 몹시 섞여 있었다.

대부감 본인도 이 집 차남을 자기편으로 끌어들여 함께 왔다. 서른 즈음의 남자로 키가 크고 어마어마하게 살이 쪄서 추하게 보이지는 않아도 생각 탓인지 뜨악하고, 거친 행동거지 등을 보아도 불길하게 여겨진다. 혈색이 좋고 기력이 좋아 보이고 목소리가 몹시 갈라져 알아듣기 힘들게 중얼거리고 있다. 구애하는 사람은 밤에 몰래 들어오기에 ‘요바이’[50]라고 하였건만, 시간대가 달라진 봄날 저녁 무렵이다. 가을이 아니건만 평소와는 달라 보인다.[51] 마음 상하지 않게 하려고 조모님[52]이 나와서 만

47 유가오.
48 대부감과 같은 시골뜨기.
49 당시에는 귀중한 물건이다. 기타큐슈(北九州) 지방은 중국 무역의 창구이기 때문에 비교적 쉽게 구할 수 있었던 듯하다.
50 ‘요바이(夜這い)’. 밤에 남자가 몰래 여성의 침실로 숨어들어 통정한다는 의미이다.
51 ‘어느 때라고 그립지 않을 때는 없긴 하여도 가을철 저물녘은 평소와는 다르네(いつとても戀しからずはあらねども秋の夕べはあやしかりけり)’(『古今和歌集』 戀一, 讀人しらず)에 의한다.
52 유모. 다마카즈라를 손녀라고 세간에는 말하였다.

난다.

“돌아가신 소이께서 참으로 정이 많고 인품이 훌륭하셨기에 어찌하여서든 교제하며 이야기를 나눌 수 있지 않을까 생각하고 있었건만, 그러한 마음가짐조차 보여 드리지 못한 새에 참으로 슬프게도 세상을 떠나셨으니……. 그분을 대신하여 오로지 소임을 다하고자 마음가짐을 다잡고 오늘은 외곬으로 무리하여 뵈러 왔습니다. 여기에 계신다는 아가씨는 각별한 핏줄[53]이라고 들었기에 참으로 황송합니다. 그저 저 같은 자가 내 주인이라고 생각해 드리며 머리 위로 떠받들어 드리고자 합니다. 조모 또한 떨떠름하게 계시는 듯한 것은 제가 대단치 않은 여자들과 인연을 많이 맺고 있다는 것을 들으시고 내키지 않아 하시는 것이겠지요. 그렇다고 하여도 그자들을 아가씨와 대등하게는 대우하겠는지요. 우리 아가씨를 황후 자리에 뒤떨어지지 않도록 하려고 하는데요.”

대부감이 이와 같이 아주 능란하게 말을 잇는다. 그러자 유모가 이리 말한다.

“무슨 말씀을요. 이리 말씀해 주시니 참으로 행운이라고 생각합니다. 하나, 불운한 숙명을 타고난 사람인지 꺼려지는 일이 있기에, 어찌 다른 사람과 혼인할 수 있을까 남몰래 탄식하고 있는 듯합니다. 안타까운 마음으로 뵈면서 곤란해하고 있답니다.”

“전혀 신경 쓰지 마십시오. 설령 눈이 찌그러지고 다리가 부러지셨다고 하여도 저는 고치는 걸 포기하지 않겠습니다. 이 지방 안의 불신佛神은 제 편을 들어주십니다.”

53 대부감은 유모의 아들들에게 다마카즈라의 출신을 들은 것으로 보인다.

대부감은 이와 같이 말하며 자신만만하게 앉아 있다.

맞이할 날이 언제쯤이라고 말하기에, "이달은 계절의 마지막[54]이라서요"라는 등 촌스러운 풍습을 내세워 둘러댄다.

뜰로 내려가 돌아갈 제, 와카를 읊고 싶었기에 좀 오래 궁리하다가 이리 읊는다.

대부감

"아가씨 향한 내 마음 변한다면 마쓰라松浦 땅의

거울 신鏡の神에 맹세코 달게 벌 받을지니[55]

이 와카和歌는 괜찮지 않을까 생각됩니다."

이러며 웃음 짓는 것도 세련되지 못하고 순박한 느낌이다.

유모는 제정신도 아니기에 답가를 보낼 정신이 없어도 딸들에게 읊어 보라고 하지만, "나는 더한층 정신이 없어서……"라며 앉아 있다. 시간이 너무 흘렀다고 생각되어 고민하다가 생각이 떠오른 대로 목소리를 떨면서 이리 입 밖으로 읊어 내놓는다.

유모

긴 세월 동안 기원해 온 마음이 어긋난다면

---

54 사계절의 마지막 달인 3·6·9·12월에 결혼하는 것을 피하는 풍습이 있었던 듯하다. 이달은 3월이다.

55 '마쓰라 땅'은 사가현과 나가사키현의 겐카이나다(玄海灘), 즉 현해탄에 면한 지역이다. '거울 신'은 오늘날 가라쓰시(唐津市) 가가미 신사(鏡神社)의 제신(祭神)이다.

거울 신을 반드시 박정하게 여길 듯

그러자 대부감이 "잠깐만요. 이게 무슨 말씀이신지……"라며 불쑥 다가오는 기색에, 조모는 무서워서 안색까지 하얘졌다. 딸들은 그리 말은 하여도 마음을 단단히 먹고 웃으며, 뜻을 풀어 들려준다.

"이 사람[56]의 모습이 다른 사람과 다르시거늘……. 혹여 혼담이 틀어진다면 실망[57]할 터인데, 이를 여전히 멍한 상태인 사람이 신을 걸면서 잘못 아뢰신 듯하네요."

대부감은 "오오, 그렇군, 그렇군" 하며 끄덕이면서 이리 말한다.

"재미있는 말씀이네요. 우리는 촌스럽다고 알려져 있어도 한심한 백성은 아니랍니다. 도읍 사람이라고 하여 특별한 게 있겠소. 모든 걸 알고 있답니다. 얕보시면 아니 되시오."

다시 읊으려 하지만, 짓기가 힘들었던지 자리를 떴다.

유모는 둘째 아들이 설득당하여 대부감에게 넘어간 것도 너무 심히 한심하기에, 이 분고 지방 차관을 채근한다. 이에, 차관은 어찌 해 드리면 좋을런가, 의논할 만한 사람도 없는 데다 많지 않은 형제는 내가 이 대부감과 같은 마음이 아니라며 사이가 나빠져 버렸고, 이 대부감에게 보복을 당한다면 약간이나마 운신하려 하여도 폭이 좁아질 것이니, 예기치 못한 일을 겪을지도 모른다며 고민하고 있다.

아가씨가 남모르게 가슴 아파하시는 모습이 참으로 보기 괴롭고 대부

---

56 다마카즈라.

57 유모의 와카 속 표현인 '긴 세월 동안 기원해 온 마음', 즉 다마카즈라를 교토로 데리고 가고 싶다는 마음을 다마카즈라가 대부감과 결혼하여 행복해지기를 기원하는 마음으로 의미를 바꾸어 해석하여 달래고 있다.

감과 혼인한다면 살 수 없다며 시름에 잠겨 계시는 게 당연하다고 여겨지기에, 과감히 계획[58]을 세우고 길을 나선다. 자매들[59]도 오랫동안 함께 지낸 의지하던 사람을 버리고 이들과 동행하여 함께 길을 나선다. 아테키라고 하였던 사람은 지금은 병부님이라고 하는데, 일행을 따라 밤에 도망을 쳐 배에 올라탔다.

대부감은 히고로 돌아갔는데, 사월 스무날쯤에 날을 잡아 오겠다고 한 사이에 이렇게 도망친 것이었다.

5. 다마카즈라 일행이 쓰쿠시를 탈출하여 도읍으로 돌아오다

언니 분 쪽은 일족이 번다해져 출발할 수가 없다. 서로 헤어지기를 아쉬워하며 함께 만날 일이 어려워진 것을 생각하자니, 병부님은 오랫동안 살아온 터전[60]이라 하여도 딱히 버리고 가기 어려운 일도 없고, 그저 마쓰라 궁松浦の宮[61] 앞의 해변과 그 언니분과의 이별만을 뒤돌아볼 수밖에 없어 슬픔에 젖었다.

병부님

우키시마浮島[62]를 노 저어 멀어져도 정처 모르네

58 규슈를 탈출하여 교토로 돌아가려는 계획.
59 두 딸 중 실제로 상경한 것은 병부님이라고 불리는 딸 한 명이다.
60 이들은 16년간 규슈에 살았다.
61 '가가미 신사'로 추정된다(각주 55 참조).
62 우키시마는 보통 미야기현(宮城縣) 시오가마시(塩竈市) 남쪽에 있는 섬을 가리키지만, 여기에서는 야마구치현(山口縣) 오시마군(大島郡)의 섬을 가리킨다는 견해가 있다.

어디에 머무를지 알지도 못하누나

다마카즈라

갈 곳조차도 안 보이는 뱃길로 배를 띄우니

바람에 맡겨 놓은 내 신세 부질없네

참으로 막막한 마음이 들어 아가씨는 엎드려 누워 계신다.

이렇게 도망쳤다는 사실이 혹여 새어 나가 퍼지기라도 한다면 지기 싫어하는 성격에 뒤쫓아 오겠다 싶으니 정신도 없다. 빠른 배[63]라고 하여 색다른 배를 준비해 두었기에, 가고자 하는 방향으로 바람까지 불어와 준 덕에 위험할 정도로 빨리 달려 귀경하였다. 울림 여울[64]도 순조롭게 지났다. "해적 배인지 작은 배가 날듯이 다가오네요"라고 말하는 자가 있다. 해적이 무모하게 거친 것보다도 그 두려운 사람[65]이 뒤쫓아 오는 것은 아닌가 생각하니 어찌할 바를 모른다.

유모

괴로운 일로 가슴만 두근대는 울림에 비해

울림 여울조차도 대단하지 않았네

'우키'는 떠 있는 상태인 '우키(浮き)'와 괴로운 상태인 '우키(憂き)'라는 중의적인 의미를 지닌다.

63 노를 많이 갖춘 배.

64 하리마나다(播磨灘)를 말한다. 세토나이카이 동부 해역으로 항해하기 어려운 곳으로 꼽히며 해적이 출몰하는 것으로도 유명하다.

65 대부감.

"가와지리川尻[66]라는 곳에 가까워졌습니다"라고 말하기에, 다시 살아난 마음이 다소 든다. 여느 때처럼 뱃사람들이 "가라도마리唐泊[67]에서 가와지리까지 노 저을 동안은"이라며 정취 없이 노래 부르는 소리도 가슴에 사무치게 들린다. 분고 지방 차관이 가슴 절절하고 정답게 마음 가는 대로 노래를 부른 뒤, "참으로 어여쁜 처자식도 잊었구나"[68] 한다. 생각하자니, 정말로 모두 내버리고 왔구나,[69] 어찌 될 것인가, 일솜씨도 있고 의지처가 됨직한 부하들은 모두 데리고 왔구나, 대부감이 나를 나쁘게 여겨 처자식을 내쫓아 뿔뿔이 흩어져 있을 터인데 어찌하고 있을런가 싶다. 경솔하게도 가족을 돌보지 않은 채 떠나 버렸구나 하면서, 마음이 약간 진정되면서 기막힌 일을 계속 생각하고 있자니 마음이 약하여져 울음이 절로 났다.

"호나라 땅의 처자식을 허무하게 버려 버렸구나"[70]라고 읊조리는 것을 병부님이 듣고, 참으로 나도 이해할 수 없는 일을 저질렀구나, 오랜 세월 따르던 사람의 마음도 갑자기 저버리고 도망쳐 왔거늘 어찌 생각하려나 하면서 이런저런 생각이 꼬리에 꼬리를 물고 일어난다. 돌아가

66 요도강(淀川)의 하구로 당시에는 번화한 곳이었다. 여기에서부터 요도강을 거슬러 올라가 교토로 들어간다.

67 효고현(兵庫縣) 히메지시(姫路市) 마토카타정(的形町) 후쿠도마리(福泊)의 옛 이름으로 알려져 있다. 가라도마리에서 가와지리까지 바닷길로 사흘 걸린다.

68 뱃사공 노래를 이어받아, 가라도마리에서 가와지리까지 험난한 바닷길을 지나왔기에 처자식도 잊었다고 읊고 있다.

69 분고 지방 차관은 쓰쿠시 지방 여성과 결혼하였기에 교토로 데리고 오지 못하였다.

70 '涼原鄉井不得見 胡地妻兒虛棄捐 沒蕃被囚思漢土 歸漢被劫爲蕃虜 早知如此悔歸來 兩地寧如一處苦'(『白氏文集』 卷三 「縛戎人」)에 나오는 표현이다. 감숙성(甘肅省) 출신의 남성이 토번(吐蕃, 티베트)과의 싸움에 나갔다가 포로가 된 뒤 고향이 그리워 처자를 버리고 토번을 탈출하여 고향에 돌아왔지만, 한인(漢人)으로 인정받지 못하고 토번인의 포로로서 강남 습지대로 보내졌기에, 함께 길을 가던 동료 포로에게 귀국하지 않은 편이 좋았을 것이라고 토로하였다는 내용이다.

는 쪽이라고 하여도 거기다 싶은 정착할 만한 고향도 없고, 아는 사람이라고 하여 말을 건네 볼 만한 미더운 사람[71]도 떠오르지 않는다. 오직 한 사람[72]만을 위해 오랜 세월 동안 살며 정이 든 지역[73]을 떠나, 정처 없이 바람과 파도에 떠도느라 곰곰이 생각할 방도도 없다. 이 사람을 어찌 모셔야 하나, 하면서 기막혀하지만 어찌할 도리가 없다며 서둘러 입경하였다.

6. 궁지에 처한 다마카즈라 일행이 이와시미즈하치만 궁에 참배하다

구조九條[74]에 옛날에 알던 사람이 남아 있다는 것을 수소문하여 그 집을 거처로 삼았다. 도읍 안이라고 하지만 버젓한 사람이 사는 근방도 아니고 미천한 시장 장사치 여자나 상인 사이에서 세상사를 울적하게 여기면서 지내자니, 가을[75]이 되어 감에 따라 이제까지와 앞으로 닥쳐올 슬픈 일이 많다. 분고 지방 차관이라는 미더운 사람 또한 그저 물새가 육지에서 헤매는 느낌[76]이 들어 무료한 채로 겪어 보지 못한 의지할 곳 없는 이 상황을 생각하자니, 돌아가려고 하여도 꼴사납고 경솔하게 떠나 버렸

---

71 지방관 등이 임지로 부임 중에는 보통 교토에 있는 집에 관리인을 두지만, 이들은 16년 만에 귀경하는 탓에 지금은 살 곳도 없는 처지가 되었다.

72 다마카즈라.

73 규슈 지방.

74 헤이안경 남쪽 끝에 있는 동서 대로로서, 변두리 지역이다.

75 이들 일행은 약 한 달가량 바닷길을 항해하여 5월 중순 교토에 도착하였다. 상경 후 한 달 반이 지났다. 가을은 음력 7월부터이다.

76 '子傳儒家之累葉 開翰苑之詞華 宜學峡猿之奇態 莫泥水鳥之陸步'(『本朝文粹』 卷三)에 의한다.

구나 싶다. 뒤따라왔던 자들도 친족을 찾아 도망쳐 버리고 원래 지방으로 흩어져 돌아갔다.

뿌리내리고 살 만한 방도도 없어 모친[77]이 밤낮으로 한탄하며 애달파하기에, 이리 말하며 위로한다.

"무얼 그리……. 이 몸은 참으로 편안합니다. 아가씨 한 사람을 대신해 드려 어디로든 흩어져 사라진다고 하여도 허물은 없을 것입니다. 저희가 대단한 세력을 지니게 된다고 하여도 어린 아가씨를 그런 자들 사이에 계시라고 내던져 버린다면 무슨 마음이 들겠는지요."

그러고는 이러면서 야와타八幡에 참배하도록 해 드린다.

"신불이야말로 그럴 만한 방면[78]으로 아가씨를 이끌어 드리고 알려 드릴 겁니다. 가까운 근방에 야와타 궁八幡の宮[79]이라고 아뢰는 곳은 저쪽[80]에서도 참배하여 기도드렸던 마쓰라[81]와 하코자키筥崎[82]와 같은 신사입니다. 그 지방을 떠나시려 할 때도 많은 발원發願을 아뢰었습니다. 이제 도읍으로 돌아와, 이렇게 효험을 얻어 상경하였다고 어서 아뢰시지요."

그 근방의 아는 사람에게 찾아 물어, 오사五師[83]라고 하여 일찍이 부친

---

77 대부감의 존재가 없어졌기에, 다마카즈라 시점의 조모에서 분고 지방 차관 시점의 모친으로 호칭이 바뀌었다.

78 고귀한 신분의 다마카즈라가 당연히 누려야 할 행복한 처지.

79 교토부(京都府) 야와타시에 있는 이와시미즈하치만 궁(石清水八幡宮). 교토를 진호(鎭護)하는 신사이다.

80 쓰쿠시 지방.

81 마쓰라 지방의 가가미 신사.

82 후쿠오카시에 있는 하코자키하치만 궁(筥崎八幡宮)을 이르며 진호 국가와 대외 무역상으로 중요한 의미를 지닌 신사이다. 오진 천황(應神天皇, 5세기 전후)이 주신(主神)이다.

83 사찰의 실무를 관장하는 승려의 직책명이다.

과 교제가 있었던 고승이 살아 있기에 불러들여 참배하도록 해 드린다.

7. 다마카즈라 일행이 하세데라에 참배하여 우근과 재회하다

“그다음으로는, 부처님들 가운데에서는 하쓰세初瀬[84]가 일본 안에서는 빼어난 영험을 나타내신다고 중국 땅唐土에조차 소문[85]이 나 있다 합니다. 더구나 먼 지방 땅[86]이라고 하여도 우리나라 안에서 오랜 세월 지내셨으니, 어린 아가씨를 더욱더 돌보아 주실 것입니다.”

분고 지방 차관은 이러면서 하쓰세로 출발하도록 해 드린다. 일부러 도보로 가는 것으로 정하였다.[87] 익숙하지 않기에 몹시 힘들고 괴롭지만, 아가씨는 사람들이 시키는 대로 아무 생각도 하지 않고 걸으신다.

‘무슨 죄가 많은 몸이라서 이렇게 세상을 떠도는 것일까. 우리 부모親[88] 세상을 떠나셨다고 하더라도, 저를 불쌍히 여기신다면 계신 곳으로 데려가 주세요. 혹여 이 세상에 계신다면 얼굴을 보여 주십시오.’

이렇게 부처에게 빌면서, 생존 중의 모습조차 기억하지 못하기에 그저

---

84 나라현(奈良縣) 하쓰세에 있는 하세데라(長谷寺)를 가리키며 지명을 따 보통 ‘하쓰세’라고 부른다. 현세 이익을 기원하는 관음 신앙의 영지(靈地)로서 십일면관세음보살이 유명하다. 고대로부터 많은 참배객이 몰렸으며, 『가게로 일기(蜻蛉日記)』 등 헤이안시대(平安時代)의 문학작품에서도 중요한 작품 무대로 등장한다.

85 헤이안시대 불교설화집인 『산보에(三寶繪)』(984)에 “이익이 널리 퍼져 영험이 중국 땅에까지 알려졌다”라는 구절이 있다.

86 쓰쿠시, 즉 규슈 지방.

87 하쓰세로 참배 갈 때는 우차도 사용하였지만, 신앙심의 깊이를 보여 주기 위해 걸어가는 경우도 있었다. 교토에서 하세데라까지는 약 72킬로미터의 거리이다. 남성의 걸음으로는 이틀, 우차로 가면 사흘 걸리는 거리이다.

88 모친인 유가오. 다마카즈라가 세 살 때 사망하였다.

부모가 살아 계셨다면 하고 그 일만 슬퍼하며 한탄하며 지내 오셨다. 그런데 이렇게 당장 견디기 힘든 상태인지라 새삼스럽게 본인 처지를 몹시 비관하시면서, 겨우 쓰바이치椿市[89]라는 곳에 나흘째 되는 날 사시巳時 즈음[90]에 살아 있는지도 모를 정신으로 도착하셨다.

걷는다고 할 수도 없이 어찌어찌 보듬어 왔어도 발바닥이 움직여지지 않을 정도로 힘들기에, 어찌할 방도가 없어 쉬신다. 미더운 사람인 이 차관과 활과 화살을 든 사람 두 명, 그 밖에는 아랫사람과 동자 등이 서너 명, 여자들은 모두 세 명[91]인데 단지 모양 같은 외출 차림새壺裝束[92]이다. 요강 씻는 일을 하는 것처럼 보이는 자, 나이 든 하녀도 두 사람쯤 있다. 참으로 소규모라 눈에 띄지 않는다. 불전에 바칠 등불 준비 등을 여기서 더하거나 하는 동안에 날이 저물었다. 숙소[93] 주인인 법사가 "다른 사람들을 숙박시켜 드리려는 곳에 어떤 사람들이 오신 겐가. 생각 없는 여자들이 제멋대로……"라면서 투덜대는 것을 불쾌하게 듣고 있던 중에 정말로 사람들이 왔다.

이들도 도보로 온 듯하다. 신분이 괜찮아 보이는 여자 두 명, 하인들은 남녀 수가 많은 듯하다. 말 너덧 필을 끌게 하고 눈에 띄지 않게 무척 소박한 차림새이지만 깔끔한 남자들 등도 있다. 법사는 어찌하여서든 여기

---

89 나라현 사쿠라이시(櫻井市) 가나야(金屋)를 이르며, 미와산(三輪山) 기슭에 있다. 하쓰세 참배객들이 묵던 곳으로 무척 번창하였으며, 여기서부터 하세데라까지는 약 4킬로미터의 거리이다.

90 오전 10시경.

91 다마카즈라, 유모, 병부님.

92 얇은 홑옷을 머리에서부터 뒤집어쓰고, 그 위에 사초나 대나무 껍질로 엮은 삿갓인 '이치메가사(市女笠)'를 쓴다. 뒤집어쓴 홑옷의 옷자락은 접어 허리 앞쪽에 끼운다. 처네를 쓰고 허리를 묶어 단지 모양으로 보인다.

93 숙박업을 겸하는 절로 보인다.

에 숙박시켰으면 하고 머리를 긁적이며 왔다 갔다 한다. 안됐지만 또다시 숙소를 바꾸는 것도 모양이 좋지 않고 귀찮기에 사람들[94]은 안으로 들어가거나 다른 곳에 몸을 숨기거나 하고, 일부분은 한구석으로 모였다. 휘장 등을 쳐서 가린 채 아가씨는 앉아 계신다. 이번에 온 사람들도 이쪽이 민망해하지 않아도 될 듯하다. 몹시 조용한 채로 서로 마음을 쓰고 있다. 실은 그 시절을 잊지 않고 그리워하며 눈물짓는 우근右近이었다. 세월이 감에 따라 이도 저도 아닌 시녀 생활에 어울리지 않는 처지를 고민하여 이 절에 때때로 참배를 해 왔다.[95]

늘 있는 일이라 익숙하기에 가볍게 준비를 하였건만 도보로 걸어온 탓에 견디기 힘들어 우근이 몸을 기대고 누워 있는데, 이 분고 지방 차관이 옆 휘장 근처로 다가왔다. 요깃거리인지 모난 나무 쟁반을 직접 손에 들고, "이것은 아가씨에게 드리도록 하시게나. 밥상 등도 갖추지 못하여 참으로 민망하군요"라고 한다. 우근이 듣기에 아가씨가 나와 비슷한 신분의 사람은 아니구나 싶어 휘장 틈으로 엿보자니, 이 남자의 얼굴을 본 듯한 마음이 든다. 누구인지는 기억나지 않는다. 참으로 어렸을 때 본지라 살찌고 거무스레하고 초라해졌기에, 많은 세월이 가로막힌 우근의 눈에는 바로 알아볼 수가 없었던 것이다.

"산조三條,[96] 여기로 두게나" 하며 불러 가까이 오게 한 여자를 보니, 또 본 사람이다. 돌아가신 아씨 밑에서 오랫동안 무람없이 모시던 하녀

---

94 다마카즈라 일행.

95 우근은 현재 무라사키노우에의 시녀이지만 원래 유가오의 시녀였기에 주인 없는 로쿠조노인의 생활에 섞여들지 못하고 있다. 우근은 다마카즈라와 재회하기를 기원하기 위해 가끔 하세데라에 참배하고 있다.

96 함께 교토로 돌아온 나이 든 시녀 중 한 명.

인데, 그 몸을 숨기고 계셨던 거처[97]에까지 함께하였던 사람이로구나 하고 판단하자, 너무나도 꿈만 같다. 주인으로 생각되는 사람[98]은 몹시 보고 싶지만, 볼 수도 없게 되어 있다. 고민하다가, 이 여자에게 물어보도록 하자, 효토다兵藤太[99]라고 하였던 사람도 바로 이 사람이겠구나, 아가씨가 계실런가 하고 생각이 미친다. 참으로 애가 닳아 이 가운데를 가로막는 휘장 근처에 있는 산조를 부르도록 하지만, 먹는 데 정신이 팔려 금방 오지도 않는다. 참으로 얄밉게 생각되는 것도 제멋대로이긴 하다.

겨우 산조가 "짐작 가는 바도 없습니다만, 쓰쿠시 지방에 스무 해 남짓[100] 살다 온 미천한 몸을 알고 계시는 교토 사람이라니요. 사람 잘못 보신 거 아닌가요"라며 가까이 다가왔다. 촌스러운 보드랍게 누인 명주옷에 얇은 웃옷을 걸치고 있는데 참으로 살이 몹시 쪘다. 자기 나이[101]도 더한층 의식되어 부끄럽지만, 우근은 "좀 더 틈으로 잘 보게나. 나를 모르겠는가" 하면서 얼굴을 내밀었다. 그러자 이 여자가 손뼉을 치면서, "임이시군요. 이렇게 기쁠 데가 있나요. 어디서 오시는 길인가요. 아씨는 계시는지요" 하며 참으로 야단스럽게 운다. 우근은 젊었을 적에 자주 보며 가까이 지내던 때를 떠올리니, 단절된 채 지내 왔던 세월이 헤아려져 참으로 마음이 절절하다.

"먼저, 유모님은 계시는가. 어린 아가씨는 어찌 되셨는가. 아테키라 불

97 유가오가 내대신(옛 두중장)의 정실부인의 협박을 받고 몸을 피한 서경(西京)이나 고조(五條)에 있던 집.
98 다마카즈라.
99 분고 지방 차관의 옛 이름으로, 병부성(兵部省)에 근무하는 후지와라(藤原) 씨의 장남이라는 뜻이다.
100 실제로는 16년이다.
101 이때 우근의 나이는 37세쯤으로 추정된다.

리던 사람은……."

우근은 이리 말하며 아씨에 관한 일은 입 밖에 내지 않는다.

"모두 계십니다. 아가씨도 어른이 되셨습니다. 우선 유모님께 이러하다고 아뢰겠습니다."

산조는 이리 말하며 들어갔다.

모두 놀라며, "꿈만 같은 마음이네요. 참으로 원망스럽고 뭐라 말할 수 없다고 여기고 있는 사람을 대면하게 되다니요" 하면서 이 가리개 쪽으로 다가왔다. 머나멀게 갈라놓은 병풍 같은 것을 모조리 활짝 밀어제치고, 뭐라고 말할 방도도 없이 일단 함께 운다. 노인[102]은 그저 이리 주절주절 말한다.

"우리 아씨는 어찌 되셨는지요. 오랜 세월 동안 꿈에서라도 어디 계시는지 보려고 대원大願을 세웠건만, 머나먼 지방에 있는지라 바람결에라도 소식을 전해 듣지 못하였습니다. 몹시 슬프게 여겨지기에 늙은 몸이 살아남아 있는 것도 참으로 괴롭지만, 아씨가 홀로 남겨 놓으신 어린 아가씨가 사랑스럽고 애처롭게 계시기에 저승 가는 길에 굴레라도 될까 싶어 어찌 안돈해 드리면 좋을까 고민하면서 아직 눈을 뜨고 살아 있습니다."

우근은 옛날 그 당시 어찌할 도리가 없었던 일보다도 뭐라 답할지 난감하다고 생각하지만, "무슨 그런, 말씀드려도 소용없습니다. 마님은 벌써 돌아가셨답니다"라고 말하자마자, 두서너 사람이 목메어 흐느껴 우니 참으로 곤란하게 눈물을 참기 어렵다.

---

102 유모.

날이 저문다고 하여 서둘러 등불 같은 것 등의 준비를 마치고 차관이 재촉하니, 더더욱 마음이 몹시 조급한 채로 헤어진다. 우근이 "함께 갈까요"라고 말하지만, 양쪽 다 동행하는 사람이 이상하게 여길 것이고 이 차관에게도 어찌 된 일인지조차 알려 줄 여유도 없다. 이쪽도 상대방도 딱히 서먹한 사이도 아니기에 모두 나섰다. 우근은 남들 모르게 아가씨를 유심히 보자니, 일행 가운데 뒷모습이 아리따워 보이는 사람이 참으로 몹시 소박한 차림인데, 사월 홑옷[103] 비슷한 옷 속으로 모아 넣으신 머리카락 비치는 모습이 무척 산뜻하고 멋져 보인다. 우근은 안타깝고 가엾다며 뵙는다.

8. 우근과 산조가 법당에서 다마카즈라의 장래를 위해 기원하다

다소 걷는 데 익숙한 사람[104]은 일찌감치 본당에 도착하였다. 일행은 이 아가씨를 데려가는 데 이리저리 애를 먹으면서 초야 근행[105]을 올릴 즈음에 올라오셨다.[106] 참으로 소란스럽고 참배하러 온 사람들로 붐비면서 떠들썩하다. 우근의 처소는 본존[107] 오른편에 가까운 방으로 마련되어 있다. 이 스님[108]과는 아직 관계가 깊지 않아서여서인지, 일행 처소

103 헤이안시대에는 계절의 변화에 맞추어 의복을 갈아입었다. 4월에는 겨울에 입던 고소데(小袖)라는 옷을 벗고 아와세(袷)라는 얇은 옷으로 갈아입었다.

104 우근.

105 저녁 6~10시쯤에 올리는 근행.

106 쓰바이치에서 하세데라까지는 약 4킬로미터의 거리이다. 하세데라는 긴 돌계단도 있어 올라가는 데 힘이 든다.

107 하세데라 관음은 현재는 남쪽을 향하고 있지만, 당시에는 동쪽을 향하고 있었다.

108 다마카즈라의 기도승.

는 서쪽 방이라 멀다. 이에 우근이 "역시 이리 오시지요"라며 서로 어디 있나 찾은 뒤 말하기에, 유모는 남자들을 그대로 두고 차관에게 이러저러하다고 의논한 뒤 이쪽으로 옮겨 드린다.

"이리 미천한 신세이지만 현재 대신大殿으로 계신 분[109]을 모시고 있기에, 이렇게 소소하게 길을 떠났어도 행패를 당하는 일은 없을 것이라고 믿고 있답니다. 이러한 곳에서는 시골티 나는 사람을 마음보가 나쁜 것들이 무시하는데, 이 또한 송구스러운 일입니다."

우근은 이리 말하며 무척 이야기를 나누고 싶어 하지만, 떠들썩한 근행에 섞여들고 소란스러움에 말려들어 부처에게 배례를 올린다. 우근은 마음속으로 이렇게 아뢰었다.

'이 사람[110]을 어찌 수소문하면 좋을지 계속 아뢰어 왔는데, 이렇든 저렇든 이리 뵙게 되었으니, 이젠 소원이 이루어졌습니다. 대신님大臣の君께서 찾아 드리려는 뜻이 깊으신 듯하니 알려 드려서, 아가씨가 행복해지도록 해 주십시오.'

여러 지방으로부터 시골 사람들이 많이 참배하러 왔다. 이 지방의 지방관[111] 정실부인도 참배차 와 있었다. 위엄 있고 위세 당당한 것을 부러워하며 이 산조가 말하길 이러하다.

"대자대비 부처님[112]에게는 다른 일은 말씀드리지 않겠습니다. 우리 아가씨, 대이大貳[113]의 정실부인이 아니라면 이 지방 수령의 정실부인이

---

109 태정대신 히카루겐지.

110 다마카즈라.

111 오늘날 나라현인 야마토 지방(大和國)의 지방관. 종5위 상에 상당한다.

112 여러 부처와 보살을 가리킨다. 특히 관세음보살.

113 대재부 차관. 종4위 하에 상당한다. 장관은 임지에 오지 않고 녹봉만 챙기는 자리이기에, 대이가 규슈 지방의 최고 권력자인 셈이다. 산조는 옛 주인인 소이의 상관인 대이의

되도록 해 드리고 싶습니다. 산조 일행도 웬만큼 신세가 피게 되면 감사 참배를 하러 오겠습니다."

이러면서 이마에 손을 대며 온 마음으로 기원하며 앉아 있다.

우근은 참으로 재수 없게도 말하는구나 하는 마음으로 듣고서, 이렇게 말하였다.

"참으로 몹시도 촌스러워졌군요. 중장 나으리[114]에 대한 성총이 그 옛날에도 얼마나 있으셨나요. 하물며 지금은 천하를 좌지우지하시는 대신으로서 얼마나 버젓한 부녀 관계이신데, 이분이 겨우 지방관 부인으로 신분이 정해지실 리 있나요."

"좀 조용히 하세요. 대신들이니 하는 것도 잠시 기다리길. 대이 댁 마님이 시미즈清水에 있는 사찰인 간제온지觀世音寺[115]에 참배하셨을 때의 위세는 천황의 거둥에 뒤떨어졌을까. 참으로 촌스럽기는."

산조는 이리 말하며 여전히 더욱더 손을 이마에서 떼지 않고 열심히 배례하며 앉아 있다.

쓰쿠시 사람들[116]은 사흘간 머무르려는 작정이셨다. 우근은 그리도 머무를 생각이 없었지만, 이러한 계제에 여유롭게 이야기를 해 보자 싶어 더 머무르겠다는 뜻을 승려를 불러 전한다. 발원문 등에 썼던 취지 등을 이러한 사람은 세세하게 꿰뚫고 있기에, 여느 때처럼 우근은 이리 말

위세를 직접 보아 왔다.

114 다마카즈라의 부친인 내대신. 옛 두중장.

115 오늘날 후쿠오카현 다자이후시(太宰府市)에 있는 천태종 사찰이다. 746년에 완성되었다. 규슈 관할 관청인 대재부(大宰府)의 비호를 받아 오늘날 규슈 지방인 사이카이도(西海道)의 사찰과 승려를 감독하고, 사찰 영지도 많아 헤이안시대 중기까지 위세를 떨쳤다.

116 다마카즈라 일행.

한다.

“늘 하듯이 후지와라 루리님藤原の瑠璃君[117]이라는 분을 위해 올리겠습니다. 기도를 잘 올려 주십시오. 그 사람을 요 근래 겨우 찾아내어 뵈었습니다. 그 발원을 들어주신 데 대한 참배도 올리도록 하겠습니다.”

이를 듣는데도 일행은 마음이 절절하다. 법사는 “참으로 더할 나위 없는 일이로군요. 흐트러짐 없이 기도드린 영험입니다”라고 말한다. 참으로 떠들썩하게 하룻밤 내내 근행하는 듯하다.

9. 다음 날 우근과 유모가 다마카즈라의 장래에 대해 의논하다

날이 밝았기에, 아는 승려의 승방으로 내려갔다. 편안히 이야기를 나누기 위해서일 것이다. 아가씨가 몹시 추레하신 차림인 것을 부끄럽게 여기시는 모습이 참으로 아름다워 보인다.

“생각지 못한 고귀한 분을 모시게 되어 사람들을 많이 보아 왔지만, 나으리 댁 마님殿の上[118]의 용모에 비할 사람은 계시지 않는다고 생각하며 오랜 세월 뵈어 왔습니다. 그리고 자라고 계신 아가씨[119]의 자태가 참으로 당연하지만 훌륭하십니다. 겐지 님께서 애지중지하시는 모습 또한 비할 바 없을 듯한데, 이리 초라하신 차림새인데도 뒤떨어지지 않으신 듯

117 다마카즈라의 아명으로 추정된다. ‘루리(瑠璃)’는 검푸른 빛이 나는 보석으로 바이칼 호수 기슭에서 생산된다고 알려져 있다. 『겐지 모노가타리』 1에도 ‘감청색 보석단지’(紺瑠璃の壺, 「와카무라사키」 권 9절)라는 표현이 있다. 당시의 미칭으로 추정되며 두중장의 자식이기에 후지와라 씨를 붙였다.

118 무라사키노우에.

119 아카시 아가씨로 7세이다.

보이시는 것은 좀체 없는 일입니다. 대신님大臣の君께서 부제父帝 치세[120] 때부터 수많은 여어女御와 황후后, 그보다 아래는 남김없이 전부 뵈어 오셨는데, 그분 눈에도 금상의 모후이시라고 아뢰시는 분[121]과 이 아가씨의 용모는 '기량이 빼어난 사람은 이를 두고 하는 말이 아닐까 생각된다'고 마님에게 아뢰실 정도랍니다. 비교하여 뵈려고 하여도 그 황후后の宮는 알 길이 없고 아가씨는 기품 있게 아름다우셔도 아직 미성숙한지라 앞날이 기대되시는 분입니다. 마님의 용모는 역시 누군들 견주실 수 있을까 여겨집니다. 나으리殿께서도 빼어나다고 생각하고 계시겠지만, 무엇 하러 입 밖으로 내어 그 인원수에 넣어 말씀하시겠는지요. '내 곁에 계시다니, 당신君은 분수에 넘치는구려'라고 농담을 아뢰신답니다.

뵙고 있으면 수명이 늘어날 듯한 두 분의 자태이시기에 또 그와 비슷한 분이 존재하실 리가 없다고 생각하고 있었는데, 아가씨가 어디 뒤떨어지는 구석이 있으신가요. 무엇이든 한도가 있는 법이기에, 뛰어나시다고 하여도 부처님처럼 머리 위를 비추는 빛[122]이 존재하실 리는 없지요. 그저 이분들을 뛰어나다고는 아뢸 만할 듯합니다."

우근이 이리 말하며 웃음을 지으면서 아가씨를 뵙기에, 노인[123]도 기쁘게 여긴다.

"이 같은 자태를 자칫하면 미천한 곳에 처박아 둘 뻔하였지만 아깝고 슬퍼서, 가재도구를 버리고 의지할 만한 아들딸 자식들[124]과도 헤어져

---

120 기리쓰보 천황 치세.
121 레이제이 천황의 모후인 후지쓰보 중궁.
122 『능엄경(楞嚴經)』 제1권에 '世尊頂放百寶無畏光明 光中出生千葉寶蓮'이라는 구절이 있다.
123 유모.
124 유모의 차남과 삼남, 그리고 차녀.

오히려 모르는 세상 같은 느낌이 드는 교토로 온 것입니다. 여보시게, 어서 아가씨를 잘되도록 이끌어 드리시게. 고귀한 분의 저택에서 시중드는 사람이라면 자연스레 교제하며 연줄도 있으시겠지요. 부친인 대신[125]이 전해 들으시고 아가씨를 자식 축에 넣으실 수 있도록 방도를 궁리해 주시게나."

유모가 이리 말하니, 아가씨는 부끄럽게 여기셔서 뒤돌아 앉으신다.

"자 그럼, 제 처지야 사람 축에도 들지 못하여도 나으리殿께서도 안전 가까이에 불러 시중들게 하시기에, 맞춤한 기회가 있을 때마다 '아가씨는 어떻게 되신 것일까요'라고 입 밖에 내어 말씀드리는데, 귀담아들으시고 '내가 무슨 일이 있더라도 수소문하여 찾으려 생각하니, 탐문해 낸 일이 있다면……'이라고 말씀하십니다."

우근이 이리 말하자, 유모가 다음과 같이 말한다.

"대신님大臣の君께서는 멋진 분이기는 하셔도 그러한 고귀한 부인들[126]도 계시기도 하고, 무엇보다 친부모이신 대신에게 연락드려 주십시오."

이에 우근은 그간의 사정[127] 등에 관해 이야기를 꺼낸다.

"겐지 님께서는 결코 잊을 수 없고 슬픈 일로 생각하셔서, '그 사람을 대신하는 존재[128]로 돌보아 드리고 싶구나, 자식[129]도 적어 아쉬우니 내 자식을 찾아내었다고 다른 사람들에게는 알리고……'라며 그전부터 말씀하고 계신답니다. 제 판단이 부족하였던 것은, 만사에 걸쳐 삼가야 할

125 다마카즈라의 친부인 내대신.
126 무라사키노우에, 아카시노키미, 하나치루사토 등.
127 유가오가 급사한 당시의 전후 사정.
128 다마카즈라를, 유가오를 대신하는 존재로 여기고 있다.
129 히카루겐지의 자녀는 실제로 유기리, 아카시 아가씨, 레이제이 천황 세 명이지만, 레이제이 천황은 세상에 알려지지 않은 자식이다.

시기였기에 수소문하여 찾지도 못한 채로 날을 보내고 있다가 유모 남편이 소이가 되셨다는 소식은 관명官名으로 알았습니다. 부임 인사차 저택[130]으로 오셨던 날 얼핏 뵈었지만 아뢸 수도 없었습니다. 그렇다고는 하여도 아가씨는 그 옛날 박꽃이 피었던 고조五條에 있는 집[131]에 머무르게 해 드렸을 것으로 생각하였습니다. 아아, 심하기도 하지. 시골 사람이 되실 뻔하셨다니……."

이렇게 이야기를 나누면서 하루 종일 예전 이야기와 염송 등을 하면서 보냈다.

10. 우근과 다마카즈라가 와카를 읊어 주고받은 뒤 귀경하다

이곳은 참배하러 모인 사람들의 모습을 내려다볼 수 있는 곳이다. 앞으로 흘러가는 강물을 하쓰세강初瀨川[132]이라고 한다고 하였다. 우근이 이렇게 아뢴다.

우근

"두 그루 삼목 서 있는 이 장소에 안 와 봤다면

후루강 기슭에서 아가씨 만났을까[133]

130 히카루겐지의 사저인 니조노인.

131 유가오가 세상을 뜰 때 아기였던 다마카즈라는 고조의 집이 아니라 서경에 있는 유모 집에 있었고, 고조의 집에는 유가오와 우근이 있었다. 전후 맥락이 안 맞는다.

132 하세데라 남쪽을 서쪽으로 흐른다. 하류에서 사호강(佐保川)과 합류하여 야마토강(大和川)이 된다.

133 후루강은 하쓰세강을 가리킨다. '하쓰세강과 후루강 만난 기슭 두 그루 있는 삼목 세월

반가운 때를 맞아.[134]"

다마카즈라

하쓰세강이 빠르다는 사실은 알지 못해도

오늘 상봉 눈물에 내 몸 떠내려가네[135]

아가씨가 이리 읊으며 울고 계신 모습은 무척 보기가 좋다. 용모는 참으로 이리 훌륭하고 청초한데 촌스럽고 투박하셨다면 얼마나 옥에 티였을꼬, 아아 참으로 어찌 이리 잘 자라셨을꼬, 하며 우근은 유모님을 흡족하게 여긴다. 모친은 그저 참으로 젊고 느긋한 데다 나긋나긋하고 음전하셨는데, 이 아가씨는 기품이 있고 거동 등도 이쪽이 부끄러울 정도로 교양 있어 보이신다. 쓰쿠시를 고상한 곳으로 짐작해 보지만, 옛날에 알던 사람은 모두 촌스러워졌기에 납득하기 어렵다.[136] 날이 저물기에 법당으로 올라가 다음 날도 하루 종일 근행하며 보내신다.

가을바람이 계곡에서 멀리 불어 올라와 무척 쌀쌀한데, 참으로 어쩐지 쓸쓸해지는 유모 일행의 마음속에는 이런저런 생각이 잇따른다. 남들만큼 사는 것도 힘든 일이라고 풀이 죽어 있었는데, 이 사람의 이야기 끝에

이 흘러 다시금 보고지고 두 그루 있는 삼목(初瀬川古川の邊に二本ある杉年を經てまたも逢ひ見む二本ある杉)'(『古今和歌集』 雜躰・旋頭歌, 讀人しらず)에 의한다. 본가(本歌)의 후루강(古川)은 후루강(布留川)을 가리킨다.

134 '기원하면서 의지하며 건너는 하쓰세강아 반가운 때를 맞아 흘러서 만나려나(祈りつつ頼みぞわたる初瀬川うれしき瀬にも流れ合ふやと)'(『古今和歌六帖』 三, 藤原兼輔)에 의한다.

135 '빠르다(はやい)'와 '오래전(はやく)', 몸이 '떠내려가다(ながれる)'와 '울음이 나다(なかれる)'라는 이중의 의미를 내포한 표현 기법이다.

136 유모 등은 물론이고 모친인 유가오와도 다른 다마카즈라의 고귀한 혈통을 드러내는 기술이다.

부친인 대신의 현재 처지, 여러 부인 소생의 별것도 없는 자제들[137]을 모두 어찌어찌 꾸며 훌륭히 키워 내셨다는 것을 듣자니, 이와 같은 나무 그늘 밑의 풀[138]과 같은 아가씨도 든든하게 여겨지셨다.

절을 나갈 때도 서로 머무르고 있는 처소도 묻고, 혹여 또 자취를 찾아 헤매게 될 때가 있다면 어쩌나 불안하게 생각되었다. 우근의 집은 로쿠조노인六條院에서 가까운 부근[139]이었기에 일행의 처소와 그리 멀지 않아, 서로 이야기하기에도 좋은 방편이 생긴 느낌이 들었다.

11. 우근이 히카루겐지에게 다마카즈라와 해후한 것을 보고하다

우근은 겐지 님 저택[140]으로 뵈러 갔다. 이 일을 넌지시 아뢸 기회가 있을까 싶어 서두른 것이었다. 문 안으로 수레가 이끌려 들어가자마자 분위기는 일변하여 널찍널찍하고, 드나드는 수레가 많이 오간다. 사람 축에 끼지 못하면서 찾아오는 것도 민망한 느낌이 드는 멋진 옥 같은 저택이다. 그날 밤은 안전으로도 찾아뵙지 않고 생각에 잠겨 누워 있었다.

다음 날, 전날 밤에 사가에서 들어온 신분 높은 시녀나 젊은 연배의 시녀들 가운데 마님[141]이 특별히 우근을 불러들이셨기에, 체면이 서는 듯

137 현재 세상에 알려진 내대신의 자제는 5남 2녀이다.
138 부친에게 인지받지 못한 자식.
139 우근의 집은 고조에 있어 히카루겐지의 사저인 로쿠조노인과 멀지 않다.
140 로쿠조노인.
141 무라사키노우에.

이 여겨진다. 대신大臣께서도 보시고, 다음과 같이 여느 때처럼 민망한 농담 등을 입에 올리신다.

"무슨 일로 사가에서 오래 머물렀느냐. 여느 때 같지 않구나. 신실한 사람이 확 바뀌어 다시금 젊어지거나 하는 일도 있는 법이지. 정취 있는 일 등이 있었겠구나."

"사가로 물러난 지 이레 지났습니다만, 정취 있는 일은 생기기 어렵네요. 산사에 들어갔다가 그리운 사람을 찾아내었답니다."

겐지 님께서 "누구냐"고 물으신다. 불쑥 말씀드리려 해도 아직 마님上에게 알려 드리지 않은 상태인데 긴히 말씀드리게 되면, 뒤에 들으시고는 거리를 두었다고 생각지는 않으실까 등등 마음이 혼란스러워, "조만간 말씀드리지요"라며 사람들이 뵈러 왔기에 아뢰는 걸 삼갔다.

방안에 등불 등을 들이고, 편안히 나란히 앉아 계시는 두 분 모습은 참으로 바라보는 보람이 크다. 아씨女君는 스물일곱이나 여덟은 되신 듯한데, 한창때로 기품 있게 아름답고 성숙함을 풍기신다. 약간 시일이 지나 뵙자니, 요즈음 또 화사함이 더하여지신 듯 보이신다. 그 사람[142]을 참으로 아름답고 아씨에게 뒤떨어지지 않는다고 생각하며 뵈었어도 생각 탓인지 역시 아씨가 더할 나위 없기에, 운이 있고 없음에 따라 격차가 있는 법이로구나 싶어 다시 견주어 보게 된다.

겐지 님께서 주무신다며, 다리를 주무르라고 우근을 불러들이신다.

"젊은 사람은 힘들다며 꺼리는 듯하구나. 역시 나이 든 사람끼리는 마음을 주고받으며 사이좋게 지내기 쉽구나."

142 다마카즈라.

이리 말씀하시니, 사람들[143]이 소리 죽여 웃는다.

"그건 그렇지만, 누가 늘 그렇게 시키시는 것을 꺼릴까요. 곤란한 농담을 하시며 트집을 잡으시니, 성가시기에……."

시녀들은 이와 같이 서로 수군댄다.

"마님上도, 나이 든 사람끼리 너무 격의 없이 지낸다면 역시 꺼리시겠지. 그런 마음이 없을 것처럼 보이지 않기에 불안하다네."

겐지 님께서는 이렇게 우근에게 이야기하며 웃으신다. 참으로 붙임성 있고 웃음이 절로 나는 분위기까지 더하셨다. 요즘은 조정에 출사하여 일로 부산한 상태도 아닌 신분[144]으로서 세상을 한가롭게 여기며 지내심에 따라, 그저 별 의미 없는 농담을 입에 올리시며 재미 삼아 사람들의 마음을 살펴보시는 게 지나쳐 이러한 늙은이조차 놀리신다.

"그 찾아내었다는 사람은 어떤 사람이냐. 존귀한 수행자와 마음이 맞아 데려왔느냐."

겐지 님께서 이리 물으시니, 우근은 이리 아뢴다.

"무슨 그런 민망한 말씀을요. 허무하게 사라지셨던 박꽃 위 이슬[145]과 혈연관계이신 분을 찾아내었답니다."

"참으로 가슴 절절한 일이로구나. 오랜 세월 어디에 있었더냐."

이리 말씀하시니, 우근은 있는 그대로는 말씀드리기 어려워 이와 같이 아뢰며 앉아 있다.

"미천한 산골 마을에……. 옛날 사람들도 일부는 변함없이 모시고 있

---

143 시녀들.

144 태정대신은 천황의 스승이 될 인물을 골라 직무는 특정하여 맡기지 않으므로, 오히려 한직이다.

145 박명(薄命)의 비유. 박꽃은 다마카즈라의 모친인 유가오.

었기에 그 당시의 이야기를 해 주었는데, 견디기 어려운 마음이었습니다."[146]

"됐다, 속사정을 모르시는 분[147] 앞에서는……."

이리 숨기며 아뢰시기에, 마님上은 "아아, 성가시기도 하지. 졸려서 귀에 들어오지도 않는 것을……" 하시며, 소맷자락으로 귀를 덮으셨다.

"용모 등은 그 옛날 유가오에 비해 뒤떨어지지 않더냐."

이와 같이 말씀하시니, 우근은 이리 아뢴다.

"꼭 어찌 그토록 아름다우실까 생각하였습니다만, 더할 나위 없이 훨씬 낫게 성장하신 것으로 보이셨습니다."

"멋진 일이로구나. 누구 정도로 여겨지더냐. 이 아씨君와는……."

이리 말씀하시니, 우근이 "무슨, 그 정도까지는……"이라며 아뢰자, 겐지 님께서는 "의기양양한 얼굴로 보이는구나. 나를 닮았다면 걱정이 없을 터인데"라며 부모인 척[148] 말씀하신다.

12. 히카루겐지가 다마카즈라에게 소식을 전하다

이리 말씀을 드린 다음부터는, 주위를 물리고 우근을 자주 불러들이

---

146 아직 히카루겐지의 의향도 확실하지 않은 상태에서 다마카즈라의 불운하였던 성장 환경을 모조리 털어놓는 것은 불리하게 작용할 수 있다. 마치 교토 근교에서 시녀들의 보살핌을 받으며 성장한 것으로 둘러대고 있다.

147 무라사키노우에가 사정도 모른 채 질투할까 우려하고 있다.

148 히카루겐지는 다마카즈라를 저택으로 데려오고 싶은 마음이 있기에, 무라사키노우에를 안심시키고자 자기 자식인 척 말한다. 히카루겐지는 전부터 유가오가 남긴 여식을 딸처럼 보살피고 싶어 하였다.

신다.

"그렇다면 그 사람을 이 근방[149]으로 옮기도록 하세나. 오랜 세월 무슨 계기가 있을 때마다 간 곳 모르게 된 것을 아쉽게 떠올렸건만, 참으로 기쁘게 소식을 알아내었는데도 이제껏 소원한 채로 있는 것도 허망한 일이네. 부친인 대신[150]에게는 알려서 무엇하겠는가. 자식이 참으로 많아 뒷바라지하는 데 정신없는 듯한데, 사람 축에 들지 못한 채 이제 와 처음으로 그 속에 섞여 들어가 봤자 오히려 좋지 않은 일이 있을 것 같구나. 나는 이리 쓸쓸하니, 예기치 못한 곳에서 찾아낸 것으로라도 말해 두도록 하세나. 호색인들이 마음을 쓰도록 만드는 관심거리로서 아주 중히 대우하도록 하세."

이렇게 말씀하시기에, 우근은 어찌 되었든 참으로 기쁘게 여기면서 아뢴다.

"그저 마음 가시는 대로 하시지요. 대신에게 알려 드리려고 하여도 누가 넌지시 전해 드릴는지요. 허무하게 세상을 버리신 분을 대신한다고 여겨 아가씨를 어찌 되었든 각별히 돌보아 주신다면 죄가 가벼워지시겠지요."

겐지 님께서는 "나를 심하게도 원망하는구나" 하며 웃음을 지으면서 눈물을 글썽이신다.

"가슴 절절하고 허망하였던 인연이라고 오랫동안 줄곧 생각해 왔다네. 이렇게 모여 있는 분들[151] 가운데 그때 마음만큼 가슴속에 간직한 사

149 로쿠조노인의 자신 가까이.
150 다마카즈라의 친부인 내대신.
151 로쿠조노인에 모여 살고 있는 히카루겐지의 여성들.

람이 없었거늘, 오래 살아 내 변치 않는 마음[152]을 지켜보는 부류도 많은 가운데 소용없는 일[153]이 생겨 버려 우근만을 추억거리로 바라보는 것은 안타깝구나. 한시도 잊은 적이 없으니, 이곳에 와 지내신다면 참으로 바라던 바가 이루어지는 마음이로구나."

이러면서 소식을 전하신다. 뭐라 말할 수 없이 한심하였던 그 스에쓰무하나末摘花의 서찰을 떠올리시자니, 그처럼 영락한 곳에서 자라났을 사람의 모습이 걱정스러워 우선 서찰 상태가 보고 싶어지신 것[154]이었다. 진지하게 그럴듯하게 쓰시고 끄트머리에 이리 적으셨다.

"이리 아뢰는 까닭은,

히카루겐지

모른다 해도 물어 아시게 되리 미시마에三島江에

돋은 흑삼릉 심은 끊기지 않으리니"[155]

서찰은 우근 스스로가 사저를 물러나 직접 들고 가서, 겐지 님께서 전하시는 말씀을 아뢴다. 아가씨의 의복과 시녀들의 옷감 등도 다양하게

---

152 히카루겐지는 '고코로나가시(心長し)', 즉 변치 않은 마음을 지닌 인물로 형상화되어 있다.

153 유가오가 갑자기 죽은 일.

154 다마카즈라의 답신을 통해 그녀의 교양과 성격을 엿보고자 한다. 히카루겐지와 스에쓰무하나의 첫 만남 이야기는 『겐지 모노가타리』 1 「스에쓰무하나」 권 참조.

155 '미시마에'는 오사카부(大阪府) 다카쓰키시(高槻市) 요도강 하류를 가리킨다. 흑삼릉은 연못가와 도랑에서 자생하는 여러해살이풀이다. 잎에 섬유질인 '심(筋)'이 많아, '이유 · 까닭(筋)'이라는 의미를 은연중 내포하고 있다. 즉 히카루겐지는 내대신과 가까운 관계인 본인이 다마카즈라를 보살필 이유와 까닭이 있다는 것을 와카에 담고 있다.

보내신다. 마님에게도 이야기하며 아뢰셨던 듯, 어갑전御匣殿[156] 등에서도 준비한 물건을 모아 가져오시게 하여 색상과 바느질 상태 등이 각별한 것을 고르셨기에, 촌스러운 사람들 눈에는 하물며 진기하게까지 생각되었다.

아가씨 본인은 그저 명색쯤이라도 친부모의 연락이셨다면 얼마나 기뻤을까, 어찌 모르는 사람 근방에 가서 섞여 살겠는가 싶은 마음이기에 괴롭게 여기시는 듯하다. 우근이 앞으로의 상황[157]을 알려 드리고, 사람들 또한 모두 이리 아뢰며 위로한다.

"거처를 옮겨 한 사람 몫을 하게 되시면 자연스레 대신님도 들어 알게 되어 말씀이 있으시겠지요. 부모 자식 간의 인연은 끊어져 없어지는 것이 아니랍니다. 우근이 사람 축에도 들지 못하면서도 어떻게 해서든 아가씨를 찾아내어 뵙고자 생각하였던 것조차 불신佛神이 이끌어 주신 게 아닐는지요. 하물며 누구나 다[158] 평안하게만 지내신다면……."

우선 답신을 보내야 한다고 억지로 쓰도록 하신다. 참으로 더할 나위 없이 촌스러울 터인데 싶어 부끄럽게 여기신다. 향 내음이 무척 잘 배인 중국산 종이唐の紙를 꺼내어 써서 올린다.

다마카즈라

미천한 제가 어찌 흑삼릉인가 심이 되어서

서글픈 이 세상에 이리 뿌리내렸나

---

156 궁중 내 정관전(貞觀殿) 안에 있으며, 의복을 짓거나 갈무리하는 곳을 가리킨다. 귀인의 저택에서 의복을 조달하는 장소를 말하기도 한다.

157 로쿠조노인으로 거처를 옮겨 살게 된 상황.

158 다마카즈라와 내대신 모두 잘 지내고 있으면 언젠가는 만날 수 있다는 말.

이렇게만 옅은 먹글씨로 쓰여 있다. 필체는 힘이 없고 어설프지만 고상하여 한심하지는 않기에, 겐지 님께서는 마음이 놓이셨다.

13. 다마카즈라가 머물 곳을 정하고 무라사키노우에에게 옛일을 이야기하다

겐지 님께서는 아가씨가 거처하실 처소를 살펴보시니, 남쪽 구역南の町[159]에는 비어 있는 부속 채 같은 것들도 없는 데다 대단한 기세로 가득 살고 계시기에, 드나드는 사람도 많아 눈에 띌 듯하다. 중궁께서 지내시는 구역[160]은 그 같은 사람[161]도 거처할 수 있을 만큼 한적하지만, 그러면 중궁을 모시는 사람들과 같은 급으로 치부될까 싶으셔서 다소 마음이 내키지 않기에, 축인 구역丑寅の町[162] 서쪽 채, 서고로 쓰고 있는 곳을 다른 쪽으로 옮겨 비우자고 생각하신다. 함께 거처한다고 하여도 조용조용하고 심성이 좋으신 분[163]이시기에, 이야기도 잘 나눌 수 있겠다 싶으셔서 결정을 내린다.

마님上에게도 이제 와서야 그 옛날에 있었던 인연 이야기를 다 말씀드리셨다. 이렇게 마음속에 담아 두신 일이 있었다는 것을 원망하신다.

---

159 동남 구역의 무라사키노우에의 저택. 봄의 정취를 구현하였다. 무라사키노우에와 아카시 아가씨, 그리고 시녀들이 살고 있어 여분의 공간이 없다.

160 남서 구역의 아키코노무 중궁의 저택. 가을의 정취를 구현하였다.

161 시골에서 자란 촌스러운 사람이 살아도 별로 사람들 눈에 띄지 않을 정도로 한적한 곳이다.

162 북동 구역의 하나치루사토의 저택. 여름의 정취를 구현하였다.

163 하나치루사토.

“심하군요. 세상에 있는 사람에 관한 일이라고 하여도 묻지 않는데 혼잣말을 아뢸까요. 이러한 계제에 감추는 일 없이 이야기하는 것은 다른 사람하고는 달리 당신을 각별히 생각하기 때문이지요.”

겐지 님께서는 이러면서, 참으로 절절한 모습으로 떠올리신다. 그리고 이와 같이 말씀하신다.

“다른 사람이 겪은 이야기로도 많이 들어 온 바이지만, 그다지 사모하지 않는 사이라도 여자라는 존재의 깊은 집착을 많이 보고 들어 왔기에 결코 호색적인 마음은 먹지 않겠다고 생각하고 있었습니다. 그런데도 자연스레 그래서는 안 되는 많은 여성과 관계를 맺어 온 가운데 가슴 아프고 한결같이 사랑스러운 분으로는 달리 예가 없다고 기억됩니다. 이 세상에 살아 있다면 북쪽 구역에 거처하는 사람[164]과 같은 급으로 어찌 대우하지 않겠는지요. 사람의 됨됨이는 제각각이지요. 재기 발랄하고 정취 있는 방면으로는 뒤떨어졌지만, 고상한 데다 어여쁘기도 하였답니다.”

그러자 마님은 “그렇다고 하여도 아카시明石와 같은 급으로는 나란히 두실 수 없을 터인데요”라고 말씀하신다. 역시 북쪽 저택北の殿을 눈에 거슬리게 마음에 두고 계신다. 아가씨가 참으로 귀여운 모습으로 무심한 채 듣고 계시는 것이 사랑스럽기에, 이 또한 당연하다고 마음을 되돌리신다.[165]

164 겨울 정취를 구현한 서북 구역 저택에 거처하고 있는 아카시노키미.
165 아카시 아가씨가 무라사키노우에의 양녀로 동남 구역 저택에서 함께 살고 있기에, 아카시노키미에 대한 히카루겐지의 대우는 당연한 일이라고 이해하고 있다.

14. 로쿠조노인으로 옮긴 다마카즈라의 후견을 하나치루사토가 맡다

이러한 이야기는 구월의 일이었다. 아가씨가 로쿠조노인으로 옮겨 가시려는 일은 어찌 시원시원하게도 진척되겠는가.[166] 유모는 깔끔한 동녀와 젊은 시녀 등을 찾도록 시킨다. 쓰쿠시에 있을 때는 연줄을 찾아 교토에서 흩어져 온 사람 등을 불러 모으거나 하여 한심하지 않은 사람들도 아가씨를 모시게 하였건만, 급히 정신없이 나오신 난리통[167]에 모두 그대로 남겨 두고 왔기에 달리 사람도 없다. 교토는 넓은 곳이기에 시장 장사치 여자 등과 같은 사람들이 아주 능숙하게 사람을 구하여 자연스럽게 데리고 온다. 그 사람이 어느 분 자제인가 등은 알리지 않았다.

우근의 사가가 있는 고조에 우선 남들 눈을 피하여 옮겨 드리고, 사람들을 골라 두고 의복을 갖추거나 하여 시월에 로쿠조노인으로 옮겨 가신다. 대신大臣께서는 동쪽 마님東の御方[168]에게 당부[169]해 놓으신다.

"어여삐 여겼던 사람이 나에게 질려서 그저 그런 산골 마을에 숨어 살고 있었는데, 어린아이가 있었기에 그동안에도 남몰래 찾고 있었건만 소식을 듣지 못한 채 성인이 될 때까지 시간이 흘렀다오. 그런데 생각지도 못한 곳에서 소식이 들려왔기에, 지금부터라도 이리로 옮기도록 하려 합니다."

---

166 다마카즈라를 히카루겐지의 여식에 걸맞도록 준비하기 위해서는 시간이 필요하다.
167 대부감의 구혼을 피하여 급히 상경한 일.
168 하나치루사토. 하나치루사토의 처소는 북동 구역에 있는 여름 저택이기에, '동쪽 마님'으로 지칭된다.
169 히카루겐지는 하나치루사토에게 사실을 밝히지 않고, 자신의 친자식이라며 뒷바라지를 부탁한다.

그러면서 참으로 자상하게 이리 아뢰신다.

"모친도 이 세상 사람이 아닙니다. 중장中將[170]을 부탁하였는데, 폐가 되지는 않을는지요. 같은 식으로 뒷바라지를 해 주시지요. 산속 사람처럼 자라났기에 촌스러운 부분이 많을 것이오. 그럴듯하게 보이도록 일이 있을 때마다 가르쳐 주시지요."

"정말로 이러한 분이 계시다는 것을 알지 못하였습니다. 아가씨가 한 분 계시는 것이 쓸쓸하였는데 잘된 일이네요."

이리 온화하게 말씀하신다. 그러자 겐지 님께서 이리 말씀하신다.

"그 모친이었던 사람은 마음씨가 좀체 볼 수 없을 정도로 좋았답니다. 안심하고 맡겨 드릴 수 있는 당신 심성이시기에……."

"제게 잘 어울리는, 뒷바라지하고 있는 사람[171] 등에게도 손이 많이 가지 않아 적적한 상태이기에, 기쁜 일입니다."

이리 말씀하신다. 저택 내 사람들[172]은 따님이라고도 알지 못한 채 "어떤 사람을 또 찾아내신 것일까. 성가신 고물 취급이로구나" 하고 말하였다.

수레 세 대쯤에다 사람들[173]의 차림새 같은 것들도 우근이 있기에 촌스럽지 않게 갖추었다. 나으리殿께서는 능직[174]이니 뭐니 하는 것들을 보내 드리신다.

---

170 유기리. 히카루겐지가 유기리를 하나치루사토에게 부탁한 사실은 「오토메」 권 27절 참조.

171 유기리.

172 로쿠조노인의 시녀들.

173 우차의 정원은 4인이므로 10여 명의 시녀와 동녀 등을 갖춘 셈이다.

174 갖가지 문양을 직조한 견직물.

15. 히카루겐지가 다마카즈라를 방문하여 사람 됨됨이가 괜찮아 기뻐하다

그날 밤, 바로 대신님大臣の君께서 건너오셨다. 유모 등은 예전부터 히카루겐지光る源氏[175] 등이라고 하는 이름은 들어 왔지만, 오랫동안 세상과 떨어져 있었던 탓에 그다지도 아름다울 것이라고는 생각지 못하고 있었다. 그런데 어렴풋한 등불에 칸막이 틈[176]으로 살짝 그 모습을 뵙자니 참으로 두려움조차 느낄 정도이다. 들어오시는 쪽 문을 우근이 밀어젖히니, "이 출입구로 들어올 수 있는 사람은 각별한 마음이 드는지고"라며 겐지 님께서 웃으시면서 몸채에 붙은 조붓한 방에 마련된 자리에 무릎을 꿇고 앉으신다.

"등불이 참으로 호색적인 마음이 들게 하는구나. 부모 얼굴은 보고 싶은 법이라고 듣고 있는데, 그렇지도 않으신가."

이러시면서 칸막이를 살짝 밀어제치신다. 심히 부끄럽기에 옆을 보며 계신 아가씨의 모습 등이 참으로 느낌이 좋아 보이기에 기뻐서, "약간 더 불빛을 비추어 주지 않겠나. 지나치게 고상하구나" 하신다. 이에 우근이 등불의 심지를 돋우고 약간 다가온다. "뻔뻔한 사람이로고"라며 살짝 웃으신다. 과연 그렇구나 싶게 겐지 님의 눈자위는 이쪽이 부끄러울 정도로 아름답다. 조금도 타인처럼 거리를 두는 식으로도 말씀하지 않으시고, 아주 부모연하며 이러시며 눈가를 훔치신다.

---

175 『겐지 모노가타리』에 '히카루겐지(光る源氏)'라는 용례는 총 5회 등장한다.

176 칸막이 장막은 5폭의 포목을 꿰매어 이어서 만드는데, 솔기 중간 부분은 꿰매지 않아 그 부분이 터져 있다.

"오랜 세월 행방을 모른 채 마음에 담아 두지 않는 적 없이 탄식하였거늘, 이렇게 뵙게 되었는데도 꿈만 같은 느낌이 들어 지나간 옛일들[177]이 더하여지니 참을 수 없기에, 뭐라 말씀을 드릴 수가 없군요."

진심으로 슬프게 떠올리신다. 아가씨의 나이를 헤아리시고, 이리 원망하신다.

"부모 자식 사이에 이리 세월이 흐르도록 만나지 못하는 예는 없을 터인데, 전세로부터의 인연이 원망스럽게도 여겨지는군요. 이젠 수줍고 부끄러워 앳되게 처신하실 연치도 아니거늘, 그간의 이야기 등도 아뢰고 싶은데 어찌 그리 거리를 두시는지……."

아가씨는 아뢸 말씀도 없고 부끄럽기에, "일어서지 못한 상태[178]로 시골에 박혀 있기 시작하였을 때부터 무슨 일이든 있는 듯 없는 듯한 상태로……"라면서 나지막하게 아뢰시는 목소리가 옛사람과 너무 똑 닮아서 앳된 느낌이다. 겐지 님께서는 미소를 지으며 "시골에 칩거해 계셨던 일을 가슴 아프다고 이제는 또 누가 여기겠는지요" 하면서, 마음가짐이 한심하지는 않은 대답이라고 생각하신다. 우근에게 하여야만 할 일을 지시하시고 건너가셨다.

겐지 님께서는 아가씨가 무난하게 처신하시는 것을 기쁘게 여기시고, 마님에게도 이야기해 드리신다.

---

177 모친인 유가오와 관련된 일.

178 '거머리 새끼 불쌍히도 부모는 보지 않았네 삼 년이 되었구나 일어서지 못한 채(かぞいろはあはれと見ずや蛭の子は三年になりぬ足立たずして)'(『日本紀竟宴和歌』, 大江朝綱)에 의한다. 거머리 새끼(蛭の子)는 일본 신화에 나오는 이자나기와 이자나미가 처음으로 낳은 불구의 자식이다. 세 살이 될 때까지 일어서지 못하여 배에 태워 바다로 떠내려 보냈다. 다마카즈라는 세 살에 모친과 사별하고 네 살에 쓰쿠시로 내려간 자신을 이 고사를 빌려 말하고 있다.

“그 같은 산속 사람들 속에서 오래 지냈기에 얼마나 보기 애처로울까 하고 무시하였더니, 오히려 이쪽이 부끄러움을 느낄 정도로 보입니다. 이러한 사람이 있다고, 어떻게 하여서든 사람들에게 알려서 병부경 친왕兵部卿宮[179]과 같은, 이 바자울 안을 좋게 생각하시는 분들의 마음을 흐트러뜨리고 싶구려. 호색인들이 반듯한 모습으로만 이 근방에 나타나는 것도 이처럼 마음이 끌리는 존재가 없어서랍니다. 있는 힘껏 귀히 뒷바라지하고 싶군요. 역시 어울리지 않게 행동하는 사람들의 기색이 어떠할지 지켜봅시다.”

이리 말씀하시니, “이상한 부모[180]로군요. 우선 사람의 마음을 부추기려는 일을 먼저 생각하시다니요. 심하군요” 하신다.

“참으로 당신君이야말로, 지금과 같은 마음이었더라면 그처럼 대우하여 보고 싶었답니다. 참으로 아무런 생각 없이 일이 진행되어 버렸네요.”

이러며 웃으시는데, 얼굴이 빨개진 채 계시는 마님이 참으로 젊고 어여쁘게 보인다. 겐지 님께서는 벼루를 끌어당기셔서 심심풀이로 이리 쓰신다.

히카루겐지

“그리워해 온 나는 그대로인데 다마카즈라

어떠한 연줄 따라 찾으러 온 것일까[181]

---

179 호타루 병부경 친왕. 히카루겐지의 남동생으로 풍류인으로 이름이 높다.

180 히카루겐지가 다마카즈라의 행복을 부모의 마음으로 바라는 게 아니라 호색인들을 로쿠조노인으로 끌어들일 수 있는 화젯거리로 만들고 싶어 하는 데 대한 비난이다.

181 ‘어디에 있나 찾으러 온 것인가 다마카즈라 나는 이미 옛날의 내가 아니게 된걸(いづくとて尋ね來つらむ玉かづら我は昔の我ならなくに)’(『後撰和歌集』 雜四, 源善朝臣)에 의한다. ‘가즈라’는 덩굴풀이나 꽃 등을 머리 장식으로 만든 것을 말하며 ‘다마(玉)’는 아름

가슴 절절하구나."

바로 이어 혼잣말을 하시니, 마님은 참으로 깊이 마음을 주셨던 사람이 남긴 자취로구나 하며 바라보신다.

16. 유기리가 다마카즈라에게 인사하다

중장님中將の君[182]에게도 "이러한 사람을 찾아내었으니, 그리 마음먹고 의좋게 찾아보거라"라고 말씀하셨기에, 이쪽으로 찾아뵙는다.

"변변치 못하지만 이러한 자가 있다고, 먼저 가까이로 불러 주셨으면 하였습니다. 옮겨 오실 때도 찾아뵙고 도와드리지 못하였습니다."

무척이나 진지하게 아뢰시기에 속사정을 알고 있는 사람[183]은 보기에 딱하기까지 하다. 맘껏 꾸몄던 저택[184]이었건만 기막힐 정도로 촌스러웠기에, 이 저택에 비할 수 없다고 견주어 보게 된다. 가재도구를 비롯하여 현대적이고 고상하다. 부모 형제라며 친밀하게 대하시는 자태나 용모를 비롯하여 눈부시게 여겨지기에, 이제는 산조 역시 대이를 업신여기는 마음이 들었다. 하물며 대부감의 풍채나 기색은 떠올리기만 하여도 더없이 불길하다. 분고 지방 차관의 마음 씀씀이를 아가씨君도 좀체 보기 어

답게 꾸미는 말이다. 이 와카에 나오는 '다마카즈라'라는 표현에서 권명과 유가오 딸의 호칭이 나왔다.

182 유기리.

183 유모 등.

184 쓰쿠시에 있던 소이 집.

렵다는 것을 절감하시고 우근도 그리 생각하며 말한다. 적당히 하다가는 아가씨 뒷바라지에도 소홀해질 것이라며 겐지 님께서는 이쪽 처소에 가사家司[185]들을 정해 두고 해야 할 일을 이것저것 지시해 두신다. 분고 지방 차관도 가사로 임명되었다. 오랜 세월 시골에 박혀 별 볼 일 없이 살았던 마음에, 갑자기 확 바뀌어 어찌하여도 결코 나서 볼 만한 연줄이 없다고 여겼던 저택[186] 안을 밤낮으로 늘 출입하며 사람을 거느리고 일을 해내는 신분이 된 것을 무척 뿌듯한 일로 생각하였다. 대신님大臣の君께서 세심하게 좀체 없을 정도로 배려해 주시니, 참으로 황송하다.

17. 설빔을 마련하여 히카루겐지가 여성들에게 보내다

연말에 설날 장식에 관한 것과 사람들[187]의 설빔 등을 고귀한 분들[188]과 동등하도록 유념해 두신다. 용모는 괜찮다고 하여도 촌스러운 구석 등은 있을 것이라며, 산속 사람으로 치부하며 업신여기셔서 마련한 것도 보내 드리신다. 그러던 중에 옷감 짜는 사람들이 내가 제일이라며 온갖 솜씨를 다하여 짜서 가져온 갖가지 다양한 호소나가細長[189]와 고우치키小袿[190]를 바라보시고, 겐지 님께서 마님上에게 이리 아뢰신다.

---

185 친왕가나 섭관가, 공경의 저택에서 토지나 집안 살림 업무를 관리하는 직책이다.

186 로쿠조노인.

187 다마카즈라 처소의 시녀들.

188 무라사키노우에, 아키코노무 중궁, 하나치루사토, 아카시노키미 등 로쿠조노인에 거주하고 있는 히카루겐지의 여성들.

189 여성용과 아동용 두 종류가 있다. 전자는 여성의 일상복이며 앞섶이 없다. 후자는 귀족 아들딸의 옷으로 머리카락을 드리우도록 뒷부분에 깃을 밖으로 접어 낸 부분이 있다.

190 상류 귀족 여성의 통상적인 예복이다. 가라기누(唐衣)나 허리 뒤쪽에 두르던 모(裳) 대

"참으로 물건들이 많기도 하구려. 마님들이 샘을 내지 않도록 배분하여야만 하겠소."[191]

이에 마님은 어갑전에서 지은 것도 이쪽[192]에서 마련하신 것도 모두 꺼내 놓게 하신다. 이러한 방면의 솜씨 또한 매우 빼어나서 세상에 없는 색상과 농담濃淡으로 염색을 하시기에, 겐지 님께서는 좀체 없는 분이라고 생각하고 계신다. 이곳저곳의 도전擣殿[193]에서 보내온 다듬이질한 포목들을 견주어 보시고 짙은 것과 빨간 것 등 갖가지를 고르시고는 많은 의복 궤[194]와 상자에 넣게 하시니, 나이 지긋한 신분 높은 시녀들이 가까이에 대기하면서 이거는, 저거는 하면서 일습을 골고루 갖추어 넣는다.

마님上도 보시고 이리 말씀하신다.

"어느 쪽이든 더 낫다 덜 하다 구분할 수도 없는 물건들 같은데, 입으실 분의 용모와 견주어 보고 드리시면 좋겠네요. 입은 사람의 모습에 어울리지 않으면 보기 괴롭기도 하지요."

그러자 대신大臣께서는 웃으시면서 이리 아뢰신다.

"아닌 척하며 그분들의 용모를 짐작해 보려는 마음이시로군요. 그렇다면 당신은 어느 쪽이 어울린다고 생각하시는지요."

마님은 "그 또한 거울로 본 것만으로 어찌……"라며 역시 수줍어하며 계신다.

홍매의 문양이 참으로 도드라진 포도색[195]으로 물들인 고우치키와 다

신에 겉옷(表着) 위에 걸쳐 입는다. 소매가 넓고 얇은 견직물로 안을 댄다.

191 무라사키노우에가 히카루겐지의 부탁을 받고 다른 여성들에게 보낼 의복을 준비하는 것은 그녀가 로쿠조노인의 여주인 격이라는 것을 나타낸다.

192 무라사키노우에의 처소.

193 옷에 광택을 내기 위해 다듬이질을 하려고 마련된 공방이다.

194 궤는 위에서 뚜껑을 열게 되어 있으며 상자보다는 크다.

듬이질 광택이 반들반들한 옅은 홍색의 아주 멋들어진 옷은 그분[196]의 의복, 겉은 하얗고 안은 짙은 보라인 호소나가에다 윤기가 도는 부드럽게 누인 명주를 곁들인 것은 아가씨[197]의 의복이다. 옅은 쪽빛의 바다 풍경 문양의 직물로 짜임새는 우아하지만 화사하지 않은 웃옷에다 안팎이 몹시 짙은 홍색인 안에 받쳐 입는 옷을 곁들여 여름 저택 마님夏の御方[198]에게, 어두운 데 없이 빨간색 옷에다가 황매화 꽃무늬가 있는 호소나가는 그 서쪽 채 아가씨[199]에게 드리신다는 것을 마님은 보지 않는 척하면서 이래저래 추측하신다.

내대신[200]이 화사하고 참, 깔끔한 용모로는 보이지만 우아하게 보이는 구석이 없는데, 그와 닮았나 보다 하고 과연 그리 추측이 된다. 표정으로 드러내지는 않으시지만, 나으리殿가 바라보시자니 심상치 않다.

"자, 이 용모의 비유는 사람들의 화를 돋우는 일이 될 듯합니다. 좋다고 하여도 사물의 색상은 한도가 있고, 사람의 용모는 뒤떨어졌다고 하여도 또한 깊이가 있기에……."

이러면서 그 스에쓰무하나의 의복으로 정한 흰색과 연두색을 씨실과 날실로 짠 직물의, 유서 있는 당초무늬를 흐트러지게 짠 것도 참으로 우아하기에 남몰래 미소를 지으신다.[201] 매화 가지 꺾은 것에 나비와 새가 이리저리 날고 있는 모양의 당풍唐風으로 보이는 하얀 고우치키에 짙어

195 겉은 보라색이고 안은 붉은색.
196 무라사키노우에.
197 아카시 아가씨.
198 하나치루사토.
199 다마카즈라.
200 다마카즈라의 친부. 옛 두중장.
201 히카루겐지는 일부러 재미 삼아 스에쓰무하나의 이미지와 어울리지 않는 의복을 준비하였다.

도 광택이 도는 것을 포개서 아카시 마님 몫으로 두기에, 고상한 심성이 헤아려져 마님은 못마땅하게 바라보신다. 우쓰세미 비구니님空蟬の尼君[202] 에게는 푸른빛을 띤 옅은 쪽빛의 직물을 참으로 깊이가 있는 것을 찾아 내셔서, 소유하고 계신 황색 옷과 옅은 홍색 옷을 곁들이신다. 같은 날에 입으시라는 전갈을 모든 분에게 돌리신다. 과연 용모에 어울리는 옷차림인가 보려는 심산이셨다.

18. 스에쓰무하나의 답가를 보고 히카루겐지가 와카에 대해 논하다

모두, 답신들이 평범하지 않고 사자에게 내린 녹祿도 제각각인데, 스에쓰무末摘가 히가시노인東の院에 계시는지라 다른 분들보다 약간 더 떨어져 있으니 정취가 느껴지도록 해야 하거늘, 격식에 맞추어 처신하시는 분인지라 하여야 할 일은 지나치지 못하시고 소맷부리가 몹시 낡아 거무스름해진 황매화 빛깔 우치키袿를 사자의 어깨에 썰렁하게 들씌워 주셨다. 서찰을 보니, 향 내음이 아주 짙게 밴 약간 오래되어 누레진 두꺼운 미치노쿠 지방 종이陸奧國紙[203]에 이렇게 쓰여 있다.

"아아 참, 물건을 받으니 오히려 더…….

---

202 남편과 사별하고 출가한 우쓰세미(『겐지 모노가타리』 2 「세키야」 권)는 이후 니조히가시노인(二條東院)에서 히카루겐지의 보살핌을 받으며 살고 있다.
203 참빗살나무 껍질 섬유로 만든 희고 두꺼우며 거친 종이이다.

스에쓰무하나

입어 보자니 원망만 더하누나 아름다운 옷唐衣

돌려드리고 싶네 눈물로 소매 적셔"[204]

필체 분위기는 특히 고풍스럽다. 겐지 님께서는 아주 크게 웃음을 지으시고 바로 서찰을 내려놓지 않으시기에, 마님은 무슨 일인가 하고 건너다보신다. 사자에게 걸쳐 준 옷을 참으로 안타깝고 민망하게 여기시고 기색도 나쁘시기에, 사자는 살짝 물러났다. 시녀들은 제각각 소곤대며 웃었다. 이처럼 때와 장소에 맞지 않고 고루하고 민망한 구석[205]을 지니고 계시는데, 쓸데없는 짓을 하여 난처하게 된 듯하다고 생각하신다. 쑥스러운 취향이다.[206]

"옛날 풍의 가인歌人은 아름다운 옷이니 소맷자락 젖다袂濡るる니 같은 푸념에서 벗어나질 못하는군요. 나도 그 부류에 들지만요. 더한층 외곬으로 매달려서 지금 유행하는 표현에 흔들리지 않는 것이야말로 얄미울 정도로 멋지다면 또 멋지지요. 사람들과 회합하는 것에 대해 절기節氣나 어전 등에서 열리는 격식 있는 와카 모임에서는 '마토이円居'[207]라는 세

204 '아름다운 옷'으로 번역한 '가라코로모(唐衣)'는 스에쓰무하나가 자주 쓰는 가어(歌語)이다.

205 별 볼 일 없는 녹은 주지 않는 게 오히려 더 나은데, 사자에게는 녹을 반드시 주어야 한다는 자기식의 예의를 차림으로써 주위 사람을 남부끄럽게 만드는 스에쓰무하나의 성격을 가리킨다.

206 저본에서 이 문장은 '이쪽이 부끄러워질 만한 겐지 님의 눈빛이다(恥づかしきまみなり)'이다. 그러나 전후 문맥을 고려하였을 때 이 문장의 'まみ(眉)'는 종래 제시된 바 있는 'きみ(気味)'의 오자로 보는 게 자연스럽다고 생각된다. 이에 히카루겐지가 아닌 스에쓰무하나에 대한 평으로 해석하였다.

207 단란함, 둘러앉음이라는 뜻이다.

글자를 꼭 씁니다. 옛사랑의 정취 있는 구애에는 '아다히토노あだ人の'[208] 라는 다섯 글자를 와카 셋째 구에 놓아야 표현의 흐름이 안정감 있게 느껴지는 듯합니다."

겐지 님께서 이러며 웃으신다.

"여러 책자草子[209]와 우타마쿠라歌枕[210]의 내용을 다 보고 잘 알아 그 속의 표현을 골라내어도, 늘 읊는 방식은 심하게는 바뀌지 않는 법입니다. 히타치 친왕常陸の親王[211]께서 기술해 두셨던 지옥원紙屋院에서 만든 종이[212] 책자[213]를 저한테 보라고 보낸 적이 있었는데, 와카和歌의 핵심이 참으로 빽빽하게 쓰여 있었답니다. 와카를 읊을 때의 결함[214]을 피하여야 할 방법이 많았지만 원래 와카 솜씨는 별로인 데다 한층 더 오히려 운신의 폭도 좁아질 듯 보였기에, 번거로워서 돌려보냈다오. 내용을 잘 파악하신 분[215]이 읊은 것치고는 평범한 느낌이군요."[216]

이리 덧붙이며 재미있게 여기시는 모습을 보니, 애처로울 뿐이다.[217] 이에 마님이 무척 진지하게 말씀하신다.

"어찌 돌려주셨는지요. 써 두고 아가씨에게도 보여 주셨으면 좋았을

---

208 호색한, 바람둥이라는 뜻이다.
209 가집(歌集)이나 모노가타리(物語).
210 와카에서 읊는 명소나 가어 등을 모아 둔 서적. 『노인우타마쿠라(能因歌枕)』가 남아 있다.
211 스에쓰무하나의 부친.
212 관립 제지공장인 지옥원에서 뜬 종이는 대부분 재생지로 옅은 검은색이다. 와카 용지로는 어울리지 않는다.
213 가학서(歌學書). 와카의 비결과 진수를 기록한 것이다. 후지와라 긴토(藤原公任)의 『신센즈이노(新撰髄脳)』를 비롯한 당시의 가학서가 몇 권 남아 있다.
214 수사법의 결함을 말하며, 와카 작품의 평가 기준을 설정하려는 동기에서 비롯되었다.
215 스에쓰무하나.
216 형식주의적이고 고루한 와카 작법을 비판하고 있다.
217 가타리테(語り手), 즉 화자의 스에쓰무하나에 대한 동정의 표현이다.

터인데요. 저한테도 물건들 속에 들어 있는 게 있었지만, 벌레가 모두 훼손하였기에……. 그런 핵심을 보지 않은 사람은 역시 체득하기에는 부족합니다.”

“아가씨의 학문에 그다지 도움은 안 될 거요. 대저 여자女는, 특별히 좋아하는 것을 만들어 두고 심취하는 것은 보기 좋은 일이 아닙니다. 그렇다고 하여 무슨 일이든 부족한 것은 아쉽지요. 그저 심지를, 흔들리지 말고 차분히 간직해 두고 무난하게 처신하는 것만이 남들 보기에도 좋겠지요.”[218]

겐지 님께서는 이와 같이 말씀하시고 답신은 신경도 쓰지 않으시기에, 마님이 “‘돌려드리고 싶네’라고 되어 있는 것 같은데, 이쪽에서 답신을 보내지 않으시는 것도 예에 어긋나겠지요”라고 권해 드리신다. 그러자 정을 떼지 못하는 성정이시기에 답신을 쓰신다. 참으로 편하게 쓰시는 듯하다.

히카루겐지

“돌려보낸다 하시는 말씀에도 한쪽 옷소매
깔고 홀로 잠드는 당신 마음 알겠네[219]

---

218 히카루겐지의 여성관, 나아가 당대의 남성들이 지닌 여성관으로 볼 수 있다.

219 ‘너무 절실히 그리워 어찌할 바 모를 때에는 밤에 옷을 뒤집어 입고 잠을 자누나(いとせめて戀しき時はむばたまの夜の衣をかへしてぞ着る)’(『古今和歌集』 戀二, 小野小町)에 의한다. 스에쓰무하나의 와카 속 ‘돌려보내다(返す)’라는 표현을 ‘옷을 뒤집다(返す)’라는 의미로 치환시켜, 옷을 뒤집어 깔고 자면 그리운 사람이 꿈에 나온다는 속신에 의거하여 읊었다. ‘한쪽 소매만 깔다’는 의미의 ‘가타시키(片敷き)’는 옛날에 남녀가 함께 잘 때는 서로 소매를 바꿔 깔고 잤기에, 옷의 한쪽 소매만 깔고 외롭게 홀로 잠잔다는 의미이다.

당연한 일이지요."

이리 쓰여 있었던 듯하다.

「다마카즈라玉鬘」 권은 이른바 '다마카즈라 10첩'이 시작되는 권으로 유가오가 남긴 여식인 다마카즈라가 유랑하며 살아온 전말이 기술되어 있는 권이다. 「오토메」 권에서 출발한 로쿠조노인을 둘러싼 모노가타리는 다마카즈라를 새로운 여주인공으로 삼으면서 전개되어 간다. 권명은 '그리워해 온 나는 그대로인데 다마카즈라 어떠한 연줄 따라 찾으러 온 것일까'라는 히카루겐지의 와카에서 유래한다. '가즈라鬘'는 덩굴풀이나 꽃 등을 머리 장식으로 만든 것을 말하며 '다마玉'는 아름답게 꾸미는 말이다. 이 와카에 나오는 '다마카즈라'라는 표현에서 권명과 더불어 히카루겐지의 옛 연인인 유가오의 딸을 지칭하는 이름이 나왔다.

이 권에서는 죽은 유가오가 남긴 다마카즈라가 갖은 고난을 겪으면서 히카루겐지의 양녀가 되어 로쿠조노인으로 오게 되는 경위가 기술되어 있다. 세상을 떠난 유가오를 회상하는 히카루겐지의 모습을 그리면서 그가 직접 알지 못하지만 유가오가 남겨 둔 딸인 다마카즈라의 힘겨운 삶이 기술된다. 스무 살에 상경하여 로쿠조노인으로 오기까지 다마카즈라의 반생은 기구한 운명이라고 할 수밖에 없으며 이른바 '귀종유리담貴種流離譚'에 속한다. 상경한 다마카즈라 일행이 우연히도 히카루겐지의 시녀로 있는 우근과 만난 것은 하세데라長谷寺 관음의 영험한 힘에 의한 것으로 보이는데, 모노가타리는 그것을 매우 극적으로 구성한다. 시골에서 자라난 것으로 보이지 않는 미모의 소유자인 다마카즈라는 총명하고 교양도 있어 위화감 없이 로쿠조노인의 거주민이 된다.

이 권부터 「마키바시라眞木柱」 권까지는 이른바 '다마카즈라 10첩'이라고 하여 일관된 구성을 지닌다. 히카루겐지와 무라사키노우에가 엮어 나가는 주류의 모노가타리 전개에서 잠시 벗어나 다마카즈라를 둘러싼 이야기가 모노가타리를 추동해 나간다. 다마카즈라 이야기는 사계절에 걸쳐 계절에 따라 변화하는 자연 속에서 영위되는 풍아한 생활을 그려 내면서 로쿠조노인의 영화를 구체화하는 역할을 지니고 있다고 할 수 있다. 또한 현세의 극락이라고도 할 수 있는 아름다운 로쿠조노인 안에서 히카루겐지가 맛보는 마음의 동요를 형상화하고 있기도 하다. 이 밖에 모친인 유가오의 원념怨念을 막기 위함이라는 견해도 있다. 최근에는 귀종유리담에 기반한 유리流離의 구조를 파악하고자 하는 데 관심이 집중되고 있다. 하세데라 관음 영험담長谷寺觀音靈驗譚과 구혼담으로 구조를 파악하려는 입장도 존재한다.

다마카즈라는 히카루겐지의 친구인 두중장현 내대신과 유가오 사이에서 태어난 딸로 어머니가 실종된 뒤 유모와 함께 지금의 규슈 지방인 쓰쿠시 지방에 내려가 살다가, 스무 살 무렵 지방 토호의 강제적인 구혼을 피하여 귀경하게 된 여성이다. 유모가 유가오의 죽음 뒤 다마카즈라를 내대신에게 맡기지 않은 것은 의붓자식으로서 정실부인에게 구박받을까 걱정한 측면도 있지만, 어린아이를 내놓고 싶지 않은 이유도 있었다. 이것이 결과적으로 다마카즈라에게 더 큰 시련을 겪도록 하였다. 이처럼 고귀한 출신인 사람이 겪지 않아도 되는 시련을 겪고 그 시련에서 벗어나는 이야기의 유형, 즉 화형話型을 '귀종유리담'이라고 한다. 히카루겐지가 스마須磨에서 3년간 지낸 것이 대표적인 귀종유리담이라고 할 수 있다.

그리고 귀경한 뒤 다마카즈라는 하세데라에 참배하러 갔다가 하세데라 관음의 영험이 있었는지 유가오가 세상을 뜰 때 함께 있었던 유가오의 유모 딸인 우근과 재회를 하게 된다. 우근은 유가오가 죽은 뒤 히카루겐지의 시녀로 지내고 있었다. 그 뒤 다마카즈라는 히카루겐지의 대저택인 로쿠조노인의 여름 저택에 살다가 히게쿠로 대장鬚黒大將과 결혼하게 되고 궁중에도 출사하게 된다. 즉 다마카즈라는 서너 살 때부터 고단한 삶을 맛보고 히카루겐지의 후견을 받으면서 살 때나 결혼한 이후에도 여러모로 마음고생은 하지만, 하세데라 관음의 영험으로 현세적인 행복을 손에 넣게 되었다고 볼 수 있다. 다마카즈라 이야기는 '하세데라 관음 영험담'의 성격도 지니고 있다.

하세데라는 '하쓰세初瀨'라고도 한다. 다마카즈라가 하세데라에 참배한 것은 어머니를 만나거나 소식을 듣고 본인의 불안정한 삶을 타개하기 위한 현세적인 목적이었으며, 우근 또한 다마카즈라의 소식을 알기 위해 참배를 해 왔다. 두 사람이 하세데라에서 만난 것을 통해 헤이안시대 관음 신앙의 면모를 볼 수 있다. 헤이안시대 중엽 무렵부터 일본에서 융성하게 된 관음 신앙은 현세 이익을 기원하는 신앙으로서 특히 여성들이 열성적으로 믿었다. 관세음보살이 내세보다는 현세를 살고 있는 중생의 고통을 없애 주고 행복을 준다고 믿은 것이다. 이렇듯 관세음보살에게 현실의 고통에서 벗어나고자 영험을 비는 여성들의 모습은 『겐지 모노가타리』뿐만 아니라 헤이안시대의 다른 여성문학에서도 찾아볼 수 있다. 『가게로 일기蜻蛉日記』를 비롯한 헤이안시대 문학 작품에 그려진 참배 여행에 주목하였을 때 눈에 띄는 점은 여성들이 주로 참배를 떠났던 절이 기요미즈데라清水寺, 이시야마데라石山寺, 하세데라라는 점이다. 이 세 절은 관음 신앙의 영험으로 유명하였던 영지靈地였다. 하세데라 관음의 영험을 보여 주는 『겐지 모노가타리』에 그려진 또 하나의 영험담으로는 자살을 기도하였다가 하세데라에 참배한 공덕으로 소생하게 되는 우키후네浮舟 이야기를 들 수 있다.

그런데 히카루겐지가 다마카즈라를 로쿠조노인으로 데려와 살게 한 것은 그녀를 둘러싼 구혼자들의 행동거지를 즐기려는 의도에서였다. 그의 예상대로 호타루 병부경 친왕을 비롯한 여러 구혼자가 등장하여 다마카즈라에게 경쟁적으로 구애하였다. 히카루겐지 또한 무라사키노우에에게만 내대신의 딸임을 밝히고 표면적으로는 딸로서 대우하던 다마카즈라에게 사랑을 느끼게 되어, 그 역시 실질적인 구혼자의 하나가 되었다.

이 권의 마지막 부분에서 히카루겐지가 여성들에게 연말에 설날 장식에 관한 것과 설빔 등 의복을 나누어 주는 장면은 여성들 사이의 서열을 나타낸다. 로쿠조노인에 모여 사는 여성들은 무라사키노우에를 정점으로 하여 서열화되어 있다. 히카루겐지와 함께 설빔을 준비하여 배분하는 무라사키노우에는 로쿠조노인의 여주인 격으로서 다른 여성들은 그녀의 관할 아래 있다는 것을 의미한다. 그 뒤를 아카시 아가씨, 하나치루사토, 다마카즈라, 스에쓰무하나, 아카시노키미, 우쓰세미순으로 잇는다. 이와 더불어 의상 배분은 사계절 저택의 식물 설정과 연동되면서 이를 통해 로쿠조노인의 실질적인 운용 양상을 확인할 수 있다.

제23권

「하쓰네初音」 권

히카루겐지 36세 정월

오랜 세월을 솔에 마음 이끌린 이 사람에게
오늘 휘파람새의 첫울음 들려주길
年月をまつにひかれて經る人に
けふ鶯の初音きかせよ

1. 새봄을 맞은 로쿠조노인에 화평한 기운이 가득하다

한 해 바뀌는 정월 초하루 아침[1]의 하늘 풍경은 구름 한 점 없이 화창하기에, 별 볼 일 없는 신분인 사람의 집 울타리 안조차 군데군데 눈이 녹은 곳에서 풀이 생기 있게 색을 띠기 시작한다. 어느새 봄기운을 풍기는 안개에다 나무에서 싹도 움트니, 덩달아 사람들 마음도 푸근해 보인다. 하물며 더한층 옥을 깔아 놓은 듯한 처소 앞뜰은 정원을 비롯하여 볼만한 곳이 많고, 반들반들 꾸며 놓으신 마님들의 저택 모습은 그대로 읊으려 하여도 표현이 충분치 못하다.

2. 히카루겐지가 극락정토를 방불케 하는 무라사키노우에의 봄의 저택을 찾다

봄의 저택春の殿 앞뜰은 각별하여, 매화꽃 향기도 바람에 날려 발 안쪽의 내음[2]과 섞여드니 살아 있는 부처님 나라[3]로 생각된다. 역시 편안하고 평온하게 살고 계신다. 모시는 사람들도 젊고 자태가 빼어난 사람을 아가씨 처소姫君の御方[4]에서 모시도록 뽑으시고, 이쪽에는 약간 나이가 지긋한 사람들만 남은 터라 오히려 정취가 있고 옷차림이나 자태를 비롯하

---

1 '한 해 바뀌는 정월 초하루 아침 기다리는 건 봄소식 전해 주는 휘파람새 울음뿐(あらたまの年たちかへる朝より待たるるものは鶯の聲)'(『拾遺和歌集』 春, 素性法師)에 의한다. 히카루겐지 36세의 설날이다. 로쿠조노인을 조영하고 나서 처음 맞는 설이다.

2 훈향(薰香).

3 극락정토.

4 봄의 저택에 함께 거처하는 아카시 아가씨의 처소. 아카시 아가씨는 올해 8세가 된다.

여 보기 좋게 처신한다. 이곳저곳에 무리를 지어 앉아 장수를 기원하는 의식[5]을 치르고 거울 같은 둥근 떡[6]까지 가져오게 하여 오랜 세월 은덕[7]이 명백히 예상되는 올 한 해의 덕담들을 주고받으며 서로 화기애애하게 이야기를 나누고 있는데, 대신님大臣の君께서 들여다보신다.

이에 팔짱 낀 것을 풀고 자세를 고치면서, "참으로 볼썽사나운 일이군요" 하며 다들 민망해한다.

"참으로 만만치 않은 덕담들을 다들 주고받고 있구나. 모두 제각각 바라는 방면의 일이 있을 터이지. 좀 들려주게나. 내가 축언을 해야겠네."

겐지 님께서 이러며 웃으시는 모습을 시녀들은 정초의 경사스러운 일이라며 뵙는다. 나 정도라면, 이라면서 자부심이 강한 중장님[8]이 이리 아뢴다.

"진작부터 보인다[9]라며, 거울에 비친 그림자[10]에도 이야기하였답니다. 제 기원은 그리 될……."

아침나절에는 찾아온 사람들로 북적대어 소란스러웠기에, 저녁 무렵

---

5 '하가타메(歯固め)'라고 한다. 본래는 딱딱한 것을 씹어 잇몸을 튼튼하게 한다는 의미였지만, 치아를 의미하는 '하(歯)'를 나이라는 뜻의 '요와이(齢·歯)'로도 읽을 수 있어, '수명을 늘리다(齢を固める)'라는 의미를 띠게 되었다. 새해 사흘간 무, 마, 멧돼지고기, 사슴고기, 자반 은어 등을 먹었다.

6 '가가미모치(鏡餅)'라고 한다. 크고 작은 거울 같은 둥근 찰떡 두 개를 포갠 것으로 정월에 신불에 공양한다.

7 장수를 기원하는 의식 때 읊는 와카를 인용하였다. '당신 위해 소나무에 빌었네 장수하기를 오랜 세월 은덕을 입고자 생각하여(萬代を松にぞ君を祝ひつる千年の蔭に住まむと思へば)'(『古今和歌集』 賀, 素性法師)에 의한다.

8 히카루겐지의 시첩(侍妾)이었다가 현재는 무라사키노우에를 모시는 상급 시녀.

9 진작부터 히카루겐지의 냉담함을 알고 있었다는 의미이다.

10 시가현(滋賀縣) 가가미산(鏡の山)의 산그늘이라는 뜻이다. '거울 같은 둥근 떡(鏡餅)'의 거울과 의미를 중첩시켜, 거울에 비치는 시들어 버린 자기 모습을 보고 히카루겐지가 냉담한 것도 어쩔 수 없다고 이야기하였다는 의미를 포함시켰다.

에 마님들에게 신년 인사를 하러 가시려고 공들여 차림새를 갖추고 단장하시는 자태야말로 참으로 볼만한 보람이 있다.

"오늘 아침에 이 사람들[11]이 서로 농담하며 즐기던 모습이 참으로 부럽게 보였거늘, 당신上[12]에게는 내가 보여 드리겠소."

겐지 님께서 이러면서 농담들도 살짝 섞으면서 축하의 말씀을 아뢰신다.

히카루겐지

열은 살얼음 녹아내린 거울과 같은 연못에

세상에 다시없는 그림자 둘 나란히[13]

참으로 경하할 만한 두 분 사이이시다.

무라사키노우에

구름도 없는 거울 같은 연못에 기나긴 세월

함께할 그림자 둘 뚜렷이 보이누나

무슨 일에 대해서든 앞날이 기나긴 부부의 인연을 바람직한 모습으로 서로 읊으신다. 오늘은 자일子の日[14]이었다. 과연 오랜 세월의 봄을 걸고 축하하는 데 안성맞춤인 날이다.

---

11 무라사키노우에를 모시는 시녀들.

12 무라사키노우에.

13 '거울 같은 둥근 떡'에서 시작하여 '거울과 같은 연못'으로 전화시켜, 로쿠조노인의 신년 풍경을 통해 무라사키노우에와 맺은 깊은 인연을 읊었다.

14 정월 첫 자일(子日)에 잔솔을 잡아당기면 장수할 수 있다고 한다. 이날, 봄나물을 뜯고 잔치를 열었다.

3. 다마카즈라를 방문한 뒤 히카루겐지가 아카시노키미 처소에 묵다

아가씨 처소[15]로 건너가시니, 동녀와 잡일을 하는 하녀 등이 앞뜰에 있는 가산假山에서 잔솔을 뽑으며 논다. 젊은 사람들의 마음들 또한 어디 둘 곳 없이 들뜬 듯이 보인다. 북쪽 저택北の殿[16]에서 일부러 모은, 대나무가 수염처럼 비어져 나온 갖가지 대소쿠리[17]와 칸막이로 나뉜 작은 상자[18] 등을 바치신 게 있다. 뭐라 할 수 없이 멋진 오엽송五葉松 가지에 옮겨 앉아 있는 휘파람새[19]도 사연이 있을 법하다.

아카시노키미

"오랜 세월을 솔에 마음 이끌린 이 사람에게

오늘 휘파람새의 첫울음 들려주길[20]

우짖지 않는 마을[21]의……."

---

15 아카시 아가씨의 처소,

16 아카시 아가씨의 친모인 아카시노키미가 거처하는 저택.

17 '히게코(鬚籠)'라고 한다. 대나무 등으로 엮고, 엮다 남은 끄트머리가 수염처럼 비어져 나온 소쿠리. 과실이나 꽃 등을 담는다.

18 '와리고(破子)'라고 한다. 음식물을 넣는 그릇으로 껍질 벗긴 나무로 만들어진 상자 모양으로 내부가 칸으로 나뉘어 있다.

19 똑같이 만든 모조품이다. 원래 휘파람새는 매화나무에 앉는 법인데 소나무에 앉아 있어서 '옮겨 앉아 있'다고 표현하였다. 친모의 품을 떠나 무라사키노우에의 양녀가 된 아카시 아가씨를 비유하였다.

20 '솔(松)'은 아카시 아가씨. '마음 이끌린 이 사람'은 아카시노키미. '첫울음'은 첫 답신. 아카시 일족은 소나무의 이미지로 형상화되어 있다.

21 『겐지 모노가타리』의 주석서인 『겐지샤쿠(源氏釋)』에 따르면 '오늘 하루만 첫울음 들려주오 휘파람새가 우짖지 않는 마을 살아갈 의미 없네(今日だにも初音きかせよ鶯の音

이리 읊으셨기에, 겐지 님께서는 참으로 가슴 절절하게 통감하신다. 부정 타는 일[22]도 삼가지 못하시는 기색이다.

"이 서찰의 답신은 직접 아뢰도록 하시게. 첫울음을 아껴야만 하시는 분도 아니니……."

이러면서 벼루를 꺼내 준비하고 답신을 쓰시도록 하신다. 아가씨는 참으로 아리따워 보이는 모습으로 아침저녁으로 뵙는 사람들조차 질리지 않게 여기시는 자태이시기에, 이제껏 친모와 연락도 없이 세월이 가로막힌 것[23] 또한 겐지 님께서는 죄를 지은 듯하여 가슴 아프게 여기신다.

> 아카시 아가씨
>
> 헤어진 뒤로 세월은 흘렀어도 휘파람새가
>
> 둥지 떠난 솔뿌리 잊을 리 있으리오

어린 마음 가시는 대로 읊은 장황한 와카이다.

여름 처소夏の御住まひ[24]를 보시자니, 그 계절이 아닌 탓인지 무척 적막하게 보이고 일부러 멋스럽게 꾸민 데도 없이 기품 있게 살고 계시는 분위기가 다 엿보인다. 세월이 흘러도 두 분 마음이 가로막히지도 않고 가슴 절절한 관계이시다. 이제는 굳이 가까이하는 상태로도 대우하여 드리지 않으셨다.[25] 무척 의좋게 좀체 볼 수 없는 남매의 인연 정도로 서로 이야

せぬ里はあるかひもなし)'(출전 미상)에 의거한다고 한다.

22 정초부터 눈물 흘리는 일.

23 모녀는 4년 동안 대면하지 못하였다.

24 하나치루사토의 처소.

25 두 사람은 이제 남녀 간의 관계도 맺지 않고 남매처럼 지내는 사이이다.

기를 나누신다. 칸막이로 가로막혀 있어도 살짝 밀어내시니 그래도 그대로 계신다. 엷은 남색 옷은 역시 배색이 별로 돋보이지 않고 머리카락 등도 몹시 한창때를 지났다. 성근 편은 아니지만 딴머리를 얹어 꾸미실 만하구나, 나 아닌 사람이라면 싫증이 날 듯한 자태이시지만 이리 돌보는 것이야말로 기쁘고 바라던 바로다, 마음이 경박한 사람[26]의 부류처럼 나에게 등을 돌리셨다면 어쩔 뻔하였나, 등 대면하실 때마다 우선 내 변치 않는 마음도 그렇고 진중한 이 사람의 마음도 그렇고 기쁘고 원하던 바대로 되었다고 생각하셨다. 조곤조곤 예전 이야기 등을 정답게 아뢰시고 서쪽 채西の對[27]로 건너가신다.

아직 그다지도 거처하는 데 익숙해지지 않으신 시일에 비해서는 정취가 감도는 주변 분위기이다. 아리따워 보이는 동녀의 모습이 차분하니 우아하고 사람 그림자도 많이 보인다. 가재도구는 필요한 것만 있고 소소한 세간은 별로 갖추지 못하셨는데, 그것치고는 깔끔한 모습으로 거처하고 계신다. 아가씨 본인도 바로 아아 아리땁구나 싶고, 황매화 꽃무늬가 있는 의복에 한결 도드라지시는 용모 등이 무척 화사한 데다 여기가 좀 아쉽다 싶은 부분도 없고 구석구석 화사함이 빛나서 자꾸 보고 싶은 용모이시다. 시름에 잠겨 계실 때의 흔적인지 목덜미에 드리워진 머리카락이 약간 가늘어진 채 산뜻하게 드리워져 있는 것이 오히려 참으로 깔끔해 보여 이곳저곳 참으로 두드러진 자태이시다. 이렇게 볼 수가 없었다면 아쉬웠겠다고 생각하시는 걸 보자니, 그대로 보고 지나치실 수는

---

26 『겐지 모노가타리』 2 「하나치루사토」 권에는 히카루겐지가 스마에 퇴거해 있던 동안 그에게 등을 돌린 나카강(中川) 여자의 예가 등장한다.
27 다마카즈라는 석 달 전부터 여름 저택의 서쪽 채에 살고 있다.

없지 않을까.[28]

아가씨는 이처럼 참으로 거리도 없이 뵙는 데 익숙해지고 계시지만, 역시 생각하자니 내외할 일이 많아 마음이 쓰이기에 제정신도 들지 않으신다. 하여, 똑바로 마주하지 않으시는 것도 겐지 님께는 참으로 정취가 있다.

"오신 지도 오래된 듯한 느낌이 들어 뵙는 것도 마음 편하고 바라는 바대로 되었거늘……. 삼가는 일 없이 지내시고 저쪽 처소[29] 등에도 건너가시지요. 현악기를 처음 배우는 앳된 사람[30]도 있는 모양이니, 함께 타며 연습하시지요. 마음을 놓을 수 없고 경박한 마음을 지닌 사람도 없는 곳이라오."

이리 말씀하시니, "말씀하신 대로……"라고 아뢰신다. 자못 바람직한 답변이다.

저물어 갈 무렵에 아카시 마님明石の御方 처소[31]로 건너가신다. 몸채와 가까운 회랑[32]의 문을 밀어 열자마자 발 안쪽에서 불어오는 바람이 우아하게 향기로운 내음을 퍼뜨려, 다른 무엇보다 각별한 기품을 느끼신다. 본인은 보이지 않는다. 어디 있나 둘러보시니, 벼루 주변이 어지럽고 책자들이 어질러져 있어 그것을 손에 들고 보신다. 중국산 능직 비단으로 만든 대단히 멋지게 가장자리를 수놓은 깔개 위에 정취 있어 보이는 칠현금을 놓아두고, 특별해 보이는 풍취 있는 둥근 화로[33]에 시종향侍従香[34]

---

28 히카루겐지가 다마카즈라를 양녀로만 대우할 수 있을까 싶을 정도로 다마카즈라의 아름다움이 빼어나다는 화자의 평이다.
29 무라사키노우에의 처소.
30 아카시 아가씨.
31 서북 구역의 겨울 저택.
32 '와타도노(渡殿)'라고 한다. 두 건물을 잇는 복도이다.

을 피워 사물에 향이 배도록 하는데, 읍의향裛衣香[35] 내음이 섞이니 참으로 그윽하고 아름답다. 마음 편히 휘갈기며 연습 삼아 쓴 것들도 소질이 다르고 유서 있는 필체이다. 야단스럽게 소草[36]를 많이 섞어 쓰거나 하며 재주를 드러내지 않고 보기 좋게 정성 들여 썼다.

잔솔小松 답신[37]을 좀체 없는 일이라고 본지라, 가슴 절절한 옛 시가의 표현 등을 섞어 이렇게 읊었다.

아카시노키미

"진기하구나 꽃 속 둥지 속에서 나무를 따라

계곡 속 옛 둥지를 찾아온 휘파람새[38]

목소리를 기다리네."

'피는 언덕가에 다행히 집이 있기에'[39] 등 마음을 돌려 스스로를 위로하는 취지의 와카 등이 섞여 쓰여 있는 것을 손에 들고 보시면서, 미소를 띠시는 겐지 님의 모습은 이쪽이 부끄러울 정도로 멋지다.

---

33 나무를 도려내 만든 것이다.

34 침향, 정향, 패향(貝香), 훈륙(薰陸), 백단, 사향 등을 배합한 향이다.

35 백단향의 잎이나 나무껍질로 만든 향이다.

36 소가나(草假名). 한자의 초서체를 1자(字) 1음(音) 식 가나로 사용한 것으로 히라가나와는 다르다.

37 아카시 아가씨의 답신.

38 '꽃 속 둥지'와 '계곡 속 옛 둥지'는 각각 무라사키노우에의 처소와 아카시노키미의 처소를 가리킨다.

39 '매화꽃 피는 언덕가에 다행히 집이 있기에 가끔이나마 듣네 휘파람새 목소리(梅の花咲ける岡邊に家しあればともしくもあらず鶯の聲)'(『古今和歌六帖』 六)의 한 구절을 따서, 딸을 만나지 못하는 아카시노키미 자신의 처지를 위로하고 있다.

겐지 님께서 붓끝을 적셔 이리저리 써 보고 계시자니, 아씨가 무릎걸음으로 나온다. 과연 스스로 조심하면서 처신하고 마음 씀씀이가 보기 좋기에 역시 다른 사람보다는 특별하다고 생각하신다. 하얀 겉옷 위에 드리워져 있는 선명한 머리칼이 약간 산뜻할 정도로 숱이 줄어든 것도 한층 더 차분한 우아함이 더하여져 정답기에, 새해 벽두부터 소동[40]을 일으키시면 어쩌나 조심스럽기는 하지만 이쪽에서 주무셨다. 역시 총애가 각별하다며 마님들은 걱정스럽게 생각하신다. 남쪽 저택에는 하물며 눈엣가시로 여기는 사람들[41]이 있다.

아직 새벽 무렵에 건너가셨다. 있을 수 없는 이다지도 어두운 깊은 밤에 가시다니 싶어, 아씨는 가신 뒤에도 심상치 않게 가슴 아프게 생각한다. 겐지 님께서는 자신을 기다리고 계셨던 마님 역시 살짝 불쾌하게 여기실 듯하다고 그 마음속이 꺼려지셔서, "해괴한 선잠을 자서 젊은 사람들처럼 깊이 잠들었거늘, 그리도 깨워 주지 않으시다니……" 하면서 기분을 풀어 주려 하시는 것도 우습게 보인다. 별다른 대답도 없으시기에 귀찮아져서, 잠을 자는 척하면서 해가 중천에 떠오르고 나서야 일어나셨다.

4. 관현 연주를 여는 가운데 봄날이 저물다

오늘은 임시객 행사[42]를 핑곗거리로 삼아 마님과 얼굴을 마주치지 않

40 새해 첫날부터 아카시노키미의 처소에 머무르면 정처 격인 무라사키노우에가 불쾌하게 여겨 생기는 말썽.
41 시녀들.
42 정월 초이튿날에 섭관 대신가에서 친왕과 공경들에게 향응을 배푸는 의식이다.

으려 하신다. 공경, 친왕들 등 여느 때처럼 빠짐없이 뵈러 오셨다. 관현 연주가 열린 뒤 답례품과 축하 선물 등이 더할 나위 없다. 그리 많이 모여 계신 분들이 나도 뒤떨어지지 않겠다면서 처신하시는 중에서도 겐지 님과 약간이나마 어깨를 견줄 만한 사람조차 보이지 않으시는 게 아닌가. 한 명 한 명 따로 떼어 보자면, 식견이 높은 분이 많이 계시는 즈음이지만 겐지 님 안전에서는 기를 못 펴시니 민망한 일이다. 무슨 사람 축에도 끼지 못하는 하인들 같은 사람들조차 이 인院[43]으로 뵈러 올 때는 마음가짐이 각별하였다. 하물며 젊은 공경 등은 마음속 생각[44] 등이 있으신지라 왠지 모르게 마음을 새로이 다잡으시면서 예년보다도 각별하다.

꽃향기를 자아내는 저녁 바람이 온화하게 불어오니, 저택 앞뜰의 매화 봉오리가 서서히 벌어지고, 때마침 어스름 녘이기에 악기 타는 소리들도 정취가 있고 〈이 저택〉[45]을 부르는 데 맞추는 박자拍子[46]가 참으로 화려하다. 대신大臣께서도 이따금 목소리를 더하시는데, '사키쿠사' 마지막 부분은 참으로 정답고 멋지게 들린다. 무슨 일이든 응답을 하시면 빛의 부추김을 받아 색상도 음색도 더 좋아지니, 전후의 구분이 확연히 나뉘었다.

---

43 로쿠조노인.

44 다마카즈라에 대한 관심.

45 헤이안시대 아악 형식의 민요인 '사이바라(催馬樂)'의 하나이다. '이 저택은 과연 과연 부유해졌구나 사키쿠사의 아아 어쩌나 사키쿠사의 화려하구나 사키쿠사의 세 동도 네 동도 이어진 저택을 세웠다네 저택을 세웠다네(この殿は むべも むべも富けり 三枝の あはれ 三枝の はれ 三枝の 三つば四つばの中に 殿づくりせりや 殿づくりせりや)'라고 하여 로쿠조노인의 영화를 칭송하고 있다. '사키쿠사(三枝)'는 셋으로 갈라진 가지 끝에서 꽃이 피어나서 부와 복을 상징한다. '사키쿠사(幸草)'로도 표기할 수 있어 상서로운 조짐을 나타내는 풀로 알려져 있다.

46 홀박자(笏拍子). 벼슬아치가 손에 쥐는 패인 홀과 닮은 모양의 나무판자 두 장을 맞부딪치면서 박자를 맞추는 악기이다.

5. 히카루겐지가 니조히가시노인에 거처하는 스에쓰무하나와 우쓰세미를 찾다

이리 시끌벅적한 마차 소리도 거리를 두고 듣고 계시는 마님들[47]은 연꽃 속 세계에 있다고 하여도 아직 꽃잎이 벌어지지 않는 기분[48]도 이런 것인가 하고 불쾌해하는 듯하다. 하물며 히가시노인東の院에 떨어져 지내시는 분들[49]은 세월이 가면서 무료한 나날만이 늘어 가는데, 세상 서러움 보이지 않는 산길[50]에 처소를 비유하면서 쌀쌀맞은 그 사람의 마음을 뭐라고 트집 잡을 수 있겠는가. 그 밖에는 불안하고 쓸쓸한 일이 달리 없기에, 수행에 힘쓰는 사람[51]은 다른 데 신경 쓰지 않은 채 근행하고, 가나로 쓰인 다양한 책자의 학문[52]에 몰두하고 계시는 분[53] 역시 그 바람대로 지낸다. 신실하고 미더운 규정의 측면[54]에서도 그저 마음이 원하는 바에 따르는 삶이다. 바쁜 나날[55]이 지난 뒤 겐지 님께서 걸음을 하신다.

---

47 아카시노키미와 하나치루사토 등.

48 극락정토에 왕생하는 자들은 9품으로 나눌 수 있는데 이를 구품 왕생이라고 한다. 이 중 오역죄(五逆罪)와 십악(十惡)을 저질렀으나 임종 때 지극한 마음으로 아미타불을 열 번 부른 공덕으로 정토에 태어나는 자는 가장 낮은 품계인 하품하생(下品下生)에 해당된다. 이들은 연꽃 봉오리 속에 머물며 꽃이 필 때까지 12대겁(大劫)을 기다려야만 한다. 로쿠조노인의 여성들 가운데 아카시노키미나 하나치루사토 등은 무라사키노우에에 비해 중품·하품으로 왕생하였다고 비유한 것이다.

49 니조히가시노인에 살고 있는 스에쓰무하나와 우쓰세미 등.

50 '세상 서러움 보이지 않는 산길 들어가려니 마음속 품은 사람 굴레가 되는구나(世の憂きめ見えぬ山路へ入らむには思ふ人こそほだしなりけれ)'(『古今和歌集』 雜下, 物部吉名)의 윗구를 인용하였다.

51 우쓰세미.

52 원래 학문이라는 표현은 한시문을 공부하는 데 쓰인다. 스에쓰무하나를 놀리는 표현이다.

53 스에쓰무하나.

54 실생활을 해 나가는 데 필요한 경제적인 원조.

55 임시객 행사 뒤 5일에는 서위(敍位), 7일에는 백마절 연회, 8일부터 14일까지는 대극전

히타치 친왕 마님常陸の宮の御方[56]은 신분도 있기에, 겐지 님께서는 딱하게 여기셔서 사람들 눈에 띄는 겉치레만은 아주 잘 대우해 드리신다. 예전에는 풍성하게 보였던 젊었을 적의 머리숱도 세월이 지나며 줄어들고, 하물며 폭포수 웅덩이도 부끄럽게 여겨질 듯한 옆얼굴[57] 등을 애처롭게 여기셔서 똑바로 마주하지도 않으신다. 흰색과 연두색을 씨실과 날실로 짠 직물은 역시나 어울리지 않게만 보이는데 그 또한 입고 계신 분 탓인 듯하다. 광택도 없는 누이어 보드랍게 만든 검정 명주로 만든, 수런수런 소리가 나리만큼 풀을 먹여 말린 빳빳한 의복 일습에 흰색과 연두색 직물의 평상복 웃옷인 우치키袿를 입고 계시니, 참으로 추워 보여서 민망하다. 덧입는 우치키 등은 어찌하신 것일까. 코[58] 색깔만이 안개에 뒤섞여도 존재감이 없어지지 않을 정도로 화려하여, 자기도 모르게 탄식을 하시고 일부러 칸막이를 여며 가리신다.

도리어 여자女는 그리도 생각지 않으시고 이제는 이리 가슴 절절하게 변치 않는 마음의 깊이에 안심이 되어 마음을 터놓고 미덥게 여기시는 모습이 가슴 아프다. 이와 같은 방면[59]으로도 일반적인 사람이 아니고 애처롭고 슬픈 처지의 사람이라고 여기시는지라, 가슴 절절하게 나만은, 하고 관심을 가지시는 것도 좀체 볼 수 없는 일이다. 목소리 등도 무척 추운 듯이 덜덜 떨면서 마님은 이야기를 아뢰신다.

겐지 님께서는 도저히 지켜볼 수 없으셔서 이리 아뢰신다.

(大極殿) 법회, 9일부터 11일까지는 지방관 인사 등이 잇따른다.

56 스에쓰무하나.

57 흰머리가 늘어난 얼굴.

58 일본어로 코(鼻)나 꽃(花)은 둘 다 '하나'로 발음된다.

59 실생활 방면.

"의복에 관한 일 등을 뒷바라지해 드리는 사람은 있는지요. 이리 마음 편한 처소에서는 그저 참으로 허물없는 모습으로 두텁고 보드라운 옷을 입으시는 게 좋습니다. 겉만 치장하는 차림새는 보기 민망하군요."

마님은 어색하게 그래도 웃으시며, 이리 아뢰신다.

"다이고 아사리님醍醐の阿闍梨の君[60]을 챙겨 드리느라 제 의복 등도 짓지 못하였습니다. 가죽옷까지 빼앗긴 뒤 추위를 탑니다."

참으로 코가 빨간 남매간[61]이시다. 마음이 순박하다고는 하여도 너무 지나치게 넉살 좋은 듯 여겨지시지만, 겐지 님께서는 여기서는 참으로 진지하고 고지식한 사람이 되어 앉아 계신다.

"가죽옷은 참 좋습니다. 산에서 수행하는 스님의 도롱이를 대신할 옷으로 양보해 드리셔도 괜찮지요. 그런데 이 아까울 것도 없는 흰 바탕 옷은 어찌하여 몇 겹이고 덧입지 않으시나요. 그럴 만한 때마다 제가 잊고 있는 일이라도 있다면 연통해 주십시오. 원래 얼이 빠져 둔한 마음에 놓치는 일이라도……. 하물며 여러 방면의 엇비슷한 일이 앞다투어 생기기에 자연스레……."

겐지 님께서는 이리 말씀하시고, 건너편 저택[62]의 창고를 열게 하셔서 비단과 능직 등을 올리신다. 황폐해진 곳도 없지만 거처하지 않으시는 곳이기에 분위기는 한적하고, 앞뜰의 나무숲만이 참으로 정취 있다. 홍매 꽃봉오리가 움트는 정취 등을 보고 감탄하는 사람도 없는 것을 둘러

---

60 스에쓰무하나의 남자 형제. 교토시에 있는 진언종 총본산인 다이고지(醍醐寺)의 승려이다. 아사리(阿闍梨)는 진언종 승려의 위계이다.

61 여자 형제의 옷을 얻어 입을 정도라면 남자 형제도 추위를 많이 타서 코가 빨갈 것이라는 조롱이다.

62 히카루겐지의 원래 사가인 니조노인(二條院)으로, 니조히가시노인 건너편에 있다.

보시고, 이리 읊으신다.

히카루겐지

옛날 살던 집 봄날 나뭇가지를 찾아와 보고

세상에 흔치 않은 꽃을 보게 되누나

홀로 읊조리시지만, 마님은 들어도 의미를 모르셨을 것이다.[63]

승복 차림의 우쓰세미空蟬の尼衣도 들여다보셨다. 주인 같은 태도는 아니고 조용히 방에서만 거처하면서 부처에게만 좋은 자리를 양보해 드리고 수행하며 근행에 힘쓰는 모습이 어여뻐 보인다. 불경과 불상의 장식, 소박한 알가[64] 도구 등도 풍취가 있어 보이고 우아하여 역시 사려 깊어 보이는 사람의 분위기이다.

푸른빛이 도는 엷은 남색 칸막이가 정취 있는 심성을 드러내는데, 깊숙이 숨어 앉아 소맷부리[65]만 색깔이 다른 것도 정답기에, 이렇게 말씀하신다.

"마쓰가우라섬松が浦島[66]을 멀리서 흠모하기만 하였으면 좋았을 터인데요. 옛날부터 괴롭기만 한 인연이시군요. 그래도 역시 이 정도의 친교는

63 스에쓰무하나는 히카루겐지가 자기의 빨간 코를 꽃에 비유하여 놀리고 있다는 것을 와카를 들어도 모를 것이라는 화자의 평이다.

64 불전에 바치는 물.

65 칸막이에서 비어져 나온 소맷부리.

66 '소문에 듣던 마쓰가우라섬을 오늘 보누나 과연 정취를 아는 어부가 살고 있네(音にきく松が浦島今日ぞ見るむべも心あるあまは住みけり)'(『後撰和歌集』 雜一, 素性法師)를 인용하였다. 마쓰가우라섬은 미야기현(宮城縣)에 있는 작은 섬으로, 와카의 소재로 쓰이는 무쓰 지방(陸奧國)의 명승지이다. '아마(あま)'는 어부(海人)와 비구니(尼)라는 중의적 표현이다.

끊을 수 없는 것이었네요."

비구니님도 어쩐지 절절한 기색으로 이리 아뢴다.

"이런 식으로 의지하며 지내고 있는 것을 보니, 얕지는 않은 인연이라는 것을 절감하게 됩니다."

그러자 겐지 님께서 이리 말씀하신다.

"늘, 몇 번이나 거듭 제 마음을 어지럽게 만드셨던 옛 과보 등에 대해 부처에게 용서를 빌고 계시는 것이 괴롭군요. 이제 아시겠는지요. 남자란 이리도 몹시 순순하지도 않거늘, 하면서 견주어 생각하시는 일도 없을까 싶습니다."

그 참담하였던 옛일[67]을 귀담아들으신 것인가 싶어 부끄럽기에, 이리 말하며 진심으로 눈물을 흘렸다.

"이러한 처지를 다 보고 계시는 것 말고 다른 과보는 어디 또 있겠는지요."

옛날보다도 속이 깊고 이쪽이 부끄러워질 듯한 품위도 더하여져, 겐지 님께서는 이리 거리가 멀어져 가는구나 하고 생각하시는데도 포기하기 어렵게 여겨지신다. 하나, 부질없는 말을 거실 수도 없기에 그저 그만한 옛날과 지금의 이야기를 하시고, 이 정도만이라도 이야기를 나눌 수 있다면 좋을 터인데 하면서 저쪽[68]을 바라보신다.

이처럼 겐지 님의 그늘 아래 숨어 사는 사람들이 많다. 모두 다 들여다보시고, 이리 정답게 말씀하신다.

---

67 우쓰세미는 남편인 이요 지방 차관(伊予介)과 사별한 뒤 의붓아들의 구애를 받고 이를 피하려고 출가하였다.

68 스에쓰무하나의 처소 방향.

"소식을 알지 못한 채 하루하루 날수가 쌓인 때가 있었지만 마음속에서는 잊지 않았답니다. 그저 기한이 있는 길의 헤어짐만 걱정스럽습니다. 수명만은 알지 못하기에……."

어느 쪽이든 각자의 신분에 맞게 어여삐 여기신다. 나라면 하고 자부심을 지니실 만한 신분이시지만, 그다지 야단스럽게 처신하지도 않으시고 장소에 맞추어 사람의 신분에 맞추어 두루두루 정답게 대하시기에, 그저 이 정도의 마음에 의지하면서 많은 사람들이 세월을 보냈다.

6. 히카루겐지가 남답가를 열고 여성들이 구경하다

올해는 남답가男踏歌[69]가 있다. 궁중에서 스자쿠인朱雀院[70]으로 찾아뵙고 그다음으로 이 인院[71]으로 찾아뵙는다. 길이 멀어서[72] 새벽녘이 되었다. 구름 한 점 없는 하늘에 더욱더 달빛이 맑아지고 자국눈이 살짝 내린 정원이 뭐라 말할 수 없는데, 당상관 등 악기 타는 솜씨가 빼어난 사람들이 많은 시절인지라 피리 소리도 참으로 정취 있게 소리를 낸다. 이 저택 앞뜰에서는 각별하게 마음을 쓴다. 마님들[73]에게도 보러 건너오시라고

69 정월 14일에 열리는 궁중 행사이다. 당상관과 당하관들이 발을 쾅 쾅 구르면서 '사이바라'를 부르며 궁중을 시작으로 여러 인(院, 상황 처소)이나 교토의 곳곳을 돌며 음주 등을 대접받고, 새벽녘에 궁중으로 되돌아와 향연을 벌인 뒤 녹을 하사받고 퇴궐한다. 남답가는 983년 이후 끊겼다고 지적되고 있어, 11세기 초에 성립된 『겐지 모노가타리』가 앞선 시대를 배경으로 하고 있음을 알 수 있다.

70 현재 히카루겐지의 형인 스자쿠 상황이 거처하고 있다.

71 로쿠조노인.

72 산조(三條) 남쪽에 있는 스자쿠인에서 로쿠조노인까지는 약 3.3킬로미터이다.

73 로쿠조노인에 살고 있는 여성들.

전부터 기별들이 있었기에, 몸채 좌우에 딸린 부속 채와 회랑 등에 방[74]을 만들고 앉아 계신다. 서쪽 채 아가씨[75]는 몸채 남쪽 처소로 건너가셔서 이쪽에 계신 아가씨[76]와 대면을 하셨다. 마님上[77]도 한곳에 계신지라 칸막이 정도를 세우고 말씀을 아뢰신다.

스자쿠인에 계신 황후[78] 처소 등을 일행이 돌고 있는 동안에 밤도 점점 밝아지기에, 이쪽은 역참水驛[79]이라서 간단히 하셔도 되는데 늘 하는 것 말고 더 취향을 달리하여 다른 것을 더하여 극진히 대접하신다. 빛이 차가운 새벽녘 달 아래 눈은 점점 더 내려 쌓인다. 솔바람이 높다란 나무에서 불어 내려와 어쩐지 썰렁해질 듯도 한 무렵에 후줄근해진 옅은 황록색의 깃이 둥근 웃옷에 흰색 옷을 받쳐 입은 것이 무슨 치장인가 싶다. 관에 꽂은 면으로 만든 꽃은 향기도 없는 물건이지만 장소 덕분인지 정취가 있고, 마음이 개운해져 수명이 늘어날 듯한 시간이다.

나으리 댁 중장님[80]과 내대신 댁 자제들은 많은 사람들 가운데 빼어나서 보기 좋고 훤하다. 어슴푸레하게 날이 밝아 가니 눈이 살짝 흩뿌려 오한이 드는데, 〈다케카와竹河〉[81]를 부르며 서로 다가서는 모습과 정다운

---

74 장막을 쳐서 작은 방을 만든다.
75 다마카즈라.
76 아카시 아가씨.
77 무라사키노우에.
78 아들인 스자쿠 상황과 함께 살고 있는 홍휘전 황태후.
79 답가를 하는 일행이 도는 길을 역로(驛路)에 비유하여, 술과 뜨거운 물에 만 밥 등을 제공하는 곳을 '미즈우마야(水驛)'라고 하며 식사를 대접하는 곳을 '이우마야(飯驛)'라고 한다. 역할 분담은 사전에 이루어진다. 로쿠조노인은 미즈우마야 담당이라 간단히 준비하면 되는데도 대접이 융숭하였다.
80 유기리.
81 '다케강의 다리 끝에 있네 다리 끝에 있네 꽃밭에 아아 꽃밭에 나를 풀어놓아 주길 나를 풀어놓아 주길 동녀와 함께(竹河の 橋の詰なるや 橋の詰なるや 花園に はれ 花園に 我をば 放てや 我をば放てや 少女たぐへて)'. 〈다케카와〉는 남답가 때 부르는 '사이바라'이다.

목소리들을 그림으로라도 그려 두기 어려운 것이 아쉽기만 하다. 마님들은 누구라 할 것 없이 모두 뒤떨어지지 않은 소맷부리들[82]이 발밑으로 잔뜩 비어져 나와 있는데, 그 색상의 대비 같은 것도 새벽하늘에 봄날의 비단[83]이 모습을 드러내는 안갯속인가 하고 둘러보게 된다. 이상하게 마음이 충만해지는 구경이었다. 그렇기는 하지만, 상투를 틀어넣는 부분을 높게 하여 흰 명주를 드리운 일반적이지 않은 관[84]의 모양, 난잡한 축사,[85] 바보 같은 말들도 점잔을 빼며 중재하거나 하는 탓에 오히려 얼마나 정취가 있어야 할 박자조차 들리지 않았거늘……. 여느 때처럼 모두 면포[86]를 받아들고 물러났다.

날이 완전히 밝았기에 마님들이 처소로 건너가셨다. 대신님大臣の君께서는 약간 주무시고 해가 높이 뜬 뒤 일어나셨다.

"중장[87]의 목소리는 변 소장弁少將[88] 목소리에 전혀 뒤지지 않는 듯하구나. 이상하게 박식한 사람들이 나오는 시절이로구나. 옛사람은 진실로 현명한 방면[89]에서는 뛰어난 성취도 많았던 것 같은데, 서정적인 방면으로는 요즈음 사람들보다 결코 더 낫지 않았을 것이다. 중장 등을 건실한 관인으로 만들려고 다짐하였던 것은 나의 호색적인 어리석음을 멀리하

---

82 구경하는 여성들은 쳐 둔 발 아래로 소맷부리를 내놓고 각자의 취향과 소양을 겨룬다.
83 '둘러보자니 버드나무 벚꽃을 뒤섞어 두어 도읍지가 봄날의 비단이라 하겠네(見わたせば柳櫻をこきまぜて都ぞ春の錦なりける)'(『古今和歌集』 春上, 素性法師)에 '봄날의 비단' 이라는 같은 표현이 있다.
84 남답가 때 무인(舞人)이 쓰는 이러한 관은 '고코지(高巾子)'라고 한다.
85 풍년을 기원하는 축사에는 생식과 관련된 표현이 들어가서 난잡하다고 하였다.
86 남답가를 하는 사람들은 녹으로서 면포를 받는다.
87 유기리.
88 내대신의 차남.
89 본격적인 학문.

라는 의도였는데, 역시 속으로는 약간 풍류 방면의 마음을 지니고 있는 게 나을 듯싶구나. 얌전을 빼며 겉으로만 건실하게 있는 것은 대하기가 어려울 듯하구나."

이러며 중장을 참으로 어여삐 여기신다. 〈만춘악萬春樂〉[90]을 읊조리며 부르신 뒤, "사람들이 이쪽에 모이신 김에 어찌하여서든 관현 연주를 해 보고 싶구나. 사적인 후연後宴[91]을 열어야겠구나"라고 말씀하신다. 갖가지 현악기를 멋진 자루에 넣어 잘 보관하고 계셨는데, 모두 꺼내어서 먼지를 닦아 내고 늘어진 줄을 손보도록 하시거나 한다. 마님들은 무척 신경을 쓰면서 마음의 준비를 극진하게 하시는 듯하다.

90 뜰 앞에서 답가할 때 장단을 맞추기 위해 넣는 곡이다.
91 궁중에서는 답가가 끝난 뒤 작은 연회를 2월이나 3월에 연다.

「하쓰네」 권 해설

「하쓰네初音」 권은 새해 설날 아침의 풍경 묘사로 시작된다. 하늘과 땅과 사람이라는 천지인天地人의 상서로운 기운이 넘치는 경사스러운 도입부로 시작된다. 히카루겐지가 정초에 로쿠조노인과 니조히가시노인의 여성들을 찾아다니는 모습과 북적대는 객들의 모습, 그리고 남답가가 주요 내용으로 기술되어 있다. 권명은 아카시노키미가 여식인 아카시 아가씨에게 보낸, '오랜 세월을 솔에 마음 이끌린 이 사람에게 오늘 휘파람새의 첫울음 들려주길'이라는 와카에서 따온 것이다. '솔松'은 여식인 아카시 아가씨를 가리키는데, '솔'은 변하지 않는 것의 상징이다. 「오토메」 권 마지막 부분의 무라사키노우에의 와카인 '바람에 지는 단풍은 가볍도다 봄의 빛깔을 바위 밑동 솔에다 걸어 보고자 하네'에서도 아카시 아가씨는 '바위 밑동 솔'에 비유되어 있는데, 아카시 일족은 『겐지 모노가타리』에서 소나무의 이미지로 형상화되어 기술된다.

「하쓰네」 권 이하 「미유키行幸」 권에 이르는 7개 권은 사계절마다 달라지는 로쿠조노인의 풍취를 기술하며 전개된다. 이 권은 새롭게 건립된 로쿠조노인의 새봄 풍경을 기술하며 시작한다. 정월을 맞이한 로쿠조노인은 이 세상에 모습을 드러낸 극락과 같은 봄의 저택을 비롯하여 안온한 낙토樂土로 보인다. 사계절 저택의 여성들과 니조히가시노인의 스에쓰무하나와 우쓰세미에 이르기까지 히카루겐지가 새해 인사차 찾아가는 모습을 순차적으로 묘사하면서 안정된 권력과 영화를 구축한 히카루겐지의 현재 모습을 그리고 있다.

경축할 만한 정월 초하루, 마님들을 차례차례 찾아다니는 히카루겐지

는 로쿠조노인의 주인으로서 충족된 모습이지만, 한편으로는 여성 관계 탓에 마음고생을 할 수밖에 없는 중년 남성의 일면 또한 드러나 있다. 여성들은 히카루겐지의 더할 나위 없는 권세와 영화에 기반한 뒷받침을 받으며 제각각 안정된 생활을 꾸려 나간다. 이 권은 히카루겐지의 애정과 관심을 받고 있는 여성들의 삶으로부터 시작하여 점차 그늘에 가려져 있는 여성들의 삶을 기술하며 전개되어 간다. 그러나 충만해 보이는 이 세계에도 사랑하는 자식과 헤어져 사는 아카시노키미와 같이 고통 속에 하루하루를 살아 나가는 여성도 있다. 또한 이들 중 스에쓰무하나와 우쓰세미는 히카루겐지와 애정 관계에 있는 여성은 아니지만, 히카루겐지의 '고코로나가시心長し', 즉 그의 이상적인 '변치 않고 넓은 마음'을 드러내는 존재로서 등장한다고 할 수 있다.

마지막 절인 로쿠조노인의 남답가 장면은 학예가 뛰어난 인재가 배출되는 성대聖代로 알려져 있는 당대의 모습을 상징적으로 드러내고 있다. 히카루겐지는 궁중에 준하여 남답가나 뒤풀이 연회인 후연後宴을 주최하며, 그가 뒤이어 오르게 될 태상천황에 준하는 위치에 대한 사전 준비는 거의 완료되어 있음을 알 수 있다.

다마카즈라 10첩에는 연중행사가 다수 기술되어 있다. 이 권에도 여러 의식이 기술되어 있는데, 남답가는 983년에 없어진 행사인 만큼 그 개요를 알 수 있는 중요한 자료가 된다. 궁중에서 출발하여 교토 구석구석을 무리 지어 다니는 남답가는 집집에서 여러 접대를 받는데, 이는 그 집안의 번영을 나타내는 것으로 인식되었다. 이러한 행사를 통해 로쿠조노인의 영화를 드러내고 있다고 할 수 있다. 모노가타리 전개의 측면에서 남답가 행사는 로쿠조노인 내부를 융화시키는 계기가 된다. 무라사키노우에, 아카시 아가씨, 다마카즈라는 이 행사에서 대면하게 되어 향후 교류를 이어 간다.

제24권

「고초胡蝶」 권

히카루겐지 36세 늦봄~초여름

꽃밭 나니는 나비도 마땅찮게 바라보는가
풀 밑에서 가을만 기다리는 벌레는

花ぞののこてふをさへや下草に
秋まつむしはうとく見るらむ

1. 봄의 저택에서 열린 뱃놀이에 모인 사람들이 다마카즈라에게 관심을 보이다

삼월하고도 스무날이 지났을 무렵, 봄의 저택 앞뜰[1] 모습은 평소보다 더할 나위 없이 각별하다. 빛나는 꽃 색깔과 새소리를, 다른 마을[2]에서 볼 때는 아직 봄이 저물지 않은 것인가 하고 신기하게 바라보고 듣는다. 가산假山 나무숲과 가운뎃섬中島 근방, 색깔이 짙어진 이끼의 풍취 등을 젊은 사람들은 조금밖에 볼 수 없는 것을 애가 닳게 생각하고 있는 듯하다. 이에 겐지 님께서는 중국풍으로 보이는 배를 만들어 두게 하신 것이 있기에 서둘러 장식[3]을 하게 하셔서, 연못에 처음 내려놓도록 하시는 날은 아악료雅樂寮[4] 사람을 불러들이셔서 선악船樂[5]을 여신다. 친왕들과 공경 등이 많이 찾아뵈신다.

중궁[6]은 이즈음 사가에 머무르고 계신다. 그 '봄 맞는 정원'[7]이라며 도발하셨던 데 대한 답신도 이즈음에 보내면 좋겠다고 마님은 생각하시고, 대신님大臣の君께서도 어찌 이 꽃 피는 계절을 중궁에게 보여 드릴 수 있을

---

1 무라사키노우에가 거처하는 저택의 정원.

2 아키코노무 중궁, 하나치루사토, 아카시노키미가 사는 가을, 여름, 겨울 저택.

3 배의 지붕을 씌우거나 막을 설치하거나 하는 일.

4 치부성(治部省)에 속한 관청으로 궁정의 음악과 춤을 관장한다. 관인은 400여 명 정도이다.

5 배 위에서 연주하는 음악이다. 익수(鷁首)로 향한다는 의미에서 〈조향악(鳥向樂)〉을 처음에 연주한다.

6 아키코노무 중궁. 평소에는 궁중에서 지낸다. 모친의 구 저택을 기반으로 하여 세워진 로쿠조노인 남서 구역의 가을 저택을 사가로 삼고 가끔 퇴궐한다.

7 로쿠조노인이 완성된 가을에 중궁이 무라사키노우에에게 보낸 '바란 바대로 봄 맞는 정원에서 즐기시기를 내 처소 단풍잎을 바람결으로나마'라는 와카에 대해, 히카루겐지가 이를 춘추 우월 논쟁으로 보고 봄이 오면 답신을 보내라고 한 적이 있다(「오토메」 권 34절).

까 생각하시고 말씀하시지만, 그럴 기회가 없고 가볍게 건너오셔서 꽃을 즐기실 만하지 않다. 하여, 젊은 시녀들[8] 중 감식안이 있는 사람들을 배에 태우시고, 중궁 처소의 남쪽 연못이 이쪽과 서로 연결되도록 만들어 두셨기에 가운뎃섬의 작은 산을 양쪽을 가로막는 관문으로 보이도록 하고, 그 산의 산부리로부터 빙 돌아 저어 오면서 동쪽 쓰리도노釣殿[9]에 이쪽의 젊은 사람들[10]을 모아 두도록 하신다.

용두익수龍頭鷁首[11] 배를 중국풍 장식으로 야단스럽게 치장하고, 노를 잡고 삿대질을 하는 동녀는 모두 양쪽 갈래머리를 둥글게 묶어 중국 땅을 연상시킨다. 그렇게 널따란 연못 속으로 저어 나갔기에, 정말로 모르는 나라에 온 듯한 느낌이 들어 운치 있고 정취 있다고 눈에 익지 않은 시녀 등은 생각한다. 가운뎃섬 후미의 바위 그늘로 배를 저어 가 보니, 하잘것없는 돌의 배치도 그저 그림으로 그린 듯하다. 이쪽저쪽 안개가 낀 나뭇가지들은 비단을 둘러친 듯한데, 앞뜰[12] 쪽은 멀리 바라다보인다. 색깔이 진해진 버드나무가 가지를 늘어뜨리고 있고 꽃도 무어라 말할 수 없는 향기를 내뿜고 있다. 다른 곳에서는 한창때가 지난 벚꽃도 지금 활짝 웃음을 짓고, 회랑을 빙 두른 등꽃 색깔[13]도 짙게 피어났다. 더

---

8 중궁을 모시는 시녀들을 초대하여 봄의 저택의 아름다움을 간접적으로나마 중궁에게 전하겠다는 생각이다.

9 낚시나 더위를 식히는 연회 등에 사용되는 연못가에 세워 둔 건물이다. 몸채 앞 연못을 향하도록 동쪽 채나 서쪽 채와 회랑으로 잇고 회랑 남쪽 끝에 만들었다.

10 무라사키노우에를 모시는 시녀들.

11 연못에 띄워 놓은 악선(樂船)은 두 척이 한 쌍을 이루었다. 뱃머리에 용의 머리와 익조(鷁鳥)의 목을 조각하여 용두익수(龍頭鷁首)로 불리었으며 용머리 배에서는 당악(唐樂)을 연주하고 익조 목의 배에서는 고려악(高麗樂)을 연주한 것으로 알려져 있다. 음악에 맞춘 춤 또한 중국의 춤과 고려의 춤이 펼쳐졌다. 용과 익조는 가상의 동물로 물과 바람을 가르며 날기 때문에 수난(水難)을 막기 위한 양방으로 쓰였다.

12 무라사키노우에의 봄의 저택 정원.

구나 연못물에 그림자를 드리운 황매화가 기슭에서 넘칠 정도로 아주 한창이다. 물새들이 짝을 떠나지 않고 놀면서 가느다란 가지들을 입에 물고 어지럽게 날아다니거나 원앙새가 비단 같은 파도 위에 문양을 짜내고 있는 모습[14] 등은 무슨 그림으로라도 그려 두고 싶을 정도라, 참으로 도낏자루도 썩을 만큼[15] 푹 빠진 채 하루를 보낸다.

시녀

바람이 불면 꽃 같은 파도조차 색깔 물드니

이게 그 이름 높은 야마부키곶[16]인가

시녀

봄의 연못은 이데井手[17]의 강여울과 통하는 건가

기슭의 황매화꽃 물밑까지 환하네

시녀

거북이 위의 산[18]도 찾지 않으리 이 배 안에서

---

13 '繞廊紫藤架 夾砌紅藥欄'(『白氏文集』 卷二, 「傷宅」)을 인용하였다. 대저택도 오래는 유지할 수 없다는 원래 시의 취지와는 다르지만, 대저택 정원의 아름다움을 형상화하는 데 인용하였다. 등꽃은 황매화와 함께 늦봄의 전형적인 경물이다.

14 이 두 풍경은 헤이안시대 사람들이 좋아하였던 문양으로 존재한다. 쇼소인(正倉院) 소장품들에서 이들 문양을 확인할 수 있다.

15 잠깐이라고 생각하였건만 의외로 시간이 많이 지났다는 것의 비유이다. 진나라 왕질(王質)이 산속에서 동자가 두고 있는 바둑을 보던 중 도낏자루가 썩었기에 놀라 돌아와 보았더니, 7세손과 만났다고 하는 이른바 난가(爛柯)의 고사에 의한다(『述異記』 卷上).

16 '야마부키곶(山吹の崎)'은 황매화(山吹)의 명소로 오늘날 시가현(滋賀縣)인 오미 지방(近江國)의 우타마쿠라(歌枕, 와카를 읊는 소재가 된 명승지)이다.

17 '이데'는 교토부(京都府) 소재 이데정(井手町)으로서, 황매화의 명소이다.

불로장생 평판을 남기도록 하세나

시녀

밝고 화창한 봄 햇살 속 저어서 나아가는 배

삿대 물방울까지 꽃인 듯 흩어지네

이렇듯 덧없는 일들을 각자 생각나는 대로 서로 주고받으면서 앞날의 일도 돌아갈 고향도 잊어버릴 듯이 젊은 사람들의 마음이 옮겨 가니, 지당한 수면 풍경이다.

날이 저물기 시작할 무렵에 〈황장악皇麞樂〉[19]이라는 곡이 참으로 정취 있게 들리니, 배 위의 시녀들은 제정신도 아닌 채 쓰리도노에 배를 대고 내려섰다. 이곳의 장식은 무척 간소한 모양이지만 차분하니 우아하다. 마님들 처소의 젊은 사람들이 나는 뒤지지 않는다며 한껏 꾸민 옷차림과 용모가 꽃을 뒤섞은 비단[20]에 뒤떨어지지 않게 환히 보인다. 세상에 흔하지 않고 진기한 무악舞樂들이 연주된다. 무인舞人 등은 공들여 선별하셔서 사람들이 흡족하실 만한 솜씨를 한껏 드러내게 하신다.

밤이 되었기에, 참으로 아쉬운 마음이 들어 앞뜰 정원에 화톳불을 피우고 계단 밑 이끼 위에 악인樂人을 불러들이시고 공경, 친왕들도 모두 제각각 현악기와 관악기를 저마다 들고 연주하신다. 전문 악인들 가운데

18 봉래산의 다른 명칭이다. 『열자(列子)』「탕문(湯問)」 편에 천제의 명으로 열다섯 마리의 큰 거북이가 산을 머리로 지탱하고 있었다는 기술이 있다.

19 무악의 곡명으로 당악이다. 축하할 때 연주된다.

20 '죽 둘러보니 버들과 벚꽃 함께 뒤섞어 두어 도읍이 바로 봄날 비단이라 하겠네(見わたせば柳櫻をこきまぜて都ぞ春の錦なりける)'(『古今和歌集』 春上, 素性法師)에 의한다.

특별히 빼어난 사람들만 쌍조雙調[21]로 부니, 계단 위에서 기다리던 현악기들도 참으로 화려하게 음률을 뜯는다. 〈아나토토安名尊〉[22]를 연주하실 때는 살아 있는 보람이 있다며 아무런 분간도 하지 못하는 천한 남정네도 정문 근방에 빈틈없이 서 있는 말과 수레 틈에 섞이어 활짝 웃으며 듣고 있다. 하늘 색상이나 악기 음색이든 봄의 음률[23]과 울림은 참으로 각별히 빼어나다는 그 차이를 사람들은 분간하고 계신 듯하다. 밤새도록 연주하며 날을 밝히신다. 음률이 바뀌는 곡[24]에 이어 〈희춘악喜春樂〉[25]이 곁들여지고 병부경 친왕兵部卿宮[26]께서 〈아오야기青柳〉[27]를 되풀이하여 정취 있게 부르신다. 주인인 대신大臣께서도 목소리를 보태신다.

날도 밝았다. 아침 녘의 새 우짖는 소리를 중궁은 거리를 둔 채 샘을 내며 들으셨다. 늘 봄빛을 가득 담아 두시는 저택[28]이지만, 마음을 쓸 연고[29]가 더 없음을 아쉬운 일로 여기는 사람들도 있었는데, 서쪽 채 아가씨[30]가 흠잡을 데 없는 자태이신 데다 대신님大臣の君께서도 짐짓 귀중히

---

21 아악의 여섯 음조의 하나로 봄 장단으로 일컬어진다. 먼저 장단을 맞추기 위해 짧은 곡을 분 뒤 생황, 필률, 피리순으로 관악기가 합주되고 현악기가 이어진다.

22 '아아 기쁘도다 오늘은 기쁘구나 옛날도 아아 옛날도 이와 같았을 거나 오늘은 기쁘구나 아아 좋구나 오늘은 기쁘구나(あな尊 今日の尊さや 古も はれ 古も かくやありけむや 今日の尊さ あはれ そこよしや 今日の尊さ)'(〈安名尊〉). 민요를 아악(雅樂) 형식으로 가곡화한 '사이바라(催馬樂)'이다.

23 쌍조.

24 여선법(呂旋法, 장조·정악)에서 율선법(律旋法, 단조·속악)으로 넘어가는 사이에 음을 고르기 위해 간단히 연주하는 곡으로, '가에리고에(返り聲)'라고 한다.

25 황종조(黃鐘調) 곡으로 네 명이 춤춘다.

26 히카루겐지의 동생인 호타루 병부경 친왕(螢兵部卿宮). 이날의 주빈이며 음악, 그림, 서도 등에 뛰어나다.

27 '푸른 버들을 외올실로 꼬아 야 오케야 휘파람새가 오케야 휘파람새가 깁는다는 삿갓은 오케야 매화 삿갓이로세(青柳を 片糸に縒りて や おけや 鶯の おけや 鶯の 縫ふといふ笠は おけや 梅の花笠や)'(〈青柳〉). '사이바라'의 하나이다.

28 로쿠조노인 전체.

29 무라사키노우에에게 적령기의 여식이 없음을 말한다.

돌보아 드리시는 기색 등이 모두 세간에 흘러 나가, 겐지 님께서 생각하신 그대로 마음이 흔들리시는 분들이 많은 듯하다. 내 처지라면 그 정도는 되리라 자부심을 지니신 신분의 사람들[31]은 연줄을 찾아서 의중을 드러내거나 직접 입 밖에 내어 아뢰시는 분도 있는 듯한데, 그렇게 드러내지는 못하여도 마음속 상념에 불탈 만한 젊은이들 등도 있을 것이다. 그중에 진상도 모른 채 내대신 댁 중장[32] 등은 아가씨를 좋아하는 듯하다.

병부경 친왕께서는 또한 오랫동안 함께하셨던 정실부인[33]도 돌아가시고 요 삼 년쯤 홀로 지내 쓸쓸하시기에, 거리낌 없이 이제는 의중을 드러내신다. 오늘 아침도 무척이나 몹시 일부러 취한 척하며 등꽃을 머리에 꽂고 멋을 부리며 소동을 벌이시는 자태는 참으로 정취가 있다. 대신大臣께서도 바라시던 바가 이루어진다며 마음속으로는 생각하시지만, 애써 눈치채지 못한 척하신다. 친왕께서는 술잔을 주고받으실 때 몹시 괴로우신 듯이, "마음속에 생각하는 바[34]가 없다면 도망쳐 가 버렸을 터인데. 참으로 견디기 어렵네요"라면서 잔을 사양하신다.

호타루 병부경 친왕

지치 풀 인연 그 때문에 마음을 빼앗겼기에

못에 몸 던졌다는 오명 써도 괜찮네[35]

---

30 다마카즈라.

31 히카루겐지의 여식에게 구혼하여도 부끄럽지 않을 정도의 신분이라며 자신만만한 사람들.

32 내대신의 장남인 가시와기(柏木). 다마카즈라가 이복남매인 것을 모른다.

33 옛 우대신의 여식. 홍휘전 여어와 오보로즈키요의 여자 형제.

34 다마카즈라를 얻고자 하는 마음.

35 '오직 지치 풀 그 한 포기 때문에 무사시 들판 남김없이 모든 풀 정답게만 보이네(紫の一本ゆゑに武蔵野の草はみながらあはれとぞ見る)'(『古今和歌集』 雑上, 讀人しらず)에 의한

이러며 대신님大臣の君께 똑같은 머리 장식[36]을 드리신다. 무척이나 활짝 웃으시며, 이리 읊으신다.

히카루겐지

못에다 몸을 던질 수 있을런가 이번 봄날에

꽃 근방 뜨지 말고 지켜보아 주시길[37]

이렇게 간절하게 만류하시기에 친왕께서는 일어나 떠나지 못하시고, 아침 녘 관현 연주는 한층 더 흥취가 있다.

2. 중궁이 계절 독경을 열고 무라사키노우에가 불전에 꽃을 공양하다

오늘은 중궁께서 개최하시는 계절 독경[38]이 시작되는 날이었다. 그길로 물러나지 않으시고 휴게소에 들어가 휴식을 취하면서 낮에 입으시는 의복[39]으로 갈아입으시는 사람들도 많다. 사정이 있는 사람은 물러나기

다. 지치 풀은 자초(紫草)라고도 하며, 자줏빛 나는 뿌리를 염료로 사용하였다. '지치 풀 인연'은 혈연의 의미이다. 다마카즈라는 명목상 질녀이므로, 자신과의 혈연관계를 강조하였다.

36 '내 처소라고 믿고 있는 요시노 임도 온다면 똑같은 머리 장식 함께 쓰도록 하세(わが宿と頼む吉野に君し入らば同じかざしをさしこそはせめ)'(『後撰和歌集』 戀四, 伊勢)를 인용하여, 당신을 믿는다는 뜻을 나타낸다.

37 일본어 고어로 '못'은 '후치(淵)'로 읽어 '등꽃'을 의미하는 '후지(藤)'를 연상시킨다.

38 봄과 가을 두 계절, 2월이나 8월 또는 3월이나 9월에 길일을 골라 자신전(紫宸殿)에 승려 백 명을 청하여 나흘간 『대반야경(大般若經)』을 강설한다. 귀족의 집에서도 열렸다.

도 하신다. 오시午時쯤에 모두 저쪽[40]으로 찾아뵈신다. 대신님大臣の君을 비롯하시어 모두 건너가 도착하신다. 당상관 등도 남김없이 찾아뵙는다. 대부분은 대신大臣의 위세에 도움을 받으셔서, 고귀하고 엄숙한 법회 풍경이시다.

하루노우에春の上[41]의 후의厚意로서 불상에 꽃을 바치신다. 새와 나비처럼 옷을 달리 입은 동녀 여덟 명,[42] 용모 등을 특별히 갖추게 하셔서 새에게는 은으로 만든 꽃병에 벚꽃을 꽂고 나비에게는 황금 꽃병에 황매화를 꽂아 들게 하였다. 같은 꽃인데도 꽃송이가 크고 멋져서 세상에 없는 화려함의 극치를 다하게 하셨다. 남쪽 저택 앞뜰의 가산 기슭으로부터 배[43]를 저어 와서 중궁 저택 앞뜰로 나올 무렵에 바람이 불어 꽃병의 벚꽃이 살짝 지며 흩날린다. 참으로 화창하게 맑은 날인데 안개 사이로 동녀들이 나오는 모습은 무척 가슴 절절하고 우아하게 보인다. 일부러 위를 평평하게 친 장막[44] 등도 옮겨 설치하지 않고, 중궁이 계신 곳으로 건너갈 수 있는 회랑[45]을 무대 뒤의 휴게실처럼 만들어 임시로 걸상을 몇 개 놓아두었다.

---

39 옷 위에 혁대를 매는 속대(束帯) 차림을 말한다. 이에 대해 노시(直衣) 차림을 숙직 차림이라고 한다.

40 무라사키노우에의 봄의 저택에서 아키코노무 중궁의 가을 저택으로 건너갈 때는 두 저택을 잇는 회랑을 이용한다.

41 봄의 저택 마님인 무라사키노우에.

42 짝을 이루어 춤추는 동녀이다. 새는 좌악(左樂)으로서 극락 새인 〈가릉빈(迦陵頻)〉의 춤 의상을 입은 네 명이며, 나비는 우악(右樂)으로서 〈호접악(胡蝶樂)〉의 춤 의상을 입은 네 명이다. 법회 때는 꽃을 올린다.

43 무동(舞童)을 배에 태워 보내는 것은 전날 중궁 처소 시녀들이 배를 타고 온 것을 따라 한 것이다.

44 옥외에서 가무를 할 때 휴식과 준비를 할 수 있도록 임시로 방을 만드는데, 비단으로 평평하게 지붕을 쳤다. 당하관인 악인(樂人)의 좌석이다.

45 중궁의 저택으로 이어지는 중문 북측 회랑. '로(廊)'라고 하며 지붕 있는 복도이다.

동녀들이 계단 밑으로 다가와서 꽃들을 바친다. 승려에게 향을 바치는 사람들[46]이 중간에서 받아들고 알가 도구 근처에 더하여 두신다. 서찰[47]은 나으리殿 댁 중장님[48]이 대신하여 아뢰신다.

무라사키노우에

꽃밭 나니는 나비도 마땅찮게 바라보는가

풀 밑에서 가을만 기다리는 벌레는[49]

중궁은 그 단풍 와카에 대한 답가[50]로구나 하고 웃음을 띠며 보신다. 어제 다녀온 시녀들도 "참으로 봄의 색깔은 얕보실 수 없을 것 같았습니다"라면서 꽃에 취한 채 다들 아뢰었다. 휘파람새의 낭랑한 울음소리에 섞이어 조악鳥樂[51]이 화려하게 들리고 연못의 물새도 어디에선지 모르게 지저귀고 있는 동안에 주악奏樂이 마무리에 들어가 급하게 음악 소리가 멈출 즈음[52] 아쉬우리만큼 흥취가 있다. 나비[53]는 그보다 더하여 하늘하늘한 모양으로 날아올라 황매화나무 바자울 밑으로, 활짝 피어난 꽃그늘 속으로 춤추며 들어간다.

---

46 당상관이 담당한다.

47 중궁에게 보내는 무라사키노우에의 편지.

48 히카루겐지의 장남인 유기리.

49 '가을만 기다리는 벌레'는 중궁의 비유. 가을보다도 봄이 우월하다고 주장하는 와카이다.

50 「오토메」 권 34절에서 중궁이 무라사키노우에에게 보낸 와카, '바란 바대로 봄 맞는 정원에서 즐기시기를 내 처소 단풍잎을 바람결으로나마'에 대한 답가로 인식하고 있다.

51 무악의 곡명으로 〈가릉빈〉. 네 명의 동녀가 추는 춤으로 관을 쓰고 벚꽃을 꽂고 새의 깃털을 붙이고 동박자(銅拍子)라는 타악기를 들고 춤춘다.

52 서(序)·파(破)·급(急)으로 구성되는 곡의 최종 부분인 '급'이다.

53 〈호접악(胡蝶樂)〉. 〈가릉빈〉과 쌍을 이룬다.

중궁 량中宮亮[54]을 비롯하여 그럴 만한 당상관들이 녹祿을 중간에서 받아들고 동녀에게 내리신다. 새에게는 겉은 희고 안은 붉은 호소나가細長,[55] 나비에게는 겉은 열은 불그스름한 황색이고 안은 노란색 배색인 호소나가를 내리신다. 이전부터 준비해 두신 듯하다. 전문 악인들에게는 하얀 의복 일습과 비단 두루마리 등을 차례로 내리신다. 중장님에게는 겉은 옅은 보라색이고 안은 파란 호소나가를 곁들여 여성 의복[56]을 걸쳐 주신다.

중궁의 답신은 이러하였다.

"어제는 소리를 내어 울 듯하였습니다.

아키코노무 중궁

나비에게도 이끌려서 가고픈 마음이었네

황매화 울창하게 막지만 않았다면"

빼어난 경험을 지니신 분들에게도 이와 같은 일[57]은 견디기 힘들었겠구나, 하고 생각하도록 하는 와카 솜씨들인 듯하다.

참, 어제 구경한 그 시녀들 가운데 중궁을 모시는 사람들에게는 모두 정취가 있는 선물들을 내리셨다. 그러한 것을 상세히 적으려니 귀찮다.

---

54 중궁직의 차관으로 종5위 하에 상당한다.

55 앞섶이 없는 여성의 일상복이다.

56 우치키(袿), 가라기누(唐衣), 모(裳) 등 한 벌이다.

57 두 사람에게 춘추 우월 논쟁의 가제(歌題)는 어렵기에 원래 와카 짓는 솜씨에 비하여 못해 보인다고 사람들이 생각할지도 모른다며, 화자가 선수를 치며 변명하고 있다.

밤낮으로 이처럼 부담스럽지 않은 관현 연주를 자주 열고 마음 가는 대로 지내시니, 모시는 사람들도 자연스레 꼬인 데 없는 마음이기에 이쪽 저쪽에서도 서로 연락을 주고받으신다.

3. 다마카즈라에 대한 히카루겐지, 가시와기, 유기리의 태도

서쪽 채에 계시는 분西の對の御方[58]은 그 답가踏歌 때 대면[59]을 하신 뒤에는 이쪽[60]과도 소식을 주고받으신다. 속 깊은 마음 씀씀이야 부족하든 어떻든, 태도가 무척 어른스럽고 마음씨도 정다워 보이고 다른 사람이 마음으로 거리감을 느끼게도 처신하지 않으시는 인품이기에, 누구[61]시든 모두 마음을 주신다. 서찰을 보내 구혼하시는 분도 아주 많이 계신다. 하지만 대신大臣께서는 적당히 생각하여 정하실 수도 없고,[62] 본인 마음에도 견실하게 부모연하며 끝까지 가기 어려울 듯한 마음도 더하여지시는지 부친인 대신에게도 알려 줄까 등의 생각[63]을 가끔 하실 때도 있다. 나으리 댁 중장殿の中將[64]은 약간 곁을 주며 발 근처 등으로도 다가와서 대답도 아가씨 본인이 하거나 하는데, 여자女는 부끄럽게 여기시지만 그럴 만한 사이라고 사람들도 알고 있는 데다 중장은 무뚝뚝하여 그런 건 생

---

58 다마카즈라.
59 「하쓰네」 권 6절 참조.
60 무라사키노우에의 처소.
61 하나치루사토나 무라사키노우에 등.
62 다마카즈라의 남편감을 쉽사리 결정할 수 없다는 의미이다.
63 다마카즈라에게 연정이 싹터 딸로서 뒷바라지하는 게 아니라, 친부인 내대신에게 사정을 설명하고 부인으로 맞을까 하는 마음이 들게 되었다.
64 유기리.

각지도 않는다.

내대신 댁 자제들[65]은 이 도련님에게 이끌려 와서 여러모로 속내를 드러내고 우울해하며 다닌다. 아가씨는 그쪽 방면[66]의 가슴 절절함은 아니고 내심으로 괴롭게 여기며 친부모가 이 사실을 아셨으면 좋겠다며 남몰래 마음속으로 생각하시지만, 그렇다고도 입 밖에 내어 겐지 님께 아뢰지 못하신 채 오로지 마음을 열고 의지하고 계시는 마음가짐 등이 귀염성 있고 발랄하다. 닮았다고는 할 수 없지만 역시 모친[67]의 분위기를 아주 많이 떠오르게 하고, 이쪽[68]에는 재기 같은 것이 더하여졌다.

4. 히카루겐지가 다마카즈라에게 온 연서를 보다

의복을 갈아입는 계절[69]이라 산뜻하게 새 옷으로 바꾸어 입었을 무렵, 하늘 풍경 같은 것조차 이상하게도 왠지 모르게 정취가 있다. 겐지 님께서는 여유롭게 지내고 계시기에 온갖 관현 연주를 하며 보내시며, 서쪽채에 계시는 분對の御方[70]에게 사람들의 서찰이 뻔질나게 계속 오는 것을 바라던 바라며 정취 있게 생각하셔서, 걸핏하면 건너오셔서 보시고 그럴 만한 곳에는 답신하도록 재촉하거나 하신다. 아가씨는 마음을 놓을 수

65 다마카즈라의 이복 남자 형제들.
66 연애 방면.
67 유가오.
68 다마카즈라.
69 음력 4월 1일에 실내 장식과 의류를 여름 것으로 개비하였다. '고로모가에(更衣)'라고 하여 음력 4월 1일과 10월 1일에 여름과 겨울 의복으로 갈아입는다.
70 다마카즈라.

없어 괴로운 일로 생각하신다.

병부경 친왕께서 얼마 되지도 않았는데 기다리기 어렵다는 원망의 말들을 잔뜩 써 두신 서찰을 보시고, 겐지 님께서 싱긋이 미소를 지으신다.

"일찍부터 거리를 두는 일 없이 많고 많은 친왕들[71] 가운데 이분과 서로 특별히 생각[72]하여 왔다오. 단지 이와 같은 방면의 일[73]에 대해서는 몹시 거리를 두고 이제껏 생각하여 오셨건만, 말년에 이렇게 호색적인 심성을 보게 되니 정취도 있고 가슴 절절하게도 생각되는군요. 역시 답신 등을 아뢰시지요. 조금이나마 교양이 있는 여자라면 저 친왕 말고 달리 또 이야기를 나눌 만한 사람은 세상에 있을 것 같지 않네요. 참으로 분위기 있는 성품이신지라……."

이러시며 젊은 사람이라면 칭송하지 않으실 수 없도록 말씀드리고 알려 드리시지만, 아가씨는 부끄럽게만 생각하신다.

우대장右大將[74]으로서 무척 진지하고 야단스럽게 처신하는 사람이, 사랑의 산에는 '공자의 넘어짐'[75]이라는 속담을 똑같이 흉내 내는 듯한 기색으로 상심하는 것 또한 그건 그것대로 정취 있다며 서찰을 모두 비교해 보신다. 그중에 무척 짙게 밴 향기를 부드럽게 풍기고 있는 중국산 엷은 남색 종이를 아주 가늘고 작게 묶은 것이 있다. "이것은 어인 까닭에

---

71 기리쓰보 천황의 황자는 총 여덟 명이다. 그중 히카루겐지는 둘째 황자이며 병부경 친왕은 셋째 황자이다.

72 호타루 병부경 친왕은 히카루겐지가 스마로 퇴거하였을 때도 방문하여 위로해 주었다.

73 연애에 관한 일.

74 우근위(右近衛) 대장. 종3위에 상당한다. 승향전 여어(承香殿女御)의 오빠이며 현 동궁의 외삼촌이다. 히카루겐지나 내대신 다음가는 실력자이다. 현재 31~32세이며 정실부인은 무라사키노우에의 이복언니이다. 얼굴색이 검은 데다 수염이 덥수룩하게 보여서, 히게쿠로 대장(鬚黑大將)으로 불린다(제29권 「미유키」 권 2절).

75 공자처럼 아무리 뛰어난 사람이라도 실책은 있는 법이라는 당시의 속담이다.

이리 묶인 채로 있는고"라며 풀어 여셨다. 필적이 참으로 멋지다.

가시와기
연모한다고 당신은 모르실 듯 펑펑 솟구쳐
바위틈에 샘솟는 물에는 색 없듯이

필치는 현대적이고 세련되었다. "이것은 누구 것인가"라고 물어보시지만, 시원하게도 아뢰지 않으신다.[76]

겐지 님께서는 우근[77]을 불러들이셔서 이와 같이 말씀하신다.

"이처럼 소식을 전해 오는 사람을 선별하여 답신 등은 하도록 하게. 호색적이고 경솔해 보이는 요즈음 시대 사람이 민망한 일을 저지르거나 하는 것은 남자男의 잘못이라고만 할 수 없는 일이네. 나에 비추어 보아도 아아 매정하구나, 원망스러운지고 하며 그 당시에는 상대방을 숙맥이라고 한다든지 또는 눈에 거슬리는 신분이라면 시건방지다든지와 같이 여겼었지만, 특별히 마음이 깊지 않고 꽃과 나비를 핑계 삼아 보내는 전갈에 대해 답신을 하지 않아 분한 마음을 먹게 한다면 오히려 더 남자의 마음을 들뜨게도 하네. 한편 그리하여 상대방이 잊어버릴 정도라면 무슨 문제라도 있겠는가. 무슨 일에 겸사겸사 보낼 정도의 하잘것없는 소식에 재빠르게 답하며 마음을 허락하는 것도, 그러지 않았으면 좋겠다 싶고 후환이 있을 법한 처신이네.

대저 여자女가 삼가지 않고 마음 내키는 대로 사물의 정취도 잘 안다는

76 가시와기는 다마카즈라의 이복 남자 형제이므로 대답할 수가 없다.
77 다마카즈라와 재회한 뒤 우근은 이제 그녀의 시녀로 지내고 있다.

표정으로 풍류에 관한 일도 겪어 안다는 듯한 일이 쌓이게 되면 딱하게 될 것이네. 친왕과 대장은 경솔하게 무책임한 일을 저지르실 만한 분들도 아니고, 또한 너무 정도를 모르는 듯한 처사를 취하는 것도 아가씨 처지에 맞지 않다네. 두 분보다 신분이 낮은 사람은 그 마음이 향하는 데 맞추어 절절한 마음도 알아주시게. 노고도 헤아려 주시게."

아가씨는 등을 돌리고 앉아 계신데, 옆으로 보이는 얼굴이 참으로 아리따워 보인다. 겉은 홍매 색이고 안은 청색인 호소나가에다 요즈음의 꽃 색깔[78] 고우치키小袿[79]를 입고 계셔서 배색도 잘 맞고 세련되어 보인다. 행동거지 등도, 그렇다고는 하여도 촌스러우셨던 흔적이 남아 있어 그저 있는 그대로 침착하게만 보이셨는데, 다른 사람들[80]의 모습을 보고 살피시게 되면서 참으로 보기 좋고 나긋나긋하게 화장[81] 등도 신경을 써서 다듬으시기에 더욱더 아쉬운 구석 없이 화사하고 아리땁다. 타인[82]으로 보고 말기에는 참으로 아쉽게만 여겨지신다.

우근 또한 미소를 지으며 뵈면서, 부모라고 아뢰기에는 어울리지 않게 젊으신 듯하구나, 함께 나란히 계신다고 하여도 두 분 사이가 보기 좋을 터인데, 하고 생각하며 앉아 있다.[83] 그러며 이리 아뢴다.

---

78 4월의 꽃인 댕강목꽃 색깔로, 겉은 하얗고 안은 연둣빛이다.

79 상류 귀족 여성의 통상적인 예복이다. 허리 뒤쪽에 두르던 모나 최고 정장인 가라기누를 입지 않을 때 겉옷 위에 걸쳐 입는다.

80 로쿠조노인에 거처하는 여성들.

81 헤이안시대 여성의 화장은 눈썹을 뽑은 뒤 먹으로 눈썹을 그리고, 이빨을 검게 물들이고 연지를 발랐다. 분으로는 연백(鉛白) 또는 쌀가루를 사용하였다.

82 다른 사람의 부인. 다마카즈라를 양녀로 삼아 좋은 배필을 찾고자 하는 히카루겐지의 부모로서의 마음은 그의 호색적인 마음과 계속 갈등을 일으켜 긴장 관계를 유지하고 있다.

83 이때 히카루겐지는 36세, 다마카즈라는 22세이다.

“사람들이 보낸 서찰 등은 아가씨에게 아뢰고 전한 적은 전혀 없습니다. 좀 전에도 보신 서찰 서너 통은 되돌려보내어 비참함을 느끼게 만들어 드리는 것도 어떨까 싶어 서찰만 챙겨 두거나 한 듯싶습니다만, 답신은 전혀……. 나으리께서 지시해 주실 때만 보냅니다. 그것만으로도 괴로운 일로 생각하고 계십니다.”

“그러면 이 젊은 취향으로 묶은 서찰은 누가 보낸 것이냐. 참으로 몹시 정성을 들여 쓴 분위기로고” 하시며 미소를 지으며 보시니, 이리 아뢴다.

“그것은 사자가 고집을 부리며 두고 가 버린 것입니다. 내대신 댁 중장[84]이 여기서 모시고 있는 미루코를 원래부터 알고 계셨기에, 전달한 것입니다. 달리 마음을 쏟는 사람도 없었던 게지요.”

“참으로 애달픈 일이로고. 관위가 낮다 하더라도 그이들かの主たち[85]을 어찌 그리 심하게 비참하게 만들 수야 있겠느냐. 공경公卿[86]이라고 할지라도 이 사람[87]의 평판에 견줄 만한 사람이 반드시 많다고는 할 수 없을 것이다. 그중에서도 참으로 점잖은 사람이다. 자연스레 짚이게 될 날[88]도 있을 것이다. 드러나게는 말고 적당히 얼버무려 놓게나. 볼만하게 쓴 서찰이로고.”

겐지 님께서는 이와 같이 말씀하시며, 바로 서찰을 내려놓지 않으신다. 그리고 이렇게 참으로 진지하게 아뢰신다.

---

84 가시와기.

85 내대신의 자제들. ‘누시(主)’는 가벼운 경어이다.

86 공(公)은 섭정, 관백, 대신을 가리킨다. 경(卿)은 대납언, 중납언, 3위 이상 그리고 4위의 참의(參議)를 가리킨다.

87 가시와기. 종4위 하의 중장이라고 할지라도 가시와기는 명문가 장남이므로 세간의 신망이 높다.

88 다마카즈라가 이복누나임을 가시와기가 알게 될 날.

“이리 이런저런 일에 대해 아뢰는 것도 생각하시는 바[89]가 있을 듯하여 심란하지만, 그 대신에게 알려 인지를 받으신다는 것도 아직 세상 물정도 모르는 데다 무엇 하나 확실한 게 없는 와중에 오랫동안 떨어져 지내 오신 형제 사이에 나서시는 것은 어떠할까 싶어 이런저런 생각을 하고 있습니다. 역시 세상 사람 모두가 나아가는 방면으로 안돈이 되어야 어엿하게 제구실을 하게 되고 그럴 만한 기회도 만나실 수 있을 듯하기에…….[90]

친왕宮께서는 홀로 지내시는 듯하지만 성품이 무척 호색적인지라 출입하시는 곳이 많다는 소문이고, 시첩侍妾[91]이라든가 밉살맞은 이름을 대는 사람들이 많다고 듣고 있습니다. 그러한 일에 대해서는, 밉지 않게 행동하며 남편의 마음이 자신에게 되돌아오기를 바라시는 분이라면 참으로 능란하게 아무 일 없다는 듯이 처신할 수 있겠지요. 조금이나마 샘내는 마음이 있어서는 그 사람이 질릴 만한 일이 자연스레 일어날 법하므로, 그에 대해 마음을 쓰셔야 합니다.

대장大將은 오래 함께한 사람[92]이 무척 나이 든 것을 싫어하여 구애한다고 하는데, 그 건으로도 사람들이 거북해하고 있답니다. 그 또한 있을 법한 일이기에, 제가 여러모로 남몰래 결정하기 어려워하고 있는 것이랍니다. 이러한 방면의 일은 부모 등에게도 또렷하게 자기가 원하는 바라

---

89 친부도 아닌 히카루겐지가 사윗감을 물색하는 저의가 무엇인지 의아하게 여기는 일.

90 다마카즈라의 친모인 유가오의 신분이 낮기 때문에, 다마카즈라가 지금 처지로 내대신가에 알려지면 냉대를 받을 수밖에 없다. 상당한 신분의 사람과 결혼하게 되면 내대신도 자기 딸을 무시하지 못할 것이라고 설득하고 있다.

91 '메슈도(召人)'라고 한다. 시녀로서 모시면서 주인의 총애를 입고 있는 여성으로, 부인으로서의 지위는 인정받지 못한다.

92 히게쿠로 대장의 정실부인.

면서 이야기를 꺼내기가 어렵지만, 그 정도의 연령[93]도 아니고 이제는 어찌 무슨 일이든 마음속으로 분별하지 못하시겠는지요. 저를 옛날 사람처럼 여기고 모친으로 여기시지요. 마음에 차지 않으시는 것[94]은 괴롭기에……."

이에, 아가씨는 곤란하여 대답을 올리려고도 생각지 못하신다. 참으로 순진하게만 있는 것도 한심하게 여겨져, 이처럼 아뢰시는 모습이 참으로 의젓하다.

"아무것도 분별하지 못하였던 때부터 부모 등은 없는 것으로 알고 지내 왔기에, 어찌 되었든 간에 생각하기가 어렵습니다."

이에 겐지 님께서는 역시나 하고 생각하시며, 다음과 같이 이야기를 건네신다.

"그렇다면 세간의 비유와 같이 훗날의 부모를 친부모라 여기시고, 소홀하지 않은 내 마음의 깊이도 끝까지 살펴보아 주셨으면 합니다."

하나, 생각하고 계시는 바[95]는 민망하기에 입 밖에 내지 못하신다. 그런 뜻을 비치는 말은 가끔 섞으시지만 아가씨가 알아채지 못하는 모습이기에, 어찌할 바 몰라 한숨을 내쉬시면서 건너가신다.

앞뜰 가까이에 있는 오죽吳竹[96]이 무척 파릇파릇하게 자라나서 바람에 하늘거리는 모습이 정답기에, 겐지 님께서는 걸음을 멈추시고 발[97]을 위

---

93 당시 결혼에 적합한 연령은 여자가 14~15세이므로 현재 22세인 다마카즈라는 충분히 분별이 가능한 나이이다.

94 바라지 않는 결혼.

95 다마카즈라에 대한 연심.

96 중국에서 들여온 대나무인 담죽을 가리킨다. 오죽은 히카루겐지가 유가오와 함께 바라다본 고조(五條) 처소의 앞뜰에도 있었다(『겐지 모노가타리』 1 「유가오」 권 10절). 즉 유가오와 다마카즈라 모녀의 이미지는 오죽으로 중첩된다.

97 발은 툇마루인 '스노코(簀子)'와 몸채에 붙은 조붓한 방인 '히사시(廂)' 사이에 쳐 있다.

로 올리고 이렇게 아뢰신다.

히카루겐지

"울타리 안에 뿌리 깊게 심어 둔 대나무 죽순

제각각 인연 맺어 따로 살아 나갈까

생각하니, 원망스러운 마음이 들 만한 일이군요."

이에 아가씨는 무릎걸음으로 나와서, 이렇게 아뢰신다.

다마카즈라

"이제 다시금 어떤 일이 생겨도 어린 대나무

처음 생겨난 뿌리 찾을 일이 있을까[98]

오히려 좋지 않을 것 같습니다."

겐지 님께서는 참으로 가슴 절절하게 여기셨다. 그렇다고는 하여도, 아가씨는 마음속으로는 그리도 생각지 않는다. 어떠한 계제에 입 밖에 내어 아뢰려고 하나 싶어 애가 닳고 가슴 아파도 이 대신大臣의 마음 씀씀이가 참으로 더할 나위 없기에, 내대신은 부모라 하여도 원래부터 함께

---

98 히카루겐지의 와카는 다마카즈라를 이성으로 보아 자기 곁을 떠나 다른 사람의 부인이 되는가라고 맺은 데 대해, 다마카즈라는 친부를 찾아 떠나지 않겠다고 답가를 읊음으로써 히카루겐지의 구애를 부모의 마음으로 간주하고 있다.

지내 온 것도 아니신지라 이 정도로 세심하지는 않을 듯싶다. 옛날이야기[99]를 보시는데도 그렇고 점점 더 사람들의 모습과 세상의 이치를 겪어 알게 되시기에, 참으로 눈치가 보여 본인의 생각대로 부친과 연락이 닿아 인지를 받는 것은 어려우리라고 생각하신다.

5. 무라사키노우에가 다마카즈라에 대한 히카루겐지의 마음을 알아채다

나으리殿는 더욱더 아가씨를 어여쁘게 여기신다. 마님上에게도 말씀을 드리신다.

"이상하게 정답게 느껴지는 성품을 지닌 사람이라오. 그 옛날 사람[100]은 지나치게 밝은 구석이 없었다오. 이 아가씨는 사물의 이치도 파악하는 듯싶고 사교성도 더하여져 불안해 보이지 않습니다."

이렇게 칭찬하신다. 마님은 아무렇지 않게도 생각하실 리 없는 겐지 님의 성격을 겪어 알고 계시기에, 짐작이 가셔서 이리 말씀하신다.

"사물을 분별할 수 있으신 듯한데, 무심하게도 허물없이 당신을 의지하고 계시는 것이야말로 측은하네요."

그러자 겐지 님께서 "어찌 내가 미덥지 않을 리가 있겠소"라고 말씀하시니, 마님은 미소를 띠며 이리 아뢰신다.

"글쎄요. 저로서도 또한 참기 어렵고 시름에 겨울 때가 있었던 터라,

99 계모 학대담 등의 이야기.
100 유가오.

그 성향[101]이 자연스레 떠오르는 일들이 없는 것은 아니기에…….”

겐지 님께서는 아아 눈치가 빠르기도 하지라고 생각하셔서, “심하게도 짐작하시는군요. 그렇다면 상대방이 전혀 모를 리도 없을 터인데……”라며 성가셔져서 이야기하는 것을 멈추신다. 마음속으로 이 사람이 이리 짐작하시는 것을 보아도 앞으로 어찌하면 좋을까 싶어 심란해지시면서, 한편으로는 비뚤어지고 당치도 않은 본인의 마음속도 절실히 깨닫게 되셨다.

6. 히카루겐지가 다마카즈라에게 마음을 고백하다

겐지 님께서는 마음에 걸린 채로 이따금 아가씨 처소로 건너가시면서 뵙는다. 비가 한바탕 내린 뒤 무척 차분한 저물녘에 앞뜰[102]의 어린 단풍나무와 떡갈나무 등이 푸르게 무성히 어우러져 있다. 왠지 모르게 기분 좋게 느껴지는 하늘을 내다보시며 “온화하고 또한 맑다”[103]고 읊조리시면서, 이 아가씨의 화사한 모습이 먼저 떠오르시기에 여느 때처럼 눈에 띄지 않게 건너가신다. 아가씨는 연습 삼아 끄적거리며 편하게 계셨는데, 일어나셔서 수줍어하시는 얼굴색이 참으로 어여쁘다. 부드러운 태도가 불쑥 옛날을 떠올리시게 하는데도 억누르기 어려워, 이리 말씀하시며 눈물을 글썽이신다.

---

101 무라사키노우에는 이제까지 아카시노키미와 아사가오 아가씨에 대한 히카루겐지의 호색적인 관심 탓에 속앓이하였다.

102 히카루겐지 처소의 앞뜰.

103 ‘四月天氣和且淸’(『白氏文集』 卷十九 「贈駕部吳郎中七兄」)에 의한다.

"처음 뵈었을 때는 참으로 이토록 닮지는 않으셨다고 생각하였거늘, 이상하게도 그저 그 사람[104]인 듯 혼동이 될 때도 있다오. 가슴 절절한 일이오. 중장[105]이 세상을 뜬 옛사람[106]의 분위기와 비슷하게도 보이지 않아 온 터라 그리 닮지도 않는 법이라고 생각하고 있었거늘, 이런 사람도 계셨네요."

상자 뚜껑에 담긴 가벼운 드실 거리 중에 귤이 있는 것을 손으로 만지면서 이리 읊으신다.

히카루겐지

"귤나무 향내 풍기던 소맷자락 비기어 보니

다른 사람으로도 느껴지지를 않네[107]

세월이 가도 마음에 맺히어 잊기 어렵기에 위안이 되지 않은 채 보내 온 세월이었는데, 이렇게 뵙게 되니 꿈이라고만 생각해 보지만 그래도 견딜 수 없을 듯하군요. 나를 꺼림칙하게 여기지 마시길."

그러면서 아가씨의 손을 잡으시기에, 여자女는 이러한 일은 경험한 적이 없으셨던 터라 참으로 불쾌하게 생각되어도 별일 아닌 듯 침착한 모

104 유가오.
105 유기리.
106 아오이노우에.
107 '오월 바라는 귤나무 꽃향내를 맡아 봤더니 옛날 그 사람 소매 향내가 나는구나(五月まつ花橘の香をかげば昔の人の袖の香ぞする)'(『古今和歌集』 夏, 讀人しらず)에 의한다. 일반적으로 귤나무 향내는 옛사람에 대한 사랑과 추억을 나타낸다. 유가오를 추모하면서 그녀의 딸인 다마카즈라에 대한 연정을 내포한다.

습으로 처신하신다.

다마카즈라
소맷자락 향 비교되는 탓으로 귤나무 열매
나까지 허망하게 사라질 듯도 싶네[108]

두렵게 여기며 엎드려 계시는 모습이 너무나도 매력적이고, 손 모양은 포동포동하고 토실토실하신 데다 몸매와 피부가 곱고 아리따워 보인다. 오히려 더 마음이 깊어지는 느낌이 드셔서 오늘은 약간 생각하는 바[109]를 입 밖에 내어 알려 드리셨다. 여자는 마음이 괴롭고 어찌하면 좋을까 싶어 덜덜 떠는 기색까지 뚜렷하다.

"무얼 이리 싫어하시는지요. 아주 잘 감추어 다른 사람에게 질책당할 일도 없는 마음이라오. 아무렇지도 않은 척하며 티를 내지 마시오. 당신에게 기울이는 내 마음이 얕지도 않은데 거기에 또 더하게 되니, 이 세상에 유례가 없을 듯한 마음이 드는 것을……. 안부를 여쭙는 이 사람들[110]보다 낮추어 보시는 것은 아니다 싶습니다. 참으로 이리 깊은 마음을 지닌 사람ㅅ은 세상에 좀체 없는 법이기에, 당신이 걱정되기만 한다오."

겐지 님께서 이리 말씀하신다. 참으로 쓸데없이 참견하는 부모 마음이로고.

비는 그치고 바람이 대나무를 살랑살랑 흔들고 있을 무렵[111] 달빛이

---

108 '소맷자락 향'은 유가오, '귤나무 열매'는 다마카즈라 자신의 비유이다.
109 다마카즈라에 대한 연정.
110 호타루 병부경 친왕, 히게쿠로 대장, 가시와기 등.
111 '風生竹夜窗間臥 月照松時台上行'(『白氏文集』 卷十九 「贈駕部吳郎中七兄」)에 의한다.

화사하게 얼굴을 내미는 정취 있는 밤 풍경 또한 차분하다. 사람들[112]은 두 분의 정겨운 대화에 황송해하며 가까이로도 오지 않는다. 늘 만나 뵙고 계시는 사이이시지만 이리 좋은 기회 또한 좀체 없기에, 겐지 님께서는 입 밖에 내어 말씀하신 김에 앞뒤 재지 않으시는 무모한 마음 탓인지, 몸에 기분 좋게 착 달라붙을 정도가 된 의복들이 스치는 소리가 들리지 않도록 아주 잘 조심하시면서 아가씨 가까이에 몸을 누이신다.[113] 이에 아가씨는 참으로 마음이 괴롭고, 사람들이 어찌 생각할 것인지도 좀체 없는 일인지라 참담하게 여긴다. 친부모 곁에 살고 있다면 소홀하게 신경을 써 주지 않으신다고는 하여도 이런 식으로 비참한 일은 있을까 싶어 슬프기에, 눈물을 감추려 하여도 흘러내린다. 참으로 딱한 기색이시기에, 겐지 님께서 이리 말씀하신다.

"이리 생각하시다니 원망스럽군요. 거리가 있고 모르는 사람이라 할지라도 세상 이치로서 모두 허락하는 일인 듯한데, 이리 오랜 세월[114] 동안 가깝게 지내 왔거늘 이 정도 뵙는 것이 무슨 역겹게 여길 만한 일일까요. 이보다 더한 막무가내의 마음은 결코 보여 드리지 않겠소. 건성이 아니기에 참을 수 없이 넘치는 내 마음을 위로한 것뿐이오."

안됐게 여기면서 다정하게 많은 말씀을 하신다. 이 같은 기색은 그저 옛날과 같은 마음[115]이 들어 몹시 가슴이 절절하다. 겐지 님 스스로 생각해 보셔도 갑작스레 경솔한 일이라고 절감되시기에, 아주 잘 고쳐 생각

112 다마카즈라를 모시는 시녀들.
113 입은 지 시간이 지나 풀기도 떨어져 몸에 부드럽게 감기기 때문에 옷 스치는 소리도 크지 않다. 옷을 벗고 옆에 누웠다는 의미이다.
114 실제로는 다마카즈라가 로쿠조노인에 거처하기 시작한 지 반 년 정도밖에 지나지 않았다.
115 유가오와 함께 밤을 보냈던 옛날과 같은 기분.

하시면서 사람들도 이상하게 여길 듯한지라 그다지 밤도 깊어지기 전에 나오셨다.

"나를 싫어하신다면 참으로 우울하기 짝이 없을 것이오. 다른 사람이라면 이렇게 멍청하게는 하지 않는 법이라오. 한없이 깊이도 모를 만큼 깊은 마음이기에, 사람들에게 비난받을 만한 행동은 결단코 하지 않겠소. 그저 옛사람을 그리워하여 위안 삼아 하잘것없는 일도 말씀드리려는 것이라오. 한마음으로 대답 등도 해 주시오."

참으로 자상하게 아뢰셔도 아가씨는 제정신도 아닌 모습으로 너무나도 심히 비참하게 생각하고 계시기에, 겐지 님께서는 이리 탄식하신다.

"참으로 그렇게는 보이지 않은 마음이셨거늘……. 아주 더할 나위 없게도 미워하실 듯하군요."

그러고는 "결코 기색을 드러내지 않도록……" 하면서 나가셨다.

아가씨女君 또한 나이는 드실 만큼 드셨어도 남녀 관계를 모르실 뿐 아니라 조금이나마 이런 데 익숙한 사람의 모습조차 겪으신 바 없기에, 이보다 더 친밀한 행동이 무언지도 가늠되지 않고 생각지도 못한 내 신세로구나 싶어 한탄스럽기에 참으로 기색도 나쁘다. 이에, 사람들은 마음이 편치 않으신 듯하구나 싶어 어쩌면 좋을지 곤란해한다.

"나으리殿의 자상하신 기색이 과분하기도 하십니다. 친부모라 아뢰어도 결코 그 정도로 생각이 미치지 않으시는 일 없게는 대우해 드릴 수 없을 것입니다."

병부[116] 등도 이렇게 조용히 말씀드리니, 아가씨는 더욱더 생각지도

---

116 소이의 딸로서 다마카즈라의 유모 딸이다. 어릴 적부터 가장 가까운 시녀이다.

못한 겐지 님의 못마땅한 속마음을 역겹다고 끝내 여기시는데도 자기 처지가 비참하기만 하였다.

다음 날 아침, 일찍이 서찰이 왔다. 아가씨는 몸이 편치 않다며 누워 계시는데 사람들이 벼루 등을 들고 와서 "어서 답신을……" 하고 아뢰기에, 내키지 않아 하며 보신다. 하얀 종이인데 겉면은 대범하고 고지식하여도 참으로 멋지게 쓰셨다.

"비길 데 없었던 기색이셨거늘……. 박정하기에 더 잊기 어렵소. 사람들이 어찌 봅고 있었을까요.

히카루겐지

마음 터놓고 동침도 안 했는데 어린 풀은 왜
무슨 일 있다는 듯 울적해하시는가[117]

철없게도 처신하시는군요."

그래도 여전히 부모연하는 말씀도 참으로 밉살스럽게 보이시기에 답신을 아뢰지 않으려 하여도 사람들 보는 눈이 이상할 것이기에, 두꺼운 미치노쿠 지방 종이에 그저 "받았습니다. 흐트러진 마음이 편치 않기에 답신을 드리지 않겠습니다"라고만 쓴다. 이와 같은 기색은 역시 무뚝뚝하다면서 미소지으며 원망할 만한 가치가 있다는 마음이 드시니, 그 또

117 『이세 모노가타리(伊勢物語)』 49단을 염두에 둔 것이다.

한 한심한 속내로고.

7. 다마카즈라가 히카루겐지의 마음에 곤혹스러워하다

겉으로 마음을 내비치신[118] 다음에는 '오타의 솔'[119]과 같이 추측하게 하는 일 없이 곤란하게 말씀하시는 일이 많기에, 아가씨는 더욱더 궁색한 마음이 들어 몸 둘 곳 없는 시름에 겨워 참으로 병치레까지 하신다.

이렇게 속사정을 아는 사람은 적어 소원한 사람[120]도 친밀한 사람[121]도 겐지 님을 더할 나위 없는 부모처럼 생각하고 있기에, 이러한 기색이 흘러 나가면 몹시 세상의 웃음거리가 되어 오명도 뒤집어쓰겠구나, 부친인 대신 등이 내 존재를 찾아 알게 되신다고 하여도 충실하게 배려해 주실 것도 아니건만, 하물며 참으로 경박하다고 듣고 어찌 생각하실까 하고 이런저런 방면으로 편치 않고 심란해하신다.

친왕과 대장 등은 나으리殿의 기색으로는 가능성이 없지 않은 듯이 전해 들으셨기에, 참으로 정성을 들여 연락하신다. 이 바위틈에 물이 샘솟는 중장[122]도 대신大臣의 허락이 있으셨다고 살짝 잘못 전해 듣고, 진짜

118 '감춘다 해도 겉으로 비치누나 나의 사랑은 시름이 있느냐고 사람들 물을 만큼(しのぶれど色に出にけりわが戀はものや思ふと人の問ふまで)'(『拾遺和歌集』 戀一, 平兼盛)에 의한다.

119 『겐지 모노가타리』 주석서인 『겐지샤쿠(源氏釋)』에 의하면, '사랑한 탓에 지친 내게 오타의 솔 대부분은 마음을 내비치고 만나라고 했을걸(戀ひわびぬ太田の松のおほかたは色に出でてや逢はむといはまし)'이라는 와카를 인용하고 있다고 한다. '오타의 솔'은 와카의 소재가 되는 명승지이지만 어디인지는 명확하지 않다.

120 구혼자들.

121 시녀들.

속사정[123]은 모른 채 그저 외곬으로 기뻐서 열심히 원망의 말씀을 아뢰며 헤매고 다니시는 듯하다.

---

122 내대신의 장남인 가시와기. 4절에 나오는 '연모한다고 당신은 모르실 듯 펑펑 솟구쳐 바위틈에 샘솟는 물에는 색 없듯이'에 의한다.

123 이복남매라는 사실.

「고초」 권 해설

로쿠조노인의 늦봄 모습을 그리고 있는 「고초胡蝶」 권은 로쿠조노인에서 벌어지는 선악船樂 장면과 무라사키노우에와 아키코노무 중궁의 춘추 우월 논쟁의 마무리, 그리고 다마카즈라에게 연정을 품게 되는 히카루겐지의 모습을 그리는 내용으로 구성되어 있다. 앞 권인 「하쓰네初音」 권에서는 저택 내에 거처하는 여성들에게 초점을 맞추었지만, 이 권에서는 멋진 정원이 무대가 되어 로쿠조노인의 사상적, 문화적인 위용을 드러낸다. 각양각색의 화초가 만발하고 뱃놀이의 풍취와 밤에 펼쳐지는 연주 등 호화롭고 영화로운 로쿠조노인의 실제 모습이 기술된다. 권명은 아키코노무 중궁이 계절 독경을 개최한 날에 무라사키노우에가 보낸 와카인 '꽃밭 나니는 나비도 마땅찮게 바라보는가 풀 밑에서 가을만 기다리는 벌레는'에 나오는 나비, 즉 호접胡蝶에서 나온 것이다. 중궁을 '가을만 기다리는 벌레'로 비유하여 가을보다도 봄이 우월하다고 주장하면서 두 여성의 춘추 우월 논쟁은 재연되며, 지금이 봄이 가장 무르익은 시기인 만큼 무라사키노우에의 승리는 확정적이다.

연못에 띄워 놓은 악선樂船은 두 척이 한 쌍을 이루었다. 뱃머리에 용의 머리와 익조鷁鳥의 목을 조각하여 용두익수龍頭鷁首로 불리었으며 용머리 배에서는 당악을 연주하고 익조 목의 배에서는 고려악을 연주한 것으로 알려져 있다. 음악에 맞춘 춤 또한 중국의 춤과 고려의 춤이 펼쳐졌다. 이와 같은 기술은 기리쓰보 천황桐壺天皇이 단풍이 아름다운 시월 어느 가을날 스자쿠인朱雀院으로 거둥하여 개최한 축하연을 묘사한 「모미지노가紅葉賀」 권『겐지 모노가타리』1의 한 대목에서도 찾아볼 수 있다. 연회에 등장한 음악과 춤을 묘사하는 이 장면에서 주목할 것은 '중국 땅唐土'과 '고려高麗', 즉 '가라唐'와 '고마高麗'라는 표현이 독립적이고 대등하게 기술되어, 중국의 문화와 고려의 문화가 별개의 가치를 지닌 것으로 대비되어 묘사되어 있다는 점이다. 『겐지 모노가타리』 내 '가라'의 용례는 91회이다. 한반도에 근거를 둔 나라의 용례는 '고마'가 20회, '시라기新羅'가 1회, '구다라百濟'가 1회 확인된다. '고구려'와 '발해'를 직접적으로 나타내는 용례는 없으며, 양국은 '고마'로 포괄되어 기술된 것으로 추정할 수 있다. '고마'는 『겐지 모노가타리』 연구에서 일반적으로 '발해'로 이해되고 있지만, 문헌 등의 용례 분석이나 헤이안시대 전반기 일본의 대외 교류 등을 고려하였을 때 '고구려, 발해'는 물론이고 '고려'까지 포함하는 한반도에 기반을 둔 나라를 가리키는 것으로도 볼 수 있다.

그리고 주목할 점은 헤이안시대 이전에 최고의 가치 있는 물건을 의미하던 '고마'의 물품이나 문화에 대한 이미지가 『겐지 모노가타리』에서 변화를 보인다는 점이다. 이는 고중세 일본에서 세계를 인식하는 데 있어 한반도에 대한 관심이 시대의 흐름에 따라 점점 사상되어 간다는 사실과도 부합된다. 따라서 『겐지 모노가타리』는 이러한 흐름 속에서 한반도에 근거를 둔 나라의 문화에 대한 고대 일본의 관심이 '가라'로 전환되고 있는 과도기의 양상을 보여 주고 있다고 할 수 있다.

한편, 아키코노무 중궁이 개최한 계절 독경 법회를 계기로 「우스구모薄雲」 권과 「오토메少女」 권에서 이어진 무라사키노우에와 중궁의 춘추 우월 논쟁은 이 권에서 재연되고, 무라사키노우에의 원만한 승리로 끝이 난다. 이는 중궁의 권위와 어깨를 나란히 하는 무라사키노우에의 위상을 다시금 부각시키면서 그녀가 로쿠조노인의 안주인의 지위에 있다는 것을 드러내는 것이다. 즉 「하쓰네」 권에서는 의복을 배분하는 장면을 통해 무라사키노우에를 중심으로 한 부인들의 관계 구도에 주안점을 두었다면, 「고초」 권에서는 무라사키노우에와 아키코노무 중궁 두 사람의 역학 관계를 다루고 있다.

또한 다마카즈라를 둘러싼 구혼담은 이 권에 이르러 본격적으로 전개된다. 호타루 병부경 친왕을 비롯하여 히게쿠로 대장과 가시와기 등 구혼자들의 모습을 흥미롭게 지켜보는 히카루겐지 또한 더 이상 방관자나 연출자가 아니다. 그 또한 양부인 척하면서도 다마카즈라에게 연정을 고백하지만, 하루라도 빨리 친부인 내대신과 상봉하기를 바라고 있는 다마카즈라는 곤혹스러워하며 강하게 저항할 수밖에 없고 그의 고뇌는 쌓여 간다. 화려한 로쿠조노인의 늦봄을 시간적인 배경으로 하는 이 권의 후반에는 초여름의 관능적인 신록을 배경으로 다마카즈라에 대한 히카루겐지의 번뇌에 휩싸인 사랑과 다마카즈라의 괴로움, 그리고 다른 구혼자들의 모습이 가벼운 필치로 기술되어 있다.

제25권

「호타루[螢]」 권

히카루겐지 36세 여름 5월

소리 못 낸 채 제 몸만 불태우는 반딧불이가
말로 하는 것보다 더 깊은 마음일 듯
聲はせで身をのみこがす螢こそ
いふよりまさる思ひなるらめ

1. 히카루겐지의 연정에 다마카즈라가 무척 곤란해하다

겐지 님께서는 지금은 이렇게 중책을 맡은 신분[1]으로서 만사에 걸쳐 여유 있고 안정되신 모습이시기에, 의지하고 계시는 분들은 제각각 처지에 맞게 모두 원하는 바대로 안돈이 되어 불안정하지 않고 바람직하게 지내고 계신다.

서쪽 채 아가씨對の姬君[2]만은 애처롭게 생각지 못한 시름[3]이 더하여 어찌하면 좋을지 심란해하시는 듯하다. 그 대부감이 진절머리가 나게 한 데는 비할 만한 기색은 아니지만, 이러한 관계라고 결코 다른 사람들이 짐작할 만한 일이 아니기에 마음속으로만 시름에 잠겨 계시면서 겐지 님을 보통과는 다르고 역겹다고 여기신다. 무슨 일이든 헤아리실 수 있는 연령[4]이시기에 이런저런 방면으로 생각을 맞춰 보시면서 모친이 돌아가시게 된 서러움도 또 다시금 애석하고 슬프게 여겨진다.

대신大臣께서도 입 밖에 내어 마음을 표현하게 된 뒤에는 오히려 더 괴롭게 생각되시지만, 다른 사람 눈을 저어하시면서 대수롭잖은 일조차 아뢰지 못하신다. 괴롭게 여기시면서도 뻔질나게 건너가시면서 근처에 사람이 없고 조용할 때는 예사롭지 않은 심중을 드러내시는지라, 아가씨는 그럴 때마다 가슴이 미어진다. 확실하게 쌀쌀맞게 말씀드릴 수는 없는지라 그저 알아채지 못하는 척하며 겐지 님을 대하신다. 아가씨는 심성이 밝은 데다 붙임성 있게 처신하시기에, 무척 진지한 모습으로 조심하며

1 히카루겐지는 32세 때 종1위, 3년 전인 33세 가을에 태정대신에 임명되었다.
2 여름 저택 서쪽 채에 거처하는 다마카즈라.
3 히카루겐지의 구애.
4 현재 다마카즈라는 22세이다.

마음을 쓰셔도 여전히 아리땁고 매력적인 기색으로만 보이셨다.

2. 다마카즈라에 대한 연정으로 호타루 병부경 친왕이 초조해하다

병부경 친왕 등께서는 진지하게 구애를 하신다. 구애에 힘쓰신 기간은 얼마 되지 않았는데 장맛비[5]가 내리게 되었다고 한탄하시고, 이리 아뢰신다.

"약간 가까이 다가갈 수 있게끔만 허락해 주신다면……. 제가 생각하고 있는 것 또한 일부분이라도 밝혀 개운해지고 싶군요."

나으리殿께서 보시고 이러신다.

"그 정도는 괜찮겠지요. 이 서방님君들이 구애하신다면 볼만할 거요. 거리를 두고 서먹하게 말씀드리시면 아니 됩니다. 답신은 이따금 아뢰시지요."

문면을 가르쳐 주며 답신을 쓰도록 하시지만, 아가씨는 더욱더 불쾌하게 여겨지시기에 마음이 어지러워 좋지 않다며 아뢰지 않으신다. 모시는 사람들[6]도 딱히 신분이 높고 후견이 제대로 있거나 하는 자도 거의 없다. 오직 모친의 숙부인 재상쯤 되는 사람[7]의 딸로서 마음씨 등이 한심하지

5 장맛비는 '사미다레(五月雨)'로 표기하는 만큼 음력 5월에 내린다. 그런데 5월은 운이 나쁜 달로 여겨져 결혼을 기피하는 풍습이 있었다고 한다.

6 다마카즈라의 시녀들.

7 모친인 유가오는 3위 중장의 여식이며 그 남자 형제가 정4위 하에 상당하는 재상이었다.

않은 사람이 세월이 지나며 영락한 채 살아남아 있는 것을 찾아내셨는데, 재상님宰相の君이라고 한다. 글씨도 잘 쓰고 대체로 어른스러운 사람이기에 그럴 만한 계절에 맞는 답신 등을 쓰게 하신다. 이에 겐지 님께서 불러들이셔서 문면 등을 말씀하시며 쓰도록 하신다. 친왕께서 어떠한 말씀 등을 하시는지 그 모습을 보고 싶어 하시는 듯하다.

당사자는 이렇게 불쾌함이 느껴지는 시름이 있고 나서는, 이 친왕 등께서 가슴 절절함이 느껴지도록 아뢰실 때는 조금 관심을 지니고 보실 때도 있었다. 딱히 생각하는 바가 있는 것은 아니고 이렇게 참을 수 없는 겐지 님의 기색을 보지 않을 방법은 없을까 하고, 역시 정취 있는 구석이 더하여져 생각하셨다.

3. 히카루겐지가 반딧불이 불빛에 비친 다마카즈라의 모습을 친왕에게 보여 주다

나으리殿께서는 보기 민망하게 본인 혼자 기대에 부풀어 친왕을 기다리고 계신데, 친왕께서는 이를 모르신 채 괜찮은 답신이 왔기에 좀체 없는 일이라고 여기고 무척 조용히 납시었다. 쌍여닫이문이 있는 방[8]에 깔개를 준비해 드리고 칸막이만을 세운 채로 아가씨와 가까운 자리[9]로 모신다. 무척 극진히 마음을 써서 어디서 피우는지 모를 은은한 향을 그윽

8 몸채에 붙은 조붓한 방. '히사시노마(廂の間)'라고 한다.

9 여성을 방문하는 남성은 툇마루에 앉는 것이 보통이므로, 실내에 자리를 마련하여 들어오게 하는 것은 특별 대우이다.

할 정도로 풍기게 하고, 아가씨를 뒷바라지해 주시는 겐지 님의 모습은 부모로는 보이지 않고 거추장스러운 잘난 체하는 사람 같아도 그래도 역시 가슴 절절하게 보이신다. 재상님[10] 등도 아가씨의 대답을 어찌 아뢰어야 할지도 몰라 부끄러워 앉아 있는데, 주눅 들어 머뭇거린다며 겐지 님께서 꼬집거나 하시기에 참으로 견디기 힘들다.

달이 없어 어두운 초저녁이 지나고 어렴풋한 하늘의 기색이 궂은데, 차분한 친왕의 분위기 또한 참으로 매력적이시다. 안에서 희미하게 향기를 풍기는 스치는 바람도, 더욱더 진한 겐지 님의 향내가 더하여졌기에 참으로 방안 가득 짙게 떠돈다. 친왕께서는 일찍이 생각하셨던 것보다도 아리따운 아가씨의 분위기를 마음에 담아 두셨다. 입 밖에 내어 아가씨를 그리는 마음의 깊이를 계속 말씀하시는 언사가 자못 점잖은 데다 외곬으로 호색적이지는 않고 참으로 분위기가 각별하다. 대신大臣께서는 참으로 정취 있다며 어슴푸레 듣고 계신다.

아가씨는 몸채 동편에 붙은 조붓한 방에 틀어박혀 누워 계셨는데, 재상님이 소식을 전하러 무릎걸음으로 안으로 들어온 것을 기화로 겐지 님께서 이리 이르신다.

"참으로 너무 민망한 대접[11]이시군요. 무슨 일이든 일반적인 방식을 따르는 것이야말로 무난한 것입니다. 무턱대고 어린양하셔도 아니 됩니다. 이 친왕들께조차 거리를 두고 다른 사람이 대신하여 아뢰셔서는 안 되는 것입니다. 직접 목소리를 내시는 것은 아끼신다고 하여도 약간 가까이만이라도……."

---

10 호타루 병부경 친왕과 다마카즈라 간의 대화를 중간에서 전하는 역할이다.
11 다마카즈라와 재상님이 함께 안으로 들어오게 되어 병부경 친왕을 홀로 남겨 둔 것.

아가씨는 참으로 어찌할 바 몰라 하며 이를 핑계 삼아서라도 안으로 들어오실지도 모를 겐지 님의 성격이시기에, 이쪽도 저쪽도 내키지 않아 미끄러지듯 빠져나가 몸채 경계에 있는 칸막이 근방에서 옆으로 몸을 누이신다. 친왕의 이런저런 장광설에 대답을 아뢰지도 않고 망설이고 있는데, 겐지 님께서 다가오셔서 칸막이 휘장 한 폭[12]을 가로대에 걸치시자마자 확 하고 빛이 나니 아가씨는 관솔불[13]을 켜서 들이댄 것인가 하고 기가 막혔다. 반딧불이[14]를 휘장이 얇은 쪽으로 오늘 저물녘에 참으로 많이 싸 두고 빛을 차단하여 숨겨 두셨는데, 그걸 아무런 티를 내지 않고 어찌어찌 휘장을 손보는 듯한 모양새로……. 급작스레 이렇게 번쩍하고 빛이 나니, 기가 막혀 쥘부채로 가리고 계시는 아가씨의 옆모습이 참으로 아리따워 보인다.

느닷없는 빛이 보이니 친왕께서도 들여다보시겠지, 내 딸이라는 평판 그 하나만을 중시하시면서 이렇게까지 말씀하시는 거겠지, 마음씨와 용모 등이 이리도 잘 갖춰져 있으리라고는 짐작하실 수도 없으셨겠지, 참으로 연애에 아주 능숙한 마음이 어지러워지시겠지, 라고 생각하시면서 겐지 님께서는 준비에 분주하셨다. 자신의 친딸이었다면 이다지도 난리를 피우지 않으셨을 터인데 한심한 성품이셨다. 겐지 님께서는 다른 쪽으로 살짝 눈에 띄지 않게 나가서 본인 거처로 건너가셨다.

친왕께서는 사람이 있을 만한 곳이 저쯤일 것이라고 짐작하고 계시는

---

12 휘장은 다섯 폭으로 이루어져 있다.

13 '시소쿠(紙燭)'라고 한다. 소나무를 깎아 가느다란 몽둥이를 만들고 끝을 종이로 감고 기름을 발라 불을 켜는 집안 내 조명 기구이다.

14 반딧불이 빛으로 여성의 모습을 본다는 이야기는 『이세 모노가타리(伊勢物語)』 39단, 『우쓰호 모노가타리(宇津保物語)』 「하쓰아키(初秋)」 권에도 보인다.

데, 좀 더 가까이에서 기척이 있기에 가슴을 두근대시면서 형용할 수 없이 멋진 얇은 휘장 틈으로 안을 들여다보신다. 그때 한 칸[15] 정도 떨어져 있는 잘 바라다보이는 데서 이렇게 생각지 못한 빛이 어슴푸레 비치니 정취 있다며 보신다. 빛은 곧바로 보이지 않도록 감추어졌다. 하나, 희미한 빛은 연정의 실마리라도 될 듯 보인다. 희미하지만 늘씬하게 누워 계신 모습이 어여뻤던 터라 아쉽게 여겨지시니, 참으로 겐지 님의 생각대로 친왕의 마음에 깊이 새겨지셨다.

호타루 병부경 친왕

"우는 소리도 들리지 않는 벌레 마음조차도

사람이 끄려 해도 끌 수나 있을런가[16]

잘 알게 되셨는지요."

이렇게 아뢰신다. 이러한 와카에 대한 답가를 어찌 보낼까 궁리를 하는 것도 자연스럽지 않기에 빨리 보내는 것만을 신경 써서, 이와 같이 속절없이 읊어 아뢰신다.

다마카즈라

소리 못 낸 채 제 몸만 불태우는 반딧불이가

---

15 기둥과 기둥 사이의 거리를 말하며 3미터 정도이다.

16 '우는 소리도 들리지 않는 벌레'는 반딧불이를 가리킨다. 일본어 고어로 생각, 마음 등을 의미하는 '오모이(思ひ)'의 '히(ひ)'는 불이라는 의미의 '히(火)'와 동음이의어이다.

말로 하는 것보다 더 깊은 마음일 듯[17]

그런 뒤 본인은 안으로 들어가 버리셨기에, 친왕께서는 참으로 서먹서먹하게 거리를 두며 대우하시는 섭섭함을 몹시 원망하신다. 호색적으로 보일 듯하기에 앉아 밤을 새우지 못하신 채 처마에 듣는 물방울[18]도 괴롭기에 젖은 채 밤 깊어 나오셨다. 두견새 등이 반드시 우짖었을 터인데,[19] 귀찮기에 잘 듣지도 않았다.[20] 친왕의 차분하고 우아한 자태 등은 참으로 꼭 대신님大臣の君과 닮으셨다[21]고 사람들 또한 칭송해 드리셨다. 어젯밤은 참으로 모친인 듯 아가씨의 뒷바라지를 해 드리시던 겐지 님의 자태를, 속사정은 알지 못한 채 가슴 절절하고 황송하다고 모두 말한다.

4. 히카루겐지가 다마카즈라에 대한 집착에 괴로워하면서도 자제하다

아가씨는 이렇게 역시나 싶은 겐지 님의 기색[22]에 내가 자초한 비참함

17 '소리도 없이 사념에 타오르는 반딧불이가 우는 벌레보다도 가슴 절절하구나(音もせで思ひに燃ゆる螢こそなく蟲よりもあはれなりけれ)'(『重之集』)에 의한다.

18 한탄의 비유이다. '시름에 잠겨 내 마음속 생각은 온종일 내내 처마 듣는 물방울 끊길 새도 없구나(ながめつつわが思ふことは日暮らしに軒の雫の絶ゆるよもなし)'(『新古今和歌集』 雜下, 具平親王)에 같은 표현이 있다.

19 '장맛비 소리 들으면서 시름에 잠겨 있는데 늦은 밤 두견새는 울며 어디로 가나(五月雨にもの思ひをれば時鳥夜深く鳴きていづちゆくらむ)'(『古今和歌集』 夏, 紀友則)에 바탕을 두어 읊었다.

20 두견새 우는 소리를 소재로 호타루 병부경 친왕이 읊은 와카를 기록하지 않았다는 화자의 설명이다.

21 히카루겐지와 호타루 병부경 친왕은 이복형제이다.

이로구나, 부모 등에게 인지를 받고 세상 사람 일반의 모습으로 이와 같은 마음 씀씀이를 접하였다면 어찌 이토록 어울리지 않는 일도 일어나겠는가, 다른 사람과 다른 처지야말로 끝내 세상 사람들의 이야깃거리가 되겠구나 싶어 아침저녁으로 고민하신다.

그렇기는 하지만 대신大臣께서는 아가씨에 관해 듣고 싶지 않은 소문이 날 만한 상황[23]으로는 일을 끌고 가지 않겠다고 생각하셨다. 그래도 역시 그와 같은 성벽性癖[24]이신지라 중궁[25] 등도 참으로 제대로 마음을 정리하실 리가 있겠는가, 기회가 있을 때마다 예사롭지 않게 아뢰며 흔들거나 하시지만 고귀한 분이라 범접하기 어려워 성가시기에, 직접 마음을 드러내 다가가지 못하신다. 하나, 이 아가씨는 성품도 붙임성이 있고 현대적이신지라 자연스레 마음을 억누르기 어려워, 때때로 사람들이 볍기에 의심을 살 만한 처사 등이 끼어드는 행동은 하여도, 좀체 볼 수 없을 정도로 고쳐 생각하시면서 이어 가는 그럴듯한 관계이셨다.

5. 오월 닷샛날 히카루겐지가 다마카즈라를 방문하다

닷샛날[26]에는 마장전馬場殿[27]에 나가시는 길에 겐지 님께서 건너오셨다.

---

22 자신에게 구애하면서 겉으로는 부모인 척하는 히카루겐지의 태도.

23 이복남매 간이나 사촌 간 등의 근친결혼을 가리킨다. 여기서는 양부인 자신과의 바람직하지 못한 소문.

24 '딴사람처럼 지나치게 애달아하는 일을 심중에 품으시는 성벽'(『겐지 모노가타리』 1 「하하키기」 권 1절).

25 아키코노무 중궁. 역시 히카루겐지의 양녀이다.

26 5월 5일 단오절. 궁중에서는 경마와 말 타고 달리면서 하는 활쏘기 시합이 이루어진다. 로쿠조노인에서도 이를 모방하여 행사를 연다.

"어떻소. 친왕께서는 밤늦게까지 계셨는지요. 지나치게 무람없이 다가오시도록 하지는 마시오. 성가신 구석을 지니고 계신 분이라오. 사람의 마음에 상처를 주거나 실수를 범하거나 하지 않는 사람은 좀체 없네요."

이처럼 살렸다가 죽였다가 하면서 훈계하시는 겐지 님의 모습은 더할 나위 없이 젊고 깔끔하게 보이신다. 광택이든 색상이든 넘쳐 흐를 듯한 옷[28]에 노시直衣[29]를 아무렇게나 덧입으셨는데, 색상의 대비도 어디에서 더하여진 기품 있는 아름다움인지 이 세상 사람이 염색해 낸 것으로 보이지 않고, 여느 때의 색상과도 다르지 않은 무늬 또한 오늘은 특별해 보인다. 멋지게 여겨지는 훈향 등도 시름이 없다면 당연히 멋지게 느꼈을 자태였을 터인데 하고 아가씨는 생각하신다.

6. 호타루 병부경 친왕이 다마카즈라와 와카를 주고받다

친왕께서 서찰을 보내왔다. 아주 얇은 하얀 질 좋은 종이[30]에 무척 품위 있는 필체로 쓰신 것이다. 보고 있을 때는 정취 있다고 여겼지만, 그대로 전하자니 특별할 것도 없다.

---

27 로쿠조노인 북동 구역 동쪽 면에 있다.
28 노시 밑에 입는 우치키(袿).
29 천황이나 공경 등이 평상복으로 입는 윗옷.
30 안피나무 껍질과 닥나무 껍질을 섞어서 만든 종이이다. 하얀 창포 뿌리에 편지를 묶었기에 하얀 종이를 사용하였다.

호타루 병부경 친왕

오늘조차도 뽑는 사람도 없이 물에 잠긴 채

자라난 창포 뿌리 흘러만 가는 건가[31]

뒷날 전례로서 오르내릴 만한 멋진 뿌리에 서찰을 매달아 보내셨다. 이에 겐지 님께서는 "오늘은 답신을……"이라거나 하며 부추겨 놓고 나가셨다. 이 사람 저 사람도 "역시"라며 아뢰기에, 본인 의중으로도 어찌 생각하셨는지 이 정도로만 담백하게 쓰여 있는 듯하다.

다마카즈라

"드러낸 탓에 더욱 얕디얕게만 보이는구나

분별심도 없는 채 울음 우는 소리가[32]

젊디젊은 듯한……."

필체는 조금만 더 고상한 풍취가 있었더라면 하고, 친왕께서는 풍류를 애호하시는 마음에 다소 만족스럽지 못하게 보셨던 듯하다.

향료 주머니[33] 등을 형용할 수 없이 멋진 모양으로 만들어 이곳저곳에서 많이 보내왔다. 오랜 세월 시름에 잠겨 계셨던 흔적도 없는 자태이신

---

31 단오절에는 창포를 뽑아 뿌리 길이를 재 보는 습속이 있었다.

32 일본어로 '아야메'는 '창포(菖蒲)'와 '분별심(文目)', '네'는 '뿌리(根)'와 '소리(音)'라는 이중적인 의미를 지니는 데 착안한 와카이다.

33 여러 가지 향료를 둥그렇게 만들어 비단 주머니에 넣고 창포, 쑥 등과 조화로 장식하고 오색실을 길게 드리운 것이다. 나쁜 기운을 물리치기 위해 기둥이나 발에 매달거나 몸에 간직하거나 하였다. '구스다마(藥玉)'라고 한다.

데, 마음에 여유가 생기실 일도 많기에 이왕이면 사람에게 상처 주는 일 없이 마무리되었으면 좋겠다고 어찌 생각하시지 않겠는가.

7. 로쿠조노인에서 마장 활쏘기 시합을 개최하다

나으리殿께서는 동쪽 처소東の御方[34]도 들여다보시고 이렇게 아뢰신다.

"중장[35]이 오늘 위부衛府 활쏘기 시합[36]을 하는 김에 남정네들을 끌고 이리로 온다는 듯이 말하였으니, 그런 마음의 준비[37]를 하고 계시지요. 아직 밝은 나절에 올 것 같다오. 이상하게도 여기서는 티를 내지 않고 조용히 치르는 일도 이 친왕들께서 소문을 들으시고 방문하시기에, 저절로 요란스럽게 되어 버리니……. 준비를 해 주시오."

마장전은 이쪽[38] 회랑에서 다 바라다보이시고 그다지 멀지 않다.

"젊은 사람들은 회랑의 문을 열고 구경하시게나. 좌근위부左の衛府에 참으로 품위가 있는 관인들[39]이 요즈음 많다오. 어중간한 당상관보다 못하지 않을 것이오."

겐지 님께서 이리 말씀하시니, 젊은 시녀들은 구경하는 일을 참으로 정취 있다고 여긴다. 서쪽 채 처소[40]에서도 동녀 등이 구경하러 건너와

34 북동 구역에 있는 하나치루사토의 여름 저택.

35 유기리. 좌근위부 중장으로 15세이다.

36 좌근위부에서 열리는 말 타고 달리며 하는 활쏘기 시합. 통상 5월 5일에는 좌근위부의 시합, 6일에는 우근위부의 시합이 궁중 마장에서 열린다.

37 하나치루사토에게 로쿠조노인에서 열리는 활쏘기 시합을 준비시킨 것은 하나치루사토가 유기리의 양육을 담당하였기 때문이다.

38 하나치루사토의 처소.

39 근위부의 장감(將鑑, 정6위 상), 장조(將曹, 정7위 하), 부생(府生)을 말한다.

서 회랑 문 입구에 발을 푸르스름하게 죽 늘어 치고, 요즘 유행하는 윗부분은 희고 아래로 내려가며 색상이 짙은 칸막이들을 죽 세우고 동녀와 하녀 등이 서성인다. 겉은 푸르고 안은 자홍색인 아코메衵[41]에 겉은 붉은 기가 도는 짙은 남색이고 안은 옅은 남색인 얇은 한삼汗衫[42]을 입은 동녀가 서쪽 채에서 온 듯한데, 보기 좋게 숙달된 사람들만으로 네 명이다. 하녀는 겉은 보라색이고 안은 옅은 보라색 배색으로 아래로 갈수록 색이 짙게 염색된 모裳에다가 엷은 연두색 가라기누唐衣[43]를 입었는데, 오늘에 맞는 옷차림들이다. 이쪽 동녀는 짙은 다홍 일습에 겉은 홍색이고 안은 푸른색인 한삼 등을 의젓하게 입고 있는데, 각자 서로 지지 않으려는 표정으로 행동하고 있는 것이 볼만하다. 젊은 당상관 등은 눈길을 주며 관심을 보인다.

미시未時[44]에 마장전에 겐지 님께서 납시니, 과연 친왕들께서 모여 계신다. 시합은 궁중의 공적 행사와는 양상이 다르고, 차장次將들이 다 함께 참가하여 취향을 달리하여 세련되게 놀며 날을 보내신다. 여자는 시합에 대해 아무런 지식도 없지만 시중드는 사람들[45]까지 더할 나위 없이 화려한 옷차림으로 몸을 던지며 허둥거리거나 하는 모습을 보는 게 재미있었다. 마장은 남쪽 구역[46]까지 통하여 널찍하게 펼쳐져 있기에, 저쪽에서

---

40 다마카즈라의 처소.
41 홑옷인 히토에기누(單衣)와 시타가사네(下襲) 사이에 입는 옷이다.
42 아코메 위에 입는 동녀의 겉옷이다. 뒤쪽 엉덩이와 앞쪽 좌우 옷자락을 길게 늘어뜨리는 게 특색이다.
43 여자의 정장으로 맨 위에 걸치며 길이가 짧다.
44 오후 2시경.
45 근위부 병졸.
46 마장이 북쪽에서부터 남쪽으로 이어져 있기에, 무라사키노우에가 거처하는 남쪽 구역인 봄의 저택 동쪽 채에서도 시합 모습이 보인다.

도 이와 같은 젊은 사람들은 구경하였다. 〈타구악打毬樂〉[47]과 〈낙준落蹲〉[48] 등을 연주하며 승부의 난성亂聲들[49]이 떠들썩하던 것도 완전히 밤이 되자 아무것도 보이지 않게 되어 버렸다. 시중드는 사람들에게 녹을 제각각 내린다. 밤이 몹시 깊어 사람들이 모두 흩어지셨다.

8. 히카루겐지가 하나치루사토 처소에서 묵다

대신大臣께서는 이쪽[50]에서 주무셨다. 이야기 등을 아뢰시고, 이리 말씀하신다.

"병부경 친왕께서 다른 사람보다는 빼어나시네요. 용모 등은 뛰어나지 않아도 마음 씀씀이와 분위기 등은 품위가 있고 매력적인 분입니다. 살짝 보셨는지요. 좋다고들 하지만 역시 살짝 아쉽네요."

그러자 마님은 이리 말씀하신다.

"병부경 친왕께서는 동생분이시지만 더 나이 들어 보이셨습니다. 오랜 세월 이런 일이 있을 때는 거르지 않고 건너오셔서 친목을 다지신다고 듣고 있습니다만, 옛날 궁중 근방[51]에서 살짝 뵌 뒤 뵙지 못하였습니

47 말 타며 하는 활쏘기 시합이나 경마, 씨름할 때 연주되는 당악이다. 네 명이 춤추고 중국 사람 옷차림을 하고 공을 나무막대기로 튕기며 춤춘다. 좌악(左樂).

48 경마와 활쏘기 시합, 씨름 등을 할 때 연주되는 고려악이다. 두 사람 또는 한 사람이 특이한 옷차림을 하고 가면을 쓰고 북채를 들고 춤춘다. 우악(右樂).

49 경마나 씨름 등의 승부가 결정 나면 꽹과리와 북으로 그 사실을 알리고 이긴 쪽에서 피리와 생황, 필률 등을 불며 신명을 돋운다.

50 하나치루사토의 처소.

51 하나치루사토는 언니인 여경전 여어가 궁중에 있었을 때 나인 생활을 하였다. 그때로부터 10여 년이 지났다.

다. 용모 등이 연치가 드시면서 참으로 더 좋아지셨습니다. 대재부 장관 친왕帥親王[52]께서는 인물이 좋으신 듯하여도 분위기가 더 못하고 대군大君[53] 정도의 분위기를 지니셨습니다."

얼핏 보고 잘도 파악하셨구나 하고 생각하시지만, 미소를 지으며 그 밖에 더 있는 사람에 대해서는 좋다고도 나쁘다고도 평하지 않으신다. 겐지 님께서는 타인의 신상에 관해 흠을 잡거나 깎아내리는 듯한 말을 하는 사람을 한심하게 여기시기에, 우대장[54] 같은 사람조차 훌륭한 사람으로 치부되는 듯하여도 어느 정도나 될까, 가깝게 인연[55]을 맺고 보게 되면 마음에 차지 않을 것이라고 판단하시지만, 입 밖에 내어 말씀하지 않으신다.

두 분은 이제는 그저 일반적인 관계로서 잠자리 등도 따로따로 마련하여 주무신다. 어찌하여 이리 멀어지게 된 것인가 하고 나으리殿께서는 가슴 아파하시는 듯하다. 아씨는 대체로 이렇다 저렇다 토라지거나 하지 않으시고, 오랜 기간 이 같은 계절에 맞는 갖가지 풍류를 인편으로 전해 듣거나 하셨는데, 오늘 좀체 없는 행사를 개최한 것만으로도 이 구역의 평판이 올라간다고 생각하신다.[56]

하나치루사토

그 망아지도 먹지 않는 풀이라 소문나 있는

---

52 히카루겐지의 동생으로 여기에만 언급된다.
53 제왕(諸王). 친왕 선지도 없고 성도 하사받지 않은 사람으로 황자나 황녀, 친왕에 비해 품격이 떨어진다.
54 히게쿠로 대장.
55 다마카즈라의 남편.
56 로쿠조노인에서 풍류는 무라사키노우에와 아키코노무 중궁의 처소에서만 개최되었다.

물가 창포를 오늘 뽑아 보여 주셨나[57]

이리 태평하게 아뢰신다. 대단한 와카도 아니건만 겐지 님께서는 가슴 절절하게 여기셨다.

히카루겐지

논병아리와 다름없이 그림자 나란히 하는

망아지는 창포와 갈라설 날 있을까[58]

스스럼없는 두 분의 와카이시다.

겐지 님께서 "아침저녁으로 함께하지 못하는 듯하여도, 이렇게 뵙는 것은 마음이 편하군요"라며 농담을 하지만, 아씨는 온화하게 처신하시는 성품이기에 조용히 듣고 말씀하신다. 아씨는 침소[59]를 겐지 님께 양보해 드리시고 칸막이를 가운데 세우고 주무신다. 겐지 님 가까이에서 취침하거나 하는 것은 참으로 어울리지 않는 일이라고 완전히 단념하고 계시기에, 겐지 님께서도 막무가내로 권하지 않으신다.

---

57 '베어 둔 채로 그냥 둔 나무 밑 풀 억세어지니 망아지도 안 먹고 베는 사람도 없네(大荒木の森の下草老いぬれば駒もすさめず刈る人もなし)'(『古今和歌集』 雜上, 讀人しらず), '향에 이끌려 찾는 사람 있건만 물가의 창포 이상하여 망아지 먹지도 않았구나(香をとめてとふ人あるをあやめ草あやしく駒のすさめざりけり)'(『後拾遺和歌集』 夏, 惠慶法師)에 의한다. '망아지도 먹지 않는 풀'이란 늙어 남성의 관심을 끌지 못함을 비유한다.

58 '내 망아지와 오늘 만나러 오는 물가의 창포 늦게 자라난다면 지게 되는 것일까(若駒とけふに逢ひくるあやめ草生ひおくるるや負くるなるらむ)'(『賴基集』, 大中臣賴基)에 의한다. 망아지는 자기 자신, 창포는 하나치루사토를 가리킨다.

59 '미초다이(御帳台)'라고 한다. 취침용 받침대 위에 다타미(畳)를 깔고, 사방에 기둥을 세운 뒤 휘장을 치고 내부에 칸막이를 배치하였다.

9. 모노가타리에 열중하는 다마카즈라와 히카루겐지의 모노가타리 관

장마가 예년보다 심하여 날이 갤 새 없어 무료하기에, 마님들은 그림이나 모노가타리物語 등을 소일거리로 삼아 밤낮을 보내신다. 아카시 마님明石の御方은 그러한 것에 관해서도 고상하게 준비를 하셔서 아가씨[60] 처소에 바치신다. 서쪽 채[61]에서는 하물며 진기하게 여겨지시는 일인지라 밤낮으로 쓰거나 읽으면서 지내신다. 이런 데 능숙한 젊은 사람들도 많이 있고, 다양하게 좀체 접할 수 없는 처지 등을 실제 있었던 일인지 아닌지 잔뜩 모아 이야기로 만들었는데도 그중 내 처지 같은 것은 없구나 하며 아가씨는 보신다. 스미요시 아가씨住吉の姫君[62]가, 당면하였던 그때는 말할 것도 없고 요즘 세상의 평판 또한 역시 각별한 듯한데, 주계두主計頭[63]가 자칫하면 일을 저지를 뻔하였던 이야기 등을 그 대부감大夫監의 꺼림칙함에 견주어 생각하신다.

나으리殿께서도 여기저기에 이러한 물건들이 흩어져 있는 채로 눈에 계속 띄기에, 아가씨에게 이리 말씀하시며 웃으신다.

---

60 아카시 아가씨.

61 다마카즈라의 처소.

62 10세기에 성립된 『스미요시 모노가타리(住吉物語)』의 여주인공. 황녀였던 모친과 사별한 뒤 계모 손에 자란 아가씨가 4위 소장과 결혼하려 하지만 계모가 이 둘을 갈라놓으려고 온갖 방해를 다 한다. 부친이 아가씨를 입궐시키려 하자 계모는 일흔이 넘은 주계두를 시켜 아가씨를 납치하게 하지만, 아가씨는 유모 자식의 도움으로 스미요시로 도망친 뒤 4위 소장에게 구출되어 결혼하고 남편의 힘으로 복수를 한 뒤 행복한 생활을 하게 된다는 이야기이다. 주계 두가 실패하게 된 것은 추위 탓에 복통을 일으켰기 때문이다.

63 주계료(主計寮)의 장관. 주계료는 민부성(民部省) 소속으로 조(調)·용(庸)·여러 지방의 공물을 계산하여 국가의 재정수지를 관장한 관청이다.

"아아 답답하기도 하지. 여자[64]란 귀찮아하지도 않고 사람들에게 기만당하려고 태어난 부류인 듯하네요. 이들 중에 진짜인 것은 아주 적거늘, 한편으로는 다 알면서 이러한 쓸데없는 이야기すずろごと에 빠져들어 속으시면서, 무더워서 괴로운 오월 장맛비에 머리칼이 헝클어지는 것도 모른 채 베껴 쓰고 계시다니요."

그러면서도 또 이렇게 말씀하신다.

"이러한 세상에 관한 옛이야기世の古事[65]가 아니라면 참으로 무엇으로 달랠 수 없는 무료함을 위로할 수 있겠소. 그렇기는 하여도 이 같은 거짓 이야기들いつはりども[66] 중에서 정말로 그럴 법하다고 절절함을 드러내고 정말인 듯 말이 되도록 이어지면 또한 허망한 일이라는 걸 알면서도 공연히 마음이 움직이고, 가련해 보이는 아가씨가 시름에 잠겨 있는 모습을 보게 되면 마음 한구석에 흥미를 느끼게 되지요.

그리고 결코 있을 수 없는 일이라고 보면서도 야단스럽게 과장하며 끌고 가면 거기에 눈이 팔려, 조용히 한 번 더 들을 때면 싫다 싫어도 문득 정취 있는 대목이 눈에 띄거나 하는 일도 있겠지요.[67] 요즈음 어린 사람[68]이 시녀 등에게 가끔 읽도록 하는 것[69]을 엿듣자니, 능수능란하게 이야기하는 자가 이 세상에 있는 듯싶더군요. 꾸며 낸 이야기そらごと[70]를 잘도 능란한 말투로 입 밖에 내뱉는다고 생각하지만, 그것만도

64 당시 모노가타리는 부녀자의 소일거리로서 남자는 드러내 놓고 읽지 않았다.
65 모노가타리.
66 모노가타리.
67 특히 전기(傳奇)적인 모노가타리에 대한 평이다.
68 아카시 아가씨.
69 이 시대 모노가타리는 묵독하기보다는 그림을 보면서 다른 사람이 읽어 주는 것을 들을 때가 많았다.
70 허구의 이야기. 거짓(いつはり)과는 다르다.

아닌 건가…….”

이에 아가씨는 이러면서 벼루를 밀어내신다.

“참으로 거짓いつはり을 말하는 데 익숙해진 사람이라면 다방면으로 그리도 짐작할 수 있겠지요. 그저 제게는 참으로 진짜まこと 있는 일로만 여겨지는군요.”

그러자 겐지 님께서는 이리 말씀하시며 웃으신다.

“무례하게도 모노가타리를 폄하한 셈이 되었군요. 모노가타리는 신대神代로부터 세상에 있는 일을 기록하여 둔 것이라고 합니다. 일본기日本紀[71] 등은 그저 일부분에 불과합니다. 이들[72] 안에 도리에 맞고 상세한 내용이 들어 있는 거겠지요.”

그러고는 모노가타리物語를 참으로 각별한 것으로 강조하여 말씀해 두셨다.

“특정한 사람의 신상이라며 있는 그대로 이야기하여 써내지는 않지만, 좋든 나쁘든 이 세상을 살아가는 사람들의 모습에 대해 보는 데도 만족하지 못하고 듣는 데도 넘치는 일을 후세에라도 기술하여 전해 주고 싶은 대목들을 마음속에 담아 두지만은 못하여 이야기해 둔 것이 시초랍니다. 좋은 쪽으로 말하고자 하면 좋은 일만을 골라내고, 사람들에게 추종하려 한다면 또한 나쁜 쪽으로 좀체 없는 일을 수소문하여 모으는데, 모두 어느 쪽 방향에 속하든 이 세상 밖의 일이 아닙니다. 다른 조정의 이야기조차 구성 방식은 다를 터이고, 같은 야마토 국大和の國[73]의 것이라

71 『니혼쇼키(日本書紀)』 등 관에서 편찬한 국사의 총칭이다.

72 모노가타리.

73 일본국의 다른 이름이다.

고 하더라도 옛날과 지금의 것은 다를 것이고 내용이 깊다거나 얕다거나 하는 구분은 있겠지만, 오로지 꾸며 낸 이야기라고만 말하는 것도 모노가타리의 내실과 어긋나는 것[74]입니다. 부처가 참으로 아름다운 마음으로 설법해 두신 불법御法[75]도 방편方便[76]이라는 것이 있어 깨닫지 못한 자는 이곳저곳 어긋난다는 의심을 지닐 것입니다. 방편은 방등경方等經[77] 안에 많은데 이야기해 나가다 보면 하나의 취지가 있기에, 보리菩提[78]와 번뇌煩惱[79]의 격차란 이 좋은 사람과 나쁜 사람 간 차이 정도의 일[80]이랍니다. 좋게 말하자면, 모두 어떠한 것이든 허망하지 않다는 것[81]이지요."[82]

이어 가까이 다가오며 이리 아뢰신다.

"그런데 이러한 옛이야기古事[83] 가운데 나처럼 고지식한 어리석은 사람의 모노가타리物語[84]는 있나요. 몹시 냉담한 모노가타리 속 아가씨도 당신 마음처럼 쌀쌀맞고 모르는 체하는 사람은 세상에 없을 것이오. 자, 유례가 없는 모노가타리物語로 만들어 세상에 전해지도록 합시다."

그러자 아가씨는 얼굴을 옷깃에 넣으며 이리 말씀하신다.

---

74 허구가 지닌 진실에 관한 언급이다.

75 경문, 불전.

76 부처가 중생을 교도하기 위해 상대의 상황에 맞추어 그때그때 이루어지는 편의상의 수단이다. 진실한 교의로 이끌기 위한 임시 법문(法門)이다.

77 『법화경』 등 대승 경전의 총칭이다.

78 깨달음의 경지에 들어가는 것을 말한다. 도(道)·지(知)·각(覺)으로 번역한다.

79 중생의 몸과 마음을 번거롭게 하고 괴롭히는 망념(妄念).

80 『가초요세이(花鳥餘情)』와 『사이류쇼(細流抄)』와 같은 『겐지 모노가타리』의 주석서에 따르면, 이 구절은 천태종의 법문(法文)에 의거한 것이라고 한다.

81 나쁜 사람이나 어리석은 사람을 묘사하는 모노가타리에도 의의가 있다는 의미이다.

82 히카루겐지의 모노가타리 관이 잘 드러나 있는 대목이다. 모델과 허구, 창작 동기, 인물 조형의 전형화, 독자 요구에 대한 대응 등에 관해 논하였다.

83 모노가타리.

84 성의를 다하여 뒷바라지해 주는데도 여자를 얻지 못하고 허둥지둥 헤매는 남자의 이야기.

"그러지 않아도 이렇게 좀체 볼 수 없는 일[85]은 세상의 이야깃거리가 되어 버릴 듯합니다."

이에 겐지 님께서 "좀체 볼 수 없는 일로 여기시는군요. 참으로 당신 같은 사람은 다시없을 듯한 마음이 드네요"라며 옆으로 다가와 앉아 계신 모습은 무척 실없다.

히카루겐지

"생각다 못해 옛날의 발자취를 찾아보지만
부모에 등 돌리는 자식은 유례없네

불효[86]라는 것은 불도佛の道에서도 엄히 꾸짖는 일입니다."

이리 말씀하시지만, 아가씨가 얼굴도 들지 못하시기에, 겐지 님께서는 아가씨 머리를 쓰다듬어 넘기면서 몹시 원망하신다.

아가씨는 겨우 이렇게 답하신다.

다마카즈라

옛날 흔적을 찾아보지만 정말 찾지 못했네
이 세상에 그러한 부모의 마음[87]이란

---

85 비록 양녀이지만 부친이 딸에게 구애하는 일.

86 불교에서는 부모, 중생, 국왕, 삼보(三寶)의 각 은혜를 설하고 사은(四恩)이라 하였다(『心地觀經』 卷二).

87 부친이 딸을 연모하는 일.

이러니 겐지 님께서는 부끄러운 마음이 들기에, 너무 심하게도 흐트러지지 않으신다. 이러한데 어떻게 되어 갈 관계이실꼬.

10. 히카루겐지와 무라사키노우에가 모노가타리의 공과를 논하다

무라사키노우에紫の上 또한 아가씨가 원한다는 것을 구실 삼아 모노가타리物語는 단념하기 어렵게 여기신다. 『구마노노 모노가타리くまのの物語』[88]가 그림으로 그려져 있는데, "참으로 잘 그린 그림이로구나" 하며 보고 계신다. 자그마한 아가씨가 무심히 낮잠을 주무시고 계신 대목을 보니 옛날의 자기 모습이 떠오르셔서, 아씨女君는 바라보신다.

"이러한 어린아이끼리도 얼마나 남녀 관계의 정취를 잘 아는가. 나야말로 역시 예로 삼을 만큼 마음이 느긋하기로는 다른 사람에 비할 바가 아니었구려."

겐지 님께서 이렇게 이야기를 끄집어내신다. 역시나 유례가 많지 않은 일들[89]은 즐겨 모아 두신 것이었다.

"아가씨[90] 앞에서 이 남녀 관계에 밝은 모노가타리物語 같은 것은 읽어 들려주지 마시오. 은근히 연심을 품고 있는 모노가타리 속 계집아이 등

---

88 사라진 모노가타리. 『겐지 모노가타리』의 또 다른 교정본인 가와치본(河内本)에서는 『고마노노 모노가타리(こまのの物語)』라고 하며, 이 모노가타리 명은 『마쿠라노소시(枕草子)』「모노가타리는(物語は)」 단에 언급되어 있다.

89 유례가 없는 연애 사건.

90 아카시 아가씨.

은, 좋다고는 하지 않더라도 이러한 일[91]이 세상에는 있구나 하며 눈에 익으실까 봐 걱정된다오."

이리 겐지 님께서 말씀하시는데도, 서쪽 채 아가씨對の御方[92]가 듣게 되신다면 스스러워하실 듯하다.

마님上이 이리 말씀하신다.

"경솔하게 모노가타리 속 인물을 흉내 내는 사람들은 보기에도 한심합니다. 우쓰호의 후지와라님의 딸うつほの藤原君の女[93]이야말로 참으로 진중하고 착실한 사람으로서 잘못은 없는 듯하지만, 무뚝뚝하게 말을 하고 행동거지도 여자다운 구석이 없는 듯한 것이 마찬가지로 좋지 않은 듯합니다."

그러자 겐지 님께서 이와 같이 말씀하신다.

"현실의 인물도 그러할 듯 생각됩니다. 한몫하게 되면 제각각 취향도 달라 무난한 모양새로 처신하지를 못하지요. 품위가 없지 않은 부모가 신경을 써서 키워 낸 사람이, 어린아이처럼 천진한 것을 그나마 장점으로 여기며 뒤떨어지는 구석이 많다고 하는 것은, 어떤 방식으로 소중히 키운 것인가 하고 부모의 양육 방식까지 추측하게 되니 애처로운 일입니다. 정말로 그렇다고 하여도, 그 사람에 어울리는 분위기로구나 하고 보이는 것은 키운 보람이 있고 뿌듯한 일입니다. 있는 말 없는 말 모두 동원하여 민망할 만큼 칭찬해 두었는데 당사자가 내보이는 행동거지, 입에 올리는 말 속에 과연 하면서 보고 들을 만할 것도 없는 것은 참으로 예상

---

91 여러 가지 사랑의 양상.

92 다마카즈라.

93 『우쓰호 모노가타리』의 여주인공인 아테미야(貴宮). 많은 구혼자들을 거부하고 동궁에게 입궐하였다.

보다 뒤떨어지는 것입니다. 대저 별 볼 일 없는 사람에게 어찌 사람을 칭찬하도록 하겠는지요."

그저 이 아가씨[94]가 흠잡히지 않으시도록 여러모로 생각하여 말씀하신다. 심술궂은 계모에 관한 옛이야기昔物語[95]도 많은데 계모의 속마음이 빤히 들여다보여 탐탁지 않게 생각되시기에, 엄격히 고르고 골라[96] 깨끗하게 베껴 쓰도록 하거나 그림 등으로도 그리도록 하셨다.

11. 히카루겐지가 유기리를 배려하며 대하다

중장님[97]을 이쪽[98]과는 거리를 두도록 대하고 계시지만, 아가씨 처소[99]에는 그다지도 거리를 두고 대하지 마시라고 이르신다. 내가 살아 있는 동안에는 이렇든 저렇든 간에 별 차이가 없겠지만, 내가 없을 세상을 생각하자니 역시 자주 보고 마음 깊이 친밀감을 느끼게 된 일들이 있을수록 각별하게는 생각할 것이라며, 몸채 남쪽 면[100] 발 안으로 들어가는 것을 허락하셨다. 태반소台盤所[101] 시녀 사이에는 들어가도록 허락지

94 아카시 아가씨. 아가씨에 대한 히카루겐지의 각별한 배려이다.

95 『오치쿠보 모노가타리(落窪物語)』나 『스미요시 모노가타리』 등 계모 학대담의 전형적인 모노가타리를 말한다.

96 연애 사건이나 계모 학대 이외의 것을 엄선하였다.

97 유기리.

98 무라사키노우에의 처소. 무라사키노우에는 유기리의 의붓어머니에 해당하지만, 히카루겐지는 자신과 후지쓰보 중궁의 예도 있어 유기리를 경계하고 있다.

99 유기리의 이복 여동생인 아카시 아가씨.

100 아가씨는 몸채 남쪽 면에 무라사키노우에와 이웃하여 살고 있다.

101 몸채 북쪽의 조붓한 방에 있는 식사를 준비하는 방이다. 히카루겐지는 유기리가 시녀들의 중개로 무라사키노우에에게 접근하는 것을 경계하고 있다.

않으신다.

많이 계시지 않은 남매 사이이시기에, 중장은 참으로 소중히 보살펴 드리신다. 일반적인 성격 등도 참으로 진중하고 성실하게 처신하시는 도련님인지라, 마음 놓고 아가씨를 맡겨 두셨다. 아가씨는 아직 천진난만하게 인형 놀이 등을 하시는 기색[102]이 보이기에, 도련님은 그 사람[103]과 함께 놀며 보냈던 세월이 먼저 떠오르기에 추전雛殿에 출사[104]하여 아주 성실하게 일하시고 그때마다 눈물을 짓고는 하셨다.

도련님은 그럴 만한 근방[105]에는 농담 섞인 말도 건네거나 하시는 상대는 많이 있지만, 자신을 믿음직스럽게 여기도록 처신도 하지 않으신다. 그러한 방면으로 어찌 만나지 못할까 싶어 마음이 머물 만한 사람도 있지만 억지로 그저 그런 일로 치부[106]하고, 여전히 그 녹색 소매를 다시 보게 하고 싶다고 생각하는 마음[107]만 소중한 일로서 새겨져 있었다. 막무가내로 질척대며 관계를 이어 가고 있으면 어찌 못 이기는 척 허락해 주실 수도 있겠지만, 박정하다고 생각하였을 적마다 어찌하여서든 그 분[108]의 판단도 구하여야겠다고 마음먹었던 일이 잊기 어려워, 당사자에게만은 소홀하지 않은 자신의 절절함을 전부 보여 주고 겉으로는 초조

102 아카시 아가씨는 올해 여덟 살이다.
103 옛 두중장인 내대신의 딸 구모이노카리(雲居雁).
104 인형 놀이(雛遊び)에 어울리도록 '추전(雛殿)'이라고 하였다. 거기에서 시중드는 사람이라고 하여, 궁중 호위를 담당하는 근위부 중장인 유기리는 자신이 아카시 아가씨를 지키는 사람임을 자임하고 있다.
105 유기리의 상대가 될 만한 여성.
106 구모이노카리에 대한 강한 연심 때문에 다른 여성과 관계 맺는 것을 자제한다.
107 유기리는 녹색 옷을 입는 6위라는 자신의 낮은 관직 탓에 내대신이 구모이노카리와 자신의 혼인을 반대하였다고 여기고 있다. 현재 4위이지만 옛날의 굴욕을 잊지 않고 있다.
108 내대신.

하게 생각하는 것을 내보이지 않도록 한다.

아가씨의 형제분들 같은 사람[109]도 도련님을 얄밉게 여기거나 하는 일만 많다. 서쪽 채 아가씨의 자태를 우중장[110]은 참으로 깊이 마음에 품고, 구애할 연줄도 참으로 그저 그렇기에 이 도련님에게 다가가 푸념하였지만, "다른 사람의 연애사에 관해서라면 책잡고 싶습니다"라며 쌀쌀맞게 대답만 하고 마셨다. 그 옛날의 부친인 대신들 관계[111]를 닮았다.

12. 내대신이 딸의 불운을 한탄하다

내대신은 자제들[112]이 여러 부인 소생으로 참으로 많은데, 그 출신에 따른 평판[113]과 본인의 품성에 맞추면서 자신이 마음먹은 바대로 이루어진 세상의 신망과 세력을 활용하여 모두 자리를 잡게 하신다. 여식女은 많이도 계시지 않거늘, 여어女御도 이리 기대하던 바[114]가 막혀 버리시고 아가씨도 이리 일이 틀어져 버린 모양새[115]로 계시기에, 참으로 안타깝게 여기신다. 그 패랭이꽃[116]을 잊지 않으시고 무슨 일이 있을 때마다 입

109 가시와기와 같은 구모이노카리의 남자 형제들.
110 다마카즈라를 연모하는 가시와기.
111 히카루겐지와 옛 두중장인 내대신은 어렸을 때부터 친구이자 경쟁자였다.
112 아들이 열 명쯤이고 딸은 다마카즈라를 넣어 네 명이다.
113 당시 자녀의 신분이나 대우는 모친 쪽 신분이나 집안에 따라 결정되었다.
114 내대신은 홍휘전 여어를 황후로 입후시키고 싶었지만 히카루겐지의 양녀 격인 아키코노무 중궁에게 밀렸다.
115 구모이노카리를 동궁에게 입궐시키고 싶었지만 유기리와 연인 관계가 되어 이 또한 틀어져 버렸다.
116 유가오 소생인 다마카즈라. 두 딸의 입후 가능성이 사라지면서 내대신은 제3의 후보로 유가오 소생의 딸을 생각하게 되었다.

밖에 내어 말씀하셨던 일이기도 하기에, 어찌 되었을까, 귀염성 있었던 사람이었건만 믿음직스럽지 않았던 모친의 의향에 따라 행방을 모르게 되어 버렸구나, 대저 여자라는 것은 무슨 일이 있다 하더라도 눈앞에서 멀어지게 하면 안 되는 일[117]이었다, 잘난 체하며 내 자식이라고 말하면서 추레한 모습으로 떠도는 것은 아닐까, 어찌 되었든 소식이 들려온다면, 하면서 가슴 절절하게 계속 생각해 오셨다.

자제분들에게도 늘 이렇게 말씀하신다.

"혹여 그와 같이 이름을 대며 나서는 사람이 있으면 귀담아듣도록 하여라. 무료한 마음에 하지 말아야 할 일도 많았는데 그중에 이 사람[118]은 참으로 그렇게 그저 그런 정도의 사람이라고도 생각하지 않았건만, 별것 아닌 일로 정이 떨어져[119] 이리 수가 적은 귀한 사람 하나를 잃어버리게 된 것이 안타깝기만 하구나."

시일이 좀 지났을 무렵 등에는 그 정도도 아니고 잊어버리고 계셨는데, 다른 사람들[120]이 다양하게 여식女子을 귀히 양육하시는 예가 많기에 내가 생각한 바가 이루어지지 않은 것이 참으로 분하고 기대에 어긋났다고 생각하신 것이었다.

꿈[121]을 꾸셨기에 해몽을 무척 잘하는 자를 불러들이셔서 풀어 보게 하시니, 이리 아뢰신다.

"혹여 오랫동안 모르고 지내시는 자제분이 계신데, 다른 사람이 자기

---

117 내대신은 구모이노카리의 경우 조모에게 맡긴 탓에 계획이 틀어졌다고 생각하고 있다.
118 유가오.
119 유가오와 내대신이 헤어진 진짜 이유는 정처의 압박 때문이었지만 진상을 밝히지 않는다.
120 히카루겐지를 비롯한 다른 사람들.
121 내대신과 다마카즈라의 재회가 가까워져 온 것을 독자들에게 암시하는 수법이다.

자식으로 삼고 있다는 것에 대해 들으신 바가 없으신지요."

이에 내대신은 "여식女子이 다른 사람의 자식이 되는 일은 좀체 없는 일이다. 어떻게 된 일일까"라는 등, 요즈음 생각하시며 말씀하시는 듯하다.

「호타루螢」 권은 다마카즈라가 읊은, '소리 못 낸 채 제 몸만 불태우는 반딧불이가 말로 하는 것보다 더 깊은 마음일 듯'에서 권명을 따왔다. 반딧불이는 히카루겐지가 다마카즈라의 자태를 호타루 병부경 친왕에게 보이기 위해 설정해 둔 불빛이었다. 호타루 병부경 친왕의 이름도 이 권에서 유래되었다. 반딧불이 불빛에 아름다운 여성의 자태를 엿본다는 취향은 당시 이미 정형화된 수법이었다. 계절의 풍물과 심경이 섞여들어 있는 이 장면은 몽환적인 아름다움을 드러낸다.

이 권에서는 다마카즈라를 둘러싼 구혼자들, 특히 호타루 병부경 친왕과 관계된 이야기가 중심을 이루지만, 더욱더 주목해야 할 것은 히카루겐지가 다마카즈라에게 이야기하는 형식으로 본격적인 '모노가타리 관物語觀'이 제시된다는 점이다. 히카루겐지의 모노가타리 관을 통해 이 시대 모노가타리의 실상과 더불어 작자 무라사키시키부의 모노가타리 관을 짐작할 수 있다. 모노가타리의 허구 속에 인간이나 인간 세계의 진실이 담겨 있다는 본질론은 말할 것도 없이 히카루겐지의 입을 빌린 모노가타리 작자의 독자적인 견해이다. 이는 당대 사람들로부터는 쉽게 이해받을 수 없는 이론이다. 히카루겐지는 본심과 농담을 섞으면서도 허구 속에 인간의 진실을 그리고 있다며 모노가타리를 높이 평가하고 있다. 이와 같은 대화를 통해 당시의 모노가타리에는 다양한 인간 군상이 형상화되어 유형화되어 있으며, 모노가타리의 내용은 자녀 교육에도 크게 영향을 미칠 수 있다는 점 등을 읽어 낼 수 있다. 이는 모노가타리 허구론의 측면에서뿐만 아니라 진행되고 있는 모노가타리 전개 자체를 대상화하고 있다는 점에서도 주목할 만하다.

모노가타리 관을 다룬 대목에 관해서는, 작자 무라사키시키부의 창작 이론 및 방법, 집필 동기를 읽어 내는 등의 작품 외적인 측면에서의 해석이나 모노가타리 내부에 한정된 해석 등이 있다. 이 중 모노가타리 내부의 논리로서 이와 같은 모노가타리 관에 주목하였을 때, 히카루겐지는 그러한 모노가타리 이론에 빗대어 다마카즈라에 대한 친근감과 절실한 사랑의 마음을 호소하고 있다. 이와 더불어 양모인 무라사키노우에 슬하에서 황후감으로 양육되고 있는 아카시 아가씨의 교육 방침과 히카루겐지의 부인 가운데 무라사키노우에가 점하고 있는 위치 등이 중층적으로 얽혀 있다고 할 수 있다.

제26권

「도코나쓰常夏」 권

히카루겐지 36세 여름 6월

패랭이꽃의 늘 귀엽고 정다운 모습 본다면
그 옛날 울타리를 그 사람은 찾을 듯
なでしこのとこなつかしき色を見ば
もとの垣根を人やたづねむ

1. 히카루겐지가 쓰리도노에서 더위를 피하며 오미노키미의 소문을 듣다

아주 더운 날, 겐지 님께서는 동쪽 쓰리도노釣殿에 나가셔서 더위를 식히신다. 중장님[1]도 옆에 계신다. 가까운 당상관도 많이 곁에서 모시고 있는데 서천西川[2]에서 바친 은어, 가까운 강[3]에서 잡아 온 둑중개 같은 물고기를 겐지 님 앞에서 조리하여 바치신다. 여느 때처럼 대신 댁 자제들[4]이 중장이 계신 곳을 찾아서 와 계셨다.

"지루하여 졸음이 왔네. 때마침 와 주셨네요."

겐지 님께서 이러면서 약주를 드시거나 빙수[5]를 가져오게 하시고, 밥을 말거나 하여 제각기 왕성하게 먹는다.

바람은 아주 잘 불지만, 햇볕이 화창하고 구름 없는 하늘의 해가 서쪽으로 기울 무렵에는 매미 소리 등도 참으로 괴롭게 들린다. 이에 겐지 님께서 이러면서 기대어 누우신다.

"물 위라도 아무런 소용없는 오늘 더위로구나. 무례한 죄는 용서받을 수 있겠지요."

그러고는 이와 같이 말씀하신다.

"참으로 이럴 때는 관현 연주 등도 재미없고 그렇다고 하여도 하루를

---

1 유기리.

2 오이강(大堰川) 또는 가쓰라강(桂川). 중천(中川)과 동천(東川, 賀茂川)에 대응하는 명칭이다. 위문부가 관리하는 금어 구역으로 여름철에 은어를 조정에 진상한다.

3 가모강(賀茂川).

4 내대신의 자제들로 유기리를 통해 다마카즈라에게 접근하고 싶은 마음에 모였다. 가시와기는 참석하지 않았다.

5 빙실(氷室)에 저장해 두었던 눈을 여름에 물에 넣은 것이다. 겨울에 눈을 굳혀서 빙실에 가득 채운 뒤 여름에 잘라 사용한다.

보내기 어려운 것이 괴롭구나. 궁중에 출사하는 젊은 사람들[6]이 견디기 어렵겠구나. 띠도 풀지 못할 터이니……. 여기에 있을 때만이라도 풀어진 채 요즈음 세간에 있을 법한 일 중에 다소 접하기 어렵고 졸음에서 깨어날 만한 일을 이야기하여 들려주시게. 왠지 모르게 노인[7]이 된 듯한 느낌이 들어 세간의 일에도 어두우니."

하나, 접하기 어려운 일로서 입 밖에 내어 아뢸 이야기도 생각나지 않기에, 황송한 듯한 자세로 다들 무척 서늘한 고란高欄에 등을 기댄 채로 대기하고 계신다.

"어찌 들었던 일인지, 대신이 밖에서 본 딸[8]을 찾아내어 귀히 양육하고 있다며 말을 전하는 사람이 있었는데, 진짜인가."

겐지 님께서 변 소장弁少將[9]에게 물으시니, 이리 아뢴다.

"호들갑스럽게 그렇게까지 화제로 삼을 만하지도 않습니다만. 요번 봄철에 꿈 이야기를 하셨는데, 그걸 얼핏 전해 들은 여자가 자신이 거기에 대해 할 말이 있다고 이름을 대며 나섰습니다. 중장님中將の朝臣[10]이 그걸 듣고 진짜로 그렇게 관계가 있다고 할 만한 증거가 있는지 찾아가 물어보았습니다. 소상한 사정은 알 수가 없습니다. 말씀대로 요즈음 세상에 회자되는 좀체 접하기 어려운 이야기로 사람들도 입방아를 찧는 듯합니다. 이러한 일이야말로 그분을 위해서도, 자연히 집안에도 흠이 되는

6 궁중에 출사할 때는 공경으로서 특별히 허락받은 사람은 평상복인 노시(直衣) 차림만으로 입궐이 가능하였지만, 당상관은 예복인 속대(束帶) 차림이어야 하였다.
7 보통 40세 이상을 노인이라고 한다. 36세인 히카루겐지는 젊은 사람들이 편히 이야기할 수 있도록 세상사에 어둡다는 듯이 말한다.
8 오미노키미(近江の君).
9 내대신의 차남이자 가시와기의 남동생이다.
10 가시와기. '아손(朝臣)'은 원래 씨족의 칭호 중 하나였는데, 3~5위에 대한 경칭으로 쓰이게 되었다.

일입니다."

겐지 님께서는 진짜로구나 싶으셔서 이렇게 웃음을 띠며 말씀하신다.

"참으로 자제분들이 많은데 무리와 떨어져 뒤에 처진 기러기를 억지로 찾으시는 것은 욕심이 과하다오. 이리도 자식이 적은 곳에서는 그와 같은 연고를 찾아내고 싶지만 이름을 대는 것도 귀찮은 정도라고 생각하는 것인지, 전혀 들려오지 않네요. 그렇기는 하여도 그쪽은 관계없지는 않겠지요. 내대신은 문란하게 이리저리 눈에 띄지 않게 다니신 듯한데, 바닥까지 깨끗하고 맑지 않은 물에 깃든 달[11]은 어찌 흐린 구석이 없을까요."

중장님[12]도 소상히 듣고 계시는 일이기에, 진지한 표정을 유지하지 못한다. 소장과 도 시종藤侍從[13]은 참으로 씁쓸하게 여기고 있다.

"중장님아, 그 같은 낙엽[14]이라도 줍거라. 듣기 민망한 평판[15]이 후세에까지 남는 것보다는 같은 머리 장식[16]으로 만족한다면 무슨 문제가 있겠느냐."

겐지 님께서는 이리 농을 하시는 듯하다. 이런 일로, 겉으로는 참으로 사이좋은 사이이지만 옛날부터 역시 틈이 있었다. 하물며 중장을 몹시

---

11 출신을 알 수 없는 내대신 정인(情人)의 딸.

12 유기리.

13 내대신의 3남.

14 낙엽은 내대신이 맡게 된 서출인 오미노키미를 말한다. 『겐지 모노가타리』에서는 정실 소생이 아닌 여성을 '낙엽'으로 표현한다. 4권에 등장하는 '오치바노미야(落葉の宮)'의 예가 대표적이다.

15 아들인 유기리가 내대신의 마음에 차지 못하여 사위가 되지 못하였다는 평판.

16 '내 처소라고 믿고 있는 요시노 임도 온다면 똑같은 머리 장식 함께 쓰도록 하세(わがやどと頼む吉野に君し入らば同じかざしをさしこそはせめ)'(『後撰和歌集』 戀四, 伊勢)에 의한다. 같은 머리 장식이란 배다른 자매를 일컫는다. 유기리가 어차피 구모이노카리와 결혼하지 못한다면, 그녀의 배다른 자매인 오미노키미와 결혼하면 어떠한가라는 말이다.

망신시키고 한탄하도록 하시는 박정함을 마음속에 담아 두실 수 없어, 부아가 좀 났다는 것도 전해 들으시는 게 낫다고 생각하신 것이었다.

겐지 님께서는 이러한 이야기를 들으시면서도, 서쪽 채 아가씨와 상봉시키면 다시금 업신여기는 방향으로 대우하겠는가, 참으로 뛰어나고 할 일을 깔끔히 처리하시는 분으로서 좋고 나쁜 분별도 확실히 하고 사람을 추어올리거나 또 헐뜯고 무시하는 것도 다른 사람보다 두드러지는 대신이기에 얼마나 불쾌하게 생각할까, 예기치 못한 모양새로 이 아가씨[17]를 선보인다면 결코 가벼이는 생각지 못하시겠지, 참으로 빈틈없이 대해야겠다거나 하며 이런저런 생각을 하신다.

날이 저물어 가면서 바람은 참으로 시원하고, 젊은 사람들은 돌아가고 싶어 하지 않는다.

"마음 편히 쉬면서 더위를 피해야겠소. 점점 더 이러한 사람들 속에서는 꺼려지는 듯한 나이도 되었구려."

겐지 님께서 이러며 서쪽 채[18]로 건너가시니, 도련님들은 모두 배웅하러 가신다.

2. 서쪽 채에서 화금을 뜯으며 다마카즈라와 와카를 주고받다

저물녘이라 어둑어둑한데 같은 색상의 노시直衣들[19]이기에 뭐가 뭔지

17 다마카즈라.
18 다마카즈라의 처소.
19 귀족들의 여름 평상복인 노시의 색상은 모두 잇꽃과 쪽을 같은 비율로 물들인 색이므로 저녁 어스름 녘에는 구별이 어렵다.

구별이 되지 않는다. 대신大臣께서 아가씨[20]에게 "좀 밖[21]으로 나오시지요"라면서 목소리를 죽여 다음과 같이 속삭이면서 아뢰신다.

"소장, 시종 등을 데리고 왔다오. 참으로 날아오고 싶어 하는 듯이 생각하고 있거늘, 중장이 참으로 고지식한 사람이라 데리고 오지 않다니 눈치가 없는 것 같소. 이 사람들은 모두 내심 생각하는 바가 없는 게 아닐 것이오. 평범한 신분일지라도 창 안에 있는 동안[22]에는 처지에 따라 어쩐지 그립게 여겨질 듯한 법이기에, 이 집안에 대한 평판은 번거로운 속사정보다는 더 세상에는 아주 지나치게 야단스럽게 여겨지고 입길에 오르고 있는 듯합니다. 여러 분들[23]이 계시지만, 아무래도 사람들이 호색적인 상대로 구애를 하는 데는 어울리지 않소. 이리 계시기에, 그와 같은 사람들의 기색이 얼마나 깊고 얕은지를 보고 싶다거나 하며 지루하던 차에 바라고 있었던 터라, 원하던 바가 이루어진 마음입니다."

앞뜰에 잡다하게 초목 등도 심지 않으시고 패랭이꽃 색을 구색이 맞게 섞어 놓았다. 중국唐 것, 야마토大和[24] 것으로 바자울을 참으로 보기 좋게 엮어 두었는데, 활짝 만발한 꽃이 석양빛에 비치는 모습이 멋지게 보인다. 모두 가까이 다가와서, 마음 가는 대로 꺾어 들지 못하는 것을 아쉽게 여기면서 서성거린다.

겐지 님께서 이와 같이 말씀하신다.

"모두 식자識者들이라오. 마음가짐 등도 제각각 무난하다오. 우중장[25]

---

20 다마카즈라.
21 몸채에 붙은 조붓한 방인 '히사시(廂)' 근방.
22 '楊家有女初長成 養在深閨人未識'(『白氏文集』「長恨歌」)에 의한다.
23 로쿠조노인에 거주하는 여성들.
24 일본국.
25 가시와기. 이 자리에는 없다.

은 다른 사람들보다 좀 더 진중하고 이쪽이 부끄러움을 느낄 만큼 자질이 빼어나다오. 어떤가요, 연락이 오는지요. 쌀쌀맞게도 내팽개쳐 두어서는 아니 되오."

중장님[26]은 이리 괜찮은 사람들 중에서 빼어나게 아름답고 차분하니 우아하시다.

"중장을 싫어하신다니 대신에게는 섭섭함이 느껴지네요. 다른 일족이 섞이는 일 없이 눈부실 듯한 곳[27]에 중장이 대군大君[28]과 같은 혈통인지라 뒤떨어져서 보기에 괴로웠나 보오."

겐지 님께서 이리 말씀하시자, 아가씨는 "오신다면,[29] 이라는 사람도 있습니다만……" 하고 아뢰신다. 그러자 겐지 님께서는 이와 같이 말씀하시며 신음하신다.

"아니오, 그 안주로 추켜올려지는 상태는 바라지 않습니다. 그저 어린 아이들끼리 약속해 둔 것이었을 터인데, 그 마음도 이루어지지 않고 세월[30]을 가로막으신 대신의 의향이 원망스러운 것입니다. 아직 관위가 낮아 세상 평판이 가볍게 여겨진다면, 모르는 척하며 이쪽에 맡겨 주셨다고 하여 걱정할 일은 있었겠는지요."

그렇다면, 이리 마음의 거리가 있는 관계로구나 하고 들으시는데도,

---

26 유기리.

27 신하인 내대신 집안. 황족 출신인 히카루겐지가 내대신을 비꼬는 말이다.

28 친왕 선지도 없고 성도 받지 않아, 황자나 황녀, 친왕에 비해 품격이 떨어진다.

29 '우리 집은 장막도 내려 있다오 대군이여 오소서 사위로 삼게 안주로는 무엇이 좋을는지요 전복 소라 아니면 성게 좋을까 전복 소라 아니면 성게 좋을까(我家は 帷帳も 垂れたるを 大君来ませ 婿にせむ 御肴に 何よけむ 鮑栄螺か 甲贏よけむ 鮑栄螺か 甲贏よけむ)'(催馬楽 〈我家〉)에 의한다. 전반부의 구절을 재치 있게 활용하여, 유기리가 적극적인 태도로 나가면 내대신도 사위 삼을 거라며 친부를 옹호하고 있다.

30 내대신에게 발각되어 두 사람이 만나지 못한 지 3년이 지났다.

친부모에게 인지를 받을 날이 언제일지 몰라서 가슴 아프고 답답하게 여기신다.

달도 없는 무렵이기에, 처마 끝 등롱에 불을 켠다. 겐지 님께서 "역시 불이 옆에 있어 덥구나, 화톳불이 제일 낫겠다" 하시며, 사람을 불러들이셔서 "화톳불 받침 하나를 이쪽으로……"라고 가져오게 하신다. 정취 있어 보이는 화금和琴[31]이 있는데 끌어당기셔서 뜯어 소리를 내시니, 율律[32]로 무척 잘 조율되어 있다. 음색 또한 아주 잘 울리기에 살짝 타신 뒤, 이리 이야기하신다.

"이와 같은 방면에는 마음이 가지 않으시나 하고 여태까지 얕보고 있었다오. 가을밤 달빛이 시원할 무렵 너무 깊숙하지는 않은 데서 벌레 소리에 맞춰 화금을 뜯어 연주하면 친근하고 세련된 음색이라오. 야단스러운 가락에는 제대로 맞추기가 어렵소. 이 물건은, 그러면서도 많은 악기의 음색이나 박자를 맞추어 내는 것이 참으로 대단하오. 야마토 금大和琴[33]이라 대수롭잖게 보여도 더할 나위 없이 멋지게 만들어져 있답니다. 이국異國 것을 널리 알지 못하는 여자를 위한 것[34]으로 생각됩니다. 이왕이면 정성을 기울여 다른 악기 등과 맞춰 가며 배우세요. 심오한 기법이라고 하여도 별것도 없지만 그렇다고 정말로 잘 뜯는 것은 어렵지 않을까요. 그저 지금은 이 내대신에 비할 사람은 없습니다. 그저 하잘것없는

---

31 일본 고래의 6현금.

32 단조인 율선음계(律旋音階). 음악의 곡조는 율(律)과 여(呂)로 나눈다. 율조는 일본 고유의 속악 곡조로 단조(短調)적이며 가볍고 그 시대풍의 선율이다. 이에 반해 여조는 중국에서 건너온 정악 곡조로 장조(長調)적이다.

33 화금의 별칭이다.

34 대륙 문화는 남성 귀족에게 있어 규범적인 의미를 지니고 있지만, 여성은 이에 관여하지 않는 것으로 여겨졌다.

똑같은 스가 연주 기법すが掻き[35] 소리에, 갖은 악기의 음색이 뒤섞여 들어 뭐라 표현할 수도 없을 정도로 울려 퍼진답니다."

아가씨는 어렴풋하게나마 화금을 이해하고 있어 어찌하면 더 능숙해질까 하고 생각하시는 바인지라, 한층 더 듣고 싶어진다.

"이 근방에서 맞춤한 연주가 열리거나 할 때 들을 수 있을는지요. 미천한 산속 사람 같은 사람 중에서도 배운 자가 많다는 악기이기에, 대체로 손쉽게 탈 수 있지 않을까 생각하였습니다. 그렇다면 뛰어난 사람은 뜯는 방식이 각별하겠네요."

이러면서 듣고 싶다는 듯이 간절히 마음속 깊이 생각하신다. 그러자 겐지 님께서는 이러시면서 음률을 살짝 타신다.

"그렇지요. 아즈마[36]라고 하여 명칭도 격이 떨어지는 듯하지만, 주상의 어전에서 열리는 관현 연주에서도 우선 서사書司[37]를 들여오게 하신다는 것은 다른 나라는 모르겠지만 이 나라에서는 이를 악기 중 첫손가락으로 꼽기 때문일 것이오. 그중에서도 최고라고 할 만한 연주자[38]로부터 연주법을 사사하신다면 각별해지겠지요. 이곳 등에도 대신은 발걸음을 꼭 하여야 할 때는 오시겠지만, 솜씨를 아끼거나 하지 않고 이 현악기를 드러내 놓고 연주하신다는 것은 어려운 일이겠지요. 명인이라고 하는 것은 어느 분야이든 쉽지만은 않은 듯합니다. 그렇다고 하여도 언젠가는 마침내 듣게 되실 것[39]입니다."

---

35 화금 연주 기법의 하나이지만, '스가 연주 기법'에 대해서는 알려져 있지 않다.

36 화금의 다른 이름인 '아즈마(東)'는 관동 지방을 의미한다. 교토 사람들에게는 벽지로서 폄하되었다.

37 화금. 서사(書司)란 후궁 12사의 하나로 서적과 악기들을 관장하는 곳이다. 화금을 서사의 여관이 맡는다는 데서 화금의 별칭이 되었다.

38 다마카즈라의 친부인 내대신.

각별하고 더할 나위 없이 세련되고 정취가 있다. 이보다 더 뛰어난 음색이 나올까 하면서 부친을 뵙고 싶은 마음이 더하여져, 이 악기에 관해서조차 언제나 그렇게 편안하게 타시는 것을 들을 수 있을까, 라거나 생각하며 앉아 계신다.

겐지 님께서는 "누키강貫河 여울들이 부드러운"[40]이라며 참으로 정답게 노래하신다. "부모가 멀리하는 남편"[41]에서는 약간 웃으신 뒤, 아무렇지도 않은 듯이 연주하고 계시는 스가 연주 기법의 정취는 말할 수 없이 매력적으로 들린다.

"자, 타 보시지요. 재능은 사람 앞에서 부끄러워하지 않습니다. 〈상부련想夫戀〉[42]만은 마음속에 담아 두고 드러나지 않게 하는 사람도 있었던 것 같은데, 부끄러워하지 말고 이 사람 저 사람과 합주하는 것이 좋다오."

겐지 님께서 이리 열심히 아뢰시지만, 그러한 시골구석[43]에서 슬쩍 교토 사람京人이라고 이름을 내세웠던 황족 혈연이라는 나이 든 왕녀古王女[44]의 가르침을 받았기에, 사실과 다른 것도 있지 않을까 싶어 삼가며 손도 대지 않으신다. 잠시라도 연주하신다면 들어 둘 터인데 싶어 애가 닳아서, 아가씨는 이 화금 때문에 겐지 님 가까이로 무릎걸음으로 다가가 "어떠한 바람이 더 불어 이리도 울려 퍼지는지요"라며 고개를 갸웃거리시

---

39 내대신과 다마카즈라 부녀를 만나게 할 것이라는 암시.

40 사이바라(催馬楽) 〈누키가와(貫河)〉의 한 구절이다. 이 민요는 부모가 둘 사이를 갈라놓았어도 남녀가 서로 번갈아 순애를 노래하는 형식이다.

41 사이바라 〈누키가와〉의 한 구절.

42 당악(唐樂)의 곡명이다. 원래는 〈상부련(相府蓮)〉이며 진(晋)의 대신인 왕검(王儉)이 관저 연꽃의 아름다움을 상찬한 곡으로 일컬어진다. 그것이 '상부련(想夫戀)' 또는 '상부련(想夫憐)'의 글자를 사용하여 남편을 그리워하는 곡으로 해석되었다. 평조이다.

43 오늘날 규슈 지방의 히젠 지방(肥前國).

44 두 세대 아래 황족의 혈연인 여성. 내친왕 선지를 받지 못한 황녀나 황손을 의미한다.

는 모습이 화톳불 빛에 비쳐 참으로 아름다워 보인다. 겐지 님께서는 웃으시면서 "귀가 둔하지 않은 사람 때문에 몸에 스며드는 바람도 더하여지는군요"라며 화금을 밀어내신다. 아가씨는 참으로 정나미가 떨어진다.

사람들이 가까이 대기하고 있기에, 겐지 님께서는 여느 때처럼 농담도 아뢰지 못하신다.

"패랭이꽃[45]을 충분히 감상하지도 못한 채 이 사람들이 자리를 떴군요. 어찌 대신에게도 이 꽃밭을 보여 주고 싶군요. 세상사도 참으로 무상하다고 생각되니……. 옛날에도 무슨 일이 계기가 되어 이야기를 꺼낸 적이 있으신데 그것도 그저 지금 일인 듯 여겨지는군요."

이리 조금 말씀을 꺼내시는데도 참으로 가슴이 절절하다.

히카루겐지

"패랭이꽃의 늘 귀엽고 정다운 모습 본다면

그 옛날 울타리를 그 사람은 찾을 듯[46]

이 일[47]이 성가시기에, 누에가 고치 속에 칩거[48]하는 상태인데도 괴롭게 여기고 있습니다."

이리 말씀하신다. 아가씨는 눈물을 흘리며 이렇게 아무렇지 않은 체하

45 다마카즈라의 비유.

46 '패랭이꽃'은 다마카즈라, '그 옛날 울타리'는 유가오, '그 사람'은 내대신을 나타낸다.

47 내대신이 유가오의 행방을 좇는 일.

48 '부모 키우는 누에가 고치 속에 칩거하듯이 우울하기만 하네 누이 만날 수 없어(たらちねの親のかふこの繭ごもりいぶせくもあるか妹にあはずて)'(『拾遺和歌集』 戀四, 柿本人麿)에 의한다. 다마카즈라가 내대신을 만나지 못하고 있는 상태를 말한다.

며 아뢰신다.

다마카즈라

산속 사람네 집 울타리에 자라난 패랭이꽃의

원래 뻗은 뿌리를 그 누가 찾을지요[49]

그 모습은 참으로 다정하고 청초하다. 겐지 님께서는 "오지 않으신다면"이라고 읊조리시고, 한층 더 깊어진 마음은 괴로울 정도라서 역시 끝까지 억누르지는 못할 것으로 생각되신다.

3. 히카루겐지가 다마카즈라를 어찌하면 좋을지 고민하다

아가씨 처소로 건너가시는 것도 너무 자주라서 사람들이 뵙고 비난할 만할 정도가 되면 가책의 마음心の鬼이 들기에 자제하시고, 그럴 만한 일을 만들어 내어 서찰을 주고받지 않으실 때가 없다. 그저 이 일만 밤낮으로 마음에는 걸리신다. 어찌하여 이리 한심한 처신[50]을 하여 편치 않은 시름을 맛보고 있는가, 그리 시름에 젖지 않으려고 마음 가는 대로라도 한다면 세상 사람들의 비방을 듣게 될 터인데 그 경박함은 나를 위해서는 그렇다 치고 이 사람을 위해서는 애처로운 일일 듯하구나, 한없이 깊

49 다마카즈라의 친모인 유가오의 와카, '산사람네 집 울타리 황폐해도 이따금씩은 패랭이꽃에 이슬 다정히 뿌려 주오'(『겐지 모노가타리』 1 「유가오」 권 10절)에 바탕을 둔 것이다.
50 다마카즈라에 대해 있어서는 안 되는 걸맞지 않은 연모.

은 마음이라고 하더라도 하루노우에春の上에 대한 신망[51]에 견줄 만하다고는 내가 생각하여도 도저히 있을 수 없다고 절감하셨다.

그런데 그 뒤떨어지는 부류[52]에 속한다면 얼마만큼이나 만족할까, 내처지 하나는 다른 사람보다는 각별하다고 하여도 인연을 맺고 있는 사람이 많은데 그중 말석에 위치해 보았자 무슨 신망이라고는 변변할까, 별볼 일 없는 납언納言 신분[53]이 두 마음을 먹지 않고 생각해 주는 것에 비해서는 뒤떨어질 것이다, 하고 스스로 절실히 깨달으신다. 참으로 아가씨가 애처롭기에, 친왕과 대장 등에게 양보를 해 버릴까, 그리고 나도 멀어지고 아가씨가 그분들의 권유를 받아들여 부인이 된다면 단념할 수도 있을 것인가, 한심하기는 하지만 그렇게라도 해 볼까 하고 생각하시는 때도 있다.

하지만, 서쪽 채로 건너가셔서 아가씨의 용모를 보시고 이제는 현악기를 가르쳐 드리신다는 것까지 구실로 삼아 가까이 붙어 계신다. 아가씨 또한 처음에야 기분 나쁘고 불쾌하다고도 생각하셨지만, 이러기는 하여도 온화한 데다 방심할 수 없는 마음은 지니고 계시지 않으셨다 싶어 점차 익숙해져서 그다지 거리도 두지 않으신다. 그럴 만한 대답도 무람없지 않을 정도로 주고받거나 하면서 보면 볼수록 무척 매력적이고 화사함이 더하여지시기에, 역시 그리는 지내지 못하실 거[54]라며 생각을 돌리신다. 그렇다면 역시, 그러면 여기에 이대로 귀히 모셔 두고[55] 적당한 기회

---

51 봄의 저택 여주인인 무라사키노우에에 대한 히카루겐지의 마음과 그에 따른 세간의 신망.
52 아카시노키미와 하나치루사토 같은 부류에 대한 대우.
53 대납언과 중납언의 총칭이다.
54 다른 남성과 결혼한 다마카즈라와 아무런 관계없이 지내는 것.
55 다마카즈라를 로쿠조노인에 살게 한 채로 다른 남성이 드나들게 하는 것.

가 있을 때마다 살짝 몰래 만나 이야기라도 아뢰며 위안을 받을까, 이리 아직 남녀 관계를 잘 모를 때라 번거로운 것이야말로 괴롭기만 하구나, 관문지기[56]가 강하다고 한들 자연스레 남녀 관계의 속사정을 알기 시작하면 애처롭다는 생각도 없어질 터이고 내 마음도 깊어진다면 보는 눈이 많아도 지장은 없을 것이라고 짐작하시니, 참으로 상궤를 벗어난 일이다. 그리되면 점점 더 마음이 편치 않고 늘 생각하게 된다면 괴로울 것이다. 적당히 생각하며 세월을 보내는 일이 이런저런 방면으로도 어려우니, 평범하지 않고 복잡다단한 두 분의 관계이셨다.

4. 내대신이 히카루겐지에게 반발하면서도 딸 문제로 고민하다

내대신은 이번에 데려온 이 따님[57]에 관해 저택 안 사람들[58]도 받아들이지 않고 소홀히 말하고, 세간에서도 기막힌 일이라며 비방한다고 들으신 데다, 소장이 어떠한 계제에 태정대신太政大臣[59]께서 그런 일이 있냐고 물어보셨다는 것을 아뢰니, 이리 말씀하신다.

“말한 그대로다. 거기야말로 오랫동안 소식도 듣지 못한 산속 사람 자식[60]을 데려다 놓고 눈에 띄게 대우하지 않느냐. 좀체 다른 사람의 일을

56 ‘남들 모르게 드나드는 사랑길 관문지기는 매일매일 밤마다 자고 있으면 하네(人知れぬわが通ひ路の関守はよひよひごとにうちも寝ななむ)’(『古今和歌集』 戀三, 在原業平)에 의한다. 관문지기는 다마카즈라의 남편.

57 오미노키미.

58 내대신 저택에서 일하는 사람들.

59 히카루겐지.

비난하지 않으시는 대신大臣께서 이 근방[61]의 일에는 귀를 쫑긋 세우고 멸시하시는구나. 이번 일이야말로 신임을 받는 느낌이 드는구나."

"그 서쪽 채에 모셔 놓으신 분[62]은 참으로 흠도 없는 모습으로 보인다고 합니다. 병부경 친왕 등께서 무척 마음을 쏟아 구애하시며 고생하신다던가. 평범한 용모는 아닐 것으로 사람들이 짐작하고 있습니다."

소장이 이리 아뢰시니, 내대신께서 이리 헐뜯으신다.

"아니, 그건 그 대신大臣[63]의 따님이라고 생각한 탓에 평판이 참으로 대단하게 된 것이다. 사람의 마음은 모두 그리되는 세상인 듯하구나. 필시 그다지도 빼어나지 않을 것이다. 어엿하게 한몫할 정도라면 오래전부터 소문이 났을 것이다. 아쉽게도 대신大臣께서 티끌도 묻지 않고 이 세상에서는 넘치시는 본인의 명성과 자태이신데, 버젓한 분의 소생으로서 고이 키워 정말로 흠이라고는 없을 거라고 짐작할 수 있는 더할 나위 없는 아가씨가 계시지 않으니……. 대체로 자식이 적어 애가 탈 것[64]이다. 신분이 낮은 모친[65] 소생이기는 하지만 아카시님明石のおもと[66]이 출산한 아가씨는 그렇게 세상에 없는 숙명[67]을 타고났기에 무슨 곡절이 있을 것 같다는 생각이 드는구나. 이번에 데려온 그 아가씨는 혹여 친자가 아니

---

60 다마카즈라.
61 내대신가.
62 로쿠조노인 북동 구역의 서쪽 채에 거처하는 다마카즈라.
63 히카루겐지.
64 자식, 특히 여식이 적은 것은 가문의 세력을 유지하고 확대하는 데 불리하므로, 내대신은 이 점만은 히카루겐지에게 우월감을 느끼고 있다.
65 아카시노키미의 부친은 하리마 지방 지방관(播磨守) 출신으로서 귀족치고는 신분이 낮다.
66 '오모토(おもと)'는 시녀 정도의 여성에 대한 경칭이다.
67 아카시 아가씨가 무라사키노우에의 양녀로서 그 슬하에서 장래 황후감으로 양육되고 있다는 사실을 가리킨다.

실지도 모른다. 과연 참으로 보통과는 다른 구석을 지니신 분이기에, 그리 대우하고 계시는 거겠지."

그러고는 이와 같이 말씀하신다.

"그런데 어떻게 매듭지어질 것[68]인가. 친왕親王[69]께서 부인으로 얻어 옆에 두시겠지. 원래 특별히 사이도 좋으시고 인품도 뛰어나니 어울리는 두 분 사이[70]가 되겠구나."

그러고는 역시 아가씨에 관한 일[71]이 아쉽고 안타깝다. 이처럼 그윽하고 고상하게 아가씨를 대우하고, 어찌할 심산이실까 하면서 구혼자들이 불안하고 미심쩍게 생각하도록 만들고 싶었거늘 하는 마음에 부아가 나기에, 위계가 꽤 괜찮아 보이기 전[72]에는 허락하기 어렵다고 생각하시는 것이었다. 대신大臣 등께서도 곡진하게 중개인을 몇 번이나 내세우신다면 지는 척하면서라도 따르려 생각하시나, 남자 쪽은 전혀 초조함을 드러내지 않으시기에 불쾌하기만 하다.

5. 내대신이 낮잠을 자던 구모이노카리를 방문하여 야단치다

이리저리 생각을 거듭하시면서 불쑥 가볍게 아가씨 처소[73]로 건너가셨다. 소장도 수행원으로 따라오신다. 아가씨는 낮잠을 주무시는 중이

68 다마카즈라의 결혼 문제.
69 호타루 병부경 친왕.
70 장인과 사위 관계.
71 구모이노카리의 입궐 문제.
72 유기리가 공경으로 승진하기 전.
73 구모이노카리는 현재 부친인 내대신의 니조(二條) 저택에 머물고 있다.

다. 얇은 홑옷[74]을 입으시고 누워 계시는 모습이 더워 보이지는 않고 참으로 가련하고 자그마하다. 살결 등이 다 비치시고 참으로 아리따워 보이는 손놀림으로 쥘부채를 들고 계셨는데, 그 모습 그대로 팔베개를 하고 뒤로 넘긴 머리카락 길이는 아주 길고 숱이 많지는 않지만, 머리카락 끝자락 모양[75]이 무척 아리땁다. 사람들[76]도 가재도구[77] 뒤에서 기대 누워 쉬고 있기에, 아가씨는 바로 깨어나지 않으신다. 쥘부채로 소리 내시니 무심히 올려다보시는 눈자위가 귀염성 있고 얼굴이 발그레해지는 것도 부모 눈에는 아름답게만 보이신다.

"선잠은 안 된다고 일러 드렸건만,[78] 어찌 참으로 불안한 모습으로 주무시고 계신가. 사람들도 옆에서 지키지 않고 이해할 수 없구나. 여자女는 몸을 항상 조심하여 지키려고 하는 게 좋은 법이다. 허물없이 될 대로 되라는 듯이 처신하는 것은 품위 없는 일이다. 그렇다고 하여 참으로 단단히 몸차림을 갖추고 부동명왕不動明王 앞에서 다라니陀羅尼[79]를 염송하며 손가락으로 인印[80]을 맺거나 하며 있는 것[81]도 싫구나. 실제로 교제하는 사람과도 지나치게 서먹서먹하게 거리를 두는 듯이 행동하는 것 등도 고상하게 보여도 밉살스럽고 귀염성 있게는 보이지 않는 행동이다.

---

74 안감이 없는 옷의 총칭이다.

75 목덜미 부근의 머리카락은 가지런히 잘린 채 부채 모양으로 펴져 있다.

76 시녀들.

77 칸막이나 병풍, 맹장지문 뒤.

78 '부모님께서 일러 주던 선잠은 생각해 보니 시름에 잠겨 있는 행동거지였구나(たらちねの親のいさめしうたた寝は物思ふ時のわざにぞありける)'(『古今和歌六帖』 四)에 의한다.

79 번역하지 않고 범어 그대로 소리 내어 읽는다.

80 진언종(眞言宗)에서 손가락 모양을 다양하게 만들어 부처의 깨달음이나 덕을 나타내는 것을 말한다.

81 딱딱하고 엄숙한 모습의 비유이다. 부동명왕, 즉 부동존은 5대 명왕의 하나로 대일여래의 화신이며 사자이다.

태정대신太政大臣께서 황후감인 아가씨를 가르치시는 교육[82]은 모든 분야에 무난하게 통하게 하고, 모나게 특출한 자질도 갖추지 않게 하는 한편 어설퍼서 불안할 일도 없도록 엄하지 않게 방침을 정해 두셨다고 하더구나. 과연 그리할 법한 일이기도 하지만, 사람으로서 마음속으로든 하는 행동으로든 자기 것을 내세우고 마음 가는 방면은 방면대로 있는 법이기에 성장하시면 나름의 모습을 지니게 될 터이지. 그 아가씨[83]가 성인이 되어 궁중 출사시키려 하실 즈음의 세상의 분위기를 참으로 보고 싶구나."

내대신은 이렇게 말씀하시고, 아가씨를 무척 사랑스럽다고 여기며 이리 아뢰신다.

"바라는 바대로 뵙고 싶다고 생각하였던 방면[84]은 어렵게 된 처지이시지만, 어찌하면 세상의 웃음거리가 되지 않도록 해 드릴 수 있을까 하고 다른 사람의 다양한 처지에 관해 들을 때마다 마음이 어지럽습니다. 떠보려고 곡진한 척하는 사람[85]이 전해 오는 듣기 좋은 말에 잠시라도 흔들리지 마시길. 생각하는 바가 있습니다."

옛날에는 무슨 일이든 깊이도 알지 못한 채 오히려 눈앞에 닥쳤던 가슴 아팠던 소동[86] 중에도 부끄러움 없는 모습을 보여 드렸구나 하고 이제야 생각이 미치니, 아가씨는 가슴이 먹먹하고 몹시 부끄럽다.[87] 큰 황

---

82 히카루겐지의 교육 방침은 중용을 소중히 여기는 데 반해, 뒤이어 기술되는 내대신의 교육 방침은 개성에 따른 성장이 중요시된다.

83 아카시 아가씨.

84 구모이노카리를 입궐시키려고 생각하였던 일.

85 유기리.

86 부친이 자신과 유기를 갈라놓은 소동.

87 구모이노카리는 유기리와 키워 왔던 어렸을 적 사랑이 부친의 소망을 저지하고 자신의 인생을 좌우한다는 사실을 알게 되었다.

녀[88]께서도 늘 만나지 못하여 걱정된다며 원망을 하고 계시지만, 이리 말씀하시는 게 마음에 걸리기에 건너가 뵙지도 못하신다.[89]

6. 내대신이 오미노키미를 홍휘전 여어에게 맡기다

대신은 이 북쪽 채의 새로 들어온 아가씨北の對の今君[90]를 어찌하여야 하나, 잘됐다고 데려다 놓고 사람들이 이리 흉본다고 하여 되돌려 보내는 것도 참으로 가볍고 미친 듯한 짓이다. 이렇게 집 안에만 머물러 있게 하니, 정말로 귀히 여기려는 마음이 있는가 하고 사람들이 말들을 한다는 것도 부아가 나는구나, 여어[91] 처소 등에서 시중들게 하여 그만한 익살꾼으로 만들도록 하자, 사람들이 참으로 못생겼다고 헐뜯는다는 용모도 참으로 그리 말할 정도는 아니지 않나 등의 생각을 하셔서, 여어님에게 이리 웃으면서 아뢰신다.

"이 사람을 출사시키도록 합시다. 보기에 괴로울 듯한 구석 등은 늙어 빠진 나인 등을 시켜 감추지 말고 타이르도록 하셔서 뒤를 보아주세요. 젊은 사람들의 이야깃거리로 비웃음을 당하지 않도록 해 주시길. 한심하게도 경박한 구석이 있답니다."

그러자 여어는 참으로 이쪽이 부끄러움을 느낄 정도로 이리 아뢰신다.

"어찌 그리 심히 별나겠는지요. 중장[92] 등이 참으로 둘도 없이 생각

88 내대신의 모친이자 구모이노카리의 조모.
89 조모 댁에 가면 유기리를 만날 수도 있지만, 부친이 제지하여 삼가고 있다.
90 오미노키미.
91 내대신의 여식인 홍휘전 여어. 여어는 현재 퇴궐하여 본가에 와 있다.

하고 있었을 터인데, 전에 해 둔 말만큼은 아니라는 것이겠지요. 이리 소란스럽게 말씀하시니, 본인이 거북하게 여기는데도 한편으로는 민망하군요."

이 여어의 자태는 섬세한 아리따움은 없고 참으로 고귀하고 맑은데, 따뜻한 분위기가 더하여져 정취 있는 매화꽃이 피기 시작한 새벽녘이 연상된다. 할 말이 많은 듯이 미소 지으시는데, 다른 사람에 비해 각별하구나 하며 뵙고 계신다. 내대신이 "중장이, 참으로 누가 뭐라고 하여도 순진하여 충분히 탐문해 보지 않은 탓에……"라는 등 아뢰시는데도, 딱해 보이는 아가씨의 평판이시로고.

7. 내대신이 오미노키미를 방문하여 익살스러운 대화를 나누다

바로 이 처소에 들른 김에 아가씨 처소에 들러 멈춰 서신 채 들여다보시니, 발을 높이 둘러치고 고세치님五節の君[93]이라는 세련된 젊은 사람이 있는데 함께 쌍륙雙六[94]을 두고 계신다. 아가씨는 손을 참으로 간절하게 비비면서 "적은 주사위, 적은 주사위"[95]라고 비는 목소리가 참으로 말이 빠르다. 아, 한심하기도 하지라고 생각하시며 수행원이 벽제 소리를 내려는 것도 손을 흔들어 제지하시고, 그대로 쌍여닫이문의 가느다란 틈

92 가시와기.

93 오미노키미의 시녀.

94 중국에서 전래된 놀이이다. 두 사람이 괘를 뽑아 양 진으로 나눈 판 위에서, 희고 검은 돌 열두 개를 이용하여 주사위를 통 안에 넣고 교대로 흔들어 그 끗수에 따라 말을 움직여 빨리 적지에 보내는 쪽이 이기는 놀이이다.

95 상대방 주사위의 끗수가 적기를 바라며 비는 것이다.

사이로 맹장지문이 열려 있는 안쪽을 들여다보신다. 이 친한 사람도 마찬가지로 신이 나서 "돌려라, 돌려라" 하면서 주사위 통[96]을 비틀면서 곧바로 두려 하지 않는다. 통 안에 소원이라도 들어 있는 것인가, 참으로 한심한 짓들을 하고 있다.

용모는 생기 있고 매력적인 모습이고 머리칼은 윤기가 있어 죄[97]가 가벼워 보이는데, 이마가 몹시 좁아 보이는 것과 목소리가 들떠 있는 것 탓에 손해를 보는 듯하다. 특별히 빼어나다고는 할 수 없어도 남이라며 다툴 수도 없고, 거울에 비치는 본인 모습을 떠올려 비교해 보시는데도 참으로 숙명이란 것이 마음에 들지 않는다.

"이리 지내시는 것이 맞지 않고 친숙해지지 않아 주눅 들거나 하지 않나요. 일이 많아 번다하기만 하여 찾아보지를 못하였군요."

내대신이 이리 말씀하시니, 아가씨는 늘 하던 대로 빠른 말투로 이렇게 아뢰신다.

"이리 지내면 무슨 시름이 있겠는지요. 오랫동안 소원하며 뵙고 싶다고 생각하였던 얼굴을, 늘 뵙지 못하는 것만 기뻐할 수 없는 마음이 듭니다."

그러자 내대신이 이리 말씀하신다.

"그렇군요. 내 가까이 두고 부리는 사람도 그다지 없기에, 그리하여서라도 자주 보아 익숙해지도록 해 드리고 싶다고 전에는 생각하였지만, 그리도 할 수 없는 일이었습니다. 보통 시중드는 사람이라면 이렇든 저

---

96 쌍륙의 주사위를 넣은 대나무 통. 각자 하나씩 지닌다.
97 당시에는 전세의 죄업이 많고 적음에 따라 현세의 아름답고 추한 용모가 결정된다고 믿었다.

렇든 스스로 섞여 들어가 다른 사람의 귀에든 눈에든 반드시 들어가거나 띄지 않는 법이기에, 마음 편히 지낼 듯하군요. 그런 사람조차 그 사람 딸이니 저 사람 자식이니 남들에게 알려진 신분이라도 되면, 부모 형제의 체면을 손상하는 부류가 많은 듯하군요. 하물며…….”

도중에 말을 멈추는 대신의 기색이 거북하다는 것도 알아채지 못한 채 아가씨는 이리 아뢰신다.

“무슨 그런 말씀을요. 야단스럽게 생각하며 시중을 든다면 불편한 점도 많겠지요. 주상의 변기 소임이라도 맡겠습니다.”

이에 참지 못하시고 웃으시면서, 익살스러운 구석이 있는 대신이신지라 미소를 지으며 말씀하신다.

“어울리지 않는 소임일 듯하군요. 이리 가끔이라도 만나는 부모에 대한 효심이 있다면, 말씀하시는 이 목소리를 약간 천천히 들려주시게나. 그리하면 수명이 늘어날 것 같으니.”

그러자 아가씨는 이러면서 안절부절못한다.

“원래 혀가 그리 생겨서인 듯합니다. 어렸을 때 돌아가신 어머니가 늘 괴로워하며 지적해 주셨습니다. 묘호지妙法寺 별당別當 고승[98]이 산실産室에 계셨는데 그를 닮아서 그렇다고 탄식하셨습니다. 어찌 이 빠른 말투를 고칠 수가 있을까요.”

이 또한 효심이 아주 깊고 기특하다며, 대신은 바라보신다.

“가까이에 들어가 대기하였다는 그 고승이야말로 문제였군요. 그저 그 죄에 대한 과보일 것이네. 벙어리나 말더듬이는 대승大乘[99]을 비방한

98 ‘묘호지’는 시가현(滋賀縣) 요카이치시(八日市市)에 있는 엔랴쿠지(延曆寺)의 말사이다. ‘별당’은 엔랴쿠지의 승려로서 묘호지의 사무를 담당하는 장이다.

죄라고도 가르친답니다."

이리 말씀하시고, 내 자식이지만 이쪽이 부끄러울 정도로 훌륭한 자태를 지니신 여어에게 보여 드리는 것이 참으로 부끄럽구나, 무슨 생각으로 이렇게 이상한 낌새도 알아보지 않고 가까이로 맞아들였나 생각하시고, 사람들 눈에도 많이 띄어 소문이 퍼질 터인데 싫어 생각을 돌리고 싶으시다. 그래도 이리 말씀하신다.

"여어가 사가에 퇴궐해 계신다네. 가끔 건너가 뵙고 다른 사람의 행동거지 등도 보며 본받도록 하시게. 각별한 구석이 없는 사람도 스스로 사람들과 어울리며 그런 쪽 입장이 되면 어찌어찌 남만큼은 한다네. 그러한 마음으로 여어를 뵙지 않으시겠는지요."

이에 아가씨는 참으로 좋다는 듯이 이렇게 조금 더 조잘거린다.

"참으로 기쁜 일입니다. 그저 어찌 되든지 간에 여러 분들에게 어엿한 존재로 인정받게 되기만을 바라며 자나 깨나 오랜 세월 다른 무엇도 생각해 오지도 않았습니다. 허락만 해 주신다면 물을 길어 이고서라도 모시겠습니다."

말해 봤자 소용없다고 생각하셔서 대신은 이렇게 농담처럼 말씀하신다.

"참으로 그렇게 몸을 써서 땔나무를 줍거나[100] 하지 않으시더라도 모시러 가실 수 있지요. 그저 그 닮았다는 둥 하는 법사만 멀리한다

99 '대승'은 여기에서 『법화경(法華經)』을 말한다.

100 '법화경 내가 얻은 것은 땔나무 베기도 하고 나물 뜯고 물 길며 일하며 얻은 거네(法華經をわが得しことは薪こり菜摘み水汲み仕へてぞ得し)'(『拾遺和歌集』 哀傷, 行基)에 의한다. 이 와카는 『법화경』 「제바달다품(提婆達多品)」에서 석가가 선인을 모시는 모습을 기술한 '採果汲水 拾薪設食'에 바탕을 둔 것이다.

면…….”

그러나 아가씨는 그 의미도 눈치채지 못한다. 같은 대신[101]이라고 아뢰는 분들 중에서도 참으로 끼끗하고 엄숙하며 눈부신 모습으로 그저 그런 사람은 만나보기 어려운 풍채이시라는 것도 모른 채, “그럼 언제 여어님을 뵈러 가는 건가요”라고 아뢰신다.

“길일[102] 등을 골라야 할 터이지요. 좋네, 무얼 그리 야단스럽게 할 필요가……. 그리 생각한다면 오늘이라도…….”

내대신은 이렇게 내뱉듯 말씀하시고는 건너가셨다.

멋진 4위나 5위들이 공손히 모시며 대신이 잠깐 발걸음을 하시는데도 참으로 대단한 위세이신데, 아가씨가 배웅해 드리고는 이리 말씀하신다.

“아아, 참으로 멋진 우리 아버님이시네. 이러한 혈육이면서 나는 초라한 오두막에서 자라났다니…….”

“너무 대단하고 이쪽이 부끄러울 정도이시네요. 무난한 부모로서 소중히 여겨 줄 분이 거두어 주셨더라면 좋았으련만.”

고세치가 이리 말하는 것도 심하다.

“여느 때처럼 자네가 사람이 말하는 것을 망쳐 버리시니 유감이네. 이제는 같은 급으로 말참견을 하지 말게나. 나는 되고자 하는 대로 될 만한 신분인 듯하니 말이야.”

이렇게 화를 내시는 아가씨의 얼굴 표정은 스스럼없고 애교가 있어, 장난치는 모습은 그건 그것대로 어여쁘고 흠결도 봐줄 만하다. 그저 참으로 촌스럽고 미천한 아랫사람들 사이에서 자라나셨기에 말하는 방법

101 태정대신, 좌대신, 우대신, 내대신 네 명.
102 처음 출사할 때는 음양사에게 길일을 물어 정한다.

도 모른다. 별다른 정취 없는 말이라도 천천히 목소리를 낮추어 말을 하게 되면 슬쩍 들었을 때 각별하게 귀에 들리고, 재미있지 않은 와카에 얽힌 이야기[103]를 말할 때도 목소리의 높낮이를 어울리게 하여 여운을 느끼게 하고, 처음과 끝을 들릴락 말락 읊으면 깊은 뜻은 느끼지 못하여도 슬쩍 듣기에는 정취가 있어 마음이 끌린다. 그런데 참으로 사려가 깊고 고상한 것을 말한다고 하여도 괜찮은 내용이 있으리라고 들리지도 않는다. 들뜬 음성으로 입 밖으로 내어 말씀하시는 표현은 뻣뻣한 데다 사투리가 섞여 있고, 제멋대로 늘 잘난 척하는 유모의 품속에서 자라난 모습인지라 처신이 참으로 별나서 품격이 떨어지는 것이다. 그렇다고 너무 한심하다고는 할 수 없고, 서른 글자 넘는 위아래 구가 맞지 않는 와카를 빠른 말투로 잇따라 읊거나 하신다.

8. 오미노키미와 홍휘전 여어가 묘한 와카를 주고받다

"그런데 여어님女御殿에게 입궐하라 말씀하셨거늘, 미적미적대고 있다면 불쾌하게도 생각하시겠지요. 오늘 밤 찾아뵙자꾸나. 대신님이 나를 더할 나위 없이 생각하시더라도 이분들이 쌀쌀맞게 대우하신다면 저택 안에서는 있기가 어려우니……."

아가씨가 이리 말씀하신다. 아가씨의 평판은 참으로 가볍기만 하다. 우선 서찰을 보내 드리신다.

---

103 와카를 지을 때의 제반 사정이나 그것을 둘러싼 사건 등을 이야기하는 것이다. '우타가타리(歌語)'라고 한다. 주로 연애 증답가가 이야깃거리가 된다.

갈대 울타리 바로 옆에 있으면서도[104] 지금까지 그림자 밟을 만큼의 효과도 없다는 것은 나코소勿來 관문을 설치해 두셔서이겠지요.[105] 간 적 없어도 무사시 들판[106]이라고 하면 황송하지만요. 아 황송하여라, 아 황송하여라.

점만 많다. 뒷면에는 이렇게 쓰여 있다.

"참, 저물녘에라도 찾아뵈러 가려고 생각한 것은, 꺼려지면 더욱더 마음 갈까 봐서요.[107] 제발, 제발 이상한 것은 미나세강水無瀨川[108]으로 여겨 주시길……."

또 끄트머리에는 이렇게 쓰여 있다.

오미노키미

"풀을 헤치며 히타치常陸 지방 포구 이카가곶을

어찌 함께 볼 거나 다고 포구 파도여[109]

---

104 '남몰래 하는 사랑이 무슨 소용 갈대 울타리 바로 옆에 있어도 만날 방도 없구나(人知れぬ思ひやなぞと葦垣のまぢかけれども逢ふよしのなき)'(『古今和歌集』 戀一, 讀人しらず)에 의한다.

105 '다가선다면 그림자 밟을 만큼 가까운데도 누가 나코소 관문 거기 설치해 뒀나'(立ち寄らば影ふむばかり近けれど誰かなこその關をすゑけむ)(『後撰和歌集』 戀二, 小八條御息所)에 의한다. 나코소 관문(勿來關)의 '나코소'는 '오지 말라'는 의미이다.

106 '간 적 없어도 무사시 들판 하면 한숨 나오네 어쩔 수 없지 그건 지치 풀 탓인 것을(知らねども武蔵野といへばかこたれぬよしやさこそは紫のゆゑ)'(『古今和歌六帖』 五, 笠女郎)에 의한다.

107 '이상하게도 꺼려지면 더욱더 마음 가누나 어찌하면 이 마음 멈출 수 있을런가(あやしくもいとふにはゆる心かないかにしてかは思ひやむべき)'(『後撰和歌集』 戀二, 讀人しらず)에 의한다.

108 '글씨 못 써도 역시 좋은 쪽으로 여겨 주시길 미나세 강바닥의 티끌보다 못해도(あしき手をなほよきさまにみなせ川底の水屑の數ならずとも)'(『源氏釋』)에 의한다. 미나세강(水無瀨川)의 '미나세'는 간주하라, 여겨라 등의 의미를 지니는 '미나세(見做せ)'와 발음이 같다.

큰 강 흐르는 물이…….”

푸른 색종이를 겹친 데에다 참으로 소草[110]를 많이 사용하여 딱딱한 필체로 누구 글씨체인지도 알 수 없고 안정감 없는 서체인데도, 글씨 아랫부분을 길게 늘여 써서 심히 멋을 부리고 있다. 행을 보아도 가장자리 쪽으로 비스듬하여 넘어질 듯이 보이는데, 이를 아가씨는 웃으면서 바라본 뒤 그래도 역시 아주 가늘고 작게 말아 묶어서 패랭이꽃에 달아매었다.[111] 변기 청소를 담당하는 동녀는 참으로 물정에 밝고 깔끔해 보이는데, 이번에 새로 시중들게 되었다.

이 동녀가 여어 처소의 태반소台盤所[112]에 들러 “이걸 전해 주십시오”라고 한다. 하급 시녀가 동녀와 안면이 있기에, “북쪽 채에서 시중드는 동녀로구나” 하며 서찰을 받아서 들어왔다. 대보님大輔の君이라는 시녀가 이를 들고 안으로 찾아뵙고 서찰을 풀어 보게 하신다. 여어가 웃으며 내려놓으시는 것을 중납언님中納言の君이라는 시녀가 가까이에서 대기하고 있으면서 옆눈으로 힐끗 보았다. “참으로 세련된 서찰 양식이기도 한 듯하군요” 하며 보고 싶어 하는 듯하기에, 여어가 “소 문자草の文字는 잘 알아보지 못하는 탓인지, 처음과 끝이 이어지지도 않는 듯이 보이는군요” 하

---

109 거리가 먼 각지의 지명들을 끌어들여 읊었다. ‘히타치 지방’은 오늘날 이바라기현(茨城縣)이며 ‘이카가곶’은 오늘날 오사카부(大阪府)의 동부인 고치 지방(河内國)에 있다. ‘다고 포구’는 오늘날 시즈오카현(静岡縣) 중앙부인 스루가 지방(駿河國)에 있다. 처음과 끝이 맞지 않는 와카의 예이다.

110 ‘소가나(草假名)’를 말한다. 한자의 초서체를 1자(字) 1음(音) 식 가나로 사용한 것으로 히라가나와는 다르다.

111 안부 서찰은 접어서 양 끝을 접어 매듭을 짓는데 이를 ‘무스비부미(結び文)’ 형식이라고 한다. 종이의 색상과 어울리는 식물에 묶어 매어 보낸다.

112 음식을 조리하는 부엌. 사자가 갈 곳이 아니다.

며 서찰을 넘기신다.

여어는 이러면서 답신을 중납언님에게 쓰도록 맡기신다.

"답신은 이렇게 고상하게 쓰지 않는다면 볼품없다고 무시당하겠군요. 바로 쓰시게나."

겉으로 드러내지는 않는다고 하여도 젊은 사람들은 웃겨서 모두 킥킥거렸다. 동녀가 답신을 달라고 하기에, 중납언님은 "정취 있는 방면으로만 관련되어 쓴 서찰이기에 답신을 아뢰기가 힘들구나. 선지宣旨가 쓴 서찰[113]인 듯 보이면 딱할 터이지" 하며, 그저 여어의 서찰처럼 쓴다.

"가까이 있는 보람도 없이 격조한 것은 원망스럽기에…….

중납언님

히타치 지방 스루가駿河 바닷가의 스마 포구에

파도 이리 나오길 하코자키筥崎 소나무"[114]

여어에게 읽어서 들려드리니, "아 싫구나. 정말로 내가 읊은 것이라고 소문이라도 난다면……" 하며 민망하게 여기시는 듯하다. 그래도 중납언님은 "그건 듣게 될 사람들이 분별하겠지요"라면서 종이에 싸서[115] 동녀에게 내주었다.

---

113 대필한 편지.

114 오미노키미가 읊은 와카에 등장하는 지명을 답가의 윗구에 나열하였다. 하코자키는 후쿠오카시(福岡市)에 있다.

115 편지를 종이로 감고 위아래 남은 부분을 꼬아 묶는 '다테부미(立文)' 형식이다. 공적인 서찰 형식이다. 오미노키미가 보낸 '무스비부미' 형식에 대해 은근히 무례한 대응이다.

아가씨御方[116]가 보고, "정취 있는 표현법이로구나. 나를 기다린다고 말씀하시는걸"이라며, 참으로 달콤한 내음이 나는 향의 향기를 몇 번이나 피워 스며들도록 하며 앉아 계신다.[117] 연지[118]라고 하는 것을 무척 빨갛게 바르고 머리를 빗으며 몸단장을 하시니, 그것은 그것대로 떠들썩하고 애교 있게 보인다. 여어를 뵐 때 주제넘은 행동도 있을 듯하다.

116 오미노키미.
117 출사 준비이다. 향내가 짙으면 품위가 없다고 여겨졌다.
118 잇꽃(紅花)을 재료로 만들었다.

「도코나쓰常夏」 권은 다마카즈라 이야기가 기본 축으로 전개되는 가운데 그녀의 이복자매로서 내대신옛두중장의 숨겨진 딸인 오미노키미近江の君의 이야기에 초점을 맞춰 기술된다. 권명인 '도코나쓰'는 다마카즈라에게 화금을 가르친 히카루겐지가 그녀를 친부인 내대신에게 보여 주고 싶어서 읊은 와카인, '패랭이꽃의 늘 귀엽고 정다운 모습 본다면 그 옛날 울타리를 그 사람은 찾을 듯'에서 유래한 것이다. '패랭이꽃'은 다마카즈라, '그 옛날 울타리'는 유가오, 그리고 '그 사람'은 내대신을 가리킨다. '도코나쓰'는 패랭이꽃이라는 의미의 '나데시코撫子'의 다른 표현이다.

「도코나쓰」 권에는 오미노키미가 본격적으로 등장한다. 그녀는 갑자기 상류 귀족의 화려한 환경에 편입됨으로써 주위 사람들로부터는 익살꾼으로 여겨질 수밖에 없는 특이한 존재이다. 그녀의 골계적인 성격은 일반적인 익살꾼과는 다르다. 친부의 인지를 받지 못한 채 미천한 환경 속에서 성장한 탓에 상류 귀족 사회에 적응하지 못한 데서 비롯된 것으로, 그녀 나름대로 진지해지면 질수록 주위 사람들의 웃음의 대상이 되고 스스로 그것을 깨닫지 못하는 어리석은 인물이기도 하다. 하지만 실제 오미노키미가 드러내고 있는 것은 그녀 자신의 문제가 아니라 그녀를 통해 비치는 상류 귀족 사회 군상들의 면면이며, 그녀는 그들의 이중성을 드러내기 위한 존재로서 기능한다. 귀족적인 풍아한 세계에 들어와 그 세계를 상대화시키는 존재로서의 의미를 지닌다고 할 수 있다. 교양이 없는 사람일수록 잘난 체하고 싶어 하는 것은 『겐지 모노가타리』에 반복되어 등장하는 모티프이다. 그런데 오미노키미는 다른 사람들에게 놀림받고 있다는 사실조차 인식하지 못하는 어리석은 존재이지만, 그녀는 작품 내에서 그럼에도 불구하고 밉지 않은 인물로 형상화되어 있다.

텍스트 속에 등장하는 작중 인물의 성격이 인물의 이름, 용모, 언동, 생활 환경, 타자와의 관계 맺기 등의 제반 요소를 통해 형상화된다고 생각하였을 때, 이러한 인물들이 골계미를 유발하는 요인은 크게 세 가지로 나눌 수 있다.

먼저 지적할 수 있는 것은 인물의 '외적인 생김새' 및 그 사람의 취향 및 성격이 외부로 발현된 '행동 양식'이 그것이다. 이러한 인물들의 외적인 생김새는 구체적으로 신체, 용모의 왜소 및 비대, 추함 등을 말하며, 행동 양식이란 사회 규범에서 일탈한 행위, 취향 등을 말한다. 이러한 외적인 생김새 및 행동 양식을 지표로 일본 고전문학 텍스트에 나타난 인물 조형에 주목하였을 때 시사적인 것은 '어리석고 골계적인 이야기', 즉 '오코 모노가타리烏滸物語'에 등장하는 인물들이다. 이러한 유형의 이야기를 구현하는 등장인물의 특징으로는 추한 용모 및 버릇 등의 신체적 일탈, 문화의 중심에서 벗어난 촌스러움 등을 들 수 있다. 사회적, 문화적인 규범이나 상식을 지니지 못한, 이른바 이문화에 속해 있는 인물이 규칙에서 벗어난 행동과 언동을 함으로써 웃음을 제공하는 것이다.

『겐지 모노가타리』에서 이러한 인물로서는 스에쓰무하나末摘花나 지나친 성적 집착을 보이는 노녀老女 겐 전시源典侍, 그리고 이 권에 처음 등장하는 오미노키미를 들 수 있다. 스에쓰무하나는 시대와 맞지 않은 지나치게 고풍스러운 데서 초래된 골계미인 데 반해, 오미노키미는 서민적이고 진중하지 못한 행동거지와 말투 등 소양 부족에서 초래된 골계미이다.

또한 이 권에서는 히카루겐지와 내대신 두 사람의 가치관의 차이가 드러나며 이들 사이의 갈등이 부각된다. 내대신은 더욱더 히카루겐지에게 대항하려는 의지를 굳히며 자신이 먼저 유기리와 구모이노카리의 관계를 허락하려고 하지 않는다. 두 사람의 차이는 자녀 교육 방침에서도 드러난다. 히카루겐지가 한쪽으로 편향되는 것을 싫어하고 조화와 중용을 중시하는 반면, 내대신은 개성의 존중을 강조한다. 모노가타리는 오미노키미를 통해 웃음과 풍자를 그려 내면서 내대신 쪽을 비판적으로 기술하고 있다.

제27권

「가가리비篝火」 권

히카루겐지 36세 초가을

정처 모르는 하늘로 사라지길 화톳불에만
기대어 오르려는 연기라고 한다면
行く方なき空に消ちてよ篝火の
たよりにたぐふ煙とならば

1. 오미노키미의 소문을 듣고 히카루겐지가 평을 하다

요 근래 세상 사람들의 이야깃거리로 이번에 데려온 내대신 댁 아가씨[1]가 일이 있을 때마다 입길에 오른다. 겐지 대신源氏の大臣께서 들으시고 딱하게 생각하시며 이리 말씀하신다.

"어찌 되었든 다른 사람 눈에 띄지 않도록 칩거시켜 두던 딸을 무책임한 일을 구실[2]삼아 그리도 눈에 띄도록 내세우고,[3] 이렇게 사람들에게 드러내 보여 입길에 오르게 하는 것이야말로 납득이 가지 않는 일이다. 참으로 좋고 나쁨의 구별을 지나치게 확실히 하시는 통에, 깊은 속사정도 알아보지 않고 데리고 나와, 마음에 들지도 않기에 이리 꼴사나운 대우를 하게 되는 것이겠지. 만사에 걸쳐 어찌 대우하느냐에 따라 무난하게 해결되는 법이거늘……."

이러한 일을 접하면서도 서쪽 채 아가씨[4]는 참으로 잘도, 부모라고 하셔도 오랫동안 지녀 온 속내를 알지 못한 채 옆에 있었다면 치욕스러운 일도 겪었겠지, 라면서 절실히 깨달으신다. 우근[5]도 아주 잘 이야기[6]하여 알려 주었다. 싫은 마음은 지니고 계시지만 그렇다고 하여 겐지 님께서 마음 가시는 대로 막무가내로 행동하거나 하지 않으시고 한층 더 깊은 마음만 더하여지시니, 아가씨는 점차 다정하게 마음을 터놓으신다.

---

1 오미노키미(近江の君). 초가을로 접어든 지금 이미 홍휘전 여어에게 출사 중이다.
2 오미노키미가 내대신의 사생아라는 것을 내세우고 나선 일.
3 내대신이 오미노키미를 어엿한 나인이라도 된 듯 홍휘전 여어에게 출사시킨 일.
4 다마카즈라.
5 다마카즈라의 모친인 유가오의 시녀였다가 지금은 다마카즈라의 교육을 담당하고 있다.
6 히카루겐지의 후견이 얼마나 고마운 일인가에 대한 이야기.

2. 초가을에 히카루겐지와 다마카즈라가 화톳불을 제재로 와카를 주고받다

가을이 되었다. 초가을 바람이 시원하게 불기 시작하니 사랑하는 임이 입은 옷[7]과 같이 겐지 님도 어쩐지 쓸쓸한 마음이 드신다. 참기 힘들면 무척 자주 건너가셔서 온종일 지내시며 현악기[8] 같은 것도 가르쳐 드리신다. 대엿샛날의 초저녁달은 일찍 들어가서 살짝 구름이 걸려 있는 풍경인데, 억새 스치는 소리도 점점 더 정취가 있을 무렵이 되었다. 현악기를 베개로 삼아 베고 함께 가까이 누워 계셨다. 이러한 예[9]가 어디 있을까 싶어 자주 탄식하며 밤늦게까지 계시면서도 사람들의 비난이 있을지도 모른다고 생각되시기에 건너가시려다가, 앞뜰의 화톳불이 약간 꺼져 가려는 것을 수행원인 우근 대부右近大夫[10]를 부르셔서 불을 붙이라고 시키신다.

참으로 시원해 보이는 야리미즈遣水[11] 물가에, 경치도 각별하게 땅에 누운 듯이 가지를 넓게 펼치고 있는 참빗살나무 밑에 소나무 쪼갠 것[12]을 야단스럽지 않을 정도로 놓아두고 조금 뒤로 물러나 불을 붙인다. 앞뜰 쪽은 참으로 시원하고 적당한 불빛에 여자女의 자태는 바라볼 보람이 있다. 손으로 만져지는 머리카락의 감촉 같은 것은 참으로 차갑고 고상한 느낌이 들고, 마음을 터놓지 않은 채 무언가 조심스럽게 생각하고 계

---

7 '사랑하는 임 입은 옷에 불어온 초가을 바람 옷자락 뒤집으니 왠지 마음 끌리네(わがせこが衣のすそを吹き返しうらめづらしき秋の初風)'(『古今和歌集』 秋, 讀人しらず)에 의한다.

8 6현금인 일본 고래의 화금(和琴).

9 마음 가는 여성과 함께 누워 있으면서 더 행동할 수 없는 관계.

10 종6위 상에 상당하는 우근위부의 장감(삼등관)으로 특별히 5위에 서위된 자를 이른다. 대부는 5위인 관인을 가리킨다.

11 저택 안으로 끌어들인 물길.

12 화톳불 땔감이다. 송진이 묻은 것을 태우므로 연기가 많이 난다.

시는 기색이 무척 귀염성 있다. 돌아가기 어려워하시며 머뭇대신다.

"사람이 지키고 서서 꺼지지 않게 계속 불을 붙이도록 하여라. 여름에 달이 없을 무렵에는 정원에 빛이 없으면 참으로 왠지 기분이 좋지 않고 불안한 법이니."

이리 말씀하신 뒤 아뢰시길 이러하다.

히카루겐지

"화톳불 따라 함께 피어오르는 사랑의 연기

절대 꺼질 리 없는 내 사랑 불꽃이네[13]

언제까지[14]인가요. 연기가 나지 않는다고 하여도, 괴롭게 마음속으로 태우고 있었다오."

아가씨女君는 아연하기만 한 상황이로구나 하고 생각되셔서, 이리 읊으며 곤란해하신다.

다마카즈라

"정처 모르는 하늘로 사라지길 화톳불에만

기대어 오르려는 연기라고 한다면

---

13 사랑(戀)은 일본어 고어로 '고히(こひ)'로 표기한다. '히(ひ)'는 불(火)을 나타내므로 화톳불에서 사랑을 연상하여 읊은 것이다.

14 '여름이기에 처소에 연기 내려 피운 모깃불 언제까지 내 몸을 맘속에서 태우나(夏なれば宿にふすぶる蚊遣り火のいつまでわが身下燃えをせむ)'(『古今和歌集』戀一, 讀人しらず)에 의한다.

사람들이 의아하다고 생각할 것을……."

이에 겐지 님께서는 "자, 보시게"라며 나서시니, 동쪽 채[15] 쪽에서 홍겨운 피리笛[16] 소리가 쟁금箏[17]에 맞춰 어우러지고 있다.

"중장[18]이 여느 때처럼 늘 붙어 다니는 치들끼리 놀고 있는 듯하구나. 두중장頭中將[19]이 부는 것 같구나. 참으로 각별하게도 부는 음색이로고." 라며 발길을 멈추신다.

3. 다마카즈라가 의도치 않게 형제들의 연주를 듣다

"여기에 참으로 불빛이 시원한 화톳불이 있어 발길이 묶여 있는데……"라고 사자를 통해 연통을 넣으시니, 세 사람[20]이 나란히 찾아뵈러 오셨다.

겐지 님께서는 "바람 부는 소리가 가을이 되었네[21]라고 들렸던 피리

---

15 유기리의 처소.

16 관악기의 총칭이지만 횡적(橫笛)을 가리키는 경우가 많다.

17 13현금.

18 유기리.

19 가시와기. 내대신의 장남으로 다마카즈라의 이복 남자 형제이다. 장인 두 겸 우중장이다.

20 유기리, 가시와기, 그리고 가시와기의 동생인 변 소장.

21 '가을 온 것이 눈에는 뚜렷하게 뵈지 않지만 바람 부는 소리에 깜짝 알아채누나(秋来ぬと目にはさやかに見えねども風の音にぞおどろかれぬる)'(『古今和歌集』 秋上, 藤原敏行)에 의한다. 가을이 온 것을 알아챈 마음을 강조하였다. 또한 『가카이쇼(河海抄)』에서는 '楚思森茫雲水冷商聲清脆管絃秋'(『白氏文集』 第十五 盧侍御與崔評事爲予於黃鶴樓置宴宴罷同望」)를 전거로 들고 있다.

소리에 참기 어려워져서……"라며 현악기[22]를 꺼내어 정답게 뜯으신다. 겐 중장源中將[23]은 반섭조般涉調[24]로 참으로 정취 있게 분다. 두중장은 신경이 쓰여 불기 어려운 듯하다. 겐지 님께서 "늦는구나" 하며 재촉하기에 변 소장弁少將이 박자拍子[25]를 치면서 소리를 낮추어 부르는 목소리, 청귀뚜라미[26]와 헷갈릴 정도이다. 두 번 되풀이하여 부르게 하신 뒤 현악기는 중장[27]에게 물려주신다. 참으로 그 부친인 대신이 타는 소리[28]에 전혀 뒤지지 않고 화려하고 정취가 있다.

"발 안쪽에 악기 소리를 분별하는 사람도 계시는 듯하네. 오늘 밤은 술잔 등도 삼가기를. 한창때를 지난 사람[29]은 술 취하여 울 때 억누르지 못하는 일도 입 밖에 낼 수 있으니……."

겐지 님께서 이리 말씀하시기에, 아가씨도 정말로 가슴 절절하게 들으신다. 끊을 수 없는 사이의 인연은 소홀하지 않을 듯하기 때문인지 이 도련님들[30]을 남몰래 눈에도 귀에도 담아 두고 계시지만, 도련님들은 전혀 그렇다는 것조차 짐작하지 못한다. 이 중장[31]은 온 마음으로 정성을 다하며 사모하는 바이기에 이러한 기회에도 참을 수 없을 듯한 마음이 들지만, 보기 좋게 처신하며 편안한 마음으로 제대로 끝까지 뜯지도 못한다.

---

22 화금.
23 유기리.
24 율조. 12율 중 하나인 반섭을 제1음인 궁(宮)에 둔 음계로 당세풍의 화려한 곡조이다.
25 악기 명으로 홀박자(笏拍子)가 정식 명칭이다.
26 아름다운 목소리의 비유이다. 변 소장은 소년 때부터 미성으로 알려졌다.
27 가시와기.
28 내대신은 화금의 명수이다.
29 히카루겐지 자신.
30 이복남매 간인 가시와기와 변 소장.
31 가시와기.

「가가리비」 권 해설

「가가리비篝火」 권은 『겐지 모노가타리』에서 가장 짧은 권이다. 앞의 권들에 이어 초가을을 시간적인 배경으로 하여 화톳불 불빛과 악기 소리에 히카루겐지와 다마카즈라의 서서히 깊어 가는 마음, 이른바 심상풍경心象風景이 드러나 있는 권이다. 히카루겐지는 다마카즈라에 대한 억누를 수 없는 연정을 화톳불 연기에 빗대어 호소하고 있다.

권명은 히카루겐지와 다마카즈라의 증답가인 '화톳불 따라 함께 피어오르는 사랑의 연기 절대 꺼질 리 없는 내 사랑 불꽃이네'와 '정처 모르는 하늘로 사라지길 화톳불에만 기대어 오르려는 연기라고 한다면'에 의한다. '가가리비'는 화톳불이라는 의미이다. 일본어 고어로 '사랑'은 '고히戀'로 표기하는데, '히ひ'는 '불火'이라는 의미이므로 화톳불에서 사랑을 연상하여 읊은 것이다. 초가을, 어두운 밤에 피워 둔 화톳불은 중년 남성인 히카루겐지의 연정을 상징한다.

제28권

「노와키野分」 권

히카루겐지 36세 가을 8월

바람 거칠고 떼구름 헤매이는 저물녘에도
잊힐 틈조차 없이 잊히지 않는 당신
風さわぎむら雲まがふ夕べにも
わするる間なく忘られぬ君

1. 가을을 맞은 로쿠조노인에 갑자기 태풍이 몰아치다

중궁 처소[1] 앞뜰에 가을꽃을 심어 두셨는데 예년보다도 볼만한 데가 많다. 갖가지 종류의 꽃을 다 모으고, 껍질을 벗기지 않은 나무와 벗긴 나무로 정취 있는 바자울을 듬성듬성 엮어 두었다. 같은 꽃이라 하더라도 나뭇가지 모양, 생김새, 아침저녁 이슬의 빛 또한 세상에서 늘 보던 것이 아니고 옥으로 보일 정도로 빛난다.[2] 조성해 둔 들녘 풍경을 조망해 보자니, 과연 봄 산[3]도 잊어버리고 신선하고 정취가 있어 마음도 들뜨는 듯하다. 춘추 우월 논쟁春秋のあらそひ[4]에서 예로부터 가을에 마음을 주는 사람은 훨씬 많았는데, 이름 드높은 봄의 저택 앞뜰 꽃밭에 마음을 주었던 사람들이 다시금 마음을 돌려 변심하는 기색은 세상 모습과 닮았다.

중궁은 이 경치를 보시고 마음에 드셔서 사가에 머물러 계시는 동안에 관현 연주 등도 있었으면 싶으시지만, 팔월은 돌아가신 부친인 전 동궁의 기월忌月[5]이신지라 감질나게 생각하시면서 날을 보내신다. 이 꽃 색깔이 더욱더 화사해지는 경치들을 바라보시던 중 태풍野分이 예년보다도 무시무시하게 하늘 색이 변하며 불기 시작한다. 꽃들이 시들어지니 참으로 그리도 깊이 마음에 담아 두지 않은 사람조차 아아, 심하기도 하지라며 수런거리거늘, 하물며 풀숲의 이슬방울이 떨어져 흩어짐에 따라 중궁의 마음도 어지러워지실 듯하다. 덮을 만한 소매[6]는 가을 하늘에 더 필

---

1 남서 구역의 가을 저택.

2 '둘러 심어서 당신이 금줄 쳐 둔 꽃들이기에 옥으로 보이기에 이슬도 앉았는가(植ゑたてて君が標結ふ花なれば玉と見えてや露も置くらむ)'(『後撰和歌集』 秋中, 伊勢)에 의한다.

3 무라사키노우에의 거처인 남쪽 구역 저택의 정원.

4 『겐지 모노가타리』 2 「우스구모」 권 20절, 『겐지 모노가타리』 3 「오토메」 권 34절 참조.

5 아키코노무 중궁의 부친인 전 동궁이 세상을 뜬 달이기에 관현 연주 등은 삼간다.

요할 듯하다. 어두워짐에 따라 사물도 보이지 않고 바람이 이리저리 불어 대어 몹시 기분 나쁘기에 격자문 등을 내렸더니, 걱정스러워 견디기 힘들다며 중궁은 꽃님花の上[7]을 걱정하며 한탄하신다.

2. 유기리가 로쿠조노인으로 와서 무라사키노우에를 엿보다

남쪽 저택南の殿[8]에서도 앞뜰의 초목을 꾸며 두셨는데, 하필이면 이리 바람이 불어 뿌리 근방이 엉성한 어린 싸리[9]가 기다려 맞을 수 있는 바람의 형세로는 쌀쌀맞다. 가지가 심히 휘어지고 이슬이 조금도 맺히지 못할 듯이 계속 바람이 불어 흐트러뜨리는 모습을 아씨는 약간 툇마루 가까이에서 보신다.

대신大臣께서는 아가씨[10] 처소에 계시는데 그때 중장님[11]이 찾아오셨다. 동쪽 채로 이어지는 회랑[12]의 작은 칸막이 너머로 쌍여닫이문이 열려 있는 틈을 무심코 들여다보시니, 시녀가 많이 보이기에 멈춰 서서 소

6 '넓은 하늘을 덮을 만한 소매가 있으면 하네 바람에 봄에 피는 꽃을 맡길 수 없네(大空に覆ふばかりの袖もがな春咲く花を風にまかせじ)'(『後撰和歌集』 春中, 讀人しらず)에 의한다.

7 꽃을 의인화한 표현이다.

8 무라사키노우에가 거처하는 저택.

9 '미야기 들판 뿌리 근방 엉성한 어린 싸리는 이슬 치울 바람인 듯이 임 기다리네(宮城野の本あらの小萩露を重み風を待つごと君をこそ待て)'(『古今和歌集』 戀四, 讀人しらず)에 의한다.

10 아카시 아가씨.

11 유기리.

12 몸채에서 동쪽 채로 이어지는 복도이다. '와타도노(渡殿)'라고 한다.

리도 내지 않고 본다. 병풍 또한 바람이 거칠게 분 탓에 접어서 세워 두었기에 눈앞을 막아서는 것 없이 훤히 다 보인다. 몸채에 붙은 조붓한 방 안의 깔개 위 자리에 앉아 계신 분[13]은 다른 사람과 헷갈릴 일도 없이 고상하고 기품 있게 아름다워 활짝 화사해지는 느낌이 든다. 봄날 새벽안개 틈으로 정취 있는 산벚꽃樺櫻이 흐드러지게 피어 있는 것을 보는 듯한 느낌이다. 뵙고 있는 내 얼굴에도 번져 올 듯이 애교는 활짝 피어나 부질없이 흩어지니 다시없이 좀체 볼 수 없는 분의 자태이시다.

발이 바람에 말려 올라가서 사람들이 누르고 있는데, 어째서인지 아씨가 웃으시는데 참으로 대단히 아름다워 보인다. 꽃들을 걱정하는 듯 그냥 내버려 두고 들어가지 못하신다. 앞에 대기하고 있는 사람들[14]도 제각각 깔끔한 자태들로는 다 보이지만 시선이 갈 만하지도 않다. 대신大臣께서 자신을 참으로 아주 멀리 거리 두시는 것은, 이리 보는 사람이 아무렇지 않게는 생각하지 못할 듯한 자태이신지라 사려 깊으신 성향에 혹여 이러한 일[15]도 있지 않을까 생각하셔서이구나 싶다. 하여, 기척이 두려워 자리를 떠나려는 순간에 서쪽 처소[16]로부터 겐지 님께서 안쪽 맹장지문을 열어젖히고 건너오신다.

"참으로 기분 나쁘고 경황없는 바람인 듯하구나. 격자문을 내리게나. 남자들도 있을 터인데 다 보이지 않겠소."

이리 아뢰시기에 다시 다가가 보니, 아씨가 뭔가 말씀을 하시고 대신大

13 무라사키노우에.
14 무라사키노우에를 모시는 시녀들.
15 무라사키노우에를 보고 마음이 어지러워지는 일.
16 아카시 아가씨와 무라사키노우에는 몸채를 함께 쓰고 있다. 히카루겐지는 몸채 서쪽 아가씨 방에서 내부의 맹장지문을 열고 무라사키노우에의 방으로 건너온다.

臣께서도 미소를 지으며 뵙고 계신다. 부모로도 생각되지 않고 젊고 깔끔하니 아름답고 우아하여, 참으로 한창때의 용모이시다. 여자女[17]도 나이가 들어 성숙한 아름다움을 갖추어 두 분의 자태는 부족함이 없으시다. 중장은 이를 보며 가슴에 사무치듯이 여겨지지만, 이 회랑의 격자문도 바람에 열어젖힌 채 자신이 서 있는 곳이 훤히 보이기에 두려워 자리를 떴다. 중장이 지금 찾아뵀다는 듯이 목소리를 내며 툇마루 쪽으로 걸어 나아가시니, 겐지 님께서는 그것 봐라, 훤히 보였잖느냐 하면서 그 쌍여닫이문이 열려 있었구나 하고 이제야 수상쩍게 보신다. 중장은 오랫동안 이러한 일이 전혀 없었거늘 바람은 정말로 바위도 들어 올릴 만큼 부는 법이로구나, 그리도 주의 깊으신 분들의 마음을 혼란스럽게 하여 좀체 없는 기쁜 경험을 하였구나 하고 생각한다.

사람들[18]이 찾아와 이리저리 손을 보면서 떠들어댄다.

"참으로 심하게 불어 댈 듯한 바람입니다. 북동 방면에서 불어오기에 이 앞뜰은 평온[19]한 겁니다. 마장전馬殿場[20]과 남쪽 쓰리도노釣殿[21] 등은 위험할 듯하기에……."

"중장은 어디에서 왔느냐."

"산조노미야三條宮[22]에 있었습니다만, 바람이 심히 불 것 같다고 사람

17 '여자'라고 기술된 데서 유기리가 히카루겐지와 무라사키노우에를 부모로서가 아니라 남녀 한 쌍으로 보고 있음을 알 수 있다. 이때 히카루겐지는 36세, 무라사키노우에는 28세이다.
18 저택에서 일하는 사람들.
19 무라사키노우에의 처소는 동남 구역에 있기 때문에 바람이 직접적으로 강하게 불어오지 않는다.
20 마장전은 하나치루사토의 처소인 북동 구역에 있다.
21 하나치루사토의 처소 남쪽에 있다. '쓰리도노'는 낚시를 하거나 더위를 식히는 연회 등에 사용되는 연못가 건물이다.

들이 아뢰기에 걱정이 되어 찾아뵈었습니다. 그쪽은 더욱더 마음이 안 놓이고, 바람 소리조차 지금은 오히려 어린아이처럼 두려워하고 계신 듯하여 걱정되기에 그리로 물러날까 합니다."

이리 아뢰시니, 겐지 님께서는 이렇게 큰 황녀를 애처로워하신다.

"당연하지, 어서 찾아뵈시게. 늙어 가면서 다시 어려지는 일은 세상에 있을 법하지 않은 일이건만, 참으로 그러하기만 하군요."

그러고는 "이리 날씨가 수선스러워 보이는 듯한데, 이 중장님[23]이 옆에서 모시면 괜찮겠다 싶기에 일임합니다"라고 큰 황녀께 안부를 여쭈신다.

3. 유기리가 산조노미야에 머물며 무라사키노우에를 생각하다

길을 가는 도중[24]에 강하게 맞부딪치는 바람이 불지만, 단정하게 처신하시는 도련님이기에 산조노미야와 로쿠조노인六條院으로 찾아가 뵙지 않으시는 날이 없다. 궁중에 근신物忌[25] 등이 있어 어쩔 수 없이 칩거하셔

22 유기리의 외조모인 큰 황녀의 저택. 유기리는 어렸을 때 그곳에서 자랐기에 지금도 늘 방문한다. 현재 유기리의 평상시 거처는 하나치루사토의 처소인 로쿠조노인의 북동 구역 동쪽 채이다.

23 원문은 경칭으로 쓰이는 '아손(朝臣)'이다.

24 유기리는 로쿠조노인을 나와 산조노미야로 가는 길이다.

25 '모노이미(物忌)'라고 한다. 불길한 날에 집에 틀어박혀 심신을 청정하게 하여 근신하였다. 천황이 근신하면 신하들도 함께 근신하여 궐에 머무른다. 헤이안시대 문학에 등장하는 근신은 음양도(陰陽道)의 신들이 순행하는 방위를 피하거나 재액이나 귀신 등이 침입하는 것을 막기 위해 '모노이미'라고 쓴 버드나무 표찰이나 백지 등을 관(冠)이나 발(簾) 등에 붙여 놓고 하는 방식이다.

야만 하는 날 말고는 바쁜 공적인 일이나 절일節日에 열리는 연회 등 시간이 걸릴 만한 일이 번다한 시기와 겹쳐도 우선 이 인院으로 찾아뵙고 산조노미야宮로 가서 거기서 궁중으로 출발하신다. 하여 하물며 오늘, 이 같은 하늘 모양인지라 바람 앞에서 이리저리 헤매며 다니시는 것도 어여뻐 보인다.

황녀宮께서는 아주 기쁘고 든든하다며 중장을 맞아들이신다.

"이리 많은 나이에 여태껏 이렇게 소란스러운 태풍은 겪어 본 적이 없었네요."

이러면서 그저 벌벌 떨기만 하신다. 그러면서 한편으로는 이리 말씀하신다.

"커다란 나뭇가지 등이 부러지는 소리도 무척 기분 나쁘고, 저택의 기와조차 남아나지 않을 듯이 바람이 불어 흐트러뜨리는데, 이렇게 찾아오셨다니……."

그렇게나 대단하였던 위세가 잠잠해지고, 이 도련님을 미더운 사람頼もし人으로 생각하고 계시니 무상한 세상이다.[26] 지금도 세상 일반의 평판이 약하여졌다는 것은 아니지만, 내대신内の大殿[27]의 기색은 오히려 중장보다 소원하였다.

중장은 밤새도록 거칠게 부는 바람 소리에도 어쩐지 마음이 절절하다. 늘 마음에 두고 그립다고 생각하는 사람[28]에 관한 일은 제쳐 놓고 아까 보았던 마님의 모습이 잊히지를 않는다. 이것은 어떠한 마음인가, 있어서는

---

26 큰 황녀의 남편인 태정대신은 4년 전에 세상을 떠났다.
27 친아들인 내대신과는 구모이노카리와 유기리의 연애 문제로 사이가 소원해졌다.
28 구모이노카리.

안 될 마음 또한 더하였으니 참으로 두려운 일이로구나 하며 스스로 생각을 돌려 다른 일로 옮겨 생각해 보려 하지만, 여전히 불쑥 생각이 난다. 그러면서 이제까지도 앞으로도 좀체 찾아볼 수 없는 자태를 지니셨구나, 이러한 두 분 사이에 어찌 동쪽 마님東の御方[29]이 그러한 사람 축[30]에 어깨를 나란히 하셨을까, 비할 수가 없거늘, 아아 딱하기도 하지라고 생각한다. 대신의 마음 씀씀이가 좀체 없는 일이라는 것을 깨닫게 되신다. 인품이 참으로 신실하기에 어울리지 않는 생각을 하지 않지만, 그러한 사람[31]과 이왕이면 인연을 맺고 밤낮으로 함께 지내고 싶구나, 그러면 한도가 있는 수명이라도 약간은 더 반드시 늘어날 터이지, 하고 잇따라 생각을 이어 간다.

4. 히카루겐지와 무라사키노우에 침소 가까이에 다가간 유기리

새벽녘에 바람이 약간 잦아들더니, 비가 소나기처럼 쏟아지기 시작한다. "로쿠조노인에서는 별채가 넘어졌습니다"라는 둥 사람들이 아뢴다. 바람이 휘몰아치는 동안에 널따랗고 높직한 느낌이 드는 건물이 많은 인院에서, 사람들도 대신께서 계신 저택 근방[32]에야 많겠지만 동쪽 구역東の町[33] 등에서는 인적이 적다고 여기셨겠다 싶어 놀라셔서, 중장은 아직 어

29 하나치루사토.
30 히카루겐지와 인연을 맺은 여성들.
31 무라사키노우에처럼 아름다운 여성.
32 동남 구역의 봄의 저택.
33 하나치루사토가 거처하는 북동 구역의 여름 저택.

둑어둑한데 찾아뵈신다.

길을 가는 동안에 옆으로 휘몰아치는 비가 무척 차갑게 불어 들어온다. 하늘의 형국도 무서운데 이상하게 마음이 붕 떠 있는 느낌이 든다. 무슨 일인가, 또다시 내 마음에 시름이 더하여졌는가 하고 떠올리니, 참으로 주제에 맞지 않는 일이구나, 아아 미친 듯하구나 하고 이런저런 생각을 하면서 동쪽 처소[34]로 먼저 찾아뵈신다. 마님은 두려움에 떨며 지친 상태로 계셨다. 이리저리 말씀드려 위로하고 사람을 불러들이셔서 이곳저곳을 수선하도록 지시 등을 내려 놓고 남쪽 저택南の殿[35]으로 찾아뵈시니, 아직 격자문도 올리지 않은 상태이다.

계실 것으로 짐작되는 처소의 고란高欄[36]에 기대어 뜰을 조망하니, 산에 심어 둔 나무들도 바람 탓에 옆으로 쓰러지고 가지들이 많이 부러져 누워 있다. 풀숲은 더 말할 것도 없고 노송나무 껍질로 만든 작은 판자,[37] 기와, 곳곳의 판자 가리개,[38] 판자를 약간씩 띄워 친 울타리 등과 같은 것이 흩어져 있다. 해가 살짝 내비치니 구슬픈 표정의 뜰의 이슬[39]이 반짝반짝 빛나고 하늘은 아주 심한 안개로 가득하다. 중장은 왠지 모르게 눈물이 떨어지는 것을 보이지 않게 훔치며 헛기침을 하신다.

"중장이 기척을 내는 듯하구나. 밤은 아직 깊을 터인데……."

겐지 님께서 이러며 기침하시는 듯하다. 무슨 말인지 아씨가 말씀하시

---

34 하나치루사토의 처소.
35 무라사키노우에의 처소.
36 몸채 앞의 툇마루 난간.
37 지붕을 이는 재료의 하나이다. 당시 궁궐이나 귀족들 저택에는 주로 노송나무 껍질로 만든 판자를 사용하였으며 기와는 용마루 등의 일부에 사용하였다.
38 마당가 등에 세워 눈가리개로 쓰는 것이다. 격자 뒤에 판자를 댄 것이다.
39 '이슬'은 눈물을 연상시킨다.

는 목소리는 들리지 않고, 대신께서는 웃으시면서 이리 말씀하신다.

"옛날에조차 가르쳐 드리지 않았던 새벽 이별이로고. 이제 와 경험을 하신다면 나로서도 괴로울 거요."

잠시 서로 이야기를 나누시는 기척이 무척 정취가 있다. 여자女가 대답하시는 것은 들리지 않아도 어렴풋이 이처럼 농담을 아뢰시는 말투의 분위기에서 두 사람의 사이가 흔들림이 없으시구나 하며 듣고 앉아 계신다.

격자문을 손수 올리시기에, 가까이 있는 것이 민망하여 뒤로 물러나 대기하신다.

"어떠하였느냐. 간밤에 황녀께서는 애타게 기다리시다가 기뻐하셨느냐."

"예, 그렇습니다. 별것 아닌 일에도 금세 눈물을 보이시기에 참으로 마음이 아픕니다."

중장이 이리 아뢰시니, 겐지 님께서는 웃으시며 이와 같이 말씀하신다.

"이제 얼마간도 사실 수 없을 것이다. 곡진히 모시고 살펴 드리거라. 내대신은 자상하게 마음 쓰지 못할 것이라고 황녀께서 탄식하셨다. 사람됨이 이상하게 화려하고 씩씩한 편이라 부모 등에 대한 효도도 위엄 있게 하는 것을 선호하고 사람들을 깜짝 놀라게 하는 데에 관심[40]이 있지만, 진심으로 마음을 다하는 깊이는 없는 분이셨다. 그렇기는 하여도 속내는 깊고 참으로 현명한 사람으로서 말세末の世[41]에 넘칠 정도로 학문이 비할 바 없고, 짜증은 나지만 사람으로서 이리 흠이 없기는 힘든 일이다."

---

40 내대신은 세상을 뜬 부친을 위한 법회나 모친인 큰 황녀의 장수 축하연 등을 화려하게 치르는 등 세간의 시선에 연연해 한다.

41 도덕이 문란하고 인정이 각박해진 말법 세상.

5. 유기리가 아키코노무 중궁을 문안하고 히카루겐지에게 보고하다

"참으로 바람이 무서웠는데 중궁[42] 처소에 제대로 된 궁사宮司[43] 등은 곁에 있었는가."

겐지 님께서는 이리 말씀하시고, 이 도련님을 시켜 문안을 여쭙도록 하신다.

"간밤 바람 소리는 어찌 들으셨는지요. 바람이 어지러이 불었을 때 마침 감기에 걸린 탓에 참으로 견디기 어렵기에. 휴식을 취하는 중인지라……."

중장은 몸채에서 물러 나와 중간 회랑 문[44]을 거쳐 중궁 처소로 찾아 뵈신다. 동틀 녘 중장의 용모는 참으로 훌륭하고 아리땁다. 동쪽 채 남쪽 면에 서서 몸채 쪽을 바라보시니, 격자문을 두 칸쯤 올리고 어슴푸레한 새벽녘인데 발을 말아 올리고 사람들이 앉아 있다. 고란에 기댄 채로 있는 젊은 시녀들만 많이 보인다. 편안히 풀어진 모습이라고 하여 어떻겠는가, 날이 완전히 새지 않은 어둑어둑할 무렵의 각양각색의 모습은 누가 어떻다 할 것 없이 정취가 있다. 동녀를 밑으로 내려보내셔서 벌레 바구니들에 이슬을 옮기도록 하고 계셨다. 개미취紫苑 색,[45] 패랭이꽃撫子

---

42 아키코노무 중궁.

43 궁사는 중궁에 관한 사무를 관장하는 중궁직의 관리이다. 중궁직으로는 대부(大夫), 량(亮), 진(進), 촉(蜀) 네 등급의 관인이 있다. 이들 관인은 중궁이 사가로 퇴궐해 있을 때 보살피기도 한다.

44 동남 구역의 봄의 저택과 중궁 처소인 남서 구역의 가을 저택을 잇고 있는 회랑이다.

45 겉은 옅은 보라색이고 안은 푸른색이다. 개미취는 국화과의 다년초이다. 가을에 옅은 보라색 꽃이 피고 뿌리는 약용이다.

색[46]과 같은 짙고 옅은 아코메衵[47]들에다 마타리女郞花 색[48] 한삼汗衫[49] 등과 같은 계절에 맞는 차림으로 네다섯 명이 함께 이곳저곳의 풀숲으로 다가가 갖가지 바구니들을 들고 헤맨다. 패랭이꽃 등 참으로 가련해 보이는 가지들을 꺾어 들고 오는데, 안갯속에 흐릿하게 보이는 모습은 참으로 곱게 보였다.

불어오는 순풍은 개미취 향을 전부 다 풍기는 것일까, 향 내음도 중궁이 만지신 기척인가 하고 추측하니 참으로 멋지기에 마음을 다잡게 된다. 앞으로 나서기 어려워도 조용히 기척을 내고 발걸음을 내딛으시니, 사람들이 확연하게 놀란 얼굴은 아니지만 모두 미끄러지듯이 들어갔다. 중궁이 입궐하셨을 무렵 등에는 중장이 소년[50]이었기에 안에 들어가 친하게 지내셨던 터라, 나인 등과도 그리 소원하지는 않다. 겐지 님의 안부 말씀을 아뢰도록 하시고, 재상님宰相の君과 내시內侍[51] 등의 기척이 있기에 사적인 일도 조용히 말씀하신다. 이곳 또한 뭐라 하여도 고상하게 거처하고 있는데, 그 분위기와 모습을 보는데도 중장은 이런저런 생각[52]이 떠오른다.

남쪽 저택에서는 격자문을 완전히 올리고, 지난밤 그대로 내버려 두기 어려웠던 꽃들이 어디로 갔는지도 모를 듯이 시들어 누워 있는 모습을 보고 계셨다. 중장은 계단에 앉으셔서, 답변을 아뢰신다.

---

46 겉은 옅은 칙칙한 붉은색이고 안은 푸른색이다.

47 아코메는 홑옷인 히토에기누(單衣)와 시타가사네(下襲) 사이에 입는 옷이다.

48 겉은 푸른 날실과 노란 씨실이며 안은 푸른색이다.

49 아코메 위에 입는 동녀의 겉옷이다. 뒤쪽 엉덩이와 앞쪽 좌우 옷자락을 길게 늘어뜨리는 게 특징이다.

50 중궁이 입궐하였을 때 유기리는 열 살의 소년이었다.

51 두 사람 다 중궁을 모시는 시녀이다.

52 무라사키노우에와 구모이노카리에 관한 일.

“거친 바람도 막아 주실까 하고 철없이 불안해하고 있었습니다만, 이젠 진정되었습니다.”

이리 아뢰시니, 겐지 님께서는 이러시며 바로 중궁 처소로 찾아뵈신다.

“중궁은 이상하게도 연약한 구석을 지니고 계시구나. 여자들끼리는 두렵게 생각하실 법하였던 지난밤 상황이기에, 참으로 소홀하다고 여기셨겠구나.”

겐지 님께서 노시直衣 등을 입으시려고 발을 들치고 안으로 들어가실 때 낮은 칸막이[53]를 가까이 끌어당기면서 살짝 보이는 소맷부리는 그분이겠거니 생각하니, 가슴이 두근두근 소리를 내는 듯한 마음이 드는 것도 한심하기에 중장은 바깥으로 눈길을 돌린다. 나으리殿께서 거울 등을 보시고 아씨에게 살짝 말씀하신다.

“중장의 새벽녘 모습은 단아하군요. 지금은 아직 어릴 때이건만 보기 싫지 않게 보이는 것 또한 마음속 어둠心の闇[54] 탓인가.”

자신의 얼굴은 늙지 않고 괜찮다고 바라보시는 듯하다. 아주 대단히 마음을 다잡으시고, 이러며 나서신다.

“중궁을 뵙는 것은 이쪽이 부끄럽게 여겨지오. 무얼 그리 겉으로 드러나는 고상한 자질도 보이지 않으시는 분인데, 웅숭깊어 이쪽이 마음을 쓰게 된답니다. 참으로 차분하고 여자답지만 절로 눈이 가는 구석을 지니고 계시지요.”

---

53 칸막이는 4척, 3척, 2척, 1척 8촌 길이의 종류가 있다. 1척은 30.3센티미터이다.

54 ‘부모의 마음 어둡지 않다 해도 오직 자식을 생각하는 길에는 허우적댈 뿐이네(人の親の心は闇にあらねども子を思ふ道にまどひぬるかな)’(『後撰和歌集』 雜一, 藤原兼輔)에 의한다.

중장이 생각에 잠겨 있어 바로 알아차리지도 못하는 기색으로 계시는 것을, 눈치 빠른 분의 눈에는 어찌 보이셨겠는가, 바로 되돌아와서 아씨女君에게 말씀하신다.

"어제 바람결에 중장이 당신을 뵌 것은 아닌지요. 그 문이 열려 있었으니……."

아씨는 얼굴을 빨갛게 물들이며, 이리 아뢰신다.

"어찌 그런 일이 있겠는지요. 회랑 쪽에 인기척도 나지 않았거늘……."

겐지 님께서는 "아무래도 이상하군"이라고 혼잣말을 하고 중궁 처소로 건너가셨다.

겐지 님께서 처소의 발 안으로 들어가셨기에, 중장은 회랑 입구 쪽 사람들의 기척이 나는 곳으로 다가가 농담 등도 해 보지만, 마음이 쓰이는 이런저런 방면[55]이 한탄스럽기에 다른 때보다도 침울하게 앉아 계신다.

6. 히카루겐지가 아카시노키미를 방문하고 서둘러 돌아가다

이쪽[56]에서부터 그길로 북쪽을 거쳐 아카시 마님 처소明石の御方[57]를 바라보시니, 견실한 가시家司 같은 사람 등도 보이지 않고 눈에 익숙한 하급 시녀들이 풀 속을 헤치고 들어가 왔다 갔다 한다. 동녀 등은 어여쁜 아코메를 걸친 편안한 차림[58]으로, 아씨가 정성 들여 특별히 심으신 용담龍膽

55 무라사키노우에와 구모이노카리에 관한 일.
56 남서 구역의 아키코노무 중궁의 처소.
57 서북 구역의 겨울 저택.
58 동녀는 보통 아코메 위에 한삼을 덧입는다. 그걸 생략하였으므로 편안한 차림새이다.

과 나팔꽃이 뒤얽히어 타고 올라가는 바자울도 모두 산산이 어질러져 있는데, 그것을 이리저리 꺼내거나 찾아내고 있는 듯하다.

아씨는 어쩐지 절절하게 여겨졌기에, 쟁금[59]을 소일 삼아 뜯으면서 툇마루 가까이에 앉아 계신다. 벽제 소리가 들리기에 낡아 보드라운 편안한 옷차림 위에다 고우치키小袿[60]를 끌어내려 걸치고 예의를 차리는 것이 참으로 대단하다. 겐지 님께서는 방 가장자리 쪽에 잠시 앉으신 채 소란스러운 바람에 관해서만 안부를 여쭈신 뒤 쌀쌀맞게 일어나 돌아가시니, 아씨는 마음이 편치 않은 듯하다.

아카시노키미

그저 보통인 싸리 잎 스쳐 가는 바람 소리도

괴로운 이 한 몸에 스며드는 듯하네[61]

이렇게 홀로 읊었다.

---

59 아카시노키미는 쟁금의 명수이다.

60 고우치키는 상류 계층 여성의 통상 예복이다. 가라기누(唐衣)나 모(裳) 대신에 겉옷 위에 걸쳐 입는다.

61 '싸리 잎'은 아카시노키미 자신, '바람'은 히카루겐지를 비유한다. 히카루겐지의 형식적인 위문에 대한 감사와 실망이 조심스레 표출되어 있다.

7. 히카루겐지와 다마카즈라가 가까이 있는 모습을 보고 유기리가 놀라다

서쪽 채[62]에서는 무서워하며 밤을 지새우신 탓에 늦게 일어나서, 이제서야 거울 등도 보고 계셨다. "떠들썩하게 벽제 소리를 내지 말거라"[63] 하고 말씀하시기에, 별달리 소리도 내지 않고 들어오신다. 병풍 등도 모두 접어서 세우고 세간을 너저분하게 늘어놓은 곳에 해가 화사하게 비쳐 드는 무렵이라, 아가씨는 산뜻한 모습으로 앉아 계신다.

대신께서 가까이 앉으셔서 평소처럼 바람을 화제 삼아서도 같은 방면[64]으로 귀찮게 아뢰시며 농을 하시기에, 아가씨는 참을 수 없이 귀찮게 여겨져 이러면서 언짢아하신다.

"이렇게 마음이 불쾌하기에, 지난밤 바람에도 이리저리 밖을 헤매며 다니고 싶었습니다."

겐지 님께서는 무척 활짝 웃으시며 이리 말씀하신다.

"바람 따라 밖을 헤매고 싶으시다니 경솔한 듯싶군요. 그렇다 하여도 목적한 곳이 있겠지요. 점점 더 이러한 의향[65]이 생겼군요. 당연한 일이지요."

이에 아가씨는 정말로 생각나는 대로 아뢰었구나 하고 생각하시며 본인도 웃으시니, 안색과 용모가 무척 아리땁다. 꽈리 등이라든가 하는 것처럼 탐스러운 데다 머리카락이 늘어져 있는 틈새로 보이는 살결이 아름

---

62 하나치루사토가 거처하는 북동 구역 저택의 서쪽 채. 다마카즈라의 처소.
63 히카루겐지는 다마카즈라에게 연정을 품고 있기에 사람들 눈에 띄기를 바라지 않는다.
64 구애.
65 로쿠조노인을 떠나고 싶다는 바람.

답게 여겨진다. 지나치게 웃음기를 띠고 있는 눈자위가 그다지 고상해 보이지 않았다. 그것 말고는 전혀 흠잡을 만한 데도 없다.

중장은 대신께서 참으로 자상하게 말씀하시기에, 어찌하여서든 이 아가씨 용모를 보고 싶다고 생각해 온 마음에 칸막이는 더하여져 있어도 구석방의 발이 허술하게 쳐 있기에 살짝 위로 올려서 바라본다. 시야를 가리는 물건들도 다 치웠기에 아주 잘 보인다. 이리 농을 하시는 기색이 확연하기에, 이상한 일이로구나, 부모 자식 간이라고 하면서 이렇게 껴안을 듯이 떨어지지 않고 가까이 있어도 될 나이인가 하고 시선이 멈추었다. 들키는 것은 아닌가 하고 두렵지만, 이상한 광경에 마음도 놀랐기에 계속 본다.

보자니, 아가씨가 기둥에 숨어 살짝 옆으로 고개를 돌리고 계신 것을 대신께서 가까이로 끌어당기시니 머리카락이 한쪽으로 쏠려 하늘하늘 흘러내린다. 그때 여자女도 참으로 곤란하고 괴롭게 생각하시는 기색이면서도 그래도 역시 무척 부드러운 모습으로 기대시는 모습을 보니, 완전히 친밀한 관계인 듯하다. 아아 참으로 심하구나, 이게 무슨 일인가, 빈틈없으신 성향[66]이신지라 원래 어렸을 때부터 자주 보며 양육하지 않으신 딸에게는 이러한 마음이 깃들 수 있는 듯하구나, 무리는 없는 일이로고, 아아 역겹구나 하고 생각하는 마음 또한 민망하다.

여자의 자태는 정말로 혈육이라고 하여도 살짝 거리가 있는 이복이라는 것을 생각한다면, 어찌 잘못된 마음도 들지 않겠는가 싶다. 어제 보았던 분[67]의 자태보다는 못하지만 보기에 웃음을 띠게 되는 모습은 어깨를

---

66 히카루겐지의 호색적인 성향.
67 무라사키노우에.

견줄 듯하게도 보인다. 꽃잎이 몇 겹 겹쳐진 황매화[68]가 한창 피어 흐드러져 있을 때 이슬이 더하여져 저녁놀에 비치는 모습을 불쑥 떠올리게 된다. 계절에 맞지 않은 비유들[69]이기는 하지만 역시 그리 여겨지는 듯하다. 꽃은 기한이 있는 법이고 헝클어진 꽃술 등도 섞이는 법인데, 이 사람의 깔끔한 용모는 비할 바 없는 것이었다. 아가씨 앞에 사람들도 나오지 않고 참으로 자상하게 속삭이며 이야기를 들려드리시는데, 어찌 된 일인지 대신께서 정색하며 일어나신다. 아씨女君가 이리 읊으신다.

다마카즈라

어지러이도 부는 바람 기색에 마타리꽃이

시들어 버릴 듯한 마음이 드는구나[70]

상세히도 들리지 않지만, 대신께서 읊조리시는 것을 살짝 들으니 부아가 나지만 정취가 있기에 계속 끝까지 보고 싶다. 하나, 가까이 있었다는 것을 대신께 보여 드리면 안 된다고 생각하여 그 자리를 떴다.

히카루겐지

"나무 밑 이슬 쪽으로 쏠린다면 마타리꽃은

맹렬한 바람에는 시들지 않을 텐데[71]

---

68 22권 「다마카즈라」 권에 히카루겐지가 세모에 여성들에게 옷을 배분하는 장면이 있다. 그때 히카루겐지는 다마카즈라의 용모를 황매화에 비유하여 호소나가(細長)를 보낸 적이 있었다. 무라사키노우에가 산 벚꽃에 비유되는 것과 대응된다.

69 황매화와 산 벚꽃은 봄꽃이다. 현재는 가을.

70 '마타리꽃'은 다마카즈라, '어지러이도 부는 바람'은 호색적인 히카루겐지의 언동을 비유하고 있다.

가녀린 대나무[72]를 보시게."

답가는 이와 같은데, 잘못 들은 것인지 듣기에 좋지도 않다.

8. 히카루겐지가 유기리를 거느리고 하나치루사토를 문안하다

동쪽 처소[73]로, 대신께서는 이쪽에서 건너가신다. 오늘 아침의 추위 탓에 펼쳐 놓은 것인지 바느질 등을 하는 나이 든 시녀들이 아씨 옆에 많이 모여 있고 갸름한 상자 같은 것에다 솜을 걸쳐 놓고 매만지는[74] 젊은 사람들도 있다. 무척 품위 있는 아름다운 붉은빛이 도는 황색 얇은 비단이나 다시없이 다듬이질한 요즘 유행하는 색상[75]의 옷감 등을 펼쳐 놓고 계신다.

"중장의 시타가사네下襲[76]인가. 어전의 중정中庭[77]에서 열리는 연회도 중지될 터인데……. 이리 바람이 거칠게 불어 대서는 무슨 일을 할 수 있겠소. 스산해질 듯한 가을이 될 것 같군요."

겐지 님께서 이리 말씀하신다. 어디 쓰려는 것일까, 갖가지 옷감의 색상들이 무척 아름답기에 이 같은 방면[78]은 미나미노우에南の上[79]에게도

71 '나무 밑 이슬'은 다마카즈라를 생각하는 히카루겐지의 마음.
72 '가녀린 대나무'는 바람에 나부끼며 꺾이지 않는다.
73 하나치루사토의 처소.
74 풀솜을 늘여서 솜옷을 만드는 준비를 하고 있다.
75 짙은 홍매 색상이다.
76 정장인 속대(束帶) 차림일 때 '호(袍)' 밑에 받쳐 입던 옷이다. 뒷자락을 길게 만든다.
77 청량전(淸涼殿)과 후량전(後涼殿) 사이에 있는 정원이다. 청량전 서쪽에 있다.
78 염색 기술. 무라사키노우에는 염색 기술이 빼어나다.

뒤지지 않을 것으로 생각하신다. 꽃무늬를 짜 낸 겐지 님의 능직 비단 노시는 요즈음 따 낸 꽃으로 살짝 물들여 내신 것[80]이다. 참으로 이상적인 색상이다.

"중장에게나 이렇게 해서는 입혀 드리시게나. 젊은 사람이 입는 색으로 맞춤한 듯하오."

겐지 님께서는 이와 같은 말씀을 아뢰시고 건너가셨다.

9. 유기리가 아카시 아가씨를 방문하여 그 모습을 보다

신경 쓰이는 분들을 위문하러 겐지 님께서 도시는 데 수행원으로 따라다니느라, 중장은 왠지 짜증스러운 마음이 든다. 쓰고 싶은 서찰 등도 쓰지 못한 채 해가 높이 떠올랐다고 생각하면서, 아가씨 처소[81]로 찾아뵈었다.

"아직 저쪽[82]에 계십니다. 바람을 무서워하셔서 오늘 아침에는 일어나지도 못하셨습니다."

유모가 이리 아뢴다.

"소란스러운 기색이었기에 여기서 밤을 지새우며 모시려고도 생각하였습니다만, 황녀께서 너무나 괴롭게 여기셨기에……. 추전雛殿[83]은 어떠

79 무라사키노우에.
80 달개비에서 뽑아낸 푸른 염료로 엷은 남색으로 물들인 것이다.
81 아카시 아가씨 처소.
82 무라사키노우에의 처소.
83 인형 집. 인형 놀이(雛遊び)에 어울리도록 '추전(雛殿)'이라고 하였다.

하신지요."

중장이 이리 물으시니 사람들이 웃으며, 이와 같이 이야기한다.

"부채 바람 정도만 불어와도 대단한 일로 생각하셨는데, 자칫 부서질 뻔할 정도로 심히 불어 댔습니다. 이 추전을 다루는 데 애를 먹고 있습니다."

"대단치 않은 종이는 있는가. 처소에 있는 벼루와……."

중장이 이리 청하시니, 쌍바라지문이 달린 장으로 다가가 종이 두루마리 하나를 벼룻집 뚜껑에 올려서 바친다. "아아, 이리 송구할 데가……" 라고 말씀하셔도, 북쪽 처소 분의 평판[84]을 생각하자니 살짝 그저 그런 마음이 든 채로 편지[85]를 쓰신다. 보라색 안피지였다. 신경을 써서 먹을 갈고 붓끝을 확인하면서 소상히 쓰다가 멈추거나 하시는 모습이 무척 아름답다. 하나, 이상하게 상투적이라 매력적이지 않은 영법詠法을 지니고 계신다.

유기리

바람 거칠고 떼구름 헤매이는 저물녘에도

잊힐 틈조차 없이 잊히지 않는 당신

바람에 흐트러진 솔새[86]에 묶으셨기에, 사람들이 "가타노 소장交野の少將[87]은 종이 색과 맞추었답니다"[88]라고 아뢴다. 중장은 "그 정도 색도 분

---

84 아가씨 친모인 아카시노키미에 대한 세상의 평판.

85 구모이노카리에 대한 서찰.

86 '진중하여도 평판도 좋지 않네 솔새와 같이 흐트러져 볼거나 비트적거리면서(まめなれどよき名も立たず刈萱のいざ亂れなむしどろもどろに)'(『古今和歌六帖』 六, 讀人しらず)에 의한다. 솔새는 억새의 일종으로 일곱 봄풀 중 하나이다. 가을에 갈색 꽃이삭을 맺는다.

87 전해지지 않는 모노가타리의 주인공이다. 호색인으로 유명하다.

별하지 못하였군요. 어느 들판 근처의 꽃……"이라는 둥 이 같은 사람들에게도 말수가 적어 보이고 상대가 마음을 터놓도록 처신하지도 않고 참으로 진중하고 고상하다. 한 통 더 쓰셔서 마조馬助[89]에게 내리시니, 마조가 깔끔한 소년과 또 무척 눈에 익은 수행원[90] 등에게 속삭이며 건네는 것을 젊은 사람들은 이만저만 아니게 궁금해한다.

아가씨가 건너오신다고 하여 사람들이 술렁거리며 칸막이를 새로 치거나 한다. 훔쳐보았던 꽃 같은 얼굴들과 아가씨를 비교해 보고 싶어, 보통 때는 보고 싶은 마음도 들지 않았는데 무리하여 쌍여닫이문의 발을 둘러쓰고 칸막이 틈으로 보자니, 가재도구[91] 옆으로 마침 기듯이 건너가시는 순간이 어쩌다 보인다. 사람들이 뻔질나게 오가서 전혀 구별되어 보이지 않기에 몹시 안절부절못한다. 연보라색 의복에 머리카락이 아직 키만큼 자라지 않은 상태[92]로 끝자락이 펼쳐진 듯하다. 무척 가늘고 작은 몸집이 귀염성 있고 안타깝다. 재작년쯤에는 가끔이라도 살짝 뵈었는데 또 더할 나위 없이 성장하여 용모가 더 나아지신 듯하구나, 하물며 한창때는 어떠할까 하고 생각한다. 그 훔쳐보았던 앞선 사람들이 벚꽃과 황매화라고 한다면 이쪽은 등꽃이라 할 수 있으려나, 높다란 나무를 타고 피어난 채 바람에 나부끼는 화사함은 이렇겠구나 하고 마음속으로 견주어 보신다.

이러한 사람들[93]을 마음 내키는 대로 밤낮으로 뵙고 싶구나, 당연히

---

88 연애편지는 편지지 색과 어울리는 같은 색 초목에 매단다. 보라색 종이와 솔새의 갈색 꽃이삭은 색상이 맞지 않는다. 시녀들은 솔새에 내포된 의미를 모른다.

89 우마료 차관으로 정6위 하에 상당한다. 유기리의 측근이다.

90 조정에서 내리는 호위를 담당하는 근위부 소속 사람이다. 중장에게는 네 명이 딸린다.

91 칸막이나 병풍 등.

92 아카시 아가씨는 현재 8세이다.

그럴 수 있는 관계이면서도 확연히 거리를 두도록 하는 것이야말로 원망스럽구나[94]라는 등 생각하니, 신실한 마음도 어쩐지 붕 뜨는 듯한 느낌이 든다.

10. 유기리와 내대신이 큰 황녀를 찾아보다

조모이신 황녀의 저택으로도 찾아뵈시니, 조용히 수행하고 계신다. 괜찮은 젊은 사람 등이 여기에서도 모시고 있는데 거동과 분위기, 의복들도 전성기인 근방[95]에는 비할 수도 없다. 용모가 깔끔한 비구니님들[96]이 검정으로 물들인 승복을 입어 초췌한 모습인데, 오히려 이러한 곳에서는 그런 방면으로 절절한 정취가 있었다.

내대신도 찾아뵈셨기에 등불 등을 들이고 조용히 이야기 등을 아뢰신다.

"아가씨[97]를 오랫동안 뵙지 못하는 것이 참담하군요."

황녀께서는 이러면서 그저 울기만 하신다.

"곧 조만간에 찾아뵈라고 하겠습니다. 자기 마음 탓에 시름에 잠긴 듯한데 안타깝게도 초췌해졌답니다. 여자아이女子야말로 사실대로 말한다면 없는 것이 나을 듯합니다. 무슨 일에서건 온 마음을 쏟아야 합니다."

---

93 무라사키노우에, 다마카즈라, 아카시 아가씨처럼 아름다운 여성들.

94 무라사키노우에는 의붓어머니, 다마카즈라와 아카시 아가씨는 이복남매이므로 만나도 되는 사이이건만, 부친인 히카루겐지가 금하고 있어 대면할 수 없는 것을 원망하고 있다.

95 로쿠조노인.

96 큰 황녀가 출가한 뒤 주인을 모시던 가까운 시녀들도 함께 출가하여 제자가 되었다.

97 구모이노카리. 큰 황녀는 내대신이 구모이노카리를 데리고 간 것을 원망하고 있다. 구모이노카리도 부친인 내대신의 입장을 고려하여 방문을 삼가고 있다.

내대신은 이렇게 여전히 마음을 풀지 않고 담아 둔 기색으로 말씀을 하시기에, 황녀께서는 마음이 무거워 간절하게 아뢰지도 않으신다. 그러한 계제에도 내대신은 이렇게 한탄하며 말씀하시면서 자조하신다.

"참으로 못난 딸[98]을 거느리고 있어 어찌하여야 할지 모르겠습니다."

"무슨, 그런 이상한……. 명색이 자네 여식인데 고약할 리가 있겠는가."

황녀께서 이리 말씀하시기에, 내대신은 "그게 참. 볼꼴 사나운 일입니다. 어떡하든 만나시도록 해 드리지요"라고 말씀하였다던가.[99]

98 오미노키미.
99 전문(傳聞)으로 끝맺는 권말 형식이다.

「노와키」 권 해설

「노와키野分」 권은 유기리를 중심으로 전개되는 권이다. 음력 팔월을 시간적인 배경으로 하여 유기리가 로쿠조노인의 여성들을 위문차 방문하며 그의 시선에 비친 여성들의 자태와 이미지를 그리면서 로쿠조노인의 내부 사정을 기술한 권이다. 유기리가 방문할 수 있도록 만든 계기는 '노와키', 즉 태풍이었고 권명도 여기에서 유래한다. 여성들의 처소를 찾아간 유기리는 가재도구 틈새로 무라사키노우에와 다마카즈라의 모습을 살짝 훔쳐보는데 이를 '가이마미垣間見'라고 한다. 관찰자인 유기리의 시점을 통해 히카루겐지와 여성들의 관계는 모노가타리 표층으로 떠오르게 된다. 거칠게 불어 대는 태풍이 로쿠조노인 내부의 금단의 화원을 드러내 보인 것이다.

이 태풍은 로쿠조노인의 지령地靈이나 가령家靈이라고도 할 수 있는 전 동궁이나 전 동궁비 로쿠조미야스도코로의 영靈이 발동하여 날뛰는 것으로 보는 시각도 있다.

히카루겐지는 자신과 무라사키노우에의 세계를 금지 구역으로 설정하고 아들인 유기리가 접근하는 것조차 경계한다. 그럼에도 불구하고 열다섯 살 청년 유기리의 시선은 히카루겐지의 눈을 피하여 무라사키노우에의 모습을 엿보게 된다. 그녀를 엿본 뒤 유기리는 연모의 마음을 품게 되는데, 이는 독자들에게 젊은 날 히카루겐지가 후지쓰보 중궁을 사모하였던 일을 상기시킨다. 그러나 죽은 어머니의 모습을 후지쓰보 중궁에게서 찾는 히카루겐지와는 달리 의붓어머니 무라사키노우에에 대한 유기리의 사모하는 마음은 '신실한 사람まめ人'이라는 그의 인물 조형에 걸맞

게 자기 규제가 작동함으로써 선을 넘지 않는다. 그가 이러한 규제를 할 수 있는 것은 첫사랑인 구모이노카리에 대한 사랑이 여전히 존재하기 때문이기도 하다.

부친과 무라사키노우에의 침실 분위기를 접하거나 부친과 다마카즈라의 뜻밖의 모습을 엿보거나 하는 유기리의 시선과 심중 사유心中思惟에 따라가면서 이 권은 전개된다. 완벽하여야만 하는 히카루겐지의 세계를 상대적으로 파악하는 역할인 유기리는 새로운 세대의 대두라고 할 수 있다. 부친과 처첩들, 부친과 여성들의 관계를 목격한 신실한 사람으로 조형된 유기리의 마음속에는 갑작스럽게 정념이 불타오른다. 의붓어머니 무라사키노우에와 배다른 남매로 알고 있는 다마카즈라의 아름다움에 온 마음이 뒤흔들리는 청년 유기리의 모습은 진실함을 띠고 있다.

또한 「노와키」 권은 로쿠조노인의 사계절을 관통하는 평온하고 온화한 세계가 갑작스러운 태풍에 뒤흔들린다는 점과 이를 유기리가 포착해 낸다는 점에서 모노가타리가 새롭게 변모되는 조짐으로도 해석할 수 있다.

태풍이 지나간 뒤 히카루겐지는 로쿠조노인 내 저택들을 순방하며 여성들을 위문한다. 이는 「하쓰네初音」 권의 정월 순방과도 유사하지만, 유기리를 데리고 다닌다는 점이 다르다. 제3자인 유기리의 시선과 속마음을 통해 로쿠조노인의 깊디깊은 곳, 히카루겐지와 여성들이 제각각 어떻게 연결되어 있는지 그 양상을 엿보는 체재를 취하고 있다. 이처럼 유기리가 로쿠조노인의 알려지지 않은 깊은 곳을 바라본다는 점이 이 권의 가장 큰 특징이라고 할 수 있다.

제29권

「미유키[行幸]」 권

히카루겐지 36세 12월~37세 2월

안개 잔뜩 낀 날 궂은 아침 녘의 눈 속 거둥에
맑고 밝은 하늘빛 어찌 볼 수 있었나
うちきらし朝ぐもりせしみゆきには
さやかに空の光やは見し

1. 다마카즈라의 거취에 대해 히카루겐지가 고민하다

겐지 님께서는 이렇듯 생각이 미치지 않으시는 일 없이 어찌 좋은 길은 없을까 고민[1]을 해 보시지만, 이 '오토나시폭포'[2]야말로 아가씨에게는 귀찮고 불쾌한 데다 미나미노우에南の上[3]가 짐작하신 바가 맞아 들어가 경박한 소문이 돌 듯하다. 그 대신[4]은 무슨 일에서건 구분을 확실히 하고 조금이라도 비정상적인 일이라면 참지 못하시거나 하며 처신하시는 성정이신지라, 그리되면 거리낌 없이 드러나게 대우하시거나 할 터[5]이기에, 그래서는 우스운 꼴이 되지 않겠는가 하고 생각을 되돌리신다.

2. 오하라노로 거둥하는 천황의 자태에 다마카즈라의 마음이 흔들리다

그해 선달에 오하라노大原野[6]로 거둥하신다고 하여 세상 사람들이 죄다

---

1 다마카즈라의 장래와 관련된 고민.

2 『겐지 모노가타리』 주석서인 『겐지샤쿠(源氏釋)』에서는 '어찌 되었든 사람 눈길 피하기 어려울 듯해 남몰래 주고받는 오토나시폭포네(とにかくに人目づつみをせきかねて下にながるる音無の滝)'(출전 미상)를 전거로 들고 있다. 소리가 나지 않는다는 의미의 '오토나시폭포(音無の滝)'는 교토시 오하라(大原)에 있는 폭포이다. 겉으로 드러내지 않는 만큼 안으로 깊어지는 연정을 나타낸다.

3 무라사키노우에.

4 내대신.

5 내대신이 다마카즈라와의 관계를 알게 되면 사위 대우를 할 것이라는 히카루겐지의 추측이다.

6 현 교토시 니시쿄구(西京區)에 있는 지역으로 능과 사원이 있는 명승지이다. 가쓰라강(桂川) 서쪽으로 펼쳐진 들판으로 매사냥이 열렸다. 오하라노 신사(大原野神社)에는 후지와라(藤原) 씨의 씨족신이 모셔져 있다. 이때의 거둥은 928년 12월 5일에 있었던 다

구경하느라 난리 법석인데, 로쿠조노인六條院에서도 마님들이 잇따라 밖으로 나와 구경하신다. 묘시卯時[7]에 궁중을 나오셔서 스자쿠朱雀[8]로부터 고조 대로五條の大路를 서쪽 방향으로 꺾으신다. 가쓰라강桂川 기슭까지 구경하는 수레로 틈이 없다. 거둥이라고 하여도 반드시 이렇지도 않건만 오늘은 친왕들과 공경도 모두 각별하게 말과 안장을 갖추고, 수행원과 마부도 용모와 키를 보고 고르고 의복을 갖추게 하셔서 좀체 볼 수 없이 멋지다. 좌우 대신과 내대신, 납언納言보다 아래인 사람들 또한 하물며 남김없이 수행하신다. 푸른색 우에노키누袍衣,[9] 옅은 보라색 시타가사네下襲[10]를 당상관과 5위, 6위까지 입었다. 눈이 그저 조금씩 흩뿌리고 길을 가는 도중의 하늘조차 분위기 있다. 친왕들과 공경 등도 매사냥과 관계 있으신 분들은 좀체 볼 수 없는 사냥복들을 준비하신다. 근위부[11]의 매를 기르는 사람들은 하물며 무늬를 찍어서 염색한 색다른 옷[12]을 제각각 좋을 대로 입고 있어 느낌이 색다르다.

좀체 볼 수 없는 멋진 일이라 경쟁적으로 나오면서도, 누구라 할 것도 없고 볼품없이 약한 수레 등이 바퀴가 짓눌려 안됐게 보이는 것도 있다. 배다리[13] 근방 등에도 보기 좋게 이리저리 헤매는 괜찮은 수레가 많다.

이고 천황(醍醐天皇, 재위 897~930)의 오하라노 거둥이 준거로 지적되어 왔다.

7 아침 5~7시.

8 스자쿠몬(朱雀門).

9 옅은 녹황색의 '호(袍)'로 천황의 평상복이다. 특별한 의식이 있을 때는 신하가 이 색상의 옷을 입고 천황은 붉은색 옷을 입는다.

10 정장할 때 '호' 밑에 받쳐 입는 옷으로 등 뒤로 뒷자락이 늘어졌다.

11 6위부(六衛府)의 하나로 궁중 호위를 담당하는 관청이다.

12 산쪽풀과 지치 풀 등의 즙으로 염색하여 여러 모양을 낸 가리기누(狩衣). 가리기누는 귀족의 평상복이다.

13 강에 배를 띄우고 그 위에 나무판자를 놓아 가설한 다리이다.

서쪽 채 아가씨[14]도 나오셨다. 사람들이 경쟁적으로 한껏 꾸미신 용모와 자태를 보시자니, 붉은빛 어의를 입으신 채 단아하고 움직임이 없으신 천황帝의 옆모습에 비할 만한 사람은 없다. 내 부친인 대신을 남모르게 주목하여 보시지만 화려하고 깔끔해 보여 한창때이신 듯은 하나 한계는 있는 법이다. 보통 사람보다 무척 빼어난 신하로 보여서 주상의 가마 속 말고 달리 시선을 옮길 만하지도 않다. 하물며 잘생겼다, 멋지다 등 젊은 시녀들이 다 죽어 갈 듯이 마음을 주고 있는 중장과 소장,[15] 그리고 아무개 당상관 같은 사람은 아무것도 아닌 듯이 완전히 사라져 버리는 것은 주상께서 한층 더 빼어나시기 때문이었다.

겐지 대신源氏の大臣의 용모는 천황의 용안과 달라 보이지 않으시는데, 생각 탓인지 천황께서 좀 더 위엄이 있고 황감하게 멋지다. 그렇다면 이러한 부류는 이 세상에 계시기 어려운 것이었다. 신분이 고귀한 사람은 모두 깔끔하게 보이고 분위기도 각별한 법이라고만 대신大臣과 중장[16] 등의 우아한 자태에 익숙해져 생각하셨는데, 남들 앞에 나서니 돋보이지 않아 인물이 죽은 것인지 같은 눈코로도 보이지 않고 한심하게도 압도되어 있다.

병부경 친왕께서도 계신다. 우대장[17]이 몹시 진중하고 젠체하면서도 오늘의 몸차림은 무척 우아한 데다 화살통[18] 등을 메고 수행하고 계시는데, 얼굴색이 검은 데다 수염이 덥수룩하게 보여서 무척 마음에 들지 않

14 다마카즈라.
15 중장은 가시와기, 소장은 변 소장. 내대신의 자제들로, 두 사람은 활과 화살을 지참하고 좌우 열로 나뉘어 행진하고 있다.
16 히카루겐지와 유기리.
17 이 인물 묘사에서 '히게쿠로 대장(鬚黑大將)'이라는 호칭이 나왔다.
18 형태에 따라 평평하거나 단지 모양 등의 종류가 있다.

는다. 어찌 남자 얼굴이 치장해 둔 여자 얼굴 색깔과 비슷하겠는가, 참으로 도리에 맞지 않는 일이건만 젊은 마음이신지라 우대장을 낮추어 보고 계시는 것이었다.

대신님大臣の君께서 생각하셔서 말씀하시는 일은 어찌 될 것인가, 궁중 출사는 마음에도 없고 보기 딱한 상황[19]이 되는 것은 아닌가 하여 사양하고 싶은 마음이시다. 하나, 성총을 받거나 하는 방면과 거리를 둔 채 보통으로 모시면서 알현할 수 있다면 정취도 있을 듯하구나, 하고 생각되셨다.

이리하여 주상께서는 들판에 도착하셔서 가마를 멈추시고, 공경이 차일遮日 아래에서 식사하시고 의복들을 노시直衣나 가리기누狩衣 차림[20] 등으로 갈아입으시는 동안에 로쿠조노인六條院[21]께서 술과 가벼이 드실 것 등을 바치셨다. 오늘은 겐지 님께서도 수행하시도록 전부터 주상께서 뜻을 전하셨지만, 재계를 이유로 들어 사정을 아뢰셨다. 장인藏人인 좌위문위左衛門尉[22]를 사자로 보내셔서 암수 꿩을 매단 나뭇가지를 보내신다. 분부하신 말씀이 어떠하였는지 그러한 때의 일을 옮기는 것은 성가시기에…….

천황

눈이 뒤덮인 오시오산小塩山을 꿩이 날아오르네

---

19 후궁의 서열은 아키코노무 중궁, 홍휘전 여어순으로 이미 결정되어 있어 처신하기 어렵다고 생각하고 있다.

20 귀족의 평상복.

21 히카루겐지.

22 좌위문부의 삼등관으로 종6위 상에 상당한다.

오래된 그 흔적[23]을 오늘 찾아봤으면

태정대신太政大臣이 이러한 들판의 거둥에 수행하신 전례[24] 등이 있었던가. 대신大臣[25]께서 황송해하며 사자를 대접해 드리신다.

히카루겐지

오시오산의 솔 들판 눈 쌓이듯 거듭된 거둥

오늘처럼 성대한 흔적은 없었으니

그 당시 들었던 일이 조금조금 생각나는 것이기에, 잘못된 사실도 있을 것이다.

3. 히카루겐지가 다마카즈라에게 입궐을 권하고 성인식을 서두르다

다음 날 대신大臣께서는 서쪽 채에 이렇게 안부를 여쭈셨다.

"어제 주상은 뵈었는지요. 그 일[26]은 의향이 있으신지요."

하얀색 종이에 쓴 참으로 편안한 서찰인데 섬세하게 속마음을 내비치

23 오래된 흔적은 족적(足跡), 사적(事跡)의 의미이다. 히카루겐지가 거둥에 수행하기를 바랐건만 참가하지 않은 것을 원망한 와카이다.

24 886년 12월 14일, 고코 천황(光孝天皇, 재위 884~887)이 세리강(芹川)으로 거둥할 때 태정대신 후지와라 모토쓰네(藤原基經)가 수행하였다는 예가 있다.

25 히카루겐지.

26 궁중에 출사하는 일.

거나 하지도 않은 것이 정취 있다고 보시고, "관계없는 일이건만" 하면서 아가씨는 웃으신다. 그러면서도 잘도 짐작하시는구나 하고 생각하신다. 답신은 이러하다.

"어제는,

다마카즈라

안개 잔뜩 낀 날 궂은 아침 녘의 눈 속 거둥[27]에

맑고 밝은 하늘빛 어찌 볼 수 있었나

막연한 일들이기에……."

마님上[28]도 보신다. 겐지 님께서 이리 말씀하신다.

"이러저러한 일을 권하였건만 중궁도 이리 계시는 데다 여기에 머무르고 있다는 세상 평판[29]으로는 형편이 좋지 않을 듯하고, 그 대신에게 알려진다고 하여도 여어[30]가 이렇게 또 천황을 모시고 계시거나 하시니 본인 생각이 복잡할 듯싶었던 일이라오. 젊은 사람이 정말로 가까이에서 모시는 데 꺼릴 이유가 없다면, 주상上을 얼핏 뵙고 나서 거리를 두려고

---

27 일본어로 '눈'과 '거둥'은 '유키(雪)'와 '미유키(行幸)'로 동음이의어이다. '하늘빛'은 천황을 가리킨다.

28 무라사키노우에.

29 이미 양녀인 아키코노무 중궁이 출사해 있는데, 히카루겐지 자신의 딸로 알려진 다마카즈라가 입궐하여 성총을 다투는 것은 남 보기 민망한 일이다.

30 내대신의 여식인 홍휘전 여어. 마찬가지로 내대신의 딸이라는 것이 밝혀지면, 그 또한 이복자매끼리 성총을 다투는 일이 되므로 곤란하다.

생각하는 사람은 없을 것입니다.”

그러자 마님은 이러며 웃으신다.

“아아 심하네요. 주상을 멋지다며 뵙는다고 하여도 자진하여 궁중 출사를 생각한다면, 너무 주제넘은 마음이겠지요.”

겐지 님께서는 “아니, 당신이야말로 칭송하실 거요”라는 등 말씀하시고, 또 아가씨에 대한 답신은 이러하다.

히카루겐지

“아름다운 빛 들이치는 하늘은 맑기만 한데

어이하여 거둥 날 못 뵈었다 하는가

역시 결심하시지요.”

이러면서 끊임없이 권유하신다. 이리되든 저리되든[31] 우선 성인식[32]을 올려야겠다고 생각하셔서, 소용되는 가재도구를 준비하시면서 세심히 신경을 쓴 멋진 물건들을 더 갖추신다. 이런저런 의식儀式이든 속으로 그다지 관심도 없는 일조차 자연스레 야단스러워지고 엄숙해지거늘, 하물며 내대신에게도 이대로 이번 기회에 알려 드리면 어떨까 생각이 미치셨기에, 참으로 멋지게 더할 나위 없이 준비하신다.

---

31 궁중 출사를 하든 결혼을 하든.

32 ‘모기(裳着)’. 여자는 보통 13세 즈음에 치르지만 다마카즈라는 이미 20세가 넘었어도 아직 성인식을 올리지 못하였다.

4. 내대신이 다마카즈라의 허리끈 묶는 역할을 거절하다

해가 바뀌고 이월에 치르자고 생각하신다. 여자女는 세간의 평판이 높고 이름을 감추실 수 없는 연령[33]이라고 하더라도 누군가의 여식으로서 집안에 계실 동안은 반드시 씨족신氏神에 참배하여야 한다거나 하며 나설 일이 없는 시기인지라, 이 아가씨도 세월을 적당히 보내며 지내셨다. 혹여 이번에 마음먹으신 일[34]이라도 이루어지게 된다면 가스가 신春日の神[35]의 의향을 저버리는 일이 될 수 있으므로 결국에는 숨기고 끝날 수 없는 일이다. 씁쓸하게도 일부러 그랬다는 듯이 후대에 소문까지 꽤 날 듯하다. 보통 사람의 신분이라면 요즈음 같은 시절에는 씨氏를 바꾸는 일이 쉽기도 할 터인데, 하고 이리저리 다양한 방면으로 곰곰이 생각하신다.

부모 자식 간의 인연이 끊어질 법하지 않고 이왕이면 내 쪽에서 숙이고 알려 드리자 하는 등 결심을 하시고, 이 허리끈 묶는 역할[36]을 그 대신에게 부탁하자 싶어 기별을 드리셨다. 하나, 큰 황녀께서 작년 겨울 즈음부터 몸이 편찮으신데 도무지 회복되지 않으시기에, 이러한 일을 들어 형편이 어려울 것 같다는 답신을 아뢰어 오셨다. 중장님[37]도 밤낮으로 산조三條에서 대기하시면서 온 마음으로 보살피고 계시는지라, 겐지 님

---

33 한 사람 몫을 하는 연령. 즉 성인.

34 상시(尙侍)로서 궁중에 출사하는 일.

35 가스가 신사의 신으로 후지와라 씨의 씨족신이다. 가스가 신사는 나라시(奈良市) 가스가노정(春日野町)에 있다.

36 성인식 때 허리끈을 묶는 역할은 덕이 있는 사람이 뽑힌다. 부모 자식 간이라는 사실을 사후에 승인받으려고 한다.

37 유기리.

께서는 때가 좋지 않으니 어찌하면 좋을까 생각하신다. 세상도 참으로 무상하구나, 황녀께서도 돌아가신다면 상복[38]을 입으실 터인데 모르는 척하는 얼굴로 처신하신다면 죄 깊은 일이 많을 것이다, 살아 계시는 동안에 이 일을 밝히자고 결심하시고, 산조노미야三條宮에 병문안을 겸하셔서 건너가신다.

5. 히카루겐지가 큰 황녀를 문안하고 곡진하게 이야기를 나누다

겐지 님께서는 이제는 더욱더 조용히 처신하시지만, 거둥에 뒤지지 않게 치장을 하고 점점 더 빛光[39]만 더하시는 용모 등이 이 세상에서 볼 수 없는 느낌이 들어, 오랜만에 뵙게 되신 큰 황녀께서는 몸 상태가 나쁘신 것도 떨어져 나가는 마음이 들어 일어나 앉으셨다. 사방침에 몸을 기대고 약해 보이시지만, 말씀 등을 아주 많이 아뢰신다.

"심히 나쁘지는 않은 상태이셨거늘, 아무개님[40]이 당황하여 요란스럽게 탄식하고 계신 듯하기에 어떠한 상태로 계신가 하고 불안해하고 있었습니다. 궁중 등에도 특별한 계제가 있지 않은 한은 입궐하지 않고 조정에 출사하는 사람답지 않게 칩거해 있다 보니, 만사에 걸쳐 서투른 데다 귀찮아졌습니다. 연치 등이 저보다 위인 사람도 허리가 구부러질 정도로

38 큰 황녀는 다마카즈라의 조모로서 5개월간 상복을 입는다. 그 기간에는 성인식을 치를 수 없으므로 상황이 복잡해질까 걱정하고 있다.
39 빛은 히카루겐지에게 내재된 특유의 위엄이다.
40 유기리.

굽은 채 다니는 예가 옛날이나 지금이나 있을 터[41]인데, 이상하게 어리석은 성품에다 나른함이 더하여진 듯합니다."

겐지 님께서 이리 아뢰시니, 큰 황녀께서는 그저 울기만 하면서 이리 말씀하신다.

"나이를 먹어 생긴 병이라고 생각하면서 오랜 세월을 지내 왔는데, 올해 들어서는 기대도 적어지는 듯이 여겨지기에 한 번 더 이리 뵙고 말씀드릴 기회조차 없을까 싶어 불안하게 생각해 왔습니다. 오늘은 다시 수명이 좀 늘어난 느낌입니다. 이제는 목숨이 아까워 이 세상에 머무를 만한 나이도 아닙니다. 그럴 만한 사람들[42]도 먼저 세상을 떠나고 말년에 홀로 살아남은 예를 다른 사람 일이라도 참으로 탐탁지 않게 보았기에, 저세상으로 서둘러 떠날 채비에 마음이 조급합니다. 이 중장이 참으로 절절히 이상할 정도로 마음을 쓰며 걱정하시는 모습을 보고 있자니, 여러 가지로 마음에 걸려[43] 이제까지 오래 살고 있답니다."

목소리가 떨리시는 것도 우스운 듯하지만, 그럼직한 일들이기에 무척 가슴이 절절하다.

---

41 주석서에서는 『사기(史記)』「제태공세가(齊太公世家)」에 기술된 태공망(太公望)의 고사를 염두에 두었다고 지적한다. 강태공으로 널리 알려진 태공망은 본명은 강상(姜尙)이다. 주(周)나라 문왕(文王)의 초빙을 받아 그의 스승이 되었고, 무왕(武王)을 도와 상(商)나라 주왕(紂王)을 멸망시켜 천하를 평정하였으며, 그 공으로 제(齊)나라 제후에 봉하여져 그 시조가 되었다.

42 의지할 수 있는 육친들.

43 큰 황녀에게 현세의 굴레는 자신에게 정성을 쏟는 유기리와 구모이노카리의 어정쩡한 관계이다.

6. 히카루겐지가 큰 황녀에게 다마카즈라 건으로 중개를 부탁하다

이야기들을, 옛날 것[44]과 지금 것을 다 끄집어내어 말씀드리는 김에, 겐지 님께서 이리 아뢰신다.

"내대신은 며칠 거르지 않고 자주 찾아뵐 터인데, 그러한 계제에 만날 수 있다면 얼마나 기쁠는지요. 어찌하여서든 알려 드리고 싶은 일이 있건만, 그럴 만한 기회가 없고서는 만나기도 어렵기에 안타깝습니다."

"공적인 일로 분주하여서인지 사적인 일에 대한 마음[45]이 깊지 않아서인지 그다지 문안차 찾아오지 않습니다. 말씀하셔야 할 일은 무슨 일인지……. 중장[46]이 한탄스럽다는 듯이 생각하고 있는 일도 있기에, '일의 시초는 어찌 되었든 이제 와서는 밉살스럽게 대한다고 하여 이미 나기 시작한 소문이 되돌려질 것도 아니고, 어리석은 일인 듯이 오히려 세상 사람들도 말을 퍼뜨리고 있는 것을……'이라는 둥 이야기해 보아도, 예로부터 한번 마음먹으면 참으로 되돌리기 어려운 천성을 지닌 사람인지라 이해하지 못할 것으로 보입니다."

큰 황녀께서 이렇게 이 중장에 관하신 일이라고 생각하셔서 말씀하시니, 겐지 님께서는 웃으시며 이와 같이 아뢰신다.

"말해 보았자 소용없는 일로 생각하여 용서하고 단념하실 수도 있을지도 모른다고 들었기에 저까지 슬쩍 아뢸 기회도 있었지만, 참으로 엄

44 히카루겐지의 부친이자 큰 황녀의 오빠인 기리쓰보인(桐壺院) 재세 중의 일.
45 노모를 돌아보지 않는 얕은 효심.
46 유기리.

히 꾸짖으시는 것을 본 뒤 무엇 하러 그렇게까지 참견하였는가 싶어 남부끄럽고 후회스러웠습니다. 만사에 걸쳐 더러워진 것은 청정하게 만든다고 하는데, 어찌 정말로 원래대로 돌이켜 씻어내 버리지 못하실까 생각하면서도, 이리 한심한 더러움 끝에 기대하고 있는 깊고 맑디맑은 물이 솟아 나오기 어려울 듯한 세상입니다. 무슨 일이든 끝이 되면 퇴락해 가기가 쉬운 법인 듯합니다. 딱하게 듣고 있습니다."

그러고는 이렇게 아뢰신다.

"그건 그렇고, 그 내대신이 알고 계셔야만 하는 사람[47]을 착오가 있어서 뜻밖에 찾아 맞아들이게 되었습니다. 당시는 그렇게 사실과 어긋나는 일이라고도 본인이 밝히지 않았기에 무리하게 일의 진상을 다시금 확인하려고도 하지 않고, 그저 그러한 자식이 많지 않은지라 연줄을 구하는 구실이라고 한들 무슨 문제가 있겠는가 하고 생각하며 너그러이 바라보면서, 전혀 정성스럽게 뒷바라지도 하지 못한 채 세월이 흘렀습니다. 그런데 어찌 들으셨는지, 주상으로부터 분부 말씀을 받잡게 되었습니다.

'상시尙侍[48]로서 궁중 출사할 사람이 없어서는 그곳[49]의 정무를 해낼 수 없고 여관女官 등도 공사를 관장하는 데 의지처가 없어 만사가 혼란스러워지게 된다. 현재 웃전에서 모시는 나이든 전시典侍[50] 두 명과 또 그럴 만한 사람들에게 제각각 의향을 밝히도록 하고 있지만 제대로 된 사람을

47 내대신이 돌보아 주어야 하는 사람. 다마카즈라.

48 상시는 후궁 12사의 하나인 내시사(內侍司)의 장관이다. 정원은 2인이다. 종5위에 상당한다. 천황 곁에 항시 대기하며 주청(奏請), 천황의 하교, 여관의 감독, 궁정 의식을 관장하였다. 후에 종3위에 상당하는 여어(女御) 등에 준하는 지위가 되었다. 현재 그중 한 명은 오보로즈키요(朧月夜)이다.

49 내시사.

50 내시사 차관으로 정원은 4인이다.

뽑으려 하시는 요망에 걸맞은 사람이 없다. 역시 집안이 좋은 데다 사람의 평판이 가볍지 않고 집안 살림을 돌보지 않아도 되는 사람[51]이 예로부터 임명되어 왔다. 견실하고 현명한 방면으로 뽑는다고 한다면 그러한 사람이 아니라도 오랜 경력으로 승진한 예가 있지만, 그리 걸맞을 만한 사람도 없다고 한다면 일반적인 세간의 평판으로라도 뽑도록 하자.'

이렇게 내밀하게 분부가 계셨는데, 내대신이 어울리지 않는 일이라고 어찌 생각하시겠는지요. 궁중 출사는 당연히 그러한 방면[52]으로 신분이 높든 낮든 그 마음을 먹고 나서는 것이야말로 이상을 높게 지니는 일일 겁니다. 공적인 방면으로 그러한 곳[53]의 정무를 관장하고 정사의 향방을 분간하여 처리하거나 하는 일은 미덥지 않고 무게감이 없는 듯이 생각되지만, 어찌 또 그러기만 하겠는지요. 그저 내 마음가짐으로부터 만사가 초래된다고 마음이 수그러진 계제에 아가씨의 연령 등을 물어보았더니 그 대신이 찾으셔야만 하는 분이었기에, 어찌하면 좋을지 말씀드리고 확실히 하고 싶습니다. 구실이 없고서는 대면할 수도 없습니다. 그길로 바로 이러한 일이라고 밝히고 말씀드릴 만한 건을 궁리하여 전갈을 드렸건만, 황녀께서 편찮으시다는 것을 구실 삼아 내키지 않는 듯 거절하셨습니다. 참으로 때도 좋지 않다고 생각하여 단념하였습니다만, 몸 상태가 괜찮으시니 역시 이리 마음을 먹은 김에, 라고 생각하고 있습니다. 그리 전해 주십시오."

그러자 황녀께서는 이리 아뢰신다.

---

51 경제적으로 여유가 있는 집안 출신.
52 천황의 총애를 얻는 일.
53 내시사.

"아아, 어찌 된 일인지요. 그쪽[54]에서는 이런저런 그리 이름을 밝히고 나서는 사람을 싫어하는 일 없이 다 떠맡는 듯한데, 어떠한 사정 탓에 이리 잘못 하소연을 하셨을까요. 요 몇 년간 당신을 친부라고 듣고 있어서 그리된 것일까요."

이에 겐지 님께서는 이러면서 입단속하신다.

"그럴 만한 이유가 있습니다. 소상한 사정은 그 대신도 자연스레 듣게 되실 겁니다. 번잡하고 성가신 신분이 낮은 사람들의 관계와 비슷한 일인지라 밝히려고 하여도 지저분하게 사람들 입길에 오를 것이기에, 중장 님中將の朝臣[55]에게조차 아직 명백히 알리지 않았습니다. 누구에게도 누설하시면 아니 됩니다."

7. 내대신이 큰 황녀의 초대에 응하여 산조노미야를 방문하다

내대신内の大殿도 이렇게 산조노미야에 태정대신太政大臣께서 걸음하셨다는 사실을 들으시고, 이리 말씀하시며 놀라신다.

"얼마나 쓸쓸한 모습으로 위풍당당한 자태를 맞으셨을까. 구종 별배들을 대접하고 자리를 매만져 준비하는 사람도 제대로 없을 것이다. 중장은 수행하여 갔을 터인데……."

자제분들인 도련님들, 사이좋은 그럴 만한 조정의 신하들을 보내신다.

---

54 내대신 쪽.
55 유기리.

"가볍게 드실 거리와 약주 등을 적당히 올리시게. 나도 뵈러 가야 하는데 오히려 소란스러워질 듯하기에……."

이처럼 말씀하시는 동안에 큰 황녀께서 보낸 서찰이 왔다.

"로쿠조 대신六條の大臣께서 문병차 건너오셨거늘, 쓸쓸한 상태인지라 다른 사람의 시선도 남세스럽고 황송하기도 하기에, 야단스럽게 이리 알려 드린 것처럼은 말고 건너오지 않으시겠는지요. 대면하여 말씀드리고 싶어 하는 것도 있는 듯합니다."

이리 아뢰셨다. 무슨 일인 것일까, 이 아가씨에 관하신 일로 중장이 한탄이라도 하나 하고 이리저리 생각하신다. 황녀께서도 이리 여명이 얼마 남지 않은 듯이 이 일만 간절히 말씀하시고 대신大臣께서도 밉지 않은 모습으로 한 마디 입 밖에 내어 한탄하신다면 이리저리 내치기 어려울 것이다, 중장이 쌀쌀맞게 아가씨를 생각지 않는 모습을 보는 게 편치 않으니, 그럴 만한 기회가 있다면 상대방 말씀에 따라 준다는 표정으로 허락해야겠다고 생각하신다. 두 분이 합심하셔서 말씀하시려는 것이로구나 하고 짐작하시니, 한층 더 거절하기 어려운 일이 될 터이지만 한편으로 어찌 그렇게나 하여야 하나 하고 망설여지니, 참으로 괘씸하고 고약한 마음이시다. 하나, 황녀께서 이리 말씀하시고 대신大臣께서도 대면하고자 기다리고 계시니 두 분께 모두 황송한 일이다, 찾아뵙고는 의향에 따르도록 하자라고 생각을 돌리시고는 옷차림을 각별하게 신경 써 갖추시고 구종 별배 등도 떠들썩한 모양새는 아닌 채로 건너가신다.

8. 사람들이 산조노미야에 몰려들다

내대신이 도련님들을 무척 많이 데리고 들어가시는 모습은 어마어마하고 믿음직스럽게 보인다. 키가 늘씬하니 크신 데다 둥치도 적당하고 참으로 진중하니 위엄이 있고 용모와 걸음걸이가 대신이라고 하기에 충분하시다. 불그스름한 연보랏빛 사시누키指貫[56]에다 연분홍 시타가사네를 아주 길게 늘어뜨리고 느릿느릿 격식을 차리는 듯한 거동은 참으로 뛰어나게 보이신다. 로쿠조 나으리六條殿께서는 연분홍 중국 능직 비단의 노시에 요즘 유행하는 색상의 의복을 겹쳐 걸치셨는데, 편안한 대군大君 차림이 더욱더 비할 데가 없다. 빛이 난다는 점에서는 겐지 님께서 더 나으시지만, 이리 만만치 않게 꾸미신 내대신의 외양에 비교해 볼 수도 없으셨다.

도련님들[57]이 잇따라, 참으로 깔끔해 보이는 형제들이신데 모여드신다. 도 대납언藤大納言과 동궁 대부春宮大夫 등이라고 지금은 불리는 돌아가신 대신의 자제들[58]도 모두 입신출세하셨다. 일부러도 아닌데 자연스레, 명성이 드높고 고귀한 신분의 당상관, 장인 두藏人頭, 5위 장인, 근위부 중장과 소장, 변관弁官[59] 등 인품이 화려하고 적당해 보이는 열 명 남짓한 사람이 모이셨기에 엄숙한 데다, 그다음을 잇는 보통 신하도 많기에 술

56 바짓부리에 끈을 넣어 발목을 졸라매는 아래옷. 바지.

57 내대신의 자제들.

58 내대신의 이복동생들.

59 장인 두는 장인소 차관으로 4위에 상당하며 정원은 2인이다. 5위 장인의 정원은 3인이다. 근위부 중장은 종4위 하, 소장은 정5위 하이다. 변관은 태정관에 속하는 관명으로 8성을 통괄하고 행정 실무에 종사한다. 좌우 2국으로 나뉘어 대(종4위 상), 중(정5위 상), 소(정5위 하) 각 1인이다.

진[60]이 몇 번씩이나 돈다. 다들 취하여 제각각 이리 운 좋은 사람幸ひ人으로서 빼어나신 큰 황녀의 처지를 이야깃거리로 삼는다.

9. 내대신이 다마카즈라에 대해 알게 되다

대신 또한 좀체 없는 대면에 옛일이 생각나신다. 사이가 멀어졌기에 별것 아닌 일로도 겨루어 보고자 하는 마음도 더하여질 듯한 법이지만 마주하게 되시니 서로 참으로 절절한 갖가지 일을 떠올리시면서, 여느 때처럼 거리를 두지 않고 옛날과 지금의 일들, 수년래의 이야기로 날이 저물어 간다. 술잔 등을 권하고 본인도 드신다.

"모시지 않으면 안 되는 것이었건만, 부름이 없기에 저어하여……. 연락을 받고 그대로 지나쳐 버린다면 책망이 더하여지겠지요."

내대신이 이리 아뢰시니, 겐지 님께서는 "질책은 제가 받아야지요. 책망받을 만한 일은 많지요"라거나 하며 속마음을 내비치시니, 이 일[61]이구나 싶으셔서 성가신지라 황송해하는 듯한 태도로 계신다.

"예로부터 공사에 걸쳐 마음에 격의 없이 크고 작은 일을 서로 의논하며 날개를 나란히 하듯이 조정의 보좌역을 감당[62]하자고 생각하였습

---

60 상석부터 차례로 같은 잔을 세 번 돌린다.

61 유기리와 구모이노카리의 관계.

62 『사기(史記)』의 '羽翼已成'(「留候世家」)에 의한다. 두 사람이 힘을 합쳐 레이제이 천황을 홍휘전 황태후와 우대신 쪽의 음모로부터 지킨 것을 가리킨다. 『겐지 모노가타리』 2 「스마」 권 20절에서 스마로 히카루겐지를 찾아온 내대신(당시 3위 중장)이 읊은, '기댈 데 없는 구름 위에서 홀로 소리 내 우네 날개 나란히 했던 친구를 그리면서'를 상기시킨다. '우익(羽翼)'은 보좌하는 사람의 비유이다.

니다만, 말년이 되어 그 옛날에 생각하였던 본의와 다른 듯한 일이 섞여 들었지만 내밀한 사적인 일이지요. 일반적인 마음가짐은 전혀 바뀌지 않았습니다. 어영부영하며 나이를 먹음에 따라 옛일이 그리워졌건만 대면하여 뵐 일도 참으로 가끔밖에 없기에, 만사에 걸쳐 규범이 있어 위엄 있게 처신하신다고는 생각하면서도 친밀한 사이에는 그러한 위세 또한 삼가시면서 찾아와 주시면 좋을 터인데 하고 원망스러운 적이 많았습니다."

겐지 님께서 이리 아뢰시기에, 내대신은 송구스러워하며 이리 아뢰신다.

"옛날에는 참으로 무람없이 이상하게 무례할 정도로 친밀하게 모시며 격의 없이 뵈었습니다. 조정에 출사하고부터는 날개를 나란히 할 만한 축에 든다고도 생각지 못한 채 감사하게도 후의를 입어 별 볼 일 없는 처지로서 이 같은 관위에 이르게 되었습니다. 조정에 출사하고 있는 데 대해서도 고마움을 모르는 바는 아닙니다. 나이를 먹음에 따라 참으로 자연히 느슨해지는 일만 많아졌습니다."

이러한 계제에 겐지 님께서는 서쪽 채 아가씨 일을 슬쩍 꺼내 말씀하셨다. 대신은 "참으로 가슴 절절하고 좀체 없는 일이기도 하지요"라면서 먼저 눈물을 흘리시고는, 이리 말씀하신다.

"그전부터 어찌 되었나 하고 수소문하며 행방을 궁금해하고 있었던 데 대해서는 무슨 계기[63]가 있었던가, 슬픔을 이기지 못하고 사정을 말씀드린 기억이 납니다. 이제 이렇게 약간 사람 축[64]에도 끼게 됨에 따라

63 '비 오는 날 밤의 여성 품평'. 『겐지 모노가타리』 1 「하하키기」 권 10절 참조.
64 내대신 자리에 오르게 된 것.

별 볼 일 없는 자[65]들이 이런저런 연줄을 찾아 떠돌고 있는 것을 민망하고 볼꼴 사납게 여기고 있습니다. 그러면서도 또 그 나름대로 많은 수를 늘어세워 보면 절절하게 여겨지는 때도 있는데, 그때 가장 먼저 생각[66]이 납니다."

이러한 김에 그 옛날 비 오는 날 밤 이야기 중에 이런저런 연애 이야기를 품평하던 일을 생각해 내시고는 울거나 웃거나 하며 두 분 다 편안히 풀어지셨다. 밤이 무척 깊어 제각각 헤어지셨다.

"이리 찾아와 만나 뵙게 되니 더욱더 오랜 시간이 흐른 세상사 옛일이 생각나기에, 그리움을 억누르기 어려워 일어설 마음도 나지 않습니다."

이러면서, 좀체 마음이 약해지지 않으시는 로쿠조 나으리六條の殿 또한 술에 취한 것인지 눈물을 글썽이신다. 황녀께서도 또한 더욱더 아가씨姬君[67]에 관한 일을 떠올리신다. 옛날보다 나은 겐지 님의 자태와 위세를 뵙게 되시니 한없이 슬퍼 눈물을 멈추기 어렵고, 맥없이 눈물을 흘리시는 승복은 참으로 각별하였다.

이러한 기회인데도 겐지 님께서는 중장에 관하신 일을 꺼내지 못하셨다. 한 번 내대신이 배려가 없다고 판단하신 바 있기에 참견하는 것도 민망한 일이라고 단념하셨다. 그 대신 또한 상대편이 별말 없으시기에 주제넘게 나서기 어려워, 역시나 마음이 울적해지셨다.

"오늘 밤도 함께 수행해 드려야 하는데 갑작스레 소란스러운 것도 어떨까 싶기에……. 오늘에 대한 인사는 정식으로 찾아뵙고자 합니다."

---

65 내대신의 사생아를 칭하며 연줄을 찾아 다가오는 사람들.
66 다마카즈라가 내대신에게는 가장 찾고 싶은 자식이다.
67 세상을 떠난 아오이노우에.

내대신이 이리 아뢰시니, 그렇다면 황녀의 병환도 좋아진 듯 보이시기에, 반드시 아뢰었던 날짜를 어기지 마시고 납시라는 뜻을 아뢰고 약조[68]하신다.

두 분 다 기색이 좋으시고 제각각 나가시는 소리는 참으로 위엄이 있다.

'무슨 일이 있었던 것이겠지. 좀체 없는 대면에 무척 기색이 좋아 보이셨던 것은 또 어떠한 양보[69]가 있는 것일까.'

도련님들을 수행하는 사람들도 이처럼 잘못된 생각을 하면서, 이러한 방면의 일이라고는 짐작하지도 못하였다.

10. 내대신이 히카루겐지와 다마카즈라 사이를 추측하다

대신은 갑작스러운 일이기에 참으로 납득이 가지 않고 석연치 않게 생각되신다. 엉겁결에 그렇게 떠맡아 부모인 척하는 것도 민망할 것이다. 겐지 님께서 찾아내 데려오셨던 일의 시초를 생각하니, 틀림없이 청정한 마음으로 그대로 두고 보지는 않으셨을 것이다, 고귀한 분들[70]을 꺼리어 드러내 놓고 그런 신분[71]으로는 대우하지 못하고 아무래도 역시 번거롭고 세상 소문을 고려하여 이렇게 밝히는 것일 듯하다, 하고 생각하시니 부아가 난다.

---

68 내대신이 다마카즈라의 성인식 날 허리끈 묶는 역을 맡기로 약속하였다.

69 히카루겐지는 이미 정무를 내대신에게 물려주었다. 다른 정치적인 양보를 받았다고 아랫사람들이 잘못 파악할 정도로 내대신은 기분이 좋은 상태이다.

70 무라사키노우에 등 로쿠조노인의 여성들.

71 애인 관계.

하나, 그것을 흠으로 보아야 할 일인지 싶다. 새삼스럽게도 그 근방과 관계를 맺는다고 하여도 어찌 세상 평판이 떨어지겠는가, 궁중 출사 방면으로 의향이 있으시다면 여어女御[72] 등이 어찌 생각하실지 그 또한 딱하다 싶으시지만, 어찌 되었든 겐지 님께서 생각하여 말씀하시는 방침[73]에 엇나갈 수 있을까 하고 여러모로 생각하셨다. 이리 말씀하신 것은 이월 초순이었다.

11. 다마카즈라의 성인식 준비와 유기리의 심경

열엿샛날, 피안彼岸[74]이 시작되는 날인데 아주 길일이었다. 가까운 시일 내에 다시 길일은 없다고 점괘[75]를 아뢴 데다 황녀의 건강이 좋은 상태이시기에 준비를 서두르신다. 겐지 님께서는 여느 때처럼 아가씨 처소로 건너가셔서도 대신에게 밝혀 말씀드린 것 등을 참으로 소상하게 알려 드리고 필요한 일[76]들을 가르쳐 드리시기에, 아가씨는 겐지 님의 고마운 마음은 부모라고 아뢰어도 좀체 없을 것으로 생각하시면서도, 참으로 기뻤다.

이러한 일이 있고 나서는 중장님[77]에게도 내밀히 이 같은 사정을 말씀

72 다마카즈라의 이복자매인 홍휘전 여어.
73 궁중 출사를 시키든지 자신의 부인으로 맞아들이든지, 다마카즈라의 장래는 히카루겐지의 결정에 달려 있다는 생각이다.
74 음력 2월 춘분을 중심으로 7일간 열리는 법회이다. '히간에(彼岸會)'라고 한다.
75 음양사에게 길일을 뽑도록 한 것이다.
76 내대신과 대면할 때의 마음가짐 등.
77 유기리.

하셔서 알려 주었다. 중장님은 이상한 일이 많았다, 과연 그러하였구나, 하고 짚이는 일들이 있으니 그 쌀쌀맞은 사람[78]의 모습보다도 서쪽 채 아가씨가 가만히 있을 수 없게도 생각이 난다. 짐작하지 못하였던 일이었구나 싶어 바보스러운 마음이 든다. 하나, 있을 수 없는 일이다, 잘못 나갈 뻔하였구나 하며 마음을 돌리는 점이야말로 좀체 볼 수 없는 신실함일 것이다.

12. 다마카즈라의 성인식 날에 큰 황녀가 축하의 뜻을 전하다

이리하여 그날이 되어서 산조노미야三條宮[79]에서 조용히 사자를 보내셨다. 갑작스러운 일이지만 머리빗 상자[80] 등 여러 가지 것을 깔끔하게 준비하시고, 서찰은 이러하시다.

> 말씀드리려 하여도 불길한 모습[81]이기에 오늘은 숨죽여 칩거하고 있습니다만, 그렇다고 하여도 오래 살고 있는 본보기 정도로 넓은 마음으로 이해해 주실 것으로 여겨지기에……. 가슴 절절하게 듣게 된 밝혀진 혈연에 관해 뭐라고 입에 올려 말씀드리는 것도 어떠할지요. 의향에 따르겠습니다.[82]

---

78 구모이노카리.
79 큰 황녀의 저택.
80 빗, 가위, 족집게, 비녀 등의 화장도구를 넣어 두는 상자.
81 비구니 스님인 상태.
82 큰 황녀는 다마카즈라가 손녀라고 명언하는 것을 양부인 히카루겐지의 존재 때문에 주저하고 있다.

큰 황녀

어느 쪽[83]으로 이야기하더라도 어여쁜 빗접

나와 관계 머잖은 이중의 상자로세

무척 고루하고 떨리는 필체이신 것을 나으리殿께서도 이쪽에 납시셔서 여러 일을 살피며 처리하시는 때인지라 보시고는, 이러면서 거듭 바라보신다.

"고풍스럽게 쓰신 서찰이지만 마음이 아프네요, 이 필체는. 옛날에는 능숙하게 쓰셨거늘 해가 감에 따라 이상하게 필체도 늙어 가는 것이로군요. 참으로 심히 필체가 흔들리는군요."

그러고는 이러면서 남몰래 웃으신다.

"잘도 어여쁜 빗접과 관련지었네요. 서른한 글자 안에 빗접과 관계없는 글자를 적게 넣는 것은 어려운 일이지요."

13. 여러 곳에서 축하 인사를 보내오고 히카루겐지가 스에쓰무하나와 와카를 주고받다

중궁[84]으로부터 흰색의 모裳, 가라기누唐衣, 의상,[85] 머리 올릴 도구 등

83 히카루겐지 쪽으로 보면 외손자인 유기리와 이복남매에 해당하므로 외손녀에 해당하고, 내대신 쪽으로 보면 친손녀에 해당한다.

84 아키코노무 중궁.

85 흰색 모와 가라기누는 성인식을 위한 의식용 의복이다. 의상은 그 이외의 옷을 가리킨다.

참으로 다시없이 멋진 물품과 예에 따라 여러 단지에 향내가 진한 중국 향을 각별하게 넣어 바치신다. 마님들[86]이 모두 제 나름대로 의복과 사람들[87]에게 내릴 빗과 부채까지 선물을 다양하게 준비하여 내놓으셨는데, 그 모습은 더 낫다거나 못하지 않고 다양한 방면에 걸쳐 이 정도의 마음 씀씀이들로 한껏 경쟁하시기에 정취 있게 보인다.

히가시노인東の院의 사람들[88]도 이러한 준비에 관해서는 듣고 계셨어도 안부를 여쭈실 만한 사람 축에는 들지 못하기에 그저 들어 넘겼다. 그런데 히타치 친왕 마님常陸の宮の御方[89]은 묘하게 예의가 발라서 그럴 만한 일이 있을 때 지나치지 못하는 고루한 성향이시기에, 어찌 이번 준비를 상관없는 일로 들어 넘길 수 있겠는가 하고 생각하셔서, 관례대로 준비해 보내셨다. 아리따운 마음씨이시다. 푸른빛 도는 옅은 검은빛[90] 호소나가細長 일습과 겉은 칙칙한 암홍색이고 안은 주황색이라거나 뭐라던가 하는 옛날 사람이 귀히 여겼던 겹옷 하카마袴 일습과 색이 바래 보이는 보라색 싸라기눈 문양 천의 고우치키小袿[91]를 괜찮은 옷상자에 넣고 포장을 참으로 멋들어지게 하여 바치셨다. 서찰은 이처럼 대범하다.

"알고 지낼 만한 축에도 끼지 못하기에 저어되지만 이러한 계제에는 가만히 있을 수는 없기에……. 이것, 참으로 보잘것없기는 하지만 누구에게든 내리시지요."

나으리殿께서는 이를 보시고 참으로 참담하시고, 여느 때와 같다고 생

86 하나치루사토나 아카시노키미 등.
87 시녀들.
88 니조히가시노인(二條東院)에 거처하는 우쓰세미나 스에쓰무하나 등.
89 스에쓰무하나.
90 축하용으로는 검은색 옷을 입지 않는다. 스에쓰무하나의 무신경함을 보여 준다.
91 가라기누와 모 대신에 웃옷 위에 걸쳐 입는 약식 예복이다.

각하시니 안색이 붉어지셨다.

"별난 옛날 사람이랍니다. 이리 사려 깊은 사람은 뒤로 물러나 칩거하고 있는 게 좋습니다. 역시 저까지 부끄럽군요."

그러고는 이리 아뢰신다.

"답신은 보내도록 하세요. 남부끄럽게 여길 게요. 부친인 친왕께서 참으로 어여삐 여기셨던 것이 생각나기에, 남에게 얕보인다면 참으로 딱한 사람이라오."

고우치키의 소맷자락에 여느 때와 같은 취지의 와카[92]가 있었다.

스에쓰무하나

이내 신세가 한스럽기만 하네 중국풍 의복

소맷자락처럼 늘 임 곁에 못 있으니

필적은 옛날에도 그러하였지만 참으로 심히 오그라들고 깊이 새겨 넣듯 강하고 딱딱하게 쓰셨다. 대신大臣께서는 밉살맞기는 하지만 우스운 것을 참지 못하시고, "이 와카를 읊었을 때 얼마나……. 하물며 이제는 도와줄 사람도 없고 답답했을 거요"라며 안쓰러워하신다. "자, 이 답신은 번다하기는 하지만 내가 하겠소"라고 말씀하시고, "이해할 수 없군요. 사람들이 짐작할 수 없는 마음 씀씀이야말로 하지 않아도 되겠지요"라며 미운 마음에 쓰시고, 이리 읊으신다.

92 스에쓰무하나는 와카에 '중국풍 의복(唐衣)'이라는 표현을 다용해 왔다.

히카루겐지

중국풍 의복 다시 중국풍 의복 중국풍 의복

거듭거듭 되풀이 중국풍 의복일세

"참으로 진지하게 그 사람이 특별히 좋아하는 방면이기에 읊어 본 것입니다."

이러며 보여 주시기에, 아가씨는 무척 화사하게 웃으시면서 "아아, 딱하군요. 놀리는 듯도 하군요" 하며 곤란해하시는 듯하다. 쓸데없는 일이 참으로 많기도 하다.

14. 내대신이 다마카즈라의 허리끈 묶는 역할을 맡고 히카루겐지와 와카를 주고받다

내대신은 그다지도 서두르고 싶지 않으신 듯한 마음이셨지만, 좀체 없는 이야기를 들으신 후에는 어서 만나고 싶어 마음에 걸리시기에 서둘러 납시셨다. 의식 등을 정해진 법도 이상으로 치르셨다. 내대신은 자못 각별하게 정성을 들이셨구나 하고 보시는데도, 송구스러우면서도 이상하게 여겨지신다.

해시亥時[93]에 내대신을 안으로 들게 하신다. 관례대로의 의식 준비는 말할 것도 없고 발 안의 좌석은 둘도 없이 꾸며 두시고 술대접을 하신다.

93 밤 9시에서 11시경.

저택 등불[94]도 평소에 달아매는 곳보다는 조금 더 불빛을 보이게 하여 정취 있을 정도로 대접하신다. 내대신은 무척 아가씨를 보고 싶다고 생각하시지만, 오늘 밤은 너무 갑작스러울 듯하기에 허리끈을 묶으실 때 참기 어려워하시는 기색이다.

주인인 대신主の大臣께서는 이리 아뢰신다.

"오늘 밤은 옛날에 있었던 일은 입에 올리지 않을 터이니, 무슨 사정인지 알지 못하도록 해 주십시오. 속사정을 모르는 사람들의 시선을 얼버무려 넘기도록, 역시 세간 일반의 방법대로……."

"정말로 도무지 뭐라고 아뢸지 방도를 모르겠습니다."

그리고 내대신은 술잔을 들면서 이리 아뢰신다.

"더할 나위 없는 호의에 대한 예를 세상에 유례없는 일로 생각하며 아뢰면서도, 이제까지 이렇게 감추어 두셨던 데 대한 원망 또한 어찌 덧붙이지 않을 수 있겠는지요."

내대신
원망스럽네 앞바다 이쁜 해초 따 낼 때까지
바위 뒤에 몸 숨긴 어부의 그 마음이[95]

내대신은 이러면서 역시 감출 수도 없어 눈물짓는다. 아가씨는 참으로 이쪽이 부끄러워질 만큼 멋진 자태인 분들이 모여 있어 조심스러운지라

---

94 관례대로라면 희미한 불빛이지만, 부녀 상봉을 위해 불빛을 밝게 하였다.
95 어부는 다마카즈라의 비유. 지금까지 자신의 신분을 밝히지 않은 다마카즈라에 대한 불만에 빗대어 히카루겐지에 대한 불만을 읊은 것이다.

답신을 아뢰지 못하시기에, 나으리殿께서 이렇게 아뢰신다.

히카루겐지

"기댈 데 없어 이러한 바닷가에 몸을 의탁한

어부도 찾지 않는 해초라 여겼었네[96]

참으로 견디기 힘든 질책이기에……."

이에 내대신은 "참으로 지당합니다" 하며, 뭐라고 아뢸 방도가 없기에 밖으로 나가셨다.

15. 참가한 사람들의 흉중과 히카루겐지의 앞으로의 방침

친왕들[97]과 그다음 신분의 사람들이 남김없이 모이셨다. 아가씨에게 구애하던 사람들도 많이 섞여 계시기에, 이 대신이 이렇게 발 안으로 들어가신 채 시간이 흐르기에 어찌 된 일인가 하고 의심스럽게 생각하신다. 그 나으리의 도련님들 가운데 중장과 변님弁の君[98]만은 어렴풋이 알고 계셨다. 아가씨에게 남몰래 마음을 준 것을 씁쓸하게도, 기쁘게도 여기신다. 변은 "잘도 마음을 드러내지 않았구나"라고 속삭이고, "유별난 대

96 바닷가는 히카루겐지, 어부는 내대신, 해초는 다마카즈라. 친부로서의 책임을 다하지 못한 내대신을 질책하며 자신에 대한 내대신의 불만을 되받아친다.
97 다마카즈라의 구혼자 중 한 명인 호타루 병부경 친왕 등.
98 중장은 가시와기, 변님은 그 동생인 변 소장.

신大臣의 취향들이신 듯하다", "중궁과 같은 부류로 만드시려고 생각하시는 걸까"라는 등 제각각 말한다.

겐지 님께서는 이렇게 말하는 것을 들으시면서도, 이리 아뢰신다.

"역시 당분간은 신경을 쓰셔서 세간의 비방을 받지 않도록 대해 주십시오. 무슨 일이든 마음 편한 신분의 사람이라면 호색적인 일이더라도 어찌어찌해 볼 수 있을 듯하지만, 이쪽이든 그쪽이든 여러 가지로 다른 사람의 입길에 올라 골치 아프게 되면 보통 신분의 사람들보다는 딱하기에, 원만하게 서서히 사람들 시선에도 익숙해지도록 하는 게 좋은 방책일 듯은 합니다."

이에 내대신은 이리 아뢰신다.

"그저 결정하시는 대로 따르고자 합니다. 이렇게까지 보살펴 주시고 눈에 띄지 않게 좀체 볼 수 없이 소중히 돌보아 주신 것도 전세의 인연이 소홀하지 않아서겠지요."

선물 등은 더 말할 것도 없고 모든 답례품과 녹祿들을, 신분에 따라 관례에 제한이 있어도 거기에 또 더하여 다시 없이 준비하셨다. 큰 황녀의 병환을 이유로 삼으셨던 여운도 있기에, 야단스러운 관현 연주 등은 없다.

병부경 친왕께서는 "이제는 구실로 삼을 만한 걸림돌도 없기에……" 라며 열심히 아뢰시지만, 겐지 님께서는 이리 답을 아뢰셨다.

"주상께서 의중[99]을 비치셨건만 사퇴의 뜻을 아뢰었습니다. 다시금 분부하시면 말씀에 따르려 하기에, 다른 쪽 일[100]은 그 뒤 어찌 되든 정하려 합니다."

99 상시로서 출사하기를 바라는 의향.
100 출사 이외의 결혼 등의 일.

부친인 대신은 얼핏 보았던 모습을 어찌 똑똑히 다시 볼 수 있을까, 부족한 구석이 보이신다면 이토록 겐지 님께서 야단스럽게 대우하지 않으셨을 거라는 등 오히려 애가 닳고 그립게 여겨지신다. 이제 와 그 꿈[101]도 진실로 짐작되셨다. 여어[102]에게만은 명확한 일의 자초지종을 아뢰셨다.

16. 가시와기 일행이 홍휘전 여어 앞에서 오미노키미를 우롱하다

세간의 입길에 당분간 이 일이 거론되지 않도록 열심히 숨기시지만, 입이 험한 것은 세상 사람이었다. 자연스레 말이 새어 나오면서 점점 더 소문이 퍼져 나오는 것을 그 입이 험한 아가씨[103]가 듣고, 여어 안전에 중장과 소장이 사후하고 계신 데 나와 이리 생각도 없이 말씀하신다.

"나으리는 따님을 얻으실 거라고 하더군요. 아아, 잘됐네요. 어떠한 사람이 두 분[104]에게 대우받을지요. 듣자니 그 사람도 신분이 낮은 모친의 소생이랍니다."

여어는 민망스레 여기셔서 말씀도 못 하신다. 중장이 이리 말씀하신다.

"그처럼 애지중지 여겨질 만한 이유를 지니고 계시겠지요. 그렇다고

101 행방불명된 딸이 누군가의 양녀가 되어 있다는 해몽. 「호타루」 권 12절 참조.
102 여식인 홍휘전 여어. 다마카즈라가 상시로 입궐할 수도 있기에 먼저 알릴 필요가 있다.
103 오미노키미. 홍휘전 여어, 가시와기(중장), 변 소장(소장)과 더불어 내대신의 자식들이다.
104 히카루겐지와 내대신.

하여도 누가 한 말을 이리 느닷없이 입 밖에 내시는지요. 수다가 심한 나인 등의 귀에 들어가기라도 한다면…….”

이에 아가씨는 이렇게 원망하기 시작한다.

“아아, 성가시네요. 모든 걸 듣고 있습니다. 상시가 될 거라고 하더군요. 제가 이리로 서둘러 궁중 출사한 것은 그 같은 뒷바라지라도 해 주실까 싶어 보통 나인들조차 담당하지 않는 일까지 자진하여 맡아 하였건만. 마마御前가 원망스럽습니다.”

모두 웃으면서, “상시 자리가 빈다면 우리야말로 가고 싶다고 생각하고 있는데, 무도한 희망을 지니고 계시군요” 등의 말씀을 하시니, 아가씨는 화가 나서 이리 말한다.

“훌륭한 분들[105] 사이에 사람 축에 끼지 못하는 사람은 섞이지 못하는 거였습니다. 중장님은 박정하십니다. 공연히 나를 맞이하셔서 가벼이 보고 비웃으시네요. 보통 사람이라면 견딜 수 없을 듯한 저택입니다. 아아 심하기도 하지, 아아 심하기도 하지.”

무릎걸음으로 뒤로 물러나며 이쪽을 올려다보시는 모습은 밉살스럽지도 않은데, 참으로 화가 난 듯이 눈꼬리를 올리고 있다.

중장은 이리 말하는데도 참으로 잘못한 일이었다고 생각하기에, 진지한 태도로 계신다. 소장은 웃음을 띠며 이리 말하며 앉아 계신다.

“이러한 방면으로도 비길 데 없는 모습[106]이시니, 소홀히는 전혀 생각지 않으실 것입니다. 마음을 가라앉히시지요. 딱딱한 바위라도 쉬이 녹는 눈으로 만드실 만한 기색[107]이시니, 참으로 충분히 원하는 바를 이루

105 여어, 중장, 소장 등 이복남매들.
106 오미노키미의 성실한 근무 태도.

실 때도 있을 것입니다."

중장 또한 "아마노이와토天の磐戸를 잠그고 칩거[108]하시는 것이 좋겠네요"라면서 자리에서 일어났다. 아가씨는 눈물을 주르르 흘리면서 이러신다.

"이 도련님들조차 모두 매정하게 대하시는데, 그저 마마의 마음이 절절하시기에 모시는 것입니다."

참으로 시원시원하고 부지런하게 하급 나인이나 동녀 등이 담당하기 꺼려 하는 잡일까지 바지런히 헤매고 돌아다니면서 온 마음을 다하여 궁중 출사를 하며 다닌다. 아가씨가 "상시에 나를 추천하여 주십시오"라고 재촉하기에, 여어는 기가 막히고 어찌 생각하고 말하는 것일까 싶으셔서 말문이 막히신다.

17. 내대신이 오미노키미를 놀리며 희롱하다

대신은 이 소망을 들으시고, 참으로 환히 웃으시며 여어 처소로 뵈러 오신다. 그러한 김에 "어디냐, 이 오미노키미近江の君는 이리로……"라고 부르시기에, 아가씨는 "어"라면서 무척 또렷하게 아뢰며 밖으로 나왔다.

"참으로 일하시는 모습을 보니 공인으로서 정말로 얼마나 어울릴까 싶구나. 상시에 관한 일은 어찌 나에게 일찍 말하지 않았을꼬."

---

107 오미노키미의 위세는 마치 아마테라스오미카미(天照大御神)와 같아 누구든지 힘으로 누를 수 있기에, 상시가 적임이라며 놀리고 있다.

108 아마테라스오미카미가 동생인 스사노오노미코토(須佐之男命)의 행패를 견디다 못해 바위굴로 들어가 문을 잠그고 몸을 숨긴 신화에서 유래한다.

내대신이 참으로 진지하게 말씀하시니, 아가씨는 무척 기쁘게 생각하며 아뢰신다.

"그렇게 의향을 여쭙고 싶었습니다만, 이 여어님 등이 자연스레 주선해 주실 것이라고 완전히 믿으며 모시고 있었건만 정해진 사람이 계신 듯 들었기에, 꿈속에서 부자가 되었다가 깨어난 느낌이 들어 가슴에 손을 얹은 것[109]과 같습니다."

말투가 참으로 시원시원하다. 대신은 웃음이 나오시려는 것을 참고, 다음과 같이 참으로 능숙하게 어르시니 부모 같지가 않고 보기 민망하다.

"참으로 이상하게 미덥지 못한 버릇이시군요. 그리 생각하셔서 말씀해 주셨다면, 다른 사람보다 먼저 아뢰었을 것을. 태정대신太政大臣의 따님이 고귀하다고 하더라도 이쪽에서 열심히 아뢴다면 들어주지 않으실 리도 없을 터인데. 지금이라도 상신 문서申文[110]를 준비하여 멋지게 써 보면 어떨지요. 장가長歌 등 정취 있는 것을 보신다면, 저버리지 않으실 것이오. 주상上께서는 특히 풍류를 버리지 않고 계시기에……."

그러자 아가씨는 이러며, 손을 비비면서 아뢰고 계신다.

"와카やまと歌는 서투르기는 하여도 이어 읊을 수는 있습니다. 공식적인 방면의 상소는 또 나으리가 먼저 아뢰어 주신다면 거기에 말을 덧붙이듯 하여 은덕이라도 입고자 합니다."

칸막이 뒤 등에서 듣고 있는 나인은 죽을 듯한 느낌이다. 웃음을 참지 못한 사람은 미끄러지듯 밖으로 나가서 한숨 돌렸다. 여어도 얼굴이 빨개지셔서 견디기 힘들고 볼꼴사납다고 생각하셨다. 나으리 또한 "속이

109 실망과 낙담으로 가슴을 누르며 진정시키는 모습.
110 관직 취임을 신청하는 문서이다. 출신이나 이력, 탄원 등을 한문으로 쓴다.

답답할 때는 오미노키미를 보면 만사에 걸쳐 풀리는구나"라면서 그저 웃음거리로 삼으시지만, 세상 사람들은 "본인이 민망하기에 대신하여 망신을 시키시는구나"라거나 하며 여러모로 쑥덕거렸다.

「미유키」 권 해설

「미유키行幸」 권은 히카루겐지가 다마카즈라의 향후 거취를 고려하여 상시로서 출사시키기로 마음먹고, 늦었지만 성인식을 올려 주면서 친부인 내대신의 인지를 받게 하는 권이다. 성인식의 허리끈 묶는 역으로서 친부인 내대신이 참여함으로써 다마카즈라는 이제까지 애타게 열망하였던 친부와 상봉하게 되었다. 권명은 '오시오산의 솔 들판 눈 쌓이듯 거듭된 거둥 오늘처럼 성대한 흔적은 없었으니'라는 히카루겐지의 와카와 '안개 잔뜩 낀 날 궂은 아침 녘의 눈 속 거둥에 맑고 밝은 하늘빛 어찌 볼 수 있었나'라는 다마카즈라의 와카에 쓰이고 있는 레이제이 천황의 오하라노大原野 거둥, 즉 '미유키'라는 표현에서 나왔다.

이 권은 전 권인 「노와키」 권의 가을에서 겨울인 선달로 시간 배경이 전환되었다. 그 공백을 메우기라도 할 듯이 다마카즈라의 장래에 대해 남몰래 고민하는 히카루겐지의 일상화된 고뇌에 찬 모습이 기술되어 있다. 히카루겐지는 양녀를 연모하는 고통에서 벗어나기 위해서라도 다마카즈라를 상시로 출사시킬 필요가 있었다. 상시라는 자리는 천황 옆에서 근무하는, 여관으로서는 최고의 지위이다. 오하라노 거둥을 구경하라고 다마카즈라를 내보낸 것도 그녀가 천황의 아름다움에 매료되어 출사할 마음을 먹게 하려는 생각에서였다.

다마카즈라가 내대신의 친딸이라는 사실을 밝히고 부녀를 상봉시키기 위해 히카루겐지는 다마카즈라의 성인식 때 다마카즈라의 허리끈 묶는 역할을 내대신에게 부탁하였지만, 처음에는 거절당한다. 이에 히카루겐지는 내대신의 모친인 큰 황녀의 마음을 움직여 도움을 받아 그와 대면하게 되고, 내대신을 허리끈 묶는 역으로 내세운 다마카즈라의 성인식은 순조롭게 치러졌다. 내대신은 히카루겐지와 와카를 주고받으면서 복잡한 마음의 갈등을 드러내지만, 히카루겐지가 연출한 대로 끌려갈 수밖에 없다. 다마카즈라의 정체를 밝힌 히카루겐지가 그녀의 앞으로의 처우에 관해 이야기할 때도 내대신은 따를 수밖에 다른 방도가 없다.

「하쓰네」 권에서 시작된 영화로운 로쿠조노인 이야기라는 구도는 섣달에 거행된 천황의 오하라노 거둥으로 일단 「미유키」 권에서 끝을 맺게 되었다.

제30권

「후지바카마藤袴」 권

히카루겐지 37세 8~9월

같은 들판의 이슬에 초췌해진 벌등골나물
안됐다 말해 주길 명색일 뿐이라도
おなじ野の露にやつるる藤袴
あはれはかけよかごとばかりも

1. 다마카즈라가 상시로 입궐을 앞두고 자기 신세를 탄식하다

상시로 궁중 출사하시는 것을 모두 다[1] 권유하시지만 아가씨는 어찌하면 좋을까, 부모라고 여기는 분의 마음조차 방심할 수 없을 듯한 세상사이다, 하물며 그 같은 출사를 하는 데 있어 예기치 못한 곤란한 일이라도 생겨 중궁이나 여어 또한 제각각 걱정하시게 된다면 꼴사납게 될 것이다, 내 신세는 이리 처량한 상태로 어느 쪽에서도 깊이 신경 써 보살펴 주지도 않고 세간의 평판도 그저 그렇기에 예사롭지 않게 생각하고 말하며 어찌하여서든 세상의 웃음거리가 되는 꼴을 보고 듣겠다며 저주하는 사람들도 많아 무슨 일이든 평탄하지 않은 일만 있을 듯한데, 사물을 분별하실 수 없는 나이[2]도 아닌지라 여러모로 고민하면서 남몰래 탄식한다.

그렇다고 하여 이러한 상태[3]도 나쁠 것은 없지만, 이 대신大臣의 의향이 언짢고 불쾌한데 어떠한 계제에 여기를 벗어나 사람들이 추측하고 있을 듯한 방면의 일을 마음 후련한 상태로 끝낼 수 있을까, 친부인 대신 또한 이 나으리殿께서 생각하시는 바를 꺼리시어 타인의 시선에 개의치 않고 나를 데리고 나와 명확히 조치해 주시지도 않기에, 여전히 이렇든 저렇든 볼꼴 사납게 호색적인 일에 얽힌 상태로 마음을 부대끼며 다른 사람 입길에 시끄럽게 오르내릴 신세인 듯하구나, 라면서 오히려 이 부친을 찾으신 뒤에는 딱히 삼가시는 기색도 없는 대신님大臣の君의 처사가 더하여지면서 남몰래 탄식하였다.

---

1 히카루겐지와 내대신.

2 다마카즈라의 나이는 23세이다.

3 로쿠조노인에서 지금처럼 지내는 것.

생각하는 바를 전부는 아니라도 한 조각이나마 슬쩍 내비칠 만한 모친도 계시지 않고 이쪽도 저쪽도[4] 참으로 본인이 부끄러워질 만큼 무척 멋진 자태들이시기에, 무슨 일을 이렇다 저렇다 하면서 알기 쉽게 아뢸 수 있으랴, 세상 사람들과는 다른 자신의 신세를 탄식하면서 저물녘 하늘이 정취 있어 보이는 경치를 툇마루 가까이에서 내다보시는 모습이 참으로 아리땁다.

2. 유기리가 다마카즈라를 찾아가 속마음을 호소하다

옅은 쥐색 옷[5]은 애처로울 정도로 소박하고 평소와 다른 색조 탓에 용모는 무척 화사하니 돋보이시는데, 앞에서 대기하고 있는 사람들은 웃음을 띠며 뵙고 있다. 이때 재상 중장[6]이 같은 색상[7]이지만 좀 더 짙은 노시直衣 차림으로 납시셨다. 관 뒤에 꼬리 같은 끈 장식[8]을 달고 계시는 모습도 더욱더 참으로 우아하고 기품 있게 아름답다.

처음부터 중장은 성실하게 호의를 지니고 대하셨기에, 아가씨는 거리를 두고 소원한 모습으로는 대하지 않으셨다. 그게 습관이 되어 지금은

4 히카루겐지도 내대신도.
5 상복. 다마카즈라와 유기리 둘 다 상복을 입었다는 데서 이들의 친조모이자 외조모인 큰 황녀가 세상을 떠났다는 것을 알 수 있다. 「후지노우라바」 권에 의하면 큰 황녀는 3월 20일에 세상을 떠났다.
6 유기리. 우근위 중장으로서 재상(참의)을 겸하고 있다.
7 외조모의 죽음은 3개월간 상복을 입으면 되므로 외손자인 유기리는 상복을 벗어도 되지만, 아직 입고 있다는 것은 큰 황녀에 대한 깊은 애도를 드러낸다. 다마카즈라는 친손녀이므로 5개월간 상복을 입는다.
8 보통 때는 장식을 늘어뜨리는데 상중에는 둥글게 만다.

남매가 아니라는 것을 알게 되었다고 하여 더없이 변하는 것도 한심하기에, 여전히 발에다 칸막이를 더한 채 대면은 사람을 중간에 끼지 않고 하셨다. 나으리殿[9]의 사자로서 주상의 분부 말씀을 곧바로 이 중장님이 받잡고 오신 것이었다.

답변은 느긋하긴 하여도 참으로 보기 좋게 아뢰시는 아가씨의 분위기가 빈틈이 없고 정다운데도, 중장은 그 태풍이 불었던 다음 날 아침의 아가씨 얼굴이 마음에 맺혀 그립다. 심한 일이라 생각하였어도 사정을 명백히 듣게 된 뒤에는 가만히 있을 수도 없는 마음이 더하여져, 이번 궁중 출사에도 부친께서는 아마 단념하지 못하실 것이다, 그토록 지켜볼 만한 관계들[10]을 맺고 계시니 아가씨의 아리따운 용모로 인한 성가신 일[11]도 반드시 생겨날 것으로 생각하자니, 예사롭지 않아 가슴이 콱 막히는 느낌이 들건만 태연하고 진지하게 이리 말한다.

"다른 사람 귀에 넣어서는 안 된다고 하신 일인데, 이를 아뢰려면 어찌하면 좋을는지요."

무언가 있는 듯한 분위기를 풍기기에, 가까이에서 모시는 사람들도 살짝 뒤로 물러서면서 칸막이 뒤편 등에서 서로 시선을 돌리고 있다.

중장은 가짜 전언을 그럴듯하게 연신 자상하게 아뢰신다. 주상의 의향[12]이 예사롭지 않다는 취지로, 그에 대해 마음의 준비를 하셔야 한다는 등과 같은 내용이다. 아가씨는 답하실 말도 없어 그저 탄식만 하고 있는데, 남의 눈에 띄려 하지 않고 가련하고 참으로 사랑스러운지라 역시

9 히카루겐지.
10 히카루겐지와 여성들과의 관계.
11 다마카즈라로 인한 로쿠조노인 내 인간관계에 초래될지도 모르는 파탄.
12 주상의 호색적인 의향.

억누르지 못하고 이리 아뢰신다.

“상복도 이번 달[13]에는 벗으셔야만 하는데 날을 잡아 보니 좋지 않았습니다. 열사흗날에 강가 모래밭[14]에 나가시도록 하라는 취지로 대신께서 말씀하셨습니다. 저 또한 수행하려고 생각하고 있습니다.”

이에 아가씨는 이리 말씀하신다.

“동행해 주시는 것 또한 야단스럽지는 않을는지요. 조용히 다녀오는 것이 좋겠습니다.”

이번에 상복을 입은 일 등의 소상한 속사정을 사람들에게 널리 알리지 않겠다고 생각하시는 기색이 참으로 사려 깊다. 중장 또한 이리 말씀하신다.

“소문이 나지 않도록 삼가시는 것이야말로 가슴이 아픕니다. 참을 수 없이 생각나는 추억거리이기에 상복을 벗어 버리는 것도 참으로 마음이 내키지 않는 것을……. 그렇기는 하지만 이상하게 연이 멀어지지 않는 것이 역시 이해하기 어렵습니다. 이 관계를 드러내 주는 상복 색상이 없었다면 결코 분별할 수 없었을 겁니다.”

이에, 이리 말하며 평소보다도 침울한 아가씨의 기색은 참으로 가련하고 어여쁘시다.

“아무런 분별도 없는 제 마음으로는 하물며 이렇든 저렇든 차근차근 생각해 나갈 수 없지만, 이러한 색상이야말로 이상하게 마음을 절절하게 만드는군요.”

이러한 계제에, 라고 생각하였던가, 중장은 참으로 어여쁜 난꽃蘭の花[15]

---

13 8월. 조모의 상은 5개월간 입는다.
14 탈상할 때는 하천에서 결재(潔齋)한다. 가모강(賀茂川)을 가리킨다.

을 들고 계셨는데, 발 틈으로 꽃을 들여 넣으며 "이 또한 보실 만한 이유[16]는 있었습니다"라며 서둘러 손에서 놓지 않고 들고 계신다. 아가씨가 전혀 짐작도 못 한 채 잡으시려는데, 그 소매를 중장은 끌어당겨 움직이셨다.

유기리

같은 들판의 이슬에 초췌해진 벌등골나물藤袴

안됐다 말해 주길 명색일 뿐이라도[17]

"동쪽 막다른"[18]이라고 하는가 싶어 참으로 탐탁지 않고 불쾌해졌어도, 모른 체하며 살짝 안으로 들어가 이리 말씀하신다.

다마카즈라

"찾아봤더니 저 먼 들판에 있는 이슬이라면

옅은 보라색 꽃은 명색일 뿐일지니

15 오늘날의 양난과는 다르며 벌등골나물을 가리킨다. 가을에 연보라색 작은 꽃을 피우며 가을 7초의 하나이다.

16 난꽃의 연보라색을 통해 혈연관계가 있음을 암시한다. '보라색(紫)'은 『겐지 모노가타리』에서는 혈연관계를 드러내는 색이다. 유기리는 사촌 남매라는 관계를 근거로 다마카즈라에게 교분을 요구한다.

17 '벌등골나물(藤袴)'은 국화과의 다년초이다. 가을에 연보라색 꽃이 산방화서(繖房花序)로 핀다. '후지바카마(藤袴)'의 '후지(藤)'는 상복(藤衣)이라는 의미와 혈연관계를 나타내는 색이라는 이중의 의미를 띤다.

18 '동쪽 막다른 히타치 지방 신사 허리띠 점괘 명색일 뿐이라도 잠깐 만나고지고(東路の道のはてなる常陸帯のかごとばかりも逢ひみてしがな)'(『古今和歌六帖』 五, 紀友則)에 근거하여, 다마카즈라는 유기리의 와카를 연정을 호소한 것으로 이해하였다.

이렇게 아뢰는 것 이상으로 깊은 인연은 어찌……."

중장은 살짝 웃으며 이리 말한다.

"얕은지 깊은지 분별하실 방법은 있을 것으로 생각합니다. 진지하게는, 참으로 황송한 사정[19]을 알고 있으면서도 억누를 수 없는 마음속을 어찌 알려 드릴 수 있을지요. 오히려 소원하게 생각하실 것이 쓸쓸하기에 힘껏 가슴속에 담아 두었지만, 이제 와선 같구나[20] 싶어 괴롭게 생각하고 있습니다. 두중장頭中將[21]의 기색은 알아보셨는지요. 저는 어찌 타인에 관한 일 등으로 생각하였을까요. 내 일이 되고 보니 참으로 바보스럽고 한편으로는 잘 인식하게 되었습니다. 도리어 그 도련님君은 마음을 접고 언제까지나 아가씨 근방을 떠나지 않는다는 사실[22]에 의지하여 마음을 어루만지는 기색 등을 보는데도 참으로 부럽고 분하기에, 안됐다는 마음이나마 지녀 주십시오."

소상히 아뢰어 알려 드리시는 일이 많지만, 민망하기에 쓰지 않기로 한다.

상시님尙侍の君[23]은 점점 더 안으로 들어가면서 곤란하다고 생각하시지만, 중장은 이리 말하며 이러한 기회에 조금이나마 더 마음속을 드러내고 싶어 한다.

---

19 상시로서의 궁중 출사.

20 '번민했기에 이제 와선 같구나 나니와 바다 수로 표 같은 신세 힘 다해 보고지고(わびぬれば今はた同じ難波なる身をつくしても逢はむとぞ思ふ)'(『後撰和歌集』 戀五, 元良親王)에 근거하여 감정의 고조를 표현하였다.

21 내대신의 장남이자 다마카즈라와 이복남매인 가시와기.

22 남매라는 혈연관계.

23 이 호칭을 보면 다마카즈라는 이미 상시로 임명된 것으로 보인다.

“박정한 기색이시군요. 실수하지 않을 것이라는 제 마음속 깊이는 자연히 보시고 알게도 되셨을 터인데…….”

하나, 아가씨는 “이상하게 몸이 좋지를 않네요” 하면서 안으로 완전히 들어가셨기에, 중장은 몹시 심하게 탄식하며 자리에서 일어나셨다.

3. 유기리가 다마카즈라 건으로 히카루겐지에게 캐묻다

괜히 굳이 털어놓았구나 싶어 분한데도, 그 사람보다 조금 더 마음 깊이 생각하였던 자태[24]를 이 정도의 가림막 너머로라도 살짝 목소리만이라도 어떠한 기회가 있어 들을 수 있을까, 마음 편치 않게 생각하면서 안전으로 찾아뵈시니 겐지 님께서 밖[25]으로 나오신지라, 아가씨의 답변 등을 전달하여 아뢰신다.

“이번 궁중 출사를 아가씨는 내키지 않게 생각하시는군요. 친왕宮 등[26]이 경험이 많아 능숙하신 분들이라 참으로 속 깊은 정취를 다 구사하여 괴로움을 말로 표하시니, 마음이 그리로 가셨을 것으로 생각하니 안됐구나. 하나, 오하라노大原野 거둥 때 주상을 뵙고 나서는 참으로 멋지셨다고 여기셨다네. 젊은 사람이라면 어렴풋하게나마 뵈어도 결단코 궁중 출사의 뜻을 떨칠 수 없을 것이네. 그리 생각하여 이 일 또한 이리 추진해 왔거늘…….”

---

24 무라사키노우에의 자태.
25 유기리가 무라사키노우에를 엿볼까 경계하고 있다.
26 병부경 친왕 등 다마카즈라에게 구혼하는 사람들.

이처럼 말씀하시기에, 중장은 어른스럽게[27] 이리 아뢰신다.

"그렇기는 하지만 아가씨의 성품으로는 어느 쪽으로 이어지는 것이 어울리실까요. 중궁이 이렇게 비할 데 없는 방면으로 계시고, 또한 홍휘전도 고귀한 신분으로서 세간의 평판이 각별한 상태로 계시니, 대단한 총애가 있다고 하여도 그분들과 어깨를 나란히 하시기란 어려울 것[28]입니다. 친왕께서는 참으로 곡진히 여기신다고 하니, 정식으로 그런 방면의 궁중 출사[29]는 아니라 할지라도 친왕의 뜻과 어긋나는 상태로 마음에 담아 두시게 하는 것도, 그러한 관계[30]이시니만큼 딱하게 들립니다."

그러자 겐지 님께서는 이리 그럴싸하게 말씀하신다.

"어려운 일이로구나. 내 마음 하나로 다 이루어지는 타인의 처지도 아니거늘 대장[31]까지 나를 원망하는구나. 대저 이러한 안타까운 일[32]을 보고 지나치지 못하는 탓에 말도 안 되는 사람들의 원망을 받으니 오히려 경솔한 처사였구나. 그 모친이 가슴 아프게 남겨 둔 말이 잊히지 않았던지라, 쓸쓸한 산골 마을에 있다고 들었을 때 그 대신은 또 말을 들어 주실 것 같지도 않다고 상심하기에, 딱하여 이리 건너오도록 한 것이 발단이다. 여기에서 이리 돌보이니 그 대신도 사람대접하시는 것일 게다."

그리고 이와 같이 말씀하신다.

"품성은 친왕의 반려로서 정말 적합할 것이다. 세련되고 참으로 우아한 분위기인 데다 역시 현명하고 실수도 하지 않을 듯한 점 등을 보면 금

---

27 이때 유기리는 16세인데도 연령에 비해 어른스럽게 이야기한다.
28 제각각 후궁들의 지위가 정해진 궁중에 다마카즈라가 들어갔을 때의 어려움.
29 여어 등으로 입궐하는 일.
30 히카루겐지와 병부경 친왕의 형제 관계.
31 히게쿠로 대장.
32 다마카즈라가 친부의 보살핌을 받지 못하는 불행.

슬은 보기 좋을 것이다. 그런데 또 궁중 출사에도 아주 잘 맞을 것이다. 용모도 반듯하고 세심한 사람으로서 공적인 업무[33] 등에도 어중간하지 않고 일 처리도 시원시원하여, 주상께서 늘 바라시던 어심과 어긋나지 않을 것이다."

중장은 겐지 님의 기색을 떠보고 싶기에, 이리 아뢰신다.

"수년래[34] 이렇게 돌보아 드리신 마음 씀씀이를 사람들은 이상하게 비꼬아 쑥덕대고 있다고 합니다.[35] 그 대신도 그러한 방면으로 생각이 들어, 대장이 그쪽으로 연줄을 찾아 의중을 드러내었을 때[36]도 답하셨다고 합니다."

이에 겐지 님께서는 웃으면서 이리 말씀하신다.

"이도 저도 몹시 맞지 않는 일이로구나. 역시 궁중 출사든 무엇이든 간에 친부가 허락하셔서 이렇다고 생각하시는 쪽으로 따라야만 한다. 여자女는 셋에 따라야 한다[37]고 하는데, 순서를 달리 하여 내 의향에 맡기려 한다는 것은 있을 수 없는 일이다."

중장은 참으로 단아한 자태로 이리 말씀을 아뢰신다.

"내대신은 내밀히 이야기하실 때도, 이런저런 고귀한 분들[38]이 오랫동안 함께하시며 지내고 계시기에 그쪽 방면의 사람[39]으로는 대우하실 수 없으니, 없는 셈 치고 이리 떠맡기고 형식적으로 궁중 출사 쪽으로 시

---

33 상시로서의 직무.

34 다마카즈라가 로쿠조노인에 온 것은 재작년 10월로 1년 10개월이 지났다.

35 히카루겐지가 다마카즈라를 애인 취급한다는 소문.

36 히게쿠로 대장이 다마카즈라와 결혼하겠다고 내대신에게 부탁한 일.

37 삼종지도. 『예기(禮記)』「교특생(郊特牲)」과 『의례(儀禮)』「상복전(喪服傳)」에 나오는 말이다. 삼종에 대한 관념은 헤이안시대 귀족 사회의 상식이었던 것으로 보인다.

38 무라사키노우에를 비롯한 로쿠조노인의 부인들.

39 부인들 중 한 명.

켜놓고 자기 사람으로 하려는 심산이시다, 참으로 현명하고 머리를 잘 쓴 일이다, 라고 감사의 말씀을 아뢰셨다고 확실히 이야기를 해 준 사람이 있었습니다."

겐지 님께서는 과연 그렇게도 생각하시겠다 싶으시기에, 안됐기에 이러시며 웃으신다.

"참으로 꺼림칙한 방면으로도 추측하셨구나. 깊이 구석구석 생각하시는 습성이신 게지. 이제 자연스럽게 어느 쪽이든 명백해질 것이다. 사려분별이 없기도 하구나."

부친의 기색은 명확하지만 그래도 의심은 든다. 대신大臣 또한 그렇구나, 이렇게 사람들이 짐작하는 그대로 되는 일이라도 있다면 참으로 꼴이 말이 아니고 마음이 쓰릴 것이다, 그 대신에게 어찌 이렇게 결백한 마음 상태를 알려 드릴 수 있을까 하고 생각하고 계시자니, 참으로 궁중 출사 방면으로 해 놓고 드러나지 않게 적당히 얼버무리려 한 심산을 무서울 정도로 짐작하셨구나 싶어 기분 나쁘게 여기신다.

4. 다마카즈라의 출사가 결정되자 마음을 주던 사람들이 초조해하다

이렇게 상복 등을 벗으신 뒤, 겐지 님께서는 "다음 달[40]이 되어도 역시 입궐하시는 것을 피해야만 한다. 시월경에……"라고 생각하시고 말씀하

40 9월. 현재는 8월이며 음력 1, 5, 9월은 결혼을 기피하였다. 다마카즈라의 궁중 출사는 10월로 정해졌다.

시니, 천황께서도 애가 타서 들으신다. 아가씨에게 구애하시는 분들은 누구나 몹시 안타깝기에 입궐하시기 전에 돌보아 주던 연줄들을 통해 탄식하며 재촉하시지만, 요시노吉野의 폭포[41]를 막으려는 것보다도 어려운 일인지라 "참으로 어쩔 도리가 없습니다"라고 제각각 대답한다.

중장[42]도 괜한 일을 입에 담아 아가씨가 어찌 생각하시려나 싶어 괴로운 마음에 이리저리 헤매고 다닌다. 참으로 곡진하게 일반적인 후견으로 여기며 보살피는 모양새로 따르면서 다니신다. 손쉽고 가볍게 입 밖에 내어 아뢰면서 매달리거나 하지는 않으시고 보기 좋게 차분히 처신하신다.

친남매인 도련님들은 가까이 다가올 수 없기에, 궁중 출사를 하면 그때 후견을 하겠다고 제각각 애가 닳아 생각하였다. 두중장[43]은 마음을 다하여 쓸쓸한 마음을 호소하였던 것이 끊어졌기에 갑작스레 바뀌는 마음이시구나 하고 사람들은 우스워하고 있는 듯한데, 나으리殿[44]의 사자로서 납시었다. 여전히 드러내 놓지 않은 채, 남몰래 서찰 등도 서로 주고받아 오셨던 터라 달 밝은 밤에 계수나무 그늘에 숨어 오셨다.[45] 아가씨는 보거나 들으려고도 하지 않아 왔건만, 이전과는 달리 남쪽 발 앞으로 앉도록 하신다.

---

41 '손으로 막아 요시노의 폭포는 막는다 해도 사람의 마음속을 어찌 믿을 수 있나(手をさへて吉野の滝は堰きつとも人の心をいかが頼まむ)'(『古今和歌六帖』 四)에 의거하여 어찌할 수 없는 곤란함을 나타내었다.

42 유기리.

43 가시와기.

44 내대신.

45 '여름이지만 여름인 줄 모르고 지내는구나 달빛이 계수나무 그늘에 숨어든 채(夏なれど夏ともしらですぐすかな月の桂のかげにかくれて)'(『恵慶集』)에 의한다.

5. 가시와기가 다마카즈라를 방문하여 원망을 늘어놓다

아가씨는 본인 스스로 아뢰시는 것도 아무래도 신경 쓰이기에, 재상님[46]을 시켜 답변을 아뢰도록 하신다.

"저를 골라 찾아뵙게 하신 것은 다른 사람을 통하지 않고 전할 소식이 있어서겠지요. 이리 멀어서야 어찌 아뢸 수 있을까요. 저 스스로는 사람 축에도 끼지 못합니다만, 남매는 끊을 수 없다는 비유도 있다고 하지 않는지요. 어찌 말씀드려야 할지, 고루한 말이지만 미덥게 여겨졌습니다."

두중장은 이러며 불쾌하게 생각하신다.

"정말로 오랫동안 쌓인 이야기도 꺼내 곁들이며 아뢰고 싶지만, 요사이 이상하게 몸 상태가 좋지 않기에 일어나거나 하는 일도 어렵습니다. 이렇게까지 책망을 하시는데도 오히려 서먹서먹한 느낌이 드는군요."

아가씨는 참으로 진지한 태도로 이렇게 아뢰며 밖으로 전하게 하신다.

"괴롭게 여기고 계실 듯한 칸막이 근처는 허락해 주시겠는지요. 아니, 좋습니다. 정말로 아뢰는 것도 사려가 부족하였습니다."

이러면서 두중장은 대신이 전하는 소식들을 조용히 아뢰시는데, 마음씀씀이 등 다른 사람에게는 뒤떨어지지 않으시고 참으로 느낌이 좋다.

"입궐하실 때의 사정[47]을 소상하게도 들을 수가 없는데, 내밀히 말씀하시는 것이 좋을 듯합니다. 무슨 일이든 다른 사람 눈을 꺼리어 찾아뵐 수 없고 아뢸 수 없는 것을, 오히려 답답하게 여기고 계십니다."

이처럼 이야기하며 아뢰시는 김에, 두중장은 이러신다.

---

46 다마카즈라의 시녀로 출신도 괜찮고 능력도 있다.
47 다마카즈라가 궁중 출사하는 날짜 등.

“아아, 어리석은 일[48]도 아뢸 수 없네요. 어느 쪽으로든[49] 제 깊은 정을 못 본 척 지나쳐 버리셔도 되는지, 점점 더 원망의 마음도 더하는군요. 우선 오늘 밤 등의 대우는 어떠신지요. 북쪽 면[50] 같은 쪽으로 들게 하셔서, 자네들[51]은 마음에 들지 않게도 여기실 터이지만, 하급 시녀 등과 같은 사람들하고라도 이야기를 나누고 싶네요. 이와 같은 대우는 또 없을 것이오. 여러모로 좀체 볼 수 없는 관계[52]로군요.”

고개를 갸웃거리면서 연신 원망하는 것도 정취 있기에, 재상님은 아가씨에게 이러하다고 아뢴다. 이에 아가씨는 그저 무뚝뚝하게 짐짓 이리 아뢰신다.

“참으로 갑작스럽기도 하다는 세상 소문을 꺼린 탓에, 오랜 세월 억누르고 있었던 일들[53]을 밝히지 못하는 것은 참으로 오히려 더 괴로운 일이 많군요.”

두중장은 민망하여, 모든 것을 안으로 삼키고 입을 다물었다.

가시와기

“이모세산妹背山의 깊디깊은 산길을 찾지도 않고

오다에 다리緒絶えの橋에서 길을 잃고 헤매네[54]

---

48 이전 구애하였던 일을 어리석은 체험으로 규정하며 민망함을 감추려는 표현이다.

49 구혼자로서든 남동생으로서든.

50 손님으로 타인처럼 대우받는 것을 불만으로 여기며 깊숙한 북쪽 면으로라도 안내받기를 원하였다.

51 재상님 등의 시녀들.

52 다마카즈라와 자신의 관계.

53 전부터 지니고 있었던 박정하다고 여기고 있는 마음.

54 ‘이모세산’과 ‘오다에 다리’는 와카의 소재가 되는 명승지이다. ‘이모세산’은 나라현(奈良縣)의 요시노강(吉野川)과 와카야마현(和歌山縣)의 기강(紀の川)의 양 기슭에서 마

요."

이러며 원망하여 보았자, 남 탓을 할 수 없다.

다마카즈라
헤매고 있던 산길 알지 못한 채 이모세산을
더듬더듬거리며 누가 밟아 볼 건가

"어느 쪽과 관계[55] 있는지도 아가씨는 분간하지 못하셨습니다. 무슨 일이든 심할 만큼 일반적인 세상사를 꺼리고 계신 듯하기에 답신을 올리지도 못하십니다. 자연히 이 상태로만은 가지 않겠지요."

재상님이 이리 아뢰는 것도 당연한 일이기에, 두중장은 "자, 오래 머무르는 것도 기분이 좋지 않은 때로군요. 더욱더 햇수가 쌓인 후에 보살핌에 힘쓰지요"라면서 일어서신다.

달이 환히 높이 떠오르고 하늘 풍경도 화사하게 아름다운데, 무척 우아하고 깔끔한 용모인 두중장의 노시 차림은 느낌이 좋고 화사하여 참으로 정취가 있다. 재상 중장[56]의 분위기와 자태에는 나란히 하실 수 없어도 이쪽도 훌륭해 보이니, 어찌 이러한 관계[57]이셨던 것일까 하고 젊은

주 보고 있는 두 산이다. 여기서는 남매의 의미를 지닌다. '오다에 다리'는 도호쿠(東北) 지방에 있는 다리로서 사이가 끊어지는 것을 비긴 것이다. 머나먼 지역의 지명을 거론함으로써 좀체 없는 특별한 체험에 대한 망설임을 표현하였다.

55 가시와기가 남매간이라는 입장을 견지하는지가 명확하지 않다고 지적하고 있다.

56 유기리.

57 가시와기와 유기리의 관계, 가시와기와 다마카즈라의 관계라는 두 가지 설이 있다. 문맥상 후자로 보인다.

사람들은 여느 때처럼 그럴 만한 일도 아닌 것을 화제로 삼아 서로 칭송한다.

6. 히게쿠로 대장이 다마카즈라에게 열심히 구애하다

대장[58]은, 이 중장[59]과는 같은 우근위부 차장次將이기에, 늘 불러들이면서 은근히 이야기를 하고 대신[60]에게도 아뢰도록 하셨다. 인품도 무척 좋고 조정의 후견이 되실 듯한 그릇[61]이기에, 대신은 어찌 부족함이 있겠는가 생각하시면서도 그 대신大臣[62]께서 이리 일을 처리해 나가고 계신데 어찌 거기에 반박할 수 있겠는가, 그럴 만한 일[63]이라고 납득하실 수 있는 대목도 있기에 맡겨 두고 계셨다.

이 대장은 동궁 여어東宮の女御[64]와 남매간이셨다. 대신들을 제쳐 놓고 그다음으로 천황의 총애를 받는 참으로 고귀한 분[65]이다. 연치는 서른하고도 두셋 정도 되셨다. 정실부인北の方은 무라사키노우에紫の上의 언니 되신다. 식부경 친왕의 큰따님이신 셈이다. 연치가 서넛 정도 연상인 것은 딱히 흠이라고도 할 수 없는데, 인품이 어떠하신 것인지 대장은 노파라고 부르며 신경도 쓰지 않고 어찌 헤어질 수 있을까 생각하고 있다. 그

---

58 히게쿠로 대장.
59 가시와기. 히게쿠로와 마찬가지로 우근위부 직할의 차관이다.
60 내대신.
61 섭정·관백으로서 정치적인 실권을 쥐게 되는 것.
62 히카루겐지.
63 히카루겐지와 다마카즈라가 보통 관계가 아니라는 사실.
64 현 동궁의 생모로서 스자쿠인(朱雀院)의 여어 중 한 명인 승향전 여어(承香殿女御).
65 히카루겐지와 내대신을 제외하고 다음 세대의 권력을 쥘 수 있는 제일가는 실력자.

같은 연[66]이 있어 로쿠조 대신六條の大臣께서는 대장과 아가씨의 인연은 어울리지 않고 아가씨가 딱하게 될 것으로 생각하고 계시는 듯하다. 대장은 호색적이고 흐트러진 구석이 없는 모습이면서도, 아가씨 일에 대단히 마음을 쓰면서 돌아다니셨다.

그 대신[67]도 당치 않다고도 생각지 않으시는 듯하다, 여자는 궁중 출사를 우울하게 여기시는 듯하다는 내밀한 속사정도 그 같은 소상한 소식통이 있기에 흘러나온 것을 듣고, 대장은 "오직 대신大殿[68]의 의향이 다르신 셈이로구나. 친부모의 뜻만 다르지 않다면야……" 하면서 이 변님弁のおもと[69]에게도 주선하도록 재촉하신다.

7. 구월이 되고 몰려든 서찰 가운데 다마카즈라가 병부경 친왕에게 답가를 보내다

구월도 되었다. 첫서리가 내려 아름다운 아침이다. 여느 때처럼 다양한 후견인들[70]이 남의 눈에 띄지 않도록 하며 들고 들어온 서찰들을 아가씨는 보시지도 않고 읽어 드리시는 것만을 듣고 계신다. 대장 나으리[71]가 보낸 서찰은 이러하다.

---

66 정실부인이 무라사키노우에의 이복언니라는 인연.
67 내대신.
68 히카루겐지.
69 다마카즈라의 시녀.
70 구혼자들을 중개해 주는 다마카즈라의 시녀들.
71 히게쿠로 대장.

"안심[72]하며 지내 왔건만 시간이 흘러가는 하늘 풍경이야말로 여전히 시름을 깊게 하기에,

히게쿠로 대장

보통이라면 피하였을 터인데 이 구월 달에

목숨 건 기대가 참 허무하기만 하네"

"이달이 지나면"이라고 정해진 것을, 아주 잘 듣고 계신 듯하다. 병부경 친왕의 서찰은 이러하다.

"소용없는 세상사는 무어라 할 방도가 없기에,

병부경 친왕

아침 햇살이 비치는 빛을 봐도 이쁜 조릿대

잎새 사이 서리를 잊지 않길 바라네[73]

이 마음만 알아주신다면 위로가 될 방도도 있을 듯합니다."

몹시 풀이 죽은 꺾이어 늘어진 가지에 묶어, 서리도 떨어뜨리지 않고

---

72 안 좋은 달이라고 알려진 9월이라서 안심하며 지냈지만, 시간이 흘러 출사할 10월이 다가오는 데 대한 시름.

73 '아침 햇살이 비치는 빛'은 천황, '이쁜 조릿대'는 다마카즈라, '서리'는 병부경 친왕 자신을 가리킨다. 여러 주석서에서는 '이쁜 조릿대 잎새 사이 흰 이슬 이제 얼마나 오랜 세월 있을까 나는 없을 터인데(玉笹の葉分けにおける白露のいま幾世經むわれならなくに)'(『古今和歌六帖』 六) 등에 의한다고 지적하고 있다.

들고 온 사자까지 정취에 걸맞다.

식부경 친왕의 자제인 좌병위 독左兵衛督은 나으리 댁 마님殿の上[74]과 남매간이시다. 친밀하게 찾아뵙거나 하시는 도련님이기에, 자연스레 아주 잘 속사정도 들은 터라 몹시 아쉽게 생각하였다. 아주 많이 원망을 늘어놓고 이리 읊는다.

좌병위 독

잊어야 한다 생각하고 있어도 마음속 슬픔

어떠한 방법으로 어찌해야만 하나[75]

종이의 색상과 먹으로 쓴 자국, 배어 있는 향내도 다양하기에, 사람들도 모두 "출사하면 단념하실 터인데 섭섭하군요"와 같은 말을 한다.

친왕에 대한 답신을, 어찌 생각하셔서인지 그저 간단히 이리 쓴다.

다마카즈라

자기 스스로 빛 향해 나아가는 해바라기도

아침에 내린 서리 없앨 수 있겠는가

먹 자국이 희미한데, 친왕은 참으로 받기 힘든 서찰이라며 보시자니,

---

74 무라사키노우에.

75 '잊으려 해도 이리 잊으려 해도 잊지 못하네 어떠한 방법으로 어찌해야만 하나(忘るれどかく忘るれど忘られずいかさまにしていかさまにせむ)'(『藤原義孝集』)에 의거한 와카이다. 떠난 상대를 잊지 못하고 무력한 자기 자신에게 안절부절못하는 심정을 표현하였다.

아가씨 본인은 자신의 정을 아는 듯한 기색으로 읊으셨기에 짧기는 하여도 참으로 기뻤다. 이처럼 별것 아니어도 이런저런 사람들이 원망하는 말씀도 많다.

여자의 마음가짐은 이 아가씨를 본보기로 삼아야 한다고, 대신들이 품평하셨다고 하던가.

「후지바카마」 권 해설

「후지바카마藤袴」 권은 궁중 출사가 결정된 다마카즈라와 아쉬워하는 구혼자들의 동향을 기술하고 있는 권이다. 권 후반부에서 히게쿠로 대장이 부각되고 다음 권인 「마키바시라眞木柱」 권에서 다마카즈라가 히게쿠로 대장과 인연을 맺으면서 그녀의 구혼담은 막을 내리게 된다. '후지바카마'는 국화과의 다년초인 '벌등골나물'을 가리킨다. 권명은 유기리가 꽃과 함께 다마카즈라에게 보낸 '같은 들판의 이슬에 초췌해진 벌등골나물藤袴 안됐다 말해 주길 명색일 뿐이라도'라는 와카에서 유래한다.

이 권은 상시로서 궁중에 출사하기로 결정된 다마카즈라의 고뇌로부터 시작된다. 다마카즈라는 성인식에서 세간에 그녀의 정체를 알리게 된다. 형제간이라고 여겨 그녀를 돌보아 주었던 유기리와 구애에 열심이었던 내대신의 장남 가시와기 등은 모두 그 사실에 당황할 수밖에 없었다. 다마카즈라의 심중 사유心中思惟를 기술한 대목은 유랑하는 자신의 운명을 비탄하는 데 머무르지 않고 그것을 통해 자신이 처해 있는 모노가타리 세계의 상황도 입체적으로 비추어 낸다.

다마카즈라의 구혼담에 관해서는 선행하는 모노가타리인 『다케토리 모노가타리竹取物語』와 연결시켜 분석하는 견해도 있다. 『다케토리 모노가타리』의 주인공인 가구야 아가씨와 다마카즈라는 구혼자들이 구혼하는 이야기는 물론이고 한곳에 머무르지 못하고 '이향異鄕'에서 시련을 겪는 '유리流離'하는 인물이라는 점에서도 유사하다.

제31권

「마키바시라眞木柱」 권

히카루겐지 37세 겨울~38세 겨울

이제 이 길로 내 집 떠난다 해도 정이 들어 온

노송나무의 기둥 나를 잊지 말기를

今はとて宿離れぬとも馴れきつる

眞木の柱はわれを忘るな

1. 히게쿠로 대장이 다마카즈라와 연을 맺고 기뻐하다

"주상内裏께서 듣게 되실 터[1]인데 그 또한 황송하군요. 당분간 사람들에게 널리 알리지 않도록 해야겠소."

겐지 님께서 이리 일러두시지만, 대장은 그리도 애써 숨기지 못하신다. 시일이 지나도 아씨는 조금도 마음을 터놓는 기색도 없으신 채 예기치 못한 비참한 숙명이로구나, 하며 끊임없이 시름에 잠겨 계시는 모습이다. 이에 대장은 몹시 원망스럽게 여기시면서도 각별한 인연의 깊이를 가슴 절절하고 기쁘게 생각한다. 볼 때마다 멋지고 이상적인 용모와 자태이시기에, 자칫 잘못하였으면 다른 사람의 부인이 될 뻔하였구나 하고 생각하는 것만으로도 가슴이 막힌다. 이시야마石山의 부처님[2]이든 변님弁のおもと[3]이든 나란히 머리에 이고 싶다고 생각하지만, 아씨女君가 몹시 변님을 못마땅하게 여기며 싫어하셨기에 아씨를 모시지도 못한 채 자기 집에 틀어박혀 있었다. 참으로 많은 안타까운 사연들을 여러모로 보아 왔건만, 아가씨가 별 관심이 없는 사람[4]을 위해 절의 영험도 드러난 것이었다.

대신大臣[5] 또한 내키지 않고 안타깝게 여기시지만 소용없는 일인 데다 누구든지 다 이리 인정하기 시작하신 일인지라, 태도를 바꾸어 허락하지

---

1 다마카즈라가 히게쿠로와 인연을 맺은 일. 이 권은 다마카즈라와 히게쿠로가 인연을 맺은 것을 기정사실로 상정해 놓고 기술하기 시작한다.

2 시가현(滋賀縣) 오쓰시(大津市)의 이시야마데라(石山寺) 관음은 나라현(奈良縣) 하세데라(長谷寺) 관음과 더불어 영험하기로 유명하였다.

3 두 사람을 이어 준 다마카즈라의 시녀로 추정된다.

4 히게쿠로 대장.

5 히카루겐지.

않는다는 기색을 비친다는 것도 그 사람[6]에게 안됐고 심하다고 생각하셔서, 의식儀式을 참으로 둘도 없이 신경을 써 치르신다.

2. 천황은 여전히 다마카즈라의 출사를 바라다

언제나 내 집으로 옮겨 드릴 수 있으려나 하며 대장은 준비를 서두르신다. 하나, 겐지 님께서는 경솔하게 불쑥 방심하며 건너가려 한다면, 그쪽에 벼르고 기다리면서 호의적으로도 생각지 않을 법한 사람[7]이 계신다는데, 아씨에게 안됐다며 이를 구실 삼으셔서 이리 아뢰신다.

"역시 여유를 가지고 원만한 모습으로 요란하지 않게, 어느 쪽으로든 사람들[8]의 비방이나 원망을 사지 않도록 진행시키시지요."

부친인 대신은 이리 내밀하게 말씀하셨다.

"오히려 잘 된 것 같구나. 각별하게 자상한 후견인이 없는 사람이 다소나마 성총을 입을 수 있는 궁중 출사에 나서는 것은 괴로운 일이 많을 듯하여 걱정스러웠다. 뜻은 있어도 여어[9]가 이리 계시는데 제쳐 놓고 어찌 돌보아 주겠느냐."

참으로 상대가 천황帝이시라고 하여도 다른 사람[10]에 비해 업신여김을 당하고 허망할 정도로나 뵈시면서 대단하게도 대우받지 못하신다면

---

6 히게쿠로 대장.
7 히게쿠로의 정실부인.
8 다마카즈라에게 구혼하였던 사람들과 히게쿠로의 정실부인.
9 내대신의 여식인 홍휘전 여어.
10 다른 여어나 갱의.

경솔한 듯이 여겨질 법도 하였다. 부친인 대신은 사흘째 되는 날 밤三日の夜 의식[11]에 관해 서찰들을 주고받으셨던 기색을 전해 들으신 뒤, 이 대신님大臣の君의 마음[12]을 절절하고 송구스럽고 좀체 없는 일이라고는 여기셨다.

이렇게 드러내지 않으시는 인연이기는 하여도 자연스레 사람들이 흥미로운 일로 이야기를 전하면서 잇따라 소문이 퍼지게 되어, 좀체 없는 세상 소문으로서 입길에 오르게 되었다. 주상께서도 전해 들으셨다. 그리고 이처럼 말씀하셨다.

"안타깝게도 나와 숙명이 달랐던 사람이지만, 그리 생각하였던 본뜻[13]도 있거늘……. 궁중 출사 등 호색적인 방면이라면 단념하실 만하지만……."

3. 다마카즈라가 히게쿠로를 떨떠름하게 여기며 지난날을 그리워하다

동짓달이 되었다. 제사 등이 빈번하고 내시소内侍所에도 일이 많을 무렵[14]인지라 여관女官들, 내시内侍들이 찾아뵙기도 하면서 대단히 사람들로 북적거린다.[15] 대장 나으리[16]가 낮인데도 무척 몸을 숨기는 듯한 태

---

11 결혼하고 사흘째 되는 날 밤에 신랑과 신부가 축하 떡을 먹는 의식이다.

12 내대신은 이전에 다마카즈라에 대한 히카루겐지의 마음을 의심하였지만, 이번 결혼을 통해 그의 온정에 감사하고 있다.

13 상시로 출사시키려는 뜻.

14 동짓달에는 제사가 많다. 내시소는 현소(賢所)를 가리키는데 내시가 봉사한다고 하여 내시소로 불리었다. 현소에는 신경(神鏡)을 안치해 두었기에 동짓달에 바쁘다.

도로 아씨 방에 틀어박혀 계시는데, 참으로 탐탁지 않게 상시님尙侍の君은 생각하신다. 친왕 등[17]께서는 하물며 몹시 안타깝게 생각하신다. 병위독兵衛督[18]은 여동생인 정실부인의 처지까지 세상의 웃음거리가 된 것을 한탄하며 우울함이 배가되지만, 어리석게 원망하며 다가간다고 하여도 지금은 소용없다고 마음을 돌린다. 대장은 이름이 알려진 신실한 사람으로서 여러 해 전부터 조금도 흐트러진 거동 없이 지내 오신 흔적도 없이 마음이 들떠 있다. 이제껏 없었던 호색적인 모습으로 저녁과 새벽녘의 남들 눈을 피하시는 출입도 그윽하게 하시니, 사람들은 재미있다며 뵙고 있다.

여자女[19]는 밝고 활발하게 처신하시는 본성도 숨기고 아주 심히 침울해져 있어 스스로 원하지 않은 일이라는 것은 뚜렷하다. 대신大臣께서 어찌 생각하실지, 친왕의 마음 씀씀이가 사려 깊고 정이 깊으셨다는 것 등을 떠올리시니, 부끄럽고 아쉽게만 생각되기에 내키지 않는다는 기색이 떠나지 않으신다.

나으리殿께서도 아씨가 애처롭고 사람들 또한 의심스럽게 여겼던 방면[20]을 결백하게 증명하신지라, 스스로 생각하여도 즉흥적인 비뚤어진 행동은 좋아하지 않는구나 싶고 예로부터의 일도 떠올리셔서, 무라사키

---

15 내시사에는 상시(尙侍) 밑에 전시(典侍), 장시(掌侍) 등이 있다. '여관'은 하급 여관을 말하며 '내시'는 보통 장시를 가리킨다. 상시로 임명된 다마카즈라에게 결재를 받기 위해 로쿠조노인을 찾는다.

16 히게쿠로 대장.

17 병부경 친왕 등 다마카즈라의 구혼자들.

18 식부경 친왕의 자제인 좌병위 독(左兵衛督)으로 무라사키노우에와 히게쿠로의 정실부인과는 남매간이다.

19 다마카즈라. 남녀 관계에 관한 일이라 '여자'라는 호칭을 쓰고 있다.

20 다마카즈라가 히카루겐지의 애인으로 여겨진 일.

노우에紫の上에게도 "의심하셨지요"라거나 아뢰신다. 이제 와 내 성벽性癖을 내보여서는 안 된다고 생각하시면서도 괴롭게 여겨지셨을 적에는 그냥 그렇게 해 버릴까 하고 생각이 미치셨던 일인지라, 역시 단념하지도 못하신다.

4. 히카루겐지가 다마카즈라를 방문하여 와카를 주고받으며 마음을 전하다

겐지 님께서는 대장이 계시지 않는 낮 동안에 건너가셨다. 아씨女君는 이상하게도 몸이 안 좋으신 듯한 모습으로만 계시면서 가뿐할 새도 없이 늘어져 계신다. 이렇게 겐지 님께서 건너오셨기에 약간 몸을 일으키셔서 칸막이 뒤로 역시나 숨어 계신다. 나으리殿께서도 태도를 다잡고 약간 거리를 두는 모습으로 처신하시며, 일반적인 일들에 관해 아뢰거나 하신다. 아씨는 무뚝뚝한 세상에서 흔히 보는 사람[21]에게 익숙해진 터라 더더욱 말할 나위 없는 겐지 님의 자태와 태도를 알게 되시는데도, 생각지도 못한 본인 처지가 몸 둘 바 모르게 부끄럽게 여겨지기에 눈물이 흘러내렸다. 차츰 자상한 이야기로 옮겨 가시며, 겐지 님께서는 가까이에 있는 사방침에 몸을 기대시고 살짝 엿보면서 아뢰신다. 아씨는 참으로 아리따워 보이고 수척해지신 모습이 바라보고만 싶고 사랑스러운 면이 더하여지신 것을 보는데도, 타인에게 넘겨주는 것도 너무 심한 변덕이 아

21 남편인 히게쿠로 대장.

널까 하고 아쉽다.

히카루겐지

"내려 들어가 퍼 보진 않았어도 강 건너갈 때

딴 남자 손잡는 건 약속한 적 없건만[22]

생각지도 못하였구나."

겐지 님께서 이러며 코를 풀고 계시는 기척이 정답고 가슴이 절절하다. 여자女는 얼굴을 가리며 이리 읊는다.

다마카즈라

미쓰세강三瀬川[23]을 건너가기 이전에 어찌해서든

눈물 강 뱃길 거품 되어 사라졌으면

"거기에서 사라지려고 하시다니 어리기도 하군요. 그렇다 하여도 그 강은 피할 길이 없을 터인데, 당신 손끝쯤은 끌고 도와드리고 싶군요."

겐지 님께서는 이러며, 미소를 지으시며 아뢰신다.

"진지한 이야기이지만, 절감하시는 일도 있을 터이지요. 세상에서 찾아볼 수 없는 어리석음도, 더하여 마음 편한 것도, 이 세상에 예가 없을

---

22 '강'은 삼도천(三途川). 여자는 죽으면 처음 인연을 맺은 남자에게 업혀 저승으로 가는 도중에 있는 삼도천을 건넌다는 속신이 있다. 물을 퍼내지 않았다는 것은 다마카즈라와 인연을 맺지 않았다는 뜻이다.

23 삼도천.

정도라는 것을 무슨 일이 있어도 아실 거라고 미덥게 여기고 있습니다."

참으로 견디기 힘들고 듣기 거북하다고 생각하시기에, 겐지 님께서는 안됐게 여기셔서 화제를 돌려 이렇게 자상하게 아뢰신다.

"주상께서 말씀하시는 것이 망극하니, 역시 잠깐이라도 출사해 드리면 어떨지요. 대장이 자기 사람으로 완전히 차지하고 나서는 그 같은 공적 출사도 어려워질 듯한 처지일 테니까요. 처음 생각하였던 의도와는 달라진 형국이어도 니조 대신二條の大臣[24]은 만족하신 모습이니 마음이 편안합니다."

아씨는 가슴 절절하게도 민망하게도 들으시는 일이 많지만, 그저 눈물 범벅이 되어 계신다. 참으로 이토록 생각하시는 모습이 가슴 아프기에, 겐지 님께서는 하고 싶으신 대로도 흐트러지지 않으신 채 그저 출사할 때 지녀야 할 예의범절과 마음가짐을 일러 드리신다. 그쪽으로 옮겨 가시는 것[25]을 바로는 허락하지 않으실 듯한 기색이시다.

5. 히게쿠로가 정실부인을 무시하고 다마카즈라에게 열중하다

궁중에 출사하시는 것을 대장은 내키지 않게 생각하시지만, 그 기회에 곧바로 본인 집으로 퇴궐시키자고 마음먹으시고 그저 잠시 동안만 허락해 드리신다. 이렇게 남몰래 숨어 출입하시는 거동도 익숙지 않으신 마

24 내대신.
25 히게쿠로 대장 댁으로 들어가는 것.

음에 괴롭기에, 자신의 저택 안을 수리하여 정비하고 오랜 세월에 걸쳐 엉망인 상태로 먼지에 뒤덮인 채로 내팽개쳐 두셨던 방[26]을 장식하고 갖가지 의식을 새로이 준비하신다.

정실부인北の方이 한탄하고 계실 마음조차 짐작하지 못하시고 어여삐 여기셨던 자제들 또한 눈에도 들어오지 않으신다. 부드럽고 다정한 마음이 섞여 있는 사람이라면 이런저런 일을 처리하는 데 있어 그 사람에게 수치스럽게 여겨질 만한 일을 짐작하여 생각하는 구석도 있을 터이지만, 외곬으로 딱딱한 성정이신지라 다른 사람의 마음을 거스르게 할 만한 일이 많다.

아씨女君[27]는 다른 사람에 비해 뒤떨어지실 만한 점이 없다. 본래 지니신 품성도 그렇고 그토록 고귀한 부친인 친왕親王[28]께서 몹시 애지중지 여기셔서 세간의 신망이 가볍지 않은 데다 용모 등도 참으로 괜찮은 분이셨다. 그런데 괴이한 집념이 강한 모노노케物の怪 탓에 편찮으셔서 요 몇 년간 보통 사람과 같지 않고, 제정신이 아닌 채 계실 때가 많으셔서 부부 사이도 멀어지신 채 세월이 흘렀다. 버젓한 정실부인으로서는 어디 견줄 사람 없이 여기셨는데, 드물게 마음이 옮겨 가신 분[29]이 그저 그런 분도 아니고 다른 사람보다 뛰어나신 자태이신 데다 그보다도 더 그 같은 의심을 지니고 모든 사람이 추측하였던 일[30]조차 결백하게 지내 오셨다니, 이런 점 등을 대장이 좀체 없는 일로 어여쁘게 여겨 더욱더 마음이

26 부인이 모노노케에 씌어 있는 등의 이유로 집안이 어수선하다.
27 히게쿠로 대장의 정실부인. 무라사키노우에의 이복자매.
28 식부경 친왕.
29 다마카즈라.
30 히카루겐지의 애인이라는 소문.

깊어지시는 것도 당연하기는 하다.

6. 정실부인의 복잡한 심경과 친정아버지인 식부경 친왕의 태도

식부경 친왕式部卿宮께서 들으시고 이리 말씀하신다.

“이제는 그러한 새 사람을 집으로 옮겨 애지중지할 터인데, 그 한구석에 남 보기 민망하게 붙어 계시는 것 또한 세상 소문 탓에 몸 둘 바를 모를 것이다. 내가 살아 있는 동안에는 그토록 세상의 웃음거리[31]가 되는 모습으로 굽히며 따르지 않더라도 살아갈 수 있을 것이다.”

친왕 저택의 동쪽 채를 청소하고 꾸며서 옮겨 드리려고 생각하시고 말씀하신다. 아씨는 부모 슬하라고 하여도 이제는 떠나와 인연이 끊긴 처지인데 되돌아가 뵙는다니 하며 마음이 어지러워지셔서, 더욱더 마음 상태도 안 좋아지셔서 줄곧 앓아누워 계신다. 본성은 참으로 조용하고 보드랍고 어린아이 같으신 분이 때때로 마음이 이상해져 다른 사람이 꺼리어 멀리할 만한 일을 가끔 저지르셨다.

7. 히게쿠로가 병든 정실부인을 위로하고 설득하다

처소 등이 이상하게 지저분하고 정실부인은 깨끗하게 몸단장하는 일

31 정실부인 자리에서 밀려나는 것을 사회적인 죽음으로 인식하여, ‘세상의 웃음거리(人笑へ)’로 표현하였다.

도 없고 초췌해져 참으로 음침하게도 지내고 계신다. 옥을 갈고 닦은 듯한 아씨의 처소를 보고 온 대장의 눈에 마음도 가지 않지만, 오랜 세월 동안의 정이 갑자기 뒤바뀌지 않는 법인지라 마음속으로는 참으로 가슴 아프게 생각하고 계신다.

"어제오늘 정도의 참으로 얕은 인간관계에서조차 괜찮은 신분의 사람이라면 모두 마음을 차분히 먹는 구석이 있어야 인연을 끝까지 유지하는 듯하오.[32] 참으로 당신 몸도 괴로워 보이는 상태로 지내고 계셨기에 아뢰어야 할 일도 입 밖에 내기가 어려웠습니다. 오랜 세월 언약해 오지 않았던가요. 세상 사람들과도 비슷하지 않은 모습이시지만 끝까지 보살펴 드리겠다며 꽤 많이 마음을 가라앉히며 지내 왔건만, 저처럼 그리도 끝까지 지내지 못할 듯한 마음가짐으로 저를 경원하고 계시는군요. 어린아이들도 있기에, 이런저런 일이 있어도 소홀하게는 하지 않겠다고 이제껏 아뢰어 왔건만, 종잡을 수 없는 여자 마음에 따라 이렇게 줄곧 원망하고 계시는군요. 제 마음을 한바탕 전부 다 보시기 전에는 그 또한 그럴 만한 일이겠지만, 저에게 맡기시고 앞으로 잠시 끝까지 지켜보시지요. 친왕께서 소문을 들으시고 저를 싫어하여 일사천리로 불쑥 옮겨 드리려고 생각하셔서 말씀하시는 것은 오히려 무척 경솔한 일입니다. 진심으로 그리 마음먹으신 것인지, 잠시 저를 벌주시자고 그러시는 것인지요."

이리 웃으시며 말씀하시는 모습이 무척 꼴 보기 싫고 정나미가 떨어진다.

시첩[33] 비슷하게 대장을 오래 모시고 있던 목공님木工の君이나 중장님中

32 남편의 여성 관계를 관대하게 이해해 주는 것을 부인의 미덕으로 인식하고 있다.
33 '메슈도(召人)'. 시녀로 있으면서 주인의 총애를 입고 있는 여성으로 부인으로서의 지

將のおもと 등이라는 사람들조차 신분에 따라 마음 편치 않고 박정하다고 생각하고 있거늘, 정실부인은 정신이 멀쩡한 상태로 계시는 때인지라 참으로 가련하게 흐느끼며 앉아 계신다.

"저 자신을 정신이 이상하다, 비뚤어졌다고 말씀하시며 모욕하는 것은 당연한 일입니다. 하나, 친왕에 관하신 일조차 한데 섞어 말씀하시는 것은 혹여 흘러 나가 듣게 되시면 안타깝고, 박복한 신세인 혈연 탓에 체면이 말이 아닐 겁니다. 저는 늘 들어 익숙해져 있기에 이제 와 새삼 아무런 생각이 없습니다."

이러면서 뒤돌아 앉아 계신 정실부인의 모습은 가련하다. 참으로 몸집이 자그마하신 분이 평소의 병환 탓에 마르고 초췌해져 가냘프고, 머리카락은 무척 윤이 나고 치렁치렁하던 것이 갈라진 듯이 다 빠져 숱이 적은 데다 빗질도 좀체 하지 않으시고 눈물에 젖어 뭉쳐 있기에 참으로 가슴 아프다. 섬세하게 어여쁜 곳은 없고 부친인 친왕을 닮으셔서 차분하고 우아한 용모이신데, 꾸미지 않고 초라하게 계시기에 어디에 화사한 느낌이나마 있겠는가.

"친왕에 관하신 일을 경솔하게는 어찌 아뢰겠소. 무시무시하고 세상 소문이 좋지 않을 말씀은 하지 마시길……."

대장이 이리 얼버무리고, 이처럼 달래 드리신다.

"그 출입하는 곳이 참으로 옥으로 꾸민 듯한 저택[34]인지라 서투르고 고지식한 모습으로 드나드는 동안에도 여러 방면으로 사람들 눈에 띄지 않을까 민망하기에, 마음 편히 이리로 옮겨 오도록 하면 어떨까 하고 생

위는 인정받지 못한다.

34 로쿠조노인.

각한 것입니다. 태정대신太政大臣의 그러한 세상에 유례없는 평판은 더 말할 것도 없고, 이쪽이 부끄러워질 만큼 구석구석 배려가 미치고 계신 듯한 근방으로 밉살스러운 소문[35]이 흘러 나가 귀에 들어가게 된다면 무척 안됐고 송구스러운 일입니다. 원만하게 사이좋게 말씀을 나누시며 지내시지요. 친왕 저택으로 옮겨 가신다고 하여도 당신을 잊는 일은 없을 것이오. 이렇든 저렇든 이제 와 그 뜻이 멀어지는 일은 없을 것이지만, 평판도 세상의 웃음거리가 될 것이고 나에게도 경솔한 일이 될 것이기에, 오랫동안의 맹세를 저버리지 않도록 서로 뒤를 보아주는 것으로 하지요."

이에 정실부인은 이리 말씀하신다.

"당신의 박정함은 어떻든 간에 상관없습니다. 세상 사람들과도 다른 박복한 신세를 친왕께서도 탄식하시고 새삼스럽게 세상의 웃음거리가 될 것이라고 마음을 어지럽히고 계신 듯하니, 가슴이 아파 어찌 뵐 수가 있겠는지요. 대신의 정실부인大殿の北の方이라고 아뢰는 분[36]도 저에게 타인이신지요. 그 사람은 모르는 상태로 태어나 자라나신 분인데 말년에 이렇게 다른 사람의 부모[37]인 듯 처신하시는 박정함에 대해 부친께서는 생각하시며 말씀하시지만, 저는 아무렇지도 않습니다. 당신이 어찌 처신하시려는지 그 모습을 지켜볼 뿐……."

그러자 대장은 이와 같이 말하면서, 하루 종일 방안에 틀어박혀 이야기를 들려드리며 아뢰신다.

"아주 잘 말씀하시는데, 여느 때처럼 다른 마음이 일어나 괴로운 일도

35 정실부인이 다마카즈라를 질투한다는 소문.
36 무라사키노우에.
37 다마카즈라의 모친을 대신하여 뒷바라지한다며 원망하고 있다.

나오지 않겠는지요. 대신의 정실부인이 아시는 일도 아닙니다. 귀한 아가씨처럼 지내고 계시기에, 이리 멸시당하는 사람[38]의 처지까지는 아실리가요. 친왕께서 부모 같지 않게 처신하시는 듯합니다. 이러한 일을 저쪽에서 듣기라도 한다면, 참으로 난감한 일이 될 겁니다."

8. 외출을 준비하는 히게쿠로에게 정실부인이 향로의 재를 끼얹다

날이 저물었기에 마음도 정처 없이 들떠서 어찌 나갈 수 있을까 생각하시는데, 눈이 펑펑 내린다. 이런 날씨에 떨치고 나간다고 하여도 다른 사람의 시선이 번거롭고, 이쪽 기색 또한 밉살스럽게 질투심에 사로잡혀 원망 등을 하신다면 오히려 그것을 구실 삼아 나 또한 맞불을 놓을 수 있으련만, 참으로 대범하고 태연하게 처신하고 계시는 모습이 무척 괴롭다. 하여, 어찌하면 좋을까 하고 마음이 어지러운 상태로 격자문 등도 그대로 둔 채[39] 툇마루 가까이에서 시름에 잠겨 앉아 계신다.

정실부인이 기색을 살피며, "공교롭게도 내리는 눈을 어찌 헤치고 나가시려는지요. 밤도 깊어진 듯합니다"라고 재촉하신다. 이제는 마지막이로구나, 붙잡아 본들, 하며 이런저런 생각을 하시는 기색이 참으로 가슴 절절하다. 대장은 "이런 날씨인데 어찌……"라고 말씀하시면서도, 이와 같이 이야기를 하신다.

38 다마카즈라.
39 격자문을 내려야 할 시간대인데도 외출할 마음을 단념하지 못하여 그대로 두고 있다.

"역시 당분간은……. 내 마음의 깊이를 모른 채 사람들이 이러쿵저러쿵 말들을 하고 대신들께서도 좌우에서 이야기를 듣고 생각하실 바가 저어되기에, 발길을 하지 않으면 번거로워집니다. 마음을 차분히 하여 역시 나를 끝까지 지켜보아 주십시오. 이리로 옮기면 마음이 편해질 겁니다. 이리 보통의 기색[40]이 보이실 때는 밖으로 나눌 마음도 없을 터이고 당신을 어여삐 여길 터인데요."

이에 정실부인은 이와 같이 온화하게 말하며 앉아 계신다.

"머물러 계신다고 하여도 당신 마음이 다른 곳에 있다면 오히려 괴롭게 느껴질 겁니다. 밖에 계시더라도 마음 한 자락 전해 주신다면 소맷자락 얼음[41]도 녹겠지요."

정실부인은 향로[42]를 들여오게 하여 대장 옷에 더욱더 향내가 배도록 하신다. 본인은 풀기가 빠진 의복을 겹쳐 입으신 편안한 모습이신데, 더욱더 가녀리고 약해 보인다. 울적하게 계시는 모습이 참으로 괴롭다. 울어서 눈자위가 몹시 부으신 모습이 약간 불쾌하지만, 참으로 가슴 절절하게 바라볼 때는 별로 거슬리지 않는다. 어찌 함께 지내 왔던 세월인가, 남김없이 다른 데로 옮겨 가 버린 마음이 참으로 가볍기만 하구나 하고 생각하고 생각하면서도, 역시 잘 보이고 싶은 마음은 더하여 간다. 일부러 탄식하면서 역시 옷차림을 갖추시고 작은 향로를 가지고 오게 하여 소맷자락에 집어넣고 향내가 배도록 하고 계신다. 편안하게 느껴질 정도

---

40 정실부인이 발작을 일으키지 않고 정상적인 상태.

41 '시름에 잠겨 잠 못 든 채 밝아 온 겨울날 밤의 소맷자락 얼음은 녹지도 않는구나(思ひつつ寝なくに明くる冬の夜の袖の氷はとけずもあるかな)'(『後撰和歌集』 冬, 讀人しらず)에 의한다.

42 의복에 향이 스며들도록 하기 위한 향로이다. 히게쿠로를 다마카즈라에게 보내기 위한 준비이다.

로 부드러운 의복을 입으시고 용모도 그 나란히 할 수 없는 빛[43]에야 밀리지만 참으로 뚜렷하고 남자다운 모습인지라, 평범한 사람으로 보이지 않고 이쪽이 부끄러움을 느낄 정도이다.

수행원 대기소에서 사람들 소리가 나며, "눈이 조금 그쳤습니다. 밤이 깊어 버렸네요"라거나 하며 아무래도 드러내 놓고는 아니지만 재촉해 드리며 서로 기침 소리를 낸다. 중장이나 목공 등은 "가슴 아픈 사이로군요"라거나 탄식하며 이야기를 나누며 누워 있다. 본인은 몹시 마음을 가라앉히며 가련하게 기대어 누워 계시는구나 하고 보고 있을 때, 갑자기 일어나서 커다란 소쿠리 밑에 있던 향로를 가까이 끌어당겨 나으리 뒤로 다가가 잽싸게 부어 뒤집어씌운다. 사람들이 지켜볼 새도 없는 짧은 동안이었다. 대장은 참담하여 기가 막혀 계신다. 아주 자잘한 재가 눈과 코로도 들어가 얼이 빠져 정신도 없다. 재를 털어 버리셔도 주변에 가득 찼기에 의복들을 벗으셨다. 멀쩡한 정신으로 이런 일을 하셨다고 생각하면 다시 뒤돌아보지도 않을 만큼 참담하지만, 여느 때와 같은 모노노케가 사람들을 질리게 만들려고 저지른 일이라고 생각하니, 곁에서 모시는 사람들도 안타깝게 바라보신다.

소란을 피우며 의복들을 갈아입거나 하시지만 무성한 재가 살짝 근처에도 피어올라 온갖 곳에 재가 가득 찬 느낌이 들기에, 화려함의 극치를 이루신 근방[44]에 이 모양으로 찾아뵐 수도 없다. 제정신이 아니라고는 하지만 역시 좀체 없고 본 적 없는 사람의 행동거지로구나 싶어 대장은 정나미가 떨어져 역겨워졌다. 딱하게 여겼던 마음도 남아 있지 않지만

43 히카루겐지의 범접할 수 없는 아름다움.
44 로쿠조노인.

요즈음 소란을 일으키면 골치 아픈 일도 나오지 않을까 싶어 마음을 가라앉히고, 한밤중이 되었어도 승려 등을 모시고 와서 가지加持기도[45]를 올리며 법석댄다. 소리를 지르며 욕설을 퍼부으시는 목소리 등에 대장이 정나미 떨어지시는 것도 당연하다.

9. 히게쿠로가 다마카즈라에게 소식을 전하고 정실부인의 치유를 빌다

정실부인이 하룻밤 내내 맞거나 넘어뜨려지거나 하며 울며불며 날을 밝히신 뒤[46] 잠깐 주무시고 계시는 동안에, 대장은 그쪽에 서찰을 보내드리신다.

"어젯밤 갑자기 숨이 넘어갈 듯한 사람이 있었던 데다 눈이 오는 기척이기도 하여 떨쳐 나가기 어려워 망설이던 중에, 몸까지 차가워졌습니다. 어떤 마음이셨을지는 말할 것도 없고 사람들이 어찌 수군댔을까요."

이렇게 고지식하게 쓰신다.

히게쿠로 대장

"내 마음까지 어지러워진 하늘 눈 오는 중에

나 홀로 잠이 들어 차가운 한쪽 소매

---

45 가지란 밀교(密敎)에서 드리는 기도이다. 손가락으로 인계(印契)를 맺고, 번뇌를 부수고 보리심(菩提心)을 나타내는 금강저(金剛杵)라는 법구를 쥐고, 범어 그대로 다라니(陀羅尼)라는 주문을 외우며 부처의 가호를 빈다.

46 모노노케를 퇴치하기 위해 밤새 의식이 치러졌다.

참기가 어렵습니다."

하얗고 얇은 종이[47]에 묵직하게 쓰셨지만, 딱히 정취 있는 구석도 없다. 필체는 참으로 깔끔해 보인다. 문재[48]는 빼어나거나 하신 분이었다. 상시님尙侍の君은 대장이 밤에 찾아오지 않는 것을 아무렇지도 않게 생각하셔서 이렇게 가슴 두근대며 보낸 서찰도 들여다보지도 않으시기에, 답신도 없다. 남자는 가슴이 꽉 막힌 채 하루 종일 시름에 잠겨 지내신다.

정실부인은 여전히 몹시 괴로워하며 계시기에 수법修法[49] 등을 시작하도록 하신다. 대장은 마음속으로 요즈음만이라도 아무 일 없이 제정신으로 계시기를 기원하신다. 본래 마음씨가 어여쁘다는 것을 보지 않고 몰랐다면 이렇게까지 보고 있을 수도 없는 역겨운 모습이었다고 생각하며 앉아 계신다.

10. 히게쿠로가 다마카즈라의 처소에 틀어박히다

날이 저물자 여느 때처럼 서둘러 출타하신다. 옷차림 등도 보기 좋게도 차려입지 않으시고, 너무 이상하게 어울리지 않는 차림이기만 하여 기분이 언짢으신데, 산뜻한 노시直衣 등도 마련해 내지 못하셔서 참으로 꼴불견이다. 어젯밤 옷은 불에 타 구멍이 나고 역겹게 느껴지는 탄내 등

47 '눈(雪)'을 제재로 한 와카이기에 하얀 종이에 썼다.
48 한학(漢學)의 소양. 관료로서의 유능함을 말한다.
49 불교의 밀교에서 단을 차려 놓고 본존을 단 위에 안치하고 기원하는 것을 말한다. 지난밤의 가지기도가 응급 처방이었다면 정식으로 기도드리는 것이다.

도 보통과 다르다. 의복들에 그 냄새도 배어 있다. 정실부인이 질투로 난리를 친 모습이 뚜렷하여 그 사람도 질려 하실 것 같아 벗어 갈아입고 목욕하시는 등 공들여 몸단장하신다.

목공님은 의복에 향내를 배게 하면서, 이리 말하며 입을 가리며 앉아 있는데 눈자위가 무척 매력적이다.

목공님

"홀로 남은 채 불타는 듯 가슴이 먹먹하기에
생각다 못해 나온 불길인 듯 보이네

아씨에 대한 여지없는 처사는 뵙고 있는 사람들조차 그냥 있기에는……."

하나, 대장은 어떠한 마음으로 이 같은 사람에게 구애하였을꼬, 하는 생각만 하고 계셨으니 박정한 일인지고.

히게쿠로 대장

"비참한 일에 마음 흐트러지면 이리저리로
타고 있는 연기는 더욱 곁에 맴돌 듯

정말 터무니없는 일들인데, 혹여 저쪽에서 듣게 된다면 나는 이도 저도 아닌 신세가 될지 모르겠네."

대장은 이렇게 탄식하면서 출타하셨다.

하룻밤 정도 격조한 것에 불과한데도 더더욱 새록새록하고 더 아름다워진 듯이 느껴지시는 자태에, 대장은 더욱더 다른 데 마음을 나눌 수도 없이 여겨져 우울하기에 오래 이곳에 칩거하고 계셨다.

저택에서는 수법 등을 하며 야단법석이다. 모노노케가 많이 나타나서 욕설을 퍼붓는 것을 전해 듣고 계시기에, 대장은 있을 수 없는 상처를 입고 치욕스러운 일이 반드시 생길 것이라고 두려워하며 가까이 다가가지 않으신다. 저택으로 건너가실 때도 다른 곳에 떨어져 계시면서 자제들만을 따로 불러내어 만나 뵈신다. 따님女이 한 분인데 열두세 살쯤이고, 그 다음 연이어 아드님男이 두 분 계셨다. 최근에 와서는 부부 사이도 멀어지기만 한 채 익숙해지셨지만 고귀한 분[50]으로서 필적할 만한 분도 없이 지내 오셨기에, 이젠 마지막이라고 정실부인이 판단하고 계시니 곁에서 모시는 사람들도 몹시 슬프게 여긴다.

11. 식부경 친왕이 딸을 데려오려고 하다

부친인 친왕께서 들으시고 이리 아뢰신 뒤, 갑자기 모시고 오게 하신다.

"이제는 그처럼 거리를 두는 태도를 취하실 터인데, 그런데도 꾹 참고 계신다면 참으로 면목 없고 세상의 웃음거리가 될 일이다. 내가 살아 있는 동안에는 외곬으로 어찌 힘없이 따르기만 하실 것인가."

정실부인은 마음 상태가 약간 보통으로 돌아와서 부부 사이를 참담하

---

50 정실부인.

게 생각하며 한탄하신다. 부친이 이리 아뢰셨기에, 이와 같이 말하며 결심하셨다.

“억지로 머물러 그 사람이 발길을 끊는 모습을 다 지켜본 뒤 마음을 정리하는 것도 더 세상의 웃음거리가 될 것이다.”

형제인 자제분[51]들 중 병위 독兵衛督은 공경으로 계시기에 야단스럽다고 하여 중장, 시종, 민부 대보民部大輔[52] 등이 수레를 세 대쯤 거느리고 납시었다. 그리되지는 않을까 하고 진작부터 생각하였던 일이지만, 막상 당면하여 오늘이 마지막이라고 생각하자니 모시는 사람들도 눈물을 주르르 흘리며 다들 울고 있다.

“오랫동안 겪어 보지 않으신 다른 처소[53]에서, 좁고 거북하여서야 어찌 많은 사람이 모시겠는가. 한 무리는 제각각 사가로 물러나서 아씨가 안돈되신 다음에…….”

이렇게 정하고, 사람들은 제각각 하잘것없는 물건들 등을 사가에 옮기거나 하면서 이리저리 흩어져 가는 듯하다.

세간들은 그럴 만한 것은 모두 정리해 두거나 하면서 위아래 울고불고 난리 법석이니 참으로 불길하게 보인다. 도련님들은 아무 생각도 없이 이리저리 다니시기에, 모친이 모두 불러다 앉히시고 이리 말하면서 눈물을 흘리신다.

“나는 이리 괴로운 숙명인 것을, 이제는 전부 다 겪었기에 이 세상에 흔적을 남길 것도 아니고 어찌 되었든 간에 떠돌겠지요. 앞으로 살아갈

51 식부경 친왕의 자제들로 정실부인의 남자 형제들이다.
52 민부성 차관으로 정5위 하에 상당한다.
53 부친인 식부경 친왕 댁.

날이 먼데, 역시 뿔뿔이 흩어지실 모습 등이 과연 슬프기도 하군요. 아가씨는 이리되든 저리되든 나를 따르시지요. 오히려 도련님들은 어쩔 수 없이 부친을 찾아뵈러 다니며 뵈어야 할 터인데 그 사람이 관심을 가지고 보살펴 주실 것도 아닌지라 이도 저도 아니게 떠돌겠지요. 친왕께서 살아 계실 동안에는 형식적으로 인연을 이어 간다고 하더라도 그 대신들[54] 마음먹은 대로 움직이는 세상인지라, 이렇게 신경이 쓰일 만한 근방이라고 이러나저러나 알려지게 되어 보통 사람만큼이나마 출세하기란 어렵습니다. 그렇다고 하여 산이나 수풀로 내 뒤를 따라 들어간다는 것은 죽은 뒤의 세상에서까지 가슴이 미어지는 일이기에……."

모두 깊은 뜻은 알지 못하지만, 울상이 되어 울고 계신다.

"옛이야기昔物語[55] 등을 보아도 세상 일반의 마음 씀씀이가 깊은 부모라고 할지라도 세태에 따르고 사람을 따르게 되니 소홀하게만 되는 법입니다. 하물며 형식적인 부모 자식 관계로서 겪어 보기 전인데도 자취를 찾을 수 없는 마음을 보자 하니, 기댈 구석이 있다고 하여도 마음을 쓰지 않으실 겁니다."

이러며 유모들도 모여들어, 아씨와 함께 탄식하며 말씀하신다.

---

54 히카루겐지나 내대신. 두 대신이 실권을 쥐고 있는 세상에서는 적대 관계에 있는 식부경 친왕 일족의 번영을 바랄 수 없다는 의미이다.

55 『오치쿠보 모노가타리(落窪物語)』나 『스미요시 모노가타리(住吉物語)』와 같은 계모 학대담을 가리킨다. 부친이 후처와 지내면서 전처 소생의 딸에 대한 애정이 식어 간다는 이야기이다.

12. 마키바시라가 어머니와 집을 떠나며 한탄하는 와카를 남기다

날도 저물고 눈이 올 듯한 하늘 풍경도 스산하게 보이는 저녁 무렵이다. "몹시 거칠어질 듯합니다. 어서……"라며 마중 오신 도련님들이 재촉 말씀을 아뢰면서 눈자위를 문지르며 시름에 잠겨 계신다. 아가씨는 나으리가 무척 사랑해 주셨던 데 익숙해진지라, '뵙지 않고는 어찌 살아갈까요, 이제는 등이라고도 아뢰지 않은 채 다시 만나 볼 수 없게 된다면……' 이라고 여기시며, 엎드려 누운 채 떠날 수 없을 것 같다고 생각하고 계신다. 이에 정실부인이 "이리 생각하고 계시다니, 너무 매정하군요"라거나 하며 달래 드리신다.

아가씨는 그저 지금이라도 부친이 건너오시지 않을까 하며 기다려 보시지만, 이리 날도 저물 즈음에 어찌 그쪽에서 움직이실 것인가. 늘 기대어 앉아 계시고는 하는 동쪽 면의 기둥을 다른 사람에게 주어 버리는 듯한 마음이 드시는 것도 가슴이 먹먹하여, 아가씨는 검붉은 빛깔의 종이[56]를 포개서 그저 살짝 끄적거린 뒤 기둥의 갈라진 틈 속에 비녀 같은 머리 손질 도구 끝으로 밀어 넣으신다.

마키바시라

이제 이 길로 내 집 떠난다 해도 정이 들어 온

노송나무의 기둥 나를 잊지 말기를[57]

---

56 기둥 색깔에 맞춰 고른 색이다.

57 노송나무 기둥을 '마키바시라(眞木柱)'라고 한다. 이에 따라 이 와카를 읊은 아가씨는

다 쓰지도 못하고 눈물을 흘리신다. 모친이 "무얼 그리……"라면서 이리 읊으신다.

정실부인

정들었다고 떠올려 준다 해도 무슨 연유로
머물러야 하는가 노송나무의 기둥

곁에서 시중드는 사람들도 제각각 슬프기에, 그다지 관심도 없는 초목 언저리까지 그리워질 듯하여 눈길을 주고 코를 서로 훌쩍댄다.

목공님은 나으리 처소의 사람으로서 머무르게 되었다. 중장님이 이리 말을 한다.

중장님

"얕긴 하지만 바위 틈새의 물은 몹시도 맑고
처소 지킬 그분이 떠나야만 하는가[58]

예상도 하지 못하였던 일[59]입니다. 이렇게 당신과도 헤어지게 되다니요."

이에 목공은 이러면서 흐느낀다.

'마키바시라'로 불린다. 기둥에 대한 아가씨의 애착은 집과 부친에 대한 집착을 드러낸다.

58 '바위 틈새의 물'은 '야리미즈(遣水)'의 바위 틈새 물로, 목공님을 가리킨다.

59 목공님과의 이별.

목공님

"어찌 되었든 바위 틈새의 물이 맺힌다 해도

붙잡아 놓을 수도 없는 이 세상인데

이를 어쩌나."

수레를 밖으로 끌어내고 뒤를 돌아보면서도, 정실부인은 다시는 어찌 볼 수 있으려나 싶어 슬픈 마음이 든다. 나뭇가지에도 눈길을 주면서 아니 보일 때까지 뒤돌아보셨다.[60] 임君이 살기 때문은 아니고 오랜 세월을 보내셨던 처소인데 어찌 그리운 구석이 없겠는가.

13. 식부경 친왕의 정실부인이 히카루겐지에게 욕설을 퍼붓다

부친인 친왕의 저택에서는 기다리다가 맞아들이고 몹시 심란해하신다. 모친인 정실부인[61]은 울며불며 야단법석을 피우신 뒤, 이렇게 연이어 욕설을 퍼부으신다.

"태정대신太政大臣을 훌륭한 연줄이라고 여기고 계시지만, 얼마나 예로부터 원수[62]이셨는지를 알고 있었습니다. 여어女御[63]에게도 일이 있을 때

60 '임이 머무는 거처 나뭇가지 끝 발걸음 떼며 아니 보일 때까지 뒤돌아보는구나(君が住む宿の梢の行く行くと隠るるまでにかへりみしはや)'(『拾遺和歌集』 別, 菅原道眞)에 의한다. 떨쳐 버리기 어려운 집착을 나타낸다.

61 무라사키노우에의 계모.

마다 냉담하게 대우해 오셨거늘, 그것은 두 분 사이의 원망[64]이 풀리지 않으셨다는 것을 알고 있으라는 심산이라고, 당신도 그리 생각하여 말씀하시고 세상 사람들도 말하였습니다. 그런데 그 일조차 역시 그래야만 하였는지, 한 분을 귀히 여기실 거라면 그 주변 사람까지도 그런 분위기를 풍기는 예도 있을 것[65]인데 싶어 이해 가지 않았습니다. 하물며 하다 하다 결국에, 뭐가 뭔지 모르겠는 의붓자식을 애지중지하며 오래 자기 곁에 두었던 것을 가엾게 여겨, 고지식한 사람으로서 흐트러진 구석도 없을 듯한 사람[66]을 데려다가 애지중지하신다니, 어찌 원망스럽지 않겠는지요."

이에 친왕께서는 이리 말씀하신다.

"아아, 듣기 민망하군요. 세상에서 흠 잡힌 구석도 없으신 대신大臣을 입에서 나오는 대로 폄훼하지 마시오. 현명한 사람이니 마음에 새겨 두고 이러한 보복을 하고 싶다고 생각한 바가 있으셨을 것이오. 그렇게 여겨지고 있는 내 신세가 불행한 것이겠지요. 아무렇지 않은 체하며 모두 그 영락하셨던 시절의 보복으로서, 끌어올려 주거나 내치거나 하며 참으로 요령 있게 생각해 오신 듯하오. 나 한 사람을 그럴 만한 혈연관계라고 생각하였기에 연전에도 그리 세상이 떠들썩할 정도로 우리 집안에는 과

---

62 친왕의 정실부인은 무라사키노우에가 히카루겐지의 부인으로서 세상에서 '운 좋은 사람(幸い人)'으로 평가받는 것을 원래 불쾌하게 여겼다.
63 이들 부부의 딸이다. 입궐할 때도 히카루겐지가 도와주지 않았고, 입궐한 후에는 히카루겐지가 후견한 우메쓰보 중궁(梅壺中宮, 아키코노무 중궁) 때문에 중궁 자리에 오르지 못하였다.
64 히카루겐지가 스마(須磨)로 퇴거할 때 식부경 친왕의 냉담한 처사에 두 사람의 관계는 결정적으로 멀어졌다.
65 무라사키노우에를 귀히 여긴다면 그 형제 또한 우대하는 게 당연하다는 인식이다.
66 히게쿠로 대장.

분한 일들[67]도 있었던 거지요. 그것을 이번 생의 면목을 세운 일로 치부해 버리면 될 일입니다."

정실부인은 더욱더 화가 치밀어 사위스러운 말 등을 마구 지껄이신다. 이 큰 정실부인大北の方이야말로 감당하기 어려운 성격이 고약한 사람이었다.

14. 히게쿠로가 식부경 친왕 댁을 찾아갔다가 냉대받고 돌아가다

대장님은 이렇게 정실부인이 옮겨 가셨다는 것을 들으시고, 참으로 의아하고 젊디젊은 사람들 관계인 듯이 암상궂은 얼굴로 처신하는구나, 본인은 그토록 성급하고 나대는 마음도 없을 터인데 친왕께서 경솔하게 처신하시는구나 싶어, 도련님들도 있고 사람들 눈도 민망하여 마음이 산란하기에 상시님에게 이리 말하고 출타하신다.

"이렇게 이해할 수 없는 일이 생겼습니다. 오히려 마음 편하게 되었다고는 생각합니다. 하나, 그렇게 한구석에 모습을 숨기고도 있을 만한 사람이라 편히 생각하여 마음 놓고 있었습니다만, 갑작스레 그 친왕께서 일을 벌이신 듯합니다. 사람들이 보고 듣기에도 매정하기에, 잠깐 얼굴을 비추고 오겠습니다."

말끔한 웃옷,[68] 겉은 희고 안은 푸른 시타가사네下襲,[69] 푸른색이 감도

67 히카루겐지가 주최한 식부경 친왕의 쉰 살 축하연.
68 '호(袍)'라고 하며 깃이 둥글다. 히게쿠로 대장은 3위이므로 검은색을 입는다.

는 엷은 먹빛의 얇은 능직 비단으로 만든 사시누키指貫[70]를 입으시고 몸단장을 하신 모습이 무척 근엄하다. 어찌 아씨와 어울리지 않겠는가 하고 사람들은 뵙고 있는데, 상시님은 이러한 일들을 듣고 계시는데도 내 신세가 탐탁지 않게 절감되시기에 쳐다보지도 않으신다.

친왕께 원망의 말씀을 아뢰려고 찾아뵈시려는 김에 먼저 자택에 납시었다. 목공님 등이 나와서 벌어졌던 일을 들려드리신다. 대장은 아가씨의 행동거지[71]를 들으시고 사내답게 참으시기는 하여도 눈물이 주르르 흘러내리는 기색이 참으로 가슴 절절하다.

"그렇기는 하지만, 세상 사람들과 비슷하지 않고 이해할 수 없는 일들을 용인해 온 오랜 세월 동안의 내 마음 씀씀이를 잘 알지 못하셨군요. 참으로 제 마음대로 하려는 사람이라면 이제까지도 이 상태로 머물러 있을 리 있겠는가. 좋소, 그 장본인은 이렇든 저렇든 소용없는 사람으로 보이시기에 이러나저러나 마찬가지로고. 어린 사람들을 또 어찌 대우하시려는가."

대장은 이리 탄식하면서, 그 노송나무 기둥의 편지를 바라보신다. 필체는 치졸하여도 마음씨가 절절하고 사랑스럽기에 길을 가는 도중에 눈물을 훔치면서 친왕 댁으로 찾아뵈셨지만, 대면하실 수도 없다.

"무슨……. 그저 세월에 따라 움직이는 대장의 마음은 지금 처음으로 변하신 것도 아니다. 요 몇 년간 정신을 빼놓고 계신다는 것을 들어 온 지도 오래되었거늘, 뭘 또 고쳐 생각할 만한 날이 오리라고 기다리겠느

---

69 정장인 속대(束帶) 차림일 때 '호' 밑에 받쳐 입던 옷이다. 뒷자락을 길게 늘어뜨린다.
70 하카마의 한 종류로 발목 부분을 끈으로 묶는다.
71 마키바시라가 노송나무 기둥에 편지를 넣고 집을 떠나가기 어려워하였던 모습 등.

냐. 더욱더 이상한 모습만 전부 다 보여 드릴 터이지."

친왕께서 이리 따님을 타일러 드리시는 것도 당연한 일이다. 이에 대장은 이와 같이 어렵게 아뢰면서 계신다.

"참으로 어른스럽지 못한 생각인 듯합니다. 마음에서 떨쳐 내 버릴 수 없는 사람들[72]도 있건만, 하면서 느긋하게 생각하였던 제 게으른 마음을 거듭거듭 아뢰어도 소용없군요. 이제는 그저 무난하게 넘어가 주시고, 제가 죄를 피할 길이 없다고 세상 사람들도 납득한 다음에 이러한 조치라도 취하시면 어떠할지……."

대장이 "아가씨만이라도 뵙고 싶습니다"라고 아뢰시지만, 내보내 드릴 리도 없다. 도련님男君들 중 열 살 된 분은 내전에 오르고 계시는데[73] 참으로 어여쁘다. 사람들에게 칭찬을 받고, 용모 등은 그리 잘생기지 않았지만 참으로 영리하여 사물의 이치를 차차 알게 되셨다. 아래 도련님은 여덟 살쯤 되었는데 참으로 귀염성 있어 보이고 아가씨와도 닮았기에, 대장은 쓰다듬으면서 "너를 그리운 추억거리로라도 보아야 할 것 같구나"라거나 하며 울면서 이야기하신다.

친왕께서도 그 기색을 듣고 계셨지만, "감기에 걸려 미적대는 중인지라……" 하시기에, 대장은 멋쩍게 물러 나오셨다.

---

72 인연을 끊을 수 없는 자식들과의 인연.

73 '와라와텐조(童殿上)' 또는 '텐조와라와(殿上童)'라고 한다. 귀족 자제인 소년들 가운데 용모가 뛰어난 아이를 골라 청량전 당상관 대기소에서 잔시중을 들며 잡다한 용무를 보게 하였다.

15. 히게쿠로가 아들들을 자택으로 데려가다

대장님은 어린 소년들을 수레에 태우고 이야기를 나누고 계신다. 로쿠조노인六條院에는 데리고 가실 수 없으시기에 자택에 데려다 놓고, "역시 여기에 머무르거라. 와서 보려고 할 때도 마음 편할 듯하니……"라고 말씀하신다. 풀이 죽은 채 몹시 불안스레 배웅하는 모습들이 무척 가슴 절절하여 걱정거리가 더하여진 듯한 느낌이 든다. 하나, 아씨女君의 자태가 볼만하고 멋지기에, 이상한 모습[74]을 떠올려 견주어 보는데도 더할 나위 없는지라 만사에 걸쳐 위로를 받으신다.

대장은 발길을 끊고 방문도 하지 않는다. 냉담하였던 일을 구실 삼는 듯한 모습인 것을, 친왕 댁에서는 몹시 괘씸해하며 탄식하신다.

하루노우에春の上[75] 또한 들으시고, "나까지 원망을 받게 될 것 같아 괴롭구나" 하며 탄식하신다. 대신님大臣の君께서는 안됐다고 여기셔서, 이리 말씀하신다.

"어려운 일이로군요. 내 마음 하나로 어찌 되지도 않는 사람과의 인연 탓에 주상께서도 마음에 담아 두고 생각하신다고 합니다. 병부경 친왕 등께서도 원망하신다고 들었으나, 그리 말씀하시지만 사려 깊으신 분인지라 사정을 들어 알게 된 뒤 원망도 풀어지셨다고 합니다. 사람 간의 관계는 은밀하다고 생각하여도 숨길 수 없는 일이기에, 그리 생각할 만한 잘못도 없다고 생각합니다."

---

74 정실부인의 병든 모습.
75 무라사키노우에. 봄의 저택에 거처하기에 붙은 호칭이다.

16. 히게쿠로가 생각을 거듭한 끝에 다마카즈라를 입궐시키다

이러한 일들이 벌어져 소란스러운 탓에 상시님의 기색은 점점 더 밝을 새 없는데, 대장은 이를 안됐다고 생각하여 신경을 써 드린다. 이번에 궁중으로 출사하시기로 하였던 일도 중단되어 내가 방해한 것을 주상께서도 내게 무례한 마음이 있다는 듯이 듣고 계신 데다 사람들[76]도 생각하시는 바가 있겠지, 그렇다고 공인을 미덥게 여기는 사람[77]이 없지는 않으니, 라고 생각을 돌리시고 해가 바뀐 뒤 아씨를 출사시켜 드리신다. 남답가男踏歌[78]가 있었기에 곧 그즈음에 의식[79]을 참으로 장엄하게 둘도 없이 준비하여 출사하신다. 두 분 대신들과 이 대장의 위세까지 어우러져 재상 중장[80]이 곡진히 신경 써 보살펴 드리신다. 이복형제인 도련님들[81]도 이때다 싶어 모여들어 비위를 맞추며 다가가 귀히 여기시는 모습이 참으로 더할 나위 없다.

승향전承香殿[82] 동쪽 면에 처소를 마련하셨다. 서쪽 면에 친왕 여어宮の女御[83]가 지내고 계시기에, 전각 내 복도만큼 떨어져 있어도 두 분 마음속은 아득히 떨어져 있는 듯할 것[84]이다. 마마들이 어디라 할 것 없이 서로

---

76 히카루겐지와 내대신.

77 궁중 출사한 부인을 신뢰하는 남편.

78 궁중의 정월 행사. 정월 열나흗날에 당상관과 당하관들이 발을 쾅 쾅 구르면서 아악 형식의 민요인 사이바라(催馬樂)를 부르며 궁중이나 상황 어소 등을 도는 행사이다. 반드시 해마다 열리는 것은 아니다.

79 상시로 입궐하는 의식.

80 유기리.

81 내대신의 아들들로 다마카즈라의 이복동생들.

82 승향전은 후궁 12사의 하나이다. 인수전(仁壽殿) 북쪽, 상녕전(常寧殿) 남쪽에 위치하며 청량전(淸涼殿)에 가까운 전사(殿舍)이다.

83 식부경 친왕의 여식.

경쟁을 하시며 궁중 근방은 고상하고 정취 있는 시절이다. 딱히 소란을 일으킬 만한 갱의들은 그리 많이도 천황을 모시고 있지 않으시다. 중궁, 홍휘전 여어, 이 친왕 여어, 좌대신 여어 등이 모시고 계시다. 그 밖에 중납언과 재상의 따님 두 분[85] 정도가 모시고 계셨다.

17. 다마카즈라가 궁중 처소에서 남답가하는 일행을 접대하다

답가 때는 각각의 처소에 사가 사람들이 찾아뵙고, 색다르고 참으로 떠들썩한 구경거리이기에 누구라 할 것 없이 한껏 치장하고 소맷부리 포갠 모양도 현란하고 멋지게 채비하셨다. 동궁 여어[86]도 참으로 화사하게 꾸미시고, 동궁께서는 아직 연치[87]가 어리시지만 모든 것이 무척 세련되어 보이신다.

남답가 일행은 어전御前[88]과 중궁 처소, 스자쿠인朱雀院으로 찾아뵙고 밤이 이슥하게 깊어졌기에, 로쿠조노인에는 이번에는 야단스럽다고 하여 건너뛰신다. 스자쿠인에서 되돌아와서 동궁 처소들[89]을 도는 동안에 날이 밝았다.

---

84 두 사람은 복도를 가운데 두고 동서로 가까이 있지만, 히게쿠로 대장 건으로 교류할 수는 없다.

85 이 두 사람은 여어보다 신분이 낮은 갱의(更衣)이다.

86 옛 승향전 여어. 동궁의 모친으로 히게쿠로 대장의 여동생이다. 아들이 동궁에 오르면서 궁중에서 자리를 잡고 나시쓰보(梨壺)에 살고 있다. 히게쿠로 대장은 다음 대의 권세가로 약속된 것과 다름없다.

87 이때 동궁은 열두 살.

88 청량전 동쪽 정원을 말한다.

89 동궁 어소인 나시쓰보, 즉 소양사(昭陽舍)에는 소양 북사(北舍)도 있다.

어슴푸레한 정취 있는 동틀 녘에 몹시 취해 흐트러진 모습으로 〈다케카와竹河〉[90]를 부르고 있는 것을 보자니, 내대신 댁 자제들 네다섯 명쯤이 당상관 가운데 목소리가 뛰어나고 용모도 깔끔해 보이는데 늘어서 계신 모습이 참으로 멋지다. 동자인 여덟째 도련님[91]은 정실부인 소생으로 부친이 몹시 귀히 여기시는데, 참으로 어여쁘고 대장 나으리의 큰아드님[92]과 나란히 서 있다. 상시님 또한 상관없는 사람으로 여겨지지 않으시기에 눈길을 주셨다. 고귀한 신분으로 입궐하신 지 오래되어 익숙해지신 분들보다도 이 처소의 소맷부리가 전체적인 분위기가 현대풍이고, 같은 종류의 색상과 배색이지만 더 돋보이고 화사하다. 본인도 시녀들도, 이처럼 밝은 기분으로 잠시 지내실 수 있으면 좋을 터인데 하고 서로 생각하였다. 모두 다 비슷하게 녹祿으로 내리는 면綿의 상태도 취향이 각별하고 세련되게 준비하셨다. 이쪽은 역참水驛[93]인데도 분위기가 떠들썩하고 사람들도 한껏 마음이 들떠서 정해져 있는 대접 등 여러 일을 진행하는 모습도 각별히 준비되어 있는데, 대장 나으리가 시키신 것이었다.

90 남답가 때 부르는 사이바라이다. 「하쓰네」 권 6절 참조.
91 남답가 일행 중 무인(舞人)으로서 무동(舞童)도 참가한 것이다.
92 히게쿠로 대장의 장남으로 '덴조와라와'이다.
93 답가를 하는 일행이 도는 길을 역로(驛路)에 비유하여, 술과 더운물에 만 밥 등을 제공하는 곳을 '미즈우마야(水驛)'라고 하며 식사를 대접하는 곳을 '이우마야(飯驛)'라고 한다. 역할 분담은 사전에 이루어진다.

18. 히게쿠로가 다마카즈라의 퇴궐을 바라며 재촉하다

대장은 궁중 숙직실[94]에 앉아 계시면서, 하루 종일 상시님에게 이런 말씀만 하시며 지내신다.

"오늘 밤에 퇴궐하시도록 합시다. 이러한 계제에, 당신 생각이 바뀔지도 모르는 궁중 출사라니 마음이 편치 않습니다."

똑같은 말을 하며 몹시 재촉하시지만, 답을 하지 않으신다. 모시는 사람들이 이렇게 아뢴다.

"대신께서, 조급해하지 말고 모처럼 출사하신 것이니 주상께서 만족하실 만큼 계신 뒤 윤허를 얻어 퇴궐하시도록 아뢰어 두셨기에, 오늘 밤은 너무 매정하지 않을는지요."

대장은 이를 몹시 박정하게 여겨, "그토록 말씀드렸건만, 이리도 마음대로 되지 않는 부부 사이로고"라며 탄식하면서 앉아 계신다.

19. 병부경 친왕이 소식을 전해 오고 천황이 찾아오자 다마카즈라가 곤혹스러워하다

병부경 친왕께서는 어전에서 열리는 관현 연주에 사후伺候하신다. 마음이 안정되지 않고 이 처소 근방이 신경 쓰이시기에, 참지 못하고 기별을 보내신다. 대장은 위부衛府 대기소[95]에 계셨는데, 그쪽에서 왔다고 서

94 우대장인 히게쿠로 대장이 숙직하는 곳은 인메이몬(陰明門) 내 남쪽 복도에 있다.
95 앞에 나온 '궁중 숙직실'을 구체적으로 명시한 것이다.

찰을 가져왔기에 상시님은 내키지 않아 하며 보시자니, 이렇다.

호타루 병부경 친왕

"심산深山 나무[96]에 날개 맞대고 있는 새 같은 당신

다시없이 샘나는 봄이기도 하구나

우짖는 울음소리[97]에도 솔깃해지기에……."

애처롭게 얼굴이 빨개지고 무어라 답할 방도도 없어 생각하며 앉아 계시는데, 주상께서 납시셨다.

밝은 달빛에 용모는 뭐라 말할 수 없이 기품 있게 아름답고 그저 그 대신大臣의 모습[98]과 다를 바 없으시다. 이러한 분은 달리 또 계시겠는가 하며 뵙고 계신다. 그 마음 씀씀이[99]는 얕지 않으셔도 불쾌한 시름이 더하여졌는데, 이분은 어찌 그런 생각도 하시겠는가, 참으로 다정하게 생각하였던 바와 달라진 데 대해 원망의 말씀을 하시니, 얼굴을 어디 둘 데 없게만 여겨지신다. 얼굴을 감추고 대답도 아뢰지 않으시기에, 주상께서 이리 말씀하신다.

"이상하게 분명치 않은 반응이로군요. 경사스러운 일[100] 등을 통해서

---

96 '심산 나무'는 히게쿠로 대장의 비유로 풍류가 없음을 나타낸다.

97 '갖은 새들이 우짖는 봄날에는 온갖 것들이 모두 새로워져도 나는 늙어 가누나(百千鳥さへづる春は物ごとにあらたまれども我ぞふりゆく)'(『古今和歌集』 春上, 讀人しらず)에 의한다. 앞의 와카에 이어지며 모든 것이 흥겨운 새로이 바뀐 계절에 자기 홀로 남겨진 우수를 토로하였다.

98 히카루겐지와 똑 닮은 얼굴.

99 자신에 대한 히카루겐지의 연정.

100 이어지는 천황의 와카에서 다마카즈라가 3위에 서위(敍位)되었다는 것을 알 수 있다.

도 내 마음을 알게 되시지 않을까 생각되는 바가 있거늘, 마음에 담아 두지 않으시는 태도로만 있는 것은 이와 같은 성향[101] 탓이었군요."

그러면서 이리 말씀하시는 모습이 참으로 젊고 기품 있게 아름다워, 이쪽이 부끄럽기만 하다.

레이제이 천황

"어찌해 이리 만나 보기 어려운 보랏빛 옷을
마음속 깊은 데서 연모하게 됐을꼬[102]

더 진해질 수 없는 관계인 것인가."

상시님은 겐지 님과 다를 바가 있으시겠는가 하고 마음을 가라앉힌 뒤 아뢰신다. 궁중 출사의 연공도 쌓지 않은 채 올해 위계를 더하신 마음에서인가.

다마카즈라

"어떠한 뜻의 색깔인지도 모를 보랏빛 옷을
온 마음을 기울여 물들인 사람 있네

이제부터는 뼈저리게 느끼도록 하겠습니다."

---

101 자신의 의견을 확실히 밝히지 않는 태도.
102 3위의 복색은 보라색이다. 보라색으로 염색하는 게 어렵다는 데서 다마카즈라와 만나기 어렵다는 불만이 드러난다.

이리 아뢰시기에, 주상께서는 미소를 지으며 말씀하신다.

"그 이제부터 물들이신다는 것은 의미 없을 듯한 일이로군요. 호소하여도 될 만한 사람이 있다면, 판단을 듣고 싶군요."

몹시 원망하시는 기색이 진지하고 난처하기에, 참으로 심하기도 하구나 하고 여겨진다. 이에, 이제 치렛말 하는 모습도 보여 드리지 말아야겠구나, 남녀 관계는 늘 이렇게 복잡하구나 싶어 정색하며 대기하시기에, 주상께서는 생각하고 계시는 허튼소리도 입 밖에 내지 못하신 채 차츰차츰 익숙해지겠지 하고 생각하셨다.

20. 다마카즈라가 궁중을 나오고 천황과 와카를 읊어 주고받다

대장은 이렇게 주상께서 거둥하셨다는 것을 들으시고, 더욱더 마음이 안정되지 않기에 정신없이 퇴궐을 서두르신다. 상시 본인 또한 분수에 맞지 않는 일[103]도 생길지 모르는 신세로구나 싶어 우울하기에, 마음을 안정시킬 수 없으시다. 퇴궐을 시키실 때는 부친인 내대신 등이 그럴듯한 구실 등을 만들어 내어 현명하게 궁리하여 꾸미시는 모양새로 말미를 허락받으셨다.

"그렇다면 어쩔 수 없구나. 질려서 재차 출사시키지 않는 사람도 있을 것이니. 참으로 괴롭구나. 다른 사람보다 먼저 마음이 움직였건만 뒤처지게 되어 눈치를 보고 있다니. 옛날 아무개의 예[104]를 끄집어내고 싶은

103 천황의 총애를 받아 후궁의 질서를 흐트러뜨릴지도 모른다는 자기 신세의 불운.
104 『겐지 모노가타리』 주석서인 『가카이쇼(河海抄)』(1367) 이래, 다이라 사다부미(平定

마음이 드는구나.”

주상께서는 이러시며 진심으로 참으로 안타깝게 생각하셨다.

듣고 계셨던 것보다도 가까이에서 보시자니 더할 나위 없이 훨씬 나은데, 처음부터 그러한 마음이 없으셨다고 하더라도 보시고 그냥 지나치지 못하셨을 터인데, 더욱더 참으로 못마땅하고 언제까지나 생각이 나신다. 그렇다고 하여 무모하고 생각이 얕다고 여겨져 상대방이 정나미 떨어지지 않도록, 몹시 사려 깊게 말씀하시며 약속하시고 구슬리신다. 상시는 황공한 데다 나는 나인 걸까나[105] 하고 생각하고 계신다.

연輦[106]을 가까이 대고, 이쪽저쪽[107]의 시중드는 분들이 염려하시는 듯하고 대장 또한 몹시 언짢아하며 곁에 붙어 서서 다그치실 때까지 주상께서는 떠나가지를 못하신다. “이토록 심히 엄하게 가까이에서 경호하는 사람이 있으니 귀찮기만 하구나” 하며 못마땅해하신다.

천황

구중궁궐에 안개 가로막히면 매화는 그저

향내조차도 풍겨 오지도 않을런가

각별할 것도 없는 표현이지만, 주상의 자태와 분위기를 뵙고 있을 때

文)가 몰래 드나들고 있던 여자를 당대 권력자인 후지와라 도키히라(藤原時平)가 빼앗은 이야기(『後撰和歌集』 戀三)를 가리킨다고 해석되어 왔다.

105 다이라 사다부미(平定文)의 와카에 대한 여성의 답가인 ‘비몽사몽간 누가 인연 맺었나 덧없기만 한 꿈속 길에 헤매는 나는 나인 걸까나(うつつにて誰契りけむ定めなき夢路にまどふ我は我かは)’(『後撰和歌集』 戀三, 讀人しらず)에 의한다.

106 ‘데구루마(輦車)’라고 하며 사람이 끄는 수레로 귀인만 탈 수 있다. 다마카즈라에 대한 주상의 각별한 마음을 표현한 것이다.

107 히카루겐지와 내대신 쪽.

는 정취 있게도 느껴졌던 것일까.

"들판 풍경에 빠져 지새울 만한 밤[108]이건만, 아쉬워할 것만 같은 사람[109]도 내 일처럼 측은하구나. 앞으로 어찌 소식을 전할 수 있을꼬."

주상께서 이리 괴로워하시는 것 또한 참으로 황공하다며 뵙고 있다.

다마카즈라

향내만큼은 바람결에 전하길 꽃가지[110]에도

나란히 할 수 있는 향기는 없다 해도

역시 멀어질 수 없는 기색을 절절하게 여기시면서, 주상은 연신 뒤돌아보시면서 건너가셨다.

21. 히게쿠로가 다마카즈라를 자택으로 퇴궐시키다

대장은 그길로 오늘 밤 그 저택으로 모시고 가려고 생각하고 계셨지만, 사전에 용인되지 않을 듯하기에 입 밖에 내어 아뢰지 않으신다.

"갑작스레 심한 감기로 몸이 괴롭기에 마음 편한 곳에서 쉬려고 하는데, 그동안 따로따로 있어서는 몹시 불안할 듯하기에……."

---

108 '봄날 들판에 제비꽃을 뜯으러 온 나이건만 들판 풍경에 빠져 하룻밤 지새웠네(春の野にすみれ摘みにと來し我そ野をなつかしみ一夜寢にける)'(『萬葉集』 一四二四, 山部赤人)에 의한다.

109 히게쿠로 대장.

110 후궁에 있는 여어들.

이렇게 유연하게 아뢰시고는 바로 저택으로 옮겨 드리셨다. 부친인 대신은 갑작스러운 일이기에 의식을 치르지 않은 모양새라 어떨까 싶으셔도, 굳이 그 정도의 일을 말하여 방해하는 것도 그 사람[111]이 마음에 담아 둘 것이라고 여겨지시기에, "어찌 되었든……. 원래 내 마음대로 할 수 없는 분[112]의 일이시기에……"라고 아뢰셨다.

로쿠조노인六條院[113]께서도 참으로 뜻밖이고 본의가 아니라고 생각하시지만, 어찌해 볼 도리가 있겠는가. 여자女 또한 소금 굽는 연기가 나부끼었던 방면[114]을 한탄스럽게 여기시지만, 대장은 훔쳐 내어 간 듯한 생각이 드시기에 참으로 기쁘고 마음이 안정되었다. 그때 주상께서 처소에 들어가 계셨던 일을 심히 원망하며 아뢰시는 것도 아씨는 불쾌하고 지겨운 느낌이 들어, 결코 마음을 열지 않은 채 대하시고 더욱더 기색이 험하다.

그 친왕가[115]에서도 그리 거칠게 말씀하셨건만 몹시 한탄하고 계시는데, 대장에게서는 전혀 기별이 없다. 대장은 그저 소원 성취한 아씨를 소중히 모시는 데 밤낮으로 힘쓰며 지내고 계신다.

---

111 히게쿠로 대장.

112 히카루겐지. 내대신은 딸에 관한 일을 히카루겐지에게 일임해 둔 상태이다.

113 히카루겐지.

114 '스마 어부가 소금 굽는 연기는 바람 싫어해 예기치 못한 데로 기다랗게 깔리네(須磨の海人の塩燒く煙風をいたみ思はぬ方にたなびきにけり)'(『古今和歌集』 戀四, 讀人しらず)에 의거하여, 예기치 못한 히게쿠로 대장과의 결혼을 한탄하고 있다.

115 식부경 친왕과 히게쿠로 대장의 정실부인을 포함한 친왕가 전체.

22. 히카루겐지와 다마카즈라가 서로 옛날을 그리워하다

이월도 되었다. 대신大殿[116]께서는 아무리 그래도 매정한 행위로고, 참으로 이토록 드러내 놓고 할 줄은 생각도 못 한 채 해이해져 있었던 것이 부아가 나기에, 남들에게도 민망하고 모든 일에 걸쳐 마음에 걸리지 않으실 때가 없이 그리워하며 떠올리신다. 숙명 등과 같은 것은 소홀히 할 수 없는 일이지만, 지나친 내 마음 때문에 이렇게 남 탓이 아닌 시름을 맛보는구나 하며 일어나서도 누워서도 옛 모습이 눈앞에 어른거리신다. 대장처럼 정취가 있거나 쾌활한 기색도 없는 사람과 아씨가 부부의 연을 맺고 계셔서야, 하잘것없는 농담조차 조심스럽고 한심하게 느껴지시기에 억누르신다.

그런데 비가 몹시 내리고 참으로 마음이 한가로운 즈음, 이 같은 무료함도 풀 수 있는 곳[117]으로 건너가신다. 이야기를 나누셨던 모습 등이 몹시 그립기에 서찰을 올리신다. 우근[118] 앞으로 몰래 보내지만, 한편으로는 우근이 어찌 생각할지 신경 쓰이셔서 아무것도 이어서 쓰지 못하시고 그저 그쪽에서 알아보실 일을 여러 가지 쓰셨다. 이와 같다.

히카루겐지

"온 세상 적셔 한가로운 즈음에 내리는 봄비

고향에 남은 사람 어찌 그리워하나[119]

---

116 히카루겐지.

117 다마카즈라의 옛 처소.

118 다마카즈라의 시녀.

119 '고향에 남은 사람'은 히카루겐지.

무료함에 더하여져 원망스럽게 떠올려지는 일도 많습니다만, 어찌 아뢸 수 가 있겠는지요."

틈이 생겨 남몰래 우근이 서찰을 보여 드리니, 아씨는 울면서 본인 마음에도 시간이 지나면서 떠오르시는 자태이시지만, 정색하며 "그립군요, 어찌 뵐 수 있을까요"라는 등은 말씀드릴 수 없는 부모[120]인지라, 참으로 어찌 만나 뵐 수 있을까 싶어 가슴이 절절하다. 때때로 난처하였던 겐지 님의 기색을 불쾌하게 생각하였던 것 등은 이 사람에게도 알려 주실 수 없는 일이기에, 마음속으로만 내내 생각하고 계셨다. 하나, 우근은 어렴풋이 기색을 눈치채고 있었다. 어떻게 된 일인가는 지금도 납득하기 어렵게 여기고 있었다.

답신으로는 "아뢰는 것도 부끄럽지만 기다릴 것 같기에……"라며 쓰신다.

다마카즈라
"장맛비 오는 처마의 빗방울에 소매 젖은 채
물거품 같은 사람 그립지 않을 리가

격조한 동안에는 참으로 더욱더 무료함도 더하여졌습니다. 아아, 이만 끝맺겠습니다."

---

120 친부가 아니라는 게 세상에 알려진 지금은 자유롭게 안부도 물을 수 없다.

이렇게 예의 바르게 쓰셨다.

답신을 펼치니 맑은 샘물[121]이 흘러넘치듯이 느껴지신다. 딴사람이라도 보면 귀찮은 일이라도 있을 듯하여 아무렇지 않은 척하셔도 가슴이 꽉 막힌 마음이 들어, 그 옛날 상시님을 스자쿠인朱雀院의 모후께서 애써 가두셨던 때[122] 등을 떠올리신다. 당연한 일이어서인지 이번 일은 예삿일 같지 않고 가슴이 절절하였다.

정 많은 사람은 스스로 편치 않을 일을 만드는구나, 이제 와 무엇 하러 마음을 흐트러뜨릴 것인가, 어울리지 않는 사랑의 상대로고, 하면서 마음을 가라앉히려 애를 쓰시다가 현악기를 타시는데, 정답게 타시던 연주 소리가 떠오르신다. 스가 연주 기법すが掻き[123]으로 화금 가락을 뜯으며 "아름다운 말玉藻은 베지 말거라"[124] 하고 노래 부르며 마음 가는 대로 즐기시는데, 그리운 사람에게 보여 준다면 정취를 그냥 지나칠 수 없을 듯한 겐지 님의 자태이시다.

23. 천황이 다마카즈라에 대한 연정으로 괴로워하다

주상께서도 살짝 보셨던 용모와 자태를 마음에 담아 두시고, "붉은 모裳 늘어뜨린 채 떠난 자태를"[125]이라며, 밉살스러운 옛 시가이지만 입버

---

121 히카루겐지의 눈물.

122 오보로즈키요(朧月夜)를 스자쿠인의 모후인 홍휘전 황후가 무리하게 만나지 못하게 하였던 일.

123 화금 연주 기법의 하나이지만, '스가 연주 기법'에 대해서는 알려져 있지 않다.

124 '풍속가(風俗歌)'인 〈오시(鴛鴦)〉의 한 구절이다. 풍속가는 아악 형식의 민요인 '사이바라'와 마찬가지로 헤이안시대 궁정 귀족들이 즐기던 가요이다.

릇처럼 되뇌시면서 시름에 잠겨 계셨다. 서찰은 사람들 눈을 피해 보내셨다. 아씨는 자기 신세를 박복하다고 깊이 생각하셔서 이와 같은 위안거리도 안 하느니만 못하다고 여기시기에, 허물없는 답신도 아뢰지 않으신다. 역시 그 좀체 찾아볼 수 없었던 겐지 님의 배려를 여러 방면에 걸쳐 깊이 생각하시니, 그때 일이 잊히지 않았다.

24. 히카루겐지가 다마카즈라에게 보낸 서찰에 대한 답신을 히게쿠로가 대필하다

삼월이 되어 로쿠조 저택六條殿 앞뜰의 등꽃과 황매화[126]가 정취 있는 저녁노을에 비친 모습을 보시는데도 우선 볼만하게 앉아 계시던 자태만 떠오르시기에, 봄의 저택 앞뜰을 내치고 이쪽으로 건너와 바라보신다. 황매화가 담죽 울타리에 자연스럽게 기대어 피어 있는 풍경이 참으로 정취 있다.

겐지 님께서 "색으로 물들인 옷"[127]이라는 둥 말씀하시며, 이와 같이 읊으시는데도 듣는 사람이 없다.

---

125 '서서도 생각 앉아서도 생각나 다홍 붉은 모(裳) 늘어뜨린 채 떠난 당신의 그 자태를(立ちて思ひ居てもぞ思ふ紅の赤裳たれひきいにし姿を)'(『古今和歌六帖』 五, 讀人しらず)에 의한다.

126 3월은 늦은 봄이다. 등꽃과 황매화는 이즈음부터 여름까지의 경물이다. 다마카즈라는 황매화에 비유된다.

127 '그립다 해도 사랑한다는 말도 하지 않으리 노란 치자색으로 물들인 옷 입으리(思ふとも戀ふとも言はじ口なしの色に衣を染めてこそ着め)'(『古今和歌六帖』 五, 讀人しらず)에 의한다. 치자(梔子)는 황매화와 같은 색으로 일본어로 '말하지 않다'라는 의미의 '구치나시(口無し)'와 같은 발음이다. 다마카즈라를 잊으려는 히카루겐지의 심정을 나타낸다.

히카루겐지

“생각지 못한 이데井手의 가운뎃길 가로막혀도

말없이도 그리운 황매화나무의 꽃[128]

얼굴로 보이면서[129]…….”

이렇게 겐지 님께서는 역시나 떠나갔다는 사실을 이번에야말로 절감하셨다. 실로 이해하기 어려운 소일 삼아 즐기는 마음이시다. 오리알鴨の卵이 아주 많은 것을 보시고 홍귤이나 귤 같은 것처럼 비슷하게 꾸며서 티 나지 않게 바치신다. 서찰은 지나치게 사람 눈에 띄거나 하면 안 될 듯싶어, 무뚝뚝하게 이렇게 부모연하며 쓰신다.

격조한 세월도 쌓였건만 생각지도 못한 대우라고 원망을 아뢰면서도, 당신 혼자 생각만은 아니실 듯하다고 듣고 있기에, 각별한 기회가 없다면 대면하기 어렵다는 것을 안타깝게 여기고 있습니다.

그러고는 이리 읊으신다.

---

128 ‘이데’는 교토부(京都府) 남부 쓰즈키군(綴喜郡)에 있는 마을이다. 황매화나무의 명소로 와카에서 읊어졌다. 다마카즈라를 잊으려는 히카루겐지의 의사와는 반대로 다마카즈라에 대한 집착을 나타낸다.

129 ‘저녁이 되면 들판에서 운다는 뻐꾸기 같은 얼굴로 보이면서 잊혀지지 않으니(夕されば野邊に鳴くてふかほとりの顔に見えつつ忘られなくに)’(『古今和歌六帖』 六, 讀人しらず)에 의한다.

히카루겐지

"같은 둥지에 부화하였던 알이 보이지 않네

어떠한 사람 손에 쥐어져 있는 건가[130]

어찌 그리도, 라거나 하며 마음이 불쾌합니다."

대장도 보시고는 웃으며 이리 중얼거리신다.

"여자女는 친부모 곁에 계실 때도 쉽사리 찾아뵙고 얼굴을 보여 드리시거나 하는 것은 용무 없이 있을 수 있는 일이 아닙니다. 하물며 어찌 이 대신大臣께서 때때로 단념하지 못한 채 원망의 말씀을 하시는지요."

이 또한 아씨는 밉살스럽게 듣고 계신다. "답신은 저로서는 아뢸 수 없습니다" 하면서 쓰기 어려워하고 계시기에, 대장이 "내가 아뢰겠소" 하며 대필하는 것도 민망하기만 하다.

히게쿠로 대장

"둥지 한 켠에 숨어 존재감 없는 오리알인데

어디의 어느 누가 되찾으려 할 건가[131]

기분 좋지 않으신 기색에 놀랐기에……. 호사가인지라."

130 '알'은 '가이(卵)'라고 하며 효험이라는 의미의 '가이(甲斐)'와 발음이 같다. 정성을 들였던 다마카즈라를 타인에게 빼앗긴 분함을 드러낸다.

131 오리알의 일본어 발음인 '가리노코(鴨の卵)'는 진짜 자식이 아니라는 '가리노코(仮の子)'와 같다.

이리 아뢰셨다. 겐지 님께서는 "이 대장이 이러한 풍류적인 내용을 말하는 것도 아직 들은 바 없었구나. 좀체 없는 일이로고"라며 웃으신다. 마음속으로는 이렇게 아씨를 대장이 자기 사람으로 삼고 있는 것을 참으로 괴롭게 여기신다.

25. 히게쿠로의 아들들이 다마카즈라를 따르고 이에 마키바시라가 비탄에 젖다

그 본디 정실부인은 세월이 흘러감에 따라 참담하다며 시름에 잠겨, 더욱더 멍한 상태로 지내신다. 대장 나으리가 일반적인 보살핌은 무슨 일이든 세심하게 염두에 두시고, 자제분들을 변함없이 귀히 여기시기에, 억지로 연이 끊어지지 않으신 채 생활과 관련된 방면[132]으로 의지하는 것은 전과 다름없이 지내셨다. 대장이 아가씨를 참을 수 없이 그리워하시지만, 결코 보여 드리려 하지 않으신다.

아가씨는 이 부친을 모두 다 용서하지 않고 원망을 아뢰며 점점 더 멀어지기만 하시기에, 어린 마음에 불안하고 슬프시다. 도련님들은 늘 찾아뵈면서 익숙해져서 상시님의 자태 등에 대해서도 자연스레 무슨 일이 있을 때 이야기하기를, "우리도 어여쁘게 여기고 정답게 대해 주십니다. 밤낮으로 정취 있는 일을 즐겨 하신답니다"라는 등 말한다. 아가씨는 부러운 데다 이렇게 운신하기에도 편한 신세로 어찌 태어나지 못하였던가

132 경제적인 원조.

하며 한탄하고 계신다.

이상하게도, 남녀 할 것 없이 사람들을 시름에 젖게 만드는 상시님이셨다.

26. 다마카즈라가 히게쿠로의 아들을 출산하다

그해 동짓달에 참으로 어여쁜 아기까지 출산하여 안으시니, 대장 또한 바라던 바대로 경사스러운 일이라며 애지중지하시는 모습이 한이 없다. 그즈음의 상황은 말하지 않아도 짐작할 만한 일이다. 부친인 대신도 자연스럽게 생각대로 되어 가는 아씨의 숙명이라고 생각하신다. 티를 내며 애지중지하시는 자제들에게도 용모 등은 뒤떨어지지 않으신다. 두중장[133]도 이 상시님을 참으로 정다운 남매로서 의좋게 지내시면서도, 역시나 아쉬운 기색을 가끔 내보이신다. 궁중 출사한 보람이 있어 출산하셨더라면 좋았을 것을 하면서, 이 아기씨의 어여쁜 모습을 보면서도 "이제까지 황자들이 계시지 않아 한탄하시는 것을 뵈어 온 터라, 얼마나 면목이 섰을까" 하고 너무 지나친 일을 생각하고 말씀하신다. 공적인 일은 정해진 대로 살피거나 하면서, 입궐하시는 것은 이대로 이렇게 끝나게 될 듯하다. 그래도 어쩔 수 없는 일일 것이다.

133 가시와기. 다마카즈라의 구혼자 중 한 명이었다.

27. 오미노키미가 홍휘전 여어 앞에서 유기리에게 관심을 보이다

참 그렇구나, 그 내대신 댁 여식으로 상시를 바랐던 아가씨[134]도 그러한 성향[135]이기에, 호색적인 데다 들뜬 마음까지 더하여져 내대신은 다루기 힘들어하신다. 여어 또한 이 아가씨가 결국 경박한 일을 일으킬 듯하여 걸핏하면 가슴이 내려앉으시지만, 아가씨는 "이제는 사람들과 어울리지 말아라" 하고 대신이 말리시는 것조차 듣지 않은 채 나서서 어울리고 계신다.

어떠한 계제였던가, 당상관이 많이, 그것도 세간의 평판이 각별한 사람들만 이 여어 처소로 찾아뵙고 악기 연주 등을 하며 온화한 분위기로 박자拍子를 더하여 치며 즐긴다. 가을날 저녁이 평범치 않은데, 재상 중장[136]도 가까이 다가오셔서 평소와 다르게 허물없이 말씀 등을 하신다. 사람들이 신기해하면서 "역시 다른 사람에 비해 다르기도……"라며 감탄하니, 이 오미노키미近江の君가 사람들 사이를 밀어 헤치며 나와 앉으신다.

"아아 곤란하기도 하지. 왜 이런 행동을……"이라며 시녀들이 안으로 끌어당기지만, 몹시 고약해 보이는 눈빛으로 째려보며 버티고 앉아 있다. 거북하여, "진중하지 못한 일을 입 밖에 내어 말씀하시지 않을까" 하며 서로 쿡쿡 찌른다. 아가씨는 이 세상에서 좀체 볼 수 없는 신실한 사람まめ人[137]에 대해 "이분은, 이분은" 하고 탄복하면서, 속삭이는 시끌시

---

134 오미노키미(近江の君). 「미유키」 권 16절과 17절 참조.
135 천한 출신들이 갖는 성향.
136 히카루겐지의 아들 유기리.
137 유기리는 '신실한 사람'의 전형으로 형상화되어 있다.

끌한 목소리가 무척 뚜렷하다. 사람들이 몹시 괴롭게 여기고 있는데, 참으로 낭랑한 목소리로 이렇게 말한다.

오미노키미

"앞바다의 배 정처 없이 파도에 흔들린다면
노 저어 가려 하니 숙소 가르쳐 주오[138]

뱃전 널 안 댄 작은 배 저어 되돌아가네, 똑같은 사람을.[139] 아아, 실례하였네요."

중장은 참으로 이해가 안 되어, 이 처소에서는 이리 조심성 없는 일이 있다고는 들은 적이 없건만 하고 이리저리 생각해 보자니, 이 사람이 들은 바 있는 그 사람이로구나 싶어 재미있기에, 이리 읊는다.

유기리

기댈 데 없이 소란스런 바람 속 뱃사람[140] 또한
생각지 못한 데로 해변 따라 안 갈 듯

---

138 유기리와 구모이노카리의 결혼이 어렵다면 자신이 대신하겠다는 취지이다.

139 '뱃전 널 안 댄 작은 배 인공 하천 오가고 있듯 똑같은 사람만을 사랑하고 있구나(堀江漕ぐ棚無し小舟漕ぎかへりおなじ人にや戀ひわたりなむ)'(『古今和歌集』 戀四, 讀人しらず)에 의한다. 유기리가 구모이노카리만 사랑하는 것을 조소하며 가끔 자신을 보아 달라는 취지이다.

140 유기리 자신. 외로운 처지라도 생각지도 않은 상대 때문에 변심은 하지 않는다는 취지이다.

아가씨는 멋쩍게 생각하였을 것이라던가.[141]

141 그 자리에 있던 시녀들이 오미노키미의 심중을 추측한 것을 화자가 전하는 전문(傳聞) 형식이다.

「마키바시라」 권 해설

「마키바시라眞木柱」 권은 이른바 '다마카즈라 10첩'이 마무리되는 권이다. 「다마카즈라玉鬘」 권부터 시작되어 이 권에서 마무리되는 '다마카즈라 10첩'은 히카루겐지와 무라사키노우에가 엮어 나가는 주류의 모노가타리 전개에서 잠시 벗어나 다마카즈라를 둘러싸고 이야기가 전개된다. 「마키바시라」 권은 히게쿠로와 다마카즈라가 결혼한 사실을 기술하며 시작된다. 히게쿠로가 다마카즈라에게 깊이 빠지는 모습에 참을 수 없었던 정실부인이 친정으로 돌아가면서 가정 내의 분규가 일어나며, 이를 통해 헤이안시대 결혼 제도의 일단을 엿볼 수 있는 권이다. 권명은 히게쿠로의 정실부인이 친정으로 돌아가면서 함께 따라간 여식이 집을 떠날 때 읊은, '이제 이 길로 내 집 떠난다 해도 정이 들어 온 노송나무의 기둥 나를 잊지 말기를'에 나오는 '노송나무 기둥眞木の柱'에서 유래하였다. 이에 따라 히게쿠로 대장의 여식은 마키바시라眞木柱로 불리게 되었다.

이 권에서는 다마카즈라가 상시尙侍로 취임하고 히게쿠로와 결혼함으로써 히카루겐지와 다마카즈라의 긴장 관계는 해소되지만, 일이 급작스럽게 진전된 만큼 각자 깊은 고민에 빠지게 되었다. 히카루겐지는 히게쿠로의 처가 된 다마카즈라에 대한 집착을 끊어 내지 못하였고, 원하지 않은 결혼을 하게 된 다마카즈라 또한 마음이 편치 않았다. 이러한 두 사람과 달리 다마카즈라를 얻은 히게쿠로는 기쁨에 들뜨지만, 이로 인해 정실부인과 처가인 식부경 친왕가와는 갈등을 빚게 되었다. 히게쿠로의 정실부인은 무라사키노우에와 이복자매이다. 원래부터 식부경 친왕의 정실부인은 의붓딸인 무라사키노우에가 히카루겐지의 정처 격으로 친

딸들보다 운이 좋다는 사실에 분노하고 있었다. 레이제이 천황의 여어로 입궐한 딸은 아키코노무 중궁에게 압도된 데다 이제는 사위인 히게쿠로가 딸을 내팽개치고 다마카즈라와 인연을 맺게 된 것이다. 아키코노무 중궁이나 다마카즈라는 둘 다 히카루겐지의 양녀나 다름없다. 무라사키노우에와 마키바시라는 의붓딸이라는 위치에서 미움을 받거나 집을 떠날 수밖에 없다는 점에서 이 권은 '계모 학대담'의 성격도 띠고 있다.

「마키바시라」 권은 다양한 성격의 '아와레あはれ', 즉 가슴 절절함을 형상화해 나가는 권이기도 하다. 남편의 변심으로 자기 자리를 잃고 황망히 떠나는 히게쿠로의 정실부인, 어머니를 따라 외가로 떠나가는 히게쿠로의 여식 마키바시라의 슬픔, 다마카즈라의 예기치 못한 결혼으로 갑작스레 막을 내린 히카루겐지와 다마카즈라의 마음의 교류, 그리고 새로운 여성에게 빠짐으로써 자식과 헤어져야 하는 히게쿠로의 심경 등이 21회의 '아와레'라는 표현으로 형상화되어 있다. 그리고 다마카즈라는 히게쿠로의 아들을 낳으면서 모노가타리의 중심에서 멀어진다.

「마키바시라」 권에서 또 하나 주목할 점은 헤이안시대의 실질적인 일부다처제라는 결혼 제도의 특성이 부인들과 자식들 간의 관계에 영향을 미치고 있으며, 결혼 생활의 유지에 세간의 시선, 남들의 시선이 절대적인 잣대가 되고 있다는 사실이다. 식부경 친왕 부처가 자기 딸이 히게쿠로와 결혼 생활을 지속해 나가는 것을 '세상의 웃음거리人笑へ'로 인식하고 딸을 친정으로 데려올 때 남자 형제들이 수레 세 대에 나눠 타고 올 만큼 대대적으로 데리고 간 것은 11절을 통해 확인할 수 있다. 이러한 히게쿠로와 정실부인의 이혼 양상은 여성이 한 번 결혼하면 시집에서 죽어 그 집 귀신이 되어야 한다며 여성이 이혼 후 친정으로 돌아오는 일을

수치로 여겼던 유교에 바탕을 둔 조선시대의 결혼·이혼의 습속, 그리고 그를 형상화한 『사씨남정기』나 『장화홍련전』 등의 조선시대 가정소설에 그려진 내용과는 대비된다. 하지만 『겐지 모노가타리』와 비슷한 시간적인 배경이자 한반도에 유교가 들어오기 전인 10세기 고려시대 초기의 혼인 습속과는 유사한 점이 많다. 10세기 전후의 고려시대 또한 헤이안 시대와 마찬가지로 실질적인 일부다처제였으며, 처들 사이에 법제적인 지위의 차는 없고 정처는 결혼의 선후가 아니라 남편의 애정 정도에 따라 사후에 결정된다는 점은 마찬가지이다. 헤이안시대에도 정처의 지위는 법제적으로 인정되었다고 생각할 수 없으며, 부부의 신분 관계나 각 집안의 세력 관계로 사후에 결정되는 상대적으로 애매한 지위였다.

처와 처, 처와 첩의 갈등은 실질적인 일부다처제가 존재하는 한 언제 어디서든 일어나는 문제였다. 고대가요인 〈황조가〉에서도 유리왕의 비인 화희禾姬와 치희雉姬가 왕의 애정을 둘러싸고 격렬하게 갈등하는 모습에서도 확인할 수 있다. 하지만 이들의 갈등은 선인과 악인이라는 이분법으로 나눌 수 없고 어느 한쪽의 사악한 성정 탓이 아닌 제도의 문제로 그려졌을 뿐이다. 마찬가지로 「마키바시라」 권의 히게쿠로를 둘러싼 정실부인과 다마카즈라의 관계에서도 여성끼리의 갈등은 기술되어 있지 않고, 다마카즈라와 의붓자식 간의 관계도 우호적이다. 즉 『겐지 모노가타리』에서는 가정 내의 갈등을 새로운 여자이자 나쁜 여자의 책임으로 돌리지 않고 실질적인 일부다처제라는 제도의 문제로 파악하고 있으며, 그 속에서 고통을 겪는 여성들의 모습을 형상화하고 있다고 할 수 있다.

제32권

「우메가에梅枝」 권

히카루겐지 39세 봄

꽃나무 가지 더욱더 내 마음이 이끌리누나
남들이 질책할까 향내 숨긴다 해도
花の枝にいとど心をしむるかな
人のとがめん香をばつつめど

1. 아카시 아가씨의 성인식과 로쿠조노인의 향 겨루기

성인식 의식[1]을 준비하시는 겐지 님의 마음가짐은 평범치 않으시다. 동궁[2] 또한 같은 이월에 성인식을 올리실 것이기에, 바로 뒤이어 아가씨가 입궐[3]하실 것이다.

정월 그믐이기에 공사公私에 걸쳐 한가로운 무렵인지라, 향을 섞어 조합[4]하신다. 대이大貳[5]가 바친 향들을 살펴보시니, 역시 옛날 것에 비해서는 못하지 않을까 하고 생각[6]하신다. 이에, 니조노인二條院의 창고를 열게 하시고 중국 물품唐の物들을 가져오게 하셔서 견주어 보신다.

"비단이나 능직 등도 역시 옛것이야말로 고상하고 섬세하게 잘 만들어져 있구나."

아가씨 신변의 가재도구인 덮개, 깔개, 방석 등의 가장자리를 꾸미는 데도, 돌아가신 상황故院[7]의 치세가 시작될 무렵 고려인高麗人[8]이 바치셨던 능직과 진홍 금박 비단들 같은 것이 요즘 세상의 물건과 비슷하지 않

---

1 올해 열한 살 된 아카시 아가씨의 성인식이다. 여성의 성인식은 '모기(裳着)'라고 하며, 남성의 성인식은 '우이코부리(初冠)'라고 한다. 여성은 성인이 되어 허리 아래 뒤쪽에 모(裳)를 처음 두르고, 남성은 성인이 되어 처음으로 상투를 틀고 관을 썼기 때문에 붙은 명칭이다.

2 스자쿠인(朱雀院)의 황자로, 모친은 승향전 여어(承香殿女御)이다.

3 최고 권력가인 히카루겐지의 친딸인 아카시 아가씨가 동궁에게 입궐하는 것이 기정사실로 기술되고 있다.

4 여러 종류의 향나무를 빻아 가루로 만든 뒤, 섞어서 꿀이나 덩굴풀 줄기를 졸인 감미료로 반죽하여 둥글게 빚는다.

5 대재부(大宰府) 차관으로 종4위 하에 상당한다. 장관은 부임하지 않고 대이가 실무를 관장하는 경우가 많다. 중국 등에서 들어오는 물품을 손에 넣기 쉬운 위치이다.

6 일종의 상고 취미(尙古趣味)이다.

7 기리쓰보인(桐壺院).

8 기리쓰보 천황 때 일본으로 온 발해사. 『겐지 모노가타리』 1 「기리쓰보」 권 12절 참조.

기에 더욱더 이것저것 확인하셔서 나누어 주도록 하시면서, 이번에 대이가 바친 능직과 얇은 비단 등은 사람들[9]에게 내리신다.

여러 향은 옛것과 지금 것을 골고루 갖추어 늘어놓게 하시고 마님들[10]에게 나누어 드리도록 하신다. "두 종류씩 조합[11]하시지요" 하고 부탁드리신다. 증정품과 공경에게 하사할 녹祿[12] 등을 세상에서 찾아보기 어려운 모양새로 안에서도 밖에서도 번다하게 마련하시는 데 더하여, 여러 처소에서 좋은 것을 골라내어 철 절구에서 찧는 소리가 귀가 따가울 정도로 시끄러운 무렵이다.

대신大臣[13]께서는 몸채에 떨어져 계시면서, 소와承和 천황이 금하신 두 가지 방식[14]을 어찌 귀담아 전해 들으셨는지 온 마음으로 조합하신다. 마님上[15]은 동쪽 채 안의 너른 방에 특별히 깊숙이 장소를 꾸미도록 하시고,[16] 하치조 식부경八條の式部卿[17]의 처방을 전해 받아 서로 향의 조합을 겨루신다. 그러는 중에 몹시 숨기시기에, 대신大臣께서는 "향내가 짙고 옅은 것도 승부를 정하도록 합시다" 하고 말씀하신다. 어른스럽고 부모

---

9 시녀들.

10 로쿠조노인에 거처하는 무라사키노우에, 아카시노키미, 하나치루사토 등을 가리킨다.

11 조합한 향에는 흑방(黑方), 시종(侍從), 매화(梅花), 하엽(荷葉) 등이 있다.

12 아가씨의 성인식 때 사용할 것들이다.

13 태정대신 히카루겐지.

14 소와(또는 쇼와, 조와)는 닌묘 천황(仁明天皇, 재위 833~850) 치세의 연호로서 곧 닌묘 천황을 가리킨다. 남자에게 전하지 말라고 천황이 금지한 두 가지 향의 조합법은 흑방과 시종이다.

15 무라사키노우에.

16 너른 방은 '하나치이데(放出)'라고 하여 몸채에 붙은 조붓한 방의 칸막이를 치우고 몸채와 이어지게 만든 방이다, 몸채에서 튀어나오게 만든 방 등 여러 설이 있다. 이곳에 병풍이나 칸막이 등을 쳐서 비방이 새어 나가지 않게 하였다.

17 닌묘 천황의 일곱째 황자인 모토야스 친왕(本康親王)이다. 부황의 향 조합법을 전수한 명인으로 알려져 있다.

다운 구석이 없는 경쟁심이시다. 어느 쪽이든 근처에 모시는 사람들이 많지 않다. 세간들도 온갖 화려함을 다하여 마련해 두고 계신 중에도 향단지 상자[18]들의 만듦새와 단지 모양, 향로의 꾸밈새도 좀체 본 적 없는 모양으로 현대풍인 데다 독특한 생김새로 만드셨다. 이곳저곳에서 마음을 다하여 조합하고 계실 터인데 갖가지 향내 중 빼어난 것들만을, 냄새를 견주어 맡아 본 뒤 들이려고 생각하시는 것이었다.

2. 병부경 친왕이 마님들의 향을 시험하여 판정하다

이월 열흘날, 비가 살짝 내리니 앞뜰 가까이 활짝 핀 홍매의 빛깔도 향기도 어디 비할 바 없는 즈음에 병부경 친왕[19]께서 건너오셨다. 준비하실 시간이 오늘내일 남아 있는 데 대해 문안을 아뢰신다. 예로부터 각별한 사이이시기에 격의 없이 이런 일 저런 일 서로 말씀을 나누시고 꽃을 즐기면서 계시는 중에, 전 재원齋院[20]이 보내셨다며 꽃잎이 떨어져 듬성듬성한 매화 가지에 묶은 서찰을 들고 왔다.

친왕께서 들으신 바도 있으시기에 "어떠한 소식이기에 먼저 보내오신 걸까요" 하며 흥미롭게 생각하시기에, 겐지 님께서는 미소를 지으며 이리 말씀하시며 서찰을 끌어당겨 감추셨다.

"참으로 무람없는 일을 아뢰었는데, 성실하게 서둘러 보내신 듯하군요."

---

18 향을 넣어 두는 상자로 쌍바라지문이 달린 장에 두 상자를 넣는다. 상자 하나에 단지 네 개를 넣는다.

19 히카루겐지의 남동생인 호타루 병부경 친왕.

20 아사가오 아가씨(朝顔の姫君). 「오토메」 권 이후 첫 등장이다.

침향목 상자 안에 유리단지 두 개를 앉혀 두고 그 안에 향을 커다랗게 둥글게 말아서 넣어 두셨다. 나뭇가지 장식[21]으로는 파란 유리단지[22]에는 오엽송 가지, 흰 단지[23]에는 매화를 조각한 것을 매달고, 마찬가지로 잡아 매단 실의 모양새도 나긋나긋하고 우아하게 처리하셨다. 친왕께서 "화려하고 고운 모양새로군요"라면서 시선을 주시자니, 이렇게 희미하게 쓰여 있다.

아사가오 아가씨

꽃잎 향내는 꽃잎 진 가지에는 안 머물러도

향내 밴 소매에는 옅게 밸 리 있으랴[24]

이를 보시고 친왕宮께서는 야단스럽게 읊조리신다.

재상 중장宰相中將[25]이 사자를 수소문하여 가지 못하게 해 두시고 술을 잔뜩 마시도록 하신다. 겉은 다홍색이고 안은 흰색으로 색상이 대비된 중국 옷감의 호소나가細長[26]를 곁들인 여자 의복을 어깨에 걸쳐 주신다. 답신 또한 같은 색상[27]의 종이에다 앞뜰의 꽃을 꺾게 하셔서 매달게 하신다. 친왕께서는 "안의 내용이 짐작되는 서찰이군요. 무슨 숨길 일이 있는지 깊이 감추시네요"라고 원망하며 몹시 보고 싶어 하신다.

---

21 선물에 곁들이기 위해 금속이나 끈으로 만든 장식물로, 매화나무나 소나무 등의 가지 형태이다.

22 이 단지 속에는 겨울 향으로 일컬어지는 흑방을 넣어 두었다.

23 이 단지에는 매화 향을 넣어 두었다.

24 자기 자신을 '꽃잎 진 가지'에 비유하여 전성기를 지난 여성의 비애를 내포하였다.

25 유기리.

26 앞섶이 없는 여성의 일상복이다. 고우치키(小袿) 위에 입는다.

27 홍매 색.

겐지 님께서는 "뭐가 있을 리가요. 비밀이 있다는 듯이 생각하시는 것이야말로 괴롭네요"라면서, 벼루가 있는 김에 이렇게라도 쓰셨던가.

히카루겐지

꽃나무 가지 더욱더 내 마음이 이끌리누나

남들이 질책할까 향내 숨긴다 해도[28]

"정색하고 임하면 호사가인 듯싶지만, 다시 또 없을 듯한 사람[29]에 관한 일인지라 이것만은 부모의 도리에 맞는 일일 듯하다고 생각하게 되어서요. 몹시 박색[30]이기에 잘 모르는 사람에게 보이기는 민망한지라, 중궁[31]이 퇴궐해 주셨으면 하고 생각하고 있습니다. 가까운 사이인 만큼 격의 없이 잘 따르며 교류하여도 이쪽이 부끄러워질 만한 점을 깊이 지니고 계신 중궁이기에, 무슨 일[32]이든 세상 일반적인 채비 정도로 보여 드리는 것도 송구한지라……."

겐지 님께서 이와 같이 아뢰신다. 친왕께서는 "중궁을 닮기 위해서라도 정말로 반드시 그리 생각이 미치실 만한 일입니다"라면서 이치에 맞다고 아뢰신다.

이번 기회에 마님들이 조합하신 향들을 "오늘 저물녘 날씨가 축축할

28 '매화 근처에 다가갔을 뿐인데 그때로부터 남들이 질책하는 향내 스며들었네(梅の花立ちよるばかりありしより人のとがむる香にぞしみぬる)'(『古今和歌集』 春上, 讀人しらず)에 의한다.

29 외딸인 아카시 아가씨.

30 아카시 아가씨를 박색이라고 표현한 것은 히카루겐지의 겸양 표현이다.

31 아키코노무 중궁(秋好中宮). 중궁을 아카시 아가씨의 허리끈 묶는 역할로서 로쿠조노인으로 퇴궐시킨 데서 아가씨의 격을 높이려는 히카루겐지의 속셈을 알 수 있다.

32 아가씨의 성인식이나 입궐에 관한 일.

때[33] 피워 봅시다" 하고 각기 사자를 보내셔서 아뢰셨기에, 제각각 정취 있게 갈무리하여 바치셨다. 겐지 님께서는 "이걸 판정해 주시게. 누구에게 보일까[34]"라고 친왕께 아뢰시고, 향로를 가져오게 하여 향내를 맡아 보게 하신다. 친왕께서는 "아는 사람도 아닌 것을" 하며 겸손해하시지만, 뭐라 말할 수 없는 향내들을 지나치다든지 모자란다든지, 향 한 종류 등이 약간 흠이 있다는 것을 분간해 내어 억지로 우열을 구분하여 판정하신다.

겐지 님께서 조합하신 그 두 종류의 향[35]은 이제야 꺼내 놓으신다. 우근위부 대기소의 도랑 가에 묻는 것을 본떠서 서쪽 회랑 밑에서 흘러나오는 물가 가까이에 묻어 두게 하신 것[36]을, 고레미쓰 재상惟光の宰相의 아들인 병위 위兵衛尉[37]가 파내어 들고 왔다. 재상 중장이 받아서 전해 드린다. 친왕께서는 "참으로 곤란한 판정관 역할을 맡게 되었군요. 몹시 기가 막히는군요" 하며 곤란해하신다. 향은 같은 조합법으로 어디로든지 퍼져 나가서 확산되어 가는 법인데, 사람들이 제각각 마음에 들도록 조합하신 향을 깊은지 얕은지 냄새 맡으며 비교해 보시자니, 참으로 흥취 있는 일이 많다.

전혀 어느 것이 낫다고도 할 수 없는 가운데 재원의 흑방黒方이 그리 말하여도 고상하고 차분한 내음이 각별하다. 시종侍従은 대신大臣이 조합하신 것인데 빼어나게 우아하고 정다운 향이라고 판정하신다. 다이노우에

---

33 향은 습기가 있을 때 냄새가 잘 난다.

34 '당신 말고는 누구에게 보일까 매화나무 꽃 색이든 향내이든 아는 사람만 아네(君ならで誰にか見せむ梅の花色をも香をも知る人ぞ知る)'(『古今和歌集』 春上, 紀友則)에 의한다.

35 흑방과 시종의 향이다.

36 습기가 있는 흙 속에 향을 묻는 것은 향내를 짙게 하기 위해서이다.

37 병위부의 삼등관이다. 대위는 종6위 하, 소위는 종7위 하에 상당한다.

對の上[38]가 조합하신 향은 세 종류[39] 있는 가운데 매화梅花가 화사하고 새로운데, 약간 예민한 마음 씀씀이를 더하여 진귀한 향을 더하였다. 친왕께서는 "요즈음의 바람에 향내를 날리는 데는 이것[40]보다 더 나은 내음은 결코 없을 것이다" 하고 탄복하신다.

여름 처소夏の御方[41]에서는 사람들이 각자 취향대로의 향을 겨루고 계시는 중에 갖가지 종류를 내놓을 필요도 없겠다 싶어, 연기를 피우는 것조차 저어하시는 마음이신지라 단지 하엽荷葉[42]을 한 종류 조합하도록 하셨다. 이질적이고 차분해지는 향이 풍겨 가슴이 절절하고 정답다. 겨울 처소冬の御方[43]에서도 철에 따라 마음이 쏠리는 내음이 정해져 있는데 존재감이 없어지는 것도 한심하다고 생각하셔서, 훈의향薰衣香[44]에서도 뛰어난 것은 전 스자쿠인前の朱雀院[45]의 제조법을 현 스자쿠인께서 이어받으셔서 긴타다님公忠朝臣[46]이 각별히 골라 제조해 두신 것인데, 그 백보百步[47] 제조법 등을 생각해 내어 세상에서 찾아볼 수 없는 우아한 분위기를 모아 섞어 두었다. 이것을 친왕께서 취향이 빼어나다며 어느 것이든 소용없지 않다고 판정하시기에, 겐지 님께서는 "얄미운 판정관인 듯하네요"

---

38 동쪽 채에 거처하는 무라사키노우에.

39 흑방, 시종, 매화의 향을 말한다. 흑방은 겨울 향, 시종은 가을 향, 매화는 봄 향이다.

40 무라사키노우에가 조제한 매화 향.

41 여름 저택에 거처하는 하나치루사토.

42 여름 향이기에, 여름 저택 마님인 하나치루사토가 조합하였다.

43 겨울 저택에 거처하는 아카시노키미.

44 의복에 향내를 배게 하는 데 쓰이는 향.

45 우다 천황(宇多天皇, 재위 887~897). 양위 후에 스자쿠인으로 칭해졌다. 모노가타리 내 히카루겐지의 형인 현 스자쿠인을 의식한 표현이다.

46 미나모토 긴타다(源公忠, 889~948). 와카가 뛰어난 36가선 가운데 한 명이며 다이고 천황(醍醐天皇, 재위 897~930)을 모셨다. 와카 이외에 향 조합의 명수로서 향도(香道)로도 유명하다.

47 훈의향의 일종이다. 백 보 떨어진 곳까지 냄새를 풍긴다는 의미이다.

라고 아뢰신다.

3. 향 겨루기를 마친 뒤 달빛 아래 주연을 열다

달이 모습을 드러내었기에, 음주 등을 하시고 옛이야기[48] 등을 나누신다. 어슴푸레한 달빛이 그윽한데 비 온 뒤의 바람이 살짝 불어 꽃향기가 정답고, 저택 근방에 말할 수 없는 내음이 가득 차서 사람들의 마음은 참으로 들떠 있다.

장인소藏人所[49] 쪽에서도 내일 관현 연주를 위한 사전 연습으로 현악기들을 손질하거나 하고, 당상관 등이 많이 뵈러 와서 정취 있는 피리 소리들이 들린다. 내대신 댁의 두중장頭中將과 변 소장弁少將[50] 등도 이름만 적어 두고 물러나려는 것을 붙잡아 두시고 현악기들을 들여오게 하신다. 친왕 어전에 비파,[51] 대신大臣께 쟁금[52]을 드리고 두중장이 화금[53]을 받잡고 화사하게 뜯으며 소리를 내니, 참으로 흥겹게 들린다. 재상 중장은 횡적을 부신다. 철에 맞는 가락을, 하늘을 뚫고 나갈 만큼 불어 젖힌다. 변 소장이 박자를 맞추며 〈우메가에梅が枝〉[54]를 부르기 시작하니 참으로

---

48 기리쓰보인(桐壺院) 시대의 회상으로 추정된다.

49 로쿠조노인에 있는 장인소를 말한다. 사무를 담당하는 사람들의 대기소이다. 헤이안시대 중기 이후에 궁중의 장인소를 모방하여 동궁, 상황 어소, 섭관가(攝關家)에도 설치하였다.

50 가시와기와 남동생.

51 4현금.

52 13현금.

53 6현금. 일본 고래의 악기이다. 내대신 부자는 화금의 명수이다.

54 '매화 가지에 와서 머무르는 휘파람새네 봄을 그리며 이아 봄을 그리며 울지만 아직까지 눈은

정취 있다.[55] 소년 시절 운 찾기[56]를 할 때 〈다카사고高砂〉를 불렀던 도련님[57]이다. 친왕과 대신께서도 함께 맞춰 부르시니, 대단할 것 없는 모임이지만 정취 있는 심야의 관현 연주이다.

술잔을 올리시면서 친왕께서 이리 아뢰신다.

병부경 친왕

"휘파람새의 울음인 듯해 더욱 마음 들뜨네

마음 빼앗겨 버린 꽃나무 근방에서[58]

천년도 흘러갈 듯.[59]"

히카루겐지

색도 향기도 몸에 묻을 듯하네 이번 봄철은

꽃이 피는 처소에 자꾸 오고만 싶네

겐지 님께서 두중장에게 술잔을 내리시니, 받고 나서 재상 중장에게 권한다.

계속 내리네 아아 그게 좋은 거라네 눈은 계속 내리네'(梅が枝に來ゐる鶯や 春かけて はれ 春かけて 鳴けどもいまだや 雪は降りつつ あはれ そこよしや 雪は降りつつ, 催馬樂 〈梅が枝〉).

55 홀이나 박자를 치면서 스스로 부른다.

56 엄운(掩韻).

57 『겐지 모노가타리』 2 「사카키」 권 32절 참조.

58 '꽃나무 근방'은 홍매가 피어 있는 로쿠조노인.

59 '언제까지나 봄 들판에 내 마음 들뜨는 걸까 꽃조차 안 진다면 천년도 흘러갈 듯(いつまでか野邊に心のあくがれむ花し散らずは千代もへぬべし)'(『古今和歌集 』 春下, 素性法師)에 같은 표현이 쓰이고 있다.

두중장

휘파람새가 잠자는 가지조차 휘청일 만큼

더욱 불어 젖히길 한밤 대나무 피리

그리고 재상 중장이 이리 읊자, 모두들 웃으신다.

재상 중장

"조심 또 조심 바람조차 피하는 듯한 꽃가지

새도 참지 못하게 불어 젖힐 수 있나

쌀쌀맞기도……."

변 소장은 이리 읊는다.

변 소장

안개 정도만 달과 꽃을 갈라만 놓지 않으면

잠자리에 든 새도 우짖을 터이건만

정말로 동틀 녘이 되고 나서 친왕께서 돌아가신다. 선물로서 겐지 님 본인께서 입으시는 노시直衣 일습에다 손을 대지 않으신 향 단지 둘을 더하여 수레에 실어 드리게 하신다.

친왕께서 이리 읊으신다.

병부경 친왕

멋진 소매에 꽃향기 배게 하여 돌아간다면

잘못된 일 있다고 내 임은 나무랄 듯

그러자 겐지 님께서 "참으로 침울해하는군요" 하며 웃으신다. 수레를 매달고 있을 무렵 따라 나와서 이러신다.

히카루겐지

"보기 어려워 옛 마을 사람조차 기다렸다 볼

꽃 비단을 걸치고 돌아가는 임이네[60]

다시없는 일로 생각되시겠지요."

친왕께서는 아주 몹시 괴로워하시는 듯하다. 다음다음의 도련님들[61]에게도 지나치지 않을 정도로 호소나가와 고우치키小袿 등을 녹으로 내리신다.

4. 중궁이 아카시 아가씨의 허리끈 묶는 역할을 맡다

이리하여 서쪽 저택西の殿[62]으로 술시戌時에 건너가신다. 중궁이 머무르

60 『사기(史記)』의 '富貴不歸故鄕 如衣繡夜行'(「項羽本紀」)에 의한다.
61 두중장이나 변 소장 등.

시는 서쪽 채에 넓게 만든 방을 마련해 두고, 머리 올리는 역할을 맡은 내시內侍[63] 등도 바로 이쪽으로 찾아뵌다. 마님上[64]도 이번 기회에 중궁과 대면하신다. 이분들[65]의 시녀가 모여 있는데 셀 수 없이 많아 보인다. 자시子時[66]에 아가씨가 모裳를 걸치신다. 등잔불이 어슴푸레하여도 자태가 무척 멋지시다고 중궁은 뵙고 계신다.

대신께서 이와 같이 아뢰신다.

"그냥 모른 척하지 않으실 거라는 것을 믿으며, 예를 갖추지 못한 모습[67]을 자진하여 보여 드렸습니다. 후세의 예[68]가 되지나 않을까 하고 좁은 소견으로 내심 생각하고 있습니다."

"어찌하여야 좋을지도 판단되지 않았거늘, 이렇게 대단한 일로 여겨 처리하시니 오히려 마음이 쓰일 듯하여……."

말끝을 흐리실 때의 중궁의 자태가 참으로 젊고 매력적이시기에, 대신大臣께서도 원하신 바대로 아리따운 자태들이 한곳에 모여 계신 것이 멋진 관계로 여겨지신다.

모친[69]이 이와 같은 때에도 아가씨를 뵐 수 없는 것을 괴롭게 여기는 것도 딱하기에 참석시키면 어떨까 생각하시지만, 사람들의 수군거림[70]

---

62 로쿠조노인의 남서 구역 저택으로 가을 저택이다. 아키코노무 중궁의 사가로 아카시 아가씨의 성인식을 이곳에서 거행한다. 중궁이 허리끈 묶는 역할을 맡았다.

63 중궁전의 내시.

64 무라사키노우에. 아카시 아가씨의 양모이다. 아키코노무 중궁과는 오늘 첫 만남이다.

65 아키코노무 중궁, 무라사키노우에, 아카시 아가씨 등.

66 밤 11시에서 1시.

67 아이의 모습은 간소한 복장이기 때문에 중궁 안전에 나서기에는 실례가 되는 모습이라고 굳이 비하하여 말하고 있다.

68 중궁이 허리끈 묶는 역할을 맡아 준 것은 전례가 없는 명예이며, 이것이 히카루겐지의 의도이기도 하였다.

69 아카시 아가씨의 모친인 아카시노키미.

을 저어하여 그대로 지나쳐 버리셨다. 이러한 곳에서 열리는 의식은 보통일 때조차 참으로 일이 많고 시끄럽기에, 사소한 일쯤이라도 여느 때처럼 유치하게 말을 전해 옮기거나 하는 것도 오히려 좋지 않겠다 싶어 소상히 쓰지 않는다.

5. 동궁의 성인식과 아카시 아가씨의 입궐 연기

동궁의 성인식은 스무날 지난 즈음[71]에 거행되었다. 참으로 어른스러우시기에, 사람들이 경쟁적으로 여식들을 입궐시켜야겠다고 마음먹고 생각하고 계신다. 하나, 이 나으리殿께서 그리 생각하고 계신 바가 참으로 각별하기에, 오히려 입궐하지 않는 게 낫지 않을까 하고 좌대신 같은 사람도 단념하신다는 소문이다. 이를 들으신 뒤 겐지 님께서 이리 말씀하시고, 아가씨의 입궐은 미루어졌다.

"참으로 당치 않은 일이다. 궁중 출사라는 것은 원래 많이 입궐한 가운데 약간의 차이를 서로 견주는 것이야말로 정도일 것이다. 수많은 재기발랄한 아가씨들이 집에 틀어박혀 있다면 참으로 빛이 나지 않을 것이다."

아가씨 다음다음으로라도, 라며 뒤로 물러나 계셨는데, 이러한 의향이라는 것을 여러 곳에서 들으시고 좌대신 댁 셋째 아가씨가 입궐하셨다. 여경전麗景殿이라고 아뢴다.

이 아가씨[72] 처소로는 옛날 겐지 님께서 궁중 처소로 쓰셨던 숙경사淑

70 친모가 지방관의 딸이라는 점은 아카시 아가씨에게 흠이 된다.
71 2월 하순이다.

景舍[73]를 새로이 수리하느라, 입궐이 연기되었다. 동궁宮께서도 애달아 하시기에 사월로 정하신다. 많은 세간도 원래 있던 것보다도 더 간추리고, 겐지 님 자신께서도 물건을 만들 때 쓰는 모형, 도안[74] 등까지도 직접 살펴보시면서 여러 분야의 솜씨 좋은 사람들을 불러 모아 세심하게 공들여 챙기도록 하신다. 책자草子[75] 상자에 넣을 만한 여러 책자 중에서 아가씨가 이윽고 본보기[76]로라도 삼아도 좋으실 만한 것을 골라 두신다. 옛날에 더할 나위 없는 솜씨를 지닌 서도가들이 세상에 이름을 남기신 부류의 것도 참으로 많다.

6. 히카루겐지가 당대 여성들의 가나 글씨를 평하다

"다방면에 걸쳐 옛날보다는 못한 모양새[77]로 깊이가 없어져 가는 말세末の世[78]이지만, 가나假名[79]만은 요즈음이 참으로 대단해졌습니다. 옛 필적은 정해진 서법에 들어맞기는 하지만 탁 트인 정취가 충분하지 않고

---

72 아카시 아가씨.

73 기리쓰보(桐壺). 히카루겐지의 모친인 기리쓰보 갱의의 처소였다가 아들인 히카루겐지의 궁중 숙직실로 사용되었다.

74 칠공예의 하나인 '마키에(蒔絵)' 등의 도안이다.

75 두루마리(巻物)에 대해 책자 형태의 책이다. 모노가타리와 가집 등이다.

76 습자할 때의 본보기.

77 현시대에 만족할 수 없는 상고 사상(尙古思想).

78 말법사상에 의거한 것이다. 석가가 입적한 뒤 천 년간은 정법시(正法時), 그다음 천 년간은 상법시(像法時), 그 뒤의 만 년간을 말법시(末法時)로 구분하여 시간이 지날수록 불법이 쇠퇴하고 세상이 어지러워진다고 한다.

79 10세기경에는 가나의 명필 세 명이 있었다. 오노 미치카제(小野道風), 후지와라 스케마사(藤原佐理), 후지와라 유키나리(藤原行成) 세 명을 가리킨다.

하나같이 비슷한 느낌이네요. 빼어나게 정취 있는 것은 근년에 와서 써내는 사람들이 있었지만, 온나데女手[80]를 한창 열심히 배웠을 적에 딱히 흠도 없는 글씨본을 많이 모았는데 그중에 중궁의 모친인 미야스도코로御息所[81]가 공들이지도 않고 휘갈겨 쓰셨던 한 행쯤, 수수한 것을 손에 넣고서 수준이 각별하다고 여겼답니다. 그런데, 있어서는 안 되는 소문까지 나게 해 드렸습니다. 분한 일로 생각하여 침울해하셨지만, 그리도 심한 일은 아니었습니다. 중궁宮을 이렇게 후견[82]해 드리고 있으니, 사려가 깊으셨던지라 돌아가신 영혼이실지라도 저를 다시 보실 겁니다. 중궁의 필적은 섬세하고 정취가 있는 듯하여도, 재능은 부족한 듯싶군요."

겐지 님께서는 이렇게 속삭이며 아뢰신다.

"돌아가신 입도 중궁故入道の宮[83]의 필적은 참으로 분위기가 그윽한 데다 우아한 면은 있었지만, 나약한 구석이 있고 화사함은 부족하였습니다. 상황의 상시院の尚侍[84]야말로 요즘 세상의 능필이시지만 너무 재치가 있어 특이한 버릇이 있는 듯합니다. 그렇기는 하지만, 그분과 전 재원과 당신[85]이야말로 잘 쓰신다고 할 만하지요."

이렇게 인정하시기에, "이 부류에 들어가는 것은 부끄럽네요"라고 아씨가 아뢰신다.

"너무 지나치게 낮추지 마시지요. 유연한 방면으로 부드러운 느낌은

---

80 히라가나(平假名).
81 로쿠조미야스도코로.
82 히카루겐지는 아키코노무 중궁의 부모 대신으로 궁중 내 그녀의 지위를 뒷받침하고 있다.
83 세상을 뜬 후지쓰보 중궁.
84 오보로즈키요. 상황인 스자쿠인의 후궁이다.
85 오보로즈키요, 아사가오 아가씨, 무라사키노우에.

각별하니……. 한자眞字가 능숙해지는 데 비해 가나假名는 반듯하지 않은 문자가 섞이는 듯하오.[86]"

그러고는 아직 글씨를 쓰지 않은 책자들을 더 만들어 두고, 표지와 끈 등을 대단하게 만들도록 하신다.

"병부경 친왕과 좌위문 독左衛門督 등에게 필사를 의뢰하도록 합시다. 나도 한 벌[87]은 쓸 생각이오. 두 분이 자신 있어 하신다고 하여도 내가 쓰지 못할 것은 없지요."

이러면서 자화자찬하신다.

먹과 붓을 더할 나위 없는 것으로 골라내어 늘 보내는 이곳저곳으로 범상치 않은 기별을 보내시니, 사람들이 어려운 일로 여기시어 거절 의사를 밝히시는 분도 있기에 간곡하게 아뢰신다. 고급스러운 얇은 안피지 같은 고려 종이高麗の紙가 몹시 차분하고 우아하기에, 겐지 님께서는 "이 풍류를 좋아하는 젊은 사람들을 시험해 보자" 하며 재상 중장, 식부경 친왕 댁 병위 독兵衛督,[88] 내대신 댁의 두중장 등에게 "갈대 글씨葦手[89]든 시가 그림歌繪[90]이든 제각각 좋을 대로 쓰거라" 하고 말씀하시니, 모두 제 마음대로 솜씨를 겨루는 듯하다.

---

86 한자와 가나를 병용하는 남성에 대한 일반론으로 보는 것이 일반적인 해석이지만, 무라사키노우에의 필적에 대한 평으로 보는 견해도 있다.

87 책자 한 벌이므로 상권과 하권 두 권으로 해석하기도 한다.

88 무라사키노우에의 이복오빠.

89 물가에 갈대가 있는 그림 속에 물의 흐름이나 갈대, 돌 등의 모양으로 감추어 쓴 문자를 말한다.

90 와카 한 수의 뜻을 그림으로 그리고, 거기에 와카를 쓴 것을 말한다.

7. 히카루겐지가 가나로 글씨를 쓰다

겐지 님께서는 여느 때처럼 몸채에 떨어져 계신 채 쓰신다. 꽃이 한창 때를 지나 담녹색 하늘도 화창한데,[91] 옛 시가들 같은 것을 차분한 마음으로 떠올리시며 마음이 가시는 대로 힘껏 소草[92]도 보통 것[93]도 온나데 女手[94]도 무척 많이 쓰신다. 주위에 사람이 벅적대지 않는다. 시녀 두세 명쯤에게 먹 등을 갈게 하시고 유서 있는 오래된 가집의 시가歌 등을 어떠한가 하면서 골라내시는 데 한심하지 않을 사람[95] 정도만 모시고 있다. 발을 올려서 치고 사방침 위에 책자를 올려놓고, 툇마루 가까이에 흐트러진 차림새로 붓끝을 입에 문 채 골똘히 생각하시는 모습은 봐도 봐도 질리지 않고 멋지다. 흰색과 빨간색 등 먹빛이 뚜렷한 지면은, 그리고 붓을 고쳐 쥐며 주의를 기울이시는 모습까지 보는 눈이 있는 사람이라면 과연 감탄할 만한 자태이시다.

병부경 친왕이 건너오신다고 아뢰기에, 놀라서 노시를 입으시고 깔개를 가져오게 하여 하나 더 깔게 하시고 그길로 친왕을 맞아들여 안으로 들게 하신다. 이 친왕 또한 참으로 깔끔해 보이는 모습으로 계단을 보기 좋게 걸어 오르시는데, 안에서도 사람들이 틈으로 엿보고 있다. 공손하게 서로 단정하게 처신하시는 모습도 무척 기품 있고 아름답다.

"무료하게 칩거하고 있는 것도 괴롭게까지 여겨지는 한가로운 무렵인

---

91 3월 하순경의 늦봄이다.
92 소가나(草假名). 만요가나(萬葉假名)를 초서체로 흐트러뜨린 글씨체이다.
93 보통의 가나, 즉 히라가나. 뒤에 나오는 '온나데' 또한 히라가나를 가리키므로 '보통의 온나데'의 오기로 보는 견해도 있다.
94 히라가나.
95 와카에 관한 식견을 지니고 있어 충분히 상담역이 될 수 있는 시녀들.

데, 마침 잘 찾아와 주셨습니다."

겐지 님께서 이리 기뻐하며 인사를 차리신다. 친왕께서는 그 책자를 수행원에게 들려 방문하신 것[96]이었다.

8. 히카루겐지를 비롯한 여러 사람의 가나 글씨

바로 보시니, 빼어나지도 않은 필적이지만 그저 하나의 재능이라고 할 만하게 참으로 무척 맑은 느낌의 필체로 써 두셨다. 시가도 짐짓 기교를 부린 색다른 취향의 옛 시가들을 골라서 단지 세 줄 정도로 문자[97]를 적게 넣어 보기 좋도록 쓰셨다. 대신大臣께서 보고 놀라셨다.

"이 정도일 줄은 생각지도 못하고 있었습니다. 한층 더 붓을 내던져 버리고 싶어지는군요."

이렇게 분해하신다. 그러자 친왕께서는 이렇게 농을 하신다.

"이러한 분들 가운데에서 뻔뻔하게 글씨를 쓰는 정도이니, 그저 그렇다고는 하여도 어느 정도는 된다고 생각합니다."

겐지 님께서 필사하셨던 책자들도 감추거나 하시지 않기에 꺼내셔서 서로 보신다. 무척 거친 중국 종이唐の紙에다 소草로 쓰신 것을 친왕께서는 빼어나게 훌륭하다고 보시나, 결이 섬세하고 보드라운 데다 고급스러운데 색상 등은 화려하지 않고 우아한 고려 종이高麗の紙에다 대범한 온나데로 단아하게 마음을 기울여 쓰신 것이 어디 비할 바 없이 대단히 멋지다.

96 얼마 전 집필을 의뢰한 책자가 완성되어 방문한 것이다.
97 한자. 거의 전부 가나 문자로 쓰고 한자를 적게 사용하여 한 수를 세 줄 정도로 적었다.

보고 계신 분[98]의 눈물마저 필적에 따라 흐르는 느낌이 들어 질릴 일 없을 듯한데, 게다가 여기 지옥원紙屋院 색지[99]의 배색은 화사한데 흐트러진 소草로 쓴 시가를 붓 가는 대로 두서없이 흩뜨려 쓰신 것도 한없이 볼만하다. 자유자재로 정이 뚝뚝 떨어지는 필체가 보고 싶기에, 친왕께서는 남은 것들[100]에는 전혀 눈길도 주지 않으신다.

좌위문 독左衛門督은 야단스럽고 젠체하는 방면만을 선호하여 쓰기에 필법筆法이 촌스러운 느낌이 들어 작위성이 더하여진 모양새이다. 시가 등도 색다른 것을 골라 썼다.

여자가 쓴 것은 제대로 꺼내어 내놓지도 않으신다. 재원 등의 것은 더더욱 꺼내지 않으셨다.

젊은 사람들이 갈대 글씨로 쓴 책자들은 제각각 속절없이 정취 있다. 재상 중장[101]의 것은 바탕에 물의 흐름[102]도 넘치도록 그려져 있고 흐트러진 갈대가 자라나 있는 모습 등은 나니와 포구難波の浦[103]와 비슷하고 이쪽과 저쪽이 섞여들어[104] 몹시 산뜻한 구석이 있다. 거기다 무척 현대풍으로 필체를 바꾸어 글자 형태나 돌 등의 배치를 멋들어지게 쓰신 지면도 있는 듯하다. 친왕께서 "본 적도 없습니다. 이건 시간이 걸릴 듯한

---

98 히카루겐지가 쓴 책자를 보고 그 대단한 필적에 감동하여 흘리는 호타루 병부경 친왕의 눈물.

99 지옥원의 종이는 공문서 용도로 거칠다. 단, 이 색지는 그것과는 별개로 지옥원에서 만든 것이다.

100 히카루겐지가 쓰지 않은 책자.

101 유기리.

102 갈대 글씨의 바탕이 되는 그림 속 물의 흐름.

103 '나니와'는 오사카나 그 부근의 옛 명칭이다. 당시에는 주변 일대가 늪과 습지로 갈대가 무성하였다.

104 그림 속에 갈대와 문자가 서로 섞여 있는 것을 말한다.

물건이네요" 하며 흥이 나서 칭찬하신다. 무슨 일에나 흥미를 지니고 멋스러운 성향을 지니신 친왕이신지라, 무척이나 몹시 칭송해 드리신다.

9. 병부경 친왕이 옛 가나 글씨본을 히카루겐지에게 보내다

오늘은 또 필적에 관한 일들에 대해 말씀하시며 지내시고, 갖가지 종이를 이어 붙인 종이로 만든 책들을 골라내신 김에 친왕께서는 자제이신 시종侍從[105]을 시키셔서 궁宮[106]에 있는 책들을 가져오라고 보내신다. 사가 천황嵯峨帝[107]께서 『고만요슈古萬葉集』[108]의 시가를 골라서 쓰신 네 권, 엔기 천황延喜帝[109]께서 『고킨와카슈古今和歌集』를, 옅은 쪽빛의 중국 종이를 이어 붙여서 같은 색상의 짙은 무늬가 있는 능직 비단 표지, 같은 색상의 옥으로 만든 심대, 여러 색실을 얼룩덜룩하게 중국풍으로 꼰 끈목[110] 등으로 우아하게 치장하여 권마다 필체를 바꾸시면서 대단하게 전부 다 쓰신 것을, 등잔불을 가까이 가져오게 하여 바라보신다. 겐지 님께서 "흥취가 그칠 줄 모르는군요. 요즘 사람은 그저 일부분을 젠체하는 군요"라거나 하며 칭송[111]하신다. 이것들은 그대로 이곳에 남겨 대신께

---

105 중무성 소속의 종5위 하에 상당하는 관직이다.

106 병부경 친왕의 저택.

107 사가 천황(재위 809~823)은 고보 대사(弘法大師), 다치바나 하야나리(橘逸勢)와 함께 한시문에 뛰어난 삼필(三筆) 중 한 명이다. 칙찬 한시집인 『분카슈레이슈(文華秀麗集)』 등을 편찬하게 하였다.

108 『신센만요슈(新撰萬葉集)』나 『쇼쿠만요슈(續萬葉集)』라는 호칭이 있었다는 점을 볼 때, 본래의 『만요슈(萬葉集)』를 『고만요슈(古萬葉集)』라고 칭한 듯하다.

109 다이고 천황(醍醐天皇, 재위 897~930).

110 두루마리 표지의 끄트머리에 압죽(押竹)을 매달아 흐트러지지 않게 하고 끈을 매단다.

드리신다.

친왕께서는 이와 같이 아뢰시며 바치신다.

“딸아이 등이 있다손 치더라도 제대로 볼 줄 모를 것 같으면 전해 줄 수 없거늘, 하물며 없으니 썩힐 듯하기에…….”

겐지 님께서는 시종에게, 중국 책唐の本[112] 등 무척 그럴듯해 보이는 것을 침향 상자에 넣고 훌륭한 고려적高麗笛[113]을 곁들여 바치신다.

10. 히카루겐지가 아카시 아가씨의 책 상자에 넣을 책을 고르다

겐지 님께서는 또 요즈음은 그저 가나 품평[114]만을 하셔서, 세간에서 글씨 좀 쓴다 여겨지면 상중하의 사람들에게도 맞춤한 것들을 고려하셔서 찾아내어 필사하도록 하신다. 이 상자[115]에는 뒤떨어지는 것은 섞지 않으시고 각별히 사람의 품성이나 신분을 구별하시면서 책자나 두루마리巻物를 모두 필사하도록 하신다. 여러모로 진귀한 보물들이고 다른 조정에도 좀체 없을 것 같은데, 그중에서 이 책들을 보고 싶다며 마음이 동하시는 젊은 사람들이 세상에 많았다. 그림들을 준비해 두신 것 중에서 그 스마 일기須磨の日記[116]는 훗날[117]에라도 전하여 알리고 싶다고 생각하

111 칭송의 대상은 『고만요슈』와 『고킨와카슈』이다.

112 호타루 병부경 친왕에 대한 답례로 그 아들인 시종에게 남성에게 어울리는 한문 서적을 주었다.

113 고려악(高麗楽)에 쓰이는 피리로 당악(唐楽)에 쓰이는 횡적(横笛)보다 짧다.

114 가나 서적의 비평을 일과로 삼고 있다.

115 아카시 아가씨가 입궐할 때 지참할 책자 상자이다.

116 히카루겐지가 스마(須磨)에 물러나 있을 때 쓴 그림일기.

117 아카시 아가씨에게 언젠가는 알려 주고 싶지만, 아가씨 출생과 관련된 일이기에 입궐을

시지만, 좀 더 세상을 알게 된 다음에나, 하고 마음을 돌리시고 아직 꺼내지 않으신다.

11. 유기리와 구모이노카리, 그리고 내대신의 고뇌

내대신内大臣은 이번 입궐 준비를 남의 일로 들으시는데도 몹시 애가 타고 쓸쓸하게 생각[118]하신다. 아가씨의 자태는 한창때[119]인지라 다듬어져서 아까울 정도로 아름다워 보인다. 무료하게 풀이 죽어 계시는 모습이 심한 한탄거리로 여겨지시는데, 그 사람의 기색[120]은 또 변함없이 차분하다. 마음이 약해져 다가가는 것도 세상의 웃음거리가 되니, 그 사람이 간절하였을 적에 못 이긴 척하였다면 하고 남몰래 탄식하시며, 그 쪽 한편에만 죄를 씌우지도 못하신다. 이렇게 약간 풀어지신 기색을 재상님宰相の君[121]은 듣고 계시지만, 한때 박정하였던 대신의 마음을 분하게 생각하기에 모르는 체 태연하게 처신한다. 그렇기는 하여도 다른 쪽으로는 마음이 갈 수 있을 거라고도 여겨지지 않고 마음속에서 농할 수 없을 만큼[122] 그리울 때가 많지만, 옅은 녹색[123]이라고 쑥덕거렸던 유모들에

앞두고 친모의 신분이 낮은 것을 알고 주눅이 들 것을 우려한 것이다.

118 여식인 구모이노카리를 입궐시키고 싶어 하였기에 쓸쓸하고 아쉬운 마음이 들 수밖에 없다.

119 구모이노카리는 스무 살이다. 당대의 귀족 여성치고는 혼사가 늦다.

120 유기리는 구모이노카리에 대한 연정을 억누르고 오기로라도 태연한 태도를 취하고 있다.

121 재상 중장 유기리.

122 '만나지 않고 견딜까 시험 삼아 안 만났더니 농할 수 없을 만큼 그립기만 하구나(ありぬやとこころみがてら逢ひ見ねば戯れにくきまでぞ戀しき)'(『古今和歌集』 雜躰・俳諧歌, 讀人しらず)에 의한다.

게 납언納言으로 승진한 모습을 보여 주자는 마음이 깊은 듯하다.

대신大臣[124]께서는 이상하게도 안정되지 못한 모습이로고 하며 고민하시며, 이리 말씀하신다.

"그 근방의 일[125]을 단념하였다고 한다면 우대신, 중무성 친왕中務宮 등께서 그런 의향을 드러내며 말씀하시는 듯한데 어느 쪽이든 정하도록 하시게나."

하나, 아무 말씀도 아뢰지 않으신 채 공손한 모습으로 옆에 계실 뿐이다.

"이와 같은 일은 황송한 가르침[126]을 받고서도 따라야 한다고도 생각하지 않았기에 참견하기 어렵지만, 이제 와 견주어 생각해 보니 그 가르침이야말로 오래도록 예로 삼을 만한 것이었다. 무료하게 지내다 보면 생각하는 바가 있겠지 하고 세상 사람들도 추측할 터이지만, 숙명宿世이 이끄는 바대로 평범하게도 결국 끌려가는 것은 참으로 끝이 볼품없어 민망한 일이로고. 지나치게 자부심을 지녔다고 하더라도 마음먹은 바대로 이루어지지 않고 법도가 있는 법이니, 호색적인 마음을 일으키지 마시게나. 어렸을 때부터 궁 안에서 자라나 마음먹은 대로 행동하지 못하여 갑갑한 데다 약간의 잘못된 일이라도 있으면 경박하다는 비난을 받지는 않을까 하고 삼갔는데도, 그조차도 역시 호색적이라는 질책을 받고 세간의 비난을 받았구나.

지위가 낮고 대수롭잖은 신분이라고 생각하여 허물없이 마음 가는 대로 처신 등을 하지 마시게나. 자기도 모르는 새 오만해진다면 마음이

---

123 6위가 걸치는 '호(袍)' 색상.
124 히카루겐지.
125 내대신가의 구모이노카리와의 결혼 문제.
126 부황인 기리쓰보인(桐壺院)의 훈계.

안정될 만한 거리[127]가 없을 때 여자와 관련된 일로 현명한 사람이 옛날에도 실수하는 예가 있었다. 그리하여서는 아니 되는 일에 집착하여 그 사람에 관한 소문을 내고 자신 또한 원한을 사게 되니 평생의 굴레[128]가 되었다. 판단을 잘못한 채 함께하게 된 사람이 내 마음에 흡족하지 않고 참으려고 하여도 힘든 구석이 있다손 치더라도 여전히 생각을 돌리려는 마음을 지니거나, 혹은 부모 마음을 보아서 넘기거나,[129] 혹은 부모 없이 세상살이가 어렵다고 하여도 사람됨이 안타깝거나 하는 사람[130]이라면 그것을 조그마한 장점으로 여겨서라도 함께하시게나. 나를 위해서라도 다른 사람을 위해서라도 끝까지 좋을 것이라는 마음을 깊이 지녀야만 한다."

이와 같이 겐지 님께서는 한가하고 무료할 때는 이러한 마음가짐만을 가르치신다.

이러한 가르침에 따라 재상님은 농담이라도 다른 사람에게 마음을 주는 것은 누가 뭐라 하지 않아도 가슴 아픈 일로 여기신다. 여자女[131]도 평소보다 특별히 대신이 한탄하고 계시는 기색인지라 부끄럽고 괴로운 신세라며 시름에 잠기시지만, 겉으로는 모르는 체하며 느긋한 모습으로 시름에 잠겨 날을 보내신다.

---

127 처자식 등 호색적인 마음을 억제할 만한 요인이 되는 것.
128 로쿠조미야스도코로와의 관계를 염두에 둔 표현이다. 굴레가 남아 있으면 사후에 왕생하는 데 방해가 된다.
129 아오이노우에와의 관계를 회고하면서 나온 표현.
130 하나치루사토 등의 관계.
131 구모이노카리. 남녀 관계를 강조하기 위해 '여자'로 표현하였다.

12. 내대신이 소문을 듣고 구모이노카리의 처지를 가슴 아파하다

서찰은 생각이 치받쳐 오를 때마다 가슴 절절하고 깊은 정을 드러내며 아뢰신다. 아가씨는 '누구의 진정성을'[132]이라고 생각하면서도 애정사에 익숙한 사람이라면 무턱대고 상대방의 마음도 의심하겠지만, 가슴 절절하게 보시는 대목이 많았다.

"중무성 친왕께서 대신大殿께 의향을 여쭙고, 그리하자고 서로 뜻을 주고받은 듯합니다."

이렇게 아뢰는 사람이 있기에, 대신은 다시금 가슴이 꽉 막히는 듯하다.

하여, 아가씨에게 살짝 이렇게 눈물을 글썽이며 말씀하신다.

"그러한 말을 들었단다. 그 사람의 마음이 무정하시기도 하구나. 대신大臣께서 중개하셨는데도 내가 고집부렸다고 하여, 다른 쪽으로 바꾸신다는 듯하구나. 마음이 약해져 수그린다고 하여도 세상의 웃음거리[133]가 될 터인데……."

이에 아가씨는 너무 부끄럽기도 하여 그저 공연히 눈물이 흐르기에, 볼썽사나워 등을 돌리고 계시는 모습이 한없이 가련해 보인다.

어찌하면 좋을꼬, 역시 나서서 기색을 살펴보는 게 나을까, 등등 마음이 흐트러져 대신이 자리를 떠나신 뒤에도 아가씨는 그대로 툇마루 가까이에서 시름에 잠겨 계신다. 이상하게 마음은 그러지 않는데도 눈물이

132 '거짓이라고 생각하긴 하지만 새삼스럽게 누구의 진정성을 나는 믿어야 하나(いつはりと思ふものから今さらに誰がまことをか我は頼まむ)'(『古今和歌集』 戀四, 讀人しらず)에 의한다.

133 권문세가 특유의 수치심이다.

먼저 흘러나오는구나, 부친은 어찌 생각하셨을까, 하며 이리저리 궁리하고 계시는 동안에 서찰이 왔다. 역시 보신다.

세심하게 이렇게 쓰여 있다.

유기리

당신 쌀쌀함 괴로운 이 세상의 흔한 일이네
못 잊는 이 사람은 일반적이지 않네

티조차도 내지 않는 냉담함[134]이란, 하면서 생각이 이어지시는 것은 괴롭지만, 아가씨는 이리 쓰신다.

구모이노카리

끝이라면서 잊기 어렵다는 날 잊는다 해도
이도 세상 따르는 마음이신 건가요

도련님은 이상히 여겨 서찰을 놓지 못하고 고개를 갸웃거리면서 보고 계신다.[135]

134 중무성 친왕가와 혼담이 있다는 사실을 언급하지 않는 상대방이 더 쌀쌀맞다고 생각하는 마음.
135 유기리는 다른 곳과의 혼담에 대해 전혀 개의치 않기 때문에 아가씨의 반응이 의아하다.

「우메가에梅枝」 권은 다마카즈라 중심의 이야기에서 벗어나 「다마카즈라」 권 이전에 기술된 인물들의 이야기, 즉 주류의 이야기로 되돌아가 이어지는 권이다. 권명은 향 겨루기가 개최된 밤의 연회에서 내대신의 자제인 변 소장이 아악 형식의 민요인 사이바라催馬樂인 〈우메가에梅が枝〉를 불러 흥을 돋운 데 의거한다.

「우메가에」 권은 아카시 아가씨의 성인식과 입궐 준비에 관한 내용이 중심을 이룬다. 로쿠조노인에서는 안팎으로 만반의 준비를 하였다. 향은 물론이고 지참물로 당대 최고의 가나 서책도 준비하였다. 아카시 아가씨가 동궁에게 입궐하는 것은 히카루겐지의 오랫동안의 염원이었다. 향후 동궁이 즉위한 뒤 황후가 된다면 가문의 번영을 안정적으로 지속시킬 수 있기 때문이다. 입궐에 앞서 개최되는 성인식에 미의식을 발휘하여 공을 들이는 것도 그 일환이었다. 「우메가에」 권의 히카루겐지는 문화의 통괄자로서의 면모를 보이는 인물로 형상화되어 있다.

그런데 문화의 통괄자, 문화의 정수를 파악하는 인물로서의 히카루겐지가 그 가치를 인정하고 있는 것은 1·6·8·9절의 내용에서 확인할 수 있듯이 '중국唐'과 '고려高麗'의 물건이었으며, 이를 통해 10세기 일본과 동아시아 문화교류, 나아가 중국과 한반도 문화에 대한 당대의 인식을 엿볼 수 있다.

『겐지 모노가타리』 내 '가라唐'의 용례는 91회이다. '가라'의 용례를 크게 분류해 보면 '중국풍으로 보이다'라는 의미의 '가라메쿠唐めく'와 그 유사표현 7회를 제외하면 전부 명사형으로 이루어져 있으며, 그중 59회

의 용례가 물품을 나타내는 명사로 쓰이고 있다.

먼저 추상적인 물건을 가리키거나 대명사로 쓰이는 용례로는 '가라모노唐物'가 1회, '가라노모노唐のもの'가 1회, '가라노唐の'가 4회이다. 옷이나 옷감 등 의복 관련의 용례로는 중국풍 의복을 가리키는 '가라기누唐衣' 10회, 중국식 옷차림을 의미하는 '가라노요소오이唐の装ひ' 1회, 중국풍 어린이옷을 의미하는 '가라노호소나가唐の細長' 1회, 중국식 옷자락을 의미하는 '가라노스소唐の裾' 2회, 중국식 끈을 의미하는 '가라노히모唐の紐' 1회, 능직 비단을 의미하는 '가라노키唐の綺' 5회와 '가라노아야唐の綾' 4회, 중국 비단을 의미하는 '가라노니시키唐の錦' 2회를 들 수 있다. 그 밖에 한문 서적을 의미하는 '가라노혼唐の本'의 용례 2회와 중국식 종이를 가리키는 '가라노카미唐の紙'의 용례를 11회 확인할 수 있다. 가재도구와 장신구, 향과 관련되는 용례로는 중국식 궤를 가리키는 '가라비쓰唐櫃' 10회, 중국식 절구를 가리키는 '가라우스唐臼' 1회, 중국식 빗 상자를 가리키는 '가라쿠시게唐櫛笥' 1회, 중국식 향을 의미하는 '가라노타키모노唐の薫物' 1회, '가라노에코唐の衣香' 1회를 들 수 있다.

이와 같은 59회의 '가라모노'의 용례를 통해 의생활을 비롯한 일상생활에 뿌리를 내린 헤이안시대 '가라모노'의 영향을 확인할 수 있다.

한편 『겐지 모노가타리』에 한반도에 근거를 둔 나라의 용례는 '고마高麗'가 20회, '시라기新羅'가 1회, '구다라百済'가 1회 기술되어 있다. '고구려'와 '발해'를 직접적으로 나타내는 용례는 없으며 양국은 '고마'로 포괄되어 기술된 것으로 추정할 수 있다. '고마'의 구체적인 용례를 살펴보면 우선 '모로코시唐土'와 함께 쓰여 세상을 의미하는 '고마高麗'의 용례가 1회, 발해사람을 의미하는 '고마우도高麗人' 4회, '고마부에高麗笛' 4회, '고

마노카미高麗の紙' 3회, '고마노니시키高麗の錦' 3회, '고마노가쿠高麗の楽'와 그 유사표현이 4회, '모로코시'와 함께 쓰여 춤을 비교하는 데 쓰이는 '고마노마이高麗の舞'의 용례가 1회이다. '시라기'의 용례는 '모로코시'와 병렬하여 쓰이면서 장식품을 나타내는 '시라기노카자리新羅の飾り' 1회를 확인할 수 있으며, '구다라'의 용례는 국가의 이름으로 쓰인 '구다라百済' 1회를 『겐지 모노가타리』 1 「와카무라사키」 권 9절에서 확인할 수 있다.

즉 '고마'와 관련지어 보았을 때 『겐지 모노가타리』에 형상화된 한반도에 근거를 둔 나라의 문화는 종이나 비단, 장식 등의 물품 이외에 피리, 음악, 춤 등 예술과 관련되어 많이 쓰이고 있음을 알 수 있다.

『겐지 모노가타리』에 함께 기술되어 있는 '고마高麗'와 '가라唐'의 장면에 주목하여 헤이안시대 전반기의 동아시아문화 인식의 일단을 정리해 보면 다음과 같다.

첫째, '가라'와 '고마'가 함께 기술되어 있는 『겐지 모노가타리』 내 용례에 주목하였을 때, '고마'와 '가라'의 물품은 일본의 물품보다 나은 가치를 지닌 박래품으로 통괄하여 기술되어 있지만, 두 지역은 대비되는 지역으로 기술되어 있으며 그곳으로부터 들여온 물품 또한 다른 성격의 문화적인 가치를 지니고 있음을 알 수 있다.

둘째, '고마'는 『겐지 모노가타리』 연구에서 일반적으로 '발해'로 이해되고 있지만, 문헌 등의 용례 분석이나 헤이안시대 전반기 일본의 대외교류 등을 고려하였을 때 '고구려, 발해'는 물론이고 '고려'까지 포함하는 한반도에 기반을 둔 나라를 가리키는 것으로도 볼 수 있다.

셋째, 헤이안시대 이전에 최고의 가치 있는 물건을 의미하던 '고마'의 물품이나 문화에 대한 이미지가 『겐지 모노가타리』에서 변화를 보인다는 점이다. 이는 고중세 일본에서 세계를 인식하는 데 있어 한반도에 대한 관심이 시대의 흐름에 따라 점점 낮아져 간다는 사실과도 부합된다. 따라서 『겐지 모노가타리』는 이러한 흐름 속에서 한반도에 근거를 둔 나라의 문화에 대한 고대 일본의 관심이 '가라'로 전환되어 가고 있는 과도기의 양상을 보여 준다고 할 수 있다. 이 같은 『겐지 모노가타리』에 형상화된 동아시아문화 인식의 전환은 발해의 멸망 이후 한반도에 근거를 둔 고려와의 교류도 활발하지 않은 상황 속에서 일본의 대외 교류, 특히 박래품의 수입이 대중 무역에 오로지 의존하게 되면서 '가라'의 물품이 선진 문물의 주류를 차지하게 된 데서 기인한 부분이 크다고 생각한다.

제33권

「후지노우라바藤裏葉」 권

히카루겐지 39세 3~10월

보라 색상에 원망은 해야겠네 등나무의 꽃
소나무 넘어가는 꽃송이 괴롭지만
紫にかごとはかけむ藤の花
まつよりすぎてうれたけれども

1. 유기리와 구모이노카리, 내대신이 제각각 고민하다

입궐 준비[1] 중이실 때도 재상 중장宰相中將[2]은 시름에 잠긴 듯 멍한 마음 상태이다. 한편으로는 이상하구나, 내가 생각하여도 집착이 심하구나, 외곬으로 이리 사모하는 거라면, 관문지기[3]네 집도 잠든 듯한 기색처럼 마음이 약해지셨다고 듣고 있으니 이왕이면 남부끄럽지 않은 모습으로 끝을 보자, 하며 참고 있어도 힘겹고 마음이 산란하시다. 아가씨女君[4] 또한 대신이 얼핏 비치셨던 방면의 일[5]을 생각하자니, 혹여 그런 일이 생긴다면 내게 무슨 미련이라도 있을까 싶어 한탄스럽기에, 묘하게도 서로 등을 돌리고 있어도 역시 서로 사랑하는 사이이시다.

대신도 그리 강경하셨건만 상황이 여의치 않기에 고심하신다. 그 친왕[6]께서도 그처럼 결심을 확고히 하신다면 다시금 이처럼 새삼스레 골치를 썩이게 될 터인데, 상대방[7]에게도 안타깝고 우리 쪽이라 하더라도 세상의 웃음거리로서 저절로 경박한 일도 섞여들지 않겠는가, 숨기려 하지만 겉으로 드러나지 않은 잘못[8]도 세상에 새어 나간 듯하니 어찌하여서든 별일 없다는 듯이 꾸며 역시 져 주어야 할 것 같구나, 하고 생각하시게 되었다.

---

1 아카시 아가씨가 동궁의 비로 입궐하기 위한 준비.
2 유기리. 사람들이 정신없이 바쁜데도 그는 홀로 구모이노카리(雲居雁)에 대한 생각으로 시름에 빠져 있다.
3 구모이노카리의 부친인 내대신.
4 구모이노카리.
5 유기리와 중무성 친왕가의 혼담 소문.
6 중무성 친왕.
7 구모이노카리의 새로운 상대.
8 유기리와 구모이노카리가 본인들끼리 단정치 못한 관계를 맺은 일.

2. 큰 황녀의 기일에 내대신이 유기리와 이야기를 나누다

겉으로는 아무렇지 않은 척하여도 원망이 풀리지 않은 관계[9]이신지라 갑자기 말을 거는 것도 어떨까 저어하는 마음이 드신다. 야단스럽게 일을 추진하는 것도 사람들이 생각하기에 바보스러울 것이다, 어떠한 계기를 마련하여 의중을 비쳐야 하나, 라는 등 생각하신다. 삼월 스무날이 대신 댁 큰 황녀大宮[10]의 기일이신지라 고쿠라쿠지極樂寺[11]로 참배를 하러 가셨다. 자제들을 모두 거느려 위세가 더할 나위 없고 공경 등도 많이 찾아뵈러 와서 모이셨다.

재상 중장은 남들에 전혀 뒤떨어지지 않도록 몸단장을 한 모습인데, 용모 등도 요즈음 몹시 한창때[12]로 성숙해져서 부족할 데 없는 멋진 자태의 분이시다. 이 대신을 박정하다고 생각하게 되신 후부터는 뵙는 것조차 스스럽게 여기시어 참으로 대단하게 준비를 하여 차분한 태도로 처신하시는 것을, 대신 또한 여느 때보다는 눈여겨보신다. 송경 등의 보시를 로쿠조노인六條院[13]께서도 하셨다. 하물며 재상님은 여러 일을 맡아서 가슴 절절하게 처리하신다.

저녁이 되어 모두 돌아가실 무렵 꽃은 다 떨어져 흩어지고 안개로 어렴풋한데, 대신은 옛날[14]을 떠올리시고 우아한 모습으로 읊조리면서 생

---

9 내대신과 유기리의 관계.
10 내대신의 모친이자 유기리의 외조모.
11 교토시 후시미구(伏見區)에 있는 절로 후지와라 섭관가의 묘소가 있었다. 후지와라 모토쓰네(藤原基經)가 창건하였다.
12 현재 18세이다.
13 히카루겐지. 큰 황녀는 히카루겐지의 고모이다.
14 큰 황녀가 생존하고 있던 시절.

각에 잠겨 바라보고 계신다. 재상 또한 가슴 절절한 석양 풍경에 한층 더 침울해져, "비가 내릴 듯하군" 하고 사람들이 술렁이는데 역시 시름에 잠긴 채 앉아 계신다.

대신은 가슴을 두근거리며 보실 일[15]이라도 있었던가, 재상의 소매를 끌며 이리 말씀하신다.

"어찌 이토록 심히 못마땅하게는 여기시는지요. 오늘 법회의 인연을 더듬어 생각하신다면, 죄는 용서해 주시구려. 앞으로 살날이 줄어들고 있는 만년에 저버리시다니, 원망을 아뢰고 싶군요."

이에 재상은 황공해하며 이리 아뢰신다.

"세상을 떠나신 분의 의향도 대신을 의지하라는 뜻으로 받잡고 있는 일도 있습니다만, 용서하지 않는 기색이시기에 삼가고 있었기에……."

마음이 부산한 비바람이 불어오기에, 모두 흩어져 경쟁하듯 돌아가셨다. 도련님君은 어찌 생각하여 여느 때와 다른 태도를 보이셨는가라는 등, 늘 마음을 쓰고 있는 근방의 일이신지라 대수롭잖은 일이어도 귓전에 맴돌아, 이러니저러니 번민하며 밤을 지새우신다.

3. 내대신이 등꽃 연회를 핑계로 유기리를 초대하다

오랜 세월에 걸쳐 사모한 보람이 있어서인가, 그 대신 또한 완전히 마음이 약해지셔서 특별할 것 없는 계기에 일부러는 아니고 역시 맞춤한

---

15 유기리가 구모이노카리를 생각하고 있는 것으로 생각하여 기대감에 가슴 두근거리고 있는 듯하다는 화자의 평이다.

시기를 골라야겠다고 생각하신다. 사월 초순 무렵, 앞뜰의 등꽃[16]이 무척 정취 있게 흐드러지게 피어 있는데, 세상 어디에서나 볼 수 있는 빛깔이 아니고 그저 보고 지나치려는 것이 아쉬울 만큼 한창이기에 관현 연주 등을 여신다. 날이 저물어 가면서 한층 더 꽃 색깔이 진해지는데, 내대신은 두중장頭中將[17]을 시켜 재상 중장에게 안부를 이리 전하신다.

"전날 꽃그늘[18]에서 대면한 것이 아쉽게 생각되었는데, 시간이 나신다면 들러 주시겠는지요."

서찰은 참으로 무척 정취 있는 가지에 묶여 있는데, 이러하다.

내대신

우리 집 안의 등나무 꽃색 진한 어스름 녘에
찾아오지 않겠소 봄날 여운 느끼러[19]

기다리던 서찰을 받아 드시니, 가슴이 두근거려서 치하를 올리신다.

유기리

괜스레 등꽃 꺾을까 말까 하고 망설이겠네
더듬더듬 헤매는 어스름 녘인지라[20]

---

16 초여름이다. 등꽃은 늦봄부터 초여름에 걸쳐 핀다.
17 가시와기.
18 고쿠라쿠지에서 열린 불사.
19 등나무 꽃, 등꽃은 구모이노카리의 비유이다. '慈恩春色今朝盡 盡日徘徊倚寺門 惆悵春歸留不得 紫藤花下漸黃昏'(『白氏文集』 卷十三 「三月三十日題慈恩寺」)에 의한다. 등꽃과 어스름 녘의 결합은 당시에는 상식이었던 것으로 보인다.
20 등꽃을 꺾는다는 것은 결혼한다는 의미이다.

이렇게 아뢰고는 두중장에게 "한심하리만큼 주눅이 들었습니다. 잘 무마해 주시게나"라고 아뢰신다. "동행해 드리지요"라고 말씀하시니, "거추장스러운 호위무사[21]는 별로……"라면서 돌려보냈다.

재상 중장은 대신大臣[22] 앞으로 나아가, 이렇게 되었다며 서찰을 보여 드리신다.

"생각하는 바가 있어 말씀하신 것이겠지. 그렇게 자진하여 다가오신다면 그야말로 옛날에 불효하였던 데 대한 원망[23]도 풀릴 것이다."

이리 말씀하시는 겐지 님의 득의양양한 모습은 더할 나위 없이 얄미워 보인다.

"그렇지도 않을 겁니다. 부속 채 앞뜰의 등나무에 여느 때보다 정취 있게 꽃이 피었다고 하니, 한가한 무렵인지라 관현 연주를 하자는 것으로 된 것이겠지요."

이리 아뢰시니, 겐지 님께서 승낙하신다.

"일부러 사자를 보내셨으니, 어서 가 보시게."

재상 중장은 어찌 될까 싶어 내심 괴롭고 편치 못하다.

"그 노시直衣는 지나치게 색이 짙어 가벼워 보일 듯하구나. 비참의非參議[24] 정도의 무어라 할 것 없는 젊은이라면 붉은 기가 도는 청색이라도 좋을 터이지만, 옷매무새에 신경을 쓰는 게 좋겠구나."

이러면서, 본인의 의복 중에서 각별한 것에다 이루 말할 수 없이 좋은

---

21 가시와기가 근위 중장이기에 농 삼아 말한 것이다.

22 히카루겐지.

23 유기리와 구모이노카리의 관계를 알게 된 내대신이 모친인 큰 황녀를 비난하였던 데 대한 히카루겐지의 원망.

24 4위이지만 참의(4위)에 임명되지 않은 사람이다. 유기리는 재상 중장으로, 재상은 참의의 중국명이다.

받쳐 입는 옷들을 갖추어서, 수행원에게 들고 가도록 드리신다.

4. 연회로 밤이 깊어지자 유기리가 취기를 핑계로 숙소를 부탁하다

재상 중장은 자신의 처소에서 무척 세심하게 몸단장을 하고 황혼도 지나 상대방이 초조해할 무렵에 뵈러 가신다. 주인댁 자제들, 중장[25]을 비롯하여 일곱, 여덟 명이 함께 나와 맞아들인다. 누구라 할 것 없이 아름다운 용모들이기는 하지만, 재상은 보통 사람보다 뛰어나게 산뜻하고 기품 있게 아름다우면서 매력 있고 품위가 있어 남들이 부끄러움을 느끼는 듯하다.

대신이 앉을 자리를 꾸미도록 하시는 등 준비에 소홀함이 없다. 관冠 등을 착용[26]하시고 나가려고 하시다가 정실부인[27]과 젊은 시녀 등에게 이렇게 말씀하신다.

"안을 들여다보시게나. 참으로 나이가 들수록 더 멋진 사람이군요. 마음가짐 등이 참으로 차분하고 당당하군요. 뚜렷이 빼어나게 어른스러운 점은 부친인 대신大臣보다 뛰어난 모습일 수도 있을 듯하오. 그쪽[28]은 그저 참으로 진심으로 차분하니 우아하고 애교가 뚝뚝 떨어져 보는 것만으

---

25 두중장인 가시와기.

26 보통 노시에는 '에보시(烏帽子)'라고 불리는 건(巾) 정도를 쓰면 된다. 관을 썼다는 것은 유기리에 대한 내대신의 정중한 대응을 나타낸다.

27 홍휘전 황태후의 여동생이다.

28 유기리의 부친인 히카루겐지.

로 미소가 지어지고 세상만사 잊힐 듯한 마음이 드시는 분이지요. 공적으로는 약간 부드러움이 지나쳐 가벼운 면이 있었지만 당연한 일[29]이지요. 이쪽[30]은 학문적인 재능 정도도 더 낫고 마음가짐도 남자다운 데다 씩씩하여, 다 갖추었다고 세상에서 평을 하는 듯하오."

그러고는 재상 중장과 대면하신다. 진지하게 점잔을 빼는 이야기는 살짝만 하시고 꽃을 즐기는 연회로 옮아가셨다.

"봄꽃은 어느 거라 할 것 없이 모두 활짝 핀 꽃 색깔마다 눈이 번쩍 뜨이지 않는 것은 없는데, 성미가 급하여 사람 마음은 신경 쓰지 않고 져 버리는 것이 원망스럽게 여겨지는 무렵이로군요. 이 꽃 홀로 뒤처져서 여름에 걸쳐 피어 있는 것[31]이 이상하게 그윽하고 가슴 절절하게 여겨집니다. 색깔도 또한 정다운 혈연관계ゆかり라 할 만할 것[32]입니다."

내대신이 이러며 웃음을 띠시는데, 정취가 있고 화사하고 끼끗하니 아름답다.

달은 떠올랐어도 꽃 색깔은 확실히 보이지 않는 무렵이건만, 꽃을 감상한다는 것을 핑계 삼아 약주를 드시고 관현 연주 등을 하신다. 대신은 얼마 지나지 않아 취한 척하시며 미친 듯이 술을 권하며 취하도록 만들

---

29 황자로 태어나 궁중에서 자라났기에 당연하다고 인식하고 있다.

30 유기리.

31 '여름에 걸쳐 피어 있는 거구나 등나무 꽃은 솔에만 의지하고 있다고도 여겼네(夏にこそ咲きかかりけれ藤の花松にとのみも思ひけるかな)'(『拾遺和歌集』 夏, 源重之)에 의한다. '솔(松)'은 일본어로 '마쓰'라고 하여 '기다림'을 뜻하는 '마쓰(待つ)'와 동음이의어로 쓰였다.

32 『겐지 모노가타리』에서 혈연관계의 색은 보라색을 가리킨다. '오직 지치 풀 그 한 포기 때문에 무사시 들판 남김없이 모든 풀 정답게만 보이네(紫の一本ゆゑに武藏野の草はみながらあはれとぞ見る)'(『古今和歌集』 雜上, 讀人しらず)를 염두에 둔 표현이다. 자초(紫草)는 지치 풀을 가리키며 자줏빛 나는 뿌리를 염료로 사용하였다. 보랏빛으로 이어지는 대표적인 혈연관계는 기리쓰보 갱의(桐壺更衣), 후지쓰보 중궁(藤壺中宮), 무라사키노우에(紫の上)이다. 이에 비기어 구모이노카리를 보라색 등꽃에 비유하였다.

려 하시는데, 재상은 그렇구나 하는 마음이 들어 술을 사양하느라 골치가 아프다.

"자네는 말세[33]치고는 넘칠 정도로 천하의 식자[34]이신 듯한데, 나이 든 사람을 내치시는 것이 원망스러웠습니다. 문적文籍[35]에도 가례家禮[36]라는 것이 있지 않은지요. 아무개의 가르침[37]도 잘 알고 계실 것으로 생각합니다만, 무척 내 마음을 괴롭게 하신다고 원망을 아뢰고 싶군요."

이와 같이 말씀하시며, 술에 취해 우는 것인지 이상하리만큼 속마음을 내비치신다.

"무슨 그런 일이……. 옛날[38]을 떠올리게 하는, 옛 사람을 대신하는 분들은 몸이 가루가 되더라도 모셔야 한다고 절감하고 있습니다만, 어찌 여기고 계시는 건지요. 원래 어리석은 제 미흡한 마음 탓입니다."

재상 중장은 이렇게 사죄하며 아뢰신다.

때를 잘 가늠하여 내대신이 "등나무 새잎처럼"[39]이라고 읊조리시는,

---

33 말법 세상. 말법은 불교에서 이르는 삼시(三時)의 하나이다. 석가가 입멸한 후 정법(正法)과 상법(像法)에 이어지는 만 년의 시기를 가리킨다. 부처의 가르침이 쇠퇴하고 수행자도 득도하는 자가 없어져서 교법(教法)만 남는 시기이다. 일본에서는 1052년 말법 시기로 들어갔다고 알려졌다.

34 행정관으로서의 도(道)에 정통한 사람.

35 문서, 서적이라는 뜻으로, 여기서는 『사기』를 가리킨다.

36 가례란 어느 집안이 정해 둔 예의 작법을 말한다. 이로부터 뜻이 변하여 자식이 아버지를 공경하는 것, 타인이라도 그에 준하여 예를 다하는 것을 말한다. 『사기』「고조본기(高祖本紀)」에 '高祖五日一朝太公 如家人父子禮'라는 표현이 있다.

37 공자의 가르침, 즉 유교를 말한다. 효를 중히 여기는 유교 정신에서 자신을 부모로서 존중하길 바란다는 의미를 담았다.

38 고인이 된 유기리의 외조부모인 좌대신과 큰 황녀, 그리고 모친인 아오이노우에(葵の上)가 생존해 있던 때.

39 '봄빛 내리는 등나무 새잎처럼 당신의 마음 풀리어 날 그리면 나 또한 의지하리(春日さす藤の裏葉のうらとけて君し思はば我も頼まむ)'(『後撰和歌集』 春下, 讀人しらず)에 의한다. 유기리가 완전히 마음을 풀고 구모이노카리를 사랑해 준다면 결혼을 허락한다는

그 기색을 받잡고 두중장이 꽃 색깔이 진하고 특히 송이가 기다란 가지를 꺾어 손님 술잔에 얹는다. 재상 중장이 받아들고 어찌할 바를 몰라 하니, 대신이 이리 읊는다.

내대신

보라 색상에 원망은 해야겠네 등나무 꽃
소나무 넘어가는 꽃송이 괴롭지만[40]

재상이 잔을 들면서 살짝 배무排舞[41]하시는 자태는 무척 정취가 있다.

유기리

몇 번씩이나 눈물 젖은 봄날을 보내 온 끝에
꽃잎이 벌어지는 계절을 만났는고

두중장에게 잔을 돌리시니, 이리 읊는다.

가시와기

여린 소녀의 소매와 헷갈리는 등나무 꽃은
보는 사람에 따라 색깔도 진해질 듯[42]

와카이다. 「후지노우라바(藤裏葉)」 권의 권명은 여기에서 유래하였다.

40 '보라 색상(紫)'은 구모이노카리. '마쓰(松, 소나무)'는 '마쓰(待つ, 기다리다)'의 동음이의어이다. 등꽃이 소나무를 넘어가는 광경을 통해 유기리가 기다림에 지치게 만들었다는 뜻을 담았다. 소나무와 등나무가 함께 있는 정경은 일본화인 '야마토에(大和繪)'와 와카(和歌)의 대표적인 조합이다.

41 감사의 마음을 나타내는 동작이다. 동작이 정해져 있다.

잇따라 잔이 돌아가는 듯[43]하지만, 술 취한 탓에 대단할 것도 없어 이보다 나은 것도 없다.

이렛날 저녁 달밤이라 달빛이 어렴풋한데, 연못의 물은 거울처럼 조용하고 전체가 맑기만 하다. 참으로 아직 가지들이 어렴풋하여 아쉬울 때인데 몹시 품위 있는 모습으로 옆으로 뻗어 있는 소나무가 키가 크지는 않아도 가지에 매달려 있는 꽃의 모양은 평범하지 않고 정취가 있다. 여느 때와 같이 변 소장弁少將이 참으로 정감 있는 목소리로 〈아시가키葦垣〉[44]를 노래한다. 대신은 "참으로 이상한 것을 부르는군요" 하며 놀리시고는, "세월이 지난 이 집의"[45]라면서 노래를 더하시니, 그 목소리가 참으로 듣기 좋다. 정취가 있을 정도로 편안한 분위기 속의 관현 연주이므로 시름도 없어져 버린 듯하다.

서서히 밤이 깊어 가는 무렵에 재상 중장은 일부러 몹시 괴로운 척하며, 중장에게 이리 하소연한다.

"기분이 좋지 않아 도저히 참을 수 없으니, 물러나려 해도 가는 도중에도 고통스러울 듯하군요. 숙소를 마련해 주지 않으시겠나."

대신은 "임朝臣[46]아, 쉴 곳을 마련하게나. 노인[47]은 몹시 취기가 심해져 무례를 범할 듯하니, 물러나 들어가겠네"라고 제 말만 하고 들어가셨다.

---

42 '등나무 꽃'은 구모이노카리. 여성은 상대에 따라 한층 더 빛난다며 유기리를 치켜세우고 있다.

43 술잔이 잇따라 돌면 한 사람씩 와카를 읊는 것이 예의이다.

44 〈아시가키〉는 남자가 여자를 끌어내려 하지만 고자질하는 자가 있어 실패하였다는 취지의 노래로, 민요를 아악(雅樂) 형식으로 가곡화한 '사이바라(催馬樂)'이다.

45 본래의 노래 가사를 바꾸어 부른 것이다.

46 가시와기를 부르는 말이다. '아손(朝臣)'은 당상관 정도인 사람을 부를 때 사용된 것으로 보인다.

47 내대신이 스스로를 지칭한 표현이다.

5. 가시와기의 안내로 유기리가 구모이노카리와 인연을 맺다

중장이 "꽃그늘 아래 객지 잠[48]인가요. 어찌 생각하여야 할지, 안내인으로서 난처하군요"라고 말하기에, 재상은 "소나무에 연을 맺는 것이 바람기 있는 꽃이라는 건가요. 불길하군요"라고 책망하신다. 중장은 내심 얄미운 처사라고 짐작되는 점이 있지만, 사람 됨됨이가 이상적이리만큼 멋진 데다 종국에는 이리되었으면 하고 오랫동안 마음을 기울여 온 일이기에 마음 편히 안내하였다.

서방님男君은 꿈인가 하고 여겨지시는데도 자기 처지가 한층 더 대단하다고 여기셨을 것이다. 여자女는 참으로 부끄럽다고 깊이 생각하며 처신하시지만, 나이가 들어 아름다워진 자태는 한층 더 아쉬운 구석 없이 보기 좋다.[49]

"세상의 예로도 될 법하였던 처지[50]였건만 마음가짐 덕분에 이렇게까지 허락을 받게 된 듯도 합니다. 내 절절한 마음을 몰라주시는 것도 별난 처사일 겁니다."

재상은 이리 말하며 원망을 아뢰신다. 그리고 이리 말씀하신다.

"소장이 자진하여 입 밖에 내어 부른 〈아시가키〉의 취지는 귀담아들으셨는지요. 거리낌 없는 성격의 사람이네요. '가와구치河口의'[51]라고 맞

48 꽃은 구모이노카리를 가리키며 객지 잠은 하룻밤만의 선잠으로, 일시적인 인연을 의미한다.

49 유기리와 구모이노카리를 남자와 여자로 표기하는 데서 남녀 관계를 강조하고 있다. 이날 밤 두 사람의 결혼이 이루어졌다.

50 '그리워하다 죽었다는 사람은 아직 없는데 세상에서 한 예가 될 법도 하였구나(戀ひわびて死ぬてふことはまだなきを世のためしにもなりぬべきかな)'(『後撰和歌集』 戀六, 壬生忠岑)를 염두에 둔 표현이다.

51 '사이바라' 〈가와구치(河口)〉의 한 구절이다. 가와구치를 지키는 관문지기가 번을 서고

받아 대답하고 싶었답니다."

이에 여자女는 참으로 듣기 거북하다고 생각하시며, 이리 말씀하신다.

구모이노카리

"얄팍한 소문 세상으로 퍼뜨린 가와구치는

어찌 새게 했을꼬 관문 성긴 울타리[52]

참담하네요."

그 모습이 참으로 어린아이와 같다. 재상은 살짝 웃으며 이리 읊는다.

유기리

"소문 새 버린 구키다 관문인 걸 강어귀河口 깊이

얕은 탓이라고만 핑계 삼지 마시길[53]

세월이 쌓인 것 또한 참으로 견디기 힘들고 괴롭기에, 아무것도 생각 못 하겠소."

있었지만 울타리 밖으로 나와 남자와 함께 밤을 지냈다는 여자의 노래이다. 가와구치 관문은 미에현(三重縣) 이치시군(一志郡)에 있었다. 여자인 구모이노카리 쪽도 마음을 주고받으며 만났다고 말하고 싶었다는 의미이다.

52 '가와구치'는 가와구치의 관문지기를 뜻하며 유기리의 입(口)을 의미한다. 당시 소문이 난 것은 두 사람의 관계를 당신이 입 밖에 내었기 때문이 아니냐고 질책하는 와카이다.

53 '구키다 관문'은 '가와구치 관문'의 다른 이름이다. 소동을 일으킨 것은 당신을 지키는 당신 아버지였다고 응수하는 와카이다.

취기를 빌미 삼아 괴로운 척하면서 날이 밝은 것도 모른 척한다. 사람들이 아뢰기 어려워하는데, 대신이 "의기양양한 얼굴로 늦잠을 자는구나" 하고 책망하신다. 그래도 날이 다 밝아서 나가실 때 험하게 잠을 자고 일어난 아침 얼굴[54]은 볼만한 보람이 있다.

서찰[55]은 여전히 남몰래 보내는 모양새로 마음을 써서 보내왔는데, 아가씨가 오히려 오늘은 답을 하지 않으시기에 잔소리가 심한 시녀들이 서로 쿡쿡 찌르고 있는 터에, 대신이 건너와 서찰을 보시니 참으로 곤란한 일이다.

"끝내 풀어지지 않던 기색에 한층 더 제 처지를 절감하게 되었는데, 참을 수 없는 마음에 다시 목숨이 사라져 버릴 듯하지만,

유기리
책망 마시길 남몰래 눈물 짜던 손도 풀리어
오늘 훤히 드러난 소매 위 눈물방울"

이처럼 참으로 익숙한 듯한 모습이다. 대신이 웃으면서 "필적이 몹시도 능숙해지셨구나"라는 등 말씀하시는 것도 옛날의 흔적이 없다. 답신을 무척 써내기 힘들어하는 듯하기에 "보기 민망하구나" 하면서, 아가씨가 자못 어렵게 여기실 만한 일인지라 건너가셨다. 사자의 녹祿[56]으로는

54 일반적으로 남녀가 인연을 맺게 되면 남성은 날이 밝기 전에 여성의 집을 나서는 게 보통이다. 날이 밝아도 머물러 있는 것은 오래된 부부의 모습인 듯하다.
55 첫날밤을 보내고 다음 날 아침에 남성이 여성에게 보내는 서찰은 '기누기누(後朝)'의 서찰이라고 한다.

평범치 않게 갖추어 내리신다. 중장이 정취 있게 대접하신다. 늘 서찰을 숨긴 채 남몰래 왕래하던 사자가 오늘은 보통 사람들 같은 표정 등으로 처신하는 듯하다. 우근 장감右近將監인 사람[57]인데 재상이 허물없이 생각하시며 일을 시키시는 자였다.

6. 히카루겐지가 유기리를 훈계하고 내대신이 사위를 대접하다

로쿠조 대신六條の大臣[58]께서도 이렇다고 들으셨다. 재상이 여느 때보다도 환한 빛光[59]을 띠며 뵈러 오셨기에, 유심히 바라보신 뒤 다음과 같이 늘 하시던 가르침을 일러두신다.

"오늘 아침은 어떠하냐. 서찰 등은 보냈는지. 현명한 사람도 여자 문제 쪽으로는 분방한 예가 있거늘, 남 보기 민망하리만큼 집착하거나 초조해하거나 하지 않고 지내 온 것을 보니 다른 사람보다 다소 빼어난 마음가짐 때문이라고 여겨졌다. 대신의 규제가 너무 완고하였는데 흔적 없이 꺾이신 것을 세상 사람들도 입길에 올릴 일이 있을 것이다. 그렇다고 하여 내 쪽이 더 세다는 생각이 드러나는 얼굴로 자만하여 호색적인 마음 등을 드러내거나 하지 마시게나. 내대신은 그렇게도 대범하고 화통한 성격으로 보이지만, 내심은 사내답지 않은 성향이 있어서 사람들과 어울리

56 유기리가 보낸 사자에게 내리는 위로품. 내대신가에서 유기리를 공공연히 사위로 대우하고 있음을 알 수 있다.
57 유기리는 참의 겸 우근위 중장이며 그 휘하에서 가사(家司)처럼 일하는 자이다.
58 히카루겐지.
59 '빛'이라는 형용은 히카루겐지 이외에 레이제이 천황, 유기리, 무라사키노우에에게만 쓰인다.

기 어려운 구석을 지니신 분이다."

겐지 님께서는 양쪽이 어울리고 보기 좋은 배필이시라고 생각하신다. 재상이 자제분으로도 보이지 않고 겐지 님께서는 약간 형뻘로 보이신다. 따로따로 보면 같은 얼굴을 옮겨 놓은 듯이 보이건만 앞에 계실 때는 두 분이 제각각 아아, 멋지다고 보이셨다. 대신大臣께서는 엷은 남색 노시[60]에다, 당풍으로 직조한 하얀 옷감의 의복인데 무늬가 뚜렷하고 광택이 나며 안이 들여다보이는 것을 입으셨는데 여전히 한없이 기품 있고 우아한 자태이시다. 재상 나으리宰相殿는 약간 색이 짙은 노시에다, 정향으로 염색[61]하여 그을린 듯한 갈색으로 보일 만큼 물들인 것과 보드라운 하얀 능직 의복을 받쳐 입으신 모습이 각별하게 우아해 보인다.

관불회灌佛會를 위한 불상[62]을 모셔 오느라 도시導師[63]가 늦게 뵈러 왔기에, 날이 저문 뒤 마님들이 동녀를 사자로 보내 조정의 의식[64]과 다를 바 없이 보시 등을 제각각 요량껏 하셨다. 어전에서 하는 방식을 그대로 본뜨고 도련님들 등도 찾아뵈러 모여들어, 화사한 어전 의식보다도 이상하게 마음이 더 쓰여 머뭇거리게만 된다.

재상은 안절부절못하며 더욱더 치장하고 몸단장을 한 뒤 나가시는데, 이렇다 하게 드러내지는 않아도 정을 주고 계시던 젊은 시녀[65] 중에는

---

60 히카루겐지의 연배에 걸맞은 엷은 남색 옷이다. 지위가 높아 가고 나이가 들수록 색이 연해진다.

61 정향나무 꽃봉오리를 달여 염색한 것으로, 연한 빨간색에 노란색을 띤 엷은 갈색이다.

62 불교에서 초파일에 불상에 향수를 뿌리는 행사를 관불회라고 한다. 이날을 위해 오른손은 하늘로 뻗치고 왼손은 땅을 가리키는 작은 탄생불을 사찰에서 빌려 왔다. 여러 공양 중에서 특별히 공덕이 큰 것으로 여겨졌다.

63 관불회를 주재하는 승려.

64 궁중의 청량전에서 낮에 열린다.

65 '메슈도(召人)'라고 한다.

원망스레 여기는 자도 있었다. 오랜 세월 동안에 쌓인 마음이 더하여져 이상적인 부부인 듯하시기에 물 한 방울이라도 샐까. 주인인 대신은 가까이에서 보니 한결 더 괜찮기에 어여쁘게 여기시어 몹시 애지중지하신다. 패한 쪽으로 분한 마음이야 여전하시지만, 신실한 재상의 마음가짐 등으로 인해 오랜 세월 다른 마음을 먹지 않고 지내 오신 것 등을 좀체 없는 일로 여겨 아무런 유감도 남기지 않고 허락하신다. 여어女御[66]가 처하신 상황 등에 비하여도 더 눈부시고 경사스럽고 더할 나위 없기에, 정실부인과 모시는 사람들 등은 못마땅해하며 말하는 사람도 있지만 무슨 괴로운 일이 있을 것인가. 안찰 대납언按察代納言의 정실부인[67] 등도 이렇게 결혼한 데 대해 기쁘게 생각하셨다.

7. 무라사키노우에가 마쓰리를 구경하다

이리하여 로쿠조노인六條院에서 준비 중인 아가씨의 입궐은 스무날 지난 즈음[68]으로 정해졌다. 다이노우에對の上[69]가 강림 제례[70]에 참배하신

66 홍휘전 여어. 구모이노카리의 이복언니이며 정실부인 소생이다.

67 구모이노카리의 친모. 내대신과의 사이에 구모이노카리를 낳았지만, 헤어진 뒤 안찰 대납언의 정실부인이 되었다.

68 4월 하순.

69 무라사키노우에. 로쿠조노인의 동남 구역에 위치한 남쪽 저택의 동쪽 채(東の對)에 살고 있어, '다이노우에(對の上)'라고 지칭된다. 이는 달리 말하면 히카루겐지의 명실상부한 정실부인(北の方), 즉 정처가 아니라는 말도 된다. 이 때문에 무라사키노우에의 부인으로서의 위치는 훗날 온나산노미야(女三の宮)가 히카루겐지와 결혼하여 명실상부한 정실부인이 되기 전까지 '정처 격'으로 간주할 수 있다.

70 '미아레(御阿禮)'라고 한다. 가미가모 신사(上賀茂神社)의 제신인 가모와케이카즈치(賀茂別雷) 신의 강림을 영접하는 제사이다. '미아레'는 강림한다는 의미이다. 음력 4월

다고 하여 겐지 님께서 여느 때처럼 마님들에게 권해 드리시지만, 오히려 그렇게 뒤따라가는 것도 언짢다고 생각하셔서 모두 다 머물러 계신다. 하여, 대단할 것도 없이 수레 스무 대쯤에다 구종驅從 등도 번거롭게 많이도 거느리지 않아 간략한 행차인데, 오히려 각별한 기색이다.

마쓰리祭[71] 날 새벽에 참배하시고 돌아오는 길에는 행렬을 구경[72]하기 좋을 만한 좌석[73]으로 납신다. 마님들을 모시는 시녀들이 제각각 수레를 줄지어 세워 놓고, 좌석 앞으로 자리를 점하고 있는 모습[74]이 위엄 있다. 저 사람이 그 사람[75]이라며 먼 데서 보아도 어마어마한 위세이시다. 대신大臣께서는 중궁의 모친이신 미야스도코로의 수레가 뒤로 밀려가셨던 때의 일[76]을 떠올리신다.

"제때를 만났다고 오만한 마음에 그런 일을 벌인 것은 가혹한 일이었다. 더없이 무시하였던 사람[77]도 그 비탄에 영향을 받은 듯이 세상을 떠났지요."

이러면서 그때 일은 얼버무리시고, 이렇게 이야기하신다.

"살아남은 사람 중 중장은 이리 보통 신하로서 조금씩 출세해 나가겠

중순 신일(申日, 현재는 5월 12일)에 치러진다.

71 가모 마쓰리(賀茂祭), 즉 아오이 마쓰리(葵祭)이다. 음력 4월 중순 유일(酉日)에 열린다. '미아레' 다음 날이다. 오늘날에는 5월 15일에 열린다.

72 칙사 참배의 행렬이다. 궁중의 겐레이몬(建禮門)을 나와 이치조 대로(一條大路)를 거쳐 가모강 둑을 지나간다.

73 구경하기 좋도록 도로보다 높게 임시로 만들어 둔 자리이다.

74 무라사키노우에의 좌석 앞에 수레를 세워 대고 있는 모습. 로쿠조노인의 마님들은 제례에는 참가하지 않았지만, 행렬 구경에는 참석하였다.

75 로쿠조노인의 무라사키노우에.

76 로쿠조미야스도코로(六條御息所)와 아오이노우에(葵の上)의 아랫사람들끼리 벌인, 좋은 자리를 차지하기 위한 수레 싸움을 말한다. 『겐지 모노가타리』 2 「아오이」 권 5절 참조.

77 유기리의 모친인 아오이노우에.

지요. 중궁[78]은 견줄 사람 없는 위치에 계시는데 그 또한 생각해 보면 참으로 가슴이 절절하네요. 대저 너무 무상한 세상이기에 무슨 일이든 마음 가는 대로 살아 있는 한 이 세상에서 지내고 싶지만, 남아 계실 당신의 만년[79] 등이 뭐라 비유할 수도 없이 영락하는 것은 아닐까 하는 것까지 걱정되기에……."

그러고는 공경 등도 좌석으로 모여드시기에, 그쪽으로 나가셨다.

8. 유기리가 마쓰리 사절인 도 전시를 위로하다

근위부近衛府에서 온 사자[80]는 두중장[81]이었다. 그 대신 댁[82]이 출발지였기에 사람들은 그곳으로부터 이리 찾아뵌 것이었다. 도 전시藤典侍[83]도 사자였다. 이 사람은 세상 평판이 각별하고, 주상과 동궁을 비롯하여 로쿠조노인 등에서도 축하품[84]을 자리가 비좁으리만큼 보내오니 그 총애는 참으로 경하할 만하다. 재상 중장은 출발하는 곳까지 사람을 보내 안부를 물으셨다. 드러내지 않고 정을 주고받으시는 사이인지라, 이리 버

78 로쿠조미야스도코로가 남긴 아키코노무 중궁.

79 히카루겐지 사후에 세상에 남겨질 무라사키노우에의 만년.

80 가모 마쓰리의 칙사이다. 내장료(內藏寮), 근위부(近衛府), 마료(馬寮), 내시소(內侍所)에서 각각 보낸다. 근위부의 중장, 소장이 칙사 행렬의 중심이다. 그중에서도 두중장이 주역이다.

81 가시와기.

82 내대신 저택.

83 히카루겐지의 유모 아들인 고레미쓰(惟光)의 딸이다. 고세치(五節) 무희가 된 뒤 전시(典侍)로서 출사하였다. 무희가 된 뒤 유기리의 애인이 되었다.

84 전시가 사자가 된 것을 축하하여 물품과 함께 인사를 전한 것이다.

젓한 분과 인연을 맺고 안돈되신 것[85]을 편치 않게 여겼다.

유기리

"뭐라 했던가 오늘 쓴 머리 장식 그 모습 보며

못 떠올릴 정도로 세월이 흘렀구나[86]

기가 막히는군요."

이리 쓰여 있다. 때에 늦지 않게 보내신 것뿐인데, 전시는 어찌 생각하였는지 수레에 타려는 참으로 정신없는 무렵인데도 이리 아뢰었다.

도 전시

"장식하여도 그래도 당혹스런 풀의 이름은

계수나무를 꺾은 당신이면 알려나[87]

박사博士가 아니고서는."

별것 아니지만 얄미운 답신이라고 생각하신다. 역시 이 내시內侍야말

---

85 유기리가 신분이 높은 구모이노카리와 정식으로 혼인한 것.

86 머리카락에 꽂는 머리 장식은 '족두리풀(葵)'을 말한다. 족두리풀은 일본어 고어로 '아우히(あふひ, 葵)'로 표기하며 '만날 날(逢ふ日)'과 동음이의어이다. '아우히'라는 이름을 떠올리지 못할 정도로 만나지 않은 나날이 계속되었다는 취지의 와카이다.

87 '풀의 이름'은 족두리풀을 의미한다. 계수나무는 족두리풀과 함께 아오이 마쓰리에 쓰이며, '계수나무를 꺾다'는 관리 등용 시험에 급제하는 것을 말한다. 유기리도 급제하여 관직에 취임하였다.

로 마음을 정리하지 못하고 몰래 만나실 듯하다.

9. 아카시 아가씨가 입궐할 때 아카시노키미를 후견 역으로 삼다

이리하여, 입궐하실 때는 정실부인北の方[88]이 동행하셔야만 하는데, 오랫동안 일상적으로 옆에서 시중드실 수는 없으니 이번 기회에 그 후견인[89]을 딸려 보내시면 어떨까 하고 생각하신다. 마님上[90]도 종국에는 있을 법한 일인데 이렇게 떨어져 지내시는 것을 그 사람[91]도 못마땅하게 생각하며 한탄할 것이다, 내심으로도 이제는 점점 더 마음에 걸리고 가슴 아프고 뼈저리게 느끼실 것이다, 양쪽 다 나를 신경 쓰이는 존재로 여기시는 것도 바라는 바가 아니니다, 하고 생각하시게 되었다.

"이번 기회에 동행하도록 해 드리시지요. 아직 무척 어리고 연약한 나이[92]인 것도 걱정인 데다 모시는 사람들이라고 하여도 젊은 사람들만 많습니다. 유모들이라고 하여도 눈길이 미치는 곳은 마음 쓰는 데 한계가 있는데, 저 자신은 늘 곁에서 모실 수는 없을 것이기에 안심할 수 있도록……."

이리 아뢰시니, 겐지 님께서는 아주 잘 생각이 미치셨구나 하고 여기

---

88 한 집안을 대표하는 여성의 의미로 구체적으로는 무라사키노우에를 가리킨다.
89 아카시 아가씨의 친모인 아카시노키미.
90 무라사키노우에.
91 아카시노키미.
92 아가씨는 아직 열한 살이다.

셔서, "그리되었으니" 하고 저쪽[93]에도 일러두셨다. 그러자 너무나도 기쁘고 바라던 바를 이룬 마음이 들어, 사람들의 의복[94]과 이런저런 일도 고귀한 분[95]이 하시는 것보다 뒤떨어지지 않게 준비하셨다. 비구니님[96] 역시 아가씨의 장래를 지켜보고 싶다는 마음이 깊었기에 언제 한 번 더 뵐 수 있을 때도 있을런가 하며 목숨에까지 집착하며 견디고 있었건만, 이제는 어찌하여야 하나 하고 생각하는 것도 슬프다. 당일 밤은 마님上이 동행하여 입궐하신다. 자신[97]은 가마輦車에도 타지 못하고 한 단계 처져 걸어가거나 하는 것 등도 남 보기 민망할 터인데, 나는 어찌 여겨지든 상관없어도 그저 이리 다듬어 내신 아가씨에게 옥에 티[98]가 되니, 내가 이리 오래 목숨을 부지하고 있는 것을 한편으로는 몹시 괴롭게 여긴다.

10. 아카시노키미가 입궐한 아카시 아가씨를 모시다

입궐 의식은 다른 사람들이 놀랄 정도로는 하지 않겠다고 겐지 님께서는 삼가고 계시지만, 자연스럽게 세상 일반의 의식과는 같지 않다. 한도 없이 애지중지 귀히 모셔 드렸기에 마님上은 정말로 가슴 깊이 어여쁘다고 여기고 계시는지라, 다른 사람에게 양보하고 싶지 않고 진짜로 이러한 일[99]도 있었다면 좋았겠다고 생각하신다. 대신大臣께서도 재상님宰相の

93 아카시노키미.
94 아가씨를 모시는 시녀들의 의복.
95 무라사키노우에.
96 아카시 아가씨의 외조모.
97 아카시노키미.
98 친모의 뒤떨어지는 출신. 뛰어난 아가씨의 평판을 떨어뜨릴까 걱정하고 있다.

君도 그저 이 일 하나만[100]을 아쉬운 일이로구나 하고 생각하셨다. 사흘[101]을 지낸 뒤 마님上은 퇴궐하셨다.

교대하여 입궐하시는 당일 밤에 대면[102]하셨다.

"이리 어른이 되신 계기를 맞아 오랜 세월의 무게[103]도 이해되기에, 서먹서먹한 거리는 남지 않겠지요."

마님은 이렇게 정답게 말씀하시고 이야기 등을 하신다. 이 일 또한 두 분이 마음을 터놓게 된 계기가 된 듯하다.

뭔가 말을 할 때의 모습 등을, 과연 그럴 만하구나 하고 놀라며 마님은 바라보신다. 마찬가지로 마님의 자태가 참으로 고상하고 한창때인지라 서로 멋지다며 바라본다. 많은 분이 계신 가운데도 겐지 님께서 마님을 각별하게 총애하시고 둘도 없는 모양새[104]로 안돈해 두신 것도 참으로 당연하다고 깨닫게 된다. 이렇게까지 나란히 할 수 있는 내 운명이 미흡할 리 있겠는가 하고 생각하면서도, 마님이 퇴궐하실 때의 의식이 무척 특별하게 준비되어 있고 가마 등도 허용이 되셔서 여어女御의 풍모와 다를 바 없는 것과 견주어 보니, 역시 이만한 내 신분身のほど[105]이다.

아가씨가 참으로 아리따워 보이고 인형 같은 모습[106]이신 것을 꿈속

---

99 친딸이 입궐하는 일.

100 무라사키노우에가 친딸을 두지 못한 일. 유기리까지 이렇게 생각하는 것은 일문의 번영과 관계있기 때문이다.

101 당시의 결혼 의식은 사흘에 걸쳐 이루어진다. 아가씨의 입궁도 이에 따라 거행되었다.

102 무라사키노우에와 아카시노키미의 첫 만남이다.

103 아카시 아가씨가 무라사키노우에의 양녀가 되어 친모의 품을 떠난 것은 세 살 때의 일이다. 8년이 지났다.

104 실질적인 히카루겐지의 정처.

105 아카시 아가씨의 친모로서 무라사키노우에와 아카시노키미 자신이 대등해진 데 대해 숙명을 느꼈지만, 퇴궐할 때 무라사키노우에를 대우하는 의식을 보면서 역시 지방관의 딸이라는 자기 출신의 한계를 되새긴다.

에 있는 듯한 마음으로 뵙는데도 눈물만 흐르고 멈추지 않지만, 이는 같은 눈물[107]로 보이지 않았다. 오랜 세월 여러모로 한탄하며 시름에 빠져 이리저리 박복한 신세라며 우울해하였던 목숨도 오래 살고 싶어질 만큼 마음이 환해지는데도, 참으로 스미요시 신住吉の神[108]도 허술하지 않다고 깨닫게 된다. 아가씨를 온 마음으로 귀히 모시고 마음이 미치지 않는 것 또한 전혀 없는 현명한 사람[109]이기에, 아가씨는 일반적인 세상의 신망과 평판을 비롯하여 평범치 않은 자태와 용모를 지니고 계신지라, 동궁宮께서도 젊은 마음에 참으로 각별한 마음으로 생각하신다. 경쟁심을 지니고 계신 분들의 나인 등은 이 모친母君이 이리 모시고 계신 것을 흠이라며 드러내어 말하거나 하여도 그런 일로 눌릴 리도 없다. 위엄 있고 견줄 데 없는 것은 더 말할 것도 없고 고상하고 웅숭깊은 아가씨의 자태이시건만 대수롭잖은 일에 관해서도 더할 나위 없이 보살펴 드리시기에, 당상관 등도 좀체 찾아볼 수 없는 솜씨를 견주어 보는 장[110]으로 여기고 있다. 모시고 있는 사람들에 대해서도, 사람들이 마음을 주고 있는 나인의 마음가짐과 태도에 이르기까지 제각각 몹시 가다듬어 갖추도록 하신다.

마님上 또한 그럴 만한 일이 있을 때[111]는 입궐하신다. 두 분의 사이가 더할 나위 없이 격의 없어져 가는데, 그렇다고 하여 지나치게 무람없지

106 아카시노키미는 자신의 딸을 8년 만에 본 것이다.

107 눈물에는 기쁜 눈물과 슬픈 눈물이 있는데, 둘은 같지 않게 여겨졌다며 기쁨을 강조하였다.

108 스미요시 신은 아카시 일족이 수호신으로 모시는 신이다. 아카시노키미는 아카시에 살고 있을 때 해마다 스미요시 신사에 참배하여 빌었다.

109 아카시노키미.

110 풍류의 재주를 겨루는 장. 동궁의 후궁을 중심으로 신분 높고 명망 있는 사람들이 교류하는 장이 만들어졌다.

111 궁중 행사나 의식 등이 있을 때.

않고 가볍게 여겨질 만한 처사 또한 전혀 없어, 이상하리만큼 더할 나위 없는 태도와 마음씨를 지닌 사람[112]이다.

11. 모든 일이 끝나자 히카루겐지가 출가의 뜻을 세우다

대신大臣께서도 오래 살 것 같지 않게만 여겨지셔서 이 세상에 있을 때 거행해야겠다고 생각하셨던 아가씨의 입궐도 보람이 있는 형태로 이루어지는 것을 볼 수 있으셨고, 본인 뜻이긴 하지만 세상에 정착하지 못한 듯 보기 괴로웠던 재상님宰相の君[113]도 걱정 없이 편안한 상태로 안정되셨기에, 마음이 완전히 푹 놓이셔서 이제는 본뜻[114]도 이루어야겠다고 생각하시게 되었다.

다이노우에對の上의 형편을 모른 체할 수 없지만, 중궁中宮[115]이 계시기에 소홀하지 않은 의지처이시다. 이분この御方[116] 또한 세상에 알려진 부모로서는 우선 배려하실 듯하기에, 그런 일이 있다고 하여도 두 분에게 맡길 생각이셨다. 여름 저택 마님夏の御方[117]이 때때로 흥겨우실 일이 없을 듯하여도 재상이 계시니, 라면서 모두 제각각 걱정할 것 없다는 심경이 되어 가신다.

---

112 아카시노키미.
113 유기리.
114 히카루겐지가 본래 바라고 있던 속세를 떠나 출가하는 일.
115 무라사키노우에의 양녀인 아키코노무 중궁.
116 마찬가지로 무라사키노우에의 양녀인 아카시 아가씨.
117 하나치루사토는 재상, 즉 유기리의 모친을 대신하는 존재이다.

12. 히카루겐지가 태상천황에 준하는 자리에 오르다

새로 맞이하는 해에는 마흔이 되시니, 축하연[118] 채비에 관한 일이 조정[119]을 비롯하여 세간이 크게 관심을 기울이는 일이 되었다.

그해 가을, 겐지 님께서는 태상천황에 준하는 지위太上天皇になずらふ御位[120]를 얻으셔서 봉호御封[121]가 더하여지고 연관年官,[122] 연작年爵[123] 등이 모두 늘어나신다. 이리되지 않아도 마음대로 되지 않으시는 세상일이란 없지만, 그래도 역시 좀체 없었던 예로부터의 예를 고치지 않은 채 원사院司[124]들 같은 사람도 임명되고 각별하게 위엄이 더하여지셨기에, 궁중에 입궐하시게 되는 일도 어려워질 듯하다고 한편으로는 생각하셨다. 그리하여도 천황께서는 역시 만족스럽지 않게 여기셔서 세상을 꺼리어 양위해 드릴 수 없는 것이 아침저녁의 한탄거리가 되셨다.

---

118 당시는 마흔이 되면 노년에 접어들었다고 보아 축하연을 개최하는 것이 보통이었다.

119 히카루겐지의 친자인 레이제이 천황이 그를 위해 축하연을 준비하고자 한다.

120 '태상천황'은 황위를 양위한 천황을 이르는 말이다. 히카루겐지는 신하이기에 태상천황이 될 수 없다. 따라서 그에 준하는 지위를 내렸고 실질적인 대우는 태상천황과 같다. 일본에서 양위한 천황이 태상천황의 칭호를 사용한 것은 697년 지토 천황(持統天皇)의 양위에서 시작되었다. 제도상으로는 천황 다음가는 지위이지만, 실제로는 부모와 자식 관계인 탓에 위아래가 역전되는 의례화가 진전되어 왔다고 한다. 태상천황에 준하는 지위는 역사상으로는 실재하지 않는다. 『겐지 모노가타리』 1 「기리쓰보」 권 12절의 발해 사신의 관상 평이 실현되었다.

121 식봉(食封)의 대상이 된 호(戶)이다. 황족 이하 여러 대신 등의 위계·관직·훈공에 따라 지급하였다. 그 호에서 나오는 지조(地租)의 절반과 용(庸)·조(調) 전부를 봉주(封主)의 소득으로 삼는다. 태정대신의 3천 호에 태상천황의 2천 호가 더하여졌다.

122 '연관'이란 매년 관직을 임명할 때 명목만의 지방관이나 경관(京官)을 임명하고 그때 상납받은 권리금에 따른 소득을 황족 이하 전시(典侍), 공경, 변관(弁官)에게 그 봉록에 더하여 배분하는 것이다.

123 '연작'은 명목상의 종5위 하의 작(爵)을 한 명에게 수여하여 그 위전(位田)의 소득을 하사하는 것을 말한다.

124 상황(院)에 관한 사무를 보는 사무소의 직원.

13. 내대신이 태정대신이 되고 유기리가 중납언으로 승진하다

내대신이 승진[125]하시고 재상 중장이 중납언中納言[126]이 되셨다. 중납언은 승진 인사차 외출하신다. 빛이 한층 더 더하여지신 모습과 용모를 비롯하여 아쉬운 구석이 없기에, 주인인 대신 또한 오히려 다른 사람에게 밀릴 법한 궁중 출사보다는, 하며 마음을 돌리셨다.

아씨女君의 대보大輔 유모가 '6위에 불과한 숙명'이라고 중얼거렸던 저녁에 있었던 일을 무슨 계제가 있을 때마다 떠올리고 계셨기에, 중납언은 국화가 참으로 정취 있게 시든 것[127]을 주시면서 이리 읊으신다.

유기리

"연두 색상의 어린잎 국화 보며 조금이라도
짙은 보라 색상을 연상할 수 있겠나[128]

괴로웠던 그때의 한 마디가 잊히지 않네."

무척 화사하게 미소를 띠며 건네신다. 유모는 민망하고 안됐기는 하지만, 아름답다고 여기며 뵙는다.

---

125 태정대신이 되었다.
126 유기리. 중납언은 태정관의 차관으로 종3위에 상당한다.
127 국화꽃은 한창때를 지나 보라색을 띠게 되면 다시금 감상한다.
128 연두 색상의 어린잎은 옥색 '호(袍)'를 입던 6위 때의 유기리, 짙은 보라 색상은 중납언 '호'를 입은 현재의 유기리를 말한다.

대보 유모

“떡잎 때부터 이름 높은 정원의 국화이기에

연한 색 차별하는 마음 결코 없었네

얼마나 마음에 담아 두셨던 것일까.”

이러며 무척 익숙해진 모습으로 곤란해한다.

14. 유기리 내외가 산조 저택으로 옮아가다

위세가 더하여지셔서 이 같은 거처 또한 궁색하기에, 산조 저택三條殿[129]으로 건너가셨다. 약간 황폐해졌는데, 무척 멋지게 수리를 하여 황녀宮께서 지내셨던 처소를 새로 꾸며서 거처하신다. 옛날[130]이 떠올라 가슴 절절하고 이상적인 처소이시다. 앞뜰 초목 같은 것도 자그마한 나무들이었는데 무척 무성한 그늘을 이루고 있고, 한 무더기 참억새도 제멋대로 자라 어수선한 상태였는데 손질해 두신다.[131] 야리미즈遣水의 물풀도 걷어 내고 청소하여 참으로 마음이 개운한 기색이다.

정취 있는 저물녘에 두 분이 내다보시며 참담하였던 시절의 어릴 적

---

129 유기리와 구모이노카리의 조모인 큰 황녀(大宮)의 저택이다.

130 큰 황녀가 생존 중이었을 때를 가리킨다. 외손자인 유기리는 이 저택에서 태어나 큰 황녀의 보살핌을 받으며 자랐고 구모이노카리와 함께 지냈던 적이 있다.

131 ‘당신 심었던 한 무더기 참억새 벌레 소리가 유난스런 벌판이 되어도 버렸구나(君が植ゑしひとむら薄蟲の音のしげき野邊ともなりにけるかな)’(『古今和歌集』 哀傷, 御春有助)에 의거한 표현이다.

이야기 등을 나누시니, 그리운 일도 많고 다른 사람들이 어찌 생각하였을지도 아씨女君는 부끄럽게 떠올리신다. 오래 모시던 사람들로서 저택을 나가 흩어지지 않고 각 처소에 머물며 모시고 있던 시녀 등은 뵈러 모여들어 참으로 다들 기쁘게 여기고 있다.

서방님男君이 이리 읊는다.

유기리

바위 뚫고서 저택 지키는 당신 예전 사람의

행방은 아는가요 맑디맑은 샘물아

아씨女君가 읊기를 이러하다.

구모이노카리

고인故人 그림자 뵈지조차 않는데 매정하게도

얕디얕은 샘물은 기분 좋게 흐르네[132]

이렇게 말씀하시는 중에, 대신이 궁중에서 퇴궐하신 뒤 지나가시다가 단풍 빛깔에 놀라서 저택으로 건너오셨다.

옛날에 계셨던 때[133]의 모습과도 거의 변함이 없고 이곳저곳 차분히 거처하고 계시는 모습이 밝은 것을 보시는데도, 참으로 왠지 가슴 절절

132 '고인(故人) 그림자 비치지조차 않는 야리미즈의 바닥에 내 눈물을 뿌리고 돌아왔네(なき人の影だに見えぬ遣水の底に涙を流してぞ來し)'(『後撰和歌集』 哀傷, 伊勢)에 의거하였다. 그러나 취지를 바꾸어 유기리와 함께 사는 행복감을 내포하고 있다.

133 대신의 양친인 좌대신과 큰 황녀가 살고 있었던 시절.

하게 여겨지신다. 중납언도 기색이 다르고 얼굴이 살짝 빨개져서 더욱 더 차분히 처신하신다. 더할 나위 없이 아름다워 보이는 관계이시지만, 여자女는 그 정도 용모 정도라면 어찌 또 없겠는가 싶게 보이신다. 남자男는 한도 없이 기품 있고 아름다우시다. 오래 모시던 시녀들도 안전에 자리를 잡고 옛날 옛적 일들을 끄집어내어 아뢴다. 좀 전에 쓰신 습자들이 흩어져 있는 것을 보시고, 대신은 감개에 젖으신다. "이 물의 마음을 묻고 싶지만, 늙은이는 말을 피하고 삼가야 하기에……"라고 말씀하신다.

태정대신

그 먼 옛날의 노목은 당연히도 썩었으리라

심어 둔 잔솔 또한 이끼가 끼었으니[134]

서방님男君의 재상 유모가 박정하셨던 대신의 마음 또한 잊히지 않기에, 부루퉁한 얼굴로 이리 읊는다.

재상 유모

두 분 모두 다 그늘로 의지하네 떡잎 때부터

뿌리 서로 뒤얽힌 소나무의 먼 앞날[135]

134 '노목'은 세상을 뜬 양친, '잔솔'은 대신 자신.

135 뿌리가 서로 뒤얽힌다는 것은 어릴 때부터 두 사람이 마음 깊이 서로를 생각하고 있었다는 의미이다. 신혼부부의 앞날을 축복하는 와카이다.

늙은 시녀들도 그러한 방면으로 아뢰어 모아 두었는데, 중납언은 재미있다고 여기신다. 아씨女君는 보기 민망하여 얼굴을 붉히며 민망해하며 듣고 계신다.

15. 금상이 스자쿠인과 함께 로쿠조노인으로 거둥하다

시월 스무날 지났을 무렵, 로쿠조노인으로 천황께서 거둥[136]하셨다. 단풍이 한창때인지라 정취 있을 만한 시기의 거둥이기에, 스자쿠인朱雀院[137]께도 기별을 하셔서 상황까지 이리로 행차하시게 되었다. 이에 세상에서 보기 힘든 좀체 없는 일[138]이라고 하여 세상 사람들도 기대로 가슴이 두근거린다. 주인인 인院 쪽[139]도 온 마음을 다하셔서 눈까지 부실 만하게 신경 써 준비하신다.

사시巳時[140]에 거둥이 있으시다. 우선 마장전馬場殿[141]에 좌우 마료[142]의 말을 끌어내 나란히 세워 놓고 좌우 근위近衛가 곁을 따르는 법식은 오월 단오절[143]과 구별이 되지 않을 정도로 닮았다. 미시未時[144]가 넘을 무

136 레이제이 천황(冷泉天皇)의 거둥. 『겐지 모노가타리』 주석서인 『가카이쇼(河海抄)』에는 965년 10월 23일 무라카미 천황(村上天皇, 재위 946~967)의 스자쿠인(朱雀院) 거둥을 준거로 들고 있다.

137 히카루겐지의 형인 스자쿠 상황.

138 천황, 태상천황, 태상천황에 준하는 히카루겐지가 모이는 좀체 없는 큰 행사이다.

139 히카루겐지. 태상천황에 준하기에 저택의 호칭인 '로쿠조노인'을 원호(院號)로 삼았다. 줄여서 '인(院)'이라고 한다.

140 오전 9시에서 11시.

141 여름 저택인 북동 구역 동편에 있으며 봄의 저택인 동남 구역까지 이어져 있는 듯하다.

142 좌마료와 우마료. 마료(馬寮)는 관의 소유인 목장과 말에 관한 관청이다.

143 5월 5일, 6일에 무덕전(武德殿)에 천황이 거둥하여 기사경마(騎射競馬)를 관람한다.

렵에 남쪽 몸채[145]로 옮겨 가신다. 길을 가는 도중의 활 모양의 다리, 건물과 건물을 이어 주는 회랑에는 비단을 깔고 밖으로 드러나는 곳에는 그림이 그려진 휘장을 쳐서 위엄 있게 꾸며 두셨다. 연못 동쪽에 배들을 띄우고 어주자소御廚子所[146]의 가마우지 물고기잡이의 책임자와 인院 소속[147]의 가마우지 물고기잡이를 나란히 불러 두고 가마우지를 풀어놓게 하셨다. 작은 붕어들을 문다. 특별히 관람하시려는 것은 아니어도 지나치시는 도중의 여흥 정도로 마련한 것이다.

가산假山의 단풍은 어느 곳이나 뒤떨어지지 않지만, 서쪽 구역[148]의 앞뜰 단풍은 각별하기에 중간 회랑[149] 벽을 허물고 중문[150]을 열어 놓고 안개가 낄 만큼의 거리도 없이 감상하도록 하신다. 좌석을 두 개 치장하여 준비하고 주인 자리는 아래에 두었는데, 선지宣旨[151]가 있어 자리를 바꾸게 하시는 것은 훌륭해 보였다. 그래도 천황께서는 여전히 법도에 제한[152]이 있어 극진한 정중함을 보여 드리지 못하시는 것을 아쉽게 여기셨다.

연못의 물고기를 좌소장이 들고, 장인소藏人所[153]의 매를 키우는 사람

---

144 오후 1시에서 3시.
145 히카루겐지와 무라사키노우에가 거처하는 봄의 저택인 동남 구역의 몸채이다.
146 궁중 수라간. 내선사(內膳司)에 속하며 천황의 식사, 명절 연회의 술안주를 담당하는 부서이다.
147 로쿠조노인 소속.
148 아키코노무 중궁의 가을 저택인 남서 구역.
149 남서 구역(가을 저택)과 동남 구역(봄의 저택) 사이를 구획 짓는 복도.
150 회랑 중간쯤에 열려 있는 문. 동남 구역의 봄의 저택에서 남서 구역의 가을 저택의 단풍이 바라다보인다.
151 천황의 명령. 태상천황에 준하는 히카루겐지를 천황과 상황과 같은 위치로 높였다.
152 레이제이 천황은 내심 로쿠조노인(히카루겐지)에 대해 부친의 예를 다하고 싶지만, 표면상으로는 불가능하다.
153 천황 신변의 잡무나 중개를 하며 문서를 관장하는 관청이다. 천황의 매도 관리하였다.

이 기타노北野[154]에서 사냥하여 잡은 새 한 쌍을 우소장이 높이 받들고, 몸채 동쪽에서 앞뜰로 나와 계단 좌우에서 무릎을 꿇고 아뢴다. 태정대신이 어명을 받잡고 전하시니, 요리하여 수라상을 바치신다. 친왕들, 공경 등을 위한 상차림도 좀체 볼 수 없는 모양새로 평소에 하던 것들과는 다르게 준비해 드리셨다.

모두 술에 취하셔서 저물어 갈 무렵에 악소樂所의 사람[155]을 불러들이신다. 공식적인 대악大樂은 아니고 차분하고 우아하게 연주하고 청량전 당상관 대기소 근처에서 시중드는 동자[156]가 춤을 보여 드린다. 스자쿠인朱雀院에서 열린 단풍 축하연,[157] 여느 때처럼 그 옛일[158]을 떠올리신다. 〈하황은賀皇恩〉이라는 곡[159]을 연주할 때 열 살쯤 된 태정대신의 자제가 열심히 정취 있게 춤을 춘다. 천황内裏の帝[160]께서 어의를 벗으셔서 내리신다. 태정대신이 뜰로 내려와 배무拝舞를 추신다. 주인인 인院께서도 국화를 꺾으셔서 〈청해파青海波〉 추던 때[161]를 떠올리신다.

---

154 궁중의 북쪽 들판. 오늘날 기타노 신사(北野神社) 주변으로 알려져 있다.

155 아악료(雅樂寮) 소속의 사람들.

156 덴조와라와(殿上童).

157 기리쓰보 천황(桐壺天皇)의 치세 때 당시의 상황 어소였던 스자쿠인에서 거행된 축하연. 『겐지 모노가타리』 1 「모미지노가」 권 참조.

158 그때의 무악(舞樂).

159 황은을 경하하는 곡. 사가 천황(嵯峨天皇, 재위 809~823) 때 오이시 미네요시(大石峯良)가 만들었다고 하지만, 필률(篳篥)의 명수인 오이시 미네요시는 무라카미 천황(村上天皇, 재위 946~967) 때 사람이라 시대가 맞지 않는다. 당나라에도 같은 곡명이 있다.

160 상황을 가리키는 '인노미카도(院の帝)'와 구별하였다. 「오토메」 권 29절 참조.

161 스자쿠인에서 열린 단풍 축하연에서 태정대신(당시 두중장)과 국화를 꽂고 〈청해파〉 춤을 추던 때의 일.

히카루겐지

색깔 선명한 바자울의 국화도 철에 맞추어

소맷자락 결쳤던 가을을 그리는 듯[162]

대신은, 그때는 같은 춤을 추며 대등하셨거늘, 자신 또한 다른 사람보다는 뛰어나신 신분이지만 그래도 겐지 님의 지위는 현격히 다르다는 것[163]을 절감하신다. 늦가을 비가 때를 아는 듯한 얼굴이다. 대신이 이리 아뢰신다.

태정대신

"보라 색상의 구름과 섞여 있는 국화꽃들은

탁하지 않은 세상 별인 듯이 보이네[164]

한창때가 있군요.[165]"

---

162 '색깔 선명한 바자울의 국화'는 승진한 태정대신.

163 히카루겐지가 한번 신하의 신분으로 내려왔어도 다시금 태상천황에 준하는 지위에 오른 보통이 아닌 운세를 말한다.

164 '보라 색상의 구름'은 흰 국화가 시든 색임과 동시에 성제(聖帝)가 군림할 때 기다랗게 깔리는 서운(瑞雲)을 말한다. '국화꽃'은 황통의 뛰어난 덕을 상징한다. 현재의 히카루겐지를 성대(聖代)의 별로 기리는 와카이다. '구름 위에서 바라보는 국화는 저 하늘 위의 별과 다를 바 없어 헷갈리고 말았네(久方の雲のうへにて見る菊は天つ星とぞあやまたれける)'(『古今和歌集』 秋下, 藤原敏行)에 바탕을 둔 발상으로, 과거를 회상하지 않는 점이 히카루겐지의 와카와 다르다.

165 '가을 말고도 한창때가 있다네 국화꽃에는 시들어 가면서도 색깔 더 진해지니(秋をおきて時こそありけれ菊の花移ろふからに色のまされば)'(『古今和歌集』 秋下, 平定文)에 의한다. 시간이 지나면서 한층 더 아름답게 보이는 때가 있다며, 히카루겐지가 태상천황에 준하는 지위에 오른 것을 축하한 것이다.

16. 날이 저물고 잔치가 한창일 때 천황과 상황이 감개에 젖다

저녁 바람이 불어와 바닥에 깔린 단풍색이 진하거나 연하거나 갖가지이다. 비단을 깔아 둔 회랑 위와 헷갈려 보이는 뜰 위로 용모가 깔끔한 동자들이, 이들은 고귀한 집안의 자제들 등인데 파랗고 빨간 옅은 쥐색 웃옷과 안은 짙은 빨강이고 겉은 옅은 갈색, 연보랏빛 옷 등을 평상시처럼 입고[166] 여느 때처럼 머리 모양은 머리카락을 양옆으로 갈라 귀 언저리에서 고리 모양으로 묶고 이마에 관을 쓴 정도로 분장한 모습으로, 몇 가지 짧은 곡들에 맞춰 살짝 춤을 추시고는 단풍 그늘로 들어간다. 날이 저무는 것도 무척 아쉽게 느껴지는 정경이다. 악소 등에서 야단스럽게 연주하거나는 하지 않고 당상堂上에서 관현 연주가 시작되니, 서사의 현악기書司の御琴[167]들을 들인다. 흥이 차오를 무렵에 세 분 안전에 현악기들을 드리신다. 우다 법사宇陀の法師[168]의 변함없는 음색 또한 스자쿠인께서는 참으로 진기하게 가슴 절절하게 들으신다.

스자쿠인

가을 지나고 늦가을 비 내렸던 마을 사람도

이처럼 단풍이 든 철을 보지 못했네[169]

---

166 좌무(左舞)는 빨간색 호(袍)에 안은 빨강이고 겉은 갈색인 시타가사네(下襲)를 입고, 우무(右舞)는 파란색 호에 연보랏빛 시타가사네를 입었다. '호'는 깃이 둥근 웃옷으로 우에노키누(袍衣)라고도 한다. '시타가사네'는 웃옷 아래 받쳐 입는 옷이다.

167 6현금인 화금(和琴)의 별칭이다. 서사(書司)는 후궁(後宮)의 서적, 문방구, 악기를 담당하는 관청이다. 서사의 나인이 담당하여 이러한 이름이 붙었다.

168 우다 천황(宇多天皇, 재위 887~897)이 애용하던 명기인 화금이다.

169 '마을 사람'은 궁중을 떠나 사는 사람, 즉 스자쿠인 자신이며 지나간 자신의 치세를 쓸쓸히 되돌아보는 와카이다.

원망스럽게 여기시는 듯하다. 천황께서 이리 읊어 아뢰신다.

레이제이 천황

세상 일반의 단풍으로 보시나 옛날의 예를

본떠 뜰에 깔아 둔 비단이라 할지니[170]

천황의 용모는 연치가 드시며 더욱더 다듬어지셔서 그저 겐지 님과 같은 사람으로 보이시는데, 사후하고 계신 중납언이 두 분과 다르지 않다는 것이 놀랍기만 하다. 기품 있고 멋진 기색은 그리 생각하여서 더 낫다든지 못하다든지 할까, 빼어나고 빛나는 아름다움은 중납언이 더 낫게까지 보인다. 피리를 담당하시는데 참으로 정취가 있다. 창가唱歌[171]를 하는 당상관이 계단참에 대기하고 있는데, 그중 변 소장[172]의 목소리가 뛰어나다.

역시 그럴 만하구나 싶은 양가[173]이신 듯하다.

---

170 '옛날의 예'는 기리쓰보 천황 치세의 단풍 연회로, 오늘 연회는 그때의 모방에 불과하다며 스자쿠인을 위로하는 와카이다.

171 사이바라(催馬樂)나 로에이(朗詠) 등을 부른다.

172 가시와기의 동생이자 태정대신의 아들.

173 히카루겐지와 태정대신 집안은 서로 어울리는 빼어난 사람들이 배출되는 가계라는 의미이다.

「후지노우라바藤裏葉」 권은 앞의 권인 「우메가에」 권과 시간적, 내용적으로 이어지며 기술된다. 유기리와 구모이노카리의 결혼, 아카시 아가씨의 입궐과 동궁의 총애, 마흔 살을 맞이하는 히카루겐지에게 내려진 태상천황에 준하는 지위, 레이제이 천황冷泉天皇의 로쿠조노인 거둥 등이 이어지며 히카루겐지는 영화의 최정점을 맞게 된다. 권명은 내대신가의 등꽃 연회에서 내대신이 읊조린 옛 와카의 한 구절인 '등나무 새잎처럼藤の裏葉の'에 의한다.

유기리와 구모이노카리의 사랑은 일곱 해가 지나 겨우 결실을 맺었다. 내대신이 유기리를 거부한 것은 히카루겐지에게 더 이상 지고 싶지 않다는 오기 때문이었지만, 유기리보다 더 나은 사윗감이 없다는 현실 앞에 타협할 수밖에 없게 되었다.

히카루겐지가 태상천황에 준하는 지위에 오른 것은 친부를 신하로 둘 수 없다는 레이제이 천황의 배려에 의한 것이지만, 모노가타리 내적으로는 첫째 권인 「기리쓰보」 권 12절에서 고려발해 관상가가 "나라의 부모가 되어 더 이상 위가 없는 제왕의 지위에 오를 만한 상을 지니신 분이지만, 그런 쪽으로 보자면 나라가 혼란스럽고 백성이 도탄에 빠질지도 모릅니다. 조정의 기둥이 되어 천하를 보필하는 쪽으로 보자면, 그 상이 또한 다를 듯합니다"라고 예언한 히카루겐지의 운명이 이루어진 것을 뜻한다. 태상천황에 준하는 지위는 칭호에 그치는 것이 아니라 봉호封戶와 연관年官, 연작年爵이 더해진 상황급의 실질적인 대우를 받았다. 히카루겐지는 이렇게 섭관攝政·關白가에는 없는 권위와 천황에게는 없는 권세를 겸비한 절대자로서 군림하게 되었다.

그리고 로쿠조노인으로 레이제이 천황과 스자쿠인朱雀院이 함께 거둥하는데 이는 이례적인 경사이다. 천황의 거둥을 계기로 과거 기리쓰보 천황桐壺天皇 대에 열렸던 성대聖代를 상징하는 단풍 축하연이 회상된다. 이는 히카루겐지에게 의지하고 있는 현 레이제이 천황 대 또한 새로운 성대라는 것을 드러내는 것이다. 이러한 영광스러운 장면을 통해 히카루겐지의 이야기는 대단원에 도달하게 되었다.

아들인 유기리도 결혼하고 딸인 아카시 아가씨도 입궐하는 등 자식들의 문제가 해결된 뒤 히카루겐지는 다시금 출가에 대한 뜻을 되새기게 된다. 그가 마음속으로 출가에 대한 뜻을 품게 된 것은 부황인 기리쓰보인桐壺院의 붕어 무렵부터이다. 눈앞에 닥친 일이 마무리될 때마다 히카루겐지의 출가에 대한 염원은 되풀이되고 있다.

영화의 정점에 다다른 히카루겐지의 인생은 「후지노우라바」 권에서 장년기라는 인생의 한 단원을 마무리하게 되지만, 이후 자연의 순환과 마찬가지로 삶의 무상함을 절감하는 노년의 단계로 접어들게 된다. 그리고 아카시 아가씨의 입궐을 맞아 후견인 역할은 양모인 무라사키노우에로부터 친모인 아카시노키미로 바뀌었다. 이후 전개되는 무라사키노우에의 만년의 고뇌는 히카루겐지의 부인으로서 자신이 처한 불안정한 위치뿐만 아니라 친자식을 두지 못하였던 내면적인 고독도 한 축을 담당한 것으로 보인다.

부록

『겐지 모노가타리』 3 연표

『겐지 모노가타리』 3 주요 등장인물

『겐지 모노가타리』 3 권별 인물 관계도

『겐지 모노가타리』 3 연표

히카루겐지 연령	주요 사항
33세	· 3월, 후지쓰보 중궁의 일주기 · 4월, 가모 마쓰리 뒤에 히카루겐지가 아사가오 아가씨와 곡진하게 와카를 주고받다 · 여름에 유기리가 성인식을 올리다 · 히카루겐지가 유기리를 대학에서 공부하도록 하는 등 엄격한 교육 방침을 정하다 · 유기리의 자를 붙이는 의식을 니조노인에서 치르다 · 입학 후 니조히가시노인에서 면학에 힘쓰던 유기리가 가을에 요시에 급제하여 의문장생이 되다 · 가을에 로쿠조미야스도코로의 여식인 재궁 여어가 중궁이 되다 · 히카루겐지가 태정대신이 되고 대납언(옛 두중장)이 내대신이 되다 · 여식인 구모이노카리에게 기대를 걸던 내대신이 유기리와의 관계를 알고 놀라다 · 내대신이 모친인 큰 황녀를 찾아가 구모이노카리를 방임하여 키웠다며 비난하다 · 구모이노카리가 내대신 저택으로 떠나자 유기리가 탄식하고, 그녀의 유모로부터 보잘것없는 관직이라고 무시받다 · 11월, 히카루겐지가 고레미쓰의 딸을 고세치 무희로 바치다 · 유기리가 고레미쓰의 딸에게 관심을 갖고 소식을 전하다 · 히카루겐지가 유기리를 하나치루사토에게 맡기다
34세	· 정월 7일, 히카루겐지가 궁중 의식을 본떠 백마를 끌어내어 바라보다 · 2월 하순, 천황이 스자쿠인으로 거둥하다 · 같은 밤, 돌아가는 길에 천황과 히카루겐지가 홍휘전 황태후를 찾아보다 · 2월에 유기리가 진사에 급제하고 가을에 종5위에 서위되어 시종으로 임명되다 · 로쿠조노인을 조영하다
35세	· 봄에 무라사키노우에의 부친인 식부경 친왕의 쉰 살 축하연을 준비하다 · 4월, 유가오의 여식인 다마카즈라가 히고 지방 토호인 대부감의 구혼을 피하여 쓰쿠시를 탈출하여 도읍으로 돌아오다 · 가을에 로쿠조노인이 완성되다 · 추분 즈음, 히카루겐지, 무라사키노우에, 하나치루사토, 그리고 조금 늦게 아키코노무 중궁이 로쿠조노인으로 옮아가다 · 9월에 아키코노무 중궁과 무라사키노우에가 춘추 우월을 소재로 와카를 주고받다 · 가을에 다마카즈라 일행이 하세데라를 참배하고 예전 유가오의 시녀였던 우근과 재회하다 · 현재 무라사키노우에의 시녀인 우근이 로쿠조노인으로 돌아와 히카루겐지에게 다마카즈라와 만난 사실을 보고하다 · 10월, 아카시노키미가 로쿠조노인으로 옮아오다 · 10월, 히카루겐지가 다마카즈라를 로쿠조노인으로 옮기고 하나치루사토에게 후견을 부탁하다 · 히카루겐지가 무라사키노우에와 유기리에게 다마카즈라를 소개하고, 다마카즈라 일행인 분고 지방 차관을 가사로 정하다 · 연말에 히카루겐지가 여성들에게 개성에 맞는 설빔을 마련하여 보내다
36세	· 정월 초하루, 로쿠조노인에 화평한 기운이 가득하고, 히카루겐지가 무라사키노우에와 오랫동안 인연을 이어 가자고 와카를 증답하고, 아카시 아가씨에게 친모에게 소식을 전하도록 하다

히카루겐지 연령	주요 사항
	· 정월 2일, 임시객 연회가 열리고 관현 연주를 열다 · 정월 14일, 남답가가 열리고 여성들이 구경하다 · 3월 하순, 로쿠조노인 봄의 저택에서 선악이 열리고 사람들이 다마카즈라에게 관심을 보이다 · 아키코노무 중궁이 계절 독경을 열다 · 4월, 히카루겐지가 다마카즈라에게 온 연서를 보면서 남녀 관계에 대해 논하다 · 히카루겐지가 다마카즈라를 칭찬하자 무라사키노우에가 그의 내심을 알아채다 · 히카루겐지가 다마카즈라에게 연정을 고백하고 다마카즈라가 곤혹스러워하며 고뇌하다 · 5월 장맛비가 내리는 즈음, 히카루겐지가 호타루 병부경 친왕에게 반딧불이 빛에 비친 다마카즈라의 모습을 보여 주다 · 5월 5일, 로쿠조노인 마장전에서 활쏘기 시합을 개최하다 · 장마가 계속되어 로쿠조노인의 여성들이 모노가타리에 열중하고, 히카루겐지가 다마카즈라와 무라사키노우에를 상대로 모노가타리에 대해 논하다 · 6월, 히카루겐지가 동쪽 쓰리도노에서 더위를 피하고 오미노키미의 소문을 확인하다 · 히카루겐지가 다마카즈라의 처우를 고민하고 내대신이 딸들의 문제로 고민하다 · 내대신이 오미노키미를 홍휘전 여어에게 맡기기로 하다. · 7월 초순, 히카루겐지가 다마카즈라와 화톳불을 제재로 와카를 주고받다 · 유기리와 가시와기 등이 로쿠조노인에서 합주하고, 다마카즈라가 의도치 않게 남자 형제들의 연주를 듣다 · 8월, 로쿠조노인에 태풍이 몰아치다 · 유기리가 로쿠조노인에 위문하러 와서 무라사키노우에를 엿보고 그 아름다움에 감탄하다 · 유기리가 히카루겐지와 다마카즈라가 가까이 있는 모습에 의심을 품다 · 12월, 천황이 오하라노로 거둥하고 그 자태에 다마카즈라의 마음이 흔들리다 · 히카루겐지가 다마카즈라에게 입궐을 권유하다
37세	· 히카루겐지가 다마카즈라의 성인식을 2월로 정하고 내대신에게 허리끈 묶는 역할을 부탁하였지만 거절당하다 · 2월 1일, 히카루겐지가 큰 황녀를 문안하고 내대신에 대해 중재를 의뢰하다 · 내대신이 큰 황녀의 초대를 받고 산조노미야를 방문하여 히카루겐지를 만나 다마카즈라에 대해 알게 되다 · 2월 16일, 다마카즈라의 성인식이 열리고 큰 황녀와 아키코노무 중궁 등이 축하 인사를 전하다 · 내대신이 허리끈 묶는 역할을 맡아 다마카즈라와 처음 대면하고 여식의 처우를 히카루겐지에게 맡기다 · 가시와기 일행이 홍휘전 여어 앞에서 오미노키미를 놀리다 · 다마카즈라가 상시로 출사를 앞두고 자기 신세를 고민하다 · 3월 20일, 큰 황녀가 서거하고 유기리와 다마카즈라 일행이 상복을 입다 · 가을에 유기리가 재상으로 승진하다 · 8월 13일, 다마카즈라가 상복을 벗고 10월로 출사가 결정되다 · 가시와기가 부친인 내대신의 사자로서 다마카즈라를 방문하여 원망을 늘어놓다 · 히게쿠로 대장이 다마카즈라에게 열심히 구애하다 · 10월경, 히게쿠로 대장이 억지로 다마카즈라와 인연을 맺고 기뻐하다 · 히카루겐지가 다마카즈라의 결혼 사흘째 되는 날 밤의 떡을 준비해 주다 · 히게쿠로가 정실부인을 무시하고 다마카즈라에게 열중하여 자택으로 데려오려고 집안을 수리하다 · 히게쿠로의 정실부인이 모노노케 탓에 괴로워하고 부친인 식부경 친왕이 본가로 데려가려고 생

히카루겐지 연령	주요 사항
	각하다 · 정실부인이 외출을 준비하던 히게쿠로에게 향로의 재를 끼얹고, 이에 히게쿠로가 다마카즈라 처소에 칩거하다 · 식부경 친왕이 여식인 정실부인을 친정으로 데려가고 히게쿠로의 여식인 마키바시라가 비탄의 와카를 남기다 · 히게쿠로가 식부경 친왕 댁을 방문하였다가 냉대를 받고 두 아들만 데리고 돌아오다
38세	· 정월에 히게쿠로가 고심 끝에 다마카즈라를 입궐시키다 · 히게쿠로가 다마카즈라를 자택으로 퇴궐시키다 · 2월, 히카루겐지가 남몰래 다마카즈라와 소식을 주고받고 옛날을 그리워하다 · 천황이 다마카즈라에 대한 연정으로 괴로워하며 남몰래 소식을 전하다 · 3월, 히카루겐지가 다마카즈라가 지내던 거처에 핀 황매화를 보고 그리움에 젖어 와카를 보내지만 그 답신을 히게쿠로가 대필하다 · 히게쿠로의 아들들이 다마카즈라를 따르고 외가에 있는 마키바시라가 이를 부러워하다 · 가을에 오미노키미가 홍휘전 여어 앞에서 유기리에게 관심을 보이다 · 11월, 다마카즈라가 히게쿠로의 아들을 출산하다
39세	· 정월 말, 히카루겐지가 로쿠조노인에서 향 겨루기를 열다 · 2월 10일, 호타루 병부경 친왕이 마님들의 향을 시험하여 판정하다 · 2월 11일, 아카시 아가씨의 성인식에서 아키코노무 중궁이 허리끈 묶는 역할을 맡다 · 2월 20일 지나 동궁의 성인식이 열리고 좌대신의 셋째 여식이 입궐하다 · 아카시 아가씨의 입궐이 4월로 정해지다 · 히카루겐지가 아가씨를 위해 가재도구와 책자류를 준비하다 · 3월 20일, 큰 황녀의 기일에 내대신이 유기리와 친밀하게 이야기를 나누다 · 4월 1일경, 내대신이 등꽃 연회를 구실 삼아 유기리를 초대하다 · 4월 7일, 유기리가 내대신의 연회에 참석하여 그날 밤 구모이노카리와 결혼하다 · 4월 8일, 로쿠조노인에서 관불회가 열리다 · 가모 마쓰리 당일, 무라사키노우에가 마쓰리를 구경하다 · 유기리가 마쓰리 사자가 된 도 전시를 위로하고 와카를 주고받다 · 아카시 아가씨가 입궐할 때 친모인 아카시노키미를 후견 역으로 정하다 · 4월 20일 지나 아카시 아가씨가 입궐하고 무라사키노우에가 동행하다 · 사흘 뒤 무라사키노우에가 아카시노키미와 교대한 뒤 퇴궐하다 · 히카루겐지가 출가의 뜻을 세우다 · 가을에 히카루겐지가 태상천황에 준하는 지위에 오르고 봉호와 연관, 연작이 더하여지다 · 내대신은 태정대신으로, 유기리는 중납언으로 승진하다 · 유기리 부부가 산조 저택으로 옮아가다 · 10월 20일 지나 금상이 스자쿠인과 함께 로쿠조노인으로 거둥하다

『겐지 모노가타리』 3 주요 등장인물

히카루겐지光源氏

정편의 주인공. 기리쓰보 천황의 둘째 황자로 모친은 기리쓰보 갱의이다. 어린 나이에 모친과 외조모를 잃고 후견해 줄 사람이 없어, 부친인 기리쓰보 천황이 조정의 중추로 일할 수 있도록 신하의 신분으로 내리고 겐지源氏 성을 하사하였다. 뛰어난 용모와 재주를 지닌 이상적인 남성으로 '빛나는 겐지'라는 의미의 '히카루겐지'로 불리었다. 좌대신의 딸인 아오이노우에와 성인식 날 결혼하였지만, 모친을 닮은 후지쓰보 중궁을 연모한 끝에 밀통하여 두 사람 사이에 어린 황자가 태어났다. 이 황자가 훗날의 레이제이 천황이다. 후지쓰보 중궁을 닮은 어린 무라사키노우에를 사가인 니조노인으로 데려와 양육하였다. 상류와 중류 계층을 가리지 않고 여러 계층의 여성들과 관계를 맺는다. 아오이노우에가 유기리를 낳고 나서 생령에 씌어 세상을 뜬 뒤 무라사키노우에와 첫날밤을 보낸다. 기리쓰보인이 붕어한 뒤 정치적으로 곤경에 처하게 되고 오보로즈키요와 밀회하다가 우대신에게 발각된 것을 계기로 스마로 퇴거하였다. 꿈에 나타난 부황의 말에 따라 아카시로 건너가 아카시노키미와 인연을 맺고 그 사이에 훗날 중궁이 되는 여식이 태어난다.

도읍으로 귀경한 뒤 친자인 레이제이 천황이 즉위하면서 정치적으로 승승장구하게 된다. 후지쓰보 중궁과 힘을 합하여 재궁에서 물러나 이세에서 돌아온 로쿠조미야스도코로의 여식을 레이제이 천황의 여어로 입궐시켜 중궁으로 올리고, 친딸인 아카시 아가씨를 자식이 없는 무라사키노우에의 양녀로 삼아 스자쿠인의 황자인 동궁의 여어로 입궐시켜 훗날의 정치적인 기반을 닦게 된다. 후지쓰보 중궁이 세상을 뜬 뒤 출생의 비밀을 알게 된 레이제이 천황이 히카루겐지에게 양위하려는 뜻을 비치지만 고사하고, 39세에 태상천황에 준하는 지위에 올랐다. 한편, 35세에 사계절 저택인 로쿠조노인을 완성하여 아키코노무 중궁가을, 무라사키노우에봄, 하나치루사토여름, 아카시노키미겨울를 각 계절의 풍취를 살린 저택에 거주하도록 하였다.

무라사키노우에紫の上

정편의 여주인공. 식부경 친왕전 병부경 친왕의 딸로 후지쓰보 중궁의 조카이다. 어릴 적 모친과 사별하고 외조모와 함께 기타야마에서 살았다. 후지쓰보 중궁과 닮았다는 점 때문에 히카루겐지의 관심을 받게 된다. 외조모가 세상을 뜬 뒤 히카루겐지가 자택인 니조노인으로 데려가 키운다. 그녀는 처음에는 후지쓰보 중궁을 대신하는 존재로서 후지쓰보 중궁에 대한 히카루겐지의 마음을 위로해 주는 존재였으나, 크면서 히카루겐지의 이상적인 여성으로 자리를 잡는다. 아오이노우에가 세상을 뜬 뒤 히카루겐지와 첫날밤을 치르고 그가 스마로 퇴거해 있던 동안 니조노인과 영지를 잘 관리하면서 자기 자리를 확보해 나간다. 양녀로 맞이한 아카시 아가씨를 정성 들여 양육하여 동궁의 여어로 입궐시키고, 로쿠조노인이 완성된 뒤 동남 구역 봄의 저택의 안주인으로서 로쿠조노인의 중심적인 존재가 된다. '운 좋은 사람'이라는 평을 받으며 히카루겐지의 정처 격으로 남들이 부러워하는 사회적인 위치를 확보한다.

가시와기柏木

내대신의 장남으로 정처 소생. 다마카즈라의 구혼자 중 한 명이었지만 그녀의 성인식에 참석하였다가 이복누나인 것을 알게 된다.

고레미쓰惟光

히카루겐지의 유모 아들로 시종. 히카루겐지가 스마로 퇴거할 때 동행하였으며 히카루겐지와 여성들이 관계를 맺을 때 중간 역할을 하는 인물이다. 고세치 무희로 바친 딸은 전시가 되었다가 유기리와 맺어졌다.

구모이노카리雲居雁

내대신의 딸로 모친은 안찰 대납언의 정실부인. 조모 슬하에서 함께 자라난 고종사촌인 유기리와 어릴 때부터 사랑하는 사이였지만, 딸을 동궁에게 입궐시키고 싶었던 부친에 의해 헤어졌다가 결국 결혼하였다.

내대신內大臣

옛 두중장. 태정대신. 좌대신의 장남으로 모친은 선제인 기리쓰보 천황의 친 누이동생인 큰 황녀. 우대신의 넷째 딸과 결혼하며, 누이동생인 아오이노우에가 히카루겐지와 결혼한 뒤 친구처럼 무람없이 지낸다. 히카루겐지와 연애나 학문, 춤 등 여러모로 호각을 이루는 인물이다. 히카루겐지가 스마로 물러나 있던 동안에 우대신가의 시선을 개의치 않고 그를 찾아간다. 레이제이 천황 즉위 후 순조롭게 출세해 가지만, 큰딸인 홍휘전 여어가 아키코노무 중궁에게 밀리면서 히카루겐지와 정치적으로 대립하게 되고 입궐시키고자 하였던 구모이노카리가 유기리와 연인 관계임을 알고 실망한다. 다마카즈라의 성인식에서 부녀 상봉을 한 뒤 딸의 장래를 히카루겐지에게 맡기고, 구모이노카리와 유기리의 결혼도 승낙한다.

내대신의 정실부인

우대신의 넷째 딸. 홍휘전 황태후의 여동생이자 오보로즈키요의 언니. 가시와기와 홍휘전 여어의 모친. 유기리와 결혼한 의붓딸 구모이노카리의 행복을 질투한다.

다마카즈라玉鬘

유가오와 내대신 사이의 딸. 모친과 사별한 후 모친의 유모 부부에게 이끌려 쓰쿠시로 간다. 성장한 뒤 대부감 등 구혼자들을 피하여 교토로 상경하였다. 하세데라에 참배하러 갔다가 모친의 시녀였던 우근을 만나 로쿠조노인으로 들어간다. 성인식 때 친부를 처음 만났다. 히게쿠로 대장과 강제로 인연을 맺은 뒤 전부터 예정되어 있던 상시로 출사하지만 곧 히게쿠로의 집으로 들어가게 되고, 얼마 안 있어 히게쿠로의 아들을 출산하였다.

대보 유모大輔の乳母

구모이노카리의 유모. 유기리를 6위에 불과하다며 인정하지 않아 굴욕감을 느끼게 한 인물이다.

대부감大夫監

히고 지방의 토호. 다마카즈라의 소문을 듣고 구혼하였다. 다마카즈라 일행이 상경하도록 한 계기가 된 인물이다.

도 전시藤典侍

고레미쓰의 딸. 고세치 무희가 된 뒤 전시로 출사하였다. 유기리의 애인.

동궁

스자쿠인의 황자로 승향전 여어 소생. 열세 살에 성인식을 올린 뒤 아카시 아가씨가 입궐하였다.

레이제이 천황冷泉帝

공식적으로는 기리쓰보 천황의 열째 황자이지만, 히카루겐지와 후지쓰보 중궁의 아들. 스자쿠 천황이 즉위하면서 동궁이 되었고 11세 때 즉위하였다. 내대신의 딸인 홍휘전 여어와 로쿠조미야스도코로의 딸인 재궁 여어와 의좋게 지낸다. 재궁 여어가 중궁이 되어 아키코노무 중궁으로 불린다. 모후가 세상을 뜬 뒤 숙직하던 승도에게서 출생의 비밀을 듣고 히카루겐지에게 황위를 양위하고자 하지만 이루지 못한다. 훗날 그에게 태상천황에 준하는 지위를 내린다. 18년간 재위하다가 양위한다.

마키바시라眞木柱

히게쿠로의 큰딸로 정실부인 소생. 부친이 다마카즈라와 혼인하여 모친이 히게쿠로의 저택을 떠날 때 나무기둥에 집 떠나는 슬픔을 읊은 와카를 남겨 마키바시라로 불린다.

목공님木工の君

히게쿠로의 시첩. 히게쿠로의 정실부인이 친정으로 돌아갈 때 같은 시녀인 중장님과 헤어지며 와카를 주고받는다.

병부님兵部の君

유가오의 유모와 대재 소이의 딸. 다마카즈라를 따라 규슈에서 상경하였고 하쓰세에 참배하러 가서 우근과 만난다. 다마카즈라와 함께 로쿠조노인으로 들어갔다.

분고 지방 차관豊後介

유가오의 유모와 대재 소이의 장남. 부친의 유언에 따라 다마카즈라를 이끌고 가족과 함께 상경한다. 다마카즈라와 함께 로쿠조노인에 들어가, 히카루겐지의 배려로 다마카즈라 처소의 가사가 된다.

비구니님尼君

아카시 입도의 부인으로 아카시노키미의 모친.

산조三條

다마카즈라의 시녀. 원래 유가오의 시녀로 다마카즈라와 함께 규슈로 내려갔다가 상경하여, 하세데라 참배에 동행하여 우근과 재회하였다.

스에쓰무하나末摘花

고 히타치 친왕이 늘그막에 낳은 딸로 혈통은 고귀하지만 무척 못생겼다. 취미 또한 고풍스러워 세련미와 여성적인 매력은 없지만 성실하다. 부친의 사망 후 돌보아 주는 사람도 없이 시녀들과 황폐한 저택에서 어렵게 생활하던 중 시녀의 주선으로 히카루겐지와 인연을 맺게 된다. 히카루겐지와 남녀 관계는 해소되었어도 그에게서 경제적인 후원을 받는다. 히카루겐지가 스마로 내려가 있던 동안 말할 수 없는 곤궁한 처지에 빠지지만 그만을 기다린 끝에, 히카루겐지가 귀경한 뒤 니조히가시노인에 들어가 편히 살게 된다.

스자쿠인朱雀院

기리쓰보 천황의 첫째 황자로 히카루겐지의 이복형. 어머니는 홍휘전 황태후. 온화하고 약한 성격이다. 동생인 히카루겐지와 사이가 나쁘지 않지만, 우대신 일가의 정치적 구심점으로서 히카루겐지-좌대신가와 정치적으로 대립한다. 모후와 외조부의 눈치를 보느라 부황의 유언을 지키지 못하고 히카루겐지를 스마로 퇴거시킨 것을 가슴 아파한다. 꿈에 나타난 부황이 째려본 탓에 눈병으로 고생하다가 모친의 반대에도 불구하고 히카루겐지를 교토로 불러들이고 레이제이 천황에게 양위한다. 제위에 올랐어도 이복동생인 히카루겐지에게 평생 열패감을 느낀다.

승향전 여어承香殿女御

동궁 여어. 현 동궁의 생모로서 스자쿠인의 여어 중 한 명으로 히게쿠로의 여동생이다. 아들이 동궁에 오르면서 궁중에서 자리를 잡고 살고 있다.

식부경 친왕式部卿宮

선제의 황자. 전 병부경 친왕. 후지쓰보 중궁의 오빠이자 무라사키노우에의 부친. 정처와의 사이에 히게쿠로의 정실부인과 레이제이 천황의 왕 여어를 두었다. 외조모의 죽음으로 홀로 남겨진 무라사키노우에를 히카루겐지가 데려간 뒤 딸의 행방을 몰라 망연자실한다. 히카루겐지가 스마로 내려갈 때 못 본 척하여 귀경한 뒤에도 소원한 상태로 지낸다. 정처 소생의 여식들이 히카루겐지의 양녀 격인 다마카즈라와 아키코노무 중궁 등에 압도당하면서 히카루겐지를 원망한다.

식부경 친왕의 정실부인

무라사키노우에의 의붓어머니. 의붓딸인 무라사키노우에가 자신의 딸들과 달리 히카루겐지의 부인으로서 행복해 보이는 것을 얄밉게 여긴다.

아사가오 아가씨朝顔の姬君

기리쓰보 천황의 동생인 모모조노 식부경 친왕의 여식. 기리쓰보인이 붕어한 뒤 가모 신사의 재원이 되지만 부친의 죽음으로 물러나 고모인 온나고노미야와 함께 살면서 불도를 닦는다. 히카루겐지에게 구애를 받지만 그와 인연을 맺은 여성들의 처지를 생각하며 매몰차게 거부한다.

아카시노키미明石の君

아카시 입도의 외딸. 스마로 퇴거해 온 히카루겐지와 인연을 맺고 아카시 아가씨를 출산한다. 쟁금과 비파의 명수이다. 강한 자의식을 지니고 있으며 모친과 함께 오이로 건너와 딸을 무라사키노우에의 양녀로 보낸다. 로쿠조노인이 완성된 뒤 서북 구역 겨울 저택으로 옮아온다. 어린 딸을 걱정하면서도 나서지 않고 지내던 중 딸이 동궁의 여어로 입궐하게 되면서 후견인 역으로 동행하게 되었다. 딸이 국모가 되고 손자가 보위에 오르는 아카시 일족의 염원을 이루기 위해 더욱더 자중하는 태도를 취한다.

아카시 아가씨明石の姬君

아카시노키미 소생의 히카루겐지의 외딸. 무라사키노우에의 양녀로 자라났다.

스자쿠인의 황자인 동궁의 여어로 입궐한다. 아카시 일족의 염원을 이루어 주는 존재이다.

아키코노무 중궁秋好中宮

우메쓰보 여어. 재궁 여어. 전 동궁과 로쿠조미야스도코로 사이에 태어난 외딸. 스자쿠 천황 대에 이세 신궁의 재궁이 되어 모친과 함께 이세로 내려가 있다가 귀경하여, 히카루겐지의 도움으로 레이제이 천황의 비로 입궐하였고 중궁이 되었다. 봄을 좋아하는 무라사키노우에와 춘추 우월 논쟁을 펼치고 봄보다 가을을 좋아한다고 하여 아키코노무 중궁으로 불린다.

안찰 대납언按察大納言의 정실부인

구모이노카리의 친모로 내대신과의 사이에 구모이노카리를 낳았지만, 헤어진 뒤 안찰 대납언의 정실부인이 되었다.

오미노키미近江の君

내대신이 밖에서 낳은 딸. 말이 빠르고 교양과 예의범절이 없어 부친 저택으로 온 뒤 주위 사람들의 놀림감이 된다. 이복언니인 홍휘전 여어를 시중들게 된다.

왕 여어王女御

친왕 여어. 식부경 친왕의 둘째 여식으로 레이제이 천황의 여어. 무라사키노우에의 이복언니. 후지쓰보 중궁의 조카이자 레이제이 천황의 사촌으로 가장 가까운 혈연이지만, 아키코노무 중궁에게 밀린다.

요시키요良淸

히카루겐지의 종자. 하리마 지방 지방관의 아들. 히카루겐지가 스마로 퇴거할 때도 동행하였다. 고레미쓰와 함께 히카루겐지의 충직한 심복이다.

우근右近

유가오의 죽은 유모의 딸로 시녀. 폐원에서 유가오가 죽을 때 히카루겐지와 함께 곁에 있었고, 그 뒤 무라사키노우에의 시녀가 되었다. 히카루겐지에게 유가오가 두중장이 찾던 여자라는 것을 알려 주고, 행방불명이 된 유가오의 어린 딸을 그리면서 다시 만나기를 원한다. 하세데라에 참배하러 가서 다마카즈라 일행을 만나 히카루겐지에게 알려 주고, 다마카즈라가 로쿠조노인으로 들어온 뒤 그녀의 시녀가 되었다.

우근 장감右近將監

유기리의 심복으로 그의 휘하에서 가사처럼 일하는 자이다. 유기리의 서찰을 구모이노카리에게 전해 주거나 한다.

우쓰세미空蟬

위문 독의 딸로 양친이 세상을 뜬 뒤 노령의 이요 지방의 차관과 결혼하여 남동생을 거둔다. 의붓아들인 기 지방 지방관의 집에 머물던 중 나쁜 방위를 피하기 위해 하룻밤 머물던 히카루겐지와 강제로 인연을 맺게 된다. 이를 계기로 부친이 자신을 입궐시키려 했지만 돌아가신 통에 노령의 지방 차관의 후처가 된 자신의 처지를 한탄한다. 하지만 자신의 처지를 인식하여 계속되는 히카루겐지의 구애를 거절하고, 그가 재차 자신의 방에 몰래 들어왔을 때 겉옷을 벗고 도망친다. 남편과 사별한 뒤 의붓아들의 구애를 피해 출가하게 되고, 니조히가시노인에서 히카루겐지의 보살핌을 받으며 불도에 전념하면서 여생을 보낸다.

유기리夕霧

히카루겐지의 장남으로 아오이노우에의 소생. 모친이 세상을 떠난 뒤 외조모 손에 큰다. 장래 조정의 기둥으로 키우고자 하는 히카루겐지의 교육 방침에 따라 성인식 뒤 신분에 비해서는 낮은 6위에 서위되어 대학료에 입학한 뒤 학문에 힘썼다. 외조모 슬하에서 함께 자란 외사촌인 구모이노카리와는 어렸을 때부터 사랑을 키워 왔지만, 외삼촌인 내대신에 의해 헤어졌다가 결국 결혼하였다.

유모

유가오의 유모. 대재 소이의 부인. 유가오가 세상을 뜬 뒤 다마카즈라를 데리고 대재 소이로 부임하는 남편을 따라 쓰쿠시로 내려간다. 남편과 사별한 뒤 다마카즈라가 구혼자들에게 시달리자 자식들과 함께 귀경하여, 하세데라에 참배하러 가서 우근과 재회하여 다마카즈라의 장래를 부탁한다.

중장님中將の君

히카루겐지의 시첩. 그가 스마로 퇴거하러 가면서 무라사키노우에를 모시게 된다. 그와 남녀 관계도 맺는 인물.

큰 황녀大宮

기리쓰보 천황의 동복 여동생으로 좌대신의 정실부인. 아오이노우에와 내대신의 모친. 외손자인 유기리를 양육하였고 아들인 내대신의 반대에도 불구하고 외손자인 유기리와 손녀인 구모이노카리의 관계를 우호적으로 지켜보았다. 사이가 나빠진 히카루겐지와 내대신을 중재하려 한다.

하나치루사토花散里

기리쓰보 천황의 후궁인 여경전 여어의 동생. 일찍이 히카루겐지와 인연을 맺고 그와 안정적인 관계를 이어 간다. 니조히가시노인의 서쪽 채에 살다가 로쿠조노인이 완성된 뒤 북동 구역의 여름 저택에 거주한다. 히카루겐지의 부탁으로 유기리와 다마카즈라를 뒷바라지한다. 우아하고 원만한 성격이며 염색이나 바느질 솜씨가 뛰어나다.

호타루 병부경 친왕螢兵部卿宮

기리쓰보인의 황자로 스자쿠인과 히카루겐지의 이복동생. 예술에 밝은 풍류인이다. 일찍이 정실부인과 사별하였다. 반딧불이 불빛에 슬쩍 엿본 다마카즈라에게 관심을 지니고 구애하였지만 이루어지지 않았다.

홍휘전 여어弘徽殿女御

내대신과 정처 소생의 딸로 가시와기와 동복 남매. 레이제이 천황의 여어로 일찍이 입궐하였다. 뒤에 들어온 아키코노무 중궁에게 성총을 빼앗기고 중궁이 되지 못하여 부친인 내대신도 낙담한다. 부친의 부탁으로 이복자매인 오미노키미를 거두어 후견한다.

홍휘전 황태후弘徽殿大后

우대신의 딸로 오보로즈키요의 언니이다. 기리쓰보 천황의 여어로 일찍 입궐하여 첫째 황자와 황녀들을 낳았다. 기리쓰보 갱의와 히카루겐지가 자신과 아들의 자리를 빼앗을까 두려워 박해하고, 기리쓰보 갱의가 죽은 뒤에도 주상의 총애를 받는 후지쓰보 중궁과 히카루겐지를 미워하고 평생 이들과 대립하였다. 후지쓰보 중궁이 황후가 된 데도 질투한다. 히카루겐지가 동생인 오보로즈키요와 밀회한 것을 알고 그를 내쫓으려 획책한다. 잇따른 흉조와 부친인 우대신의 죽음, 자신의 병에도 불구하고 히카루겐지를 교토로 다시 불러들이는 데 끝까지 반대하였다.

히게쿠로鬚黑

어느 우대신의 아들로, 동궁의 생모인 승향전 여어의 오빠이다. 정실부인은 식부경 친왕의 큰딸로 무라사키노우에의 이복자매이다. 히카루겐지와 내대신 다음가는 실력자이다. 얼굴색이 검은 데다 수염이 덥수룩하게 보여서 히게쿠로로 불린다. 다마카즈라와 인연을 맺게 되면서 정신적으로 문제가 있던 정실부인과 헤어진다.

히게쿠로의 정실부인

히게쿠로의 정처. 식부경 친왕의 큰딸로 무라사키노우에의 이복자매. 히게쿠로와 오랜 세월 함께해 왔지만 모노노케 탓에 정신적으로 불안정하다. 남편이 다마카즈라와 인연을 맺은 뒤 딸인 마키바시라를 데리고 친정으로 돌아가 히게쿠로와 헤어진다.

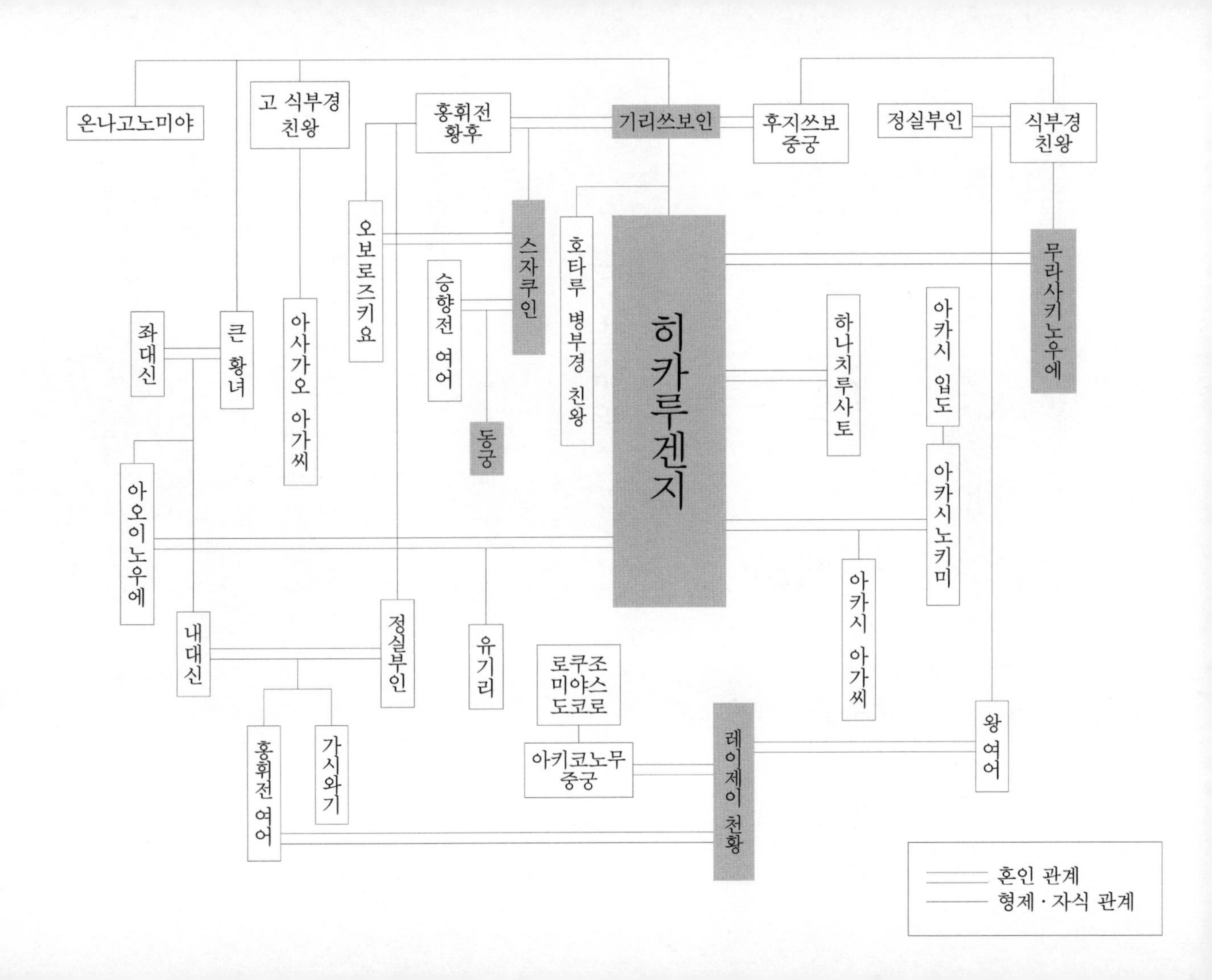

「오토메」 권

『겐지 모노가타리』 3 권별 인물 관계도

「다마카즈라」 권

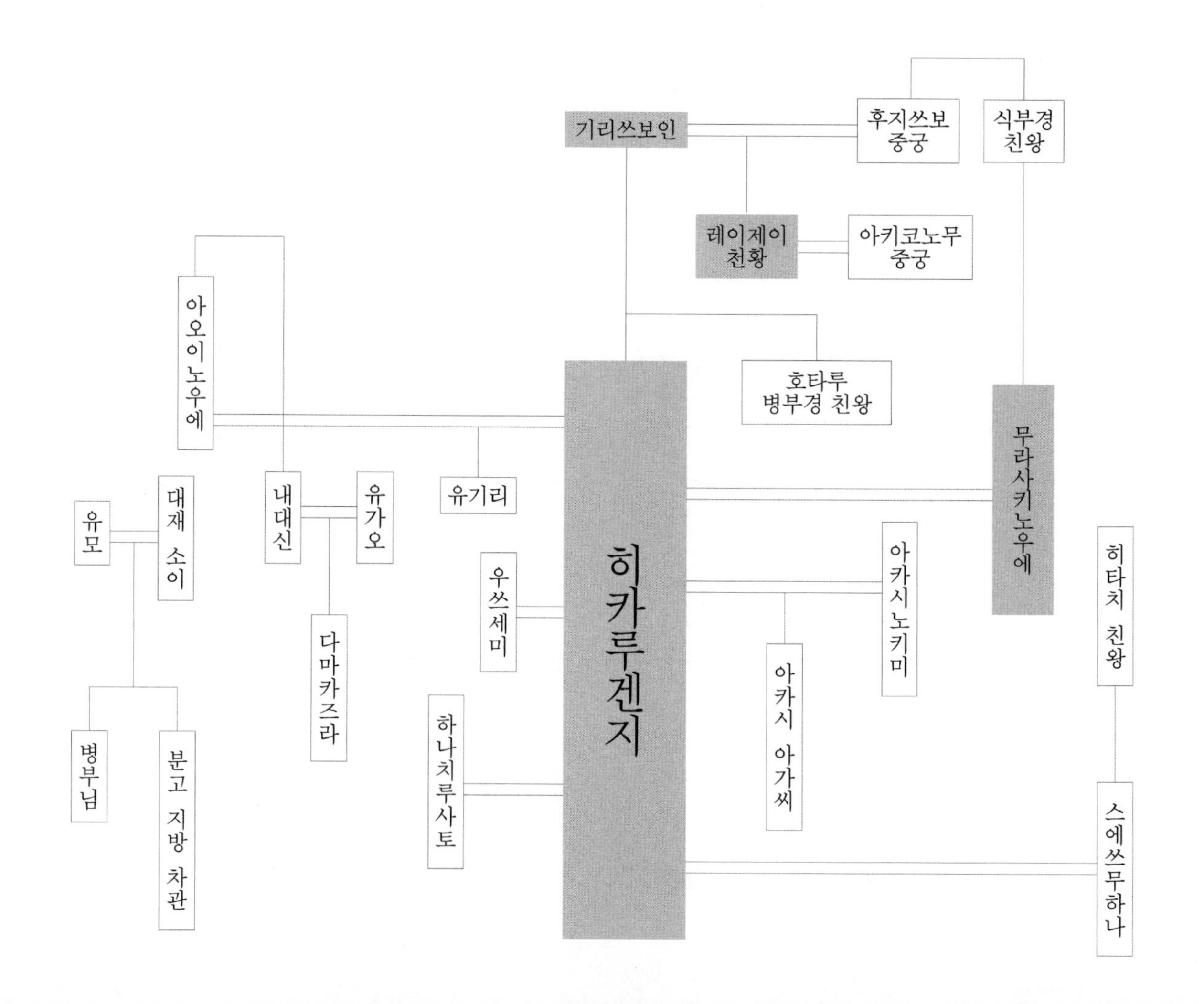

기리쓰보인
후지쓰보 중궁
식부경 친왕
레이제이 천황
아키코노무 중궁
호타루 병부경 친왕
무라사키노우에
히카루겐지
아오이노우에
유기리
내대신
유가오
다마카즈라
우쓰세미
하나치루사토
아카시노키미
아카시 아가씨
히타치 친왕
스에쓰무하나
유모
대재 소이
병부님
분고 지방 차관

「하쓰네」 권

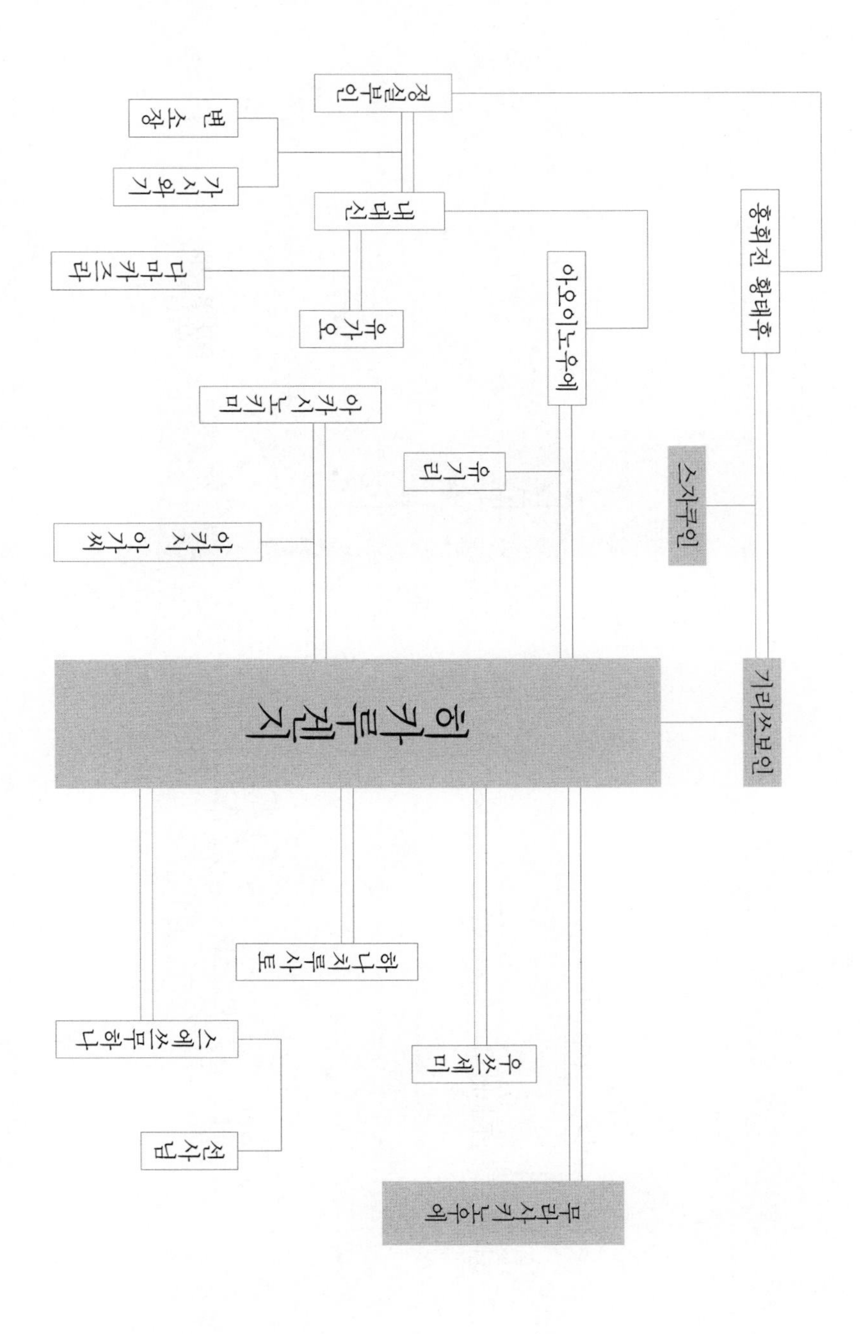

히카루겐지
기리쓰보인
스자쿠인
홍휘전 황태후
아오이노우에
유기리
아카시노키미
아카시 아가씨
유가오
다마카즈라
내대신
가시와기
변 소장
정실부인
무라사키노우에
우쓰세미
하나치루사토
스에쓰무하나
선사님

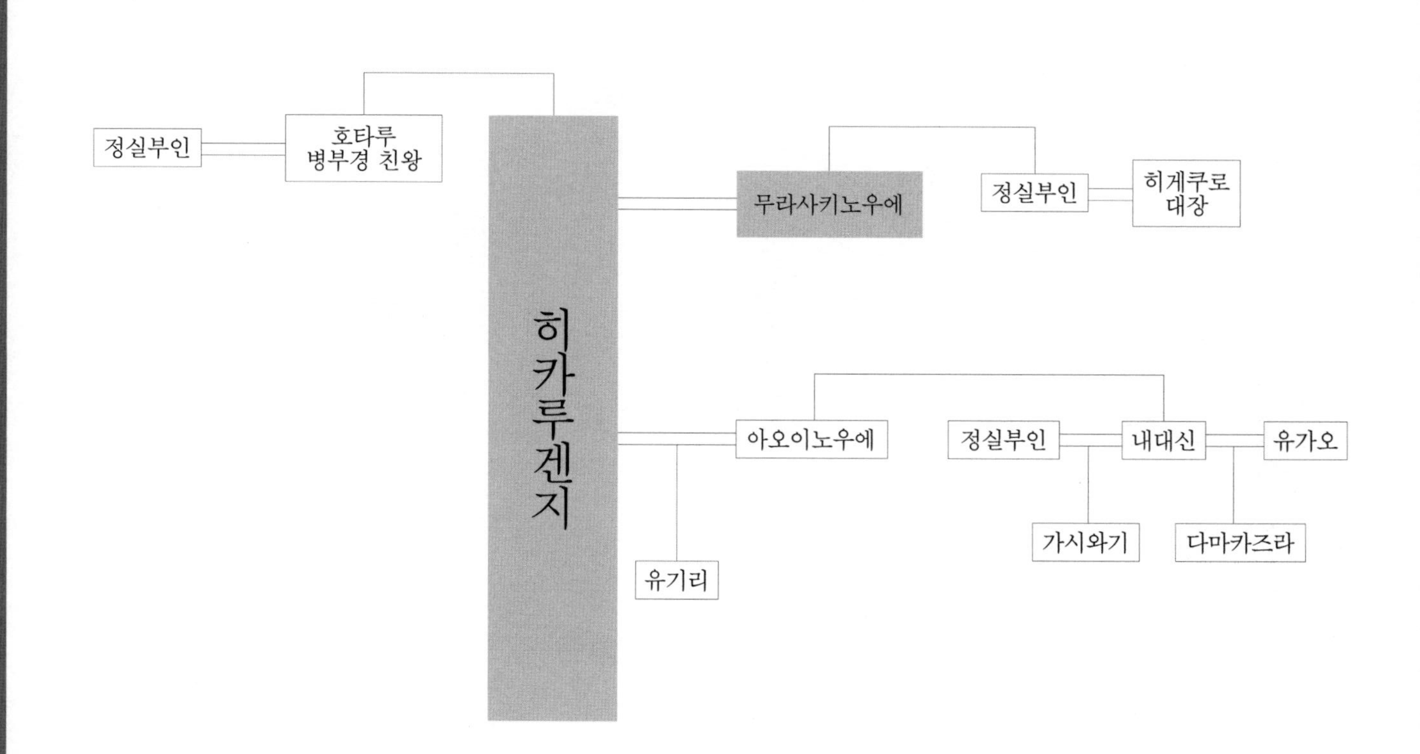
정실부인
호타루
병부경 친왕
히카루겐지
무라사키노우에
정실부인
히게쿠로
대장
아오이노우에
유기리
정실부인
내대신
유가오
가시와기
다마카즈라

「호타루」 권

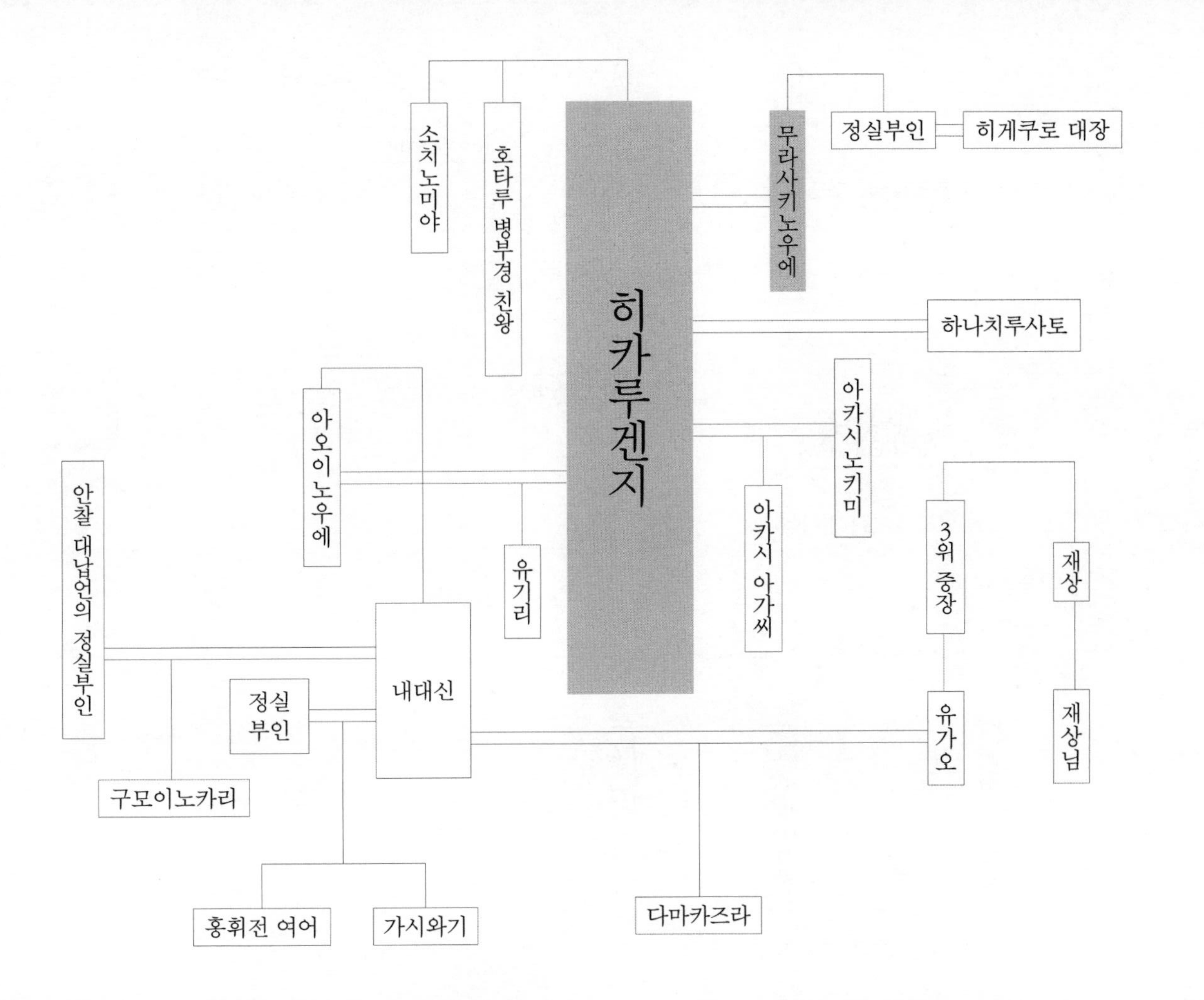

히카루겐지
소치노미야
호타루 병부경 친왕
무라사키노우에
정실부인
히게쿠로 대장
하나치루사토
아카시노키미
아카시 아가씨
아오이노우에
유기리
안찰 대납언의 정실부인
내대신
정실
부인
구모이노카리
홍휘전 여어
가시와기
다마카즈라
3위 중장
유가오
재상
재상님

「도코나쓰」·「가가리비」·「노와키」 권

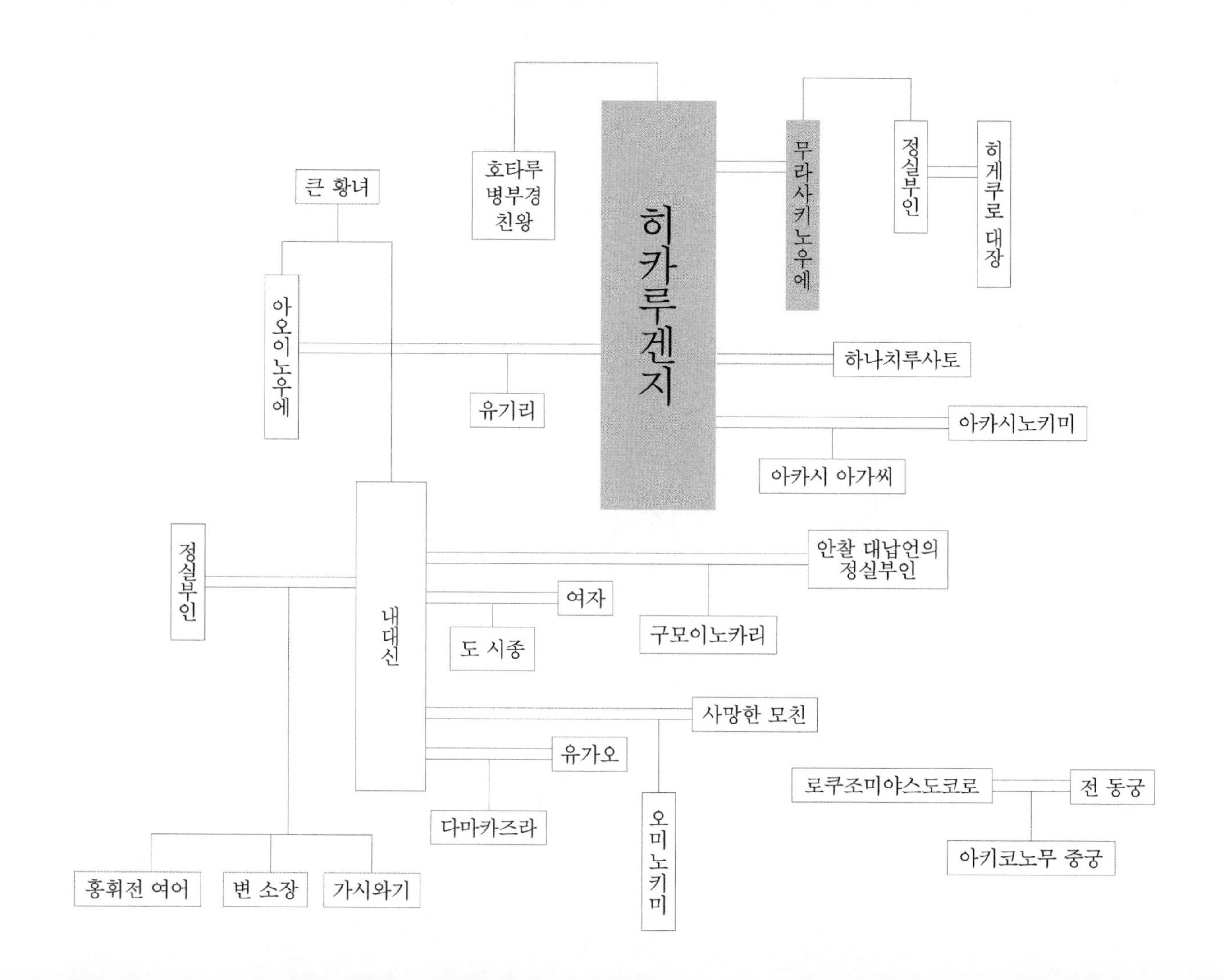

「미유키」 권

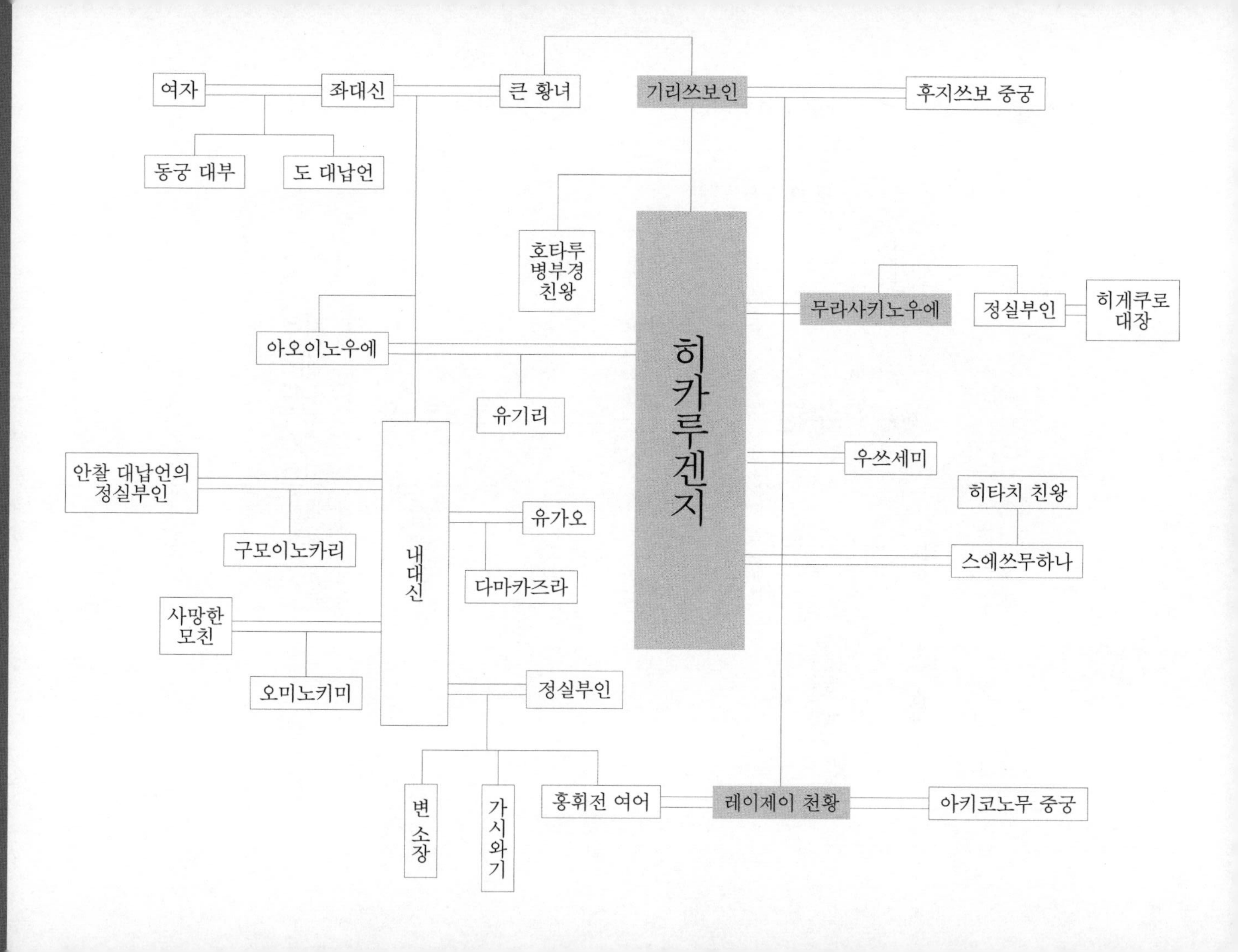

여자
좌대신
큰 황녀
기리쓰보인
후지쓰보 중궁
동궁 대부
도 대납언
호타루 병부경 친왕
히카루겐지
무라사키노우에
정실부인
히게쿠로 대장
아오이노우에
유기리
우쓰세미
히타치 친왕
안찰 대납언의 정실부인
유가오
구모이노카리
내대신
스에쓰무하나
다마카즈라
사망한 모친
오미노키미
정실부인
변 소장
가시와기
홍휘전 여어
레이제이 천황
아키코노무 중궁

「후지바카마」 권

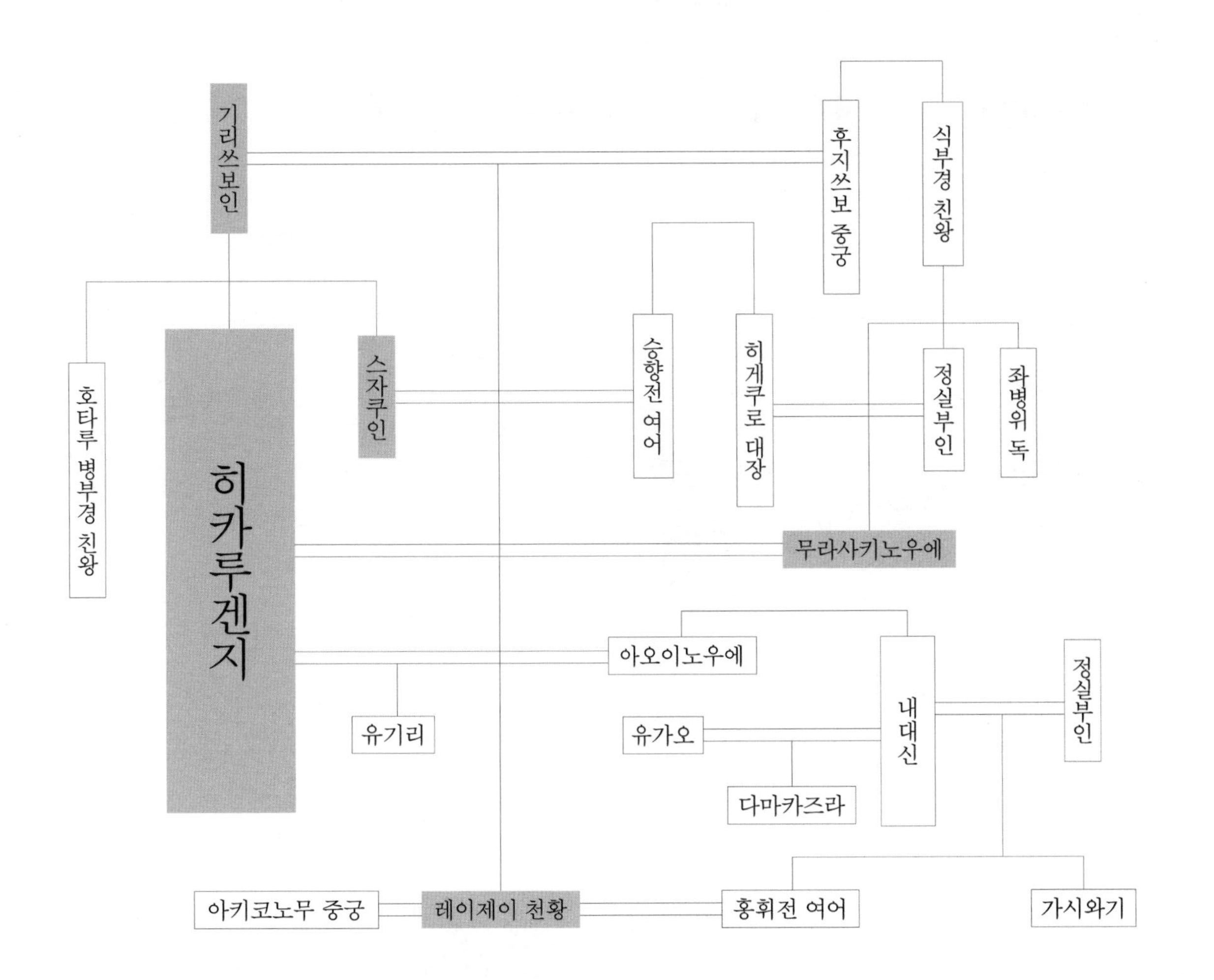
기리쓰보인
후지쓰보 중궁
식부경 친왕
호타루 병부경 친왕
히카루겐지
스자쿠인
승향전 여어
히게쿠로 대장
정실부인
좌병위 독
무라사키노우에
아오이노우에
유기리
내대신
정실부인
유가오
다마카즈라
아키코노무 중궁
레이제이 천황
홍휘전 여어
가시와기

「마키바시라」 권

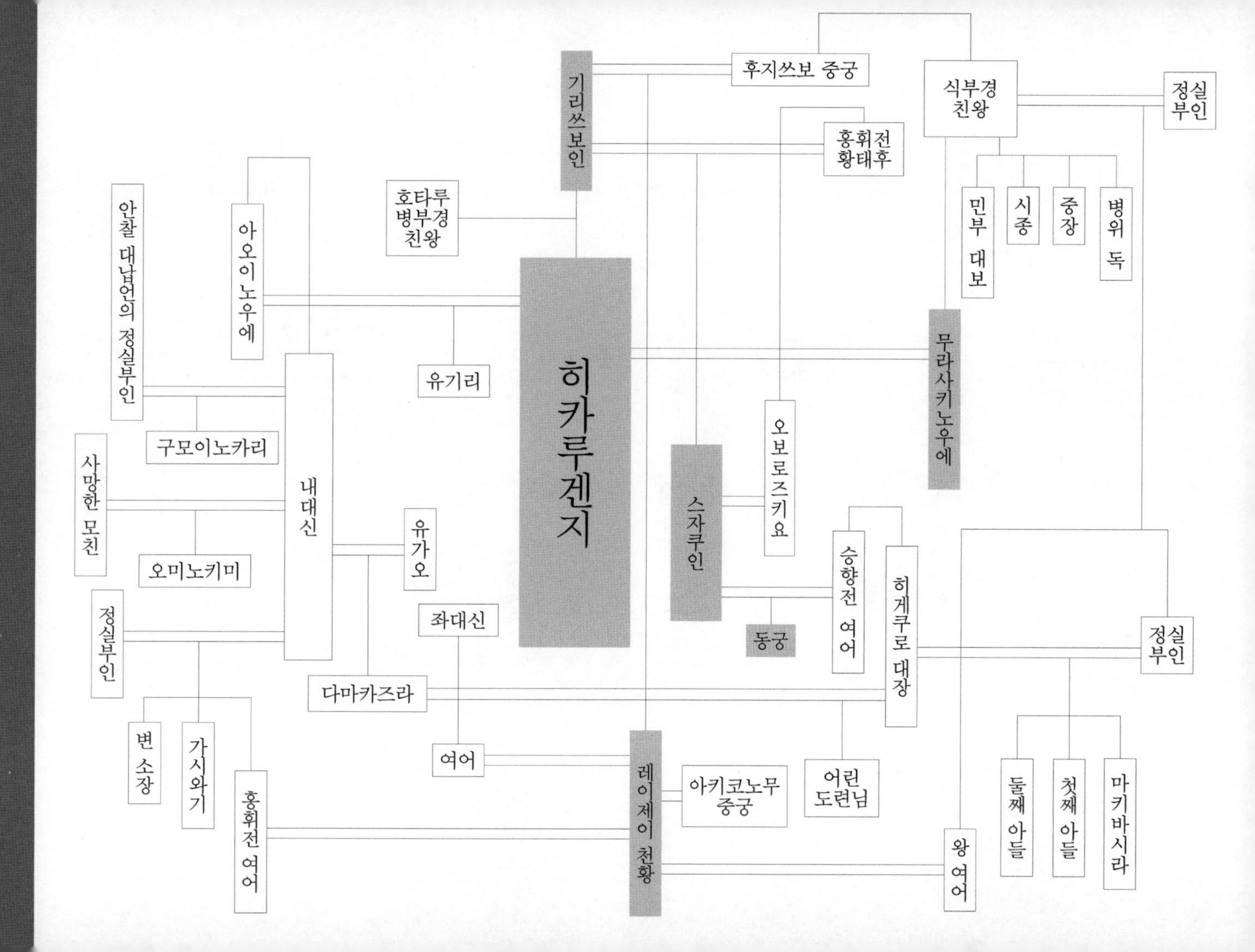

후지쓰보 중궁
식부경 친왕
정실 부인
기리쓰보인
홍휘전 황태후
민부 대보
시종
중장
병위 독
호타루 병부경 친왕
안찰 대납언의 정실부인
아오이노우에
히카루겐지
무라사키노우에
유기리
오보로즈키요
구모이노카리
내대신
스자쿠인
사망한 모친
유가오
승향전 여어
히게쿠로 대장
오미노키미
동궁
정실 부인
정실 부인
좌대신
다마카즈라
변 소장
가시와기
여어
레이제이 천황
아키코노무 중궁
어린 도련님
둘째 아들
첫째 아들
마키바시라
홍휘전 여어
왕 여어

「우메가에」 권

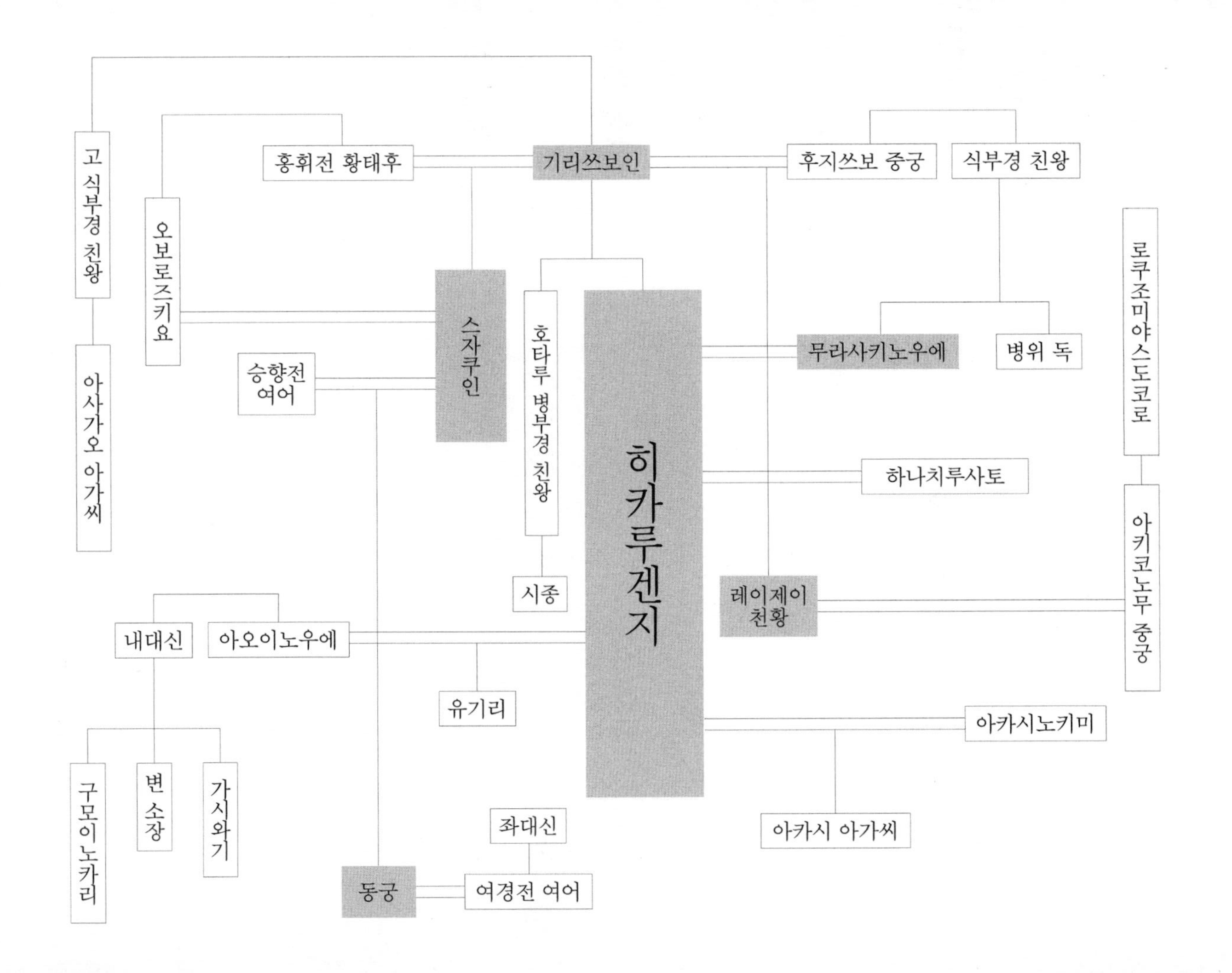
고 식부경 친왕
아사가오 아가씨
홍휘전 황태후
오보로즈키요
기리쓰보인
스자쿠인
승향전 여어
호타루 병부경 친왕
시종
히카루겐지
후지쓰보 중궁
식부경 친왕
무라사키노우에
병위 독
로쿠조미야스도코로
하나치루사토
레이제이 천황
아키코노무 중궁
내대신
아오이노우에
유기리
구모이노카리
변 소장
가시와기
동궁
좌대신
여경전 여어
아카시노키미
아카시 아가씨

「후지노우라바」권

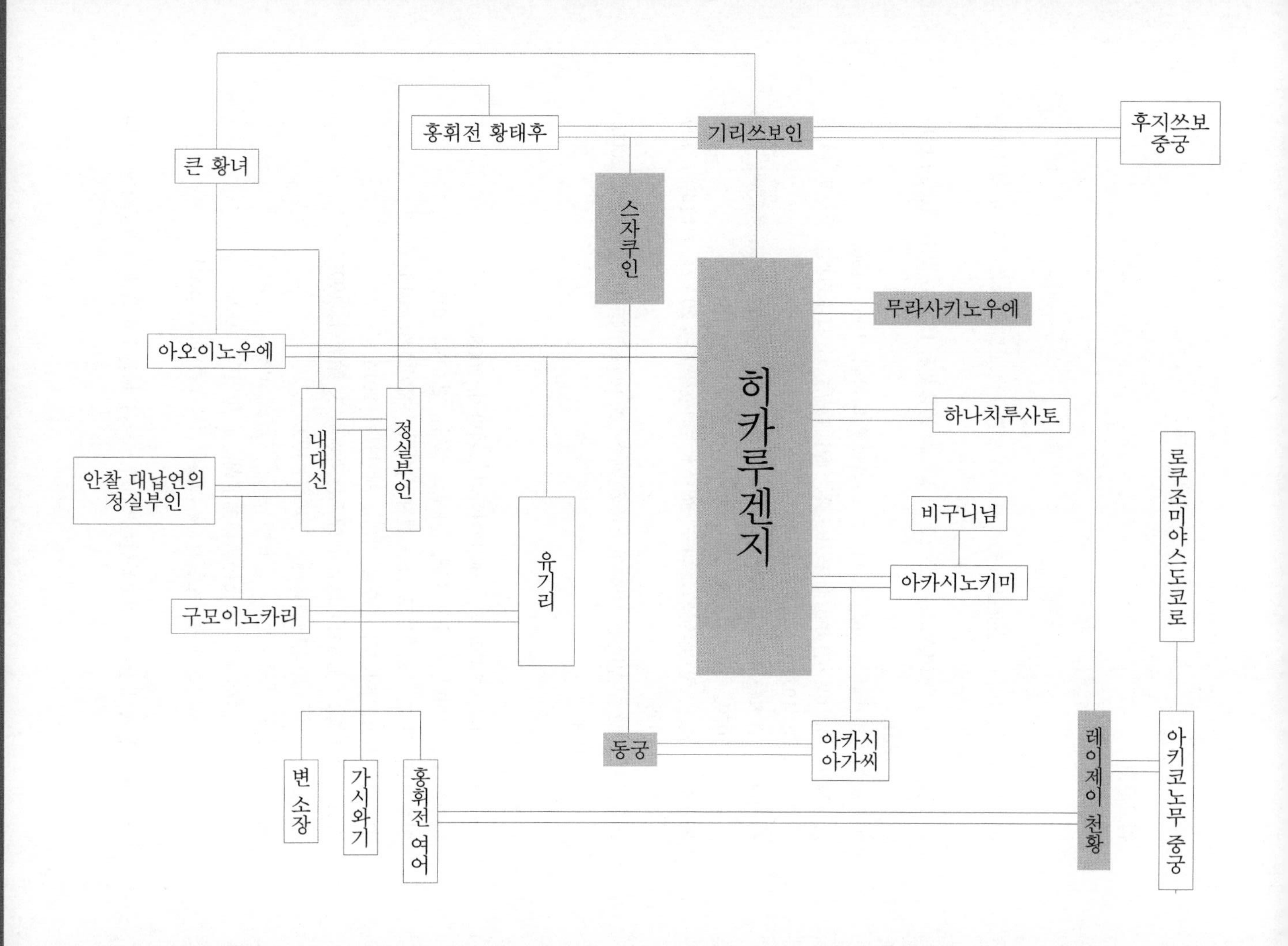

후지쓰보 중궁
기리쓰보인
홍휘전 황태후
큰 황녀
스자쿠인
무라사키노우에
아오이노우에
히카루겐지
하나치루사토
내대신
정실부인
안찰 대납언의 정실부인
유기리
비구니님
아카시노키미
구모이노카리
로쿠조미야스도코로
동궁
아카시 아가씨
레이제이 천황
아키코노무 중궁
변 소장
가시와기
홍휘전 여어

참고문헌

1. 저본 및 기타 주석서

阿部秋生・秋山虔・今井源衛・鈴木日出男 校注・譯,『源氏物語』③, 新編日本古典文學全集 22, 小學館, 1996.

山岸德平 校注,『源氏物語』二・三, 日本古典文學大系 15・16, 岩波書店, 1959・1961.

玉上琢彌,『源氏物語評釋』第四・五・六卷, 角川書店, 1965・1966.

阿部秋生・秋山虔・今井源衛 校注・譯,『源氏物語』三, 日本古典文學全集 14, 小學館, 1972.

石田穰二・清水好子 校注,『源氏物語』三・四, 新潮日本古典集成, 新潮社, 1978・1979.

柳井滋 外 校注,『源氏物語』二・三, 新日本古典文學大系 20・21, 岩波書店, 1994・1995.

鈴木一雄 監修,『源氏物語の鑑賞と基礎知識』㉗⑫⑱㉑㉚㊲㉛, 至文堂, 2000~2004.

2. 참고문헌

무라사키시키부, 김종덕 역,『겐지 이야기』, 지만지, 2008.

미치쓰나의 어머니, 이미숙 주해,『가게로 일기』, 한길사, 2011.

일본고전독회 편,『키워드로 읽는 겐지 이야기』, 제이앤씨, 2013.

김종덕,『겐지 이야기의 전승과 작의』, 제이앤씨, 2014.

今井卓爾 外編,『光る君の物語』, 源氏物語講座 3, 勉誠社, 1992.

秋山虔 編,『新・源氏物語必携』, 學燈社, 1997.

鈴木日出男 編,『源氏物語ハンドブック』, 三省堂, 1998.

秋山虔・室伏信助 編,『源氏物語必携事典』, 角川書店, 1998.

小町谷照彦 編,『源氏物語を読むための基礎百科』, 學燈社, 2003.

이 밖에 일본에서 간행된 참고문헌은『겐지 모노가타리』1(서울대 출판문화원, 2014) 부록 참조.

3. 부기

이 책의 본문 번역·주해 및 작품 해제, 각 권 해설에는 다음과 같은 저자의 『겐지 모노가타리』 관련 연구 성과가 반영되어 있다.

李美淑, 「「早蕨」巻の「姫宮」－「薫と中の君物語」への轉換點」, 『古代中世文學論考』 第5集, 日本 : 新典社, 2001.

______, 「「春秋のあらそひ」と六條院の「春の上」－「岩ねの松」の象徴性に着目して」, 『日本文藝論叢』 第15號, 日本 : 東北大學 国文學研究室, 2001.

______, 「「宇治の御堂」と薫と浮舟物語－薫の「人形」観を起點として」, 『日本文藝論稿』 第27号, 日本 : 東北大學 文藝談話會, 2002.

______, 「「思ふどちの御物語」と死霊出現－光源氏と紫の上の物語における一つの轉機」, 『日本文藝論叢』 第16號, 日本 : 東北大學 国文學研究室, 2002.

______, 「二條院の池－光源氏と紫の上の物語を映し出す風景」, 『中古文學』 第70號, 日本 : 中古文學會, 2002.

______, 「空蟬物語の表現と方法－「初音」巻を起点として」, 『일어일문학연구』 제43집, 한국일어일문학회, 2002.

______, 「平安文學における「荒れたる宿」考－『堤中納言物語』「花櫻折る少將」を起點起として」, 『일본문화학보』 제20집, 한국일본문화학회, 2004.

______, 「「知らぬ人」から「頼もし人」へ－薫と大君物語の展開と薫の存在性」, 『일어일문학연구』 제49집, 한국일어일문학회, 2004.

______, 「「姫宮」に秘められたもの－『源氏物語』における大君物語と女一の宮物語との關わり」, 『일본학보』 제59집, 한국일본학회, 2004.

______, 「古代韓國の婚姻制度と家庭小説－『源氏物語』「真木柱」巻を起點として」, 『源氏物語の鑑賞と基礎知識－No.37 眞木柱』, 日本 : 至文堂, 2004.

______·林水福·井上英明, 「『源氏物語』の外國語譯－「眞木柱」巻を中心に」, 『源氏物語の鑑賞と基礎知識－No.37 眞木柱』, 日本 : 至文堂, 2004.

______, 「일본 문화에 나타난 인물 도형의 그로테스크 양상」, 『일본연구』 제25호, 한국외대 일본연구소, 2005.

______, 「『겐지 모노가타리(源氏物語)』에 나타난 인물 조형의 그로테스크성－스에쓰무하나(末摘花) 이야기를 중심으로」, 『일본학보』 제65집, 한국일본학회, 2005.

______, 「『源氏物語』における「女の物語」の內實」, 『일본학보』 제67집, 한국일본학회, 2006.

李美淑, 「『源氏物語』における「女の物語」とその指向点－「女」の用例の分析を通して」, 『일어일문학연구』 제57집, 한국일어일문학회, 2006.
______, 「紫の上物語から大君物語へ－『源氏物語』正篇と續篇の有機性の一端」, 『일본연구』 제33호, 한국외대 일본연구소, 2007.
______, 『源氏物語研究－女物語の方法と主題』, 新典社研究叢書 197, 日本 : 新典社, 2009.
______, 「『무묘조시(無名草子)』의 『겐지 모노가타리(源氏物語)』 비평－남성비평을 중심으로」, 『일어일문학연구』 제81집, 한국일어일문학회, 2012.
______, 「太液池の芙蓉、二條院の池の蓮－『白氏文集』と『源氏物語』の<池の畔の男獨り> という構圖」, 『源氏物語と白氏文集』, 日本 : 新典社, 2012.
______, 「일본 고전텍스트에 나타난 삼각관계와 에로티시즘, 그리고 젠더－『겐지 모노가타리(源氏物語)』를 중심으로」, 『일본연구』 제54호, 한국외대 일본연구소, 2012.
______, 「일본 고전텍스트와 추리서사」, 『일어일문학연구』 제85집, 한국일어일문학회, 2013.
______, 「여성 이야기와 정편 여주인공 무라사키노우에」, 『키워드로 읽는 겐지 이야기』, 제이앤씨, 2013.
______, 「『源氏物語』における死の「穢らひ」と「忌」」, 『解釋』 第60卷 第3・4号, 日本 : 解釋學會, 2014.
______, 「『源氏物語』における觸穢と謹慎－「穢れ」「忌」「つつしみ」という表現に注目し」, 『일어일문학연구』 제89집, 한국일어일문학회, 2014.
______, 「「まことの御親」－紫の上の「もの思ひ」の要因」, 『解釋』 第61卷 第3・4号, 日本 : 解釋學會, 2015.
______, 「『겐지 모노가타리』(源氏物語)와 헤이안 경(平安京)이라는 서사 공간」, 『일어일문학연구』 제93집, 한국일어일문학회, 2015.
______, 「<겐지 모노가타리>(源氏物語) 로쿠조미야스도코로의 '모노노케' 서사－생령・사령의 발현 요인과 진혼, 그리고 문학치료」, 『문학치료연구』 제37집, 한국문학치료학회, 2015.
______, 「헤이안 시대 모노가타리의 서사 공간, '누리고메'(塗籠)」, 『일어일문학연구』 제99집, 한국일어일문학회, 2016.
______, 「일본 헤이안 시대의 여성문학과 일상 정경의 남녀관계학」, 『문학치료연구』 제44집, 한국문학치료학회, 2017.

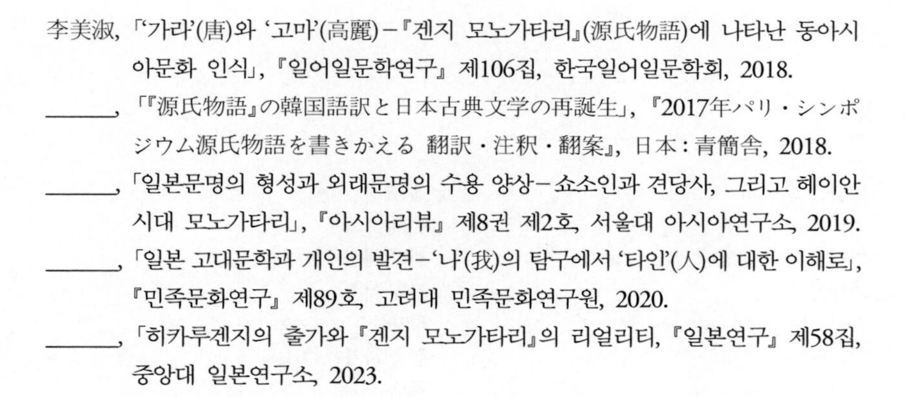

李美淑, 「'가라'(唐)와 '고마'(高麗)－『겐지 모노가타리』(源氏物語)에 나타난 동아시아문화 인식」, 『일어일문학연구』 제106집, 한국일어일문학회, 2018.

______, 「『源氏物語』の韓国語訳と日本古典文学の再誕生」, 『2017年パリ・シンポジウム源氏物語を書きかえる 翻訳・注釈・翻案』, 日本 : 青簡舎, 2018.

______, 「일본문명의 형성과 외래문명의 수용 양상－쇼소인과 견당사, 그리고 헤이안 시대 모노가타리」, 『아시아리뷰』 제8권 제2호, 서울대 아시아연구소, 2019.

______, 「일본 고대문학과 개인의 발견－'나'(我)의 탐구에서 '타인'(人)에 대한 이해로」, 『민족문화연구』 제89호, 고려대 민족문화연구원, 2020.

______, 「히카루겐지의 출가와 『겐지 모노가타리』의 리얼리티, 『일본연구』 제58집, 중앙대 일본연구소, 2023.

찾아보기

ㄱ

ㄴ

ㄹ

ㅁ

ㅇ

ㅈ

기타